吉林省社会科学基金项目

吉林大学哲学社会科学学术文库

全球化语境中的莫言研究

Research on Mo Yan in the Context of Globalization

胡铁生◎著

社会科学文献出版社
SOCIAL SCIENCES ACADEMIC PRESS (CHINA)

吉林省社会科学基金项目信息

项目名称：莫言研究：域外影响与自主创新

项目批准号：2014B26

项目负责人：

胡铁生：(1952—)，政治学博士，文学硕士，吉林大学公共外语教育学院教授、应用语言学硕士生导师，文学院比较文学与世界文学博士生导师，美国加利福尼亚大学和纽约大学访问学者。

项目组成员：

王晶芝：(1966—) 语言学博士，吉林大学公共外语教育学院教授，硕士生导师。

侯海荣：(1971—) 文学博士，吉林师范大学博达学院科研处处长。

胡贝克：(1988—) 文学硕士，东北师范大学外国语学院博士研究生，吉林省2015年优秀硕士学位论文获得者。

关　晶：(1974—) 文学博士，长春工业大学外国语学院教授，硕士生导师。

王　萍：(1964—) 文学博士，吉林大学外国语学院教授，硕士生导师，美国密歇根大学访问学者。

张晓敏：(1972—) 文学博士，曲阜师范大学外国语学院教授，硕士生导师。

綦天柱：(1976—) 文学博士，长春师范大学外国语学院副教授，硕士生导师。

夏文静：(1979—) 文学博士，吉林大学公共外语教育学院副教授，硕士生导师，美国加利福尼亚大学访问学者。

徐　刚：（1975—）文学博士，内蒙古民族大学外国语学院副教授，美国纽约大学访问学者。

宁　乐：（1980—）文学硕士，山东工商学院外国语学院讲师，吉林大学文学院博士研究生，美国伊利诺伊大学访问学者。

韩　松：（1971—）文学博士，吉林大学公共外语教育学院教授，美国罗格斯大学孔子学院院长，硕士生导师。

王延彬：（1963—）文学博士，吉林大学公共外语教育学院教授，硕士生导师，荷兰乌特勒支大学访问学者。

孙　宇：（1981—）文学硕士，吉林大学文学院博士研究生，讲师，丹麦哥本哈根大学与吉林大学联合培养博士生。

摘 要

莫言获得诺贝尔文学奖尽管有多方面的因素，但其决定性因素在于莫言借改革开放的有利时机，积极投身到全球化的浪潮中，通过域外输入、自主创新、域外输出三个环节，其作品被域外读者和学术界广为接受。文学全球化与政治、经济、文化等领域的全球化一样，是当前中国文学界所面临的大环境，而非选择。莫言小说的成功是中国文学参与全球化发展并取得巨大成功的典型例证。

莫言在整合域外文学各种思潮及流派的基础上，勇于借鉴域外文学的优秀成果，挖掘中国古典文学和民间文学资源，讲述中国故事，写出中国气派，在坚持个性化发展的道路上形成了独特的小说叙事模式。莫言小说在社会问题、政治问题以及历史问题的探讨中表现出高度的责任感和使命感。在文学对人关注方面，莫言通过其文学地理“高密东北乡”及后来的城市系列小说，建立起“好人—坏人—自己”的独特人物形象塑造原则并以此揭示出人性的弱点，表现出莫言博大的人文情愫；在战争小说书写方面，莫言摒弃创作老路，重在揭示战争对人的灵魂扭曲和人性在战争中的变异，开了未曾参加过战争的作家却创作出如《红高粱》这样红遍全球的战争题材佳作的先河。莫言小说的巨大成功用事实回应了当前学术界“文学已死”的论争。

莫言小说成功的文学个案表明，中国当代文学若想走出国门，在世界范围内形成更大的影响，不仅需要借鉴域外文学创作的经验，创作出具有自主创新性的文学力作，而且需要通过译介渠道将作品输出到域外并使其在域外被广为接受。唯有如此，中国文学才能在异质文化的交流中取得更大的话语权，为文化强国战略发挥应有的文化软实力作用。国内外对莫言的负面评价或恶意攻击，不仅不能损害莫言的形象，反而从逆向角度进一步印证了莫言在文学界的伟大及其小说中传导出的文学话语权意义。

Abstract

There exist various factors to explain Mo Yan's award of Nobel Prize in literature, but the decisive factor mainly lies in joining himself into the tide of globalization in the period of China's reform and opening up. With the three links of input, innovation and output, Mo Yan's novels are now widely transmitted and accepted by the readers and literary critics abroad. As same as globalization in the fields of politics, economics and culture, China's new literature is not faced with the choice of globalization but its inevitable context. Therefore, Mo Yan's achievement is a typical example to demonstrate the success of China's literature by taking the advantage of literary globalization.

On the basis of integrating the literary trends abroad, Mo Yan was dare enough to borrow the essence from foreign literature, telling China's story with Chinese classical and folk resources, forming China's imposing literary manner, thus having formed his unique model of literary creation in the path of adhering to development of personalization. In his novels, Mo Yan shows his responsibility and sense of mission in inquiring into the social, political and historical issues; in the aspect of human concern, he has established the unique principle of "good—bad—self" in literary figure creation and exposed the weak points in human nature in his literary geographical Gaomidongbeixiang and other urban novels, thus expressing Mo Yan's open-minded humanism; in the writing of war novels, Mo Yan abandoned the traditional way of writing and paid more attention to warped mentality and the variant human nature in wars, thus setting up a fine example for the writers who have never involved in war but successfully written such an excellent war novel as *Red Sorghum*. With his tremendous achievement in fictional creation, Mo Yan has replied the disputes of " literature dies" nowadays.

The example of Mo Yan's success also shows that China's new literature must have its works exported to the world book market by translation so that it can form more impact on world readers, even though the works are finely created with foreign influence. Only by doing so, can China's literature obtain more literary discourse power in the process of dissemination among the heterogenic cultures, and play more roles of cultural soft power in building a cultural powerful country. The negative evaluation or the intended attacks of Mo Yan can not hurt his fine image in the literary world, but further demonstrate Mo Yan's greatness as well as the significance of literary discourse power derived from his novels.

目录
CONTENTS

目 录
CONTENTS

引　言

莫言于2012年获得诺贝尔文学奖，成为首位获此殊荣的中国籍作家。如今，莫言小说已走向世界，受到域外读者和评论界的普遍关注，并形成了莫言研究的热潮。域外读者透过莫言小说，对中国传统文化形成了初步印象，并对改革开放后的中国有了大致的了解。因而，莫言获得诺贝尔文学奖，为东西方异质文化的交流做出了重大贡献。

中国是具有丰厚文化底蕴的文明古国，中国古代文学的伟大成就为域外文学界所敬仰。然而，中国在近代社会发展过程中落后于西方，尤其与欧美相比，在政治、经济、文化等领域内形成巨大反差，文学也不例外。受社会转型的影响，中国文学由世界文学的先锋位置降至落后状态。造成这种境况的既有国内的主观因素，亦有来自域外的外在因素。

从20世纪80年代开始，在中国共产党的领导下，经过拨乱反正，中国开始实行改革开放，走上了社会主义初级阶段建设小康社会的发展道路。经济、文化的全球化发展，使中国小康社会建设的步伐加快，现已在各个领域取得了令世人瞩目的成就，中国再一次以巨人的形象屹立于世界民族之林。因而，莫言获得诺贝尔文学奖，既是莫言参与全球化的结果，也是莫言对中国文学和世界文学所做出的贡献。

莫言小说在全球化语境下的发展对新时期中国文学的发展具有引领性的作用，并对中国当下正在实施的文化强国战略具有重要意义。

不可否认的是，对域外优秀文学成果的学习借鉴是莫言小说成功的外在影响因素。将莫言研究的焦点置于域外文学思潮的影响下，在中国当代文学语境下莫言的文学地理与域外文学地理的比照中，尤其是在莫言的魔幻现实主义与马尔克斯的魔幻现实主义的比照中，借鉴域外优秀文学成果是其文学创作成功的重要因素。

然而，在世界各民族文学的互映中，域外影响与中国本土资源的结合、对政治和社会以及历史问题的关注、对人学独特的关注方式、新时期战争小说书写的创新以及在后现代主义文学语境下进行现实主义文学创作等几个方面，是莫言小说在自主创新方面对世界文学传统模式的突破，也是莫言小说成功的内在决定性因素。显然，中国新时期文学必须参与全球化发展；否则，仍固守旧有传统，不进行改革创新，中国新时期文学就没有出路。

事实证明，在政治美学的框架下，莫言表现出一位具有高度社会责任感和政治责任感的中国当代知识分子应有的风骨。以哈贝马斯文学公共空间理论为基础研究莫言现象，可以从中挖掘出莫言小说的政治价值在文学价值体系中的增值。因而，采取这种研究模式有助于打破旧有的所谓“纯文学”批评范式，开创新时期文学批评的新范式，使评论界在对莫言小说做出文艺美学价值判断的同时又可发现其小说作品在跨学科批评中形成的政治美学价值的增值。

莫言获得诺贝尔文学奖的事实表明，中国作家若想获得世界文学的最高奖项，在全球化语境中通过输出环节将作品译介出去，使其在世界范围内传播并被广为接受是可行路径之一。莫言小说在英语世界的传播与美国中文首席翻译家葛浩文的贡献是分不开的。莫言小说的英译在很大程度上体现了中国学者谢天振教授的译介学思想，该翻译理论关注的并不仅是语言层面的语码转换，而且是将译介学视为一种文学研究或者文化研究，其关注的核心是作品在目的语和译出语之间转换过程中信息的失落、变形、增添和扩伸等，是一种跨文化交流的实践活动所具有的独特价值和意义。莫言小说的英译过程突破了中国翻译界一直坚持的“信、达、雅”原则，就必然涉及作者与译者之间的相互理解与信任问题。在葛浩文看来，翻译是一种对语言之间不确定性的“挑战”，翻译家“既要创造又要忠实”，因而在两者之间采取“折中”态度是在所难免的。葛浩文不仅翻译了莫言的大部分作品，而且在向英语世界的读者推介莫言方面做了大量有益的工作，并以翻译家身份驳斥了西方某些别有用心的人对莫言知识分子身份提出的质疑。

法国的杜特莱和尚德兰、瑞典的陈安娜、西班牙的安妮海伦·苏亚雷斯、日本的藤井省三和吉田富夫、越南的陈庭宪和陈忠喜、韩国的朴明爱等域外翻译家均为莫言小说走向世界做出了各自的贡献。这些翻译家中的大多数人同时又是汉学家。像葛浩文一样，他们在翻译莫言小说作品的同时，还向其所在国家或所在语言区域内的广大读者推介了莫言。

莫言小说的域外译介与传播是作家在文学输出环节上参与全球化发展取得成功的另一佐证。莫言小说的译介为其域外传播奠定了基础。随着莫言作品的译介，在域外形成了莫言小说研究的热潮。文学输出这个环节使莫言在中国文化与域外异质文化的交流中成为中国文化的使者。

莫言获奖具有重要的文化软实力作用。中国共产党第十八次全国代表大会的报告中“将文化软实力建设提高到执政党首要任务之一的高度，显示出文化在强国进程中的重要性”。中国人民正在为全面建设小康社会而努力奋斗。就国内而言，小康社会不仅要有高度的物质文明，而且需要高度的精神文明；就国际而言，以美国为首的西方霸权主义，除继续以武力手段强化其世界霸主地位以外，近来又开始采取文化软实力手段，向弱势主权国家输出美国的文化价值观。在西方强势主权国家实行硬实力与软实力并用、旨在继续称霸世界的新形势下，中国文学走出国门，让世界各国了解中国，也正是当下中国知识分子肩负的历史使命。莫言获得诺贝尔文学奖，也是中国文学走出国门，使中国文化在世界民族之林中获得话语权的体现。

在社会后现代性的影响下，后现代主义文学阶段形成了“精英文学”边缘化、“大众文学”市场化、文学失去了往昔“轰动效应”的不利局面。“文学终结论”对作家、读者和学术界均产生了不可估量的负面影响。莫言获得诺贝尔文学奖，以其创作及其成功的文学案例回应了当代文学应该如何发展的关键性问题。

然而，在世界范围内形成的“莫言研究热潮”中，尽管好评如潮，但也存在不和谐的声音，如对莫言“魔幻现实主义”的学术质疑以及就此问题形成对莫言政治性攻击的负面评价等。以全球化语境下文学的发展为主线，将莫言小说的巨大成功看作中国改革开放的成果，将有助于世界读者进一步辨明莫言小说学术探讨的正面意义，又可透视出反对派对莫言政治性攻击的真实意图。这就需要以莫言本人的观点、诺奖评委的观点、域外评论家的观点以及小说作品的内涵等为依据，让事实说话，在辩论中使莫言小说的意义越辩越明。对于全球化语境中的莫言小说研究而言，采取比较文学跨学科研究的模式，将有助于深入挖掘莫言获奖的文化意义；莫言作品和获奖的相关附录材料，可为广大读者和评论界提供相应的参考资料。

鉴于此，将域外影响、自主创新、域外传播三个方面作为莫言研究的主线，就回避了已有的莫言研究模式，将莫言置于全球化语境中进行考察，进而形成了莫言研究的新范式。

第一章 全球化与莫言获奖的是非曲直

莫言获得诺贝尔文学奖，跻身世界级作家行列，莫言研究的意义也就不再局限于中国文学，而具有世界文学的意义。就世界文学而言，莫言作品通过诺贝尔文学奖这个窗口，增进了他们对中国的了解；就中国文学而言，莫言获奖圆了中国文学多年的诺奖梦，为中国文学在世界文学领域赢得了话语权。在学术界热议“文学已死”的时代，莫言的文学成就得益于中国的改革开放。域外文学输入、自主创新及其作品的域外译介与传播是其成功的关键所在。

第一节　全球化语境下的莫言

莫言所取得的文学功绩是其积极投身于文学全球化发展的结果。莫言的文学创作既有中国文学传统的根基，亦有域外文学的助力。作为一位坚持个性化发展的作家，国内外文学元素的结合才使莫言成了莫言。显然，没有文学的全球化，就不会在世界范围内出现独特的“莫言现象”。

一　全球化与中国文学境况

全球化是当今人们无法回避的现实，正如中国学者所言，“全球化不是我们的选择，而是我们的处境”。[①] 事实上，全球化由来已久，并非新鲜事物。人类由自然存在进入社会存在以后，随着国家的出现，国际交往也

① 严平编《全球化与文学》，山东教育出版社，2009，第 614 页。

开始形成。这种交往既包括政治、经济方面的往来，亦有文化方面的交流。“全球化”（Globalization）作为一个全新的术语，取代“国际化”（Internationalization）却是20世纪80年代的事情。这一术语主要用于指当时在国际经济发展模式上所发生的巨变。此后，“全球化”以迅雷不及掩耳之势发展到经济、政治、文化这三个主要领域中。如今，除上述三个主要领域之外，全球化发展已经贯穿于科技、通信、军事、医学、环保、交通、金融、教育、体育、战争、文学、语言和媒体等范畴之内。因而，全球化理论在全球化蓬勃发展的20世纪与21世纪之交已成“显学”。[①]

早在20世纪60年代，加拿大学者麦克卢汉（Marshall Mcluhan）就提出了“地球村”这个新概念。该概念源自麦克卢汉对电子通信和交通的快速发展而导致人们对社会结构的同步性、同时性和瞬间性的全新理解。事实上，马克思和恩格斯早在《共产党宣言》中就论及了这个现象。马克思和恩格斯首先从当时世界民族经济发展的总体趋势入手分析了这一现象产生的原因，认为资产阶级开拓的世界市场已使所有国家的生产和消费变成了世界性的，因而“过去那种地方的和民族的自给自足和闭关自守状态，被各民族的各方面的互相往来和各方面的互相依赖所代替了。物质的生产是如此，精神的生产也是如此。各民族的精神产品成了公共的财产。民族的片面性和局限性日益成为不可能，于是由许多种民族的和地方的文学形成了一种世界的文学”。[②] 虽然马克思和恩格斯提到的“文学”并非当今狭义上的“文学”，而是广义上的科学、艺术和哲学等不同分支学科，但归属于人文学科的文学理所当然地包括在内。

全球化始于经济领域，与人的生命活动具有直接关系。在人本主义经济学看来，虽然人的活动基本上属于经济活动，但经济活动的最终目的并非利益最大化，而是以物质为基础又凌驾于物质基础之上的精神感受，即人的幸福与快乐。虽然人类伦理观崇尚的是“善”，但在实际行动中，受人的“趋利避害”本质弱点[③]的驱使，利益成为支配人际关系的杠杆，独立的个人或利益集团为了各自的利益，一直处于激烈“竞争”当中，甚至

① 程光泉主编《全球化理论谱系》，湖南人民出版社，2002，第1页。

② 《马克思恩格斯选集》（第1卷），人民出版社，1976，第276页。

③ 〔意〕马基雅维里：《君主论》，张志伟等译，陕西人民出版社，2001，第100页。

以战争手段来解决人们对利益相互争夺的矛盾。马克思从人的这种现实性而非单个人所固有的本质抽象性出发，认为人“是一切社会关系的总和”。[①] 个体的人在利益关系基础上形成的利益集团进一步扩大到国际层面，就构成了国家与国家之间的利益关系。人的社会群体性决定了在社会生活中，尤其在当代经济生活中，相互依存、共同发展已成为全球化潮流中世界各国共同的美好意愿。全球化以经济领域为前导，尤其以国际商务活动为先锋，是完全合乎情理的现象。随着人们在经济领域内的国际性交往蓬勃发展，政治和文化领域内的交往也日益频繁。于是，在人文科学领域，出于文化大框架下对人自身的关注，文学也必然要加入全球化发展的潮流中来。

中国文学参与全球化发展的历程可谓一波三折，其中既有国际因素的影响，更有国内因素的桎梏。作为一个文明古国，盛唐时期的中国以其先进文化对周边国家甚至对整个世界都形成了重大影响。绵延千年的丝绸之路和横跨大洋的郑和下西洋等国际交往，更是中国封建社会鼎盛时期对外交流的典范。中西方文化的交流与碰撞，既增加了域外对中国的了解，也丰富了中国的传统文化。以宗教为例，始于印度的佛教文化[②]，经国内外历代高僧译介，极大地丰富了中国的宗教文化。佛经中的很多篇章本身就是文学精品，再加之佛教的盛行和士大夫阶层的推崇，于是，佛教文化又极大地影响和丰富了中国文学。以中国为基地，唐代鉴真和尚东渡日本，将佛教和中国文化又传至日本。这种宗教文化和文学的国际化交往，虽无当今全球化的规模，但对世界异质文化与文明之间的相互了解与沟通具有极为重要的借鉴意义。

中国是以汉民族为主体，由56个民族融为一体的多民族国家。自秦始皇统一六国，结束了战乱和分裂的局面始，中国就此成为统一的多民族国家，为后来中国的持续发展奠定了民族基础。由各民族融为一体的中华民族，在古代社会发展史上曾出现过几次全盛期。汉代在文化上的重大建树是各民族之间的文化融合的结果，其特征集中体现为以齐文化和楚文化相

---

① 《马克思恩格斯选集》（第1卷），人民出版社，1976，第18页。

② 关于佛教的起源地，学术界有很大争议。如果以创始人释迦牟尼的出生地为准，那么其应该是当今的尼泊尔，但西方学术界基本上认为佛教始于印度。

互融合而成的中原文化。汉唐时期，中国与周边国家频繁的经济往来促进了彼此间文化与文学的交流——周边邻国也选派学者到中国学习，进而促进了中国文化及文学与这些邻国的双向交流。但受交通条件和通信条件的限制，中国早期与外界的交流主要局限于中国与日本、朝鲜和南亚等邻国和地区之间。此间，这些邻国和地区也选派学者到中国学习，进一步增进了中国文化及文学与域外文化及文学的交往。以中国古代文学对周边国家的影响为例，即使在当今的日本文学和朝鲜文学（包括韩国文学）中，中国唐诗仍占有重要位置。

纵观中国古代文学发展历程，显而易见的是其文学特征基本上建立在自给自足的基础之上。因而，中国古代文学在国际化的进程中也基本上以输出为主。与西方文学相比，尤其与美国文学相比，中国文学全球化的历程及特征完全不同。美国文学的兴起与美利坚民族的形成一脉相承。在这个移民之国中，美利坚民族的形成本身就是多民族融合的结果。在美国学者罗德·霍顿（Rod W. Horton）和赫伯特·爱德华（Herbert W. Edwards）看来，“文学研究的一个主要问题在于了解文学和产生该文学的社会背景之间的关系……一般地讲，文学往往反映时代的主要趋势”。[①] 欧洲移民来到北美大陆，同时也带来了欧洲文化和欧洲文学。在世界政治思想史和文学史上同时占据重要位置的美国《独立宣言》，就是在欧洲政治思想的影响下写成、意在表现北美殖民地民众心理和政治诉求的政治文本和文学文本。此后，大批亚洲和非洲移民来到美国，为美国文学带来了更多的域外因素与影响。这些来自世界各地的移民在北美这块新大陆上融合而成的美利坚民族，本身就为其民族文学铺就了国际化发展的基础。到20世纪上半叶，美国的政治和经济在国际上逐渐强大，美国文学也由输入阶段转向输出阶段，10位作家获得诺贝尔文学奖（不包括21世纪的获奖者鲍勃·迪伦）即为例证。

中国文学与世界文学的真正接轨发生在现代。梁启超和鲁迅分别提出了“文学救国”和“立人”口号，使中国现当代文学对外开放先行一步。

① 〔美〕罗德·霍顿、赫伯特·爱德华：《美国文学思想史》，房炜、孟昭庆译，人民文学出版社，1991，第1页。

英国于1840年发动鸦片战争，用武力强行打开了中国封闭的大门，导致中国由独立自主的封建国家演变成为半殖民地半封建国家。因而，逆向观察这种变化可以看出：中国文学走向全球化，是由西方对中国的入侵间接促成的。中国知识分子为救亡图存，先“师夷长技以制夷”留学欧美，之后又选择学习欧美成功的典范——日本为学习对象。究其本源，日本自明治维新运动之后全盘西化，其政治、经济和文化的跨越式发展使其文学思潮发生了相应变化，日本文学史上的“新感觉派”应运而生，这也为中国20世纪30年代“新感觉派”的形成与发展奠定了基础。王国维在19世纪末到20世纪初与日本学者的交流中，间接接触到西方新康德主义（Neo-Kantianism）以及尼采（Friedrich Wilhelm Nietzsche）和叔本华（Arthur Schopenhauer）的哲学思想。“通过自学西方哲学而获得的认知理论开拓了他的思考空间，层出不穷的新史料扩大了他的引证范围。他的学术成就改变了中国旧学浑元一气的面貌，既弘扬了中国学术赅博会通的传统，又开启了现代意义上分科扩宇的专业化发展方向。”[①] 李叔同和曾孝谷等留日学生也于20世纪20年代在国内创办剧社，将西方流行的话剧剧种引入中国。在那个历史阶段，这些剧团上演的主要是西方剧目，中国观众通过到剧院看戏的方式体会认识西方的先进思想。中国学者向日本学习的原因还在于，“19世纪，中国和日本同时面临着西方的冲击。为了应对西方的冲击，中国长时间内纠缠‘中体西用’，而日本上下在‘脱亚’意识的主导下，逐步以‘和魂洋才’取代了‘和魂汉才’。日本经过明治维新挤入‘脱亚入欧’的行列，国力蒸蒸日上、成为东亚一流强国。于是人们看到，相同时代下的两个国家由于遗产厚重程度的不等和应变方式的不同而结果各异，中国追求的‘中体西用’在日本却收到了‘和体西用’的效益”。[②]

直接向国内引进西方思想并产生了重大影响的是翻译家严复。赫胥黎（Thomas Henry Huxley）的《天演论》、亚当·斯密（Adam Smith）的《原富》、孟德斯鸠（Baron de Mondesquieu）的《法意》、约翰·密尔（John

① 张广达：《王国维的西学和国学》，载刘东主编《中国学术》2003年第4期，商务印书馆，第100～139页。

② 张广达：《王国维的西学和国学》，第137～138页。

Stuart Mill）的《群己权界论》和斯宾塞（Herbert Spencer）的《群学肄言》[1] 等西方近代思想的代表性作品经严复的译介而传入中国。严复驳斥“中西体用”的传统思维模式，指出，学无分中西，亦无分新旧，只看它是否有助于我们强国；而西方之强，不在于其武器和技术，亦不在于其经济政治制度，而在于一种完全不同的现实观。在中国和西方究竟应该谁向谁学习的认识方面，不论该观点是否有失偏颇，严复都在客观上促进了中国民众对西方思想和西方社会的了解，也为日后中国文学踏入全球化发展道路开了先河。

在域外思想传入国内的初始阶段，域外思想对中国现代文学的影响表现为“把文学的现代化与社会、民族的现代化紧密地联系在一起，这一思想对中国现代文学史的发展产生了深远影响”。[2] 中国古代文学创作多倾向于体现乡国情怀、人生感悟和亲情主题等人文情愫，而当民族内部矛盾为国家之间的矛盾所代替时，“中国现代文学的基本观念就会发生由西方化（现代化）向本土化（民族化）的转换，并引起艺术思维方式、文学观念、风格和形式等方面的一系列大幅度调整”。[3] 抗日战争爆发后，中国文学的特征基本上以民族叙事取代了个人叙事。个人与传统、个人与社会和阶级以及民族之间的冲突，中国文化与西方文化之间的冲突等核心问题构成了中国现代文学的主旋律。“五四”时期，以鲁迅为代表的中国新文化派为改变国民集体无意识状态而呐喊，表达了此间作家对个人精神世界现代化的愿望。

新中国成立之后，中国文学进入当代发展阶段，其显著特点是文学创作和批评均受当时政治气候的影响。由于中国和苏联是友好国家，是社会主义阵营中的政治盟友，因而中国当代文学只对苏联实行开放，引进的均为苏联文学作品、文学理论以及文学研究和批评方法。当中苏友好关系破裂后，中国文学界才开始将视野转向以欧美为代表的西方文学。然而，“文化大革命”对“崇洋媚外”的批判又使中国“洋为中用”的大好局面跌入低谷，再次使中国文学与域外文学的交流陷于停顿状态。直到20世纪

① 这些译著在中国有多种译本，为尊重史实，此处采用的均为严复原始译本的书名。

② 程光炜等主编《中国现代文学史》，中国人民大学出版社，2000，第2页。

③ 程光炜等主编《中国现代文学史》，第13页。

70 年代末，中国实行改革开放政策，“经过了长时间的封锁之后，出现了本世纪不多见的大规模介绍西方思想的持久热潮。而‘新时期文学’发生的变革，与外来影响所产生的冲突、融汇有直接关系”。[①] 莫言认为，“我觉得从八十年代到现在，前面的二十年是我们中国作家当学徒的一个时期”，“我们要大量地阅读和借鉴西方的文学作品，因为我们中断了二十年没有跟西方文学接触，我们需要知道世界文学的同行们在我们二十年‘闹革命’的时候做了些什么、怎样做的，这是我们所缺的课，我们必须补上这一课，在补的过程当中我想最好的方式就是模仿”。[②] 中国文学自 19 世纪末期至 20 世纪 70 年代末“文化大革命”结束的近百年间，基本上沿袭的是欧美传统现实主义和苏联无产阶级文学的书写模式。当中国实行改革开放，向外界打开国门的时候，西方文学却已经历了现代主义的发展阶段，进入后现代主义的繁荣期。西方文学发展的这种状况也正是莫言所说的中国作家“所缺的课”。中国文学与西方文学相比，已经落后了好几个思潮，如果不能尽快补上这一课，那么中国新时期文学的发展就是一句空话。

在中国进入后现代社会的发展阶段后，西方已呈衰落之势的现代主义和正在蓬勃发展的后现代主义文学思潮一道被传入中国，加之市场经济和大众传媒的快速发展，这些因素促使中国文学传统中的“精英文学”逐渐被边缘化，代之以“大众文学”的市场化发展，文学也逐渐失去了往昔曾经风光无限的“轰动效应”。于是，“文学终结论”对作家、读者和学术界均产生了不可估量的负面影响；在科技发展的影响下形成的影视文学和网络文学又使文学作品与经典化渐行渐远。在中国改革开放初期，这些内外因素对中国文学传统形成了颠覆性的影响。因而，面对西方文学思潮对中国文学的影响，中国作家希望借助全球化来加速中国文学的发展，却又找不到切实可行的出路而一直处于尴尬的境地。此间有些中国作家机械地模仿西方文学的表现形式而忽视“自主创新”，虽然他们的作品看上去“洋味十足”，但因缺乏中国文化底蕴而无法被读者接受；面对域外文学的新

① 洪子诚：《中国当代文学史》，北京大学出版社，1999，第 228 页。

② 莫言:《千言万语何若莫言》，载《莫言作品精选》，长江文艺出版社，2012，第 313 页。

鲜事物，文学批评界也因找不到新的文学批评准则而不知所措。[①]

虽然中国作家希望能与世界文学接轨，但中国文学历来就有被政治气候影响甚至左右的传统。改革开放初期，人们仍然在新旧观念之间徘徊，颇有些无所适从。正如邓小平所论述的那样，这种现象是由“我国经历百余年的半封建、半殖民地社会，封建主义思想有时也同资本主义思想、殖民地奴化思想互相渗透结合在一起”[②] 所决定的。在真理标准大讨论之后，这种僵滞局面才有所改观。然而，中国的文学界又出现了另一种截然相反的倾向——去政治化。“唯政治论”和“去政治化”是改革开放初期中国文学界左右摇摆状态的两个极端。莫言正是在这种境况下步入了中国文坛。对此现象，莫言指出：“我们过去像中国的文学也好，苏联的文学也好，最大的问题就是始终把文学放在政治利用上，实际上把文学作为政治的表达工具。但是后来‘文化大革命’结束的时候，八十年代开始的新文学，许多年轻作家以谈政治为耻，以自己的作品远离政治为荣，这种想法实际上是不对的。我想社会生活、政治问题始终是一个有责任感的作家不可不关心的重大问题。政治问题、历史问题、社会问题也永远是一个作家所要描写的最主要的一个题材。”[③] 看到域外文学名家对政治的关注，在其在向域外学习的同时，莫言对中国题材的小说创作进行改革，另辟蹊径，这就是莫言提倡的创新精神，因而这也是“一个自主的、有强烈的自我意识的创新阶段”。然而，对于习惯于走传统现实主义文学创作道路的中国作家而言，创新的阻力还是相当大的，有些固守传统创作模式的作家甚至还在讥讽这种创新意识。面对这种状况，莫言呼吁中国作家“必须有创新意识，哪怕我们创新的探索是失败的，也比我们一部平庸的所谓的好的成功作品要好”。中国作家应该学习西方，这是大势所趋，但也不能机械模仿，而是应“立足于中国的现实生活”，“从中国古典文学源头里汲取营养”，“写出中国风格”和“中国气派”。[④]

---

① 胡铁生：《文学如何应对后现代主义来袭》，《中国社会科学报》2016 年 3 月 15 日，第 1 版，“争鸣”栏目。

② 《邓小平文选》（第 2 卷），人民出版社，1994，第 336 页。

③ 莫言：《千言万语何若莫言》，第 310 页。

④ 莫言：《千言万语何若莫言》，第 313 页。

当今时代是全球化时代，文学只有加入这个行列中才能发展。以美国文学为例，作为一个多民族混居而成的美利坚民族，其文学从一开始就具有“国际化”的特征。在20世纪10位诺贝尔文学奖得主中（T. S. 艾略特和米沃什除外），绝大多数作家都有域外背景，他们的作品均在不同程度和不同侧面上体现了对人的关注。作为一名犹太裔美国作家，贝娄（Saul Bellow）所关心的已不再仅仅是犹太人的世界，其目光已经转向整个美国社会，其《赫索格》和《雨王汉德逊》等小说将关注点置于这个混乱的世界上人们所处的生存困境中。“四海无家、四海为家”的俄罗斯裔美国诗人布罗茨基（Joseph Brodsky）认为：“为了寻找自己的精神家园，诗人和作家常常会被迫离开自己的实际家园，所以是无家。但是诗人和作家可以在任何地方，在语言中，在历史中，在空间和时间的坐标中，用他们的审美目光搜索到美的踪迹，也正是家园的踪迹，所以是到处有家。”[①] 此外，文学的“主流话语在建构自我主体形象——民族精神过程中，不断与民间话语进行博弈、阐释，最终将其归化”，“从传统家园背离到新家园的重建”，使“整个民族集体的‘家园想象’”得以实现，因而家园意识传达的是“民族的正能量”。这种能量鼓舞着受众，使受众心悦诚服地认同该民族的文化内涵。[②] 非裔美国作家莫里森（Toni Morrison）虽然出生于美国，但其《所罗门之歌》和《宠儿》等小说再现了奴隶制惨痛过往的集体记忆，其作品服务于整个人类，在种族平等、民主和自由的诉求上，为世界文学开了先河；地道的白人作家海明威（Ernest Hemingway）的丰富海外经历让他成为一名“世界公民”，两次世界大战促使其伦理道德意识和正义感凸显出来，《太阳照样升起》、《永别了，武器》和《丧钟为谁而鸣》成为揭示战争正义性与非正义性的代表性战争小说；“从小生长在中国”的赛珍珠（Pearl S. Buck）“熟悉中国，热爱中国，尤其是热爱中国农民，并且以满腔热情在她的小说里写出了旧中国农村的重重灾难和中国农民的纯朴淳厚、勇毅坚强、勤劳吃苦、坚忍不拔的种种优良品质”。[③]

---

① 〔瑞典〕万之：《诺贝尔文学奖传奇》，上海人民出版社，2010，第27页。

② 侯海荣、孙海龙：《民族精神彰显与正能量传递——“〈闯关东〉精神”现实意义研究》，《河北工程大学学报》（社会科学版）2013年第4期，第57页。

③ 郭英剑编《赛珍珠评论集》，漓江出版社，1999，序，第1页。

二　全球化语境中的莫言文学现象

上述美国作家通过文学表达对人的关注，这种态度和做法对莫言产生了强烈影响。然而，对莫言影响最大的美国作家是福克纳（William Faulkner）。“约克纳帕塔法县”的系列小说构成了福克纳的文学疆域，“高密东北乡”则构成了莫言的文学地理。莫言在瑞典学院演讲时坦言：“我必须承认，在创建我的文学领地‘高密东北乡’的过程中，美国的威廉·福克纳和哥伦比亚的加西亚·马尔克斯给了我重要启发。”[①] 此外，福克纳的意识流手法及其现代主义叙事策略也对莫言的当代小说创作产生了巨大影响。

除上述获得诺贝尔文学奖的美国作家以外，莫言还从南美和日本著名作家那里汲取了当代文学创作的营养，进而丰富了自己的小说创作。日本诺贝尔文学奖作家大江健三郎和中国作家莫言属于两代作家，但两人交往甚密。早在2002年，大江健三郎就预测莫言10年后一定会获得诺贝尔文学奖，事实验证了大江健三郎的预言：10年后的2012年，莫言获此大奖！大江健三郎对莫言的影响主要体现在故乡和童年记忆的文学书写方面。如果说美国作家福克纳的“约克纳帕塔法县”在文学地理的构建方面与莫言的“高密东北乡”在形式上更为接近的话，那么在莫言走上文学创作道路的影响因素方面，日本作家大江健三郎对莫言的影响则更大。大江健三郎对莫言的童年记忆感叹道，莫言在少年时期生长于农村，莫言取得伟大成就也就不难理解了。这也促使大江健三郎再次思考自己是怎样成为小说家的。[②] 这就是两位文学大师共有的故乡情结：对故乡的爱与恨。两人对在故乡度过的童年时代都不能释怀，而这种情怀在两人的文学作品中一再流露出来。大江健三郎的《饲育》激励莫言创作出关于故乡童年记忆的处女作《白狗秋千架》。大江健三郎的《饲育》和莫言的另一部作品《透明的红萝卜》也有着惊人的相似性，《饲育》中的主人公“我”也可以被解读为《透明的红萝卜》中的主人公“黑小子”。这两部中日文学作品表现

---

① 莫言瑞典学院演讲全文：《讲故事的人》，新浪文化网，2012年12月8日，http://book.sina.com.cn/cul/c/2012-12-08/0110378185.shtml。

② 〔日〕大江健三郎、莫言：《寻找红高粱的故乡——大江健三郎与莫言的对话》，载莫言《我的高密》，中国青年出版社，2011，第215页。

的均是饥饿与孤独困境下的儿童，虽然他们的日子过得贫苦，在孤独中挣扎，但一直有个信念：有朝一日能出人头地。二人“乡怨”、“乡情”与“乡恋”的共同儿童心理情结为他们建构起各自的儿童乌托邦世界。此外，中日两个国家的社会形态不同，国家意识形态各异。但这种差异非但不能影响大江健三郎和莫言的交往，反而促使两位作家在文学与政治关系层面上达成了一致。大江健三郎在文学与政治的关系上与莫言持类似的态度。在其文学生涯早期，大江健三郎以学生作者的身份获得芥川文学奖，在回应新闻界的提问时，大江健三郎就曾公开表示：“我毫不怀疑通过文学可以参与政治。就这一意义而言，我很清楚自己之所以选择文学的责任。”[①]“人生的悖论、人的尊严、无可逃避的责任”，这些贯穿其全部作品的大江文学品质吸引莫言向大江健三郎靠近。这样，大江健三郎和莫言不仅在文学对人的普世关注方面，而且在作家对国际政治的关注方面均形成了共同点。大江健三郎对日本与中国的双边关系认识也影响到莫言，于是，借鉴魔幻创作策略，莫言在《战友重逢》这部中篇小说里触及了对中越战争的国际政治问题的思考，在《蛙》这部长篇小说中则触及了中日国际关系问题。

通常，全球化发展需要通过输入与输出这两个环节来完成。莫言受域外文学的影响，仅在几篇现实主义短篇小说创作之后，就马上与全球化接轨，进入全球化发展的道路；而莫言创作出佳作后，其作品通过译介走向世界并为域外文学界所接受。莫言的成功是中国当代文学参与全球化发展过程中在输入和输出两个环节上取得成功的典型例证。中西文学跨文化研究领域内享有盛誉的华人学者张隆溪认为：“一部文学作品无论在本国范围内多么有名，如果没有超出本国的名声，没有在其他国家获得读者的接受和欣赏，就算不得是世界文学作品。”[②] 莫言的小说能够输出到国外并被域外读者所接受，译介发挥了重要的桥梁和纽带作用。据初步统计，莫言的作品基本上已被翻译成外文并在

① 《背景资料：诺贝尔文学奖获得者大江健三郎》，网易，2009 年 10 月 20 日，http://book.163.com/09/1020/17/5M38F98500923RGI.html。

② 张隆溪：《比较文学研究入门》，复旦大学出版社，2009，第 89 页。

国外出版，其中《红高粱家族》在海外的译本就有20余种。[①] 在莫言作品走出国门的历程中，美国著名汉学家、翻译家葛浩文（Howard Goldblatt）功不可没。译者葛浩文与作者莫言之间的关系虽然“不安、互惠互利，且偶尔脆弱”[②]，但葛浩文为莫言小说在英语世界的传播做出了重大贡献。葛浩文在向英语世界推介莫言作品时对莫言小说做了很多删节甚至重写，并因此在学术界引起强烈反响。葛浩文对此现象解释为：“译者是人类精神的信使。翻译是不同文化的融合，是创造性的价值生成。虽然翻译中对原著而言会失去一些东西，但这不是译者的错，翻译是必需的。有人说，90%的翻译是不好的。但是，谁不想做那余下的10%呢？”[③] 莫言小说的域外传播经历也再一次表明，异质文化之间的碰撞与融合是中国文化与域外文化进行交流所必然要承受的既痛苦又幸福的历程。世界各民族之间文化上的差异，决定了交流过程中的“沟通”必须坚持“和而不同”，而非“同而不合”的原则。翻译也是一种再创作，因而，“得”与“失”是相对而言的。此外，莫言对葛浩文的信任也是其作品在英语世界得以传播的重要因素之一。对此，葛浩文直言：“很幸运的是，我与大多数小说家的合作都很愉快，尤其是与莫言的合作，他对我将其作品翻译成英文的工作大力支持、鼎力相助。他很清楚汉语和英语之间是不可能逐字逐句一一对应的。他会很体贴、和善地给我解释作品中一些晦涩的文化和历史背景，他明白翻译是对原作的补充而非替代。”[④] 葛浩文对莫言小说的英语译介从侧面说明，中国文学作品的外译也是中外文化的“沟通”。在这种文化沟通的过程中，无论是作者，还是译者，都应持相对宽容的态度，要认识到在异质文化的交流过程中，译出语与译入语之间并非简单地将一种文字转换成另一种文字，作者要清楚翻译家在翻译过程中由一种文化进入另一种文化时所面临的境况。只有以相互理解为前提，才有助于翻译家将作家的作品在译入语国家读者

---

① 赵丽萍、董国俊：《从颁奖词看莫言小说的域外接受》，《甘肃社会科学》2013年第4期，第234～236页。

② 上官云编辑《莫言作品译者葛浩文：我只译我喜欢的小说》，中国新闻网，2013年12月10日，http://www.chinanews.com/cul/2013/12-10/5601163.shtml。

③ 上官云编辑《莫言作品译者葛浩文：我只译我喜欢的小说》。

④ 上官云编辑《莫言作品译者葛浩文：我只译我喜欢的小说》。

中进行传播。

莫言小说在日本的传播与影响促成了中国文学输出环节的戏剧性演变过程：盛唐时期中国文学对日本文学的影响——日本新感觉派对中国文学的影响——莫言小说对日本文学的影响。中国和日本，在近代史上可谓亚洲毗邻的“冤家对头”。然而，莫言小说，尤其是《蛙》，能够在日本广为传播，可被看作中日文化相互融合的典范。日本有学者认为，《蛙》之所以能够在日本被读者普遍接受，在于其完全体现了不同事物之间既排斥又依赖的双重性，即对应了日本国民的生存方式。因为日本人同样生存在相对性之中，而非绝对的基准之中。[①] 虽然中日两个国家的意识形态大不相同，但在对文学作品的评价方面，两个民族有许多共同之处：不用绝对的价值标准来判断文学作品的好与坏、对与错。在当代日本文学中，川端康成和村上春树等优秀作家在其作品中也曾刻画了一批莫言《蛙》中“姑姑”这类集多重矛盾于一体的人物形象。日本翻译家吉田富夫在阅读和感悟原作的基础上，以日本读者较为熟知和习惯的感知方式在日本重现了莫言的《蛙》；他不仅翻译了原作的内容和情节，而且从整体上传达出人所共有的精神情感，使译文从异域人的视角跨越文化的鸿沟，构成了莫言这部作品在日本的译介所形成的基本优势。[②]

得益于法国汉学家的努力，莫言小说能在法国进行传播，进而在法国形成了中国文化热。法兰西文化与中国文化之间的交流与中日文化之间的交流既有相似性，亦有不同之处。从交往发展史来看，中法之间的文化交流可以被划归为四个主要阶段：17 世纪法国人到中国传播宗教和科学、18 世纪启蒙派对中国文化的热捧、19 世纪对积弱的中国文明的讥讽、20 世纪末至今对中国文化兴趣的复苏与重视。法国具有悠久而又严谨的汉学研究传统，也是西方最早译介中国文学作品的国家。莫言小说在法国的影响巨大，截至 2012 年年底，莫言已有 18 部作品被译介到法国，现已成为在

---

① 〔日〕中村雄二郎：《日本文化中的罪与恶》，孙彬译，北京大学出版社，2005，第 106 页。

② 武锐、鹿鸣昱：《莫言小说〈蛙〉在日本译介的优势》，载揭侠、汪平主编《日语教学与日本研究——中国日语教学研究会江苏分会 2013 年刊》，华东理工大学出版社，2013，第 86～95 页。

法国阅读频率最高的中国作家。[①] 中法文化交流现象与明清基督教文化在中国的传播与境遇也有相似之处。早期欧洲基督教文化传入中国，使中国的传统文化与欧洲的宗教文化形成冲撞，并被中国文化所接受。当其传播受阻时，在华索隐派却又以逆向的方式向欧洲宣传了中国文化，达到了中西文化交流中意想不到的效果。[②]

作家在国际上所获奖项的数量是该作家在国际文坛地位的重要判断标准之一。随着莫言小说在域外的进一步传播，莫言的影响力不断扩大。在获得诺贝尔文学奖之前，莫言已在国际性文化和文学评奖中多次获奖。《红高粱家族》在香港《亚洲周刊》20 世纪中文小说 100 强评比中位居第 18 名（2000），《红高粱》在美国《今日世界文学》1927 ~ 2001 年 40 部顶尖名著评选中是唯一的华文作品（2001），《酒国》法文版获法国儒尔·巴泰庸外国文学奖（2001）。此外，莫言创作的小说还先后获得了法国“法兰西文学与艺术骑士勋章”奖（2004）、第 30 届意大利诺尼诺国际文学奖（2005）、日本福冈亚洲文化奖（2006）、美国纽曼华语文学奖（2008）和韩国万海文学奖等。国内学者形象地比喻莫言获奖现象：就如同一名优秀运动员一样，莫言在获得了各类国际层面上的文学“锦标赛”奖之后，于 2012 年登上了“文学奥运会”的最高领奖台。诚然，一个伟大作家的功绩是不能仅以其获奖多少来衡量的。然而，作家在国际上获奖毕竟是国际层面上对该作家文学成就的肯定，因而这是考察该作家对世界文学贡献的重要参数，也是该作家的作品走出国门，参与文学全球化发展的另一重要标志。

在参与全球化发展的输出环节上，莫言除作品的域外译介和国际获奖以外，其亲身参与国际文化交流也是重要一环。莫言作为中国与域外文化交流的使者，先后到日本、美国、法国、澳大利亚、土耳其、巴西、哥伦比亚、秘鲁、智利、保加利亚和瑞典等十几个国家的几十个城市以及到港

---

① 袁莉：《从莫言作品在法国的译介——谈中国文学的西方式生存》，载上海市社会科学界联合会编《中国梦：道路·精神·力量——上海市社会科学界第十一届学术年会文集（2013 年度）》，上海人民出版社，2013，第 300 ~ 304 页。

② 胡铁生、綦天柱：《基督教文化在明清的境遇及文化的相互影响》，《学习与探索》2015 年第 8 期，第 149 页。

澳台访问并发表演讲。因而，全球化语境下莫言研究很重要的一点，就在于当下世界各民族文学在取“他山之石”的同时如何“为我所用”，并借此使不同意识形态、不同社会形态和不同政治体制下各个民族的文学在价值观层面上对人的关注形成一个整体，使其成为人类共同的精神财富。显然，若要达到这种文学效果，民族文学之间的输入与输出同等重要。

文学全球化与政治和经济等领域的全球化一样，也是一个“化”的过程，体现为时间与空间内各民族文学之间的互相影响。这个过程又体现出世界各个不同区域内人们的行为方式、社会力量以及思想观念之间的相互作用等特点。因而，“作为一个历史的或历时的历程，全球化的特征却在于其共时性，具体而言就是空间上的世界压缩和地域联结”。[①] 莫言小说的全球化特征同样也具有中国文学参与全球化发展的这两方面意义。在历时性方面，中国文学走过了“输出—输入—输出”这样一个演化历程；在共时性方面，中国的改革开放恰好处于全球化迅猛发展的阶段。莫言不失时机地抓住了这个大好机遇，利用改革开放的有利契机，将西方文学中的现代主义、后现代主义思潮为我所用，开创了一条既有域外形似又更具中国特色的现实主义——魔幻现实主义道路，最终攀上了世界文学的顶峰。

第二节　莫言获奖的文化意义

莫言获得诺贝尔文学，在全球化发展的进程中使中国文学在世界文学中获得了更大的话语权，对实现中国现阶段小康社会建设进程中文化强国的战略目标发挥了榜样作用。

一　文化强国与文学价值的增值

中国共产党第十八次全国代表大会的政治报告指出，为把我国全面建成小康社会而奋斗，需要全党认清国际国内的总体形势，抓住有利时机，进一步深化改革开放的目标，坚持经济持续发展、人民民主不断扩大、文化软实力显著增强、人民生活水平全面提高和资源节约型与环境友好型的

① 杨乃乔：《比较文学概论》，北京大学出版社，2006，第1页。

社会建设取得重大进展的五大目标。在这五大战略目标中，文化软实力建设被列入其中，这就足以说明文化软实力在中国社会主义初级阶段小康社会建设中的重要性。加强中国现阶段的文化软实力建设，其目的在于使“社会主义核心价值体系深入人心，公民文明素质和社会文明程度明显提高。文化产品更加丰富，公共文化服务体系基本建成，文化产业成为国民经济支柱性产业，中华文化走出去迈出更大步伐，社会主义文化强国建设基础更加坚实”。[①] 党中央把文化软实力建设作为中国共产党新时期文化强国的大政方针之一，显示出文化软实力在建设具有中国特色的社会主义和发展政治文明进程中的重要作用，而政治文化社会化是使其得以实现的关键所在，因为“政治文化是政治关系的心理的和精神的反映”，“是作为一种观念形式存在的、人们在社会政治生活中形成的对政治的感受、理解和认识的综合。政治文化作为一种精神现象，不仅反映着一定政治关系，而且也有巨大的心理支配作用”。[②] 政治文化与文学在心理层面上的共同作用构成了原本属于两个不同学科之间的契合点，而文学所发挥的文化软实力作用也正是在公共空间内，作家通过作品在人们的心理层面上发挥的教化作用。文学除文艺美学的价值以外，其话语权力体现在作品中，以寓教于乐的方式对广大民众形成了教化和启迪作用，而非像国家机器那样采取强制性手段形成硬权力。因而，文学作品内在的权力作用具有文化软实力的性质。

在大文化（Macro-Culture）框架下，文化是上坐标词，文学是下坐标词，文化在强国进程中则表现为作家以公共知识分子的身份出现在公共空间内，通过文学作品所具有的意识形态功能，在政治文化社会化的渠道中发挥文化的软实力作用。虽然莫言一再声称诺贝尔文学奖是奖给作家个人的，但莫言获奖本身具有促进中国文学与域外文学进行交往的意义，从而使中国文学在世界文学范畴内获得更大的话语权，进而增强了中国文学在世界文学领域内的文化软实力作用，因而莫言获奖已不再是其个人的事了。

---

① 胡锦涛：《坚定不移沿着中国特色社会主义道路前进为全面建成小康社会而奋斗——在中国共产党第十八次全国代表大会上的报告》，载本书编写组编著《十八大报告辅导读本》，人民出版社，2012，第18、31页。

② 周光辉：《论公共权力的合法性》，吉林出版集团有限责任公司，2007，第236页。

诺贝尔文学奖是世界文学的第一大奖，中国作家为此奋斗了一个多世纪。莫言获此殊荣，也正说明中国文学已经攀登上世界文学的最高峰。作为文化的一个重要组成部分，文学可以通过译介的传播渠道让域外异质文化中的受众更加形象地了解中国文化。虽然文学作品的虚构性是文学作品创作的基本特征，但读者和评论界一方则可以通过阐释的途径来解读异域文化的象征意义。詹姆逊（Fredric Jameson）对此明确指出："论阐释：文学是社会的象征性行为。"①

莫言获奖的文化意义表现在作家对人的关注方面。高尔基曾提出"文学是人学"的理念（暂且不论是否先前已有该理念），即文学作品关注的是人——现实中处于生存困境中的人，因为从社会本体论上来观察人、研究人可以发现：人的生存悲剧无时不在。"人的生存困境的张力，是人的生存困境与人的两种基本的生存愿望之间的冲突，一种是实现人自我完善的自由生存的愿望，另一种是达到一个和谐安宁的生存处境的愿望。前一种是人的自由，后一种是人的幸福。"② 现实生活中的人都在追求这两种愿望的实现，事实上却往往无法实现，反而时时陷入新的困境中，因而，"人的自由与幸福，只有走出人本体的生存困境才可以最终获得，然而，人又永远摆脱不了生存困境，人更无法最终走出人本体的生存困境。这是人在本体论上的二律背反"。③ 文学的基本价值是文艺美学价值，现实中的人向往和追求的自由和幸福，也正是作家力图使其作品的文艺美学价值体现出来的核心部分。在达到这个目的的过程中，有些作家极力使其作品内涵与人类美好理想的正向价值取向达成一致，如乌托邦文学，有些作家则采取逆向思维的方式，在作品中通过负面价值的表现形式来表达作家的美好理想，如反乌托邦文学。虽然这些文学文本都是虚构的，但是这些文学作品都在力图表现生活的现实，在不同流派中，这种"现实"的内涵又各

---

① 〔美〕弗里德里克·詹姆逊：《政治无意识》，王逢振、陈永国译，中国社会科学出版社，1999，第7页。美国马克思主义文论家、杜克大学 Fredric Jameson 教授的很多著作被译成中文，其姓名的译法也大不相同，常见的有弗里德里克·詹姆逊、弗雷德里克·詹姆逊；其姓氏常见的译法有詹姆逊、杰姆逊和詹明信等。本书在引用中一律以原译本的译法为准，不做统一处理。

② 任生名：《西方现代悲剧论稿》，上海外语教育出版社，1998，第27页。

③ 任生名：《西方现代悲剧论稿》，第28页。

不相同。例如，现实主义作家海明威在其硬汉形象系列作品中体现的是前一种类型的作家理想，其现实主义小说表现的现实是客观存在的；现代主义作家福克纳则通过意识流、多角度、时空颠倒等手段来表现主观意识生成的现实；后现代主义作家约瑟夫·海勒（Joseph Heller）则更加强调作品中话语言说的虚构性，因而其笔下的现实是由语言构建而成的。作为当代世界级文学大师，莫言将这三种思潮及其小说创作途径合为一体，使其共同服务于文学对人关注的创作目的。在文学文本对人的关注方面，莫言创造性地提出了“好人—坏人—自己”的小说人物形象塑造的基本原则：“好人和坏人”是莫言对人的本质既矛盾又统一的辩证思考，“自己”则是作家自身的良心体现。正是在这个理念的支配下，莫言的小说世界才塑造出集好人与坏人于一身的“最英雄好汉最王八蛋”的土匪头子余占鳌、与7个（伙）男人生了9个孩子的“伟大母亲”上官鲁氏、在日本兵刺刀威逼下活剥了罗汉人皮的孙五（《红高粱家族》），逆人民公社化潮流而动却又是真理有时在少数人手中的雇农蓝脸（《生死疲劳》），特定历史条件下既是一个“送子娘娘”又是一个“冷面杀手”的乡村妇产科医生“姑姑”（《蛙》），与“德国鬼子”浴血抗争不惜经受檀香刑但仅仅是为了保住自家祖坟和风水的孙丙（《檀香刑》）等集各种矛盾人性于一身的人物形象。莫言的小说人物塑造原则是：“把坏人当好人写，把好人当坏人写，把自己当罪人写。”[①] 这是莫言在小说创作中基于文学对人学的关注而创立的独特人物形象塑造原则，也是莫言对人的本质进行探讨的另类思维方式。

文学伦理学崇尚的人类伦理价值取向是“人性善”，然而，由于人受自身本质的制约，所以纯粹的“好人”和“坏人”都是不存在的，充其量只能是人们伦理价值观的取向不同而已。“人是生而自由的，但无不在枷锁之中。自以为是其他一切的主人的人，反而比其他一切更是奴隶。”[②] 人由自然属性转化为社会属性之后，“从某种意义上说，人变成了其同类的奴隶，即使他成了同类的主人也是如此。富了，他就需要别人为他服务；穷了，他就需要别人救济；不穷不富的，也离不了别人来生活。”究其实

① 莫言：《千言万语何若莫言》，第313页。

② 〔法〕卢梭：《社会契约论》，何兆武译，商务印书馆，2002，第8页。

质，人与人之间，“一面是互相竞争，一面是利益冲突……所有这些都是私有制最初产生的后果，都是新产生的不平等的不可分离的伴生物”。[①] 18世纪法国思想家卢梭（Jean-Jacques Rousseau）认为，在资产阶级私有制作为主要形式的西方社会形态中，人的本质更是如此。然而，在社会发展到当代资本主义和社会主义共存的现代和后现代社会时，人们仍在固守着这些基本观念。产生这种现象的根源，可以从卢梭的论述中找到：“人类已经创造了这么丰富的哲学思想、人道精神和文明成果，制订了这么高尚的道德准则，可我们却只有一副徒有其名的骗人外表，再就是那些没有美德的荣誉、没有智慧的理性、没有幸福的欢乐？……我的宗旨只是想证明：人的原初状态并非如此，只是社会的精神以及由社会所产生的不平等，改变了我们身上全部的固有习性。”[②] 虽然莫言的小说创作处于后现代主义的鼎盛时期，但莫言对人性思考所形成的对人本质的独特书写方式也充分表明，作家本人在人类文明发展进程中对人的这些本质认识的客观性和深刻性使其小说创作虽然在大多数场合下采取了现代主义和后现代主义的书写策略，但其创作的思想核心仍是现实主义的。

文化被认为是社会价值体系的总和。在该价值体系中，文学和政治文化的价值均被包含在内，因而属于社会科学范畴的政治学和属于人文科学范畴的文学，因为对人的共同关注而被联系起来，进而在这方面形成了两大学科的交叉点，在精神层面共同推动人类社会和人类文明向前发展。

对于一个国家而言，社会秩序的相对稳定是整个国民经济和政治文明发展的基本保障。当社会秩序出现混乱无法通过自身调整来获得稳定时，就需要一种代表公众的权力出现在社会中，以其凌驾于社会之上的力量使社会秩序稳定在一定的可控范围内，这就是国家存在的性质与作用。这种以公共权力形式为代表的国家政权在稳定社会秩序的过程中，极力使社会秩序朝着有利于社会健康发展的方向前进，其通常以两种权力方式来使其目的得以实现：以国家机器为代表的硬权力和以意识形态为代表的文化软

① 〔法〕卢梭：《论人类不平等的起源和基础》，高煜译，广西师范大学出版社，2002，第118页。

② 〔法〕卢梭：《论人类不平等的起源和基础》，第138页。

权力。前者指对外抵御敌人入侵和对内镇压试图颠覆国家政权的武装部队、警察和法院等强制性权力；后者则指在处理社会发展进程中出现的人民内部矛盾时所采取的意识形态方式的软权力手段，而不是解决颠覆公共权力事件时所采取的硬权力手段。硬权力手段不仅无法将社会中存在的内部矛盾缓和下来，反而会使这些矛盾进一步激化，甚至最终导致国家政权的合法性失效。苏联的解体、伊拉克萨达姆政权和利比亚卡扎菲政权的垮台就是最有说服力的例子。中东一些国家政权解体的原因，从表面上看，似乎是来自外部势力，尤其是来自强势主权国家的干涉，但实质上，这些国家的公共权力在执政中出现的主客体之间的对抗性矛盾才是其执政合法性失效的主要根源。[①]

现代社会中，公共权力的形成基本上是基于欧洲思想家的社会契约论的基本精神或其中某些方面的原则，但由于民主程度较高的民族国家内建立的公共权力出自全体公民的意愿并竭力保障全体公民的利益，于是其在形式上就具有了某种权力的超然性。然而，事实上作为社会全体成员利益的代表，公共权力的主体部分是由社会成员中的部分人所占有的，公共权力的执行者或出于利益集团的目的或因执政能力的原因，在执政过程中也经常会出现各种错误。由于这些公共权力的主体有时代表着部分社会成员各自的特殊利益或利益集团的利益，因而这就构成了公共权力的特殊性。同时又由于硬权力具有强制性，其权力是单方面的，是主权（执政者）对客体（全体公民）意志的阻碍与强加，因而硬权力也是公共权力客体所不愿意接受的。鉴于此，只有公共权力主客体双方达成共识才能构成公共权力合法性的基础。若要达此目的，则意识形态就形成了社会中具有的不可低估的软权力作用。这种文化软权力得以形成的重要手段之一，就在于借助公共空间内形成的意识形态作用。因而，将文学置于文化的范畴下进行研究，尤其是置于政治文化的范畴下进行研究，是文学批评中研究作家关注政治的核心内容之一。[②]

---

① 胡铁生：《政治文化与文学意识形态功能的意蕴交映——以文学意识形态功能在政治社会化进程中的作用为分析视角》，博士学位论文，吉林大学，2012。

② 胡铁生：《政治文化与文学意识形态功能的意蕴交映——以文学意识形态功能在政治社会化进程中的作用为分析视角》。

莫言小说中的政治美学价值，正是通过这个渠道得以体现的。中国人文科学历来就有文史哲不分家的传统。古代文学史上很多著名作家的人生经历是一条先从政后从文的发展道路；中国传统教育中的“学而优则仕”思想也在一定程度上体现了文人与其从政生涯之间的关系；也有一些作家在从政道路上“怀才不遇”，才以文学创作来抒发内心的政治情感。[①] 墨子、韩非子、屈原、陶渊明、王安石、辛弃疾、龚自珍、邹容等一批以社会变革为己任的作家就是范例。

二　改革开放时期莫言的文学创作

经历了20世纪旧民主主义革命和新民主主义革命之后，在中国共产党的领导下，中国由半殖民地半封建社会进入社会主义初级阶段，开创了中国社会发展史上的新纪元。新中国成立以来的文学经历了先以政治制约文学、后以作家脱离政治为荣的两极倾向。“文化大革命”时期作家并没有自由发表作品的权力，因而那时意识形态的传播方式也只能是自上而下的，而无双向运行的可能性。“四人帮”掌握着舆论大权，作品出版要受到严格审查。“文化大革命”结束后，党中央调整了文艺政策，对文艺松绑，新时期文学经过拨乱反正，“百花齐放、百家争鸣”的方针真正落到了实处。在改革开放初期，受“文化大革命”的影响，很多作家仍心有余悸，不敢大胆前行。在经历了真理标准大讨论之后，文学界又出现了“去政治化”的潮流。面对这种矫枉过正的状况，莫言理性地分析了产生这种现象的原因并指出作家应该坚持的正确创作道路，认为“唯政治论”和“去政治化”都是错误的。有社会责任感和政治责任感的作家，对政治问题、历史问题和社会问题都应给予应有的关注。莫言身体力行，做出表率。例如，改革开放后不久，山东因官僚主义而发生了震惊全国的蒜薹事件，莫言在调查了事件的来龙去脉之后，以作家高度的社会责任感和政治责任感奋笔疾书，仅用35天时间就写出了反映弱势群体利益诉求及对党内官僚主义作风进行批判的长篇小说《天堂蒜薹之歌》。正因为具有这种高度的社会责任感和政治责任感，莫言才会

---

① 胡铁生、张晓敏：《文学政治价值的生成机制》，《山东大学学报》（哲学社会科学版）2015年第4期，第49页。

以其“纤细的脖颈”去承受“‘人类灵魂工程师’的桂冠”，以其“瘦弱的肩膀”去“担当‘人民群众代言人’的重担”。[①] 面对某些政府官员在改革开放中出现的腐败现象，莫言又以现实主义为主线，辅以现代主义、后现代主义和魔幻现实主义的叙事策略，写出了以中国酒文化为表象、实为社会批判的另一部长篇反腐小说《酒国》。在谈到这部小说的创作初衷时，莫言自述道：“原想远避政治，只写酒，写这奇妙的液体与人类生活的关系。写起来才知晓这是不可能的。当今社会，喝酒已变成斗争，酒场变成了交易所，许多事情决定于觥筹交错之时。由酒场深入进去，便可发现这社会的全部奥秘。于是《酒国》便有了讽刺政治的意味，批判的小小刺芒也露了出来。”[②] 面对改革开放过程中，现代都市生活中出现的如权力欲望、金钱欲望、情感欲望和性欲等阴暗面，莫言以小说为手段，再次拿起了医治社会脓疮的“手术刀”，写出了一部远离其文学地理“高密东北乡”的社会批判和具有人性弱点批判性质的小说《红树林》。莫言的这些具有社会批判和人性弱点批判性质的小说，显示出在政治文化发展道路上，文学对广大人民群众坚定政治信仰和积极参政议政所起到的激励作用，使文学以其意识形态功能既关注了弱势群体，同时也对执政党内部出现的问题发挥了舆论监督作用。

对于文学参与政治的探讨，中外学者从不同侧面做出了各自的论述。美国著名文论家詹姆逊认为，文学的政治意识早已体现在文学文本之中，“依据表现因果律或寓言的宏大叙事进行阐释如果仍然是一种持续不变的诱惑的话，那么，这是因为这些宏大叙事本身已经刻写在文本和我们关于文本的思考之中了；这些寓言的叙事所指构成了文学和文化文本的持续不变的范畴，恰恰是因为它们反映了我们关于历史和现实的集体思考和集体幻想的基本范畴”。[③] 英国著名文学理论家伊格尔顿（Terry Eagleton）在论述文学理论时指出，“纯文学理论是一种学术神话”，因此，“文学理论不

---

① 莫言：《天堂蒜薹之歌》，上海文艺出版社，2012，第330页。

② 莫言：《酒国》，上海文艺出版社，2012，第343页。

③ 〔美〕弗雷德里克·詹姆逊：《政治无意识》，第25页。

应该因为是政治的而受到谴责”。[①] 文学理论同样关乎人的实际境况，因为这是历史和政治两者关系中所表现出来的思想意识部分，文学文本以叙事的方式来体现意识形态的作用，以使“人”成为“更好的人”，即透过具体的、实际的政治环境来关心这个整体镜像中抽象出来的人与人之间的关系。[②] 英国作家和评论家奥威尔（George Orwell）则更加明确地指出：“没有所谓的纯粹非政治性的文学，至少，在我们这个每个人的意识表面都充斥着恐惧、仇恨和政治忠诚的时代，不存在所谓的非政治性的文学。”[③]

莫言借助后现代主义语言游戏论的叙事策略，以杜撰斯大林与其对话的方式表达了文学与政治的关系：“小说家总是想远离政治，小说却自己逼近了政治。”[④] 在人性探讨的独特视角中，莫言为什么要把自己当成罪人写？莫言解释道：“在写作的时候，把自己融入进去的时候，要把自己当成罪人写。写出自己心里面最痛苦、最黑暗的地方的时候，一定不留情。我想从这样的角度来写作，你不管怎么说，这样的作品出来会不同凡响。”[⑤] 莫言在《蛙》的后记中写道：“写完这部书后，有八个大字沉重地压着我的心头，那就是：他人有罪，我亦有罪。”[⑥] 在人性与兽性之间的痛苦较量之后，莫言完成了他对人性弱点的思考，体现了政治无意识的本质：“他（指‘父亲’）一辈子都没弄清人与政治、人与社会、人与战争的关系，虽然他在战争的巨轮上飞速旋转着，虽然他的人性的光芒总是力图冲破冰冷的铁甲放射出来。但事实上，他的人性即使能在某一瞬间放射出璀璨的光芒，这光芒也是寒冷的、弯曲的，掺杂着某种深刻的兽性因素。”[⑦] 莫言的另一部以清末山东半岛民间反抗德国殖民者斗争为题材而创作的小说《檀香刑》，以唱猫腔而出名的民间艺人孙丙带头反抗外来殖民者而惨遭“檀香刑”的故事为主线，回顾了中国戊戌变法、外国殖民者对

---

① 〔英〕特里·伊格尔顿：《当代西方文学理论》，王逢振译，中国社会科学出版社，1998，第281页。

② 〔英〕特里·伊格尔顿：《当代西方文学理论》，第24页。

③ 〔英〕乔治·奥威尔：《政治与文学》，李存捧译，译林出版社，2011，第401页。

④ 莫言：《天堂蒜薹之歌》，第329页。

⑤ 莫言：《千言万语何若莫言》，第310页。

⑥ 莫言：《蛙》，上海文艺出版社，2012，第343页。

⑦ 莫言：《红高粱家族》，上海文艺出版社，2012，第165页。

中国的强占与掠夺以及义和团运动等新旧时代交替时期的重大历史事件，以生动形象的画面呈现给读者，将封建王权内部斗争的残酷性及其非人道性表现得一览无余。莫言在这部作品中借助赵甲对其师傅的评价来探讨人性的本质："他执刑数十年，杀人数千，才悟出一个道理：所有的人，都是两面兽，一面是仁义道德、三纲五常；一面是男盗女娼、嗜血纵欲。面对着被刀刀脔割着的美人身体，前来观刑的无论是正人君子还是节妇淑女，都被邪恶的趣味激动着。"①

如同经济领域内全球化发展进程中各国必须按照国际惯例处理事务一样，作家若想获得诺贝尔文学奖这个世界文学的最高奖项，其作品就必须符合诺贝尔文学奖的评奖原则，具有正向价值理想取向。诺贝尔（Alfred Bernhard Nobel）在遗嘱中明确规定，将文学奖"奖给在文学界创作出具有理想倾向最佳作品的人"。② 在瑞典学院，莫言回答记者提问时指出："我的获奖是文学的胜利，而不是政治的胜利，因为这是诺贝尔文学奖，而不是政治奖。获奖是我个人的事情，诺贝尔文学奖从来就是颁给一个作家的，而不是颁给一个国家的。"③ 莫言的这番话喻义极为深刻，也是他对诺贝尔文学奖评奖原则的精辟解读。我们应该承认，自改革开放以来，中国在政治、经济和文化领域的全球化发展道路上已经取得了令世人瞩目、也令国人自豪的伟大成就。在政治领域内，中国已经加入世界大国的行列，是和平共处五项原则的倡导国，在该原则的指导下，中国较好地处理了与邻国之间的关系。在与包括资本主义强国在内的世界各国的交往中，中国也一直坚持该原则，在与世界各国建交时，把该原则写进联合声明或公报中。1955 年的亚非会议上，中国政府力排众议，与其他与会国共同努力，将该原则扩大为十项原则，并写进会议公报。中美两个社会体制完全不同的国家在建交时，同样以该原则作为处理两国之间关系的基本准则。当该原则的精神被《联合国宪章》采纳后，其影响进一步扩大，成为世界各国

① 莫言：《檀香刑》，长江文艺出版社，2010，第 146 页。

② "Alfred Nobel's Will," The Official Web Site of the Nobel Prize，http：//www. nobelprize. org/alfred_ nobel/.

③ 莫言：《文学奖从来是颁给作家而不是国家》，人民网，2012 年 12 月 7 日，http：news. sina. com. cn/c/2012 - 12 - 07/032125750538. shtml。

在处理国际关系时的基本准则。[①] 在经济领域，中国的经济总值现已超过亚洲总值的50%，一跃超过日本成为世界上的第二经济大国，并在化解国际金融危机和经济危机时发挥了重要作用。中国提出的“丝绸之路经济带”和“21世纪海上丝绸之路”的“一带一路”战略构想，旨在依靠中国与相关国家既有的双边机制，借助既有的行之有效的多边机制和区域合作平台，借助中国“丝绸之路”的历史符号，以和平发展为宗旨，主动与“一带一路”沿线国家建立起良好的经济合作伙伴关系，进而打造具有政治上互信、经济上融合、文化上包容的利益共同体、命运共同体和责任共同体。由中国主导的亚洲基础设施投资银行（AIIB），截至2015年4月17日已经扩围到包括亚洲和欧洲国家在内的57个成员，其中包括美国的欧洲盟友，因而其影响力也已经远远超出了亚洲的范围，在为夯实这些成员国经济增长力引擎的基础设施建设与提高亚洲资本的利用率以及区域政治、经济和文化的发展等方面将发挥重要的推动作用。人民币加入特别提款权（SDR）是中国经济可持续发展的促进因素之一，这也必将在造福国民、惠及世界的伟大宏图中发挥出更加重要的促进作用。科技、教育、医学、体育和军事等领域的快速发展也为中国步入先进国家的行列奠定了基础，中国的“两弹一星”、空间技术和网络通信技术的快速发展，标志着中国已经迈进世界先进科技国家的行列。[②] 在政治、经济和科技等领域取得重大成果的新形势下，中国的文化发展和国际交流应该怎么办？莫言于2012年获得诺贝尔文学奖的事实向世界文学表明，中国的改革开放和文化全球化发展也为世界各国深入了解中国文化的内涵敞开了大门，表明中国文化已为世界各民族的文化所普遍接受，同时也促进了中国文化与世界各民族文化之间的交流与沟通。因而，莫言获得诺贝尔文学奖的事实表明中国在文化强国方面也已迈上了一个新台阶。事实上，诺贝尔文学奖作为文学领域内的世界第一大奖，其获奖理由与获奖作家所在国在政治和经济领域内所取得的成就无关，而与作家在创作中所表现出来的民族文化具有直接关系。中国文学若要获得世界民族之林中异质文化的认同，作家在其创作中

---

① 梁守德、洪银娴：《国际政治学理论》，北京大学出版社，2000，第262～264页。

② 胡铁生：《中国可持续发展的内外因素——以国际互信和反腐倡廉为例》，《甘肃社会科学》2015第5期，第82～83页。

就必须表现出中华民族的集体意识；中国文化若想在世界民族之林中取得相应的话语权，那么就必须将表现中国文化的中国文学发展到世界顶级水平。从这个意义上讲，中国作家莫言获得该奖的事实就毫无疑问地证明了中国文学的伟大成就已被世界文学所接受，莫言获奖就不再仅仅是莫言个人的事，而是代表了中国文学的伟大功绩。

中国文学有过辉煌，只是在近代发展中落伍于世界文学。莫言小说作品的成功及其在世界各国的传播，把中国文学落后于世界文学的距离拉近、扯平，进而超越。其获奖的重大意义并非仅仅局限于文学作品的内在意义，而是在更大层面上体现了文化的意义。

三　莫言小说的文学话语权形成机制

文学作品作为文化传播的载体之一，为异质文化之间的交流提供了广阔的空间。“话语”原本属于语言学范畴，是人与人之间在特定语境中进行交流的具体言语行为，通常包括话语的言说者、接受者、文本、交流和语境五个方面，是话语言说者和接受者在特定社会语境下通过文学文本展开的语言交流活动。与科学话语和日常生活话语不同，文学话语具有文学的内指性、曲指性和阻拒性等要素。以这些要素为主要特征的文学话语行为体现了文学的基本属性，即文学并不是属于个人空间内的事物，而是社会交往中形成的人与人之间的言语行为。批评语言学（CDA）认为，当“话语”被引入权力结构时，话语打破了语言学和哲学的学科障碍并进入政治学领域内，构成了话语权力，该权力通常指话语对舆论权力的控制，即话语权。在政治学的层面上，掌握了话语权的人控制着社会舆论的走向。在当代社会中，话语权对社会发展方向具有很大的影响力。文学在公共空间内恰恰具有影响社会舆论的意识形态功能，因而文学话语也就同时具有权力的功能。在论及民族文学在世界文学中所处的位置时，民族文学因其在世界文学中的地位而被赋予了国际政治学的意义。在当今世界格局进一步分化，文学被纳入全球化的发展轨道时，作为意识形态的重要表现形式之一，文学话语权也就进一步在国际交流中被凸显出来，因为此时的文学不仅在一个国家内具有政治文化的心理作用，而且在国际大舞台上发挥的政治功能也愈发显得重要。[①]

文学话语权包括对内与对外两个层面。在对外层面上，早期殖民文学和当今后殖民文学的性质与作用、文学参与全球化发展过程中所形成的文学话语权问题以及文学全球化性质的讨论有助于进一步加深人们对文学话语权的认识。在文学全球化过程中是采取“西化”，确切地讲是“美国化”，还是民族化问题的大讨论，在相当程度上与全球化输出环节中西方强势主权国家对弱势主权国家进行扩张具有直接关系。詹明信论述经济与艺术两者之间的关系时曾明确指出：“提醒大家注意一个显而易见的事实：眼前这个既源于美国又已经扩散到世界各地的后现代文化现象，乃是另一股处于文化以外的新潮流在文化范畴里（上层建筑里）的内向表现。这股全球性的发展倾向，直接因美国的军事与经济力量的不断扩张而形成，它导致一种霸权的成立，笼罩着世界上的所有文化。从这样的观点来看（或者从由来已久的阶级历史的观点来看），在文化的世界里，尽是血腥、杀戮与死亡：一个弱肉强食的恐怖世界。”[②] 詹明信此处论及的是当今晚期资本主义阶段或多国化资本主义发展阶段中文化现象的实质。如果再向前追溯，殖民文学的发端应从早期大英帝国向外扩张算起。如果把殖民文学也看成特定历史时期内对人们心理结构的反映的话，那么以英国文学为代表的早期殖民文学是早期老牌帝国主义向海外进行扩张，依靠炮舰政策作为硬实力手段打开其他弱势主权国家的国门并称霸世界后的西方殖民者的文化心理体现，同时也是帝国主义依靠其“硬实力”手段为其争得文学话语权的体现。第二次世界大战结束后，大英帝国占领的殖民地相继宣布独立，以英国为代表的早期殖民主义处于日薄西山的境地。然而，第二次世界大战后崛起的以美国霸权为代表的晚期资本主义取代了英国老牌帝国主义在世界上的霸主地位，加大了向外扩张的步伐。美国在占领国际经济市场的同时，又以文化的“软实力”手段，以西方强势主权国家的身份向弱势的发展中国家和第三世界国家进行文化渗

① 胡铁生：《政治文化与文学意识形态功能的意蕴交映——以文学意识形态功能在政治社会化进程中的作用为分析视角》。

② 〔美〕詹明信：《晚期资本主义的文化逻辑》，陈清侨等译，生活·读书·新知三联书店，1997，第430页。

透。作为西方强势主权国家意识形态的工具之一，后殖民文学在文化的大框架下承担起帝国主义文化的后殖民“任务”。这样，在文学全球化的大框架下，各民族国家的文学在世界文学大舞台上的比拼也就随之形成了文学在文化范畴内的话语权之争，从而将国家内的政治文化影响扩展到国际政治的层面。

由于西方强势主权国家在全球化过程中向域外输出的是西方强国的意识形态和价值观，因而学术界对当代文学发展中的话语权研究就不能不在文化层面上给予充分的注意。[①] 于是，文学参与全球化发展，既要引进，又要保持民族文化的独立性，这就构成了全球化进程中的一个悖论。[②]

莫言应对全球化这种状况所采取的是“大胆引进”与“自主创新”并举的策略。前者指接受域外文学中优秀部分，后者指在域外文学的影响下将域外文学传统与中国文化传统相结合。这样做的益处是中国文学既汲取了西方文学中的优秀部分，加深了国民对域外文化的了解；同时也在输出的过程中向域外传播了中国文化，使域外异质文化对中国文化有了更深层次的了解。因此，莫言刚刚步入文学创作领域的时期，正是西方文学走过了现代主义阶段而处于后现代主义的鼎盛时期，读者在莫言的小说中可以同时看到与西方文学现代主义和后现代主义既相似又不同的特征。莫言小说创作的基本策略及其所要达到的目的仍然是现实主义的，然而又不是现实主义的传统老路。如果用时髦的术语来界定，莫言的现实主义是“后现实主义”的，或是颁奖词中界定的“魔幻现实主义”。[③]

在小说的叙事策略上，莫言向西方同行借鉴的是现代主义和后现代主义，即莫言所说的“模仿”。例如，在最具典型性的后现代主义创作手法多元性的创作特征中，莫言将西方过时的现代主义手法，主要是以

---

① 胡铁生：《政治文化与文学意识形态功能的意蕴交映——以文学意识形态功能在政治社会化进程中的作用为分析视角》。

② 胡铁生：《对全球化的悖论及中国发展的再思考》，《东岳论丛》2004 年第 6 期，第 69 ~ 72 页。

③ 学术界对莫言颁奖词中的“hallucinatory realism”被汉译为“魔幻现实主义”存在很大分歧。对于这一点，将在下节中进行专门论述。

美国作家福克纳和奥地利作家卡夫卡（Franz Kafka）等人为代表的现代主义手法，与正处于兴盛时期的后现代主义手法，主要是英国语言哲学家维特根斯坦（Ludwig Wittgenstein）的语言游戏论和后现代主义文学的不确定性特征，有机地结合在一起，伴随现实主义的小说终极思考，使其小说创作达到了与西方小说接轨并超越西方小说的效果。关注中国传统文化的精髓，从中国文学的传统中汲取营养，如飞天、狐妖、梦幻、现实、古典与当代相结合等方式，在看似“西化”的外表下，作家讲述的全部都是中国历史、社会和政治中的故事，表达的是国人对美好理想的追寻，这就是莫言所倡导的“自主创新”。因而，读者在莫言小说中看到的既有福克纳“文学地理”的影子，也有卡夫卡人物“变形”的踪迹；既有马尔克斯（Gabriel García Márquez）“魔幻现实主义”的印迹，又有19世纪法、英、俄、美批判现实主义的内核；既有浪漫主义传统小说的张扬和现实主义的典型人物及事件叙述，又有语言哲学转向中的语言实验和语言游戏论等元素。莫言将西方现实主义、现代主义和后现代主义的叙事策略融合为一体，将反腐的现实批判主题推向极致，在叙事方面进行大胆尝试和创新的《酒国》，其文体上五花八门，应有尽有，因而被戏称为小说文体的“满汉全席”。虽然这部小说的叙事策略几乎来自欧美文学的现代主义和后现代主义，但莫言并未停留在模仿层面上，而是以当代中国改革开放进程中出现的腐败现象为批判要旨，集中体现了社会批判和人性弱点批判的现实主义小说创作的终极思考。其中，元小说叙事策略的运用是这部小说的核心策略。作为探讨小说创作的元小说，是西方的“舶来品”，这种后现代主义小说的叙事策略于18世纪在英国文学中初露端倪，20世纪70年代由美国作家兼评论家伽斯（William H. Gass）正式提出，并于80年代在西方文学中达到高潮。莫言走上文学创作道路之时恰逢这一时期。天时、地利、人和，这就为莫言借鉴域外文学优秀成果提供了机遇。1989年到1992年，莫言创作《酒国》这部小说的时候也正是莫言向西方学习的成熟期，因而这部在接受西方元小说基础上进行自主创新的元小说作品于2001年获得法国“儒尔·巴泰庸外国文学奖”就有其必然性。所以，从这个意义上来说，莫言的《酒国》这部既具有西方元小说特征又超越了西方元小说创作范式的作品也是中国文学在参与全球化发展过程中的产物。[①] 元小说，顾名思义，就是探讨小说创作的小说。该小说类型不仅在西方文学中有其传统，而且在新时期中国文学中也是马原、苏童和余华等其他先锋派作家在创作中采取的策略之一。

莫言的元小说基本特征凸显在小说结构的创新和话语言说的策略方面。对此，美国学者罗伯格（Mary Rohrberger）认为："当代作家有时完全放弃情节，采取一些似乎毫无关联并明显带有随意性的表达方式。"[②] 情节作为小说的框架，是以人物为中心的事件演进书写，在传统的现实主义小说创作中，情节通常表现的是作品中人物之间以及人物与环境之间的关系，包括故事的开始、有序发展、高潮和最后结局的叙事范式。受西方后现代主义文学不确定性特征的影响，现实主义的这种既定创作范式在元小说的创作中被彻底解构。在现实主义文学传统中，文学又常与史学联系在一起而成为人们对客观世界的体验或自我体验的一种心理结构，因而虚拟的文学世界与现实生活呈两条并行的主线，故事有序地向前发展，作品的"真实性"必须与现实生活的"真实性"相吻合。这就要求现实主义小说家在创作过程中必须严格遵循这种固定下来的小说情节构思与安排，以期达到现实主义小说的社会批判、政治批判、历史反思和人性弱点批判的终极目的。现代主义虽然力图打破现实主义小说创作中的这种线性的情节表现方式，将意识流、时空颠倒和多角度叙事等实验文学的表现形式融入作品的创作中，使其文体发生重大革新，但是现代主义文学流派作为现代语境下人们认识世界的一种心理模式，作家仍未放弃对终极意义的思考与追寻，他们试图以无序的故事叙事策略来表现有序的社会。后现代主义文学在社会的不确定性因素制约下，不确定性就在一定程度上决定了元小说情节框架的设计完全颠覆了传统文学的叙事策略，突出体现了"作者直接进入小说文本""语言实验和话语游戏""自我意识"三大特点。[③] 莫言的《酒国》在元小说的文艺美学追求方面不仅追赶上了欧美的元小说创作步

---

① 胡铁生、蒋帅：《莫言对域外元小说的借鉴与创新——以〈酒国〉为例》，《当代作家评论》2014 年第 4 期，第 151 ~ 163 页。

② Mary Rohrberger, ed. , *Story to Anti-Story* (Boston: Houghton Mifflin Company, 1979), p. 10.

③ 胡全生：《英美后现代主义小说叙述结构研究》，复旦大学出版社，2002，第 36 页。

伐，而且超越了这三大特点，将小说的叙事策略大大向前推进了一步。

一般而言，小说创作基本上以虚构为主要特征，作者在作品中极力回避自己，有意将自己的意图遮蔽起来。美国元小说鼻祖伽斯在《乡村中部的中部》[①] 这篇短篇小说的创作中直接把地点、人物、事件、数据、天气、宗教和政治思想等相关的小说元素以小标题的形式表现出来，彰显出小说家在后现代主义元小说创作中所秉持的反传统姿态，将小说作品的创作与作者自身关系的探讨一同纳入小说的叙事策略中。在《酒国》的创作中，莫言对元小说叙事模式的探讨并未完全延续伽斯的叙事策略，而是大胆对西方元小说的创作模式进行革新。在《酒国》这部小说的结构设计上，莫言以内嵌小说和业余作者与专业作家之间书信往来的方式，将作者对小说创作的结构表现得更为复杂。小说中完全不同的两条主线采取平行并进的叙事策略：一条主线以现实主义典型人物和典型环境描写的方式，叙述特级侦察员丁钩儿到酒国市调查腐败官员食婴的办案故事，这就构成了整部小说叙事策略的第一个层面；另一条主线以元小说的叙事方式，通过既是小说人物也是内嵌小说业余作家李一斗，与虚实相映的"莫言"[②] 之间的19 封往来书信以及李一斗向"莫言"提供的9 篇小说作品来探讨小说的写作方式，这就构成了元小说叙事的第二个层面。这部作品中的19 封往来书信和9 篇内嵌小说在形式上看似突兀，实则自成体系，在内容与时间的安排上紧密相连，在整部小说中构成了第二层面上的元小说叙事，探讨了小说的创作问题。这种叙事模式既体现了美国作家伽斯在小说《乡村中部的中部》中在小标题上直接表现出来的元小说元素，也体现了中国同时期作家马原在《旧死》中"我"在"麻风病院"的见闻一类元小说创作模式，即通常所说的作者直接介入作品。莫言让作者本人在小说里出面与业余作家李一斗直接对话，讨论小说创作的观点，体现了元小说是"关于小说的小说"的基本特征。但仅从这一点上来看，莫言这部小说充其量是对元小说传统模式的模仿。然而，直接让作者在作品中出现并以内嵌小说和往来

---

① William Gass, "In the Heart of the Heart of the Country," in Mary Rohrberger, ed., *Story to Anti-Story* (Boston: Houghton Mifflin Company, 1979), pp. 632 - 648.

② 《酒国》是莫言创作的小说，但在这部小说中，莫言也成为书中的人物。因而，下文中凡是带有引号的"莫言"均为作家本人与小说人物的合成体。

信件作为参照物，来参与文学创作的目的、内容、途径和原则等方面的讨论以及小说叙事的独特方式却是莫言在域外元小说基础上的创新。既然是书信往来，就无法回避寄信人和收信人之间的称谓问题。在这部元小说中，作为小说人物的业余作家李一斗给“莫言”的前两封信中称其为“尊敬的莫言老师”，其他信件中一律直接称收信人为“莫言老师”。这种书中套信和人物称呼的叙事方式，将作者本人与故事人物混杂在一起，使真实的作者与隐身的作者、故事的叙事者与隐身的作者、故事叙事者与隐身读者全部混杂在一起，形成了真真假假、虚虚实实、虚实交映的艺术效果。这种元小说的创作手法进一步增强了后现代主义小说的不确定性效果。因为故事情节不确定，所以习惯于现实主义小说阅读模式的读者在阅读此类作品时会时常陷入“究竟谁才是真正的故事叙事者”的困惑中。将作者与人物混为一体，作者也是人物，人物也是作者，且在书中直接将作者“莫言”的名字呈现给读者，使其以全能的叙事方式来全方位论及小说的创作，这也正是莫言对元小说叙事策略进行革新的体现。在小说人物李一斗给“莫言”的第一封信中，李一斗以交流阅读体会的方式提及了他对“莫言”《红高粱》的评价，“莫言”给李一斗的第二封回信中认为该小说是“在故乡历史里缭绕的酒气激发了我的灵感”。[①] 莫言以这种方式对李一斗意欲撰写一篇以“酒文化”为主题的小说所做的提示，论及的是小说创作题材的来源。至于这部小说该如何写的问题，莫言借李一斗给“莫言”的回信指出：“为了避免犯错误，我这讲故事的人，只好客观地叙述，尽量不去描写小妖精及孩子们的心理活动。只写行动和语言，至于故事行动的心理动机和语言的言外之意，靠读者诸君自己理解。”[②] 在内嵌小说的结构设计中，莫言借李一斗之口论述其命题。在内嵌式小说《驴街》中，李一斗认为他先前写的《酒精》、《肉孩》、《神童》及现作《驴街》的结构，“按照（传统）文学批评家的看法，绝对不允许它们进入小说去破坏小说的统一和完美”，但因作者饱受酒文化的“熏陶”，因而“无法循规蹈矩”，只能“放荡不羁”和“信口开河”了。[③] 在对业余作家李一斗《烹

① 莫言：《酒国》，上海文艺出版社，2012，第 56 页。

② 莫言：《酒国》，第 103 页。

③ 莫言：《酒国》，第 133 页。

任课》的评价中，“莫言”直言不讳地说：“什么前后风格不一致了，什么随意性太强了，什么分寸感把握得不好了，等等等等，所以我想与其老生常谈一番，不如干脆闭嘴。”[①]

莫言采用后现代主义元小说的叙事策略对文学传统的突破在此语境下得以凸显。在这部小说的最后一章中，作家又完全摆脱了小说套小说的叙事风格，干脆直接让作者本人成为作品中的人物，于是，“莫言”应邀前去酒国市，车厢里就出现了一个“体态臃肿、头发稀疏、双眼细小、嘴巴倾斜的中年作家莫言”，这个“莫言”“知道我与这个莫言有着很多同一性，也有着很多矛盾”。当乘务员来换票时，“我飞快地与莫言合为一体，莫言从中铺上坐起来了也就等于我从中铺上坐起来”。[②] 由于这种叙事模式在先前传统的元小说中未曾有过，因而这也是莫言对元小说的自主创新。

莫言在《酒国》中对小说创作的立意及其思想性的讨论进一步拓宽了元小说对艺术性与思想性两者关系的探讨范畴。虽然元小说在形式上是探讨小说创作模式的小说，重在艺术表现形式，但莫言更加重视元小说对小说立意的讨论，其中包括整部小说以及内嵌小说应该以什么样的叙事途径来表达作者本人的思想内涵等问题。莫言借李一斗给“莫言”的第二封来信对内嵌小说《肉孩》所做构思的探讨，表达了作者在小说创作中对社会问题和政治问题所做的思考。“莫言”戏言李一斗的《肉孩》“比较纯熟地运用了鲁迅笔法，把手中的一支笔，变成了一柄锋利的牛耳尖刀，剥去了华丽的精神文明之皮，露出了残酷的道德野蛮内核”。如果给这篇内嵌小说思潮归类，可以称其为“严酷现实主义”；在文体上就是对“当前流行于该文坛的‘玩文学’的‘痞子运动’的一种挑战”；在意义上是“用文学唤起民众的一次实践”，意在猛烈抨击“那些满腹板油的贪官污吏”，因而这篇小说中的内嵌小说无疑是“黑暗王国里的一线光明”，“是一篇新时期的《狂人日记》”，而作家对社会弊端的揭露与批判应具有“无所畏惧的”精神。[③] 莫言在面对社会问题和政治问题时，借内嵌小说作者李一斗之口道出：“作家要敢于直面人生，舍得一身剐，敢把皇帝拉下马。”既然

---

① 莫言：《酒国》，第238页。

② 莫言：《酒国》，第311页。

③ 莫言：《酒国》，第54~55页。

《肉孩》是一部“严酷现实主义”作品，那么就按照现实主义的创作原则，让作品“源于生活高于生活”，塑造出“典型环境中的典型人物”，在作品中“添了油加了醋撒了味精，使红衣小妖精的形象更加鲜明起来”。在这篇内嵌小说中，鱼鳞小子以少侠形象出现，其“侠义行为，实际上起到了安定民心、宣泄民愤、促进安定团结的作用”,[①] 内嵌式小说中的那些贪官污吏“受到了鱼鳞少年的惩罚就等于受到了正义的惩罚，就等于受到了人民的惩罚”。于是，“鱼鳞少年”这个内嵌小说中的人物就“实际上成了正义的化身，成了人民意志的执行者，成了一个维持社会治安的减压阀”。在小说世界与现实世界两者的关系上，莫言借李一斗之口指出，对于腐败的高级领导人，没有必要回避，因为“文学艺术是虚构嘛，谁愿来对号入座就让谁来好了”。作者在社会批判和政治批判中要有自我牺牲精神，即使受到打压，作者也在所不惜，“士不畏死，奈何以死惧之”“砍头只当风吹帽”“二十年后又是一条好汉”。[②] “莫言”在给李一斗的回信中论及内嵌式小说《采燕》时，则采取了反说的方式来论证文学与政治的关系，指出“这是一部远离政治、远离首都的小说”。[③]《酒国》以省检察院侦察员丁钩儿办案为故事线索，除元小说作为探讨小说的创作以外，又对后现代主义文学话语言说方面做了大胆尝试。莫言小说的语言特征恰好迎合了社会语言学家沃德豪夫（Ronald Wardhaugh）的观点：从纯理论角度出发，语言家都试图像乔姆斯基那样，能建立起一种理想的话语共同体，然而，“真正的”世界存在于话语共同体中。[④]

在语言转向中，以维特根斯坦为代表的语言游戏论认为，客体与语言之间并无逻辑形式在先、客体在后的关系，逻辑形式是与作为形式的客体一起出现的，其“语言游戏论”解构了传统的语言规则，使那些规则和标准不再具有语言逻辑的首要性而演变成为语言游戏的概念性。根据语言转向的新观念，语言游戏不是把规则教给语言学习者，而是通过掌握语言游

---

① 莫言：《酒国》，第 152 ~ 153 页。

② 莫言：《酒国》，第 156 页。

③ 莫言：《酒国》，第 240 页。

④ Ronald Wardhaugh, *An Introduction to Sociolinguistics* (Beijing: Foreign Language Teaching and Research Press, 2000), p. 116.

戏能真正理解语言规则。在传统语言哲学看来，语言与现实存在是由名称与客体的关系固定下来的。在语言转向中维特根斯坦提出的“语言游戏论”将这种传统的语言概念予以解构。[①] 话语游戏和语言实验的文学作品书写模式取代了传统现实主义文学的叙事模式，后现代主义语境下的小说在文学语篇中体现了重在“话语言说”的基本特征。在传统语言哲学范畴内，语法源自古希腊时期的逻辑学，后来主要由法国语言学家继承下来，形成了语言中心论。[②] 语言游戏论解构了语言中心论，建立起话语的权力，进一步推动了作者创作和读者阐释领域内的革命。[③]

在反腐小说《酒国》的创作中，莫言以语言实验和话语游戏取代了传统现实主义文学的创作方式，大量采取相关语言的借用、拆解和重组的方式，把话语言说以互文的方式融入这部小说的叙事策略中，不仅解构了语言中心的话语权威，而且也增添了小说阅读的趣味性。在论及人的本质时，莫言在侦察员丁钩儿误入歧途并力图再获重生时，借用并改写了毛主席语录来体现出后现代主义语言实验和话语游戏的叙事策略：“成千上万的先烈，为了人民的利益，牺牲了自己的生命，活着的人还有什么痛苦不能抛弃呢？”[④] 在后现代主义语境下，莫言在这部小说中则有意“篡改”了这段语录，颠覆了传统话语的权威性，进而扩大了话语的语用范畴。李一斗在给“莫言”的信中急切想要见到莫言的心情被描述为“学生我‘盼星星盼月亮只盼着深山出太阳’”。[⑤] 莫言借助现代京剧《智取威虎山》中小常宝的一句唱词，以互文的方式对原文本进行解构，对传统现实主义文学中过分强调的思想性予以淡化，使后现代主义语境下的文学语言游戏化。在与文学思潮以及理论的互文性方面，莫言在内嵌小说《采燕》中又以“燕道主义”取代了“人道主义”，借以表达作家在小说创作中的生态批评倾向。于是，“莫言”“一想到唾血成窝的金丝燕，心里就不是滋味”，

① 胡铁生、张凌坤、赵远：《语言转向中的话语权力及其意义》，《外语教学》2016 年第 3 期，第 20 页。

② F. de Saussure, *Course in General Linguistics*. trans. by Roy Harris (Beijing: Foreign Language Teaching and Research Press, 2000), p. 1.

③ 胡铁生、张凌坤、赵远：《语言转向中的话语权力及其意义》，第 20 页。

④ 莫言：《酒国》，第 222 页。

⑤ 莫言：《酒国》，第 239～240 页。

"花那么多钱吃那脏东西，实在是一种愚蠢的行为，何况还那般残酷地一次次毁坏了金丝燕的家，这已经不单是愚蠢的问题了"。[①] 在"篡改式"的互文中，莫言将文艺复兴时期对人的本质、使命、地位、价值以及个性发展等方面的关注，转移至当今人们对野生动物和生态问题的关注，以语言实验和话语游戏的方式将目前整个人类所普遍关注的生态问题呈现给广大读者。莫言还采取"古为今用"的互文方式，借助中国古代文学中的典故来服务当代作家的文学创作。谈到中国的酒文化时，"莫言"借用李一斗的来信，将李白在诗篇《月下独酌》中的"举杯邀明月，对影成三人"的名句，有意解释为"李一人，月一人，酒一人"，戏说李白之所以成为中国古代的著名诗人，原因就在于"月即嫦娥，天上美人；酒即青莲，人间美人；李白与酒合二为一，所谓李青莲是也。李白所以生出那么多天上人间来去自由的奇思妙想，盖源于此"。[②] 这段戏言化了的文人成功秘诀借助中国古典文学的典故对中国酒文化的解释，也是作者对当下所谓的"酒文化"进行抨击时所采取的另类语言表达方式。莫言借中国古代史上"战国时易牙把儿子蒸熟献给齐桓公"[③] 的典故与当代小说互文，通过酒国市那些精心生养的婴儿就是为了将孩子送到权贵们餐桌上去的情节，影射了改革开放进程中一些官僚物欲横流而放弃道德品行的现实社会弊端。

自我贬毁是莫言在语言游戏方面对元小说写作采取的独特叙事策略。"莫言"借内嵌式小说《一尺英豪》中酒国市"大人物"侏儒余一尺与酒博士李一斗的对话来自虐："那姓莫的小子其实不姓莫，他本姓管，自吹是管仲的七十八代孙，其实是狗屁不沾边。他现在成了什么作家，牛皮哄哄，自以为了不起，真实呀，他那点老底儿，我全知道。"当酒博士谈到"莫言"尚未答应是否为余一尺作传时，余一尺冷笑道："放心吧，他会愿意的。这小子一爱女人，二嗜烟酒，三缺钱花，四喜欢搜罗妖魔鬼怪、奇闻轶事装点他的小说，他会来的。"[④] 这种自我贬毁式的话语从表面上看是在自残，实则是作者在创作上所采取的一种话语游戏的叙事策略，用以暗

---

① 莫言：《酒国》，第 258 ~ 259 页。

② 莫言：《酒国》，第 91 页。

③ 莫言：《酒国》，第 79 页。

④ 莫言：《酒国》，第 172 ~ 173 页。

示作者与作品人物之间的关系。从上述引语来看，莫言通过内嵌式小说向读者介绍了作者自己：现实中的作家莫言的确不姓莫，姓管，名谟业，的确有爱喝酒和喜欢搜罗妖魔鬼怪、奇闻轶事的特点，至于是否爱女人，则另当别论，因无据可查。这些特征与现实中的莫言基本上是一致的，所不同的是，现实中的莫言在文学界做出的贡献是有目共睹的。这部小说采取虚实相映的叙事策略进一步体现了作家在把玩文字游戏的过程中“把坏人当好人写，把好人当坏人写，把自己当罪人写”的创作原则。虽然学术界普遍认为文学作品在本质上是虚构的，但如果还将其看成“镜”与“灯”的关系，那么文学作品的创作仍是对人的本质的探讨。因而，在话语游戏的方式中把自我贬毁作为作家自身反省的策略，也是莫言对域外元小说叙事策略的创新。

在艺术美学的本质讨论方面，“传统美学”有“艺术是现实的模仿和反映”等表述。但当代存在论美学放弃这种传统观点，从存在论现象学的独特视角将艺术界定为“真理（存在）由遮蔽走向解蔽和澄明”之说。[①]元小说的话语游戏特征在《酒国》的创作过程中表现为既有元小说的元素，同时又有将某些细节的描写戏言化的特征，两者的有机结合与运用，使原本不能书写的东西变成了可能，完成了美学上的一次飞跃。例如，小说中把餐桌上的红烧婴孩说成“麒麟送子”[②]、将一根驴屌配上两只驴眼说成“乌龙戏珠”[③]、将驴屌插进驴屄说成“龙凤呈祥”。莫言在小说中又以话语游戏的方式来论及艺术的美学追求：“我们追求的是美，仅仅追求美，不去创造美不是真美。用美去创造美也不是真美，真正的美是化丑为美。”把“驴屌”和“驴屄”“插在一起”，看上去“黑不溜秋，毛杂八七，臊巴拉唧，当然不美，也无人敢下筷子”。但是经过高级厨师把这两样不堪入目的东西反复水洗、碱水沸煮、剔除臊筋臊毛、油锅里熘、砂锅里焖、高压锅里蒸，再配以精细刀工、切出花纹、配上名贵佐料、点缀上鲜艳菜心后，“公驴的变成一条乌龙，母驴的变成一只黑凤，一龙一凤，吻接尾交，弯曲盘缠在那万紫千红之中，香气扑鼻，栩栩如生，赏心悦目，这是

① 曾繁仁：《转型期的中国美学——曾繁仁美学文集》，商务印书馆，2007 年，第 18 页。

② 莫言：《酒国》，第 131 页。

③ 莫言：《酒国》，第 148 页。

不是化丑为美呢?”“驴屌、驴屄，这些字眼粗俗不堪，扎鼻子伤眼，也容易让意志薄弱的人想入非非，”但其经过“易名”则成为中华民族庄严图腾的龙和凤，就具有了“至圣至美之象征，其含义千千万万可谓罄竹难书。您看，这不是又化大丑为大美了吗?”[①] 在假说“严格恪守‘革命现实主义和革命浪漫主义相结合’的不二法门，从不敢偷越雷池半步，为了取悦读者而牺牲原则的事咱宁死也不干”的外表下，作者以直接介入的方式，让真真假假的“作者”直接与人物对话，采取后现代主义话语游戏和互文的方式，在元小说的创作方式中论及了后现代主义阶段小说的创作特点及其美学追求，为新时期的文艺美学发展做出了新的贡献。

上述引语既是莫言对元小说创作的文艺美学探讨，同时也是对传统的读者阐释学的解构与重构。不同的是，莫言回避了传统的语言规则和严肃的话语言说方式，以元小说的叙事策略，通过后现代语境下的语言戏说、大众俗语的语言表述和互文等方式将其创作思想表达出来。在作家创作美学与读者接受美学的运作机制方面，莫言独出心裁，借评价内嵌小说指出，《高粱酒》中往酒篓里撒尿的细节是当初“莫言”没有化学知识，不懂勾兑技艺，出于恶作剧心理，想跟那些“眼睛血红的‘美学家’们开个玩笑而已”。而想不到作为读者的李一斗却“能用科学理论来论证这些细节的合理性与崇高性”，用俗话来说，这也就是“内行看门道，外行看热闹”。[②]“门道”和“热闹”属于读者对作品的接受美学范畴，也是莫言通过元小说的创作方式对作品的外在表层价值和内在深层价值所做的双重思考。美国学者海弗南（William A. Heffernan）等人认为，读者阅读小说并对其进行阐释，通过语言的中介作用与作者分享其作品，试图找出事件在故事中变化的原因、作者在情节描写中蕴含的核心思想，试图发现故事是怎样达到一种关联效果的。[③]

在“取他山之石”“为我所用”的过程中，莫言更加强调自主创新。

---

① 莫言：《酒国》，第 154 ~ 155 页。

② 莫言：《酒国》，第 109 页。

③ William A. Heffernan, Mark Johnston & Frank Hodgins, eds. , *Literature*: *Art and Artifact* (San Diego, New York, Chicago, Austin, London, Sydney, Tokyo, Toronto: Harcourt Brace Jovanovich Publishers, 1987), pp. 4 – 5.

在《酒国》这部重在文体结构创新的小说中，莫言并非机械复制西方后现代主义文学中已有的元小说叙事模式，而是在西方现有叙事模式的基础上发展了这一叙事策略。作家在小说中谈论小说、作者介入作品、作者与读者直接沟通与对话等手段早已成为元小说的固有模式，是元小说中常见的叙事策略。莫言对西方元小说叙事策略进行“模仿”，的确为中国新时期小说引进域外成果做出了表率，但莫言的“自主创新”才是其文学创作取得成功的根本所在。作者通过内嵌小说的艺术表现形式、莫言的名字直接出现在作品中、作家莫言与小说中的人物“莫言”交替出现、专业作家“莫言”与业余作家李一斗的书信对话、对中外名家以及历史典故的互文、严肃的文学语言与话语游戏的对接、梦中已被丁钩儿开枪打死的余一尺却在小说的结尾处以“改革开放、搞活经济”的风光人物形象前来迎接“莫言”等方式把后现代主义小说叙事模式发展到极致。莫言将现实主义叙事策略的第一条主线，与采取后现代主义元小说叙事策略的第二条主线同时建构在同一部小说中，将西方元小说的叙事技巧发展到了一个全新的水平。

莫言在“寻找结构”的过程中解构现实主义的既定结构，以全新的理念来建构这部具有典型后现代主义文学特征的小说。莫言的《酒国》不仅引导了作家对当代小说创新意识的认同，而且也引发了批评界对传统文本阐释学的解构与重构，通过元小说的叙事策略创新，形成了作者与读者之间互动的新型关系。这是莫言在这部小说创作中“自主创新”的又一成功之处。虽然这部小说在主体上是一部属于批判现实主义的文学作品，然而对于批评界而言，他们又无法仅以传统现实主义的批评范式对其予以阐释；只有在接受这种文艺美学转向的基础上才能真正领悟莫言在这部小说中所采取的多重结构、语言实验和话语游戏等后现代主义文学表现形式所带来的文学艺术美。正因为这部小说在创作上采取了后现代主义的叙事策略，同时又将现代主义和现实主义的叙事策略糅合在一起，因而这部小说才被视为小说文体的“满汉全席”。也正源于此，对于那些习惯于现实主义文学批评范式的批评家而言，他们接受《酒国》中全新的故事叙事技巧必然存在很大难度，因而对这部小说的阐释也可以被视为引发了阐释学领域内的一场革命。

四 文学地理与莫言的人文关照

“文学地理”或“文学疆域”在反映地域文化方面具有重要的人文科学价值和社会科学价值。“高密东北乡”的文学地理（此外还有其城市系列小说）建构也是莫言在向域外文学借鉴与创新过程中所取得的巨大成就的重要方面之一。“文学地理”是作家人为虚构而成的文学疆界，意在通过对现实疆界进行解构的方式来重构文学中的虚拟世界，在这个虚拟的文学世界里，作家以这种虚拟方式来表达对该疆域内文化的再认识，所以也就构成了文学虚拟世界对现实社会和人的心理结构的再认识。[①] 在通常意义上讲，疆界在空间维度和时间维度上是人类生存的基本活动框架和范围。然而，处于相对恒定、渐缓过渡或者突然裂变等不同历史语境中，文学的体裁、形式和功能的界限也会随着社会、媒介和读者的变化而随之发生相应的改变，作家以文学的虚构性特征来解构、重构和颠覆现实生活中存在的疆界模式，描述、再现、揭示出文学中的疆界与事实上的疆界之间的偶联性，以预言或超前的方式打破现实世界中人们已有的经验界限，重新构想出新的疆界，建构起文学的另类虚拟空间。

在跨学科研究中，事实存在的疆界与文学中的疆界既有相同性，又有各自的独特性。事实上的疆界与政治具有密切联系。早在国家的概念出现之前，疆界的意义在于界定氏族社会村坊组合而成的城邦之间的界线；在国家的概念正式出现之后，疆界的意义则在于划分国家之间的界线，这种现象是由各种原因造成的。从政治学的意义上来解释这个概念，古希腊时期的城邦是由“人类自然是趋向于城邦生活的动物（人类在本性上，也正是一个政治动物）”所决定的。[②] 亚里士多德（Aristotle）关于城邦来自自然演化的观点是否符合历史发展的实际规律有待深入探讨，但从马克思主义的视角研究国家理论可以发现，在社会的共同体内，生产关系和剩余价值导致了阶级的出现，而当利益集团之间在经济利益上产生的矛盾达到不可调和的程度时，就需要国家以公共权力的形式予以解决。恩格斯在《家

---

① 綦天柱、胡铁生：《文学疆界中的社会变迁与人的心理结构——以诺贝尔文学奖获得者福克纳和莫言的文学疆界为例》，《社会科学家》2015 第 8 期，第 126 ~ 131 页。

② 〔古希腊〕亚里士多德：《政治学》，吴寿彭译，商务印书馆，1997，第 7 页。

庭、私有制和国家的起源》一书中对该现象明确指出："根据唯物主义观点，历史中的决定性因素，归根结底是直接生活的生产和再生产。但是，生产本身又有两种。一方面是生活资料即食物、衣服、住房以及为此所必需的工具的生产；另一方面是人类自身的生产，即种的繁衍。"[①] 马克思主义国家理论认为人的经济生活决定了人的利益诉求，并在此基础上形成了依据利益集团的政治、经济和文化需求而形成的国家之间的疆界。文学中的疆界则与国家之间的疆界大不相同。在"National Literature"这个概念中就存在着原则上的语义区分。"Nation"既可指民族，亦可指国家，是两个完全不同的概念。因而，在文学分类中，"National Literature"就具有了双重概念：既可指一个民族的文学，亦可指一个国家的文学。前者具有民族学的内涵，指一个国家内部的不同民族文学的分支概念；后者则具有一定的政治内涵，指一个国家的各个民族文学的总和。美国文学、英国文学、法国文学和中国文学等概念即由后者衍生出来的各个国家文学的总称，文学的疆界就这样从最高层面被划分出来。于是，依据国籍的划分，作家也就被称为某一国家的文学家。以美国文学的疆界为例，由于早期北美殖民地时期的移民多来自欧洲，其文学深受欧洲文学传统的影响，因而很难对其文学疆界进行精确定位，尤其在早期北美殖民地中，在来自英国的殖民者建立的新英格兰地区中，殖民者与宗主国英国保持着千丝万缕的联系。只有在美国独立之后，尤其是美国自己的哲学——超验主义诞生后，美利坚民族才从民族的心理结构上彻底与英吉利民族切断连接彼此的脐带。美国作家在本土化内在因素的影响下，在表现美国精神的过程中逐渐形成了真正意义上的美国文学。美国文学与英国文学之间的"疆界"才最终被划分出来。由于美国是一个由多族裔组合而成的移民国家，因而在美利坚民族的大框架下，其人口又可以进一步划分为不同的族裔，而表现不同族裔心理结构的文学又被细划为土著印第安人文学、犹太裔文学、非裔文学、拉美裔文学、俄罗斯裔文学、华裔文学、日裔文学等美国文学的下属分类。这样，在美国文学的大框架下，各个族裔文学之间的疆界也被

① 〔德〕恩格斯：《家庭、私有制和国家的起源》，中共中央马克思恩格斯列宁斯大林著作编译局译，人民出版社，1972，第3页。

划分出来。

莫言对此现象却另有见地，他认为“作家是有国籍的”，但是，那些站在整个人类的立场上、描写人类命运的“优秀文学却是没有国界的”。[①]文学作品之所以没有疆界，就在于文学关注的人并非某一具体人类群体中的人，而是普遍意义上的人。由于“文学是人学”这个观点倡导的价值观是对整个人类的关注，因而代表优秀思想的文学作品是没有国界的。

文学地理或地域文学事实上并不是文学领域中的新生事物，很多作家的小说创作中都有自己书写的固定地疆范畴，中外都不乏此类作家。例如美国作家杰克·伦敦（Jack London）的西部文学和维拉·凯瑟（Willa Cather）的地域文学，以及中国作家鲁迅的绍兴系列作品、萧红的呼兰河、沈从文的湘西和汪曾祺的江南高邮等，均属于在各自文学领域中的文学地理，而美国的诺贝尔文学奖获得者福克纳创作的“约克纳帕塔法县”系列作品则成为世界文学中文学地理或地域文学的典范。莫言在向福克纳学习的过程中，最重要的一点就在于他受域外疆界文学的影响，尤其是受福克纳的影响而创造出来的“高密东北乡”。与小说叙事策略类似，莫言在将福克纳的“文学地理”“引进”的过程中，也并非机械照搬福克纳的“约克纳帕塔法县”，而是在其故乡记忆的基础上，构建出具有中国特色的文学疆域——“高密东北乡”。

文学疆界也是一种文化认同模式，其范围依据作家观察的区域和人们对该区域的文化认同程度而有所不同。虽然“认同是一个历史性的话题，但在全球化背景下，文化认同仍显示出其重要性和不可取代的作用和价值”。[②] 小说家通常都有自己相对固定的创作背景和小说所要描述的地域，这就形成了该小说家创作中的文学疆域。美国小说家福克纳根据美国南北战争后社会转型时期的实际状况，虚构出自己特有的文学疆域约克纳帕塔法县。[③] 在福克纳创作的 19 部长篇小说、125 篇短篇小说、20 部电影剧本和

① 莫言：《2009 年在法兰克福“感知中国”论坛上的演讲》，爱思想网，2012 年 10 月 12 日，http：//www. aisixiang. com/data/58041. html。

② 郭尼娅、宇涛：《文化认同与国家认同：当代性、关系及其出路》，《甘肃社会科学》2014 年第 6 期，第 210 ~ 212 页。

③ Richard Gray, *A Brief History of American Literature* (Beijing: Higher Education Press, 2014), p. 222.

1部戏剧中，绝大部分作品都与其“人造地理疆界”相关，进而构建起福克纳文学创作中的神话王国。在福克纳笔下，约克纳帕塔法县占地2400方里，位于密西西比的丘陵地带和肥沃的黑土地之间，其人口精确到15611人，其社会组成包括斯诺普斯家族、本德伦家族、康普生家族，克里斯默斯、麦卡斯林、格林、屈莱克和迪尔西等各种不同类型的家族和人物，他们又可以被划分为贵族世家、贫穷白人和南方的发迹者三种主要类型。可以说，任何疆界小说中的虚拟世界在物质形象上都远不及福克纳构建的神话王国那样生机盎然，在地域设计上也比不上福克纳从社会学的角度安排得如此缜密，这俨然就是现实中真实存在的地域。在福克纳从事文学创作的时代，没有任何一位其他美国作家能够具有如此丰富的想象力。①

同为地域文学的著名作家，莫言与福克纳在其文学地域中所表现的历史状况、人文精神和思想内涵却大不相同。“福克纳作品中的两个方面，即（旧）秩序的破坏和新世界的创造，是其成就的两大强有力支柱，代表着相互影响的两种力量——才能与传统、现在与过去、忘却与记忆。”② 围绕其家乡“邮票般”小小的地方，“福克纳和许多族裔作家一样，代表了一个特别的过去，这个过去被占据统治地位的北方文化边缘化和‘族裔化’”。③福克纳也因此被公认为美国内战之后表现新旧交替的社会变革时期南方“文学疆界”的代表作家。作为中国疆域文学的代表作家，莫言以中国故事为主要素材，根据中国百余年间的社会巨变，以自己的家乡和童年记忆为蓝本，创造出与福克纳在思想内涵上完全不同的文学疆界“高密东北乡”。有一点值得关注的是在“和而不同”的原则下，两位诺贝尔文学奖获奖作家在文学疆界视域下对人的关注具有异曲同工的艺术效果和社会反思作用。

西方文学史以往的编纂方式一般是编年史，即纵向地再现文学的发展历史。近年来，文学史家发现同时期或同地域的横向研究不仅有益于学术

---

① 〔美〕罗伯特·潘·沃伦：《威廉·福克纳》，俞石文译，载李文俊编《福克纳的神话》，上海译文出版社，2008，第53～76页。

② Emory Elliott, ed., *Columbia Literary History of the United States* (New York: Columbia University Press, 1988), p. 888.

③ 〔美〕萨克文·伯科维奇主编《剑桥美国文学史》（第六卷），张宏杰译，中央编译出版社，2009，第466页。

界了解文学的发展史实，而且更益于学术界了解影响文学发展的内外因素及其推动社会向前发展的动力作用。基于这一点，欧美很多文学史专家把对地理学的关注逐渐“嫁接”到对文学史的研究中，进而促使文学空间理论的问世。然而，“文学地理学”又并非通常意义上的“地理学”。如果以比较文学视角观察文学地理学，则必然涉及文化地理学、艺术学、社会学和人类学等学科之间的贯通，自然特征的人化或特定空间环境下的人文特征就成为其研究的焦点。美国学学会前主席、加利福尼亚大学前资深教授埃里奥特（Emory Elliott）主编的《哥伦比亚美国文学史》[1] 就是最有力的例证。该文学史除按时间划段对美国文学的兴起、独立初期的文学、两次世界大战期间的文学和战后文学进行纵向研究以外，还专辟章节对美国非裔文学、墨西哥裔文学和亚裔文学等少数族裔文学的兴起与发展进行史学研究。

除以文学地理“约克纳帕塔法县”而闻名世界文坛的福克纳以外，美国作家中还包括富于地域文学色彩的欧文（Washington Irving）、库珀（James Fenimore Cooper）、爱伦·坡（Edgar Allan Poe）、维拉·凯瑟以及表现西部疆域色彩的杰克·伦敦等小说家，他们都对文学地理学给予了特别的关注。新兴的文学史研究视角将作家的地域文学创作与其内外影响因素紧密联系在一起，进而使文学史研究得到进一步深化。就此意义而论，福克纳的人造文学疆域“约克纳帕塔法县”的构建也必定受其特定内外因素的影响并表达了美国内战后特定历史时期南方人的心理结构。

福克纳进入文学创作领域的时候，距美国内战结束仅有半个多世纪。美国因北方与南方践行的发展道路所形成的巨大差异，加之南方在蓄奴制问题上的不妥协态度，最终导致这场同胞兄弟之间血腥杀戮的大内战。坚持蓄奴制和农业发展道路的南方农奴主集团在这场战争中失败，坚持工业化发展道路、废除奴隶制的北方资产阶级获得了胜利。内战的结束使这个新兴资产阶级当政的国家保持了国土的完整，为日后资本主义在北美的快速发展奠定了领土基础，这是这场内战积极一面的意义。然而另一方面，

① Emory Elliott, ed., *Columbia Literary History of the United States* (New York: Columbia University Press, 1988).

内战后这半个多世纪的时间里，南方的经济并没有显著变化，黑人的人权问题也悬而未决。在这样的境况下，南方人既向往北方经济上的快速发展和政治上的民主自由，同时又留恋南方昔日的秩序，因而徘徊在十字路口。福克纳以知识分子的社会责任感和道德良心，适时地创作出著名的约克纳帕塔法世系小说，将这一社会转型时期南方人的心理结构以虚构的文学地理形式表现出来。美国学者鲁宾斯坦（Annette T. Rubinstein）所持的观点印证了福克纳"文学疆域"取得巨大成功的根本原因："伟大的作品需深深植根于作家所处的那个时代的生活中。无论该时代对其有利还是不利、是有意识地还是无意识地、是现实性地表现还是象征性地表现，对于该作家而言，均为如此。如果作家越伟大，越有个性，那么在他代表自己言说时，也就越加意义深远地代表了广大民众。正如范·威克·布鲁克斯在他那具有开创性的著作《美国的未来时代》里所指出的那样：'如果你对社会的压力越加感到深重和急切，那么你也会越加深沉和清醒，而且成果也就越加丰硕。'"[①] 在福克纳的文学地理中，作家以虚构的叙事策略进行小说创作，并以其作品的象征意义揭示了战后一代美国南方人的心理现实。也就是说，福克纳站在内战后那个时代的生活中，以讲美国南方故事的方式，并以"揭丑"为主要特征，以其小说中的话语言说代表了自己，同时也意义深远地代表了南方社会的民众。受欧洲反理性哲学思潮的影响，福克纳的约克纳帕塔法世系小说创作的高峰正处于欧美现代主义文学盛行的时期，因而其"文学疆域"也被赋予了现代主义思潮的特征。如果纵向加横向全方位地观察整个文学思潮的发展与变化，可以看出，一个明显特征就是文学思潮虽然与哲学思潮具有密切关系，但是与社会变迁的关系则更加密切。这一点正如美国马克思主义文论家杰姆逊所指出的那样，现实主义、现代主义和后现代主义，分别代表了马克思撰写《资本论》时期的国家资本主义、列宁论述的垄断资本主义或帝国主义、"二战"后的晚期资本主义或多国化资本主义三个阶段中人们的心理结构。[②] 西方资本

---

① Annette T. Rubinstein, *American Literature Root and Flower* (Beijing: Foreign Language Teaching and Research Press, 1988), Preface.

② 〔美〕杰姆逊：《后现代主义与文化理论》，唐小兵译，北京大学出版社，1997，第157页。

主义于19世纪下半叶的快速发展，尤其20世纪初第一次世界大战给西方人在心理上造成的巨大创伤，使一代人处于迷惘之中。这次世界大战打破了欧洲社会的旧秩序并给整个欧洲带来了巨大灾难，致使知识分子对资本主义的价值体系和伦理体系产生了怀疑，进而滋生了反叛情绪。社会的无序状态导致现代派作品的无序特征。因而，福克纳的南方地域文学也在欧洲反理性哲学的影响下，开始了现代主义的小说创作。

纵观福克纳的全部约克纳帕塔法世系作品，其笔下塑造的都是些心理上不健全的人物：其意识流代表作《喧哗与骚动》中的康普生夫人、大哥昆丁、二哥杰生和小儿子班吉在某种程度上都是精神病患者；《押沙龙，押沙龙!》中，在父亲的唆使下，塞德潘的小儿子杀死了异母长兄，然后又一把大火把塞德潘家人全部烧死，只剩下白痴孙子查尔斯在废墟中嚎叫；短篇小说《纪念艾米丽的一朵玫瑰花》的女主人公艾米丽小姐——南方观念的代表者，用砒霜毒死了她的情人荷马——北方观念的代表者，然后守着他的尸体一直到自己老死；《我弥留之际》中的母亲艾迪不守妇道，红杏出墙，生下了私生子朱厄尔，即使在艾迪死后，她也要继续拖累家人——生前立下遗嘱要家人把她的尸体运回老家下葬，智力残障的小儿子又因放火烧了棺材被送进疯人院，女儿为弄到堕胎药反而被诱奸。此类非健全理智的人物在福克纳的作品中比比皆是，这些人物均出自福克纳的神话“一个属于我自己的世界”，一个被称为“约克纳帕塔法县的人物和地方”。[①]

福克纳的文学疆域“约克纳帕塔法县”在美国文学史上具有划时代意义。其重大意义需从内战后美国南方社会巨变的这一特殊大背景中予以考察。当时南方人面对的境况，“一面是诱人但却越来越远且非常令人质疑的战前南方理想，另一面却是全新而又富于魄力的北方现代意识，对于南方人而言，具有强烈的意识冲击力要人们放弃南方那样一个由成熟的思想和价值观构成的过去”。如同其他地域文学作家将各自文学疆界内的人文、地理与现实生活中的疆域联系在一起的小说创作一样，“共同的遗产和好恶把福克纳与其南方同代人联系在一起的同时又与他们貌合神离”。“约克

---

① Emory Elliott, ed., *Columbia Literary History of the United States*, p. 888.

纳帕塔法县”里的非正常人物形象塑造“同叶芝、艾略特、康拉德、乔伊斯以及他们之前的斯坦因一样，福克纳事实上也正在走向象征主义与现实主义相结合的道路”。[①] 文学中的审美可以从正向价值来展示人类共同期望的美和塑造美，亦可通过揭示丑陋的方式入手，从负向价值的角度来表现怪诞美。福克纳小说王国中丑陋的负面人物形象塑造与现代派诗人艾略特（T. S. Eliot）的《荒原》叙事中的怪诞美如出一辙；以意识流手法表现其笔下人物的意识活动方式与爱尔兰现代派小说家乔伊斯（James Joyce）在作品中表现人物的方式极为相像。因而，在福克纳文学疆界的构建中，其现代主义文学创作使其成为西方各类反理性哲学思想在文学创作领域内予以实践的见证者。在其文学疆域中，那些既丑陋又怪诞的人物在社会新旧体制转型时期处于矛盾的心理状态下，是巨变的环境造成了人的巨大精神压力，因而在本能与现实之间，人的矛盾思想也只有通过自身的心理调节才能解决。而在特定的体制与环境下，当个人与社会之间存在的矛盾达到无法解决的程度时，“人”也只能自取灭亡。在约克纳帕塔法世系小说中，福克纳在《押沙龙，押沙龙！》中塑造的人物塞德潘就是美国资产阶级金融投机的一个典型例证，其象征南方种植园主在介入北方财政贷款的同时又力图使自己不陷入投机带来的矛盾困境中，结果导致他无法平衡这种矛盾关系而不得不彻底遁世隐退，最终以自杀的方式了却自己的一生。

欧洲反理性哲学和美国南方社会巨变使留恋南方传统的南方人处于进退维谷的境地。这种外部因素作用于小说家本人，使福克纳步入了现代主义的文学创作之路：打破旧有传统，建立新的传统。在福克纳根据美国南方内战后的社会现实塑造的、独具特色的南方神话王国中，其笔下的人物或者近乎非人，或者被英雄化，抑或被恶魔化，进而构成了古老的南方、战争与重建、旧标准的商业与机器被摧毁的象征意义，构成了其约克纳帕塔法世系小说创作中的象征主义文学意义。《喧哗与骚动》是其具有现代主义试验性质的典型作品，是在福克纳对过去南方根深蒂固的既定看法反应异常强烈，但又无法在其小说中以传统方式表现出来的境况下被创作出来的一部现代主义代表性小说。福克纳解决这个难题的途径就是将其人物

---

① Emory Elliott, ed., *Columbia Literary History of the United States*, pp. 891 – 893.

置于潜意识内，使社会中这类人物成为其作品中人物的影子。[①] 该小说中的人物并非按照现实主义的线性发展来描述的，而是随着作家的情感冲动展开，最终使该小说成为现代派意识流的代表作之一。

福克纳的“约克纳帕塔法县”是其文学想象中的空间与时间的再现，小说创作中的现代主义手法则是其文艺美学在叙事策略上的追求。在萨特（Jean Paul Sartre）看来，作家的美学观点最终要追溯到相应的哲学思潮上去。文学批评的主要任务之一，就是评价作者写作方法之前要先找出他的哲学基础。显然，时间的哲学就是福克纳小说创作的哲学。[②] 在形式与内容相互统一方面，福克纳疆域小说的创作目的在于“艺术抓住生活”，这一点是极其重要的。占据作家创作空间的也“只应是心灵深处亘古至今的真情实感、爱情、荣誉、同情、自豪、怜悯之心和牺牲精神”，“少了这些永恒的真情实感，任何故事必然是昙花一现，难以久存”的，这是因为“人是不朽的，并非在生物中唯独他留有绵延不绝的声音，而是人有灵魂，有怜悯、牺牲和耐劳的精神”。[③] 作为其“约克纳帕塔法县”的描述策略，福克纳现代主义的创作手法服务于他的“道德准则”和“道德标准”，教诲人们要“看清自己”；作家在作品中为读者塑造的人物形象，目的在于为人们树立起“忍苦受难、甘自牺牲的无比崇高的榜样，并给人指出光明的前途”。[④] 福克纳的约克纳帕塔法世系小说的现代主义创作叙事策略，虽然使其在叙事途径上与现实主义的叙事策略分道扬镳，但其对文学创作的终极意义追求并没有改变。因而，在其笔下，这个文学疆域里看似混乱不堪的小说故事情节安排，是福克纳在无序的社会中寻找有序，并以逆向思维的方式在对丑恶现象的揭露中来表现出作家的社会责任感和历史使命感，进而使其疆域小说的创作完成了他“从文学现代主义走向社会现代

① 〔法〕让-保罗·萨特：《〈喧哗与骚动〉：福克纳小说中的时间》，俞石文译，载李文俊编《福克纳的神话》，上海译文出版社，2008，第114~115页。

② 〔法〕让-保罗·萨特：《〈喧哗与骚动〉：福克纳小说中的时间》，第112页。

③ 〔美〕威廉·福克纳：《在接受诺贝尔文学奖时的演说》，张子清译，载李文俊编选《福克纳评论集》，中国社会科学出版社，1980，第254页。

④ 〔美〕琼·斯坦因：《福克纳访问记》，王义国译，载李文俊编《福克纳的神话》，上海译文出版社，2008，第319页。

性”的转变。[①]

莫言的“高密东北乡”是受福克纳的影响与其对文学疆界的自主创新相结合的成果。福克纳创造了“约克纳帕塔法县”，莫言则创造了自己的“高密东北乡”。两位作家的疆域文学之间虽然形似，但在作品所表达的思想内涵和揭示社会变迁的广度及深度方面存在很大差异。在揭示社会发展史的广度方面，福克纳的小说疆域反映的仅是美国内战之后半个多世纪美国南方社会转型给人们带来的心理结构变化；而莫言的高密东北乡系列作品所反映的是自中国晚清（如《檀香刑》）至当今改革开放时代（如《生死疲劳》及其城市系列作品《酒国》和《红树林》）百余年间中国的社会发展史，其中浸润着作者对这一阶段社会演进的文学思考。

莫言坦承未曾完整阅读过福克纳的作品，而是在阅读中国学者李文俊为福克纳《喧哗与骚动》译本所写的前言时受到启发，决意创作出自己的文学疆域，这就是当今摆在广大读者面前的高密东北乡系列小说。这两位小说家的文学疆界都是在地图上根本就找不到的地方，其实是作家笔下的“文学疆界”代码。莫言认为，他的“高密东北乡”是个文学上更为开放的概念，而非封闭的概念，“是一个文学的概念而不是一个地理概念”；这个文学疆界的代码“实际上是为了进入与自己紧密相连的人文地理环境”，因而是“没有围墙甚至没有国界的”。[②] 莫言的“高密东北乡”是作家对故乡记忆的文学书写，而非自传或纪实文学。莫言认为：“故乡就是一种想象，一种无边的，不是地理意义上而是文学意义上的故乡。”[③] 如果说福克纳的“约克纳帕塔法县”在于描写“人是不朽的”的话，那么莫言的“高密东北乡”却是故乡的猫腔，是莫言通过小说的互文性将民间的语言、民间的写作以及民间的立场融为一体，以此揭示出其文学疆界上“人与人的关系事实上从来就没有想象中那么美好。故乡是童年记忆基础上想象的产物，事实上是发明了一个故乡”。[④] 后现代主义语境下如何表现现实主义

① Richard Gray, *A Brief History of American Literature*, p. 222.

② 莫言：《神秘的日本与我的文学历程》（代前言），载《初恋、神嫖》，上海文艺出版社，2000，第11～12页。

③ 莫言：《在路上寻找故乡》（代序），载《藏宝图》，春风文艺出版社，2003，第1页。

④ 莫言：《在路上寻找故乡》（代序），第3页。

对人性的批判，这就是莫言故乡系列小说创作的独特思考方式，即人类在理想上追求“向善”而在现实生活中却在“从恶”的悖论。两者对故乡人物形象塑造的不同点在于：福克纳处于现代主义思潮的影响下，其人物书写以揭丑为其主要特征；莫言对其作品中的人物形象塑造在后现代主义语境下却是从本质上研究人、关心人、为了人，其人物书写遵循的“好人—坏人—自己”三者之间关系的原则，实质上是在其独特的现实主义创作道路上大踏步前进。

在故乡系列小说的叙事策略上，莫言的文学疆域也超越了福克纳的现代主义叙事策略，将现代主义和后现代主义元素融合在一起，开创了与其先前小说家不同的现实主义创作道路——莫言笔下的魔幻现实主义。于是，莫言在其故乡系列的小说中，依然遵循了现实主义文学创作中典型人物和典型环境塑造的基本原则，只不过将现代主义语境下福克纳的时间哲学、意识流和象征主义等现代主义手法，以及后现代主义文学的不确定性、叙事的多元性、语言实验和话语游戏等叙事策略融为一体，多角度、全方位、立体式地再现了中国现当代社会激烈震荡导致社会转型而形成的人文景观和人们的心理结构。莫言初入文学领域时正是中国改革开放初期，之前在中国文学与域外交流中断期间，西方文学传统早已发生了巨大变化。莫言在向西方文学借鉴的初始阶段，首先接触到的就是福克纳现代派小说叙事策略的创新手段。事实上，莫言当初对西方文学的最新发展也并不是非常清楚的，因而，莫言在仅读了福克纳《喧哗与骚动》中的几页时，就被福克纳小说中关于人物闻到了“耀眼的冷的气味”的描写所吸引，使其豁然开窍，看到了现代主义小说的全新书写方式，就仿佛听到前辈作家福克纳在鼓励自己：“小伙子，就这样干。把旧世界打个落花流水，让鲜红的太阳照遍全球！”①

在莫言的“高密东北乡”和福克纳的“约克纳帕塔法县”疆域文学的创作中，两人之间有一点极其相似，即作家的社会责任感。与福克纳地域文学中所反映的“真情实感”和“道德标准和准则”类似，莫言在中国文

① 莫言：《说说福克纳这个老头儿》，载林建法主编《说莫言》（上），辽宁人民出版社，2013，第99～100页。

学处于“唯政治论”和“去政治化”矫枉过正的年代里，坚持认为社会生活和政治问题是有时代责任感的作家应务必给予高度关注的重大问题，因而他提出了“政治问题、历史问题、社会问题也永远是一个作家所要描写的最主要的一个题材”的观点。实质上，疆域文学书写仅是福克纳和莫言小说创作思想的外在表现形式而已，在政治美学追求上，两位地域文学大师都在各自故乡系列小说里发挥出文学在公共领域内的意识形态作用，体现出不同社会体制和政治体制下作家寄寓在文学作品中的政治内涵。通常意义上，文学的基本价值体现在文艺美学的范畴内，但其政治美学意蕴的确是文学多重价值的体现，是文学作品的价值增值。福克纳和莫言这两位世界级文学大师的疆界文学既非纪实文学，亦非政治性文件，其本身只是文学虚构的产物，而其象征意义则需要读者通过对其作品的阐释才能显现出来。因而，两位作家疆域小说中的政治意蕴也同样是通过批评界和广大读者对其作品阐释而揭示出来的。正如美国学者瑟亚顿（James Seaton）指出的那样：“虽然一些学者力图把文学与政治科学相结合而又不使其任何一方有所丢失的观点有失偏颇，但是公共话语对语言的介入的确有助于民主程度的提高。”[①] 显然，在当代语境下瑟亚顿的“公共话语”与哈贝马斯（Jürgen Habermas）的文学公共空间理论具有很大的相同之处。然而这一点并非两位学者的新发现。亚里士多德早在古希腊时期就对此做出了精辟的论述：“人类所不同于其他动物的特性就在于他对善恶和是否合乎正义以及其他类似观念的辨认（这些都由言语为之互相传达），而家庭和城邦的结合正是这类义理的结合。”[②] 在福克纳的约克纳帕塔法世系小说中，作家通过虚构的文学疆界传达出美国社会转型期的人们，尤其是南方人，在究竟该走什么样的发展道路方面，既向往新世界的到来又留恋往日南方秩序的这种矛盾心理；在莫言的高密东北乡系列小说中，作家同样以虚构的文学疆界传达出家乡的人们在中国经由半殖民地半封建社会之后，开始向社会主义初级阶段转型时期的心理结构。

莫言的文学疆域书写虽受域外作家如福克纳和马尔克斯文学地理的影

---

① James Seaton, *Cultural Conservatism, Political Liberalism: From Criticism to Cultural Studies* (Ann Arbor: The University of Michigan Press, 1996), p. 1.

② 〔古希腊〕亚里士多德：《政治学》，第 8 页。

响，但其故乡系列作品更加关注作家的故乡及其童年记忆，讲述的是中国故事。因而，莫言的文学地理既是中外文学传统相结合的产物，更是莫言自主创新的结晶。对于故乡记忆，莫言认为他与农村的关系是“鱼与水的关系，是土地与禾苗的关系”。[①] 莫言故乡系列小说的建构与美国作家托马斯·沃尔夫和日本作家大江健三郎故乡小说建构的道路基本相同：作家首先要离开故乡，在异乡通过对自己故乡的记忆，进而在内心世界中寻找并构建起自己的文学地域，通过故乡小说创作的独特性来发现故乡记忆小说的普遍性。中国作家鲁迅、沈从文和南美作家马尔克斯也都具有相似的故乡记忆小说建构的类似经历。

莫言和福克纳等地域文学作家都深具“个性”，在不同社会转型的历史境遇中，逐渐形成了各自的地域文学特色。他们在各自的文学疆域内用虚构的体系描述、再现、颠覆、重构和反思现实世界，使两者之间既有鲜明的界限，又揭示出两者之间的偶联性，进而在通过地域文学来回顾历史和解剖现实的过程中打破了人们已有的传统经验的界限，构建出作家笔下独特的文学王国。在文学史上，英国作家和思想家莫尔（St. Thomas More）的理想国、美国小说家杰克·伦敦的西部文学和维拉·凯瑟的地域文学以及中国作家鲁迅的绍兴系列作品等也均是文学疆界构建的例证，其虚构的文学疆域既反映了现实又超越了现实，以生动形象的文学图腾表现出作家高超的文学技艺，发挥了其地域文学对“人”关注的“教诲”作用。

第三节　莫言获奖引发的争议

莫言成为首位获得诺贝尔文学奖的中国籍作家，这对于本身具有几千年文化底蕴、诺贝尔文学奖百年奋争历程的中国文学来讲，是一个里程碑式的大事件，在域外异质文化中自然会引起强烈反响。如同世间所有事物都是矛盾的共同体一样，对莫言的正负面评价也是如此。总体来看，褒奖为其主流，但对莫言获奖质疑、否定，甚至攻击的声音也不绝于耳。对莫言获奖的正向价值评价将辟专章进行论述，本节仅就负面评

① 莫言：《我的高密》，中国青年出版社，2011，扉页。

价进行剖析。

对莫言获奖的负面评价既有在学术领域内的评论，亦有来自意识形态方面的攻击。特别是在大众网络传媒时代，现代科技的快速发展使网络信息传播成为极为重要的意识形态宣传手段之一，对广大读者形成了不可忽视的引导性作用。莫言获奖引发的争议不仅涉及莫言本人文学成就的评价，而且还会影响到中国文学以及世界文学在当代的发展趋向，因而澄清对莫言获奖所引发的争议既具有重要的学术意义，同时也具有重要的政治意义。

一 莫言魔幻现实主义的负面评价

莫言获奖所引发的争议首先来自颁奖词中提及的“魔幻现实主义”。在学术争论方面，国内英语界的青年学者郭英剑教授在中国作家网上发表文章指出：“我注意到，诺贝尔委员会在其官方网站上的颁奖词的原文为：‘The Nobel Prize in literature 2012 was awarded to Mo Yan who with hallucinatory realism merges folk tales, history and the contemporary’。也就是说，中文翻译的‘魔幻现实主义’，在英文原文中是‘hallucinatory realism’，而不是我们通常所使用的‘magic’或‘magical realism’。”郭英剑教授认为，“hallucinatory realism”这个最早于1970年出现的英文词指的是梦幻状态，如果直译为“梦幻现实主义”会显得更为贴切。[①] 与郭英剑持类似的观点，江烈农在译言网上发表文章，认为从译介学的角度出发，将“魔幻现实主义”改为“幻觉现实主义”更为合适。[②] 甚至连自称不懂“洋文”但极力为莫言正名的陈冲先生也认为，将“hallucinatory realism”译为“魔幻现实主义”有误。[③] 美国纽约大学华人学者张旭东则认为这一译法可能在于故意回避中国的莫言与拉美的魔幻现实主义大师马尔克斯之间的区别，否则，两位作家的创作虽有相似的地方，但把莫言说成“中国

① 郭英剑：《莫言：魔幻现实主义，还是其他》，中国作家网，2012年12月21日，http://www. Chinawriter. com。

② 江烈农：《从翻译角度浅议：莫言到底是不是“魔幻现实主义融合了民间故事、历史与当代社会?》，译言网，2012年10月14日，http://article. yeeyan. org/view/245405/324909。

③ 陈冲：《批评界缺乏对莫言文本的专业分析》，中国文学网，2013年12月13日，http://www. literature. net. cn/Article. aspx? id = 73430。

的马尔克斯”容易引起误解。①

在小说作品的内涵方面，易测预演在博文中从哲学视角对莫言的魔幻现实主义提出了质疑，认为魔幻现实主义是一种“人神社会”之前的精神态度和社会意识，《生死疲劳》的主人公一会儿是人，一会儿是驴的思维角度，只能说这部作品充满了怪异的想象而已，但不能因此就将其说成魔幻现实主义。该博主坦言自己对纯文学研究没有发言权，认为这可能就是魔幻现实主义的一种文学技巧和风格。博主的观点基于思维与存在之间的关系，认为人的存在是一个圆，并没有起点和终点。但该博主承认，莫言的文学风格受到外国人认可，获得了这一大奖，毕竟是一件大好事，并希望借助莫言使中华民族的伟大文化在世界上得到广泛传播。②

在文风方面，马凡驼认为莫言的魔幻现实主义是一种“东施效颦的‘模仿现实主义’”，是对拉美作家马尔克斯的机械复制，甚至加引号认为莫言是在“抄袭”马尔克斯。莫言的魔幻现实主义无法塑造出像托尔斯泰（Leo Tolstoy）的《复活》中的“聂赫留朵夫”、图格涅夫（Ivan Sergeevich Turgenev）作品中“多余的人”、陀思妥耶夫斯基（Fyodor Mikhailovich Dostoevsky）的《卡拉马佐夫兄弟》中的“卡拉马佐夫一家”、鲁迅的《阿Q正传》中的“阿Q”、沈从文的《连城》中的“翠翠”和张爱玲的《金锁记》中的“曹七巧”等现实主义作家笔下那些典型的现实主义人物形象，因而，看莫言的作品，充其量就像是在看莫言导演的“春晚”节目。③

在文学与历史事实的关系上，作家刘水在《莫言：文学体制的双生子》一文中对莫言采取否定态度，认为莫言获得诺贝尔文学奖已被演绎为国家象征和政治文化事件，这种“莫言现象”已超越了文学本身；莫言远离人道主义情怀，“其魔幻现实主义写作恰恰借用《聊斋志异》民间轶闻外衣，遮蔽了历史与现实的紧张关系——中国真相”，因而“其文学想象

---

① 张旭东：《莫言更能代表中国文学的生产力》，中国社会科学网，2013年10月30日，http：//www.sccn.cn/ddzg_ldjs/ddzg_wh/20131030_799526.shtml。

② 易测预演：《关于莫言的魔幻现实主义》，新浪博客，2012年10月14日，http：//blog.sina.com.cn/s/blog4e002c4501014e2v.html。

③ 马凡驼：《莫言是“魔幻现实主义”还是“模仿现实主义”?》，中华论坛网，2012年12月12日，http：//club.china.com/data/thread/1011/2752/02/70/5_1.html。

伤害了文学真实，文学虚构替代了历史真相”。①

刘淼以《莫言不是好榜样》为题转贴王力雄写给中国作家协会的信，认为：“我阅读许多关于莫言的评论时，总是看到别人说他有着卡夫卡式的风格、马尔克斯的魔幻以及福克纳般的结构，果真如此的话，为什么我们不去直接读卡夫卡、马尔克斯或是福克纳呢?”②

从陈树义新浪博文《中国作协副主席莫言获诺贝尔文学奖引激烈争议》中可以看出，莫言颁奖词中的“魔幻现实主义”在国外引起了更加强烈的反响。德新社以《酒国》为例提出了“共产党真的吃人吗?”的政治问题，并将莫言以魔幻和黑色幽默手法对反腐的思考，解释为莫言小说的“实验写作测试着共产党国家审查可以容忍的社会和政治讽刺的极限”；认为《蛙》的出版“瞄准了政府严厉的一胎计划生育政策”，并“广泛使用幻想和讽刺帮助莫言避免那些直接攻击共产党及其社会经济政策将带来的更严厉的惩罚”；莫言曾把高密县比作福克纳的“约克纳帕塔法县”，因而有人称他为“中国的福克纳”。德新社报道说，莫言首次读到马尔克斯的“魔法现实主义”，发现“可以如此自由写作”，然而具有讽刺意味的是笔名为“莫言”的人却成了中国最多产的作家之一；莫言受马尔克斯影响，“喜欢模糊手法，故意模糊现实和虚幻”，“这不仅仅是一种文学工具，而且也反映出他看到的现代生活的不确定性”。路透社则更加露骨地贬毁莫言，认为莫言受马尔克斯、劳伦斯和海明威的影响，创作中采取了幻想和讽刺的手法，却被“国家媒体贴上‘挑衅和粗俗的标签’”。有位英国人权律师认为，莫言获奖是合适的，因为“在政治层面上，他跟非民主政权一个鼻孔出气”。英国的《金融时报》则认为莫言是第一位在和平奖之外获得诺贝尔奖的中国公民，这必将在中国引发对“魔幻现实主义融合了民间传说，历史和当代”的争议。③

美国汉学家林培瑞（Perry Link）以《莫言不是一个顶尖的作家》为

① 刘水：《莫言：文学与体制的双生子》，新浪博客，2012 年 10 月 27 日，http：//blog. sina. com. cn/s/blog_ 475b03900102e7mm. html。

② 刘淼：《莫言不是好榜样》，泡网俱乐部，2012 年 11 月 8 日，http：//yydg. paowang. net/2012 - 11 - 08/7896. html。

③ 陈树义：《中国作协副主席莫言获诺贝尔文学奖引激烈争议》，新浪博客，2012 年 10 月 12 日，http：//blog. sina. com. cn/s/blog_ 494c04040102e181. html。

题接受德国之声的独家采访时表示，给莫言的文学创作冠以“魔幻现实主义”的标签是生搬硬套，莫言在现实主义的叙事中突然会冒出几句类似《聊斋志异》里不现实的东西，只读过马尔克斯和福克纳作品中的几句就说是受了他们的影响，因而莫言并不是顶尖的作家。[①] 三井居士在凯迪社区转帖的《答客问——莫言的写作风格及其他》一文中，林培瑞再次指出，“说莫言是‘魔幻现实主义’是给他贴‘外插花’”，这显然“也带有西方中心主义的色彩”。既然中国文学传统里已有《聊斋志异》中不现实的成分，《水浒》里也有武打和血腥之类的描写，那么为什么不可以来套用莫言呢？而“非要说他是‘魔幻现实主义’”，这样做岂不是“反映了一种崇洋媚外的态度”。《檀香刑》是莫言通过感官刺激提供给普通人感官欲望表达的一个空间，但其思想观念都是老一套，“都没有超出一个受过多年共产党教育的读者的想象。能起到哗众取宠、耸人听闻的作用，但没有精神上的启发。与鲁迅笔下看刑罚的‘看客’不一样”。[②]

针对莫言“魔幻现实主义”的获奖理由，旅美华人学者何清涟在阿波罗新闻网上撰文，认为诺贝尔文学奖评委偏好魔幻现实主义的文学创作，而莫言的《檀香刑》正好迎合了评委追求怪异和异国情调的品位，因而莫言获奖是情理之中的事。[③]

关于莫言的魔幻现实主义在海内外网络上的这些否定性甚至是攻击性的观点，除来自学术方面的探讨以外，也不乏来自对莫言创作思想即其作品政治性的攻击。对莫言的魔幻现实主义是“外来品”的看法是有一定根据的。魔幻现实主义作为一种独特的文学作品叙事方式，最早出现于欧洲的文艺界，20 世纪 50 年代兴盛于拉美文学，马尔克斯是其代表作家，这些都是客观事实。然而，莫言借鉴域外“魔幻现实主义”，开创中国文学的新路，是中国作家向域外文学借鉴，补上“所缺课程”的重要一环，把莫言的魔幻现实主义与马尔克斯的魔幻现实主义“形

① 林培瑞：《莫言不是一个顶尖的作家》，好搜网，2012 年 12 月 11 日，http：//www. xicinet/d180152465. htm。

② 林培瑞：《答客问——莫言的写作风格及其他》，三井居士转贴，凯迪社区网，2013 年 1 月 3 日，http：//club. kdnet. net/dispbbs. asp？boardid = 1&id = 8888682。

③ 何清涟：《诺贝尔文学奖在中国的是是非非》，阿波罗新闻网，2012 年 10 月 13 日，http：//www. hxzq. net/aspshow/showarticle. asp？id = 7780。

似”说成“东施效颦”，甚至“抄袭”的断言有失偏颇。难道说某个民族文学中已经取得的文学成果，其他国家的作家就不能予以借鉴了吗？如果的确是这样的话，那么文学全球化也就没有存在的必要，索性大家都关上门好了。

莫言从未否定过福克纳和马尔克斯等西方文学家对其文学创作的影响。同为诺贝尔文学奖得主，福克纳创建了内战后代表当时美国南方的“约克纳帕塔法县”，马尔克斯创建了社会巨变时期哥伦比亚的“马孔多”，难道在文学全球化的时代莫言就不可以创建具有社会转型时期中国特色的“高密东北乡”吗？这三位世界级文学大师均在其作品中表现了各自不同时代、不同社会背景和不同政治制度下文学对人的普遍关注，至于说到底是谁影响了谁，并没有什么可以值得非议的。然而，对莫言的魔幻现实主义受马尔克斯的影响这一观点却应另当别论。莫言以《丰乳肥臀》的出版时间为例，举证说明了这种域外影响与自主创新之间的关系。莫言的《丰乳肥臀》于 1995 年首次出版，马尔克斯的《百年孤独》则出版于 1967 年，其间相差了 28 年的时间。莫言虽然在很多公开场合曾坦言其创作在很大程度上受到马尔克斯的影响，但在中外文学批评中就一直存在“互文说”，莫言的小说创作亦有互文的特征。就“抄袭”而言，虽然有些评论家针对某些故事情节的相似性就将其认定为“抄袭”，但不足以证明这一点。莫言以《红高粱》的创作经历回应了反对派对他的攻击：《红高粱》1984 年冬天竣稿，而直到 1985 年春天莫言才看到马尔克斯的《百年孤独》。莫言直言如果他早些看到马尔克斯的《百年孤独》的话，那么他的“‘《红高粱》家族’很可能是另外的样子”。[①] 如果说莫言在其小说创作中确实受到了西方文学影响的话，那么福克纳的意识流创作手法就显得更为直接。然而，在福克纳的小说中，现代派的因素占据主要部分，魔幻的因素极少，现实主义的因素则更不沾边，因为在作家流派的分类上，福克纳通常被视为西方现代派文学的代表作家之一，而非属于魔幻现实主义流派作家。莫言作为新中国出生并成长起来的作家，无论是童年时代，还是初

---

① 莫言：《我为什么要写“〈红高粱〉家族”》，载《莫言作品精选》（珍藏版），长江文艺出版社，2012，第 300 页。

入文学领域时期，他所能接受的首先是中国古典文学和现实主义传统的影响，而非域外文学传统，因为这个时期中国文学基本上是在闭关自守的状态下发展的（向苏联文学学习除外）。当莫言开始创作出一些名作时，中国恰恰处于改革开放初期，那么莫言开始接受域外文学传统的影响则完全属于正常现象。这就引发了莫言对作家与作品之间关系的相关论述，即“作家是有国籍的”，但“优秀文学却是没有国界的”。然而，很多新时期的中国作家和评论家早已习惯于批判现实主义的文学语境，习惯于现实主义的思维模式，因而对域外文学思潮一时难以适应，甚至对域外文学思潮怀有排斥心理。这样，莫言用魔幻现实主义创作策略写就的小说就很容易成为反对派攻击的靶子。

二　影响论视域下莫言的魔幻现实主义

如果以影响论来评价莫言小说中的魔幻现实主义，中国古典文学名著中魔幻类作品对莫言的影响比起马尔克斯要更为直接、影响也更大。事实上，在中国古典文学作品中，魔幻类作品是一个重要的组成部分，这类作品极其丰富且意义深远。例如中国古典文学中飞天入地与鬼怪狐妖类小说中的民间传说《封神演义》、《七侠五义》、《聊斋志异》和《西游记》等，还有表现人类美好理想的《精卫填海》、《牛郎织女》、《女娲补天》和《天仙配》等作品，该类作品在某种程度上体现出魔幻的文学创作特点，而且比马尔克斯的魔幻现实主义要早得多，其中有些类似的中国作品比马尔克斯的《百年孤独》要早好几百年。莫言小说采取魔幻叙事策略恰逢中国改革开放时期，马尔克斯的魔幻现实主义也传到了中国。但是，莫言接受域外文学传统的影响也仅是创建其魔幻现实主义所迈出的第一步，而洋为中用、中西结合、自主创新、吸取中国传统文学中的精华才是莫言取得成功最为关键的一步。莫言倡导的“强烈的自我意识”在当时中国文学界的阻力还是相当大的。莫言认为，创新的探索即使失败，也胜于因循守旧写出来的东西。中国作家既需要向西方优秀文学成果学习，又需要“立足于中国的现实生活”，“从中国古典文学源头里汲取营养”，“写出中国风格”和“中国气派”。在这一点上，刘水先生却又走向了另一个极端。刘水与大多数反对派作家的观点不同，刘水认为莫言魔幻现实主义的渊源不是哥伦比亚作家马尔克斯，而是在《聊斋志异》的外衣下，“伤害了文学真实，文学虚构替代了历史真相”。刘水的观点存在两点值得商榷的地方：第一，文学的虚构本质；第二，文学的虚构本质与史学本质的区别。作为常识，创作上的“虚构”和意义阐释的“象征”是文学的本质特征；文艺美学价值是文学的终极价值取向与史学的“求真”终极价值取向两个不同学科价值取向的核心差异，若在文学创作中坚持“求真”，就从学科意义上否定了文学的基本价值取向，使其变成了“纪实文学”、“报告文学”或者“新闻报道”。

文学书写是在描写具有普遍意义的人并服务于整个人类，而不是为了表现现实生活中的具体某个人或某些人。文学伦理学崇尚“善”与“德行”，这也是作家创作中的价值取向之一。然而，在文学的创作实践中，作家把揭丑的方式作为作品的叙事策略，则从逆向思维的角度揭示了“丑中见美”的文艺美学运行机制。若以传统的文艺美学标准来评价英美诗人T. S. 艾略特以“一战”后西方世界为背景创作的《荒原》，这首诗是根本谈不上“美”的，然而该诗却被视为现代主义诗歌与先前诗歌传统的分水岭，艾略特也因“对于现代诗之先锋性的卓越贡献（for his outstanding, pioneer contribution to present-day poetry）”而获得诺贝尔文学奖。[①]“丑中见美”的运行机制还可以从如反乌托邦（dystopia）文学家赫胥黎及其《美丽的新世界》、奥威尔及其《动物庄园》和《一九八四》、库斯勒（Arthur Koestler）及其《中午的黑暗》、亚米扎京及其《我们》以及黑色幽默作家约瑟夫·海勒及其《第二十二条军规》等作家和作品中找到文学案例。反乌托邦文学以逆向思维的方式，以非正常思维模式和负向价值观来反衬人类对美好未来憧憬的正向价值观。爱尔兰小说家乔伊斯和美国小说家福克纳的意识流作品、奥地利小说家卡夫卡和哥伦比亚小说家马尔克斯对人物变形的描写，均超出了人的正常思维。若以传统的文艺美学标准来评价这些文学思潮发展进程中的新鲜事物，那么只能说这些作家的作品都是“丑”的。然而这些作家及其作品却都得到了学术界的普遍认可。这个现

---

① The Nobel Prize in Literature, The Official Web Site of the Nobel Prize, http://www.nobelprize.org/nobel_prizes/literature/.

象的探讨必然涉及社会转型时期人的基本存在方式和核心价值观所发生的变化。因而，历史主义的发展观与伦理主义的“善行观”也只能在二律背反中前行。[①] 既然上述列举的域外文学同类名家与作品可以被普遍接受，那么就没有理由质疑莫言的魔幻现实主义。在很多场合下，莫言都一再将自己界定为一个讲故事的人。“讲故事”在山东方言中被称为“拉呱”，“讲故事的人”就是“拉呱的人”。在人们的想象之中，民间“拉呱”的内容也总是与飞天入地、狐妖鬼神等超常理的想象有着密切的关系。从这个意义上来讲，马尔克斯就是哥伦比亚用笔“拉呱的人”，莫言则是中国新时期用笔“拉呱的人”。同为作家，飞天入地也好，狐妖鬼神也罢，这些非常理的文学想象都不可能是某个作家独有的专利。因而，莫言的魔幻现实主义也只不过是域外魔幻现实主义与中国本土的类似文学想象相结合的产物罢了。在这两者当中，域外文学的影响是莫言魔幻现实主义形成的外部因素，是其条件；而中国非常理文学想象则是其成因的内在根本。两者的有机结合，就构成了莫言魔幻现实主义形成与发展的外部条件和内部根据，并最终构建起具有中国特色的魔幻故事叙事模式。

在否定莫言的魔幻现实主义时，德新社表面上是批评莫言文学创作与其政治立场合为一体，似乎是将文学性与政治性混为一谈，但实则是希望莫言站在与执政党对立的立场上去，希望莫言能与中国的当代政治分道扬镳。说得再明确一点儿，在西方一些别有用心的人看来，中国当下是“集权社会”，因而他们希望莫言能够与中国执政党完全对立。德新社的评论打着文艺批评的幌子，认为莫言看到了“现代生活的不确定性”，因而“故意模糊现实和虚幻”。对于这一点，莫言的所言所为与德新社的评论恰恰相反。莫言小说中对社会批判和历史问题的探讨恰恰表明莫言是一位具有高度历史责任感、社会责任感和政治责任感的作家。尽管莫言是体制内拿薪水的作家，但在具有典型魔幻现实主义特征的《天堂蒜薹之歌》和《酒国》这两部作品中，莫言则充分显现出一个知识分子应有的品质。德新社评论家拿莫言以“文化大革命”那个特殊年代为背景写成的《蛙》为

① 刘再复：《“现代化”刺激下的欲望疯狂病——〈酒国〉、〈受活〉、〈兄弟〉三部小说的批判指向》，载林建法主编《说莫言》（上），辽宁人民出版社，2013，第117~121页。

例，攻击莫言是在以幻想和讽刺的手法来避免作家与执政党之间的矛盾，这也正说明西方这位评论家要么是缺乏最起码的常识，要么就是醉翁之意不在酒而有意装作连自己先辈创立的政治哲学也弄不懂。从文学的角度来看，文学故事的虚构性仅为作品的外壳，是其表象，而象征性才是文学故事的内核。事实上，没有内核的故事是不存在的，这就是文学作品形式与内容相互统一的基本特征。在中国古典文学中那些具有魔幻性质作品的文学案例中，作者均表现出人类对美好理想的追求与憧憬。在政治美学层面上，作家在文学公共空间内以文学的意识形态功能作用于公共权力主客体双方，就构成了文学作品在政治美学层面上的价值。就国家理论而言，一旦公共权力代表了最广大客体的意愿，那么文学这种意识形态功能的作用就在于调节公共权力主体与客体之间的矛盾，而不是激化这种矛盾。于是，学术界常把文学公共空间的意识形态作用形象地比作“社会的大气层”或“社会的黏合剂”。代表广大人民群众利益的中国共产党在新中国作为执政党出现在政治舞台上，在中国当下社会主义初级阶段的政治体制中，执政者与广大民众之间的关系并非压迫与被压迫、统治与被统治的关系。虽然在执政过程中，公共权力主体和客体之间亦有矛盾发生，但这种矛盾在性质上属于人民内部范畴。因而，作家的政治责任感和社会责任感就表现在如何化解双方之间的矛盾，而不是“火上浇油”来进一步激化该矛盾，使其转化为敌我矛盾。莫言正是这样做的。在具有典型魔幻现实主义特征的《酒国》和《天堂蒜薹之歌》这两部作品中，莫言一方面站在执政党的立场上，帮助执政党解决执政过程中出现的官僚主义作风和腐败现象问题；另一方面站在民众的立场上为民请愿。其“社会黏合剂”的作用恰恰在于化解公共权力主体与客体之间的矛盾。

莫言的这种创作目的和方式与秘鲁作家略萨（Mario Vargas Llosa）和哥伦比亚作家马尔克斯作品中的政治权力斗争在性质上是完全不同的。略萨的政治小说《公羊的节日》的核心思想是要推翻那个政权，因为其小说世界里的那个国家政权并不能代表广大民众的利益，所以作家才极力鼓动民众起来造反，推翻极权的暴政统治。洛克（John Locke）的社会契约论观点认为，“公共权力”是民众将自己的部分权力交给主权人，让主权人以这种社会契约的方式来保护自己的财产并为自己谋取福利。因而，如果主权人违背了广大民众的意愿，“擅自制定法律”，那么这种法律就失去了“权威”性，民众就可以“摆脱从属状态，可以随意为自己组成一个新的立法机关”。[①] 马尔克斯《百年孤独》的政治学意义在于其作品揭示的是对外反对外来殖民势力对本国的剥削与压榨，对内表现的是保守派与自由派之间的斗争。在创作手法上，如果公正地评价萨略的《公羊的节日》和马尔克斯的《百年孤独》这两部作品，那么显而易见的是两位作家采取的是更为传统的批判现实主义的创作手段，而非魔幻现实主义的手段（尽管马尔克斯被公认为是魔幻现实主义的代表作家）。莫言在《酒国》和《天堂蒜薹之歌》这两部小说的创作中却采取了更为典型的魔幻现实主义叙事策略（即作品的形式）。前者以反腐为题材，以元小说、语言实验和话语游戏的后现代主义手段，意识流、时空颠倒等现代主义的小说叙事策略，以社会主义体制下个别官员腐败到“以吃婴孩为乐”的程度，以致前去调查此案的省检察院高级侦察员也未能经得起酒和性的诱惑，自己反倒最终醉酒淹死在茅厕里的寓言故事，表达了莫言对改革开放中出现的问题的关注（即作品的内涵）；后者属于改革开放后部分官员中的官僚主义导致民怨的同类故事。作者在《天堂蒜薹之歌》新版后记中直言“小说家总是想远离政治，小说却自己逼近了政治”，“关心‘人的命运’，却忘掉了作家‘自己的命运’”。[②] 在这部以非常规思维逻辑写成的政治小说中，莫言借助青年军官为辩护人在法庭上的陈述，表达了作家的政治观点：政党和政府如果不为民众谋利益，就应该被推翻；党的干部“如果由人民的公仆变成了人民的主人”，“人民就有权打倒他”，这样做“并没有违反四项基本原则”。“中国共产党是伟大正确的，是全心全意为人民的”，但是，“一粒耗子屎坏了一锅粥”，影响了“党的声誉和政府的威信”，而群众把对个别官员的积怨转嫁到更大范围中去“也不是完全公道的”。[③] 作为社会主义体制下的知识分子，莫言以小说为工具，为公共权力主体与客体之间的共同利益而大声疾呼，他所发挥的正是公共知识分子“社会黏合剂”的作用。

---

① 〔英〕洛克：《政府论》（下篇），叶启芳、瞿菊农译，商务印书馆，2003，第105、129页。

② 莫言：《天堂蒜薹之歌》，上海文艺出版社，2012，第329页。

③ 莫言：《天堂蒜薹之歌》，第300~301页。

德新社关于莫言采取“模糊手法”来故意“模糊现实和虚幻”的否定性评价更没有道理和依据，因为在后现代社会中，不确定性是从社会的后现代性到文学的后现代主义所共有的特征，是当前世界文学和当代社会的主要特征之一。社会的快速发展必然要打破许多过去的传统价值观。因而，如同理性与非理性在不同社会阶段会发生转化一样，传统价值观的丢失与新价值观的确立也是社会发展进程中的一种必然历史现象。这种价值观演变的现象在后现代主义文学创作中表现为不确定性特征也是很自然的事。莫言的反腐小说《酒国》的创作中不仅具有类似马尔克斯的魔幻手法，而且还有科学主义、互文、生态批评、意识流、元小说、内嵌小说等各种不同流派的创作手法。在这些创作手法中，魔幻手法的最大特点是表现后现代主义文学的不确定性。然而，在这些后现代主义文学不确定性的外表形式下，作家从中表达了自己确定的文学思想及其政治立场。这就构成了现实主义文学的基本品质。仔细研读莫言的代表性作品，从其后现代主义创作的形式到现实主义的社会批判内容的完美结合，既回应了德新社对莫言无端的指责，否定了刘水对莫言以“文学虚构替代了历史真相”的言论；同时又回击了关于莫言的魔幻现实主义是“思想和文字低劣的遮羞布”的文学价值否定论。

《生死疲劳》是莫言另一部典型的魔幻式虚构文学作品。以“土改”时被镇压了的地主西门闹六道轮回的魔幻故事和雇农蓝脸逆“大跃进”潮流而动的故事为主线，莫言向广大读者展示了半个多世纪以来中国农村的巨大变迁，在虚幻的寓言王国中表现社会中的现实生活，以独特的视角表达了作家作为公共知识分子对社会问题和政治问题所做的思考。这部作品是作家自荐的最为得意之作，但也招惹了最多的争议。易测预演在新浪博文中认为莫言的这部小说一会儿把西门闹描写成人，一会儿又将其塑造成驴，因而该小说只能被认定是一部充满“怪异想象”的作品，而不能被视为魔幻现实主义作品；马凡驼则认为这是莫言“‘东施效颦’的模仿现实主义”，是对马尔克斯的机械复制。综观这些对莫言的否定性评价，他们首先否定的是莫言小说的魔幻现实主义实质，其次否定的是莫言在外来魔幻现实主义基础上进行自主创新的功绩。这类评价或许来自持该论点的人缺乏起码的文学常识，或许是某些别有用心的人有意采取的攻击态度。在《生死疲劳》这部小说中，莫言将人畜间或正常人与非正常人之间的转换作为小说创作的形式，这正是“虚幻之中而又不失真实”的小说艺术形式与其思想内容辩证统一的具体体现。西门闹的六次轮回中有五次为非人类的驴、牛、猪、狗和猴，最后一次是大脑不健全的大头婴儿。可以说，西门闹的整个轮回过程，没有一次是健全人格的主人公。然而，作家正是通过这种非人的或非正常人的意象，以“他者”或非健全人格的婴儿来反观现实中的中国农村变迁，最终实现了作家以现实主义为主线对社会问题进行关注与批判的主旨。这个寓言故事中有两个主人公：一个是被镇压了的地主西门闹，另一个是雇农蓝脸。在那个时时刻刻都“以阶级斗争为纲”的年代，两个主人公在阶级成分上恰好是完全对立的两极。然而，在莫言“好人—坏人—自己”三者关系的独特人物形象塑造原则下，该小说在创作中开创了一条莫言独特的创作道路：在转世轮回的过程中，被镇压的地主西门闹透过动物和智力不健全者的眼睛，看到了人世间实实在在的悲欢离合情景，向广大读者展现了中国当代社会中的各种不合理现象；雇农蓝脸则是一个敢于逆中国农村合作化潮流而动的人物形象，是“真理有时在少数人手中”的典型例证，这从中表达了作家对中国当代历史的反思以及对社会问题和政治问题的关注。从域外影响因素来看，这部典型的魔幻现实主义小说在一定程度上受马尔克斯的魔幻现实主义和卡夫卡《变形记》的影响。然而，这部小说的创作却以中国元素为主，讲述的是中国故事。即使有域外文学影响成分的话，那也是作家在域外文学传统中的魔幻现实主义和中国传统魔幻小说的双重影响下创作出来的，其“魔幻现实主义”也并非单纯的域外魔幻现实主义的“舶来品”。恰恰相反，虽然他们举证将莫言的这部作品说成“‘东施效颦’的魔幻现实主义”，但其评价是没有说服力的，因为莫言的这部作品在魔幻的形式下，以中国文化中的传统轮回说作为故事叙事的方式，体现的是作家对中国的历史问题和现实问题进行思考的现实主义批判内涵。正因为作家在创作中将形式与内容有机地统一起来，才使这部小说具有了历史意义、现实意义和社会意义，因而将莫言说成“东施效颦”的魔幻现实主义也是站不住脚的。

当代社会快速发展，许多属于传统的事物会被新生事物所代替，传统价值观被新的价值观所取代也是后现代社会发展的一大特征。文学在后现代主义语境中的发展也不例外，过去的浪漫主义、现实主义、现代主义文学传统，被后现代主义的不确定性、多元性、语言实验和话语游戏等特征所取代也是文学在新形势下发展的必然结果。莫言的小说创作之所以能够取得巨大成功，在很大程度上是莫言“与时俱进”的结果。[①]《生死疲劳》、《战友重逢》、《翱翔》、《梦境与杂种》和《幽默与趣味》等小说既采取了魔幻的叙事策略，也具有科学主义、互文性、生态批评、元小说、意识流等各种不同流派的叙事策略。然而，在这些非传统的叙事策略外衣下，其作品虽貌似魔幻，又具有后现代主义的不确定性特征，但表现出莫言作为知识分子确定的文学思想和政治立场。仔细研读莫言小说，即可在其后现代主义创作外表下，就其小说的形式和内容对德新社给莫言扣上的各种“莫须有”的罪名予以回答，同时也回应了刘水对莫言“文学虚构替代了历史真相”的文学价值否定。[②]

事实上，虽然诺贝尔文学奖的颁奖词明示了莫言“魔幻现实主义”的小说形式，但莫言小说的叙事策略受时代发展的影响，不可能以单纯的魔幻方式或单纯的现代派手法来讲述中国当今现实生活中的故事。既然莫言的小说创作处于后现代主义阶段，那么其作品必然要受到后现代主义文学创作手法多元性的影响，因而其小说中既有传统的现实主义成分，也有现代主义的时空颠倒和意识流等成分，同时伴有其他多种叙事方式，而魔幻现实主义只不过是其主要策略而已。正由于莫言小说创作中将各种流派的叙事策略融为一体，因而那些习惯于传统文学批评思路的评论家对其作品评头品足、说三道四，或者是那些别有用心的人对其进行恶意攻击，这都是不难理解的。事实上，那些看似天马行空、似乎充满不确定性的作品却又清晰地表现出作家确定的创作意图，形成了莫言现实主义小说与现代主义和后现代主义小说的分水岭。莫言对人性的弱点和社会问题进行无情地解剖，表现出一位知识分子起码应该具有的社会责任感和政治使命感。该

---

① 胡铁生：《文学如何应对后现代主义来袭》。

② 胡铁生、孙宇：《莫言魔幻现实主义的是非曲直》，《社会科学战线》2015 年第 8 期，第 171 页。

观点与域外某些人的预期相去甚远，但的确是莫言小说现实意义的体现。这个问题的核心意义在于中国的社会主义体制与西方的资本主义体制之间存在着巨大差异。作为执政党的中国共产党，其建党宗旨及其行动纲领与广大人民群众的利益是完全一致的，作家的身份仍处于公共空间内，莫言文学创作的政治态度与执政党和广大人民群众的利益是一致的，因而其作品对于化解公共权力主体与客体之间的矛盾就必然会发挥重要的调节作用。中国文学接受域外文学的影响是改革开放后中国文学走向全球化发展的必由之路，在接受的同时予以创新才是新时期作家应该采取的正确态度。因而，不能因莫言是中国作家协会副主席，就否定了莫言在文学公共空间内的作用。[①]

以上基于莫言魔幻现实主义小说所引发的负面评价、否定或者攻击显然超出文艺美学批评的范畴。这个现象表明，有些所谓的批评家对莫言的文学批评是外衣，对莫言以及中国当下政治体制的否定与攻击才是他们的实质。就如同中国当前经济的快速发展动摇了某个西方大国在世界上的霸权地位，促使其对中国恶意攻击并在中国周边搞“亚洲战略再平衡”一样，莫言获得诺贝尔文学奖，使西方某些别有用心的人对中国文化和中国文学的崛起产生妒忌心理，这些人显然是带着“有色眼镜”，以先入为主的姿态来面对来自中国的异质文化，这在一定程度上也是西方文化霸权思维方式的体现。这些否定评价或者进行攻击的观点是经不起推敲的，因为莫言的文学作品已经在世界范围内广为传播，只要人们认真读一下莫言的作品，这些负面评价或者攻击的观点就会不攻自破。

真正的学术争鸣值得推崇。就莫言颁奖词中“hallucinatory realism”的汉译问题，郭英剑、江烈农、陈冲、张旭东等人的观点均具有一定的合理性。在英语世界最具权威性的《韦氏英语大辞典》中，“hallucinatory”一词被解释为“对某物可导致非真实感的”，[②] 而汉语的“魔幻的”一词在英语中却常以“magic”或“magical”来表示。严格说来，如果颁奖词中

---

① 胡铁生、孙宇：《莫言魔幻现实主义的是非曲直》，第166～175页。

② Philip Babcock Gove, ed., *Webster's Third New International Dictionary of the English Language Unabridged* (Springfield: G. & C. Merriam Company, Publishers, 1950), p. 1023.

采用了“hallucinatory”一词，那么将其译成“幻觉的”或“梦幻的”则更为贴切。然而，认为莫言因“魔幻现实主义”获奖也并不为过，理由之一是诺贝尔文学奖评委会成员的解释。之所以未采用“magic”，其理由首先在于评委会。有些诺奖评委认为莫言在某些方面已经超越了先前的这一流派，如果仍采用“magic”一词，容易使人们将莫言与马尔克斯混为一谈；其次，莫言的其他国际性获奖的颁奖词，已对莫言小说“魔幻”加“现实主义”的特征做出了充分的肯定；再次，莫言小说的确具有魔幻现实主义的基本特征。鉴于此，对颁奖词中“hallucinatory realism”的汉译，究竟应将其译为“魔幻现实主义”还是“幻觉现实主义”已无关紧要。综观莫言的全部小说，其主体具有魔幻现实主义的特征，这已足矣。

莫言借鉴了域外文学思潮和流派，坚持自主创新，其作品经译介在域外传播，使其文学思想在异质文化的读者世界中被普遍接受，让中国文学中的精神财富成为世界不同民族的共同精神财富，这才是莫言研究的意义所在。鉴于此，全球化语境下的莫言研究具有比较文学的性质。正如陈思和所言，比较文学作为一个学科，在改革开放初期有益于“打破闭关自守，促进国际文化交流”；从域外影响的角度来看，“提出中国现代文学是在西方文化影响下发展起来的理论观点，也可以说是‘五四’启蒙文化在中国梅开二度的反映”。[①] 以比较文学的视域研究莫言小说在全球化语境中的发展，借用陈思和的说法，权且可将其称为“梅开三度”。

① 陈思和：《20世纪中外文学关系研究中的“世界性因素”的几点思考》，载严绍璗、陈思和主编《跨文化研究：什么是比较文学》，北京大学出版社，2007，第143页。

第二章 域外文学对莫言的影响

作为一个历史悠久且文化底蕴深厚的国家，中国在文学发展史上一直具有自给自足的传统。如果说中国古代历史上的几个兴盛时期具有文学国际化发展元素的话，那也主要是中国文学对周边诸如日本、朝鲜和东南亚国家的输出并对其形成的文化影响；新中国成立后，除对苏联开放以外，中国文学一直处于锁国自守状态。如今，在全球化是我们的“处境”，而不是“选择”的时代，国家之间在政治、经济和文化方面的相互依存关系，那种“老死不相往来”的自足、“明日隔山岳，世事两茫茫”的伤感都已经成为过去。[①] 改革开放以来，在政治和经济等领域内全球化发展的推动下，中国取得了令世界瞩目的伟大成就。在以文学为载体之一的文化全球化进程中，中国作家莫言于2012年获得诺贝尔文学奖，圆了中国百余年的“文学奥运梦”。莫言获奖的事实表明，一个民族的文学发展，在当今时代已离不开对域外其他民族文学优秀部分的借鉴。莫言小说获得成功的重要因素之一也恰恰在于其对域外优秀文学成果的借鉴。在中国文学与世界文学接轨过程中，莫言对域外文学思潮大胆接受，通过与域外诺贝尔文学奖作家的交往，坚持“他山之石”“为我所用”的原则，为中国作家参与全球化发展树立了榜样。

第一节　莫言对域外文学思潮的接受

域外文学对莫言的影响是多方面的，其中最重要的是西方文学思潮对

---

① 严平编《全球化与文学》，第614页。

莫言的影响。

一　域外文学思潮对莫言的影响

文学思潮具有时代色彩，是在一定历史时期内和相对广阔的地域中应社会变革和人们精神需求而逐渐形成的具有广泛影响的文学思想和文学创作的潮流。与文学思想相比，文学思潮在概念上要宽泛得多。文学思想多指文学创作中作家的个案思想倾向，而文学思潮则指作家创作中所共有的纲领，该纲领是由该时代具有较大影响力的作家在创作中自觉遵守并在整个社会中形成的较为稳定、持续时间较长、影响重大的思想倾向。通常，某位作家的创作思想可以包括在特定文学的思潮之中。美国学者弗里德里克·杰姆逊按资本主义的发展阶段与对应的文学思潮之间的关系将文学思潮定义为特定历史阶段中人们的“心理结构”反映，标志“人的性质的一次改变，或者说革命”。[①] 文学思潮与文学流派之间既有联系，又有差异。文学流派作为作家集团的共同特征，具有作家的文学思想和艺术性方面的共性，但并无特定的纲领。文学的创作方法则指具体某位作家在其创作中对事物的认识和对现实生活的反映所依据的总体原则。文学流派和创作方法可以被划归到文学思潮的大框架内。在个别情况下，这三者亦可形成重合现象。莫言对域外文学的接受均可从这三个层面找到依据。

文学思潮并非知识分子在书斋里凭空杜撰出来的，其兴起与发展受多方面因素的影响，如社会的变革和政治经济形态的改变等。这些因素作用于整个作家群体，而后又由作家群体在共同纲领下通过文学创作的途径表达那个时代人们受外界因素影响而形成的特定心理结构。因而，文学思潮在文学发展史上具有历史文化的渊源，其演进也是文学发展史中的必然现象。以西方文学思潮的演变史为例，西方文学中的现实主义作为一种文学思潮，虽然源远流长，但其高峰在19世纪的欧美文学中。然而，在经历了一个多世纪的演进之后，文学思潮如今仍是文学界和学术界所共同关注的重要议题之一。尤其是在学科相互渗透的当今时代，原本属于文学领域的现实主义经过“泛化”，已完成了学科的越界，“其影响力已经渗透到众多

---

① 〔美〕杰姆逊：《后现代主义与文化理论》，第157页。

领域”。[①] 在文学的政治性思考和批评方面，许多经典作家以政治哲学理论为指导，从经济基础与上层建筑之间的关系入手，以唯物史观来看待文学现象，将文学视为社会意识形态的表现形式之一。因而，对文学思潮的研究，尤其是对不同思潮的发展变化研究，有助于人们从总体上把握特定时期的文学特征及其发展规律，加深人们对文学与时代相互关联的理解，进而从宏观层面上推动文学批评的发展。

中西文学思潮随各自的社会发展，在表现形式上既有相同之处，亦有很大的差别。在西方文学史上，现当代发展阶段的文学思潮通常被划分为浪漫主义、现实主义、现代主义和后现代主义几个主要阶段。杰姆逊的观点认为文学思潮的形成和发展与社会形态的演进具有直接关系。他认为，现实主义、现代主义和后现代主义分别是马克思撰写《资本论》时代的国家资本主义、列宁所论述的垄断资本主义和第二次世界大战之后的晚期资本主义或多国化资本主义这三个阶段中的艺术准则。[②] 杰姆逊的文学阶段论是在马克思主义对社会存在与上层建筑之间相互作用关系的基础之上建立起来的。

受几千年封建社会体制的影响和制约，中国文学史中虽然存在各种文学流派，但与西方文学相比，很难具有西方资本主义社会体制下所形成的上述提及的几个大的思潮。如果将中国文学史拉近到明清时期，其文学思潮才与西方文学中的思潮具有一定的关联性和相似性。例如，国内有学者将李贽（代表作《焚书》）和吴承恩（代表作《西游记》）等明代作家划归浪漫主义；以汤显祖（代表作《牡丹亭》）和孔尚任（代表作《桃花扇》）为代表的明清作家划归感伤主义；以清代作家曹雪芹的代表作《红楼梦》为起点，认为这部作品开始了一直延续到当今时代的批判现实主义传统。但在20世纪初叶，随着第一次世界大战、资本主义经济和西方科学与民主思潮的涌入，特别是受俄国十月革命的影响，中国出现了以反帝反封建为主要内容的中国式启蒙思想，催生了被称为独具中国特色的“五四”新文化运动。孙中山领导的中国旧民主主义革命推翻了清朝帝制。在

① 关晶、宋学清：《文学想象在现实主义文学创作论中的悖反性存在》，《理论与现代化》2012年第4期，第96页。

② 〔美〕杰姆逊：《后现代主义与文化理论》，第6~7页。

中国共产党的领导下，中国开始走上了新民主主义革命的道路。社会转型在中国形成了新文化运动。在这个社会转型的重大历史时期，受西方政治思想的影响，特别是随着马克思主义在中国的传播，这个阶段的中国文学思潮汇入了世界社会主义文学思潮的洪流。这一阶段的思潮具有明确的文学纲领和文学功绩，引领着后来在中国文学界处于主导地位的无产阶级的文学运动。当社会主义体制的新中国建立后，虽然受社会主义发展初级阶段的影响和西方文学的影响，但中国文学中的现实主义思潮从未退出历史的舞台。直到改革开放，西方的现代主义和后现代主义思潮才随中国打开国门之机一同进入中国新时期文学的创作与评价体系中。然而，受全球化因素的影响，中国新时期文学并未完全效仿西方文学思潮，而是将多种思潮融为一体，形成了兼有西方文学各种思潮元素的后现实主义。例如，莫言的诺贝尔文学奖颁奖词中就明确将其界定为“魔幻现实主义”（尽管对这一提法的修饰语有很大争议）。

从上述中国文学思潮的梗概中可以看出，现当代中国文学史既有自立门户的本土文学思潮，亦受域外文学思潮的影响。中国新时期文学发展的最高成就以莫言的创作倾向与世界文学的洪流汇聚到一起为主要表现形式，在现代主义和后现代主义共存的中国文学语境下，其文学创作表现为始于现实主义，经历了现代主义和后现代主义，最终又再次回归现实主义的历程。莫言也因获得诺贝尔文学奖而成为中国新时期文学和当代世界文学的代表作家之一。

莫言是在新中国出生和成长起来的作家，于20世纪80年代初随着改革开放的步伐进入文学创作领域，其处女作是1981年发表在《莲池》第5期上的短篇小说《春夜雨霏霏》。这篇小说以遐想的方式，讲述了一个年轻女子思念远在海岛保卫祖国的丈夫的故事，故事叙述了他们幸福爱情的过去、现在与未来。在小说的叙事策略上，莫言“学徒”期间的这篇处女作完全是以现实主义的线性发展加心理描写为主线的；在语言运用上也完全遵循了传统语言规则，不偏不倚地表现出传统的现实主义文学语言的特征；在主题思想上，仍严守现实主义文学创作的既定范式，以当代中国军人的“爱岛”“爱国”，与“爱人”的“小爱”“大爱”关系为主线，表达了主人公的爱国主义情怀。莫言在该短篇小说中以风景书写的方式开始了故事叙述："哥哥，此刻，家乡上空正飘着霏霏细雨。这雨从八点开始到现在已经下了两个多小时。村子已经进入梦乡，除了淅淅沥沥的雨声，再也没有别的音响。清爽的小风从窗棂间刮进来，间或有一两个细小的水珠飘落到我的脸上。"对具有乡村生活经历的人来说，该自然景观的描写既朴实又感人，因为在经历了漫长的寒冬之后迎来了霏霏春雨，这样的夜晚能引起人们的无限遐想与情思。但莫言笔锋一转，马上进入其创作正题："转眼之间，我们结婚已经两年了。前年的三月初三，是咱俩的好日子。那天，天上飘着毛毛细雨，空气清冽芳醇。""我摩挲着光洁晶莹的卵石，五光十色的贝壳，奇形怪状的海螺，耳边仿佛听到了海浪的欢笑，眼前仿佛出现了那金黄色的海滩。""我的心便一阵阵战栗，因为看见海看见岛我就想起与海岛共呼吸的你。""在梦中，我跟随它们到了镶嵌在万顷碧波之中的像钻石一样熠熠发光的无名小岛……"该景观描写是莫言对分居两地的一对年轻夫妇爱情描写的引子，而真正要表达的主题思想是："我永远爱你……你也永远爱我，就像永远爱那座无名小岛一样。你竟把我放在小岛之后，你爱上小岛胜过爱我，假如它是个人，我是要嫉妒的。""你笑着说：'傻姑娘！小岛是祖国的领土，爱小岛就是爱祖国；不爱祖国的人，值得你爱吗？'"[①] 莫言这篇处女作完全继承了传统现实主义的创作原则，对典型人物和典型事件做了细致入微的描写；在主题思想上也严格遵循了"无产阶级文学"的"革命性"创作原则。与金敬迈在"文化大革命"初期创作的纪实小说《欧阳海之歌》相比，莫言这篇小说的开篇方式与金敬迈的《欧阳海之歌》基本类似，其作用在于映衬人物的伟大。[②] 显然，莫言这篇处女作仍是"政治至上"创作思想的体现。以文学思潮的准则来评价莫言的这篇处女作，其主流倾向是传统的现实主义。

---

① 莫言：《春夜雨霏霏》，载《姑妈的宝刀》（中短篇小说集），上海文艺出版社，2012，第1～18页。

② 金敬迈在《欧阳海之歌》的开篇处叙述欧阳海生于贫瘠、荒凉的桂阳山区的一个贫困家庭，以"文化大革命"时期流行的人才标准来界定欧阳海，他属于"根正"的类型，这为欧阳海后来"心红""苗壮"的革命英雄成长史埋下了伏笔。该纪实小说的内容简介也充分肯定了这部作品的现实主义文学品质，"《欧阳海之歌》是一部高举毛泽东思想伟大红旗，突出政治的好作品。……成功地塑造了共产主义战士的崇高形象"，是"欧阳海的真实写照"，也是"艺术上的高度概括"。参见金敬迈《欧阳海之歌》内容提要，解放军文艺出版社，1966。

此后，莫言的《放鸭》（1982）和《售棉大路》（1984）等作品也仍留有“文化大革命”时期文风的痕迹，有些作品亦可被划归到伤痕文学的类别中，这些作品采取的均为现实主义的故事叙事策略。首次出现“高密东北乡”的《白狗秋千架》（1985）虽然仍以传统现实主义的故事叙事策略为主要表现手段，但在文学对人的关注方面和小说叙事方面，向前迈出了一大步。这篇作品以怀旧为主线，探讨了人无时不在的生存困境以及困境中人的真情实感；而“狗道”的提出，[①] 则是莫言向后现代主义小说叙事策略迈出的一小步。《铁孩》（1985）中铁孩对小伙伴们说，“拿口锅吃，铁锅好吃”，于是这些孩子们就跑到铁堆顶上，“一块块掰着铁锅，大口大口吃起来，铁锅的滋味胜过铁筋”。[②] 这篇小说中饥饿的孩子们吃铁的意象是莫言向黑色幽默的后现代主义小说叙事策略迈出的一大步；《透明的红萝卜》（1985）中“晶莹剔透”而且“玲珑”的“透明的红萝卜”[③] 意象是莫言迈向现代主义小说创作道路的重要标志。

从上述短篇小说和中篇小说发表的年份上来看，莫言 1981 年发表处女作《春夜雨霏霏》时显然并未受到域外文学的影响，无论是作品思潮的主流方面，还是创作手法及创作思想和流派的次要方面，这篇小说是对传统现实主义书写方式的延续，尤其在作品的主题思想方面，该作品严守无产阶级文学的创作原则。作品中诸如“傻姑娘！小岛是祖国的领土，爱小岛就是爱祖国；不爱祖国的人，值得你爱吗？”和“你去年又说不能探家了，因为岛上的机器要大检修；你今年又说不能探家了，因为连队里要进行人生观教育……”[④] 等表述，均采用的是新中国成立以来直到“文化大革命”后期中国小说创作中的流行话语。莫言 1982 年发表的《放鸭》和 1984 年发表的《售棉大路》，无论是故事内容还是叙事方式，均未跳出传统现实主义的藩篱。1985 发表的《白狗秋千架》有迹象表明莫言的小说创作开始向现代主义和后现代主义的叙事策略上倾斜，该小说提到的“狗道”源自“人道”，虽然这仅为一种迹象，但这其中已有西方当代文学中语言实验的

① 莫言：《白狗秋千架》，载《姑妈的宝刀》，上海文艺出版社，2012，第 67 页。

② 莫言：《铁孩》，载《姑妈的宝刀》，上海文艺出版社，2012，第 201 页。

③ 莫言：《透明的红萝卜》，载《莫言作品精选》，长江文艺出版社，2012，第 229 页。

④ 莫言：《春夜雨霏霏》，第 8、12 页。

影子。1985 年发表的《白狗秋千架》和《铁孩》已明显具有美国现代主义小说家福克纳的时空颠倒、荒诞和意识流等特征。同年发表的中篇小说《透明的红萝卜》则以“红萝卜”可以是“透明的”为意象，具有福克纳《喧哗与骚动》中“树叶”可以有“冷的气味”一类现代主义小说非传统的语言表述形式。在此类短篇小说和中篇小说中，莫言在题材类型上还未跳出“文化大革命”后中国作家群方兴未艾的“伤痕文学”的桎梏，仍在“怀乡”与“怨乡”的创作道路上前行，因而莫言此间也被划归“寻根文学”的作家行列。在此期间，中国作家群可以被分成两种主要类型：一类仍未摆脱“唯政治论”的传统小说价值判断方式，仍在坚持传统现实主义的创作道路；另一类在“去政治化”道路上与传统价值判断相去甚远，开始机械模仿西方现代派和后现代主义小说的形式，甚至在价值观上盲目崇尚西方的民主与自由。于是，在文学的政治价值判断上就形成了作家群的两个极端。莫言由于初入文学创作领域时尚未形成自己特有的模式，而传统模式又具有强大的影响力，因而站在中间立场上，既坚持无产阶级文艺的意识形态价值观，又开始以西方作家的创作模式为样板，在文学创作道路上迈出了艰难但极为重要的第一步。2005 年春，莫言在《短篇小说全集前言》中谈及他从 1981 年秋到 2005 年春发表的短篇小说时指出，过去虽曾有类似的集子出版，但“羞于拿出全部稍作示人。这次则和盘托出，不避浅陋，为的是让那些对我的创作比较关注的读者，了解我的短篇小说的发展轨迹。也让那些对我的创作了解不多的读者，通过阅读这部合集，可以看到一个作者是怎样随着时代的变化和自身的变化，使自己的小说不断地改换着面貌”。[①] 莫言的自我评价是中肯的，也是恰如其分的。莫言以短篇小说创作走上文学创作道路，其作品在表现时代变化方面，与当时的中国作家群并没有太大的区别，这是因为中国传统小说创作的模式势力依然过于强大，人们又习惯于重蹈老路，因而创新是极其困难的；同时还因为当时中国刚刚实行改革开放，西方的文学传统被中国作家接受也需要一个过程。莫言早期的短篇小说系列也的确反映出那个时代的印记和作家的文学表现。

① 莫言：《短篇小说全集前言》，载《与大师约会》，上海文艺出版社，2012，序言。

2007年9月16日，莫言应邀在山东省图书馆举办的“大众讲坛”上做以“千言万语何若莫言”为题的讲座。可以说，这次讲座既是莫言对中国新时期文学形势的分析，也是莫言在成名之后对自己的文学之路所做的一次总结。

中国现当代文学基本上是沿承现实主义道路发展起来的。改革开放初期，在中国文学经历了多年闭关自守之后，西方当代文学的各种思潮同时涌入中国，东西方异质文化和不同文学理念对中国文学界造成了“地震式”的冲击。面对域外文学思潮，有些中国作家表现得极度亢奋，而有些作家则感到惶恐不安。其实，在中西方社会转型时期，当中国的文学界尚未完全厘清后现代主义到底是什么之前，国人在社会后现代性的影响下，在思维方式上和实际行动中却已踏上了后现代之路。受市场经济和大众传媒手段的影响，“大众文学”市场化和“精英文学”边缘化使传统文学的“轰动效应”呈明日黄花之势。于是，西方盛传的“文学终结论”对中国作家和读者亦产生了严重的负面影响。现代科技的高速发展促进了影视文学和网络文学的兴起与发展，其影响又进一步稀释了“精英文学”的内涵。这些内外因素对中国文学传统的影响都是颠覆性的。

莫言在讲座中对上述文学状况持相同的态度，但是，莫言否定造成这种状况的原因是作家不安心于从事这项“神圣的事业”。莫言认为“这是社会发展到今天必然要出现的状况”。在莫言看来，改革开放初期中国的短篇小说处于新时期文学的黄金时代，因为在那个由封闭到开放的时代里，中国文学迎来了百花齐放、百家争鸣的繁荣景象。此前的文学在更大层面上来讲，承载了本不属于文学的职能，改革开放初期则“充当了当时拨乱反正的一种工具”。在谈及作家如何才能取得成功时，莫言认为“经验”、“思想”和“想法”对创作固然重要，但作家的“创新”、“个性”和一定的“冒险精神”则更为重要。

当论及文学的政治性时，莫言认为，无论是中国的文学还是苏联的文学，它们存在的最大问题都在于把文学放在政治利用上，使文学成为政治的表达工具。与之相反的是，许多年轻作家在“文化大革命”结束后，于20世纪80年代开始的新时期文学创作中，又呈现出以“谈政治为耻”“作品远离政治为荣”的“去政治化”倾向。莫言认为这两种倾向都是错误的，社会生活和政治问题始终是一个有责任感的作家应该关心的重大问题。因而，政治、历史、社会问题也永远是作家所要描写的主要题材之一。莫言以以色列犹太作家阿摩司·奥兹（Amos Oz）的《爱与黑暗的故事》为例，分析了“国家的命运”和“民族的命运”与个人“家庭之爱”之间的关系。该作品对人物的描写使莫言领悟出“我们当然要关心我们的社会，我们当然要关心政治，要关心我们的社会上的一切热点问题，荒诞的、正常的、令人兴奋的、令人悲痛的、令我们切齿的、令我们冷嘲热讽的，各种各样的事情我们都应该像乌贼鱼一样，伸开我们所有的触角，把它捕捉回来，通过艺术加工，让它变成我们的民族情节”。

在谈到改革开放后中国作家应该如何做的问题时，莫言认为，从20世纪80年代到21世纪初的20多年，中国文学处于“学徒”时期；“学习”的路径就是“大量阅读和借鉴西方的文学作品”，因为在封闭的年代里，中国文学界并不清楚域外文学的同行们都“做了什么”和“怎样做的”，这个学习的过程也是中国作家“补课”的过程，即“模仿”的过程。然而，莫言又并未仅仅停留在“模仿”这个阶段上，而是很快就提出了中国作家应进入“自主的、有强烈的自我意识的创新阶段”。莫言认为，20世纪90年代的中国作家已具有这种意识。同行中有人对莫言这种意识持讽刺态度，莫言认为，中国作家必须有创新意识，哪怕这种创新的探索是失败的，也比我们一部平庸的所谓成功作品要好。中国作家在对域外文学的“学习阶段”结束后，就不应再继续模仿西方文学，而应“立足中国的现实生活”“从中国古典文学的源头里汲取营养”，进而写出“中国风格”和“中国气派”。也正是在这次讨论中，莫言提出了著名的“坏人—好人—自己”三者关系的小说人物书写模式。①

二　文学思潮杂糅对莫言小说创作的影响

当西方现代主义和后现代主义文学思潮来袭时，中国文学处于既希望借助全球化来加速中国文学的发展，又苦于找不到出路的尴尬境地。新时期的中国文学在开门迎接域外文学时，恰逢西方后现代主义思潮盛行的时

① 参见莫言《千言万语何若莫言》。

期，而被同时引进的还包括在西方已经衰落了的现代主义思潮。因而，习惯于现实主义文学传统的中国作家开始思考中国文学应该向何处去的问题。在改革开放的30年间，多数在新中国成立后出生的新生代作家通过自己的创作实践，已经为当代中国文学发展的模式找到了出路，他们共同开列的良方就是中国新时期文学应该“与时俱进”，尽快与世界文学接轨，因为全球化已是大势所趋的历史发展潮流。

虽然全球化是20世纪80年代的热门话题，但其历史源远流长。文学的全球化发展或国际化发展也已不是什么新鲜事物。马克思和恩格斯早已指出：“资产阶级，由于开拓了世界市场，使一切国家的生产和消费都成为世界性的了。……过去那种地方的和民族的自给自足和闭关自守状态，被各民族的各方面的互相往来和各方面的互相依赖所代替了。物质的生产是如此，精神的生产也是如此。各民族的精神产品成了公共的财产。民族的片面性和局限性日益成为不可能，于是由许多民族的和地方的文学形成了一种世界的文学。”① 马克思和恩格斯早在一个半世纪前就看到了政治经济和文化的国际化发展方向，只不过没有采用“全球化”这个术语罢了。一个半世纪过去了，全球化已成为世界各国、各民族经济和民族文化发展进程中不可逆转的时代潮流。既然全球化发展已经成为世界各国所面临的必然处境，那么中国文学别无出路，只能顺应这个潮流，在“为我所用”的指导思想下吸收域外文学的优秀品质并坚持自主创新，使中国文学再创辉煌。

莫言在借鉴域外文学过程中迈出的最重要一步是他于1986年在《人民文学》第3期上发表的中篇小说《红高粱》。莫言的这部作品发表后马上就在国内外产生了重大影响。经莫言与陈剑雨和朱伟共同编剧，由张艺谋导演、姜文和巩俐主演的同名影片《红高粱》于1988年公演，次年获得第38届柏林国际电影节金熊奖。这是中国电影走出国门首次获得的国际大奖。

《红高粱》获此殊荣，不可否认的一点是域外文学对莫言产生了一定的影响。从以“选择的艺术”为题的莫言、大江健三郎和张艺谋访谈录中

① 《马克思恩格斯选集》(第1卷)，第276页。

可以看出，“从对方那里获得灵感”是这部作品取得成功的重要一环。获得诺贝尔文学奖的日本作家大江健三郎先后看过三遍这部电影，认为他从莫言的作品中受到很大感染并希望能“从莫言的文学里找点灵感写点更好的东西”。莫言认为这是作家之间互相为师的关键点，因为大江健三郎的《小说的方法》也曾对莫言产生过重大影响。其中，大江健三郎在该书中谈到《白鲸》的作者引用了《圣经·约伯记》里的一句话“我是唯一一个逃出来向你报信的人”，这给莫言以极大的启发。[①] 于是，在《红高粱》的叙事策略中，莫言采用了“我爷爷”“我奶奶”等作者可以自由出入作品的新视角。这是传统中国文学中较少见到的作者参与作品的叙事方式，也是莫言向域外文学学习与借鉴的成果体现。这种创作方式在《酒国》的元小说创作中更加具有代表性。

对人的关注方面，西方现代主义和后现代主义文学与传统现实主义相比，在小说的叙事策略上已发生了质的变化。如果说传统现实主义在人性探讨方面更为“务实”的话，那么莫言的《红高粱》（包括《红高粱家族》系列作品）则更加“务虚”。现实主义的创作原则要求作家必须通过典型人物和典型环境的塑造，以使其对人的本质评价形成绝对“好人”和绝对“坏人”的两分法。莫言在这部作品中，从“务虚”的角度出发，认为人在本质方面具有多重属性。他写道：

> 回溯我家的历史，我发现我家的骨干人物都与阴暗的洞穴有过不解之缘。母亲是开始，爷爷是登峰造极，创造同时代文明人类长期的穴居纪录，父亲是结束，一个并不光彩——从政治上说——一个非常辉煌——从人的角度来衡量——的尾声。到时候父亲就会挥舞着那只幸存的独臂，迎着朝霞，向着母亲、哥哥、姐姐、我，飞跑过来。[②]

小说对“登峰造极”的“我爷爷”以及其他人物的评价主要来自两个方面：政治的评价和人本质的评价。既然两个方面都是“登峰造极”的，那

① 张清华、曹霞：《看莫言——朋友、专家、同行眼中的诺奖得主》，华中科技大学出版社，2013，第109页。

② 莫言：《红高粱家族》，上海文艺出版社，2012，第177页。

么这些人就一定是既“好的不能再好”，亦“坏的不能再坏”的人物形象。在现实生活中，这样的人事实上是不存在的。然而，在以虚构为基本特征的小说创作中，这种小说人物的“类”却是莫言对现实生活仔细观察后，对人的本质所做出的与传统文学截然不同的价值判断。显然，“我爷爷”余占鳌是这种价值判断的解剖物：一个集良心与作恶于一身的人物形象。小说中，身为轿夫的“我爷爷”余占鳌与已被单家明媒正娶的“我奶奶”在高粱地里媾和之后，来到酒馆时遇到当地的名匪花脖子，虽然余占鳌受到花脖子的奚落而感到既恼又惧，但他还是悟出了一些做人的道理：

> 他虽然具备了一个土匪所应具备的基本素质，但离真正的土匪还有相当的距离。他之所以迟迟未入绿林，原因很多。概而言之，大概有三。一，他受文化道德的制约，认为为匪为寇，是违反天理。他对官府还有相当程度的迷信，对通过“正当”途径争取财富和女人还没有完全丧失信心。二，他暂时还没遇到逼上梁山的压力，还可以挣扎着活，活得并不窝囊。三，他的人生观还处在青嫩的成长阶段，他对人生和社会的理解还没达到大土匪那样超脱放达的程度。在六天前那场打死劫路抢人的候补小土匪的激烈战斗中，他虽然表现了相当的勇气和胆略，但那行动的根本动力是正义感和怜悯心，土匪精神的味道很淡。他在三天前抢我奶奶到高粱地深处，基本上体现了他对美好女性的一种比较高尚的恋爱，土匪的味道也不重。①

莫言在这部小说中对人性的探索在很大程度上体现了中国“人之初，性本善”的传统伦理思想。在是否“入匪为寇”的问题上，当余占鳌身处轿夫的平民位置上时，他仍在以中国流行的伦理道德原则行事，虽有越界的地方，但也是可以容忍的，因为小说背景仍以封建旧礼教来作为人的行为准则。在对人物内心世界的描写方面，莫言在很大程度上延续了现实主义的创作原则，这与美国批判现实主义作家（确切地说是自然主义）德莱塞（Theodore Dreiser）在《嘉莉妹妹》中对人物内心世界的描写方式非常

---

① 莫言：《红高粱家族》，第94～95页。

相似：

> 一个没有教养的人，在宇宙间扫荡、摆布一切的势力之下，只不过是一棵弱草而已。我们的文明还处于一个中间阶段——我们既不是禽兽，因为已经并不完全受本能的支配；也不是人，因为也并不完全受理性的支配。……我们认为人类已经远离在丛林里巢居穴处的生活，他们天生的本能已因为太接近自由意志而变得迟钝了，而且自由意志却还没有发展到足以取本能而代之而成为完美的主导力量。人已变得相当聪明，不愿老是听从本能和欲念；可是他还太懦弱，不可能老是战胜它们。作为野兽，生命力使他受到本能和欲念的支配；作为人，他还没有完全学会让自己去适应生命力。……他就像是风中的一棵弱草，随着感情的起伏而动荡，一会儿按照意志行动，一会儿按照本能行动。①

西方现实主义文学在中国的影响是巨大的，莫言虽然处于后现代主义阶段，但在改革开放初期，传统现实主义的思维模式和创作手法，对莫言产生了极大的影响。美国作家德莱塞的小说创作在欧洲以左拉（Émile Zola）等人为代表的自然主义影响下对人的本质进行思考，而莫言则是在魔幻现实主义的视域下对人的本质进行探讨。同为现实主义作家，不同时代的不同叙事策略赋予了作家对人性的不同理解。在一定程度上，德莱塞的自然主义受环境决定论影响，具有悲观主义的色彩，而莫言的魔幻现实主义在形似“务虚”中却更加“务实”。其实，何为人性中的“真实”？莫言小说给出的答案是人可以随社会境况的变化而发生转变，可能向“善”的方向发展，也可能向“恶”的一面转化。在余占鳌尚未入匪为寇和“抢我奶奶”的时候，其行为准则依然是向“善”的。在德莱塞那里，环境决定论却是人性转化的依据。莫言并未曾谈及德莱塞对他的影响，但作为一种文学思潮，莫言对现实主义的接受已是潜移默化、根深蒂固的。与此同时，把有序的世界通过无序的审美形式表现出来的现代主义文学特征对莫言的

① 〔美〕德莱塞：《嘉莉妹妹》（全译本），裘柱常译，上海译文出版社，1990，第59页。

影响也是巨大的。虽然莫言初入文学领域时，西方文学正处于后现代主义的繁荣期，但随其一道进入中国作家视野的还有现代主义文学传统。因而，莫言受美国诺贝尔文学奖作家福克纳现代主义小说创作的影响也是完全可以理解的。

新中国的文学，尤其是“文化大革命”期间的小说创作，在人物形象的塑造上，“好人”一律是“高大全”式的人物，“坏人”必须是“头上长疮脚下流脓”的“坏蛋”，否则作品会因作家对人物评价无“阶级原则”而无法通过“审查”。于是，《红灯记》中李玉和与鸠山、《智取威虎山》中杨子荣与座山雕、《沙家浜》中阿庆嫂与刁德一、《红色娘子军》中吴琼花与南霸天、《闪闪的红星》中潘冬子与胡汉三、《杜鹃山》中何湘与“毒蛇胆”等人物形象均为这类典型表征而成为那个时期延续“无产阶级文艺”作品中善与恶泾渭分明的人物形象样板，这些作品也被江青等人称为“革命艺术样板”或“革命现代样板作品”。鲁迅将文艺与宣传两者区别为“一切文艺固是宣传，而一切宣传却并非全是文艺”。[①] 在过分强调文学是政治载体的年代，文艺和宣传两者往往合为一体，所有的作家都必须是那个时代政治的代言人，其作品也必定是那个时代政治思想的体现。改革开放后，作家的思想得到解放，作家可以放开手脚，在向西方学习的同时，摆脱干扰，从事纯粹意义上的文学创作。莫言作品中对人性的独特思考方式同样也是改革开放的成果体现。在很多场合下，莫言都直言他受到福克纳的影响，最主要的就是受福克纳对人性思考的现代主义小说表现形式的影响。

莫言在西方文学思潮的影响下，以其独特的视角来关注“人”。然而，“何其为人”不仅是文学思考的一个核心问题，而且在更大层面上也是哲学认识论上的讨论焦点。文学作为人文科学，在人类文明发展史上发挥着重要的文艺审美和意识形态教化作用。人类社会发展史表明：人的群体性决定了人与动物之间的根本区别。[②] 不同的学科对“人”做出的界定也大不一样，如唯物主义哲学、神学、人文主义、生物学、生理学、人本主

① 鲁迅：《鲁迅论创作》，上海文艺出版社，1983，第563页。

② 胡铁生：《美国文学论稿》，吉林大学出版社，2011，第1页。

义、社会学和政治学等不同领域对“人”做出的各自不同的解释：在生物学层面上，人被界定为人科人属人种的一种高级动物；在精神层面上，人被界定为具有各种灵魂的属性概念；在宗教层面上，人被界定为灵魂与神圣力量相关的存在体；在政治层面上，人被界定为政治的动物；在社会学上，人际关系构成了人。人类进化史表明，随着人类社会的形成与发展，人类是由自然存在向社会存在的方向发展进化的。“人类存在的矛盾性，从根本上说，是人的‘自在性’或‘自然性’与人的‘自为性’或‘自觉性’的矛盾。这种根本性的矛盾，构成了思维与存在、主观与客观、主体与客体、感性与理性、小我与大我、理想与现实、自由与必然的无限丰富的矛盾关系。”① 在英语中，“life”一词在不同层面上有不同的解释，但总体来看，生物存在的形式和生命存在的延续方式或力量是其主要的两个方面。② 当代最具权威性的美国《韦式英语大辞典》将“活的”动植物与“死的”动植物或纯化学物质作为对立面来解释“生命”的概念；以现时生命与无生命进行区分的方式来解释动植物使生命延续的规则或力量。这只是“life”一词的表层含义，而在马克思唯物主义观点看来，一方面，人是直观地表现为感性实体的存在；另一方面，在物质生活的基础上形成的社会生产关系又构成了人的社会属性，所以，现实中的人“不是处在某种幻想的与世隔绝、离群索居状态的人，而是处在于一定条件下进行的现实的、可以通过经验观察到的发展过程中的人”。③ 人的社会属性决定了“人的本质并不是单个人所固有的抽象物。在其现实性上，它是一切社会关系的总和”。④ 正是在这个意义上，“生命”和“生活”之间的关系构成了人与动物之间的区别。“生命”和“生活”具有更为重要的人之存在的意义，因为“‘人’之为人的秘密，首先就是蕴涵在人的生命和生命活动的本质

① 孙正聿：《哲学通论》，辽宁人民出版社，1998，第191页。

② 《韦式英语大辞典》将“life”界定为：a. animate being, the quality that distinguishes a vital and functional being from a dead body or purely chemical materials; b. the principle or force by which animals and plants are maintained in the performance of their functions and which distinguishes by its presence animate from inanimate matter. 参见 Philip Babcock Gove (Editor in Chief), *Webster's Third New International Dictionary of the English Language Unabridged* (Springfield: G. & C. Merrinal Company, Publishers. 1961), p. 1306。

③ 《马克思恩格斯选集》(第1卷)，人民出版社，1976，第31页。

④ 《马克思恩格斯选集》(第1卷)，人民出版社，1976，第18页。

中的”。[①] 这种区分法与美国《韦氏英语大辞典》对该词条的解释并非处于同一平面上。后一种解释意在将人与动物从本质上做出区别。“动物和它的生命活动是直接同一的”，而只有人才能把自身与自身的生命活动区分开来，“使自己的生命活动本身变成自己的意志和意识的对象”。[②] 人之所以成为人，而不是动物，关键在于：（1）生命必须首先存在；（2）超越“本能生命”的局限，创造出能够驾驭、主宰、支配生命活动的自我生命；（3）超越“自我”个体生命的局限，不断更新、充实、升华自我，把相对、有限的自我，引向无限、永恒的“大我”，以自我的创造内涵去丰富人的类生命和类本能；（4）超越整个“生命”和一切“物种”的局限，赋予世界以新的价值和意义；（5）达到人与人、人与人的自觉本质、人与人的世界一体性的存在。[③]

上述人本哲学的观点构成了当代文学对人的真、善、美文学价值判断的思想基础。然而，由于“文化大革命”期间以“阶级斗争”为纲，文学创作中对人物的形象塑造必须泾渭分明，否则就犯了“大忌”，作者必定要受到主流文学和全民大众的“无情”批判。因而那个时期的小说作品中“高大全”与“令人深恶痛绝”的二元对立式的“人”已成为作品人物塑造的基本范式和准则。莫言早期的短篇小说虽已在人物形象塑造方面有了很大的改观，但“无产阶级文艺”的影子依然存在。直到莫言从事文学创作的第 5 年，当中篇小说《透明的红萝卜》、《金发婴儿》和《白狗秋千架》等作品相继问世时，这种现象才出现了明显的变化。莫言对人的关注已不再遵循传统现实主义人物形象塑造的原则，而是在欧美现代主义小说创作的影响下，开创了莫言小说中人物形象塑造的新纪元。不可否认，《透明的红萝卜》仍属于“伤痕文学”的范畴，但这篇小说在叙事方式上发生了本质变化。从小说的总体设计来看，作者仍未摆脱现实主义线性的叙事结构，但在人与物的描写方面，已经有了现代主义的外在表现形式。莫言第一次读到福克纳的《喧哗与骚动》是 1984 年底。福克纳这部现代主义代表作对很多人而言都是非常“晦涩难懂”的，但莫言有一见如故的

---

① 高清海：《人就是“人”》，辽宁人民出版社，2001，第 8 页。

② 《马克思恩格斯全集》（第 42 卷），人民出版社，1979，第 96 页。

③ 高清海：《人就是“人”》，第 8 页。

亲切感，觉得读起来“十分轻松”。以书会友，莫言似乎感到福克纳在与自己进行交流。莫言坦承他当时“还是按照我们的小说教程上的方法来写小说”。“读了福克纳之后，我感到如梦初醒，原来小说可以这样地胡说八道，原来农村里发生的那些鸡毛蒜皮的小事也可以堂而皇之地写成小说。”[①] 莫言觉得福克纳是个农民，在讲农民的故事，自己也是个农民，莫言不在乎福克纳在书中讲了些什么，就编造故事的能力而言，莫言自认为比福克纳高明。于是，1985 年春莫言发表的中篇小说《透明的红萝卜》，就出现了典型的现代主义小说意象：

> 他（指小说的主人公黑孩）看到了一幅奇特美丽的图画：光滑的铁砧子。泛着青幽幽蓝幽幽的光。泛着青蓝幽幽光的铁砧子上，有一个金色的红萝卜。红萝卜的形状和大小都像一个大个阳梨，还拖着一条长尾巴，尾巴上的根根须须像金色的羊毛。红萝卜晶莹透明，玲珑剔透。透明的、金色的外壳里包孕着活泼的银色液体。红萝卜的线条流畅优美，从美丽的弧线上泛出一圈金色的光芒。光芒有长有短，长的如麦芒，短的如睫毛，全是金色……[②]

显然，这样的“红萝卜”事实上是并不存在的，此类小说叙事模式也是先前中国文学中未曾有过的。这不能不说是福克纳在《喧哗与骚动》创作中采取的叙事模式对莫言产生了影响。

同样，鉴于“高密东北乡”曾经是土匪猖獗的一个地方，土匪群体在人员组成方面也是相当复杂的。莫言在内心中也就形成了“为高密东北乡的土匪写一部大书的宏图大志，并进行过相当程度的努力——这也是先把大话说出来，能唬几个人就唬几个人”。[③] 于是，在 1986 年发表的《红高粱》中篇系列小说和次年出版的长篇小说《红高粱家族》中，莫言以现代主义时空颠倒、历史与现实交错、不符合现实生活的话语表述等手法对人

① 莫言：《福克纳大叔，你好吗？——在加州大学伯克莱校区的演讲》，载《我的高密》，中国青年出版社，2011，第 210 页。

② 莫言：《透明的红萝卜》，第 229 页。

③ 莫言：《红高粱家族》，第 95 页。

予以关注的独特叙事策略已显得日臻成熟起来。作者借助"我爷爷"、"我奶奶"、"我父亲"和"有人说这个放羊的男孩就是我，我不知道是不是我"[①] 一类的人物表述方式直接进入作品中的元小说叙事策略，这既是莫言对域外元小说的继承，同时又是对元小说的发展。通常，为了达到真实可信的接受效果，在传统小说的叙事视角中作者会有意在作品中回避故事的叙事者，以期形成"客观存在"的故事情节。西方元小说则有意让作者出现在作品中，直接阐释作者在该作品中的创作目的、采取的叙事策略，借此解构传统小说的"虚构"本质或文学话语的本质。无疑，莫言的《红高粱》系列作品让"我爷爷"、"我奶奶"和"我父亲"首先出场，与西方元小说的叙事策略具有相同的艺术效果；而"我"后出现，且又说不准到底是不是"我"，"先把大话说出来，能唬几个人就唬几个人"使小说的叙事策略又增加了西方后现代主义文学的不确定性元素。因而，这种叙事模式是莫言对域外现代主义和后现代主义的借鉴与发展。这种元小说叙事策略在 1993 年湖南文艺出版社出版的长篇小说《酒国》中得到进一步完善，使其成为当代元小说的顶峰之作。《酒国》以反腐为素材，将现实主义、现代主义和后现代主义的叙事策略融为一体。用莫言自己的话来说，这部小说的写作目的并"不是揭露和批判，而是为这小说寻找结构"。[②]

莫言小说对人的关注还表现为对人的悲悯。莫言将其划分为"小悲悯"和"大悲悯"两种类型，"小悲悯只同情好人，大悲悯不但同情好人，而且也同情恶人"。作为一名有社会责任感的作家，如果他"只揭示别人心中的恶，不袒露自我心中的恶，不是悲悯，甚至是可耻。只有正视人类之恶，只有认识到自我之丑，只有描写了人类不可克服的弱点和病态人格导致的悲惨命运，才是真正的悲剧，才可能具有'拷问灵魂'的深度和力度，才是真正的大悲悯"。[③] 莫言的"小悲悯"与"大悲悯"两者之间关系的观点也进一步阐明了莫言"把坏人当好人写，把好人当坏人写，把自己当罪人写"的人物塑造原则的源头。

---

① 莫言：《红高粱家族》，第 1 ~ 2 页。

② 莫言：《酒后絮语——代后记》，载《酒国》，上海文艺出版社，2012，第 344 页。

③ 莫言：《捍卫长篇小说的尊严——代序言》，载《酒国》，上海文艺出版社，2012，第 2 ~ 3 页。

莫言的魔幻现实主义也是在域外文学的影响下形成的，其输入口是哥伦比亚的诺贝尔文学奖获得者马尔克斯。莫言在《影响的焦虑》一文中明确提到："八十年代中期时，我读到过马尔克斯的《百年孤独》，只读了几页，便按捺不住写作的冲动。"[①] 但是，在借鉴的过程中，莫言认为挽救一种文学形式衰退的途径有两个：一个是民间的东西，另一个是域外的东西。对于外来的东西，要自觉、大胆地"拿来"，但不能机械复制，"要学习和借鉴的是属于艺术的共同性的东西，那就是盯着人写，贴着人写，深入到人的心里去写；我们要赋予的，是属于艺术个性的东西，那就是我们自己的风格。什么是风格？我想那就是由我们的民族习惯、民族心理、民族语言、民族历史、民族情感所构成的我们自己的丰富生活，以及用自己的独特感受表现和反映这生活的作品"。[②] 在这一点上，莫言的观点与美国马克思主义文论家杰姆逊的观点颇为相似，即文学潮流是特定时代人们共同的心理结构。

马尔克斯和福克纳这两位世界级的大作家，或者说是文学前辈，对莫言的影响又是各自不同的：福克纳的小说创作处于欧美现代主义文学盛行的时期，因而，莫言从这个"老头儿"那儿学到的是现代主义的小说叙事策略；马尔克斯处于后现代主义的鼎盛时期，莫言从他那里则探寻到"魔幻"加"现实主义"的小说创作道路。

就中国文化和文学的输出而言，在盛唐时期，中国对周边国家的影响是很大的。然而，当中国沦为半殖民地半封建社会以后，这种影响力已大大削弱。日本在明治维新以后开始脱亚入欧，把视野转向西方。这次社会体制的变革，使日本由封建社会驶入资本主义社会发展的快车道，加速了其现代化发展的速度。在文化和文学方面，日本已不再受中国传统的影响，而是反过来开始影响中国。20世纪初期上海新感觉派作家施蛰存、刘呐鸥、穆时英、黑婴和禾金等人，在日本新感觉派作家横光利一、川端康成、中河与一、片冈铁兵、今东光、十一谷义三郎、佐佐木茂索、伊藤贵磨、石滨金作、佐佐木津三、菅忠雄、加宫贵一、诹访三郎和铃木彦次郎

① 莫言：《影响的焦虑》，载林建法主编《说莫言》（上），辽宁人民出版社，2013，第5页。
② 莫言：《影响的焦虑》，第5页。

等人的影响下，于30年代开始了中国的现代派小说创作。此后，受政治因素的影响，日本左翼作家小林多喜二、田中方树、芥川龙之介和小野不由美以及后来获得诺贝尔文学奖的世界级文学大师川端康成和大江健三郎的作品在中国大受欢迎。在全球化语境下，随着改革开放步伐的加快，日本文学作品开始大量进入中国文学界的视野。虽然中日两个国家处于完全不同的政治体制下，但优秀作家之间的相互往来为莫言小说创作走向世界文学高峰助了一臂之力。

中国在诺贝尔文学奖的道路上起步较晚，在莫言之前，日本已有两位作家获此殊荣。川端康成出生于19世纪末，于1968年获得诺贝尔文学奖；大江健三郎出生于1935年，于1994年获得诺贝尔文学奖。且不论出生更早的川端康成，就20世纪出生的第二位获得诺贝尔文学奖的日本作家大江健三郎而言，其年龄比1955年出生的莫言年长20岁，算是莫言的文学长辈。虽然川端康成早在20世纪30年代因其新感觉派文学进入中国而被中国文学界所熟知，但其获奖作品是在改革开放初期才开始进入中国的。莫言进入文学界适逢这个机缘，与日本的文学大师之间开始文学交往。不过，如上所述，这次文学方面的文化交流已不再是中国向日本输出，而是日本向中国输出。

1978年，川端康成的中篇小说《伊豆的舞女》被译介到中国。川端康成的作品不仅受到广大中国读者的喜爱和欢迎，而且使同期的中国作家受益匪浅。莫言就是其中之一。[①] 莫言初入文学界时虽然已发表了一批短篇小说，但仍未跳出现实主义创作的传统。就像遇到了福克纳一样，莫言此时也遇到了川端康成。后者对莫言的影响之大可以从莫言个人在一些场合的讲话中得到证明："我刚开始创作时，中国的当代文学正处在所谓的'伤痕文学'后期，几乎所有的作品，都在控诉'文化大革命'的罪恶。这时的中国文学，还负载着很多政治任务，并没有取得独立的品格。……我明白了什么是小说，我知道了我应该写什么，也知道了应该怎么写。"[②] 那时的莫言并未形成自己的小说创作风格，想冲破当时中国语境的文学传统并非易事。偶然

① 康林：《莫言与川端康成——以小说〈白狗秋千架〉和〈雪国〉为中心》，《中国比较文学》2011年第3期，第130页。

② 莫言：《我变成了小说的奴隶》，《文学报》2003年3月23日。

一次，川端康成小说《雪国》里的一只黑色壮硕的秋田狗给了莫言启示，于是莫言的《白狗秋千架》里首次出现了“高密东北乡原产白色温驯的大狗，流传数代之后，再也难见一匹纯种”的类似表述，[①]“高密东北乡”也随之成为莫言文学地理的代名词。而这种方式在此前的文学传统中是难以见到的。1999 年 10 月，莫言应邀在日本驹泽大学做了以“神秘的日本与我的文学历程”为题的演讲。莫言说他“在川端康成坐过的垫子上照了一张相，想从那上边沾染一点灵气”。[②] 莫言也的确从川端康成那里沾到了灵气。“我”在《白狗秋千架》中的出现，拉开了莫言元小说叙事的序幕。也正是这个开端，才使莫言后来著名的以“寻找结构”为初衷的元小说作品《酒国》得以问世。具有现代主义色彩的《透明的红萝卜》《枯河》《红高粱》系列及后来的《丰乳肥臀》和《生死疲劳》等超现实主义的小说作品也是在川端康成的影响下写成的。在这些作品中，有些获了大奖。《红高粱》被改编成电影后就获得第 38 届柏林国际电影节最佳影片金熊奖、第 35 届悉尼国际电影节评论奖、第 5 届津巴布韦国际电影节最佳影片奖和第 5 届蒙彼利埃国际电影节银熊奖等国际性大奖。事实就是如此，如果莫言的文学创作不与世界文学接轨，其作品不能在世界范围内的读者和观众内心引起共鸣的话，那么莫言作品是难以获得这些奖项的。从现实主义走向超现实主义是莫言在川端康成影响下最重要的转型。不可否认，作家的创作源于生活，但仅凭情感经历和真实的个人经历来从事创作是远远不够的，“因为一个人的亲身经历毕竟是有限的，而想象力是无限的”。[③] 莫言在日本旅馆住宿时的奇思怪想使他联想到《伊豆的舞女》中的熏子，伊豆半岛关于雪虫的报道和照片使莫言在脑海里形成了《梶井基次郎的柠檬》、《川端康成的幽灵》和《井上靖的雪虫》三篇小说的题目，东京街头装束怪异的姑娘使莫言找到了创作《东京街头的狐狸姑娘》的灵感，身着黑衣的游行学生使莫言拟想出《大学门前的乌鸦少年》的题目，穿越川端康成小说里描写的天城隧道时沼津中学女孩们的尖叫声则使其产生了

① 莫言：《神秘的日本与我的文学历程：在日本驹泽大学的即席演讲》，载《我的高密》，中国青年出版社，2001，第 166 页。

② 莫言：《神秘的日本与我的文学历程：在日本驹泽大学的即席演讲》，第 159 页。

③ 莫言：《神秘的日本与我的文学历程：在日本驹泽大学的即席演讲》，第 171 页。

《女中学生的尖叫》的构想。这些域外经历所形成的创作冲动虽与莫言的“高密东北乡”并没有什么联系，但打开了莫言的文学思路。莫言并没有见过川端康成本人，但异国他乡的感受开拓了莫言的文学视野，使其在文学想象的海洋中能够展开双臂，酣畅地向诺贝尔文学奖的彼岸游去！莫言把这次日本之旅看作一次“神秘的”文学之旅，因为这次文学旅行使莫言形成了“小说中的日本”“文学的日本”“这个日本不在地球上”的文学想象，[①] 这就为进一步发展其“魔幻”的文学创作插上了一副钢铁般的翅膀，任其在无际的文学天空中翱翔。

同为莫言的文学长辈，大江健三郎的童年记忆和文学创作及其成功也为莫言日后的成功助力，形成了无与伦比的榜样力量。莫言认为，他之所以没有成为像海明威和福克纳那样的作家，其根本原因在于自己独特的童年经历。[②] 那么莫言的童年记忆又是怎样的呢？显然，大江健三郎的童年经历对莫言具有重要的启示意义。2002 年春，应日本 NHK 电视台之邀，大江健三郎来到北京采访亚洲最有前途的文学天才之一——莫言。在老少两辈作家的交谈中，大江健三郎认为他写洪水与其少年时代经历过的日本战争密不可分。因为日本卷入了战争，孩子们才能明白绝望近在咫尺的感觉；同时又因为大江健三郎是农村人，所以他对洪水抱有与生俱来的恐惧感。莫言的《秋水》和《透明的红萝卜》写的都是中国特定历史时期农村孩子的故事，莫言能从少年时代的记忆出发，以人民公社为主题，用非现实主义的手法，创造出甚至超越了魔幻现实主义的真实形象，从而形成了莫言的小说世界。[③] 虽然这一老一少两位作家来自不同时期和不同国度，但他们在创作道路的起点上有惊人的相似之处。大江健三郎分析了作家的这种共同性，认为小说家只有加深对自己童年记忆的印象及对该印象的理性思考，再在创作中加上想象，才可以使作家在自身童年与成人之间自由游动，这是小说家应有的能力。大江健三郎将他们两人之间的童年记忆与

---

① 莫言：《神秘的日本与我的文学历程：在日本驹泽大学的即席演讲》，第 158 页。

② 莫言：《饥饿和孤独是我创作的财富——在斯坦福大学的演讲》，载《我的高密》，中国青年出版社，2001，第 197 页。

③ 〔日〕大江健三郎、莫言：《寻找红高粱的故乡——大江健三郎与莫言的对话》，载《我的高密》，中国青年出版社，2001，第 218 ~219 页。

文学创作形象地比喻为“漂流是从异界通往自己生存的地方的通路”。[①] 不同国籍的作家之间进行创作思想的交流，意义深远。在与铁凝和莫言的交谈中，大江健三郎说过他“一生都在读鲁迅”，《鲁迅小说集》决定了大江健三郎的一生。在北京的一个清晨，大江健三郎望着冉冉升起的太阳，情不自禁地在内心祈祷：“鲁迅先生，请您帮助我！”大江健三郎能否得到鲁迅的帮助，他自己也不知道，但日后即将看到鲁迅的手稿，对他而言无疑是“太好了”的事情！[②] 对于这样的国家间的文学家交往以及文学创作思想的交流及相互影响，莫言认为：“此前是各人在自己的所在国写作，现在走到一起，促进了友谊，增加了相互了解，所以说积极作用还是很大的。”[③] 大江健三郎经常到中国进行访问，在一次与莫言的私访中，大江健三郎也在反思“日本人应该是什么样子”。两位文学大师都认为，作家“更关心的是现在这个时代”，时代在急速地发生着变化，那么作家就“不应该回避他每天所生存的这个变化的空间”。大江健三郎希望莫言也能这样做，以使世界读者“经常可以看到作为中国人应该是什么样子”。莫言的回应是，即便作家意欲脱离社会，逃避现实，但现实仍会找到你，这就是莫言撰写《天堂蒜薹之歌》的由来。[④] 两位诺贝尔文学奖作家的共同经历使他们得出一个结论，即作家的童年记忆对于一个作家的成功是极其重要的。然而，仅仅停留在各自童年记忆的书写中是远远不够的，“小说还有一个重要的作用，就是对当代现实的同时记忆”。[⑤] 归结起来，就是“文学应该给人光明”。[⑥] 域外文学对莫言的文学地理和童年记忆书写的影响将在后面专门论述，因而，有关大江健三郎对莫言的影响此处就不再展开论述。

在日本文学界具有卓著成就的另一位作家三岛由纪夫曾先后两次入围

---

① 〔日〕大江健三郎、莫言：《寻找红高粱的故乡——大江健三郎与莫言的对话》，第 218 页。

② 铁凝、〔日〕大江健三郎、莫言：《中日作家鼎谈》，载林建法主编《说莫言》（上），辽宁人民出版社，2013，第 19 页。

③ 铁凝、〔日〕大江健三郎、莫言：《中日作家鼎谈》，第 21 页。

④ 〔日〕大江健三郎、莫言：《文学应该给人光明》，载林建法主编《说莫言》（上），辽宁人民出版社，2013，第 60 页。

⑤ 〔日〕大江健三郎、莫言：《文学应该给人光明》，第 62 页。

⑥ 〔日〕大江健三郎、莫言：《文学应该给人光明》，第 56 页。

诺贝尔文学奖，但他因政治倾向问题于1970年自杀身亡。不同于大江健三郎，三岛由纪夫是莫言未曾谋过面的日本大作家。莫言采取猜想的方式，表达了作家对文学全新观念的致敬。莫言认为，口号和宣言仅是作家创作力衰退或发生危机的表现，因而，“作家如果萌发了一个全新的观念，那他的创作前途将是辉煌的”。[①] 三岛由纪夫的文学创作经历了前期唯美主义倾向和后期政治错位的演变，因而他也成为文学界颇有争议的作家。莫言对三岛由纪夫的评价是，无论学术界如何评价三岛由纪夫，三岛由纪夫都是一名“为了文学生，为了文学死”的“彻头彻尾的文人”。[②] 三岛由纪夫为文学事业奋斗终生、在创作中努力去发现新事物的写作观对莫言产生了很大的影响。因而，在此后的文学创作中，虽然莫言从域外文学传统中领略到大量值得借鉴的优秀成分，但他从未机械地复制这些“舶来品”，而是在充分消化的基础上，构建起自己的独创风格，这也加速了莫言在文学道路上的前进步伐，为莫言日后登上世界文学的最高领奖台奠定了基础。

获得诺贝尔文学奖的日本作家大江健三郎曾预言，继他之后，在亚洲可能获得诺奖的作家中，他看好莫言。大江健三郎言的预言是正确的。与莫言同时期的日本著名作家还有为中国文学界所熟知的村上春树，他也是2012年诺贝尔文学奖的候选人。莫言并未与村上春树直接交往过，但两人通过朋友联系过；此外，莫言还直言自己也一直在看村上春树的作品。见面是一种交流方式，以文会友是另一种交往方式。“读其文如同见其人，两者惺惺相惜，在不同中找相同”可以用来形容莫言与村上春树之间的文学相互影响关系。莫言认为“饥饿与孤独是我创作的财富”[③]，而对于村上春树而言，“孤独、无奈、疏离，寻找与失落的周而复始，可以说是村上

---

① 莫言：《三岛由纪夫猜想》，载《莫言作品精选》，长江文艺出版社，2012，第293页。

② 莫言：《三岛由纪夫猜想》，第297页。

③ 2000年3月，莫言应邀到美国斯坦福大学发表演讲，题目是“饥饿与孤独是我创作的财富”。演讲中，莫言回顾了自己的童年和社会环境对他的影响。可以说，莫言的童年记忆是痛苦的，但正如辩证法中常讲的事物变化规律一样，好事和坏事都是在互相转化的。也正由于莫言的童年是痛苦的记忆，因而其内心的孤独感为其创作留下了宝贵的精神财富。

文学作品的主题之一”。[①] 两人之间的共同点可以被看成两位作家走上文学创作道路的共同推动力。村上春树认为，人生基本上是孤独的。当人进入自身世界的最深处时，就必然会产生连带感。只有正确认识自己与读者之间的这种连带感，大家才能一起分享这种感受。作家的创作就是把故事完整地写出来，让故事在作者和读者之间产生这种连带感。这样做，可以使作家与众人联系在一起，而不是自我孤立起来。[②] 莫言的早期中短篇小说基本上也是在这种感觉下创作出来的。设想，如果没有 1960 年大饥荒中吃煤解饿的经历和电工小伙伴牙咬钢丝的见闻，怎么会有《铁孩》的问世？莫言对孤独和饥饿的描写，是作品通过文学创作表达对人的关注。表现对历史和爱情看法的《红高粱家族》、对政治进行批判和对农民表达同情的《天堂蒜薹之歌》和对人类堕落的惋惜以及对腐败官僚之痛恨的《酒国》，这些作品表面看上去迥然有别，但其最深层面是经历过饥饿考验的孩子对美好生活的向往，因而又具有共性的一面。这使两位未曾谋面的作家在文学创作道路上形成了一个契合点。

除上面提及的美国作家、哥伦比亚作家和日本作家，莫言借助学术研讨和学术访问等机会，广泛与域外文学界进行接触，竭力汲取域外文学思潮中对中国文学有益的成果，以丰富自己的创作。除此之外，莫言利用一切机会阅读域外文学的优秀作品。用他自己的话来说，就是在与西方文学中断联系的 20 年之后，中国新时期作家需要知道世界文学的同行们都做了些什么、怎样做的，即补上“文化大革命”期间中国作家所缺的课。总体来看，在中国文学家“缺课”的这个阶段，西方现代主义文学的鼎盛期已经过去，而后现代主义文学正处于全盛的时期。仅以美国为例，在 20 世纪中，已有 10 位作家获得了诺贝尔文学奖。除少数作家（如斯坦贝克和赛珍珠等人）是现实主义作家以外，绝大多数美国获奖作家都是现代主义作家或后现代主义作家。再以日本文学为例，日本作家在“西学东渐”的过程中与世界文学接上了轨。在莫言之前，代表亚洲文学界的作家中已有泰戈尔（Rabindranath Tagore）、阿格农（Shmuel Yosef Agnon）、帕慕克

① 林少华：《村上春树也好莫言也罢孤独始终如影随形》，中青网，2014 年 5 月 13 日，http：//cul. qq. com/20140513/018159. htm。

② 林少华：《村上春树也好莫言也罢孤独始终如影随形》。

(Orhan Pamuk)、川端康成和大江健三郎五位诺贝尔文学奖获得者。[①] 这些亚洲获奖作家均在某种程度上与西方具有千丝万缕的联系。日本作家川端康成和大江健三郎进行文学创作的国际背景自不必再谈，印度作家泰戈尔曾在英法留学，以色列作家阿格农出生于欧洲的一个犹太世家，帕慕克虽出生于土耳其但在美国人开办的学校里接受了正规的英语教育。可以说，这五位亚洲作家全部都是在欧美文化与文学的影响下，在各自的作品中讲述了各自民族的故事。这一事实充分说明，时代发生了变化，社会也在转型，那么，与此相关的、代表人们心理结构的文学也必然会形成不同的文学思潮。如果作家不能及时跟上时代发展的潮流，那么他们想在文学领域内取得伟大成就是不可能的。

在全球化语境中，莫言小说创作的初始阶段，中国文学正处于对域外文学思潮进行输入的环节上，其小说创作在最短的时间内就融入了世界文学的潮流。因为文学思潮是不同社会历史阶段人们心理结构的表现形式，因而作家也应该跟上文学思潮的转变。莫言在经历了“正统”现实主义小说创作之后，马上就进入了现代主义、后现代主义小说的创作实践中，最终形成了独具中国特色的后现实主义——魔幻现实主义的小说创作。因而，认为莫言小说的成功在一定程度上是受域外文学思潮影响的评价是完全符合事实的。

第二节　域外文学地理与“高密东北乡”

文学地理，顾名思义，是“文学”与“地理”的二者结合。因而，作为一个学科，“文学地理学”即以文学为本位，将文学与地理学融为一体的跨学科研究方法。

一　域外文学地理对莫言的影响

文学地理学也是舶来品，在中国文学中，这一概念则是由近代学者梁

---

① 此处仅考虑亚洲的地理范围，将以色列作家阿格农和土耳其作家帕慕克也计算在内，在莫言之前，亚洲国家共有五位作家获得诺贝尔文学奖。高行健获得诺贝尔文学奖时已加入法国国籍，因而不计算在内。

启超首次提出来的。既然是一门新兴学科，那么文学地理学就必然有其自身的学理。学术界通常认为，文学地理学应包括以下几个方面的要素：第一，文学与地理学的跨学科研究；第二，文学与地理学之间的有机融合；第三，在交叉学科的关系中，文学为本位；第四，为文学提供空间定位，重心位于文学空间；第五，在跨学科研究中，成为一门新兴的、相对独立的综合性学科。鉴于此，文学地理学可以被界定为“在整合文学与地理学的基础上形成的以文学为本位、以文学空间研究为重心的新兴交叉学科或跨学科的研究方法，其发展方向是相对独立的综合性学科”。其“地理”又可以包括作家的籍贯、作家的活动范围、作品所描写的疆域、作品传播的范畴等几个层面。这几个层面的分析和研究有助于了解文学的生态环境并复原文学家重构的文学时空和地域。这种研究方法既可揭示隐含于文学家意识深层的心灵图景，又可以据此探索文学传播与接受的特殊规律。然而，在“地理”与“文学”之间，又存在一种以文学家为主体的审美观照，这就是指作为客体的地理空间形态经积淀升华为文学世界的精神家园、原型和动力的价值内化。从另一个角度来看，自然与理性、原始与现代、个体与社会、自我与他人并不是非此即彼的对抗关系，而是不可分割的、相互依存的关系，① 因而虚构的文学地理中的人与现实中的人具有无法分割的紧密联系。文学地理作为文学创作的重要类型之一，其“地域性在文学探讨、理解人类自身的过程中所产生的影响是持久的、微妙的”。②

学术界对文学地理学的概念界定亦五花八门。但总体说来，其基本观点包括以下几个方面：其一，把文学的时间维度推进到地理的空间维度；③ 其二，分布、轨迹、定点和传播四个大的方面；④ 其三，其研究可从作家个人的地理基因、几代人遗传下来的生命基因和特定地域的传统文化因素

---

① 关晶：《“此在的世界是共同的世界”——〈最后一块清净地〉中现代性的危机与出路问题刍议》，《名作欣赏》2012 年第 3 期，第 41 页。

② 韩松：《论〈教授的房子〉中的现代地域主义》，《社会科学战线》2013 年第 9 期，第 46 页。

③ 杨义：《中国文学与人文地理》，人民网，2010 年 3 月 18 日，http：//thoery. people. com. cn/GB/11168291. html。

④ 金克木：《文学的地域学研究设想》，《读书》1986 年第 4 期，第 87 页。

三个方面入手。[①]

就莫言的文学地理或文学疆域而言，“高密东北乡”是其小说系列的基本成分。除少数几部作品外（如《酒国》和《红树林》），莫言的小说都是以其家乡山东高密县为背景的。莫言在《白狗秋千架》中首次提出了“高密东北乡”的概念以后，其绝大多数作品综合在一起，构成了高密东北乡系列作品。于是，“高密东北乡”作为一个文学符号，成为莫言小说创作的“文学地理”。莫言文学地理的建构，除与其自身的经历，即其童年记忆有关以外，在很大程度上也取决于域外文学地理的影响。美国作家福克纳的“约克纳帕塔法县”、哥伦比亚作家马尔克斯的“马孔多”、日本作家大江健三郎的“四国大濑村”等均是对莫言的“高密东北乡”构建起到了影响的域外因素。域外著名文学家通过各自文学地理形成的疆域折射出作家所处时代对人们心理结构所造成的影响及其做出的文学反思，因而这也是这些作家在个性化发展道路上所做出的贡献。虽然有些作家的文学地理并没有冠以具体名称，但仍不乏文学地理的意义。例如，美国作家维拉·凯瑟的“美国西部地域文化与他者文化的紧密联系以及她对多元文化的接纳态度，打破了以往自我指涉的民族主义神话，体现了维拉·凯瑟包容他者的现代视野以及对美国民族根源的深层追寻和多重建构”。[②] 受域外著名作家的影响，莫言也辛勤地耕耘在他自己的文学疆域上，成为继诺贝尔文学获奖作家福克纳、马尔克斯和大江健三郎之后又一位重要的地理文学作家。

作家的文学地理或文学疆域是由来已久的文学传统之一，因为在创作中，作家的经验与文学想象是他们取得成功的两个重要因素。中国文学批评家杨义 2010 年在国家图书馆举办的“文津论坛”上发表演讲时指出：“探讨文学和地理的关系，其本质意义就在于关注人在地理空间中是怎样以审美想象的方式来完成自己对生命的表达，物质的空间是怎样转化为精神空间的。”[③] 中国文学家中，远的暂且不提，就现代文学史而论，鲁迅笔

---

① 邹建军：《关于文学发生的地理基因问题》，《世界文学评论》2012 年第 1 期，第 32 页。

② 韩松：《地域文化的深层追寻及多重构建——解读薇拉·凯瑟小说中的内嵌故事》，《作家》2013 年第 14 期，第 46 页。

③ 杨义：《中国文学与人文地理》。

下的浙江绍兴系列、老舍小说中北京四世同堂的四合院、沈从文的湘西书写、张爱玲的上海文学背景、陈忠实的陕西系列、萧红等人的东北系列等，均属地理文学的范畴。

所不同的是，中国现代作家的地理文学基本上以中国的某一地域为背景，作品中并没有直接给其文学地理冠以具体名称，但在美国作家福克纳的笔下，“约克纳帕塔法县”直接以“人造地理”的形式出现在其系列作品中。在这个人为创作出来的文学地理中，作家将其疆域的大小、疆域的界线、人口数字等进行了精确的描写。所以，福克纳的文学地理对莫言的影响更大。然而，直接促使莫言形成自己的“高密东北乡”的却是日本作家川端康成。川端康成《伊豆的舞女》中的秋田狗“催生了”莫言《白狗秋千架》中的“高密东北乡原产”“绵延数代之后”也很难再见到的“白色温驯的大狗”；作为中介物，这只纯种的白色大狗又“催生”了莫言的“高密东北乡”。在学术界，《白狗秋千架》通常被认定为莫言文学地理小说的开端。此后，莫言在这个文学地域中持续耕耘，最终也成为地域文学创作领域中的世界级大师之一。

尽管“文学地理”在中外文学史上是一个出现较早的术语，但其发展于现代文学中。莫言通过高密东北乡系列小说的创作，将“文学地理”在当代小说的创作中推向了高峰。

在莫言之前，中外作家在长期的文学创作中形成了各自的文学疆域。例如，美国作家福克纳以“约克纳帕塔法县”为代表的文学疆域、哥伦比亚作家马尔克斯以“马孔多”为代表的文学地域、以杰克·伦敦和维拉·凯瑟为代表的美国西部文学均为初入文学创作领域的中国作家莫言树立了样板。然而，当时莫言在短篇小说创作中依然按照现实主义的传统小说模式进行小说创作，通过写实的方式，讲述的是童年记忆中的故事，是在无意识状态下形成了自己内心中的文学疆域——“高密东北乡”。

如果说早期莫言的文学地理是在无意识中形成的，那么在此后30多年的小说创作生涯中，莫言的文学地理已经由无意识转向了有意识的发展阶段。在莫言的全部作品中，除小说《酒国》、《红树林》和《战友重逢》以及改编的剧作《我们的荆轲》等少数作品外，其他作品基本上以“高密东北乡”为背景，形成了莫言的高密东北乡小说系列作品。[①]

福克纳四分之三的作品属于约克纳帕塔法县系列，该系列描写的均为这个神话世界中的地域、人们及其传统。对于当代美国文学批评而言，福克纳研究是极具挑战性的。[②] 作家对“约克纳帕塔法县”这个地方做了精细的地理布局，把这个县的疆域、地理位置、人口总数等几个方面都设计得清清楚楚，几个家族中的主要人物也不时出现在不同的作品中，不同小说中的故事情节也环环相扣，进而形成了貌似真实存在的那么一个地方。与福克纳相比，莫言的“高密东北乡”在设计方面没那么精细。可以说，在莫言的这个故乡系列的小说中，“高密东北乡”也仅是一个事实上并不存在的地名而已，虽也有个别人物会出现在不同的作品中，但这些人物和“这个乡”里发生的事情在不同作品中的关系较为松散，充其量也只是个故事的框架，是莫言系列小说作品中具有内在连接作用的外部表现符号。

2010 年 7 月莫言在接受《河北日报》记者采访时曾说过：“山东高密故乡是与我在河北生活了几年的保定地区、白洋淀地区结合在一起的，我的文学故乡应该是山东高密加上河北保定。”[③] 这也就是说，莫言的“高密”并非确切的地理概念，因为即使在地图上可以找到高密，但在行政区划上并没有“东北乡”这个地方。再者，按照莫言的自我界定，既然莫言的文学故乡是山东高密加河北保定，那么就可以借此将其文学地理进一步扩展到中国的广大农村，而非中国具体某地。在这一点上，莫言的文学地理既有别于福克纳的“约克纳帕塔法县”，也有别于马尔克斯的“马孔多”。在日本作家川端康成的影响下，莫言首次在《白狗秋千架》中提到了“高密东北乡”，并给这个文学地理疆界命了名。此后，莫言就将这个地方作为其小说创作的地理背景，作家“从故乡的原始经验出发，抵达的

---

① 即使在这些远离高密东北乡的作品中，亦有些作品与高密东北乡具有某种松散的联系，如《战友重逢》。

② Charles R. Anderson, *American Literary Masters · Volume Two* (New York · Chicago · San Francisco · Toronto: Holt Rinehart and Winston, Inc. 1965), p. 1115.

③ 莫言：《我的文学是在河北起步的》，大洋网，2012 年 10 月 12 日，http://news.dayoo.com/china/57400/201210/12/47400_109370233.htm。

是中国人精神世界的隐秘腹地”。[①]

如果莫言的“高密东北乡”权且被看作其文学地理标志的话，那么其故乡系列的小说则可以被视为作家故乡童年记忆的文学书写。与域外那些文学地理作家的文学书写相比，莫言的文学地理与域外作家的文学地理也只是外在的形似而已，这亦可被视为域外文学对莫言“高密东北乡”书写的引子。莫言于1984年12月读到福克纳的《喧哗与骚动》时，发现福克纳“从来不以作家自居，而是以农民自居”，而福克纳塑造出来的“约克纳帕塔法县”更令莫言“心驰神往”，这也让莫言明白了一个道理，“一个作家，不但可以虚构人物，虚构故事，而且可以虚构地理”。于是，“高密东北乡”就成了莫言所“开创的一个文学的共和国”，作为“这个王国的国王”，莫言每次拿起笔来进行故乡书写时，就有了“大权在握的幸福”。面对家乡有人对其文学地理提出的质疑，莫言解释道：“高密东北乡是一个文学的概念而不是一个地理的概念”“是一个开放的概念而不是一个封闭的概念”，是在“童年经验的基础上想象出来的一个文学的幻境”。莫言就是要努力将其打造成为“中国的缩影”，努力使“那里的痛苦和欢乐”能够“与全人类的痛苦和欢乐保持一致”，并致力于使其“高密东北乡故事能够打动各个国家的读者”。[②]

根据其自述及作品的内容，莫言的文学地理与国外其他作家的文学地理相比，还有另外两大特点：农村题材和童年记忆书写。这就涉及作家的个人背景及其成长经历两方面的问题。美国另一位马克思主义学者鲁宾斯坦教授在论述“作家—作品—时代”三者的关系时指出：“作家的任何一部伟大作品都需要深深植根于他所处时代的生活之中。无论这个时代对作家有利还是不利，也不论作家是有意识还是无意识的，是现实性地表现或是象征性地表现这个时代，对于该作家而言，情况均是一样的：这位作家越是伟大，越有其个性，那么在他代表自己言说时，他也就愈加意义深远地代表了公众。这一点也正像范·威克·布鲁克斯在他那部具有开创性意义的著作《美国的未来时代》中所指出的那样：‘作家对社会的压力感到

---

① 莫言：《第二届“华语文学传媒大奖·杰出成就奖”授奖词及获奖演说》，载林建法主编《说莫言》（上），辽宁人民出版社，2013，第48页。

② 莫言：《福克纳大叔，你好吗？——在加州大学伯克莱校区的演讲》，第210~213页。

越加沉重和急切，那么他也就越加深沉、也更为清醒，而且成果也越加丰硕。’”[①] 集历史学家、政治家和社会学家的各种身份于一身的法国学者托克维尔（Alexis de Tocqueville）在其著名的《民主在美国》一书中指出，要了解一个人的思想性格，就“必须从较早的年头开始。我们必须去看外界投射到他心灵的微暗镜子上的那些最初形象，去看他最初目击的那些事情；如果我们想理解那些将支配他一生的偏见、习惯和激情，我们还必须去听那些唤醒沉睡中思想力量的最初话语，在一旁查看那些他在人生中所做的最初努力”。[②] 在人的整个生命历程中，童年是至关重要的一个发展阶段；对个人心理发展而言，这是一个极为关键的时期，原因在于人的思维方式和个性气质等方面的形成中，童年记忆发挥了决定性的作用。童年经验对于作家的影响是“内在的、深刻的，它造就了作家的心理结构和意向结构。作家一生的体验都要经过这个结构的过滤和抛光，即使不是直接写到，也常常会作为一种基调渗透在作品中”。[③]

莫言文学地理的农村题材和童年记忆书写也恰恰印证了鲁宾斯坦和托克维尔的观点，即作家的文学创作既受个人成长因素的制约，也有时代对作家的影响，同时更是作家本人童年的生活体验为其今后文学发展所定下的基调。只要作家的创作是对社会负责任的，那么，作家基于童年记忆所创作出来的作品在时代背景的影响下最终会超出作家个人生活经历的局限性，进而将其作品的隐喻意义延伸至民众的集体意识中去。

莫言对美国作家福克纳最为敬佩的一点是福克纳始终以农民自居。日本作家大江健三郎也是出生于农村并在农村长大的。莫言与大江健三郎相比，两人的童年经历又那么相像，都是在痛苦中度过的。正如大江健三郎与莫言对话时所提到的那样：“我虽然比你大二十岁，日本的农村与中国的农村也不一样，但我们确实有共同的地方。我出生在小山村里，母亲和祖母给我讲述过许多传说，跟你的爷爷奶奶给你讲故事一样。可是，这些

---

① Annette T. Rubinstein, *American Literature Root and Flower* (Beijing: Foreign Language Teaching and Research Press, 1988), Preface.

② 〔美〕阿勒克西·德·托克维尔：《民主在美国》，秦修明等译，吉林出版集团有限责任公司，2013，第25页。

③ 金元浦主编《当代文艺心理学》，中国人民大学出版社，2009，第114页。

传说不一定都是美丽温馨的。"[①] 这两位诺贝尔文学奖获奖作家的经历也印证了人们常说的那句话：痛苦的经历对于一个人的成长而言，不仅不是痛苦，反而是一笔财富。中国特定历史时期家乡痛苦的童年记忆既变成了莫言的创作源泉，也成为莫言文学地理塑造的原动力。因而，莫言一再声称他的文学地理概念并非仅仅指高密县的某个地域，而"实际上是为了进入与自己的童年经验紧密相连的人文地理环境，它是没有围墙甚至没有国界的"。[②]

莫言的童年正是处于中国经济困难的时期。那时的中国农村又正处于走向人民公社化道路的关键时期，农村生产队的劳动强度非常大，但是农民又常常吃不饱。农村出身而本身又是农民身份的莫言也正是在这样的环境中度过童年的。同为诺贝尔文学奖获得者，日本作家大江健三郎的童年和中国作家莫言的童年虽不相同，但又极为相似。初入文坛时，两位文学巨人走过了一条极为相似的道路。对童年故乡印象的文学书写是两者的最大共同点。虽然两人处于不同的社会体制下，但是对人性的共同关注使他们在文学创作中走到了一起。两人的童年记忆与绝大多数人的童年一样，内心世界尚未被世俗所污染，是相对纯洁的，因而他们的童年记忆书写可以使作家不以先入为主的世界观来看待世界，在作家构建儿童乌托邦理想世界时，就使其具有了更为积极和更为深远的意义。全球化语境下，这两位世界级文学大师的交往已经远远超出了作家个人往来的意义。两者的文学交流在相互借鉴和共同发展方面，都对民族文学和世界文学的发展做出了更大的贡献。[③] 莫言和大江健三郎都是农民的儿子，受特定历史环境的影响，都对自己的故乡既怀有深深的爱意，同时又满含"无与伦比"的"痛恨"。两位作家都不能释怀他们在故乡度过的童年时代，而在两人的作品中又都流露出对家乡、对童年的深深眷恋之情。与福克纳一样，大江健三郎也认为自己是"农村人"。他的故乡在日本四国爱媛县的喜多郡大濑村。莫言

① 〔日〕大江健三郎、莫言：《文学应该给人光明》，第 57 页。

② 莫言：《神秘的日本与我的文学历程（代前言）》，载《初恋神嫖》，上海文艺出版社，2000，第 11～13 页。

③ 张国华：《大江健三郎与莫言童年故乡印象书写的对比研究》，《东北师大学报》（哲学社会科学版）2014 年第 6 期，第 166 页。

的故乡在中国山东省高密县大栏乡（并非作品中的东北乡）的三份子村。[①]由于大江健三郎童年时居住的村庄属于山区，他在内心深处总是有一种走到了世界尽头的感觉，而非感觉自己在一处远离现代都市生活的世外桃源。由于日本参与“二战”，再加上时代的原因，大江健三郎童年居住过的这个村庄与其他村庄相互隔绝，偏僻而又落后。无独有偶，莫言在农村的童年痛苦生活经历同样给他留下了难以忘却的记忆。儿童时期对家乡“洪水”的记忆后来成为两位作家早期创作的共同题材之一。在大江健三郎的童年记忆中，他们那个村子露天火葬的原因是夏季开始前就梅雨连绵，甚至经常引发洪水，而他们那个村子通向镇里所必经的一座吊桥常因山洪被毁。更有甚者，大江健三郎深深感受到自己作为一个农村人而遭城里“文明人”白眼的那种屈辱。因而，在大江健三郎的记忆中，故乡总是灰蒙蒙的，其内心对故乡的印象也是悲观主义的灰色调，所以，大江健三郎决意要“逃离”故乡。但是当大江健三郎来到城市以后，自身与都市文明之间的冲突使他处处碰壁后，他又决定返回故乡。在作品中对自己反叛故乡的歉意描写也就成为大江健三郎把家乡设计成自己小说创作原点的由来。故而，就大江健三郎的文学创作初衷而言，童年故乡记忆对大江健三郎的文学疆域塑造以及大江健三郎对故乡的逃离和重归所形成的创作模式具有决定性的影响。莫言的童年经历与大江健三郎差不多。当时莫言家乡所在的农村，“房子又矮又破，四处漏风，上边漏雨，墙壁和房笆被多年的炊烟熏得漆黑”，而莫言正是在“沙土”上出生的。如同那里的人们所信奉的“万物土中生”那样，莫言日后也成了一名“乡土作家”，而不是“城市作家”。[②]“高密东北乡”也就名副其实地成了莫言文学地理的代名词。在故乡童年记忆的小说创作道路上，莫言和大江健三郎的经历基本相同，两人均走过了一条先逃离故乡后回归故乡的人生经历和地理文学创作历程。

从人的社会悲剧本体论观点来看，人永远处于试图走向彼岸却又永远达不到彼岸的困境之中。莫言的童年是在饥饿中度过的。即使在极其寒冷

① 莫言：《我的故乡与我的小说》，载林建法主编《说莫言》（上），辽宁人民出版社，2013，第94页。

② 莫言：《我的故乡与我的小说》，第94页。

的冬天，那些忍饥挨饿的农村孩子也只能穿着根本不能抵御寒风的衣裳，像“饥饿的小狗”一样在大街小巷里寻找在当今人们看来根本不能入口的东西来充饥。树皮吃光了，就吃树干，最后，煤块也成了那里人们解决饥荒的“伟大发明”。童年时放牛，使莫言倍感孤独，成人后又因话说多了而给家人带来不少的麻烦，莫言才下决心“再也不说话”了。[①] 所以，莫言一直认为“饥饿与孤独是我创作的财富”。莫言自认为他没有成为像海明威和福克纳那样的作家，根本原因就在于自己独特的童年经历。[②] 谈及他的童年记忆时，莫言直言，作为一名地道的“高密东北乡”的农民，他在贫瘠土地上辛勤劳作时，他“对那块土地充满了仇恨”，因为这些辛勤劳作的人们“面朝黑土背朝天，付出的是那么多，得到的是那么少”。[③] 那些令人看厌了的茅屋、干枯的河道、狡黠的村干部……莫言曾幻想，假如有一天他离开那块土地，就决不会再回去。当他参军上了接新兵的卡车，他的同伴在挥泪与送行的人们告别时，他却连头也没回。他觉得那里没有给他留下任何值得留恋的东西，他只盼着汽车开得离家乡越远越好。这就是莫言早期对故乡的“逃离”。

然而，当兵三年后，莫言重新踏上故土时，看到了“满身尘土、眼睛红肿的母亲”。当母亲艰难地挪动着小脚从麦场上迎着他走过来的时候，他的心情骤然之间发生了变化，“一股滚热的液体哽住了我的喉咙，我的脸上挂满了泪珠”，“那时候，我就隐隐约约地感觉到了故乡对一个人的制约”，“对于养你、埋葬着你祖先灵骨的那块土地，你可以爱它，也可以恨它，但你无法摆脱它”。[④] 这就是莫言后来对故乡的“回归”。

日本作家大江健三郎的童年是在日本发动侵华战争的那个时期度过的，战争给作家带来痛苦的童年记忆对作家后来的文学创作以及其政治倾向的形成具有重要的影响。对于莫言而言，情况却截然不同。莫言于1955年出生在新中国，那么又该怎样评价作家痛苦的童年记忆呢？两位不同社

---

① “莫言”的笔名来源于此。但事实上，作为一名作家，莫言说的话比任何人都要多。

② 莫言：《饥饿和孤独是我创作的财富——在斯坦福大学的演讲》，载《我的高密》，第197页。

③ 莫言：《我的故乡与我的小说》，第95~96页。

④ 莫言：《我的故乡与我的小说》，第96页。

会体制下成名的重要作家，又该如何对他们的童年记忆进行比较呢？在这个看似深奥议题的外表下，其答案却并不复杂，也不需要回避。

莫言出生时，虽然中国已经进入了社会主义阶段，但正如邓小平所指出的那样，中国经历的百余年半殖民地半封建社会对人们形成的惯性思维仍具有重要的负面影响。对于广大普通民众而言，中国几千年的封建社会思想在人们的头脑中已经根深蒂固，若想一下子就完全清除掉，那是不可能的。很多人虽然进入了社会主义阶段，但思想仍停留在封建主义阶段，这也是历史的事实。受惯性作用的影响，当时的政治体制和经济体制建设方面也存在问题。极“左”思潮是当时阻碍中国经济发展的最大负面因素，这也给莫言带来极大的影响。

在莫言的全部作品中，莫言的痛苦童年记忆并非莫言小说创作的主体，而是激发莫言走上文学创作道路的前因。但也正是作家本人的痛苦童年记忆，才形成了莫言以“高密东北乡”为疆域的地理文学，进而通过其故乡童年记忆为基调的小说创作表达了莫言关于百余年中国农村变迁对人们心理结构造成巨大影响的反思，进而使其成为一名对社会问题、政治问题和历史问题给予极大关注的、负责任的作家，这是莫言文学创新的结果。

莫言和大江健三郎在文学创作初期的一个共同特征是两位作家基于故乡童年记忆而形成的空想社会改良思想。在早期创作中，莫言的中篇小说《透明的红萝卜》和大江健三郎的中篇小说《饲育》均属于“儿童未经受文化和意识形态熏染的生命原始体验”性质的作品，其主人公的思维往往依赖自己的直觉、感觉和丰富的想象来感知世界。[①] 在社会结构中，儿童因为处于边缘位置，所以“儿童的眼光是‘去蔽’的，未受到人类文明世俗积习的浸染”，因而，以儿童的视角来观察世界，“人类的生存世相将脱离‘习惯性桎梏’下的理解方式”，进而“呈现出别样的意义”。[②] 莫言和大江健三郎的文学作品均在其痛苦童年记忆的基础上展开，农村题材、

① 兰立亮：《试论大江健三郎小说〈饲育〉的儿童叙事》，《日本研究》2009 年第 4 期，第 91 页。

② 沈杏培：《童眸里的世界：别有洞天的文学空间——论新时期儿童视角小说的独特价值》，《江苏社会科学》2009 年第 1 期，第 169 页。

儿童题材、故乡叙事既是这两位文学大师初入文坛时的创作主题，也是两位大师日后文学发展中具有重大影响的因素。大江健三郎的《饲育》于1958年发表在《文学界》杂志上，获得了芥川文学奖，这也确立了大江健三郎作为日本新文学旗手的地位。虽然大江健三郎的《饲育》在创作中采取的是儿童视角，但在儿童视角下呈现的童真世界背后包蕴着大江健三郎对社会、历史以及人生深邃的思索。例如，儿童对“战争”和“死亡”的理解，就既不会想到“战争是政治的继续”，也不会想到“崇高”与“升华”。所以，大江健三郎以单纯、特殊的感知方式来看待战争和战争中人的死亡，把战争看成“村里年轻人的远征和邮差不时送来的阵亡通知书”，村庄上空飞过的飞机“只不过是一种神奇的鸟而已”。[①] 但是，大江健三郎的儿童视界并非等同于无知。战争期间，所有指令均来自镇上，而通往镇上的道路又因洪水而交通不便，使镇子与外界隔绝起来。这反倒让村子里的人感到少了很多烦恼，因为“镇上的居民像对待肮脏的动物那样厌恶我们”。[②] 镇上的“书记”是国家权力的代表和天皇命令的传声筒，效忠天皇的思想笼罩着村子，使村民感到恐惧。这样，大江健三郎借助儿童视界把暴力倾向隐藏于内心世界里，对以战争方式表现出来的“国家暴力”根源进行了影射。[③] 在接受记者采访时，大江健三郎进一步指出，他的故乡在四国的一个山村，“孩提时代战争中体验到的恐惧、悲哀、愤怒等，一切都源于此”，因而，他是“从森林中走出来创作小说的人”。当记者问及他是否在森林峡谷中就开始接触到小说时，大江健三郎认为，“与现实中的森林峡谷相比，我把作为神话世界而想象的森林视为向往的神话之国”。[④] 鉴于此，虽然这两位文学大师属于不同国籍，但大江健三郎的文学地理“四国大濑村”也和莫言的“高密东北乡”一样，是在其故乡的童年记忆基础上构建起来的。

中国作家莫言于1985年在《中国作家》杂志上发表的以儿童视界为

① 〔日〕大江健三郎：《饲育》，沈国威译，《死者的奢华》，光明日报出版社，1995，第75页。

② 〔日〕大江健三郎：《饲育》，第102页。

③ 兰立亮：《试论大江健三郎小说〈饲育〉的儿童叙事》，第92页。

④ 于进江译《我的文学之路——大江健三郎访谈录》，《小说评论》1995年第2期。

创作视角的《透明的红萝卜》在文学界引起了强烈的反响，进而开创了莫言独特的儿童看世界的叙事方式——故乡的童年记忆。与莫言的童年不同的是，大江健三郎是在战争环境下长大的，因而他的痛苦回忆与日本那段历史有关；而莫言这部中篇小说的故事情节虽然也源自莫言对自己童年时期故乡的痛苦记忆，但其记忆是中国实行人民公社化时期一个农村孩子的痛苦记忆。小说的主人公“黑孩儿”（又称“黑小子”），十岁左右，大脑瓜，似乎挑不起大脑袋的细长脖子，放个屁都怕把他震倒。但为了能挣几个工分，就来到滞洪水闸当小工。沉重的体力劳动并没有压垮这个孩子。然而，饥饿中，在小铁匠的驱使下，“黑孩儿”到生产队的地里去拔萝卜时被抓了“现行”，队长视其为“搞破坏”行为，对他进行惩罚，扒光了“黑孩儿”的衣裳，让这个受后娘气、挨后娘打的孩子回家喊他爹来拿衣裳。这篇中篇小说是莫言由现实主义表现手法向现代主义迈进的重要一步。可以说，小说的情节虽然也有虚构的成分，但现实主义仍是其主要特征，这与当时在中国文学界仍占据统治地位的现实主义创作原则基本上保持一致，写实还是占据主要成分的。[①] 因祸得福，莫言是在痛苦中度过的，这也为其故乡书写奠定了素材基础，因而，莫言一再声称饥饿与孤独是其创作的财富。这一点也在一定程度上印证了美国学者鲁宾斯坦的“作家—背景—作品”三者关系的合理性。

作为故乡童年记忆的典型作品，大江健三郎《饲育》中的“我”也可被视为莫言《透明的红萝卜》中的“黑小子”。虽然这两位作家笔下描写的是在不同社会体制下儿童所经受的苦难，“遭人白眼”，在孤独中挣扎，但这表现出两位作家对困境中的人们所给予的共同关注。在大江健三郎的笔下，人们连马铃薯都吃不上，何谈白面？在莫言的笔下，孩子们就盼着过年，因为过年才能吃上顿饺子。这是童真的欲望表现，因为“欲望是人

---

① 这种现象，本书作者亦有相同的感受。记得当时生产队社员天不亮就得出工，铲地时根本看不清草和苗，就只能哈着腰，几乎头贴着地锄草。万一不慎铲掉了苗，落下了草，天亮后被队长发现，休息时就会在地头上开现场批判会，而且要“上纲上线”，于是，“铲掉了社会主义的苗，留下了资本主义的草”就成了批判会的核心话题。其后果不仅如此，晚上收工时还要扣掉5厘工分。正常情况下，社员每人每天挣10个工分为满分，5厘工分也就是半个工分。然而，这在当时却被社员视为奇耻大辱。

性中的基本属性之一，也是人类发展和社会进步的推进剂”。[①] 正如美国人本哲学家马斯洛（Abraham H. Maslow）的需要层次论所认为的那样，人的需求是由最初的生理需求逐级向上，一直到自我实现的高级需求的发展过程。“如果一个人极度饥饿，那么，除了食物外，他对其他东西会毫无兴趣。他梦见的是食物，记忆的是食物，想到的也是食物。”[②] 对处于饥饿状态中的儿童描写，无论是大江健三郎还是莫言，其故乡的童年记忆就是饥饿和孤独；填饱肚子，有朝一日能在别人面前抬起头来，就是当时故乡中孩子们最大的愿望。于是，一个在村里接受劳动改造的“右派”老师对莫言讲起丁玲，讲起那些名作家一天吃三顿饺子的事，这个故事诱发了莫言的“作家梦”——“别的不说，那一天三顿吃饺子，实在是太诱人了”。[③] 当作家与吃饺子，似乎两者之间并没有什么必然联系，但对童年时期的莫言来讲，这可是件天大的事！作为一个出生在农村的孩子，生活在社会群体的最底层，莫言根本谈不上有什么远大理想和抱负，也根本弄不清楚什么是作家，什么是作家的社会责任、历史责任和政治责任。于是，“作家”和“吃饺子”这两个本不相关的概念却在童年时期的莫言内心中融合到一起，而《透明的红萝卜》中的“黑小子”也就成了童年莫言的代言人。莫言的《透明的红萝卜》和大江健三郎的《饲育》均是以作家童年时代家乡的印象书写展开的，亦为两位作家初入文坛时文学地理创作的代表性作品。这两部作品的成功为他们日后的文学地理创作方向奠定了人物和环境基础。

大江健三郎和莫言的文学地理塑造是在童年故乡痛苦记忆的基础上形成的，这就势必与他们童年在故土上的亲身经历具有直接关系。一般说来，人成长历程中的童年记忆大致可以分为两种类型：一种是经历丰富型，另一种是缺陷型。前者通常指人们在童年生活中，物质和精神两个层面都是完美无缺的记忆；而后者则指那种童年时期的生活中充满的各种不幸经历以及为其终生留下了痛苦记忆的经历。相比之下，后一种类型的人

① 胡铁生、张小平：《社会存在与人的欲望追求——论德莱塞笔下嘉莉欲望追求的价值取向》，《广东社会科学》2015 年第 5 期，第 178 页。

② 〔美〕马斯洛：《马斯洛人本哲学》，成明编译，九州出版社，2003，第 52 页。

③ 莫言：《我漫长的文学梦》，载《我的高密》，中国青年出版社，2011，第 22 页。

多是物质方面不能得到满足而致使其精神方面受到了极大伤害和压抑，因而在心理上具有既强烈又极端的郁闷感的人。从这一点上看，大江健三郎和莫言都是属于后一种类型的人，其童年时期在故土上的痛苦遭遇在他们内心中留下了永不磨灭的痕迹。对于普通人来讲，这种童年记忆很可能会产生负面影响，如在精神层面上形成压抑其一生的阴影。然而，作为作家，事实却完全相反。从矛盾相互转化的规律来看，坏事在一定条件下可能会转变成为好事。大江健三郎和莫言正是这类善于转化矛盾的人，因而，其童年在故土上的痛苦经历非但未成为制约他们发展的不利因素，反倒成为日后他们获得成功的动力源泉。作为文艺作品形象，大江健三郎《饲育》中的“我”和莫言《透明的红萝卜》中的“黑小子”，可以被视为作家本人在故乡童年记忆中的真实写照，但小说中所描述的又并非是对作家本人经历的机械复制，而是大江健三郎与“我”和莫言与“黑小子”之间息息相通的作家与作品人物之间的关系。两位世界级文学大师均以其作品中的人物形象塑造向广大读者展示了作家本人一直隐藏在潜意识层面的少年时代在家乡所经历的苦难、艰辛和内心中的孤独感，并借助其作品主人公向广大读者展示了他们处于特殊年代中的儿童最低理想诉求。因此，评论界一直有人认为，理解了“我”也就理解了大江健三郎，理解了“黑小子”也就理解了莫言。莫言接受诺贝尔文学奖时就曾坦言他在书中讲故事时，并没有想到谁会是他的听众，但他所讲的故事，起初就是他自己的故事和亲身经历，“譬如《透明的红萝卜》中那个自始至终一言不发的孩子”。因而，“《透明的红萝卜》是我的作品中最有象征性、最意味深长的一部”。[①] 莫言获得诺贝尔文学奖发表感言时提到他并不清楚谁是听他讲故事的人，而只是在讲自己的故事和经历，这就足以说明童年印象在人的一生中所产生的重大影响；作家所讲述的故事源自其自身的经历，同时也是作家潜意识再现的过程。然而，莫言在这个演讲中提到的童年记忆却具有极强的文学象征性，其故事已经完全超出了单纯的个人童年记忆，进而具有了童年故事的深层价值；回顾过去，展望未来，则是作家在《透明

---

① 莫言：《莫言诺贝尔文学奖演讲全文：〈讲故事的人〉》，新华网，2012 年 12 月 8 日，http://news.xinhuanet.com/world/2012-12/08/c_113951893.htm。

的红萝卜》这部小说创作中的宗旨所在。至于这个故事象征了什么，又是怎样象征地表现的，则需要读者的阐释，正如詹姆逊所指出的那样，“论阐释：文学是社会的象征性行为”。①

就文学地理的构建方式而言，相比之下，莫言的“高密东北乡”与美国作家福克纳的“约克纳帕塔法县”更为形似；但就作家的经历及其创作的作品（即“作家—背景—经历”三者关系）所表达的象征意义而言，莫言则与日本作家大江健三郎属于同一类型。虽然莫言的文学地理也是文学全球化的产物，也受到美国作家福克纳的影响，但就童年故乡印象的书写而言，大江健三郎和莫言之间走得相对更近一些。这两位作家的往来比较多，大江健三郎在与莫言的对话中曾表达了他们二人之间的共同点和他对莫言小说创作的赞赏：“小说家把自己童年的记忆加深，再加上自己的记忆和想象力，使得自身能够在童年的自己和成人的自己之间自由移动，这是小说家应有的能力。从这一点上，我看到了莫言先生作为小说家的特点，也看到了我们的共通性。”②

虽然莫言的文学起步和取得辉煌成就的时间要比大江健三郎晚得多，但受益于文学全球化，两人的密切交往具有互鉴的意义。莫言与福克纳属于完全不同时期的作家。莫言是 20 世纪 80 年代步入文学界的，而福克纳却于 20 世纪 60 年代就已辞世，因而，福克纳文学地理书写对莫言的影响是间接的，也是“以文会友”的结果。虽然就“文学地理”的塑造而言，莫言与大江健三郎走得更近，但福克纳对莫言的影响仍是不可低估的；而大江健三郎与莫言相比，虽然两人在年龄上也相差得很大，但毕竟是同时代人，共同的经历和类似的故乡童年记忆创作主题具有可见、可证的相互借鉴意义。

二　莫言文学地理的建构

虽然莫言认为“作家是有国籍的”，但那些站在整个人类普遍价值立场上、描写人类命运的“优秀文学却是没有国界的”，这种观点从表面上

---

① 〔美〕弗雷德里克·詹姆逊：《政治无意识》，第 7 页。

② 〔日〕大江健三郎、莫言：《寻找红高粱的故乡——大江健三郎与莫言的对话》，第 221 页。

看似乎与文学地理的小说创作具有一定的悖论关系。然而，这也正是优秀作家的品质所在。福克纳的创作阶段处于美国南北战争之后，因而其作品反映出南方人既不反对北方的价值观却又留恋昔日南方传统这种新旧体制交替时期人们的矛盾心理结构。正如美国学学会前主席、加利福尼亚大学资深教授埃里奥特在《哥伦比亚美国文学史》中所指出的那样："一面是极其诱人但越来越远且非常令人质疑的战前南方理想，而另一方面又是全新而又富于魅力的现代意识对南方人的召唤。对于南方人而言，所有这些都具有强烈的意识力量，要人们放弃南方那样一个早已约定俗成的思想和价值观所构成的过去。"与美国其他地域文学或疆域文学作家一样，"福克纳把共同的遗产和共同的善恶伦理观与南方同代人联系在一起，同时又与他们貌合神离"。[①] 福克纳在其"约克纳帕塔法县"这个文学地理中塑造了许多在心理上或多或少都有些不正常的人物形象，就如同"叶芝、艾略特、康拉德、乔伊斯以及他们之前的斯坦因一样，福克纳事实上也正在走向象征主义与现实主义密切结合的道路"。[②] 因而，福克纳被公认为"疆界文学"中美国南方的代表作家之一。纵观莫言的全部小说则可以看出，莫言"文学地理"的意义要远远大于福克纳，因为在莫言的时代，文学全球化已成为世界各个民族的文学发展的共同境况。在文学家之间，特别是在那些世界级的文学大师之间，秉承"和而不同"而非"同而不和"的原则，相互借鉴、相互影响、取他山之石为己所用已成为一种潮流。美国作家福克纳和南美作家马尔克斯对莫言的影响，是全球化语境下（或国际化语境下）各民族文学之间相互影响的典范。

在福克纳和莫言之间，两位作家的文学疆域作品内涵及其意义要远远大于文学地理的形似意义。在形似方面，福克纳对莫言的影响主要表现在创作手法上。在中国文学家中，从现代文学到当代文学，尤其在小说领域中，现实主义表现手法已经成为传统。在20世纪，西方文学经历了现实主义、现代主义和后现代主义的三个阶段。20世纪初期，是美国现实主义仍然盛行的时期，同时还出现了以德莱塞和克莱恩（Stephen Crane）等人为

---

① Emory Elliott, ed., *Columbia Literary History of the United States*, p. 891.

② Emory Elliott, ed., *Columbia Literary History of the United States*, p. 893.

代表的自然主义流派；两次世界大战之间，是现代主义思潮兴起与发展时期；20 世纪下半叶则开始出现了后现代主义的思潮。仅在一个世纪中，在同一个民族的文学中就有三个不同思潮（如果不将自然主义计算在内的话）存在，这足以印证了杰姆逊资本主义发展阶段文学思潮对应论的合理性。[①] 福克纳从事文学创作受两次世界大战的影响，尤其受欧洲哲学思潮的影响，他力图通过现代主义文学的创作方式在无秩的社会中寻找新的秩序。于是，在弗洛伊德（Sigmund Freud）心理哲学的影响下形成了时空颠倒的意识流小说创作手法，其代表作是《喧哗与骚动》，这就形成了萨特所认定的"福克纳的哲学是时间哲学"；不合逻辑的人物形象塑造，对传统美学标准提出了挑战，这就形成了其作品人物的怪诞美；与事实相悖的语言表述方式开创了现代主义小说叙事策略。而这一切都是在西方反理性哲学的影响下形成的，也是福克纳建构"约克纳帕塔法县"时所采取的几种主要手法。与《春夜雨霏霏》和《售棉大路》等早期作品相比，莫言在他的中后期高密东北乡系列小说创作中基本上采取了福克纳的小说创作手法。所不同的是，莫言故乡系列作品的表现形式并非完全以现代主义为准则，其中，其小说创作的主流仍是现实主义，并辅以后现代主义的手法，以使其作品顺应社会不确定性的基本特征。莫言在《生死疲劳》、《战友重逢》、《师傅越来越幽默》、《藏宝图》、《月光斩》和《翱翔》等作品的创作中，在现代主义手法的基础上将其魔幻手法发展到极致；《红高粱》、《丰乳肥臀》、《四十一炮》、《金发婴儿》、《球状闪电》和非高密东北乡系列的《酒国》和《红树林》则在后现代主义叙事策略上使足了劲。因而，莫言的故乡系列小说（加之后来的城市系列小说）是莫言将各种文学思潮融为一体，在童年记忆的基础上构建起来的、具有作家个性化发展特征的地域文学。

尽管莫言在其文学疆域或文学地理的书写策略基本上是从域外文学中

① 杰姆逊（又译詹姆逊、詹明信）是美国杜克大学教授、新马克思主义学派代表人物，著有《马克思主义与形式》、《后现代主义与文化理论》、《政治无意识》、《语言的牢笼》、《晚期资本主义的文化逻辑：作为社会象征行为的文学叙事》、《后现代主义或晚期资本主义的文化逻辑》、《后期马克思主义》和《文化转向》等重要著作。其前期研究方向为文学，后期转向文化研究。

借鉴而来的，但莫言更加注重小说创作的“个性化”发展。小说的形式是作品的外在表现，而内涵的深化才进一步显示出莫言作为伟大作家的高明之处。莫言曾说过：“事情总是这样，别人表现过的东西，你看了知道好，但如果再要去表现，就成了模仿。”莫言在向域外学习时，赞赏评论界倡导的“原创”原则，而非“东施效颦”。[①] 这一点主要体现在莫言对知识分子应具有科学思考的头脑、独立的人格和为理想而献身的勇气三个方面的要求上。[②]

莫言的文学地理有域外文学影响的因素，同时又是作家的个性化发展，即在自主创新道路上，以域外文学地理的样式为蓝本，中国知识分子进行独立思考、具有独立人格和为理想献身的结果。从一个方面来看，疆界文学与事实上的地域或共同体具有某种必然的联系；从另一方面来看，文学地理也并非域外文学的专利，早在中国古代文学史中就有疆界文学的传统。例如，初唐时期的文学理想建构，就体现了唐帝国文化共同体建设的内容及其必然途径。唐初贞观君臣所秉持的开放与包容相结合的文学观，积极探索与时代相适应的文学发展道路，通过修史和对前代文学以及当时的文学现状的反思，追求文学“人文化成”的社会现实价值，充分肯定了“缘情绮靡”的审美功能，通过兼容的策略，建构起与时代精神相适应的“文质彬彬”的文学理想，明确了文学发展方向，这对整个唐代及至后世文学的发展产生了深远的影响。在唐初文学的建构过程中，“唐太宗就是唐代文学思想的奠基者，体现了比较明确的共同体意识”，即使远在初唐时期，这种意识也高度重视正确对待前代文学的遗产以及处理好南北文学的关系。因为当时的文学家多数都是政治家，所以，贞观君臣从政治的视域审视文学，努力解决好唐朝在政治和地域上南北的统一，但尚需解决自西晋到隋灭陈后南北对峙将近三百年的文化上的统一。[③] 到了莫言的时代，中国社会经历了宋、元、明、清、旧民主主义革命、新民主主义革命之

---

① 莫言：《诉说就是一切》，载林建法主编《说莫言》（上），辽宁人民出版社，2013，第 51 页。

② 莫言：《诉说就是一切》，第 51 页。

③ 雷恩海、陆双祖：《文化共同体视阈下唐初文学理想的建构》，《甘肃社会科学》2015 年第 1 期，第 87 页。

后，进入了社会主义初级阶段，而当莫言开始从事文学创作时，社会主义的初级阶段也已有了30余年的发展历史。在中国新时期文学的发展中如何借鉴域外文学地理已有的成果，同时又能汲取中国文学传统中的营养，进而发展自己的疆域文学，是摆在莫言面前的新课题。莫言在形成其文学地理之前，已经创作出一批以故乡记忆为蓝本的短篇小说和中篇小说，在中国文学界崭露头角，并获得了自己的文学地位。然而，在中国现代文学发展史上，尤其在当代文学发展史上，已有一批成就卓著的文学名家，如果莫言不能开创独具特色的文学创作之路，就难以突破域外文学和中国文学前辈已经建立起来的模式，他想取得新的成将非常困难，甚至是不可能的。莫言在总结自己已有的文学成果后，尤其在日本作家川端康成的“秋田狗”的启示下创建了“高密东北乡”这个文学地理概念。莫言就此一发而不可收，反映其童年时代生活的那个共同体“山东高密”成为他心中挥之不去的故乡和童年情结，其故乡形成了“一种想象，一种无边的，不是地理意义上而是文学意义上的故乡”。[①] 在表现故乡的文学叙事中，如果说日本作家大江健三郎写出了寄“绝望”与“恐惧”之中的“希望”，[②] 福克纳故乡的声音在于“人是不朽的”，[③] 那么，莫言发自故乡的声音却是故乡的“猫腔”。这一点似乎有些荒唐，然而却是莫言通过互文的方式（在文学理论上也算是“舶来品”），将民间话语、民间叙事和民间立场融为一体，通过“高密东北乡”这块文学疆域，在对人的关注上做出了“人与人的关系事实上从来就没有想象中那么美好”的文学断想。[④] 他在人类理想追求中“向善”，而在现实生活中却又“从恶”的悖论里形成了自己独特的人论视角。

文学在公共空间内以其意识形态功能在上层社会与广大普通民众之间发挥作用。其意识形态作用的强与弱，首先取决于作家社会责任感的强与弱。纵观中外文学史，除了那些御用文人以外，作家作为公共空间内独立思考的

---

① 莫言：《在路上寻找故乡》（代序），第1页。

② 翁家慧：《大江健三郎北京大学演讲会综述》，《外国文学》2009年第1期，第123页。

③ 〔美〕威廉·福克纳：《在接受诺贝尔文学奖时的演说》，张子清译，载李文俊编选《福克纳评论集》，中国社会科学出版社，1980，第254页。

④ 莫言：《在路上寻找故乡》（代序），第1页。

人，绝大多数人具有强烈的社会责任感，其作品的共同点虽然以虚构的文学世界来反映民生，但表达了作家对人生意义的探讨和对现实社会中人的生存困境的关注，并试图为困境中的人们找到冲破这种张力的途径。莫言的文学疆域书写，也正是作家这种社会责任感的体现。其故乡系列作品《生死疲劳》和《天堂蒜薹之歌》以及该系列小说之外的《酒国》和《红树林》等作品，均是作家该创作思想的结晶。莫言对社会问题、政治问题和历史问题的关注，将现实生活中的人以“好人—坏人—自己”的客观三分法进行描述，把整个人类置于其文学王国中，这也是鲁迅“为人生”的“人学”态度体现。然而，莫言获奖后，国内外有些别有用心的人却对其小说创作的政治性提出质疑和非难，认为莫言不属于公共知识分子。对于莫言而论，这些非难甚至攻击是有失公允的。①

早在古希腊时期，亚里士多德就对城邦及家庭的建立做出了极为精辟的论述。在福克纳的约克纳帕塔法县系列小说中，作家通过这个虚构的文学疆界揭示了美国南方社会转型的特定历史时期内，南方人在新旧社会体制交替时期的这种矛盾心理结构；而在莫言的高密东北乡系列小说中，作家同样以其虚构的文学疆界通过其家乡的人们，即作品中出现的人物，反映了放大版的中国农村在经历了半殖民地半封建社会之后，中国向社会主义初级阶段转型时期人们的特定心理结构。从其作品内涵的广度和深度方面入手，将莫言和福克纳的文学地理进行比较，显然，莫言要比福克纳更高一筹。莫言与高密东北乡系列作品，是其与故乡所形成的“鱼与水的关系”和“土地与禾苗的关系”。这一点与美国作家托马斯·沃尔夫（Thomas Wolfe）所持的观点基本相同：离开故乡，而后在异乡通过对故乡的记忆，在作家的内心世界中寻找并构建起自己的文学疆界，进而在故乡的独特性中发现人类社会的普遍性。哥伦比亚作家马尔克斯则以其文学疆域标志的“马孔多”为例，构建起反殖民统治时期南美的人文地理和政治批判的框架。日本作家大江健三郎则以“逃离”和“回归”故乡为主线，在其故乡与童年记忆的书写中完成了作家对文学与政治之间紧密关系的思考。这些域外文学地理作家对莫言的影响都是客观存在的事实。

① 胡铁生、张晓敏：《文学政治价值的生成机制》，第51页。

莫言与域外地理文学作家之间的相同点在于，高密东北乡系列作品以虚构的文学体系来描述、再现、重构、反思和颠覆现实世界，使两者之间既有鲜明的界限，同时又揭示出这两种疆界之间的偶联性，进而在回顾历史、解剖现实的过程中打破了传统经验的界限，构建起自己的文学疆界，使其虚构的文学疆界既反映了中国农村的现实存在又超越了现实存在。

从形式上看，文学地理是作家人为地将某一地域设定为作家创作的区域，在民族文学相互影响、相互促进的全球化时代，作家将其创作“局限”在特定的文学疆界内，似乎与全球化时代的发展潮流相悖。因为“文化全球化即人们赖以成长的文化环境已超出了本民族和国家的界限，在全球的文化信息氛围中，各个民族和国家的成员得以享受属于整个地球的物质文明和精神文明，虽然人们在很大程度上依然保持了各自民族和国家的特征，但经过‘整合’，在很大程度上已相互融合为一个整体，使一种超越国界、社会制度和意识形态为普遍价值的全球性文化存在于世”。① 既然文学全球化属于文化全球化大框架的下属范畴，那么文学全球化与文学地理或文学疆域之间的关系又该怎样理解呢？这与马克思和恩格斯早在《共产党宣言》中提及的世界民族精神财富的“世界文学”是否也是矛盾的关系呢？这种看上去似乎矛盾的关系事实上并不难理解，也并不难解决。文学全球化的过程，同经济全球化一样，同样存在“输入”与“输出”这两个环节，各国文学名家的地域文学创作可以借助国家间“输入”和“输出”这两个环节增进作家之间的国际交流，以使某个国家的作家所塑造出来的文学地理影响到其他国家的作家，而各个国家的文学地理作家对世界各个局部地域的书写又构成世界文学的一部分。因而，将不同国籍的作家所建构的文学地理联系在一起，也就构成了世界文学的整体，因而这是局部与整体两者关系相通性的外在联系。如同莫言所指出的那样，作家是有国籍的，但优秀的文学作品是没有国籍的。因而，不同地理文学作家对局部地域的书写同样构成了各自文学疆域中人们心理结构的局部反映，而将各自疆域中的局部反映综合在一起，也就构成了对整个人类在历史某个结

① 胡铁生：《论文学发展与全球化因素的互动关系——中美文学发展史中全球化因素的对比研究》，《学习与探索》2005年第2期，第99页。

点上的综合反映，于是这就形成了局部与整体两者关系的相通性。外部表现与内部意蕴结合在一起，依然是文学全球化基本属性体现的一个侧面。

就学术研究而言，作为一种研究视角或视域，作家的文学地理研究与比较文学跨国界、跨语言、跨文化和跨学科的四个跨越并不相悖。将莫言的文学地理置于全球化语境中进行研究，对不同国籍作家建构的文学地域进行比较，人们就可以从中发现其共同点和不同点，进而发现中外地域文学作家对文学所做出的不同贡献。因而，文学地理研究对经典作家及其作品进行全新的解读、对文学史的重新书写、对文学理论与批评的补充与修正、对比较文学学科的建设等方面均具有重要的理论意义和实践意义。

第三节　莫言与魔幻现实主义

莫言获得诺贝尔文学奖的重要理由之一就是小说创作中的“魔幻现实主义”流派的创作手法，然而这一点却成为对莫言评论的焦点之一。引言中对国内外相关的否定观点已经做了分析，本节论述的是莫言在魔幻现实主义文学创作中所走过的道路及其功绩，尤其莫言对域外这一流派的借鉴与创新。

一　域外魔幻现实主义对莫言的影响

大量事实表明，莫言小说的魔幻现实主义在很大程度上是受域外这一流派的影响而形成的，而且也是诺贝尔文学奖颁奖词中明确表述了的。也正如俄国评论家茨列诺夫（Д. С. Цыренов）在《福克纳对莫言创作的影响》一文中所指出的那样，受福克纳创造了自己文学王国的启发，莫言也将“高密东北乡”安放在世界文学的版图上。两位作家的共同点是不惧揭示丑恶，通过恶的狂欢书写方式，从具体的人物和事件入手，最后上升到全人类的普遍性问题上。①

① 转引自黄晓珊《莫言作品在俄罗斯的译介与研究》，《教科文汇》2014 年 12 月（中），总第 299 期，第 124 页。

确切地讲，魔幻现实主义不是一种文学思潮，而是一种文学创作的表现手法或者说是一种小说创作的流派。这一流派于20世纪中叶在南美兴盛起来，哥伦比亚作家马尔克斯是这一流派的领军人物。1982年，马尔克斯因“在小说中运用丰富的想象能力，把幻想和现实融为一体，勾画出一个丰富多彩的想象中的世界，反映拉丁美洲大陆的生活和斗争”而获得了诺贝尔文学奖。①

“魔幻现实主义”是由“魔幻”加“现实主义”两个部分组合而成的。其中，“魔幻”是定语，“现实主义”是中心词。在两者之间的关系中，“魔幻”通常是以超出常理的怪诞或怪异手法进行文学创作的一种途径，而“现实主义”则既可以用来指代一种文学思潮，亦可指代一种创作流派。两者结合在一起，就使作品通过非常理的表现手法达到凸显真实的现实主义创作目的。

事实上，虽然魔幻现实主义兴盛于20世纪80年代的南美洲，但魔幻的表现手法在小说或诗歌中的创作可以追溯到远古时期的文学创作中，其创作方式和表现的内容则大不一样。例如，在英语文学中，于7世纪到9世纪成型的《贝奥武甫》（*Beowulf*）与16世纪英国剧作家莎士比亚（William Shakespeare）文学时代以来的作品就大不相同，《贝奥武甫》既无可查的作者背景，亦无作品确切的成型时间。② 该作品可以被认定为一则民间神话故事，也可以被认定为一部魔幻史诗。将其认定为神话故事是因为这个故事原本是斯堪的纳维亚民间口头流传的故事，将其认定为魔幻史诗是因为这首诗既是虚构的人与魔鬼之间的斗争故事，同时又与斯堪的纳维亚的历史事件有关。该诗共有3182行，前半部分以史诗为主要特色，后半部分以神话和魔幻为主要特色。该诗的史诗部分主要源自法国历史学家图尔城的葛雷格利（Gregory of Tours，约540～594）对瑞典南部济兹人（the Geats）在国王科其拉科斯（Cochilaicus）的率领下于520年从海上攻占弗里希安人（the Fresians）的故事，但这并不是该诗的主体，其在诗中

---

① “The Nobel Prize in Literature,” The Official Web Site of the Nobel Prize, http://www.nobelprize.org/nobel_prizes/literature/.

② John Peck & Martin Coyle, *A Brief History of English Literature* (Beijing: Higher Education Press, 2010), p. 1.

仅占10行：

Now may the peoples prepare to see war,
As soon as the king's killing becomes common knowledge
Among Frank and Frisian. The feud took shape,
Steeling the Franks, when Hygelac arrived,
Voyaging with a fleet, at Frisian territory,
And there the Hetware attacked him in battle,
And their vigour and superior strength had issue
In the fall fated for that man-at-arms
When he died with his troops; no treasures were dealt
By that prince to his retinue.

译文：

此时让人们准备亲临战争吧，
国王之死的消息顷刻间传开于
法兰克人与弗里希安人之中。争端已形成
许基拉克到达，法兰克人更加坚定，
随一只小舰队，来到弗里希安的领土，
海特维瓦尔人在那儿的搏斗中向他袭击，
他们的精力和占上风的力量已成问题
士兵的命运就已终结
当他随其军队阵亡；亦无财宝
需王子分配给其仆人所及。①

这段诗文是贝奥武甫在与恶龙搏斗中双双死去后，人们追忆故事的一段描述。除这10行以外，在1063~1159行不到百行的篇幅中，诗文讲述了丹麦人与法兰克人之间仇杀的传说，这是诗中相对而言属于“实”的部分。

---

① Edwin Morgan, trans., *Beowulf: A Verse Translation into Modern English* (Berkeley and Los Angeles: University of California Press, 1952), pp. 79-80，该诗由本书作者自译。

而占绝大部分篇幅的诗文则是"虚"的部分，诗文是以神话和魔幻的形式描述人与魔兽之间对抗的故事。《贝奥武甫》在英国文学史或英语文学史中几乎被列为第一篇阅读文本，因而这首诗可以说是英语文学史上的开篇之作。综观全部诗文，人们可以发现，其创作手法实的部分极少，而绝大部分是以魔幻形式出现的，因而魔幻的创作手法并不是文学创作中的新鲜事物，而是文学史上由来已久的传统。

如前面提及的那样，魔幻作为一种文学创作的手法或流派，其在表现形式上脱离了现实世界中的"真实"，是作家个人或该流派人为虚构出来的魔幻世界，其中虽有人物出现，但其所作所为又超出了正常人的身体能力和正常思维所及的境界；虽然怪诞，但又极其真实地表现了现实社会中人的观念。因而，魔幻也被视为文学对现实社会中人的创作力以及文化认同方面精神财富的一部分。在《贝奥武甫》这首诗作中，其魔幻的部分主要体现在神话性质方面。诗作中的葛婪代尔（Grendel）是个半人半兽的妖魔，主人公贝奥武甫（Beowulf）亦可以被看成人神兼备的人物形象，他力大无比，意志坚定，既可在火中自由进出，亦可如游鱼般入水。从诗作的表现形式上看，《贝奥武甫》已经具备了魔幻的基本特征；在文化价值和精神财富方面，该诗认为"世界上一切善与恶的冲突都是上帝与魔鬼的斗争"，贝奥武甫诛杀恶魔虽无当代的"现实"意义，却也是"英雄为民除害"的壮举。①《贝奥武甫》的作者熟悉日耳曼民族的文化背景和该民族全体成员共同的文化传统，并善于利用这些资源，通过丰富想象力，将事实与想象结合在一起，写成了这部流芳百世的文学巨著。②

在欧洲文艺复兴时期，即使像莎士比亚这样的伟大剧作家也在其著名悲剧《哈姆莱特》第五场中借用王子与已故父王鬼魂对话的情节，以澄清王子对父王被害的疑虑。莎士比亚的这部作品被视为社会悲剧的经典之作，几百年来，学术界对其评价的热潮不衰，以致留下了"一千人读《哈姆莱特》，就有一千种对哈姆莱特的解读"之说，其原因之一就在于莎士比亚在这部悲剧中有时也采取魔幻的手段来叙述故事。但是，由于剧作家

---

① 肖明翰：《英语文学传统之形成：中世纪英语文学研究》（上册），社会科学文献出版社，2009，第196页。

② 李赋宁：《古英语史诗〈贝奥武夫〉》，《外国文学》1998年第6期，第67页。

在这部作品中倾注了对人关注的全部心血，这部作品也就成为文艺复兴时期欧洲文学由神学向人学转化的代表性作品，同时在文学思潮上，这部作品也具备了现实主义的色彩，因而，莎士比亚又被看成现实主义的先行者。

《贝奥武甫》和《哈姆莱特》等具有魔幻因素的作品面世的时代，并没有“全球化”这个术语，然而，这些作品在创作中对典籍和民间神话故事的借用，却具备当今文学批评理论中“互文性”的典型特征。如《圣经》的历史典故和英雄斗魔怪的叙事方式，斯堪的纳维亚关于熊、蜜蜂和狼的民间传说在《贝奥武甫》中的借用，莎士比亚在作品中的神话模式和历史典故的戏剧创作来源，这些均是对前人成果的引鉴，用现代术语来概括，即文学文本的互文性。

魔幻现实主义作为一种文学现象之所以能够在南美兴盛起来，与南美的社会发展史和时代变迁具有直接关系。在欧洲社会生产力快速发展的时期，尤其在航海技术居于世界前列的老牌欧洲帝国时期，欧洲列强开始向外扩张，纷纷在世界各地建立自己的殖民地。南美从那个时期开始，就一直处于西班牙和葡萄牙的殖民统治之下，长期经受殖民主义者在政治上的统治和压迫、在经济上的疯狂掠夺。进入20世纪后，欧美资本主义国家已经发展到垄断资本阶段，当这些发达国家在享受物质文明的时候，南美国家却依然深陷贫困之中。第一次世界大战之后，发达的欧美资本主义国家以垄断公司的方式，更加牢固地控制着南美各国的经济命脉，致使这些国家的经济无法自主发展，自然资源外流，人民生活苦不堪言。虽然有些国家于第一次世界大战后在政治上取得了独立，但是，由于来自外部强势主权国家的干预，国内秩序动荡，国内有些政客借域外强权政治的支持经常发动政变，导致国内政局进一步恶化。然而，伴随着20世纪席卷全球的民族独立运动，南美人民已经开始觉醒，尤其是知识分子，在对外反对帝国主义对他们的掠夺、对内反对专制主义统治的斗争中走在了前头。作家开始以笔作刀枪，向广大民众揭示南美的苦难生活。于是，作家在其所处时代背景的影响下，创作出一批优秀的文学作品，马尔克斯就是这样的知识分子之一。

马尔克斯作为魔幻现实主义小说的代表作家、诺贝尔文学奖获得者、在20世纪世界文学中有巨大影响力的作家之一，其伟大成就与其经历和背景息息相关，其成功的因素也完全与鲁宾斯坦的观点一致：伟大作品需植根于作家所处的那个时代的生活中。马尔克斯出生于哥伦比亚，在首都波哥大攻读法律时就开始了文学创作。辍学后在《观察家报》担任记者时因揭露政府的弊端而被迫到欧洲担任这家报纸的驻欧记者，后又改任古巴拉丁通讯社记者。此后，马尔克斯又移居墨西哥和欧洲，先后从事文学创作和新闻报道以及电影拍摄工作。为抗议智利政变，马尔克斯于1975年开始为期5年的文学罢工。获得诺贝尔文学奖后他又担任了法国西班牙语文化交流委员会主席，1982年回国，2014年逝世。从其简历中不难看出，马尔克斯的个人经历与文学和政治相伴始终，这就为学术界研究作为知识分子的马尔克斯提供了参考。

如同莫言的文学疆域是受福克纳“约克纳帕塔法县”的影响一样，马尔克斯的文学地理“马孔多”也同样受到福克纳的影响。“地理”与“文学”之间，体现的是文学家主体的审美观照，是客体的地理空间形态经积淀和升华而成为文学世界的精神家园，是原型和动力的价值内化。因而，马尔克斯对其文学精神家园的建构及其原型和动力价值的内化也完全是建立在“马孔多”这个疆域内的。诺贝尔文学奖的颁奖词对他的褒奖包括了两个方面：小说艺术和思想内涵。虽然颁奖词中并未明确提出“魔幻现实主义”这个词，但对其小说创作中丰富想象力的肯定，就充分证明了这一点；在思想内涵方面，颁奖词则明确指出马尔克斯把魔幻与现实联系在一起，反映拉丁美洲大陆的生活和斗争，这正是对其作品正向价值的充分肯定。

马尔克斯在很多场合下一再声称对他影响最深的作家有两个：福克纳和海明威。马尔克斯将福克纳称为他的导师。在文学地理方面，马尔克斯作品中的“马孔多”显然受福克纳“约克纳帕塔法县”的影响；在故事叙事策略方面，马尔克斯的《百年孤独》与福克纳的《喧哗与骚动》和《我弥留之际》具有某种内在联系。然而，马尔克斯作品中的拉丁美洲既有福克纳笔下的美国南方的影子，但又并非对福克纳笔下美国南方的复制，而是试图通过对“马孔多”的塑造，开辟一块属于自己的文学天地。在论及福克纳和海明威对自己的影响时，马尔克斯认为，“福克纳启发了我的灵魂，海明威却是对我写作技巧影响最大的人”。[①]

相比福克纳，海明威对马尔克斯的影响更为直接，因为两人的从业经历颇为相似，都是从新闻记者的道路上发展成为著名作家的。马尔克斯认真研究过海明威的小说。对此，马尔克斯明确指出：“小说家读其他人的小说，只是为了揣摩人家是怎么写的。我认为此言不假。”马尔克斯不仅仰视海明威，而且崇尚海明威“写作方法与技巧的惊人知识”。在文风与思想内涵方面，马尔克斯评价海明威时认为，海明威的作品显现出他灿烂的精神，对技巧那种严格掌控所形成的内在张力是海明威“出类拔萃的特质，也是他不该企图逾越的局限”，因而，“海明威的余文赘语比其他作家的更显眼”，其长篇小说和短篇小说比例上大不相称，“短篇小说最大的优点就是让你觉得少了什么，这也正是其神秘优美之所在”。在作品世界与现实世界的关系上，马尔克斯认为，海明威的作品将其处理得如此恰如其分，以至于长年阅读这样作家的作品，对这位作家又达到如此热爱的程度，“会让人分不清小说和现实”。对于作家与灵魂的关系，马尔克斯认为，凡是海明威所拥有过的，都“让他赋予了灵魂，在他死后，带着这种灵魂，单独活在世上”。[②] 海明威小说的“神秘优美”和“让人分不清小说和现实”的特质也正是马尔克斯小说创作中魔幻现实主义的源泉和成就体现。马尔克斯的小说，尤其是《百年孤独》这部世界名著，也完全体现了海明威小说创作的这种精神。

在文学流派上，马尔克斯以魔幻现实主义成名；在作品影响力方面，其《百年孤独》可以流芳百世。戏剧性的是，虽然马尔克斯以《百年孤独》成名，但他是世界上最不孤独的人。可以断言，马尔克斯出版《百年孤独》这部著作前，不仅作者本人是孤独的，而且也表现出南美洲一个世纪的孤独。之后，马尔克斯出版了这部巨著，不仅使作者本人不再孤独，而且南美也不再孤独。这就是作家对百余年来南美变迁的心理感受及其表露。就作家个人而言，马尔克斯的早期孤独体现在他的生存困

---

① 马尔克斯：《马尔克斯论海明威：他是对我写作技巧影响最大的人》，原文1981年7月26日发表于《纽约时报》，大家之家网，2015年1月22日，http：//www. djxhj. com/Item/23019. aspx。

② 马尔克斯：《马尔克斯论海明威：他是对我写作技巧影响最大的人》。

境方面。国内记者生涯给他带来的困境，迫使他到国外游荡。然而，他在国外的生存环境也并未有任何改善。在法国时，马尔克斯依然贫穷潦倒，甚至处于连一间小阁楼的房租也交不起的境地。然而，就是这样的生活窘境和他作为两次内战老兵的经历反倒成为他的精神财富，因为这些经历为《百年孤独》的创作提供了资源，马尔克斯对此的名言是“过去都是假的，唯有孤独永恒”，“一个幸福晚年的秘诀不是别的，而是与孤独签订一个体面的协定”。[①] 莫言也在很多场合下声称“饥饿与孤独是我创作的财富”。因而，两位作家的孤独经历与文学成就也极为相似。

作为一种文学创作的技巧，魔幻在《百年孤独》这部名著中起到了举足轻重的作用。作品中对马孔多人信天命和知鬼神的描写、对外来吉普赛人磁石的“非凡魔力”和照相机这类新鲜玩意儿的惊愕程度的叙述、尼卡诺尔平地升空12厘米和丽贝卡食土癖以及尸体上的青紫色花朵等意象、对人死后的鬼魂和复活的描写、自杀与锅里蛆虫之间毫不相干的凶兆、乱伦生下长尾巴的孩子、能够飞天的梅苔丝姑娘、圆形循环与线性发展的时间哲学等，均是马尔克斯在魔幻现实主义创作道路上所虚构出来的非现实性意境，这使其作品在表层价值上似乎与客观现实中的存在分道扬镳，但以魔幻现实主义的途径表达了社会深层意蕴。

马尔克斯作为一名诺贝尔文学奖的获奖作家，其魔幻手法并不是在玩文字游戏，也不是在编造寓言故事，而是在魔幻的外表下，揭示人类社会发展的“真实”状况。在这一点上，就如同秘鲁的诺贝尔文学奖获奖作家略萨所评价的那样，马尔克斯的《百年孤独》展示了从原始社会到资本主义社会的全部人类文明。[②] 马尔克斯的魔幻小说世界在表面形式的混乱逻辑中，将作家笔下的魔幻现实主义与超现实主义、魔幻现实主义与表现主义区别开来。超现实主义带有凭空臆造的神奇色彩；表现主义的神奇与魔幻带有主观忧郁的色彩；魔幻现实主义则将人物的精神置于更为广泛的空

---

① 马尔克斯：《马尔克斯名言，马尔克斯百年孤独经典语录》，后励志网，2014年4月18日，http://www.201980.com/juzi/yulu/2699.html。

② 参见陈众议《保守的经典　经典的保守——再评加西亚·马尔克斯的〈百年孤独〉》，《当代作家评论》2011年第5期，第4页。

间内，这些创作手法有节制、有逻辑地表现了扭曲的人物及其变态心理感受。[①] 在马尔克斯的魔幻现实主义文学创作中，魔幻仅是其作品的表现形式，而现实主义则是其内涵。现实既可指客观存在的现实，亦可指心理现实。马尔克斯的现实主义将两者兼容在一起。对此，马尔克斯认为，优秀的小说是现实的再现，在他的小说里，“没有任何一行不是建立在现实的基础上的”。[②]

马尔克斯获得诺贝尔文学奖后出版的另一部小说《霍乱时期的爱情》，与《百年孤独》相比，虽然其魔幻现实主义的书写减少了许多，但仍不乏这一特征。作为文学家探讨的永恒话题之一，“爱情”本是一个美好的字眼，但在马尔克斯的笔下，性爱与生命被置于一极，瘟疫和死亡被置于另一极。通过主人公弗洛伦蒂和费尔明娜半个世纪以来对爱情追寻的描写，得出了“寻找真正的爱情，也是需要慧眼”的结论。从这个意义上讲，马尔克斯在这部小说的创作中倾注了更多的现实主义手法，魔幻手法仅在一些细节描写中出现过，如主人公母亲墓地上疯狂盛开的玫瑰花，“爱情”与“霍乱”的关系作为该小说主题的噱头等，这就形成了现实与魔幻之间复杂而神秘的隐喻关系。国内有学者认为，作为一种常见的语言现象，隐喻常用来“指通过一个概念来建构另一个概念”，其实质是“由源域到目标域之间的投射和概念的整合”和“两者的意象联想和叠加，使源域（本体）和目标域（喻体）之间发展出一种新的关系，从而有利于对新事物的了解和认知”，因而隐喻“在人类的认知中具有重要的作用”。例如，在语言运用方面，隐喻“不仅与社会历史和政治经济发展紧密相连”，而且“在功能方面与时代的变迁有着千丝万缕的联系”。[③] 马尔克斯小说中的魔幻现实主义手法也恰恰通过隐喻的语言表现形式体现了其作品中魔幻与现实之间的关系。

马尔克斯小说中的“孤独”与“魔幻”既有作家创作有意为之的因

---

① 涂朝莲：《魔幻现实主义与马尔克斯——以〈百年孤独〉为个案研究》，《求索》2005 年第 6 期，第 175 页。

② 〔哥伦比亚〕马尔克斯、〔哥伦比亚〕门多萨：《番石榴飘香》，林一安译，生活·读书·新知三联书店，1987，第 48 页。

③ 王晶芝、杨忠：《隐喻在政治新闻语篇中运用的可行性探讨》，《东北师大学报》（哲学社会科学版）2012 年第 3 期，第 111 ~ 113 页。

素，亦有来自宗教文化、社会问题和政治体制等方面的影响。马尔克斯在《百年孤独》中所表现出来的孤独，与中国作家莫言和日本作家大江健三郎的经历有许多共同之处。在苦难中度过的痛苦童年（包括马尔克斯的青年时期）必定要在作家的内心留下终生的阴影，因而造成作家内心的顽疾，而这种顽疾的救治就需要一种适合该症的良方和救治方法。以魔幻手法来救治这种顽疾就成为应时的途径。南美洲，特别是哥伦比亚，百余年来由殖民地到独立的社会转型时期，也必定要在作家的内心世界形成巨大的震动，马尔克斯作为一名知识分子，也必然会从个人的意识转向民族的集体意识，进而在作品中形成民族心理结构的文学反映。在马尔克斯的文学疆域——“马孔多”，布朗的香蕉公司代表着美国垄断资本，这家美国公司对哥伦比亚实行经济控制、对拉美人民残酷剥削、外国势力扶持的腐败政府和国内反独裁运动的高涨以及两次内战等，都是马尔克斯以魔幻手法进行现实主义创作的社会根源和政治根源。马尔克斯将拉美现实中的社会和政治以放大、夸张、变形的手法，进而创作出了他的魔幻小说世界。在这个魔幻的小说世界里，既有离奇的幻想意境，又有现实主义的情节描写，超自然的文学现象与现实世界中的事件交相呼应，使幻觉与现实混杂在一起，现实中的人与虚无中的鬼神交织在一起，构成了一幅“魔幻”而又“现实”的文学场景。[①]

在宗教文化和哲学思想上，马尔克斯在《百年孤独》中将欧洲理性主义与印第安宗教文化以及中国“天人合一”的神秘主义哲学一并纳入其小说创作中，有意使唯心与唯物、现实与超现实混淆在一起，既过滤了笛卡尔（René Descartes）的唯理主义，又超越了孔德（Auguste Comte）的实证主义，进而丰富了现实的内涵，将客观存在的事物与超验世界的事物一并表现出来，将现实世界与超验世界合为一体，建构成一个浑融的文学世界。[②] 此外，神话、传说、鬼神和预感等民族寓言故事也是马尔克斯孤独和魔幻的构成因素。这些因素都是马尔克斯在小说创作中接受外界影响，有意为之的创作手段。既然是创作手段，那么这种手段就一定要服务于某

① 胡铁生、孙宇：《莫言魔幻现实主义的是非曲直》，第 168 页。

② 黄俊祥：《简论〈百年孤独〉的跨文化风骨》，《国外文学》2002 年第 1 期，第 99 页。

种创作目的。在“魔幻现实主义”这个术语中，“魔幻”仅是修饰语部分，“现实主义”才是中心词。也就是说，这一流派是作家以魔幻的手法进行现实主义的文学文本创作。然而，马尔克斯却一再反对给他戴上魔幻现实主义这个“桂冠”。事实上，无论作家本人怎样反对，也无论评论界对其怎样解读，马尔克斯作品中的魔幻描写成分和现实主义的批判成分俱在，因而也无须为马尔克斯的魔幻现实主义再去正名。

与此相反，莫言与马尔克斯魔幻现实主义的关系在评论界所形成的正负面评价，却是值得认真考虑的问题，需要在事实分析的基础上对其做出符合客观事实的评价。

无论评论界做出了什么样的评价，莫言小说创作中的魔幻现实主义文本书写却是客观存在的事实，而且也是莫言所获各种奖项以及诺贝尔文学奖颁奖词中所充分肯定了的。然而，将莫言的魔幻现实主义认定为“东施效颦”的否定性批评却需要认真对待，因为这是作家创作文风中的道德问题。对于这一点，诺贝尔文学奖评委、前主席谢尔·埃斯普马克（Kjell Espmark）的评价是最为中肯的：“莫言有超过马尔克斯和福克纳的地方。”[①] 作为诺贝尔文学奖评委，埃斯普马克在整个2012年的夏季都在阅读莫言的作品，用他自己的话来说，这是在完成他的“暑假作业”。他不仅阅读了莫言的大部分作品，而且还对比了不同语言的译本，意在全方位来了解这位东方作者。埃斯普马克也曾认为“魔幻现实主义”这个提法不妥，并证明在颁奖词中并没有“魔幻”这个提法，而只是强调莫言对现实的描写，莫言“是现实主义描写的魔法师——他观察整个中国社会的传统和现代主义，这是他的特色和创新”。埃斯普马克不愿意用“魔幻现实主义”这个提法来评价莫言的原因是这个提法“会让人很容易联想到马尔克斯或者福克纳，好像莫言在模仿别人”，会“贬低”了莫言的价值。莫言的“想象力丰富，又扎根于中国传统的说书艺术，这是他超过马尔克斯和福克纳的地方”。[②] 埃斯普马克已不再担任诺贝尔文学奖评委会主席（任期为1987~2004年），但其本人就是一名瑞典著名诗人、小说家、文学史家

① 〔瑞典〕埃斯普马克：《莫言有超过马尔克斯和福克纳的地方》，腾讯文化网，2013年5月24日，http://cul.qq.com/a/20130524/006333.htm。

② 〔瑞典〕埃斯普马克：《莫言有超过马尔克斯和福克纳的地方》。

和瑞典学院终身院士，截至 2012 年，他已出版诗集 11 部、小说 8 部和评论集 7 部，著有《诺贝尔文学奖：选择标准的探讨》，因而属于资深专家评委（在五人组成的评委会中，另有两人曾是他的博士生）。此外，埃斯普马克的工作态度又极为认真，以期更为客观、公正、全面地评价莫言的文学成就。因而，埃斯普马克对莫言的评价具有绝对的权威性。

综合埃斯普马克对莫言的评价，其观点大致可以总结为以下几个方面：第一，不赞成“魔幻现实主义”的提法，只承认现实主义；第二，即使承认莫言的魔幻，那也是现实主义描写的魔幻；第三，莫言的创新体现在通过魔幻的形式，以现实主义写作的途径观察了整个中国社会的传统和现代主义；第四，莫言的文学创作不是对马尔克斯和福克纳的模仿；第五，莫言获奖是公正的，不存在贿选问题。埃斯普马克这五点评价意简言赅，切中要害，既充分肯定了莫言，又驳斥了外界（包括评论界）的不实之词。显然，埃斯普马克的态度不是否定莫言创作中的魔幻现实主义，而是为了澄清误解，事实上也是在为莫言正名。

首先，澄清莫言与马尔克斯之间在魔幻现实主义方面的关系是至关重要的。马尔克斯于 1927 年出生，2014 年逝世；莫言则出生于 1955 年，从年龄上来看，两人相差 28 岁，属于两代人。马尔克斯 1947 年开始发表作品，其魔幻现实主义代表作《百年孤独》发表于 1966 年；莫言则于 1981 年才开始有文学作品问世。在莫言青年时期，中国正处于经济困难时期和“文化大革命”时期，在强调走“自力更生”发展道路的年代里，中国无论在政治、经济领域中，还是在文化领域中，实行的都是闭关自守的政策，因而与外界少有联系。如果说与苏联尚有一点儿联系的话，这种联系也是基于新中国成立初期中国与苏联在政治和意识形态方面的原因而建立起的政治伙伴关系，因而，中国文学的大门也仅对苏联开放，引进的文学类作品和文学批评理论也基本上是以无产阶级文学为主。当中苏关系破裂后，这一丝开放的门缝也被关闭。因而，莫言在青年时期所能接触到的文学作品，基本上是中国和苏联的现实主义文学作品。莫言曾坦承他在少年时期所能接触到的文学作品，除中国的如《封神演义》、《三国演义》、《水浒传》和《儒林外史》等古典作品和当初流行的如《青春之歌》、《红灯记》和《破晓记》等无产阶级文学作品以外，域外文学作品则仅为苏联作家奥斯特洛夫斯基（Nikolai Alexeevich Ostrovsky）的无产阶级文学代表作《钢铁是怎样炼成的》。这部小说中的主人公保尔和冬妮娅儿时纯真的爱情也因他们是“两股道上跑的车”而最终“分道扬镳”。“读完《钢铁是怎样炼成的》，‘文化大革命’就爆发了”，莫言“童年读书的故事也就结束了”。[①] 可以说，莫言是在现实主义文学的熏陶下成长起来的。1976年，“文化大革命”结束。1978年，在中国共产党历史上具有划时代意义的十一届三中全会上，党中央拨乱反正，确立了“实践是检验真理的唯一标准”，不再以“以阶级斗争为纲”作为社会主义发展阶段的所谓“无产阶级专政下继续革命”的口号，提出了把党的工作重点转移到社会主义现代化建设上来的新时期奋斗目标。中国于1978年底开始走上了改革开放的建设道路。特别需要提到的是，安徽省凤阳县小岗村在改革开放中走过的道路为莫言后来创作《生死疲劳》这部小说提供了中国当代农村改革的素材。在1978年前的“三靠村”里[②]，几乎每家每户在秋收之后都要外出讨饭吃。1978年11月，这个村的18户农民在全国创先搞起了土地承包责任制，大家按下了手印，就此揭开了中国农村经济体制改革的序幕。巧合的是，党的十一届三中全会召开时，也正是这个村的生产队社员刚刚按下手印不久。时任安徽省委书记的万里从中国新民主主义革命的目标和当时农村的实际状况出发，顶着来自“文化大革命”残余势力的阻力，提出了农村实行“家庭联产承包责任制”的改革设想。万里的提议得到邓小平同志的大力支持，使小岗村这个“三靠村”成为中国农村改革的发源地，万里也留下了“要吃米，找万里”的美名。莫言的代表性魔幻现实主义作品《生死疲劳》也正是取材于农村经济体制改革的经历创作出来的。

伴随着改革开放的春风，中国文学也进入了新时期文学的发展阶段。域外文学，尤其是欧美文学才名正言顺地被引介到中国。域外文学的新风吹到中国，使中国文学界为之振奋，正如莫言所讲的那样，中国作家20年没有与西方文学接触，因而亟须知道域外文学作家在中国的“文化大革

---

① 莫言：《童年读书》，载《我的高密》，中国青年出版社，2011，第29～31页。

② 中国历来就是个农业国，农村经济一直是中国经济的基础。然而，由于体制问题，在农村人民公社里，广大社员的劳动积极性无法被调动起来，生产力低下，导致在改革开放前出现了大批的“三靠村”，即吃粮靠返销、用钱靠救济、生产靠贷款的村庄。

命”期间都做了些什么和怎样做的。对于新时期中国文学来讲，这也正是中国作家所“必须补上的一课”。[①]

西方文学思潮的基本特征，如杰姆逊所指出的那样，现当代的三种文学思潮是西方资本主义发展三个阶段中人们不同心理结构的体现，也是一场革命。然而，“封建社会向资本主义的转变会带来更大的文化领域的革命，比这三个阶段的转变要深刻得多”。[②] 虽然杰姆逊的这一论点针对的是资本主义社会的发展阶段对文学思潮的影响，但对于社会主义社会而言，该论点也具有一定的现实意义。莫言急切地想要知道西方文学家的最新成果。当国门打开以后，莫言发现，西方文学已经历了现代主义的发展阶段而进入后现代主义阶段。在西方文学进入中国的时候，西方的现代主义早已经历了兴起、发展和衰退的全过程。这个文学思潮是在欧洲反理性哲学的影响下于20世纪上半叶在欧美发展起来的。第二次世界大战之后，尤其是原子弹在战争中的首次实际使用，再加上后现代工业的快速发展以及语言哲学的转向，彻底摧毁了人们的传统观念，使人类社会进入了后现代发展阶段。社会的后现代性又决定了后现代主义文学思潮于20世纪60年代在西方文学中发展起来。

后现代主义文学以不确定性为主要特征，同时兼具创作手法的多元性、语言实验和话语游戏等其他特征。相比之下，第二次世界大战后的美国小说要远比欧洲小说异化得多，其显著标志是海勒在《第二十二条军规》中成功地运用了黑色幽默的创作策略。后现代主义文学思潮在西方文学中形成以后，除后现代社会的不确定性以外，学术界和文学界在哲学中对逻各斯中心主义的解构、自然科学中海森伯格（Werner K. Heisenberg）的测不准原理、文学理论上哈桑（Ihab Hassan）结构之外的结构论、语言符号学上索绪尔（Ferilinand de Saussure）能指与所指关系的不对等理论以及维特根斯坦的“语言游戏论”等相关理论的进一步发酵，促成了后现代主义文学的不确定性特征。[③] 在后现代主义作家的文学创作中，荒诞、意识流、多角度和时空颠倒等现代主义手法仍不时被用来表现现实与虚幻之

① 莫言：《千言万语何若莫言》，第313页。

② 〔美〕杰姆逊：《后现代主义与文化理论》，第157~158页。

③ 胡铁生：《文学如何应对后现代主义来袭》。

间的关系，同时作家也更加强调作品中话语言说的重要性。因而，传统上的现实主义小说表现的现实是客观存在的现实，现代主义表现的现实是主观意识生成的现实，而后现代主义表现的现实则是由语言构造而成的现实。[①] 将可用命题和话语言说与不可言说的东西划分开来所形成的西方语言哲学转向使语言规则论被彻底解构，代之以维特根斯坦的“语言游戏说”。如果说现代主义意在把有序的世界通过无序的审美形式表现出来的话，那么后现代主义则通过无序的文本来表现无序的世界。对终极意义的思考与否则构成了现代主义和后现代主义文学的分水岭。[②]

二　莫言魔幻现实主义的中国之路

西方文学当代思潮走入中国，使中国文学处于新的困境中。西方文学中的现代主义和后现代主义思潮使东西方异质文化和不同文学的理念对中国文学界造成了新的冲击，中国作家群对这种冲击的态度也大不相同。有些作家持欢迎态度，拍手叫好；有些作家却感到惶恐不安，不知所措；还有些作家则表现出抵触情绪。随着中国改革开放的进一步深化，在市场经济的制约和新形势下大众传媒手段以及意识形态的影响下，全球性的“大众文学”效应使传统上的“精英文学”逐渐趋于边缘化的境地，文学也就此失去了以往的“轰动效应”。“文学终结论”开始在中外作家群体中蔓延，这对中国新时期作家和广大读者同样产生了不可估量的负面影响。更有甚者，随着现代科技的快速发展，新兴的影视文学和网络文学等新的文学载体又进一步将传统的“精英文学”予以“稀释”。由于这些内外因素对中国文学传统的影响是颠覆性的，因而在面对西方当代文学思潮进入中国时，中国文学界处于既寄希望于借助全球化来加速中国新时期文学的发展，但又找不到出路的两难境地。

改革开放初期，文学领域与经济领域一样，守旧思想仍具有一定的市场。当域外文学思潮进入中国时，尚有不少中国作家仍摇摆于“唯政治论”和“去政治化”的两个极端之间。有些作家以传统观念来看待这些新

① 胡全生：《英美后现代主义小说叙述结构研究》，第 26 页。

② 胡铁生、夏文静：《后现代主义文学的不确定性特征——以〈第二十二条军规〉的黑色幽默为例》，《吉林大学社会科学学报》2015 年第 2 期，第 141 页。

鲜事物，认为西方的资产阶级文学思潮并不适用于社会主义制度下的新时期中国文学；还有些作家认为文学的价值取向就是纯粹文艺美学的追求，作家如果通过文学创作来探讨社会问题、历史问题和政治问题，其文学批评就被视为在文学中“不务正业”。另有一些作家只是看到了西方文学的表面现象，并未真正了解西方文学思潮形成与发展的真正原因及其新形势下作品表现形式与作品内涵之间的关系，因而只是对域外文学进行模仿，注重形似，而忽视了在域外影响基础上的“自主创新”，因而这些作家的作品虽然在表面形式上看是在与域外文学接轨，但实质上又缺乏中国深厚文化的底蕴。此外，中国文学批评界在打碎了“四人帮”文化枷锁的同时又全盘否定了传统的现实主义批评准则，面对域外文学的新鲜事物却又未能及时建立起改革开放境况下文学批评的新准则而又表现得不知所措。对于中国广大读者而言，以机械复制方式书写出来的那些东施效颦的“洋八股”作品令人感到晦涩而难以接受。面对西方文学的各种新思潮，那些早已习惯于现实主义文学传统的中国作家感到彷徨、苦闷，找不到出路，一时间，“中国文学应该向何处去”就成了摆在中国作家面前亟待解决的问题。这就是改革开放初期中国文坛的境况。

面对新的形势，只有与时俱进，当代中国文学才有出路。在 30 多年的改革开放实践中，在中国新生代作家与部分老一代作家的共同努力下，中国文学的当代发展已找到了出路，那就是采取宽容态度，大胆接受域外文学中的优秀部分，与时俱进，在文学的中国化道路上开拓出一条新路。在全球化时代，文学应该在“和而不同”而非“同而不和”的原则下，勇于与世界文学接轨，借他山之石，为我所用，因为当今世界各民族创造的精神产品也已经成为公共的精神财富。既然全球化已经成为不可逆转的时代发展潮流，那么中国文学就别无选择，只能顺应这个潮流。

此外，既然文学思潮是社会发展不同阶段中人的心理愿望的体现，是文学范畴内反映一定时期人们主体思想的潮流，那么文学就不会终结。中国文学在经历了“唯政治论”和“去政治化”的摇摆状态之后，作家对社会理想和政治愿望的追寻仍是新时期文学的主旋律。中国作家协会名誉主席、著名作家王蒙认为，既然社会中到处都充满了政治，那么作家脱离了政治也就是脱离了生活，也就远离了国家和广大人民群众的命运。① 事实上，中国新时期的大多数新生代作家在域外文学思潮的影响下，将后现代主义与其他思潮和流派糅合在一起，以中国本土的故事为素材，已经开始了在借鉴的基础上进行独具创新特色的中国式文学叙事的探索。例如，《大决战》、《东方》、《红日》、《亮剑》、《黎明前的抉择》、《雪豹》、《血战台儿庄》、《中国远征军》、《闯关东》、《关中女人》、《决战之后》、《集结号》、新版《智取威虎山》、《走西口》和《高山下的花环》等一批反映主流意识形态的新时期影视文学作品，也常常采取由西方借鉴而来的表现手法，这不仅使中国文学的传统价值得到发扬光大，而且情节更加人性化，也更加符合当代人文精神。一批具有先锋意识的新时期作家在其创作中更加注重借鉴西方后现代主义的文学元素。如刘索拉的《你别无选择》、马原的《虚构》、余华的《河边的错误》、格非的《迷舟》、王朔的《千万别把我当人》和方方新写实主义的《风景》和《刀锋上的蚂蚁》等作品，作者在创作中均采取了西方当代文学中的叙事策略来揭示中国语境下人所永存的生存困境，使其作品形成了源于现实而又超出现实的荒诞叙事小说模式。在新时期的中国文学中，将后现代主义的叙事策略推向高峰，以此来反映中国农村百余年变迁和改革开放的宏大叙事作家却是莫言，其作品均以后现代主义为主要叙事策略，辅以现代主义的技巧，莫言也最终因“魔幻现实主义”和中国故事的书写而获得诺贝尔文学奖，成为新时期中国文学家接受域外文学思潮影响的典范。

上述提及的这些中国新时期著名作家成功的事例表明，在文学全球化的新形势下，中国文学的发展必须与时俱进，在借鉴的同时坚持创新精神，才能开创既与世界文学接轨又具有中国特色的文学发展道路。这样才能使中国文学在全球化语境下获得世界文学之林更大的话语权，同时也为世界文学的发展做出应有的贡献。

莫言的创作也正是在这样的文学语境下，走上了魔幻现实主义的发展道路。马尔克斯的作品在中国的译介恰逢中国实行对外开放的良机。首先是马尔克斯的短篇小说被译介到中国，他当时就被《外国文艺》在 1980

① 王蒙：《〈冬雨〉后记》，《读书》1980 年第 7 期，第 65 页。

年第3期上以“魔幻现实主义代表作家之一”的定位给予推介的。而后，其魔幻现实主义代表作《百年孤独》于1982年第6期被《外国文艺》做了节译，1984年分别由上海译文出版社和北京十月文艺出版社出版了中文译本。20世纪80年代中后期，马尔克斯的其他长篇小说，如《霍乱时期的爱情》、《族长的没落》和谈话录《番石榴飘香》等作品也陆续被译介过来，就此在中国掀起了一股强劲的马尔克斯研究与借鉴热潮。南美作家能够在诺贝尔文学奖评奖中大获成功，使中国新时期作家看到了希望，同时也极大地激发了此间中国作家的诺贝尔文学奖情结。他们希望能借助马尔克斯走过的道路，让中国文学走向世界，实现诺贝尔文学奖零的突破。中国新时期作家对马尔克斯借鉴最多的是其魔幻现实主义，魔幻写作的热情使中国文坛出现了繁荣的“魔幻”写作景观。[①] 随着改革开放的深入，国人的思想逐步得到解放，文学界也不再排斥域外文学，他们把马尔克斯的巨大成功看成南美文学成功的一条新径，一条由民族化到现代化的发展道路。因而，马尔克斯也被中国文学界评为当时影响最大的域外作家之一，他“为我们提供了土洋结合的道路，让你写最土的东西，然后让它具有洋的价值”。[②] 马尔克斯的魔幻现实主义影响了整个一代中国作家，除诺贝尔文学奖获奖作家莫言外，贾平凹、余华、刘索拉、方棋、范稳和阎连科等新生代作家不仅都加入魔幻叙事的这个潮流中来，而且也都取得了可喜的成绩。

全球化的最大特征之一是“化”的动态过程。出于对知识分子文化趋同化的担忧，莫言持有自己不同的看法。面对域外“影响的焦虑说”，莫言反而持乐观态度，他认为像马尔克斯和福克纳这样的作家之所以成名，除其个性鲜明、具有原创的作品外，与他们向同行学习和借鉴也是分不开的。借鉴与创新的关系，对于“高明的作家”来说，就是他们“能够在外国文学里进出自如，只有进去，才能够摈弃皮毛，得到精髓，只有跳出来，才能够发挥自己的特长，利用自己掌握的具有个性的创作素材，施展

① 曾利君：《马尔克斯与中国文学》，《福建论坛》（人文社会科学版）2014年第6期，第100页。

② 王蒙：《王蒙说》，中央编译出版社，1988，第55页。

自己独特的才能，写出具有原创性的作品”。[①] 莫言还就他与马尔克斯的影响关系谈及个人的感受，20 世纪 80 年代中期读到《百年孤独》时，他仅读了几页就产生了按捺不住的写作冲动。但莫言同时又善于从别人的作品中发现问题，而不是盲从权威。对于这本书的最后两章，莫言认为马尔克斯明显有底气不足的迹象，表现出敷衍的写作态度。[②] 就此现象，莫言认为，在借鉴的过程中，挽救一种文学形式衰退的途径有两个——民间的东西和外来的东西。趋同化可以被看成一种衰退，那么应对衰退也只能依赖这两件法宝。向域外文学学习，“就是要更加自觉、更加大胆地‘拿来’”。但又绝不是机械地复制域外作家已有的东西，而是要学习和借鉴“属于艺术的共同性的东西”，这就是莫言著名的“盯着人写，贴着人写，深入到人的心里去写；我们要赋予的，是属于艺术个性的东西，那就是我们自己的风格”，“就是由我们的民族习惯、民族心理、民族语言、民族历史、民族情感所构成的我们自己的丰富生活”，以及“用作家自身的独特感受来表现和反映生活”的域外文学借鉴原则。[③]

莫言认为，解决文化趋同化或同质化的途径是在中国古典文学中寻找源头并从中吸取营养。马尔克斯打造了魔幻现实主义的文学世界，这是不争的事实。然而，马尔克斯笔下所描写的毕竟是南美的事情，与中国的实际国情完全不同，因而中国作家需要借助西方文学和中国古典文学中已有的魔幻资源，反映中国人的民族心理和情感。对此，莫言更加明确地指出：“魔幻是西方的资源，佛教是东方的魔幻资源，六道轮回是中国的魔幻资源，我们应该写一部有中国特色的魔幻小说。假如，我们还是按照《百年孤独》的方式写作，实际上动用的还是西方的魔幻资源。”[④] 显然，《生死疲劳》是莫言在这种既要参照域外影响又要坚持自主创新的原则指导下创作出来的。

莫言与域外魔幻现实主义的关系，可以从北京大学西班牙语教授、著

---

① 莫言：《影响的焦虑》，第 4 页。

② 莫言：《影响的焦虑》，第 5 页。

③ 莫言：《影响的焦虑》，第 5 页。

④ 莫言、李敬泽：《向中国古典小说致敬》，载林建法主编《说莫言》（上），辽宁人民出版社，2013，第 30 页。

名拉美文学学者、莫言的大学老师赵德明接受记者采访时的话里得到印证。莫言于1984年到1985年在解放军艺术学院读书时，赵德明教授恰巧也在那里讲授拉美文学。他发现学生们涉猎外国文学的面很宽，并大量阅读现代派小说。现代派小说的实验性和颠覆性给他们带来了很深的影响。《百年孤独》传到中国，影响很大。魔幻现实主义在中国发展有一个大背景，这就是改革开放后在文化领域中，文学家和艺术家都有告别教条主义、渴望开创自己的文学创新之路的强烈愿望。赵德明教授认为魔幻现实主义的小说书写是现实和想象的结合、现实和民间传说的结合、现实和虚幻手法的结合。这些手法已经在《百年孤独》中被运用得炉火纯青，莫言也非常喜欢这部作品。莫言虽然深受马尔克斯魔幻现实主义的影响，却致力于要走出一条自己的创新道路，形成自身的创作特色。赵德明教授还引用了莫言自己的话来说明这一点："文学不是模仿，拉美作家学习其他作家，但不模仿。他们看很多东西，但他们走自己的路，这是拉美文学的一个大特色。"赵德明同时还提到，莫言明确表示敬畏马尔克斯，从马尔克斯身上学到了很多东西，但中国作家有自己的路要走。因为，高密东北乡是莫言的老家，莫言的童年是自己的，莫言自己挨饿和自己的坎坷都是他家族的、家乡的。高密乡的民间故事、传说和奇奇怪怪的现象，都是他自己的东西。[①]

当时负责《红高粱》编辑任务的《人民文学》杂志社编辑朱伟，从另一个侧面也证实了这一点：莫言在解放军艺术学院读书时，他们两人关系密切，从交往中朱伟了解到，莫言是山东高密人，他家乡那一带过去经常有土匪出没，而恰好中国文坛又流行"寻根文学"，莫言的"高密东北乡"意识是从《红高粱》开始的。因为原来写过的那个版本并不是传奇，于是莫言就打算写一个系列，一个传奇性质的作品。于是，朱伟就向莫言邀定了这个稿子。对于莫言获奖给中国文学带来的冲击和变化，朱伟认为，中国文学走向世界本身是一个伪命题，在过去，英语主导一切，英语成为英美的话语权，构成了西方的文化霸权。如果非要说莫言走向世界，那么现

① 王觉眠、王路、涂小玲：《解读莫言与魔幻现实主义的关联》，新浪新闻网，2012年12月5日，http：//news. sina. com. cn/o/2012 - 12 - 05/16412 5738277. shtml。

在只能说莫言的更多小说被西方接受，其实莫言的很多小说已被翻译成了各种文字。我们要面对的关键问题是中国文学怎样繁荣发展。如果中国文学的进一步发展，是随着中国在整个世界上地位的变化，那么中国文学在世界文学中势必会形成越来越大的影响。

《百年孤独》中文本译者、北京大学西班牙语教师范晔在论及莫言与拉美魔幻现实主义的关系时指出，莫言保持的“自我”恰恰是莫言在国际上得到认可和成功的根本原因所在，中国作家受到了拉美魔幻现实主义的启发，但真正走起来，这还是一条中国人自己的路。[①]

莫言的文学之路受到域外作家的影响是多方面的，但仅就魔幻现实主义而言，无疑，马尔克斯的影响是最大的。莫言曾对此自我评价道，马尔克斯的《百年孤独》对其提供的借鉴意义是马尔克斯的哲学思想，而非魔幻现实主义的表面形式，因为马尔克斯在这部作品中具有独特的认识世界和认识人类的方式。马尔克斯在这部作品中能够以如此魔幻的方式来表现世界，与其哲学上的沉思是分不开的。马尔克斯“用一颗悲怆的心灵，去寻找拉美迷失了的温情精神家园”，而“世界是一个轮回，在广阔无垠的宇宙中，人的位置十分渺小”，所以，马尔克斯显然受到“相对论的影响”，站在高峰处，“充满同情地鸟瞰纷纷攘攘的人类世界”。[②] 莫言对马尔克斯魔幻现实主义的接受并非仅仅停留在魔幻的表面形式上，而是透过这种创作手法的表面现象，看到了马尔克斯魔幻现实主义小说的书写本质。正是基于这一点，莫言对马尔克斯魔幻现实主义的借鉴并非在形似方面下功夫，而是借鉴其内核，写出中国故事。正如前面所提到的那样，莫言的早期小说如《春夜雨霏霏》、《售棉路上》和《民间故事》等，基本上是以现实主义的线性描写方式创作出来的。虽然这些小说中的故事同样具有虚构性质，但其创作方式依然是再现那段历史中的真实，而非通过虚构来表现或隐喻那个时代的现实。例如，莫言的处女作《春夜雨霏霏》，就完全体现了传统现实主义叙事策略的基本特征，在内涵表现方面亦有无产阶级文学口号式的表现方式。“小岛是祖国的领土，爱小岛就是爱祖国，不

---

① 王觉眠、王路、涂小玲：《解读莫言与魔幻现实主义的关联》。

② 莫言：《两座灼热的高炉》，《世界文学》1986 年第 3 期，第 58 页。

爱祖国的人，值得你爱吗?”① “你去年又说不能探家了，因为岛上的机器要大检修；你今年又说不能探家了，因为连队里进行人生观教育……”②“你那双细长的眼里射出警惕的光芒，巡视着黑暗中的一切……祖国没有睡觉，小岛没有睡觉，你也没有睡觉，我也没有睡觉……”③ “你为了海岛连队不能回来；我想去你那里又撇不下地里的庄稼与暮年的父母”④ 等一类革命口号式的写作方式不仅是对现实主义的直接模仿，而且在思想内涵方面更是对无产阶级文学传统的继承。改革开放给莫言带来了曙光，但此时莫言并未形成自己的创作模式，意识深处的压力使其在采取何种创作手段上仍处于彷徨阶段。

中篇小说《透明的红萝卜》是莫言在现代主义与传统现实主义叙事策略上做出选择的标志。1985 年，除《透明的红萝卜》这篇中篇小说以外，《球状闪电》、《金发婴儿》、《天马行空》和《白狗秋千架》等同年发表的作品，都标志着莫言与传统的现实主义叙事策略分道扬镳，开始了以现代主义和后现代主义的叙事策略进行小说创作的新阶段。在其创作风格转变的初期，莫言也曾一度苦恼与“焦虑”过，但这种“焦虑”并非真正来自域外文学的影响，而是苦于找不到更好的小说表现形式。正当莫言处于痛苦的童年故乡记忆时，他迎来了域外文学中的著名作家福克纳和马尔克斯。莫言发现，这两位世界级的文学大师在创作手法上有许多相似之处，即不按现实主义的常规叙事模式进行写作，而是采取时间与空间在顺序上的颠倒、对生命世界的极度渲染和夸张、对客观事物内在逻辑有意为之的悖论书写、对语言中心的突破等现代主义和后现代主义的叙事策略。更为重要的是，莫言发现，在故事叙事表层结构之下，两位文学大师的作品都隐含着作家本人对社会问题的关注和对人本质的深层探讨。“在两位作家身上，莫言的艺术个性得到了某种印证，他那些本来杂乱无章的观念渐渐汇聚成型，莫言惊喜地发现他在两位外国作家身上找到了一个新的自我。同时，这两位作家在文学艺术表现形式上的大胆尝试也给莫言留下了深刻

---

① 莫言:《今夜雨霏霏》，载《姑妈的宝刀》，上海文艺出版社，2012，第 6 页。

② 莫言:《今夜雨霏霏》，第 12 页。

③ 莫言:《今夜雨霏霏》，第 13 页。

④ 莫言:《今夜雨霏霏》，第 16 页。

的印象，其直接结果为莫言进行相应的试验创作提供了一个心理依托。”[①]

以马尔克斯为代表的拉美魔幻现实主义采取变幻想为现实而又不失其真实的创作策略，进而达到了似是而非、似非而是的魔幻效果。在表现手法与思想内涵的关系上，马尔克斯明确指出：“魔幻只不过是粉饰现实的一种工具，但是，归根结底，创作的源泉永远是现实。”[②] 在《百年孤独》中，外来文明进入马尔克斯心底腹地的马孔多镇，既是现实的，又是虚幻的。腐败政府与美国相勾结，使美国垄断资本统治着拉美国家的经济命脉，这是事实，却又不许大众媒体对此透露半点儿风声。于是，作为公共知识分子的马尔克斯在无法直言的情况下，采取了魔幻的迂回策略，不仅向外界传递了真实信息，而且还将其描写为犹如在哈哈镜中看到的物体一样，以其夸张的艺术手法反映了这种社会现实。在反抗殖民者和腐败政府的罢工游行斗争中，马孔多人遭到残酷镇压。事后，政府的通告中却说事件已经和平解决，“工会领导人本着高度的爱国精神，已将要求减为两条……军队首脑与工人达成协议后，立即与布朗先生沟通，布朗先生不仅接受了新条件，而且主动提议出资举行三天的公众娱乐活动来庆祝争端的解决”。[③] 马尔克斯以夸张的手法将该冲突中的死亡状况描绘为：“大屠杀应该过去好几个小时了，因为尸体与秋天的石膏一样冰冷，也与石化的泡沫一样坚硬，装车的人甚至有时间像运送一串串香蕉似的把尸体排好码齐。”[④] 至于在此次冲突中究竟死了多少人，马尔克斯在小说中则以更为夸张的书写方式做了叙述：“有将近两百节运货车厢，首尾各有一个火车头，中间还夹着一个。”[⑤] 马尔克斯以近乎话语游戏的方式把美国垄断资本统治下的拉丁美洲的政治、经济和社会状况表现得如此令人惊骇，把劳资双方的生死对立表现得既一览无余，又泾渭分明，进而使魔幻手法在为现实服

---

① 周琳玉：《从〈百年孤独〉看魔幻现实主义及其对莫言的影响》，《兰州交通大学学报》（哲学社会科学版）2006年第2期，第17页。

② 〔哥伦比亚〕加西亚·马尔克斯等《加西亚·马尔克斯文学谈话录·番石榴飘香》，《外国文学动态》1982年第12期，第38页。

③ 〔哥伦比亚〕加西亚·马尔克斯《百年孤独》，范晔译，海南出版公司，2011，第268~269页。此处提到的布朗即美国垄断资本在哥伦比亚的代表。

④ 〔哥伦比亚〕加西亚·马尔克斯《百年孤独》，第266页。

⑤ 〔哥伦比亚〕加西亚·马尔克斯《百年孤独》，第267页。

务的过程中表现得既荒诞离奇又真实可信，使作品的政治美学价值实现了对文艺美学价值的增值——达到了魔幻形式与社会批判思想内涵的有机统一。马尔克斯在《百年孤独》中采取的这种叙事模式是作家对现代主义文学和传统现实主义的扬弃，这使其走上了后现代主义创作道路。

在马尔克斯魔幻现实主义的影响下，莫言终于走出了传统现实主义文学的困境，找到了自己今后发展的方向。从《透明的红萝卜》中“晶莹透明，玲珑剔透”的红萝卜在“透明的、金色的外壳里包孕着活泼的银色液体”，其外表“线条流畅优美，从美丽的弧线上泛出一圈金色的光芒”的怪异现象描写开始，魔幻现实主义就在莫言的小说创作中形成了一种新的模式。

《铁孩》中“咯嘣咯嘣”吃铁的孩子、“一块块掰着铁锅，大口大口吃起来，铁锅的滋味胜过铁筋”、铁孩“一口咬下枪筒子”、火车的“车轮子最好吃”等不符合常理的意象[①]使莫言的魔幻现实主义叙事手法较之马尔克斯的叙事手法大大地向前推进了一步。

莫言将魔幻与现实融为一体，在魔幻现实主义创作中的成型作品是短篇小说《翱翔》。小说中，四十多岁的大麻子老光棍洪喜，由老娘做主，采取换亲的方式，[②] 以“高密东北乡数一数二的美女”杨花嫁给哑巴的“巨大的牺牲”，迎娶了“修长的双臂、纤细的腰肢”“显示出这个胶州北乡女子超出常人的美丽”的燕燕。可想而知，这桩婚姻是不会有好结果的。在传统现实主义的书写策略中，作家一定会将该女子写成逃婚或自杀而使这桩婚姻失败甚至两家反目成仇的悲剧故事结局。然而，莫言却在社会悲剧的基调上，以魔幻的手法对故事做了独具特色的处理。从故事的开端处，读者可以清楚地看到，不对等的婚姻使麻子洪喜对新婚妻子燕燕的哑巴哥哥心生嫉恨：“哑巴，你糟蹋我妹子，我也饶不了你妹子。”[③] 当夜，

---

① 莫言：《铁孩》，第 198 ~ 203 页。

② 换亲是旧时中国农村的一种习俗。通常是家境贫寒的大龄男子，由父母作主将家中的闺女许配给另一家的儿子，换取另一家的闺女嫁给自己的儿子，以解决婚姻难的问题。两家的闺女都对这门亲事不满意，这是父母包办的结果。然而，对于旧社会经济落后的农村而言，这又是不得已而为之的通婚途径之一。即使在当今，在中国边远落后的农村，这种通婚形式也偶尔可见。

③ 莫言：《翱翔》，载《姑妈的宝刀》，上海文艺出版社，2012，第 207 页。

还没等圆房，燕燕就逃出门去，全村人和十几条凶猛的大狗一道追了出去。正当洪喜想象着抓住燕燕如何惩治她的时候，“突然，一道红光从麦浪中跃起，众人眼花缭乱，往四下里仰了身子。只见那燕燕挥舞着双臂，并拢着双腿，像一只美丽的大蝴蝶，袅袅娜娜地飞出了包围圈”。[①] 燕燕落到了曾经发生过许多鬼怪异事的恐怖墓地中的一棵老松树上。“如此丰满的女子，少说也有一百斤，可那么细的树枝竟绰绰有余地承担了她的重量，人们心里都感到纳闷。”[②] 洪喜赶来看到这个场面直呼“妖精，妖精”。[③] 洪喜对树上的新娘子无计可施，只好坐下来抽烟，可成群的乌鸦又把“热乎乎的”鸦粪蛋屙到了他的头上，“蝙蝠绕着树干灵巧地飞行着，狐狸在坟墓中嗥叫”。洪喜试图把大树砍倒，以便抓住燕燕，但斧头卡在树里拔不出来；当洪喜爬上树时，却“听到了一声悠长的叹息，头上一阵松枝晃动，万点碎光飞起，犹如金鲤鱼从碧波中跃出。燕燕挥舞着胳膊，飞离了树冠，然后四肢舒展，长发飘飘，滑翔到另一棵松树上去”。[④] 莫言的这篇作品既具有马尔克斯“粉饰与现实”的魔幻现实主义要素，同时还具有中国飞天、狐妖文学的历史渊源，这两者结合在一起，又体现了苏联文艺理论家巴赫金（M. M. Bakhtin）狂欢理论和复调理论的精神实质。更重要的是，莫言的这篇作品中直接出现了“飞天”和“狐妖”等意象，为莫言日后进一步发展其魔幻现实主义做了铺垫。如果仍以马尔克斯的“粉饰与现实”为标准来验证《翱翔》这篇作品，读者会很容易发现，莫言通过“飞天”“狐妖”的魔幻手法，使人们似乎处于一种狂欢的场景中，实现了作家对中国现存的社会弊端所做的无情抨击，进而凸显了社会悲剧的形成机制。作品中的换婚是现实生活中存在的一种不正常婚姻现象，闹洞房时新娘逃走亦属正常。但在这篇小说中，各种类型的人物不断出现，人们想出的各种解决这个窘境的方法也似乎合情合理。例如，警察来到现场的描写使故事具有了更加可靠的真实性，但是，当新娘突然飞上天去的描写就使故事进入了魔幻的境界。于是，故事情节就出现了虚虚实实、真真

① 莫言：《翱翔》，第 209 页。

② 莫言：《翱翔》，第 210 页。

③ 莫言：《翱翔》，第 211 页。

④ 莫言：《翱翔》，第 212 页。

假假的现实，与魔幻相互交融的艺术效果；在一片喧闹声中，小说颇具狂欢的喜剧色彩。然而，莫言在表现马尔克斯“充满同情地鸟瞰纷纷攘攘的人类世界”的同时却比马尔克斯的创作更高一筹：在小说的开篇处，作者已经为这桩畸形婚姻的社会悲剧性埋下了伏笔。在故事的结尾处，警察射箭，新娘终于从树上栽倒下来时，新郎洪喜却大哭着骂了起来：“你把我老婆射死了……”[①] 故事虽然到此戛然而止，却给读者留下了无尽的遐想：人们应该怎样看待这桩畸形婚姻？造成这种畸形婚姻的原因何在？既然洪喜娘用女儿与燕燕家换亲了，那么洪喜该不该在新婚夜对新娘燕燕怀有复仇心理？洪喜的妹妹杨花劝燕燕下树“嫂子，下来吧，咱姐妹俩是一样的苦命人……俺哥再难看，还能说话，可你哥……姐姐，下来吧，认命吧……”[②] 的悲剧人物心理描写又该怎样理解？警察该不该用箭把树上的燕燕射死？当新娘被射死掉下树来时，洪喜的哭与骂又具有什么意蕴指向？在这短短的12页故事中，莫言以魔幻的手法完成了故事由狂欢化向社会悲剧的现实主义批判的转换。可以说，莫言通过魔幻现实主义的创作手段，在这篇作品中体现了作家对生存困境中的人们所给予的最大关注。读者站在朱光潜先生“悲剧距离说”的角度上，读到最后，就不再感到故事有任何狂欢的成分了，人们会处于既有同情又有快感的矛盾心理状态下。造成这种艺术效果的机理在于，观看悲剧的人既希望这场悲剧越惨烈越好，但同时又惧怕悲剧会发生到自己的头上。因而，悲剧人物和观众或读者之间形成了距离，悲剧的结局越惨烈，在人们内心世界产生的震动也就越发强烈，悲剧在人们内心形成的艺术愉悦感也就比喜剧强烈得多。当然，这种悲剧首先应该是正剧，表现的是正向价值的悲剧，关注的应该是处于苦难之中的人们。这一点正如任生名所指出的那样：“人的生存困境的张力，从另一种意义上说，是人的生存困境与人的两种基本的生的愿望的冲突，一种是实现人自我完善的自由生存的愿望，另一种是达到一个和谐安宁的生存处境的愿望。前一种是人的自由，后一种是人的幸福。合而言之，就是人的生存的真正的真实性。”[③] 显然，对于换婚的双方而言，燕

① 莫言：《翱翔》，第218页。
② 莫言：《翱翔》，第217页。
③ 任生名：《西方现代悲剧论稿》，第28页。

燕之死是个人追求幸福的悲剧，是小人物的悲剧，因为小人物占据社会成员的绝大多数，因而，这种悲剧也就具有了社会悲剧的属性。《翱翔》的魔幻现实主义创作已使莫言在向域外学习之后，开始了自由之旅，用诺贝尔文学奖评委会前主席埃斯普马克对莫言的评价来说，这也就是莫言超过马尔克斯和福克纳的地方。

莫言自开创了魔幻现实主义创作道路之后，其作品在一定程度上都带有魔幻现实主义成分。《红高粱》、《高粱酒》、《高粱殡》和《狗道》均具有魔幻现实主义的初期特征；而《铁孩》、《月光斩》、《金发婴儿》、《火烧花篮阁》、《木匠和狗》、《幽默与趣味》、《战友重逢》、《梦境与杂种》、《怀抱鲜花的女人》、《食草家族》、《十三步》、《藏宝图》、《生蹼的祖先》、《生死疲劳》和《四十一炮》等小说则成为莫言魔幻现实主义的典型作品。其中《战友重逢》这部中篇小说将魔幻现实主义发展到了极致：故事的主人公"我"在回乡探亲途中偶遇在对越自卫反击战中牺牲的战友，牵扯出牺牲者在烈士墓地里的一系列活动，表达了作家对国际政治和伦理政治的文学思考。莫言在发展马尔克斯魔幻现实主义的过程中，坚持了自己"艺术风格上随意点"，要"有点儿邪劲"，"不要害怕和别人走的不是同一条路"，"想怎么写就怎么写，只要顺心顺手就好的原则"。[①] 其实，莫言此言也仅为调侃而已。作为一位对政治、历史和社会极为关心和负责任的作家，莫言在接受马尔克斯魔幻现实主义的同时，对中国资源更为关注，讲述的也都是中国故事。因而，莫言以魔幻现实主义取胜的事实，证明莫言作为一位伟大的作家，在继承域外传统的基础上，又极大地丰富了马尔克斯魔幻现实主义的内涵，是魔幻现实主义中国化的体现。

第四节　域外影响与本土资源

莫言小说取得成功的域外影响因素是借助域外文学的有益部分，这是毋庸置疑的事实。然而，将域外文学的优秀部分与中国的本土资源紧密结合在一起，在小说中讲述中国故事则是莫言成功的另一个重要的因素，而

---

① 莫言等：《几位年青军人的文学思考》，《文学评论》1986 年第 2 期，第 18 页。

且是至关重要的因素。

一 莫言小说创作的域外影响因素

正如世间所有事物的转化需要内因与外因相结合的规律一样，域外文学对莫言的影响仅为其文学创作中借鉴的部分，是莫言成功的外在因素，本土资源则是莫言在文学成功道路上的内在决定性因素。如果莫言的小说未能充分利用中国的本土资源，讲好中国故事的话，那么莫言获得诺贝尔文学奖也是极其困难的。事实上，植根于本国的文化土壤中，融入民族历史发展的进程也是拉美魔幻现实主义集大成者马尔克斯所走过的道路。① 欧洲人对美洲的发现、西班牙人和葡萄牙人对南美的殖民统治、哥伦比亚国内的进步势力与反动势力之间的较量、美国对南美长达半个世纪的垄断资本统治都是马尔克斯所面临的现实。政治、经济和文化的现实则形成了马尔克斯“对周围世界的一种情感反应”——孤独。因而，马尔克斯的孤独既是作家本人的孤独，也是其作品中人物、民族和国家的孤独，是三者在其小说中的综合体现，因而这才成就了马尔克斯的巨著《百年孤独》。如果仅就人的自然生命而言，没有多少人能有百年的寿命，因而也就谈不上具体某个人的孤独能够延续上百年。这部小说之所以被称为“百年”的“孤独”，正是作家的喻义所在，即南美人民，确切地讲，是哥伦比亚人民、民族和国家在当时处境下所形成的孤独感。在文化传统上，南美相对于欧洲和北美而言，由于其自我封闭，很少与外界联系，再加上欧洲和北美的资本主义快速发展而南美国家却相对落后，这就造成南美文化的相对落后，人们对精神世界中的“上帝”既崇拜又敬畏。在印第安人和非洲人原始意识的基础上构建起来的人的幻觉、对超自然现象的认识等因素也为马尔克斯的魔幻现实主义小说创作提供了南美本土文化的资源。在创作中，马尔克斯又将本土资源与欧洲作家卡夫卡《变形记》的创作手法相结合，最终使其成为魔幻现实主义的杰出代表。刘建军教授认为，在人类进入文明社会之后，社会科学出现最早的研究模式是对人类各种知识，包括自然知识和社会的各种现象的具体说明，因为当时的生产力低下，人们对

① 彭彩云：《论〈百年孤独〉的民族寓言》，《理论与创作》2008 年第 6 期，第 92 页。

各种现象的分析只能从具体现象入手。神话的出现是这种研究模式在远古时期的生动体现。早期的研究模式可以被称为“个体叙事”，而兴起于19世纪并于20世纪成为主流现象的则是“宏大叙事”研究模式。这种模式的演变显然是学术研究的巨大进步。[①] 马尔克斯的“百年孤独”也正是由“个体叙事”向“宏大叙事”转化的典范。

美国作家福克纳也有类似的发展道路。在初入文学创作领域时，福克纳也曾试图像海明威那样将战争小说作为其创作的领域。虽然在早期的创作中，福克纳也创作出如《士兵的报酬》和《野棕榈》等几部与战争相关的作品，但终因其个人的经历与海明威大不相同而无法在战争小说的创作道路上继续走下去。海明威能够成为战争小说作家与其亲身参加了两次世界大战的经历直接相关。福克纳虽然也曾在皇家空军服役过，但终因战争结束而没有真正体验到战争中的实际生活。在美国著名作家安德森(Sherwood Anderson)的建议下，福克纳将小说创作的道路置于美国南方在内战后新旧交替时期的特定环境中，以反映当时南方人的心理结构为主要特征，以美国南方的传统文化与北方的时代精神之间的矛盾作为切入点，开创了“约克纳帕塔法县”的“寓言”故事书写道路。福克纳在其创作过程中发现，人生既有悲剧性，同时又有喜剧性。因而，醉心于南方的过去，忠实于创作中的想象，在那块“值得一写”的“邮票大小的故土”艰辛耕耘，使其小说揭示了当时美国南方人与人之间的疏离与沟通、人性的追求、人性在社会中的扭曲和异化。福克纳在欧洲现代哲学和心理学的影响下，创作出《喧哗与骚动》这样的名著，这部作品使其成为西方现代主义代表作家之一，他最终因“对当代美国小说做出了强有力的艺术上无与伦比的贡献”[②] 而获得诺贝尔文学奖。

如前面所提及的那样，福克纳是马尔克斯的前辈，福克纳和马尔克斯两人又是莫言的前辈，既然福克纳和马尔克斯两人也都是在各自熟悉的本土资源的基础上成名的，那么，对于中国作家莫言而论，这

---

① 刘建军：《序言》，载张树武、胡铁生、李朝主编《理论与实践》，吉林人民出版社，2004，第1~2页。

② “The Nobel Prize in Literature,” The Official Web Site of the Nobel Prize, http: //www.nobelprize.org/nobel_ prizes/literature/.

种借鉴意义也就显得尤为重要。从上述事例中可以得出这样的结论，这三位世界级的文学大师都是在各自的文学疆域或神话王国里取得成功的。他们的神话王国包含两层意思：第一，以莫须有的小说地理存在代表了现实中存在的各自社会；第二，以本土资源中的神话世界来影射各自生活中的现实世界。莫言在向福克纳和马尔克斯两位前辈学习的过程中，进一步发展了其前辈所特有的这种文学品质。莫言向两位前辈的学习态度体现出他的“补课”思想。莫言所做的不仅要补上这一课，而且还要超越其域外文学前辈，在挖掘本土资源的基础上进行当代小说书写，在文学界处于“文学已死”的焦虑中开创了一代文学新风。

这样认识莫言所处的文学语境，不仅没有否认莫言小说的域外影响因素，而且进一步印证了莫言在中外文学的互鉴中突破了域外文学已有的传统。如前所述，中国文学自20世纪初到“文化大革命”结束这段历史基本上传承的是现实主义创作模式。在改革开放中，当中国文学界开始打开国门向西方学习的时候，西方文学已经经历了现代主义和后现代主义的两个发展阶段。中国的现实主义传统与现代主义和后现代主义传统之间的文学代沟（literary gap）就是中国作家“所缺的课”。莫言向西方作家的魔幻现实主义学习被看成“东施效颦”，有失偏颇。莫言借鉴域外文学，除其思想内涵一面之外，文学作品的创作形式是另外一面。莫言的魔幻现实主义文学创作除了受域外文学传统的影响以外，在更大层面上是受中国民间传说和古典魔幻故事的影响。因而，莫言的文学成就是上述内外因素共同作用于作家的结果。

二　本土资源与中国故事

中国古典文学中具有丰富的神话资源，对于莫言来说，这是取之不尽，用之不竭的。从这个意义上讲，莫言的魔幻现实主义虽然有域外文学传统的影响因素，但中国古典文学中的神话故事对莫言的影响更大。因而，从深层次上来看，莫言的魔幻现实主义是在对中国当代社会现实的思考基础上发展起来的。从这一点上来看，域外魔幻现实主义仅是莫言成功的外在条件，而中国古典文学中的文化资源却是莫言成功的根据。

中国古典文学中如《精卫填海》、《女娲补天》、《羿射九日》、《牛郎织女》、《天仙配》和《八仙过海》等表现人类美好理想的神话故事都在一定程度上具有魔幻的创作机制。

例一：《女娲补天》

> 往古之时，四极废，九州裂，天不兼覆，地不周载。火爁炎而不灭，水浩洋而不息，猛兽食颛民，鸷鸟攫老弱。
>
> 于是女娲炼五色石以补苍天，断鳌足以立四极，杀黑龙以济冀州，积芦灰以止淫水。
>
> 苍天补，四极正，淫水涸，冀州平，狡虫死，颛民生。[①]

译文：

> 远古时候，天边四角柱子折断，大地塌陷崩裂，天不能将大地整个笼盖，地也不能将万物容载。熊熊大火而不灭，洪水泛滥而不止，猛兽吃掉善良的人们，猛禽用利爪抓取老人和弱者。
>
> 于是女娲练就五色石补天，割下海龟的爪子来顶天的四角，杀死黑龙来拯救冀州，积存芦灰来治洪水。
>
> 苍天补好，天的四边也已顶起，洪水消退，冀州平安，猛兽和猛禽被杀死，善良的人们得以安生。

《女娲补天》的传说可以上溯到上古奇书《山海经》，《史记》中亦有记载。据传，女娲是人面蛇身的古代神女，面对肆虐的自然灾害和凶猛禽兽对善良人们的迫害，勇于承担起补天、除害、救民于水火之中的重任。蛇本来是人们一直厌恶的爬行动物，但在这则寓言故事中，人面蛇身的女娲却因其美德而被人们视为美好人性的象征，表达了远古时代人类对美好理想的向往。

例二：《羿射九日》

---

① 《中国古代文学作品选》（上），江苏人民出版社，1979，第111～112页。

逮至尧之时，十日并出。焦禾稼，杀草木，而民无所食。猰貐、凿齿、九婴、大风、封豨、脩蛇，皆为民害。

尧乃使羿诛凿齿于畴华之野，杀九婴于凶水之上，缴大风于青丘之泽；上射九日，而下杀猰貐，断脩蛇于洞庭，擒封豨于桑林。万民皆喜，置尧以为天子。①

译文：

到尧统治的时期，十个太阳一同出来，庄稼晒焦，花草树木干死，百姓没有粮食可吃。猰貐、凿齿、九婴、大风、封豨、脩蛇，均是百姓的祸害。

尧帝于是就派羿到畴华的荒野去杀掉凿齿，到凶水中杀死九婴，到青邱湖上用弓箭射死大风；天上射下九个太阳而地上杀死猰貐，到洞庭湖斩断脩蛇，到桑林活捉了封豨。百姓都皆大欢喜，将尧拥戴为天子。

《羿射九日》出自汉代刘安的《淮南子·本经训》，是中国古典文学中的一篇典型寓言故事。十个太阳本应轮流出现，但这十个太阳之间发生了矛盾，就一同出现在天空，把地上的庄稼树木全都晒焦，人们也处于快要饿死的境地。于是，尧帝让羿用弓箭射掉了九个太阳，只留一个太阳在天上。在社会生产力低下的那个人类历史阶段，面对自然灾害，人无力与自然灾害进行抗争，就寄希望于寓言故事，将羿看成为民除害、为民立下丰功伟绩的英雄，这表现了远古时期人们征服自然、战胜灾害的美好愿望和乐观精神。在这个寓言故事中，天上同时出现十个太阳的现象是与事实相悖的；羿则是一个半人半神式的人物，能够用弓箭连续射下九个太阳（最后一个太阳还是在尧帝的阻止下才免被射下的），羿还能入水杀死妖魔，这些也是不符合常理的事。然而这些似人非人、似神非神、似兽非兽的人物以及故事情节与英国古典文学作品《贝奥武甫》中的人物和故事情节颇

① 《中国古代文学作品选》（上），第113～114页。

为相似，平添了更多寓言故事的魔幻色彩。

中国古典文学中如流传于宋代的《白蛇传》、明代许仲的《封神演义》、吴承恩的《西游记》、清代蒲松龄的《聊斋志异》和流传于清代的《七侠五义》等古典文学作品以飞天入地或以人鬼狐妖相互转换之类为主的叙事方式也为莫言小说的魔幻书写注入了中国元素。以中国清代小说家蒲松龄的《聊斋志异》（又称《聊斋》或《鬼狐传》）为例，亦可见该类魔幻现实主义作品的中国资源之丰富。这部具有浪漫主义色彩的鬼狐精怪的小说，折射出当时社会的各种弊端、世俗风情以及人们的精神理想，从而表现出清初社会中人们普遍的文化追求和价值取向。[①]《婴宁》中莒人王子服所恋的少女婴宁是自己的姨妹，其原本是一个狐女；《阿宝》中的孙子楚生有枝指而性格痴讷，因炽爱富家女阿宝而剁去枝指，因情离魂而化作鹦鹉依傍于阿宝身边，其痴情终于赢得阿宝的真情，孙子楚病逝后，阿宝以死相从，感动了阎罗王，使二人复生；《连城》中的女子连城择婿选中乔生，遭到父亲的拒绝而病重，生命垂危，遵神医嘱，乔生献出胸头之肉，但仍未得到连城父亲的认可，连城忧郁而死，乔生吊慰时亦悲痛而绝，两个有情人在鬼域世界结为夫妻，并凭借爱情的力量重返人间；《娇娜》中的狐女娇娜与孔生在危难中相爱，可娇娜的姨姐已与孔生成婚，孔生与娇娜的爱情升华为纯真的友谊。上述以狐妖为主要人物的中国古典小说在魔幻手法上要远远超过马尔克斯在《百年孤独》中的魔幻书写。

在中国古典文学中，除上述提及的狐妖鬼怪类的作品外，《白蛇传》（亦称《许仙与白娘子》）、《梁山伯与祝英台》、《孟姜女》和《牛郎织女》一并被称为中国四大民间故事。《白蛇传》的故事以人与蛇精之间的相互转换为情节，描写的是修炼成人形的蛇精白娘子与许仙的曲折爱情故事，表达了人们对自由恋爱的赞美与向往以及对封建势力对人性压制与束缚的憎恨。《梁山伯与祝英台》被普遍认为是中国四大民间爱情故事之一，该作品以魔幻叙事的方式讲述了人世间生死情恋的爱情故事，其主人公也被称为“中国的罗密欧与朱丽叶”。

---

① 罗宗强、陈洪主编，宁稼雨、李瑞山撰：《中国古代文学发展史》（下册），南开大学出版社，2003，第255页。

如果说上述妖狐和白蛇在人鬼之间进行转换一类的古典作品表达的是人们对封建旧礼道的反叛，表达了当时人们对青年男女美好恋情向往的话，那么对社会的不公正现象疾恶如仇、蔑视权威、战胜邪恶、征服自然的理想则集中表现在《西游记》这部小说中。该小说中的人物，尤其是孙悟空（又称孙大圣），是可以上天入地、“一个跟头十万八千里”，还具有“七十二变”神通的虚构作品人物。这些作品人物在人神之间进行转换，且又力大无比，其形象塑造要比英国古典作品《贝奥武甫》中的人物在魔幻方面具有更高的艺术审美价值和深远的思想内涵。这些描写人物可以入地飞天、可以在人与神的世界之间进行自由转换的古典小说构成了中国当代魔幻小说的文学资源。这些魔幻类作品以“魔幻”的、似人非人但具有绝对人性的人物形象构成了文学作品中的虚构世界。这个虚构世界表面上看起来虚幻，但表现了现实社会生活中的人对社会和精神世界的主体观念，是作家表现人的巨大创造力而在文化领域内创作出来的精神财富。魔幻手法具有中国的文学传统，但在西方文学中亦有新的发展，只不过把妖魔类的人物形象改换成现代科技类的人物形象而已，如英国青年女作家罗琳（J. K. Rowling）的魔幻系列小说《哈利·波特》就是将传统魔幻情节与现代社会和现代科技融为一体而创作出来的当代新型魔幻类作品。综观中国的魔幻文学创作传统，可以得出的结论是，莫言魔幻现实主义小说的创作在魔幻技艺与思想内涵的表现方面均大大超越了其前辈马尔克斯，但在表现形式上又与当代魔幻作家罗琳大不一样。魔幻作为一种文学创作的手法或者策略，是作家在魔幻现实主义文学发展道路上对现实生活的一种另类表现形式，其基本原则是“变现实为幻想而又不失社会生活的真实”。在“魔幻”与“现实”两者之间，“魔幻”仅为作品的外在表现形式，而“现实”则是作品所要表达的核心思想。中国古典魔幻类文学作品虽然多以浪漫主义为基调，但仍不乏当代魔幻现实主义形式与内容有机统一的基本特征。

莫言魔幻现实主义小说创作的中国资源包括古典文学和民间文学两个主要来源。也是一种巧合，《聊斋志异》的作者蒲松龄还是三百年前莫言的“老乡”，少年时期的莫言阅读《聊斋志异》，也对蒲松龄这位会讲故事的“老乡”充满了好奇，内心早就播下了魔幻的种子；《封神演义》对莫言影响的方式与《聊斋志异》差不多。在美国加州大学伯克利分校的讲演中，莫言着重谈了这一点：

> 在我们那个偏僻落后的地方，书籍是十分罕见的奢侈品。在我们高密东北乡那十几个村子里，谁家有本什么样的书我基本上都知道。为了得到阅读这些书的权利，我经常给有书的人家去干活。我们邻村一个石匠有一套带插图的《封神演义》，这套书好像是在讲述三千年前的中国历史，但实际上讲述的是许多超人的故事。譬如说一个人的眼睛被人挖去了，就从他的眼窝里长出了两只手，手里又长出两只眼，这两只眼能看到地下三尺的东西。还有一个人，能让自己的脑袋脱离脖子在空中唱歌，他的敌人变成了一只老鹰，将他的脑袋反着安装在他的脖子上，结果这个人往前跑时，实际上是在后退，而他往后跑时，实际上是在前进。这样的书对我这样整天沉浸在幻想中的儿童，具有难以抵御的吸引力。[①]

从莫言一再申明的童年故乡记忆中可以看出，中国古典魔幻类小说对他的影响是极其深刻的。虽然那时的莫言尚处于童年时期，也未曾想过能在文学的天地里大展宏图，但这些童年记忆为他日后的魔幻现实主义创作积累了中国古典魔幻小说的资源。而在事实上，中国古典文学中有关魔幻类的作品无论是从数量上还是从品质上，均高出西方同类作品一筹。

受社会形态发展的影响，西方的魔幻现实主义作品在后现代主义文学思潮的影响下，其大多数作家已经走向了科学主义的发展道路，[②] 英国作家罗琳的魔幻系列小说《哈利·波特》就是例证。中国的魔幻现实主义却并未继续沿着西方魔幻现实主义文学的道路走下去，而是在借鉴了域外文

---

① 莫言：《福克纳大叔，你好吗？——在加州大学伯克利校区的演讲》，第207页。

② 欧美自20世纪60年代初期，文学就进入了后现代主义发展阶段。以约瑟夫·海勒于1961年发表《第二十二条军规》（*Catch - 22*）为起点，西方文学进入了后现代主义发展阶段，这一文学思潮在很大程度上体现了维特根斯坦“语言游戏论”的特征。虽然南美作家马尔克斯的魔幻现实主义代表作《百年孤独》发表于1967年，从时间段上来看，马尔克斯的小说创作应该是处于后现代主义的阶段，但从马尔克斯这部小说的行文风格来看，其作品仍与后现代主义文学的基本特征有很大区别。

学的这种文体以后，就与域外的魔幻现实主义分道扬镳，马上进入了自主创新阶段。正如莫言自己所说的那样，“高明的作家”“能够在外国文学里进出自如”，在“得到精髓”之后就马上“跳出来”，要充分利用他已经掌握了的“具有个性的创作素材”，施展作家自己“独特的才能”，进而“写出具有原创性的作品”。莫言在魔幻现实主义的创作道路上，除了大量借鉴中国古典魔幻类作品的资源以外，更为重要的一点是莫言一直把自己作为“讲故事的人”。在山东农村，茶余饭后，人们常常聚在一起，天南地北地神聊，那些狐妖鬼怪类的故事更能引起大家的兴趣。特别是孩子们，他们既喜欢听那些离奇古怪的故事，又对那些魔幻现象感到惧怕，甚至在夜里听完故事后都不敢往家走。对于莫言而言，正是家乡这些民间传说的故事给他留下了深刻印象，成为其“小说的魂魄，故乡的土地与河流、庄稼与树木、飞禽与走兽、神话与传说、妖魔与鬼怪、恩人与仇人”，都成为其“小说中的内容”。①

有关上述农村孩子夜里去“听呱”（听故事）的经历，莫言在其短篇小说《草鞋窨子》里做了精细的描述。莫言在意大利演讲时也曾特别提到童年时夜里听老人给孩子们讲述一些妖精和鬼怪的故事，“这些故事中，似乎所有的植物和动物，都有变化成人或者具有控制人的意志的能力”。他的祖父母的故事中也多是一些“狐狸经常变成美女与穷汉结婚，大树可以变成老人在街上漫步，河中的老鳖可以变成壮汉到集市上喝酒吃肉，公鸡可以变成英俊的青年与主人家的女儿恋爱”等。在童年时期，莫言与大多数孩子一样，对这些鬼怪故事既感到害怕，又有“几分期待”，曾“不止一次地希望能遇到一个狐狸变成的美女，也希望能在月夜的墙头上看到几只会唱歌的小动物”。莫言童年阶段听到的那些“鬼怪故事和童话故事，包含着人对未知世界的敬畏和对美好生活的向往，也包含着文学和艺术的种子”。②

莫言小说的创作初始阶段与中国20世纪80年代中期的“寻根文学”潮流基本保持一致。在这个阶段中，中国文学家已经有很多人开始接受西

① 莫言：《故乡往事》，载《我的高密》，中国青年出版社，2001，第40页。

② 莫言：《恐惧与希望》，载《用耳朵阅读》，作家出版社，2012，第139～142页。

方的“现代派”文学，其中多数人为“知青”作家。西方现代派文学进入中国文学界，使中国作家开阔了视野的同时也有了新的苦闷——如何看待域外文学的影响，又该如何看待中国的本土资源。莫言并非知青，但他出生于农村，成长于农村，对中国农村的事情知道的要远远多于仅在农村生活了几年的知青。可以说，莫言后来的文学创作应该是地地道道的“寻根”。但西方现代派文学对莫言形成的冲击力又是那样强烈，莫言无论如何也无法回避这种域外文学对他的巨大冲击。于是，与大多数同代作家一道，莫言在寻找属于自己的文化标志的过程中，在挖掘中国传统意识和民族文化心理的过程中也加入了“寻根文学”的行列，积极主动地为西方现代派文学找到其在中国的接受场地，努力找回失散于民间的文化传统资源，以中国文化和文学的资源为基础，开创自己的文学创新之路。“魔幻”加“现实主义”正是莫言冲破当时文学的桎梏，开创自己独特文风的尝试。莫言的小说也完全体现了中国小说家“意”与“象”的结合，因此不论这些作品“怎样描画人情世态、刻画各色人物，甚至写及花妖狐女，诸般幻化，其艺术形象依然是中国气派的意象”。① 向西方文学传统学习，又不失中国现实主义的传统，同样是摆在莫言面前的难题。事实上，不论学术界把莫言划归哪类作家，现实主义仍是其主要成分。但莫言又有其独到之处，即“试图在现代小说中营造意象”。② 莫言于 1981 年开始发表第一篇短篇小说《春夜雨霏霏》时，其创作基调并未摆脱中国传统的写实手法，但仅仅几年之后，随着《球状闪电》、《金发婴儿》和《透明的红萝卜》等中短篇小说的发表，莫言就在西方现代派文学的影响下，突破了中国文学现实主义传统的束缚，开始了魔幻手法的小说创作。这是莫言与中国近百年来所秉承的纯粹写实手法的分离。然而，就莫言来说，这也正是他备受争议的时候。在当时，有些学者和作家认为莫言的小说创作转向在于其“先锋新历史小说是在努力逃避历史的正面”。但长篇小说《丰乳肥臀》被认为具有丰厚的历史含量，“如果说先锋新历史小说是在努力逃避历史的正面，而试图到历史的角落里去寻找‘碎片’的话，那么莫言却是

---

① 李陀：《现代小说的意象》，《文学自由谈》1986 年第 1 期，第 98 页。

② 李陀：《现代小说的意象》，第 99 页。

在毫不退缩地面对，并试图还原历史的核心部分”，“更加认真和秉持历史的良知”。[①] 因而，此时莫言的文学创作转向可以被认为基本上是对现代主义和后现代主义的背离，进而形成了其“小说思维中心向传统文化的转移”。[②]

莫言魔幻现实主义小说创作为达到上述转向目的，除了接受域外相同思潮的影响和挖掘中国本土资源的中国意象以外，还在于莫言对中国传统文化的继承。如果说莫言从中国古典魔幻类作品中接受耳濡目染的影响而形成了中国魔幻现实主义意象的话，那么对中国传统文化的继承则是莫言在域外思潮影响下自主创新的另一大特色。通常说来，魔幻常与现实相映照，表现的意象与现实中的意象会形成巨大差异，然而，这一点对于文化传统而言则完全相反。例如，对人生的关注常常与人的来世联系在一起，生与死就构成了一对矛盾。人生在世就必然与人的生存困境结缘，虽然人人都在试图摆脱困境，却又永远走不到彼岸，于是，对于死的惧怕使其寄希望于死后在另一个世界里得到安宁。然而，另一个世界也并不是安宁的，无论是在中国文化传统中，还是在西方文化传统中，人的转世会走向何方就成为不同民族文化传统中所共有的特征。全球各种宗教文化都将人的生死轮回作为重要组成部分。美国著名哲学家和符号论美学家朗格（Susanne K. Langer）1953 年在《情感与形式》一书中就现存生命存在的终极意义和幻境以及人死后的轮回做出了总结：“最普遍的是否定死亡的终极性，想象在死亡‘之外’还有一种继续的存在——通过复活、轮回或超生，也就是通常所说的从现世超度到没有死亡的世界：阴曹、涅槃、天国和地府。”[③]

西方基督教文化坚守的是上帝创世说。上帝创造了天地、空气、草木蔬菜、节气、太阳和月亮、各种飞禽走兽，上帝还按照自己的形象造人，依照着自己的形象造出了男性和女性。[④] 上帝为百姓定下十诫，以此作为

① 张清华：《叙述的极限——论莫言》，《当代作家评论》2003 年第 2 期，第 66 页。

② 陈黎明：《魔幻现实主义文学与“寻根”小说》，《文学评论》2006 年第 2 期，第 167 页。

③ 〔美〕苏姗·朗格：《情感与形式》，刘大基等译，中国社会科学出版社，1986，第 386 页。

④ The Bible Societies, *The Bible* (Authorized Version) (Stonehill Green: Bible Society Publishing, 1985).

人生在世的美德标准。按照基督教的教义，人有双重生命，即以肉体形式存在的现实生命和死后以精神形式存在的生命，生与死是人的生命轮回，生为人世间增添了一个新的成员，死则为天国引渡了一位侨民，即“新生”。由于上帝已事先为其子民规定了处世的原则，那么，违背者的再生归途即为地狱，遵守者将可以进入天堂。

与西方基督教不同，东方佛教则坚守“三世因果”和“六道轮回”说。世间人们的生与死都在地狱、饿鬼、畜生、天、人和修阿罗之间流转，以肉体形式存在与精神形式存在的人均因缘有分有聚，只有佛、菩萨和罗汉才能免除这个轮回过程，以涅槃的形式得到永生。

可以说，莫言的长篇魔幻小说《生死疲劳》具有一定程度的域外基督教元素，但更多的则是东方佛教的内容。这部小说以土改时被镇压的地主西门闹死后变成驴、牛、猪、狗、猴、弱智儿的六道轮回为主线，以驴折腾、牛犟劲、猪撒欢、狗精神和猴结局为轮回过程，透过动物或非正常人的视角来观察和评价世间的人与事，使这部看似魔幻的作品，却以超现实主义的途径，将中国半个多世纪以来农村的社会变迁和人们当时的生存困境跃然于小说中，表现了中国农民对生命的颂扬与悲歌。①

莫言小说以魔幻表现手法来表现人死后的重生，除了有中外宗教文化的因素和中国古典魔幻类文学作品的因素以外，“风水”这一中国民间文化信仰及其观念也是重要影响因素之一。《檀香刑》中乡村戏团班主孙丙对抗德国人，既谈不上“伟大”也无所谓“崇高”，其奋起抗争的主要原因是德国人修建的铁路要从其祖坟墓地穿过，这将会影响到他家的风水。生死轮回、风水观念按照无神论的唯物主义观来看，有“迷信”之嫌，但在民间文化中是客观存在的，进而成为中国“当代作家进行提升、整合的创作资源”。相比拉美的魔幻现实主义，中国当代作家摆脱了简单模仿和“原创性缺失的焦虑”，使中国新时期文学在“魔幻”发展道路上既形成了“中国造”的标记，又冲破了“传统现实主义‘真现实’的樊篱，最大限度地实现了文学想象的自由”。② 因而，对这些所谓“迷信”的中国文化传

---

① 胡铁生、夏文静：《福克纳对莫言的影响与莫言的自主创新》，《求是学刊》2014 年第 1 期，第 132 页。

② 曾利君：《新时期文学魔幻写作的两大本土化策略》，《文学评论》2010 年第 2 期，第 81 页。

统和民间文化传统也应辩证地分析。否则，莫言《生死疲劳》中的六道轮回就真的会被认为“差强人意地模仿了‘魔幻’形式”，成为“东施效颦”的魔幻，是对马尔克斯的抄袭。中国学者曾利君教授将莫言魔幻现实主义冠以“中国造”的标记是对莫言魔幻现实主义自主创新十分贴切的评价。

由于莫言在向域外魔幻现实主义文学传统学习的同时，更加关注中国的相关文化资源，因而其创作在将域外魔幻现实主义中国化的道路上，继承和发展了域外魔幻现实主义的小说叙事策略。鉴于此，虽然莫言的魔幻现实主义与域外的魔幻现实主义形似，但在讲述的故事和体现的意识形态方面，其作品远远超越了域外魔幻现实主义的内涵，将魔幻现实主义发展到新的阶段，因而莫言的魔幻现实主义是应该得到充分肯定的。以魔幻作为表现形式，折射出中国社会转型时期的特征也恰恰是莫言对“远离人道主义情怀”，以《聊斋志异》的民间逸闻为外衣，“遮蔽了历史与现实的紧张关系——中国真相”，以“其文学想象伤害了文学真实，文学虚构替代了历史真相”的攻击所做出的最有力的回击。这一点也正如詹姆逊所认为的那样，文学作品的基本属性是虚构，而其意义则是通过阐释所获得的。事实上，莫言对世界文学的最大贡献并不在于“魔幻现实主义”的小说叙事策略，而是莫言小说对人的关注。在具有典型魔幻特征的长篇小说《生死疲劳》和中篇小说《战友重逢》中，莫言以怪诞的故事叙事形式表达了作家从中国传统伦理道德中的人际关系行为准则到国际政治层面所做的深层次思考。《生死疲劳》透过动物的眼睛看到的是中国农村半个多世纪的变迁，尤其是看到了那个逆潮流而动、最后却被证明真理在少数人手里的雇农蓝脸，看到了人民公社化道路和“文化大革命”期间农村的各种不同人物形象及其表现，莫言透过这些人物形象又进一步揭示出人的本质以及社会环境对人思维结构的影响。《战友重逢》则通过对越自卫反击战中牺牲的战友在地下的另一个世界里的活动，折射出中国传统文化中的优秀部分——诚信原则。钱英杰这个人物形象是这一原则的代表。他在出征前向战友借了20元钱，牺牲后进入另一个世界也没忘记还钱。在常理上来讲，“人不死债不烂”，可是这位在战斗中为国捐躯的烈士却还执意要还出征前借的钱。在荣誉面前，“滚雷英雄”张思国实事求是，认为自己并没滚雷，是战友替他挡了弹片他才幸免一死。他认为他能够从战场上活下来，就已经“占了大便宜”，所以“拒绝领功”。战友的这一切都是在地下世界里的活动，这是莫言对轮回的另类解读，是中外文学中都不曾有过的表现形式。

在人性的“善”与“恶”方面，莫言认为两者在同一个人身上是可以并存的，也是可以转化的。在《四十一炮》中，地主出身的老兰也有“善”的心地，而贫农出身的“父亲”身上也有“恶”的一面。这种对人性的描写也是对中国当时流行的“血统论”所做的无情批判，表现出作家“人性论”的独特视角和观点。莫言对在世的认识和对来世的魔幻书写形式，其意义恰恰在于新时期作家对中国传统文化中的人性、美德所做出的毫不含糊的应答。这怎么能说莫言是在用魔幻的外衣来遮蔽历史与现实的紧张关系、用文学的虚幻替代了历史真相呢？在这一点上，反对派对莫言的否定或攻击可能出自三点原因：第一，该类评论家缺乏魔幻运行机制的基本常识；第二，缺乏对莫言魔幻叙事策略外表下深层内涵的认识；第三，政治上挑拨离间。前两点的可能性并不大，因为这是一个评论家应该具备的基本能力。这样看来，第三点就是反对派对莫言魔幻现实主义进行攻击的出发点。作为常识，不论采取哪种叙事策略，纯粹的文学作品都是通过虚构而成的，否则就应称之为纪实文学或报告文学。文学价值的基本取向是文艺美学价值，是作家对真、善、美的追求。如果一定要让文学作品像新闻报道那样不偏不倚地将历史真相直接表现出来，那就不再是文学的价值取向，而是史学的价值取向。事实上，即使是历史叙事，由于历史学家本人的立场、对史实资料的掌握、个人评价的角度等原因，史学家也可能出现偏差。例如，对历史的创造者而言，大多数史学家崇尚的是英雄史观，而对推动历史向前发展的广大民众并未给以足够的关注。莫言是文学家，不是史学家，因而，莫言的作品只能透过虚构的故事叙事来揭示历史的真相。事实上，莫言作为一名知识分子，在文学公共空间内，也的确承担了自己应有的社会角色，发挥了知识分子在公共权力主体与客体之间的协调作用。例如，在莫言典型的魔幻现实主义小说《生死疲劳》中，在农村实行人民公社化道路问题上，莫言就明确表示了否定态度。虽然小说中只有雇农蓝脸一个人没有加入人民公社，但是，蓝脸没有入社的理由也是充分的，而且后来被实践证明是正确的：在人们的觉悟尚未达到一定的高度时，这条道路是走不通的。20 世纪 80 年代初期，中国开始经济体制改革，就是首先从解散人民公社，实行家庭联产承包责任制开始的。随着经济体制的改革，中国农村把土地承包给广大农民，真正调动了广大农民生产劳动的积极性，从根本上解决了中国人的吃饭问题，这也为日后工业及其他行业全面实行改革开放树立了样板。这些文学案例有力地证明了莫言的确是一位具有历史感的伟大作家。

文学政治性批评的重要性当然是不言而喻的。然而，政治价值对文艺美学的增值在很大程度上处于伦理政治的“元政治”层面，而不是处于国家政权建设的“权力政治”层面。莫言小说在魔幻的外表下，也正是对“元政治”的探索。如果说政论性文学作品有“权力政治”追求的话，那么莫言以纯粹虚构文学作品的方式，亦达到了这种效果，《天堂蒜薹之歌》正是此类代表性作品。小说中虽不时出现与死人或未出生者的魔幻式对话，并配以现代主义的意识流手法和后现代主义的不确定性特征，但将“小说家总是想远离政治，小说却自己逼近了政治。小说家总是想关心‘人的命运’，却忘了关心自己的命运”，小说家以其“纤细的脖颈”去“担当‘人民群众代言人’的重担”这一核心思想表现得一览无余。这难道不是一个当下中国知识分子的风骨吗？在小说的后半部，莫言干脆借用天堂县蒜薹事件被告辩护人、年轻军官的辩词，阐释了西方政治思想家的社会契约论精神。辩护人首先肯定了党的十一届三中全会后农村发生的巨大变化。随之话锋一转，指出农村经济体制改革给农民带来的好处却正在被蚕食掉，将辩词引入对欧洲政治思想家的社会契约论的阐释：

> 一个政党，一个政府，如果不为人民群众谋利益，人民就有权推翻它；一个党的负责干部，一个政府的官员，如果由人民的公仆变成了人民的主人，变成了骑在人民头上的官老爷，人民就有权力打倒他！我自认为并没有违反四项基本原则，我只是说：如果是那样！事实上，中国共产党是伟大正确的，是全心全意为人民的。经过整党，党风正在好转。天堂县的大多数党员干部也是好的。我要说这样一句

话：一粒耗子屎坏了一锅粥。一个党员、一个干部的坏行为，往往影响党的声誉和政府的威望，群众也不是完全公道的，他们往往把对某个官员的不满转嫁到更大的范畴内。但这不也是提醒党和政府的干部与官员更加小心，以免危害党和政府的声誉吗？

我还认为，天堂县长仲为民在蒜薹事件过程中，闭门不出，为了保障自己的安全，竟加高院墙，墙上插玻璃，事件发生时，虽然县政府工作人员多番电话催促，他却拒绝到场与群众见面，以致酿成大乱，造成严重后果，中华人民共和国刑法第一百八十七条规定："国家工作人员由于玩忽职守，致使公共财产、国家和人民利益遭受重大损失的，处五年以下有期徒刑或者拘役。"仲为民身为县长，不为群众排忧解难，置国家利益不顾，是不是玩忽职守？他的行为构没构成渎职罪？如果我们还承认法律面前人人平等的话，天堂县人民检察院应该就仲为民渎职事件向天堂县人民法院提起公诉！[①]

莫言在这部小说中通过法庭辩护人的辩词重申了欧洲社会契约论思想在中国新时期的重大意义。社会契约论是西方政治哲学领域中的重要建树之一，代表人物主要有英国的霍布斯（Thomas Hobbes）和洛克以及法国的卢梭。现代国家在政权的建设中基本采用了这几位思想家的观点。美国这个资产阶级民主国家在独立时，北美的政治家在权衡利弊之后，在《独立宣言》中集中体现了英国思想家洛克的观点，即契约由社会全体成员共同签署，保护个人生命及私有财产不受侵犯，主权人必须作为社会成员参与契约的签署并受契约的约束，如果代表公共权力的政府违背了契约精神就应废除这个政府并建立新的政府。卢梭的社会契约论与洛克的观点基本相似，而霍布斯的观点却与前两者的观点有很大出入。美国独立时，就选中了洛克的社会契约论作为主要依据。中国是社会主义国家，该社会形态应该是在资本主义社会形态之后的进一步发展。中国共产党作为执政党，坚

---

① 莫言：《天堂蒜薹之歌》，第300～301页。

持的是“三个代表”的思想，[①] 因而，从理论上讲，社会主义体制下的中国在民主程度上与资本主义体制相比，应该有大幅度的提高。然而，在中国几千年的封建社会体制之后，社会主义初级阶段中依然存在私有制，“公共权力的普遍性、至上性、排他性和超然性仍是处理各种社会事物时的主要特点。其中，特殊性主要是针对公共权力主体而言的。由于公共权力主体也是由社会中的一部分人组成的，执政者不仅有其各自的利益需求，而且也代表其集团或阶级的利益诉求，因而在制定和执行公共政策时也会出现偏差”。[②] 官僚主义则更是封建等级社会遗留下来的毒瘤，在人们的内心世界中难以一下子被根除掉。官僚主义与中国共产党坚持的“三个代表”思想背道而驰，其发展到一定程度就会影响到执政党在广大人民群众中的形象和威信。域外国家，尤其是在中东一些国家内，公共权力违背了广大民众的意愿导致公共权力合法性失效的例子屡见不鲜。当今中东某些国家政权或者垮台或者处于动乱之中，从表面上看是外来势力的干预，尤其是强权政治对其国家主权干预造成的，而实质上则是这些国家的公共权力并未代表广大民众的利益和意愿，才导致民众推翻政府的呼声渐高，并最终形成了与公共权力主体抗衡的强大对抗性力量。内因和外因合力，最终导致这些国家的政权或被推翻或被置于风雨飘摇的状态中。因而，正确认识国家行为主体在执政过程中代表着谁的利益是原则性问题，是摆在全体中国共产党人，尤其是党的领导干部面前所必须首先解决的思想认识问题。[③] 通常说来，国家治理所采取的主要手段有两种：硬权力和软权力。硬权力主要用于解决敌我矛盾；在解决人民内部矛盾时，却只能通过软权力，即通过政治文化的社会化，在心理层面解决民众的认识问题，通过公共领域内的意识形态作用予以解决。当今，中国已经进入社会主义的初级发展阶段，阶级矛盾已不再是国内的主要矛盾，社会生产力发展水平与社会需求之间的矛盾则上升为主要矛盾。在中国当下的社会主义体制里，不

---

① “三个代表”思想是党中央于 2000 年在中国共产党成立 80 周年庆祝大会上正式提出来的，其核心内容为：中国共产党代表着中国先进生产力的发展要求，代表着中国先进文化前进的方向，代表着中国最广大人民的根本利益。

② 周光辉：《论公共权力的合法性》，第 232 ~ 233 页。

③ 胡铁生：《中国可持续发展的内外因素——以国际互信和反腐倡廉为例》，第 85 页。

可否认的是，公共权力的主客体之间的矛盾仍将长期存在。然而，这种新形势下出现的矛盾是在公共权力主体与客体的共同奋斗目标前提下出现的矛盾，属于人民内部矛盾的性质。因而，执政党若要解决好这些矛盾，所采取的手段只能是在心理层面上通过意识形态的文化软权力方式，而不能采取应对敌我矛盾的硬权力手段。[①]《天堂蒜薹之歌》中出现的农民打砸县政府的行为显然并非敌我矛盾，把参与者作为犯罪嫌疑人抓起来进行法律审判，显然是激化矛盾的举措，而以县长仲为民为代表的官僚阶层的所作所为显然违背了党的执政纲领。当莫言听到改革开放以后山东发生的这起震惊全国的蒜薹事件后，作家的社会责任感和政治责任感促使他仅用了35天的时间就写出这部反映弱势群体利益诉求的长篇小说。《天堂蒜薹之歌》这部小说虽然也有魔幻叙事手法，但这是一部反映中国改革开放进程中存在的问题的政治小说，其政治美学方面的意义可以与马尔克斯的《百年孤独》相媲美。虽然这两位大作家都是以魔幻现实主义为突出特征的，但在对政治问题思考方面又存在本质上的不同：对马尔克斯而言，无论是反对外来垄断资本对本国的经济控制还是反抗独裁统治，其性质都是敌我对立的矛盾，因而需要暴力手段来解决；对莫言而言，尽管天堂县的民众打砸了县政府，但就天堂县的农民而言，这也仍属于人民内部的矛盾问题。从这个意义上来讲，莫言的魔幻创作手法仍服务于现实主义的批判目的。如果将莫言与秘鲁作家略萨相比，也存在同样的问题：略萨政治小说创作旨在动员群众，推翻集权的独裁政府，其中必然有血腥的场面描写；莫言政治小说创作的目的则在于帮助执政党解决改革开放进程中出现的问题，同时也是代表了广大人民群众与官僚主义作风进行斗争，其斗争形式是法庭上对法理的再认识。从这一点上而言，即使是建立在社会契约论基础之上的美国《独立宣言》，其理论与实践也存在着很大距离。尽管美国的领袖们在《独立宣言》中宣称“人人生而平等，上帝赋予他们若干不可剥夺的权利，其中包括生命权、自由权和追求幸福的权力”，而“建立政府”也

---

① 胡铁生、周光辉：《作家的社会责任与政治使命——莫言小说的文化软实力研究》，《社会科学家》2013年第3期，第6页。

正是“为了保障这些权利”,①“但是从华裔作家的作品中可以清楚地看出，为美国早期开发建设做出重大贡献的华人在生存权方面并未得到应有的保障”。②

莫言的中篇小说《幽默与趣味》在魔幻手法的表现形式上与奥地利现代派小说家卡夫卡的《变形记》颇有相似之处。虽然两位作家在作品中均以人物的变形方式表现人类在现代社会中的尴尬处境，但又有意义上的不同。后者表现的是小说主人公格里高尔·萨姆沙在那个激烈竞争的金钱社会中遭人冷漠、被遗弃的悲剧；前者表现的则是小说人物对畸形的物质文明的逃避。在《幽默与趣味》中，莫言借小说主人公“某大学中文系教师王三”之口将魔幻小说中的诡异阐释为“奇异”“怪诞”，“是古典诗歌中比较少见的一种风格。这种风格的诗，多表现离奇、荒诞的超现实内容”。③ 小说中那位大学教师变成猴子的故事离马尔克斯《百年孤独》中的魔幻相去甚远，却与卡夫卡的《变形记》更为接近。虽然莫言本人并未公开道出卡夫卡对他的直接影响，但在小说中借助变形教师的妻子“回忆起古今中外的文学中讲了许多人与神之间互相变化的故事，譬如狐狸变人、人变甲虫等”，还是透露出了卡夫卡对莫言的影响。在表现形式上，莫言的手法与卡夫卡又大不相同。学术界通常认为卡夫卡的《变形记》是以表现主义手法创作出来的，而表现主义美学与传统的现实主义又是格格不入的。传统现实主义倡导的“模仿论”被表现主义的“陌生化”所解构，因而《变形记》借格里高尔变成甲虫的荒诞故事来表现“利益”在现代人际关系中的实质。莫言在《幽默与趣味》中则以故意违反正常逻辑的方式来反映人兽之间转换的现象，认为从人类进化论的角度来看，人是由类人猿演变而来的，但小说在生物学和哲学的外衣下，推演出猿可变成人，而人亦可变成猴的“混乱”逻辑。虽然这个逻辑表面上看是混乱的，但是，当

---

① Thomas Jefferson, “The Declaration of Independence,” in Ronald Gottesman et al. , eds. , *The Norton Anthology of American Literature* (New York · London: W · W · Norton & Company, 1980), pp. 188 – 195.

② 胡贝克:《美国华裔文学中的华人职业身份演进》,《甘肃社会科学》2015 年第 5 期，第 90 页。

③ 莫言:《幽默与趣味》，载《怀抱鲜花的女人》，上海文艺出版社，2012，第 387 页。

那位大学教师“真的”变成了猴子的时候，他的妻子反倒心里坦然多了。[①] 莫言借助魔幻手段，对人际关系做了另类思考。

莫言魔幻小说对人的关注和对政治美学的追求还体现在作家对中国当下社会体制和政治体制的完善与发展方面。在社会主义体制下，中国的公共权力是“三个代表”重要思想的集中体现，对出现类似天堂县蒜薹事件这类改革开放中的新问题，中国共产党有能力解决自身存在的问题。与西方国家相比，特别是与以美国为代表的三权分立的政治体制相比，中国的社会主义体制具有更大的优越性。如果说有些人试图寄希望于莫言与中国共产党分道扬镳，站到执政党的对立面上去，成为推翻中国共产党在中国执政地位的推手，也只能说明这些人的言论并不是学术上的争论，而是政治上的别有用心。因为文学作品的意义只有通过读者和评论界的阐释才能挖掘出来，所以莫言在作品中的主人翁精神也只能以象征的方式表现出来，其深刻内涵也同样需要通过阐释这个过程才能得到显现。至于采取魔幻的手法或是现代主义意识流手法，还是传统现实主义手法，都只不过是小说创作的表现形式而已。

莫言获得诺贝尔文学奖时曾感言：“我的获奖是文学的胜利，而不是政治的胜利，因为这是诺贝尔文学奖，而不是政治奖。”莫言小说对人所给予的极大关注和对人本质弱点的思考与批判充分体现出莫言对作家所应具备的社会责任感和政治使命感的态度：“一个作者的创作，往往是身不由己的。在他向一个设定的目标前进时，常常会走到与设定的目标背道而驰的地方。这可以理解成战胜情感的驱使，目不斜视地奔向既定目标，可惜我做不到。”[②] 莫言以魔幻现实主义和现代主义手法创作的小说能够表达出作家的政治观点与态度，在文学作品的政治美学方面取得巨大成功，表现出中国知识分子的风骨，则完全得益于中国当下的政治民主风气：“当公共权力主体与客体双方具有相同的核心价值观时，社会批判小说也好，历史反思小说也罢，均体现了公共权力主客体双方的共同愿望。作为新时期的中国作家，莫言在本质上既有别于‘远离政治’的小说家，也不同于

---

① 莫言：《幽默与趣味》，第 419 页。

② 莫言：《〈天堂蒜薹之歌〉新版后记》，第 331 页。

为集权统治者歌功颂德的御用文人，体现了社会主义政治体制下文学家既为公共权力客体的成员，又兼具意识形态舆论监督权力的双重身份。”①

莫言向域外文学传统学习，是其文学成就的外部影响因素。这是其成功的外部条件，这要归功于改革开放；将中国的本土资源作为其小说创作的源泉，为莫言的小说创作提供了讲述中国故事的前提，这是其成功的内部条件。莫言在《红蝗》的创作中，“既有现实主义的描写，又有主观表现；既有逼真的描绘，又将幻觉和推想穿插其间”，结构上“打破时空界限”，更为“确切地传达了他对历史、现实、人生的深沉思考”。② 莫言小说中讲述的中国故事，为域外读者进一步了解当代中国打开了一扇窗，这是其成功的决定性内在因素。内因与外因的合力，使莫言成了“莫言”！

① 胡铁生、周光辉：《作家的社会责任与政治使命——莫言小说的文化软实力研究》，第9页。

② 封秋昌：《人性战胜兽性的艰难历程——评莫言的〈红蝗〉》，新浪博客，2011年1月25日，http://blog.sina.com.cn/s/blog_4b2f53220100oudn.html。

第三章
莫言小说的自主创新

作为世界文学的第一大奖——诺贝尔文学奖在文学全球化语境下对世界文学的发展走向具有重要的引领性意义。改革开放为中国新时期文学拓宽了视野，也加快了中国文学现代化的步伐。域外文学的引进既为中国新时期文学增添了域外元素，又为中国文学并入文学全球化发展的轨道敞开了大门。然而，域外文学讲述的是域外的故事，而中国文学也只能讲述中国的故事，这样才能使中国文学在全球化发展的潮流中既受惠于域外文学，又便于世界各国了解改革开放后的中国，进而使中国文学在全球化发展道路上加快前进的步伐。这就必然会形成一个新的问题：如何在借鉴域外文学的同时，走出具有中国特色的文学发展道路。莫言的文学成功之路对此做出了明确的回答：自主创新。

第一节　对政治—社会—历史问题的关注

诺贝尔文学奖是瑞典化学家阿尔弗雷德·伯哈德·诺贝尔临终前处理其遗产时设立的系列奖项之一。在其遗嘱中，诺贝尔明确指出，将文学奖“奖给在文学界创作出具有理想倾向的最佳作品者”。[①] 据查，自 1901 年至 2015 年，在这 115 年间，诺贝尔文学奖颁奖词中的关键词依次为“理想”“历史”“社会”“政治”“思想”“人道”“人性”“人生”“生活”“民

① “Alfred Nobel's Will,” The Official Web Site of the Nobel Prize, http://www.nobelprize.org/alfred_nobel/.

族”“自由”“批判性”“想象”。其中，“理想”出现的频率最高，其次为“历史”“社会”“政治”。这就充分说明，诺贝尔文学奖被视为世界文学第一大奖，并非仅仅因为该奖项的巨额奖金，更重要的是获奖作家在各自的作品中体现了以历史、社会、政治为核心的人文理想观念。莫言获此殊荣的理由也恰恰在于其以魔幻现实主义为手段，将中国的民间故事与历史及现实结合在一起，体现出他作为一名世界级优秀作家所应有的政治责任感和社会责任感以及历史使命感。然而，不可否认的事实是，当今学术界对诺贝尔文学奖的这一评奖原则亦存在不同的看法：多数人持肯定态度，也不乏持否定态度者。但总体来看，文学作品的人文理想还是得到了文学界和批评界的普遍肯定，这其中理所当然也包括对莫言小说的总体评价问题。

一　文学价值的多重性

文学价值及作家的责任问题在新时期中国文学界是一个较为突出和观点冲突较为激烈的讨论议题，其主要表现仍在于改革开放初期文学界对“唯政治论”和“去政治化”两极观念的论争。造成这种现象的原因是多种多样的，其中最重要的一点在于对文学价值的判断。

通常说来，“价值”是一个经济学术语，但所有领域，甚至人类所从事的所有活动，都具有其中某一层面或某几个层面的价值。此处引发的问题在于文学的文艺美学价值与政治美学价值的冲突，这也是中国文学界和学术界多年来争论不休的一个议题，并在此基础上引发了学术界和文学界对作家的社会责任、历史责任和政治责任的思考。毋庸置疑，文学的基本价值以文艺美学的追求为其主要取向，文学的基本特征是虚构和象征，是作家在文艺美学的框架下对人际关系所做的探讨。除其文艺美学价值外，文学还具有重要的政治美学价值，即文学在公共空间内所具有的意识形态功能及政治文化功能。由此可见，文学的价值是多层面的，而非单一的。就莫言小说的政治性而言，与域外对莫言以魔幻替代现实的非议和攻击相反，莫言在小说创作中对政治、历史和社会给予了极大的关注，因而莫言成为新时期中国文学中具有强烈社会责任感和政治责任感以及历史使命感的代表作家之一。

中国自改革开放以来至今在文学界和学术界依然存在“唯政治论”和“去政治化”之争，这种现象显然与中国现代文学乃至当代文学的社会背景和政治背景有关。近代中国，尤其是在晚清时期，中国由强大的封建主义国家沦为半封建半殖民地国家，争取民族解放就是摆在国人面前的头等重要任务，作为具有意识形态作用的文学也就承担起教育民众的重任。也正是在这个历史的节点上，中国的文人志士担当起唤醒民众的重任，开始向国内引介西方政治思想，并建立起自己的革命主张。

清朝末年，被称为“革命军中马前卒”的邹容以欧洲政治哲学思想和美国《独立宣言》为基础，率先举起反对清朝封建帝制的大旗，在揭露清王朝对人民实行残酷压迫和统治、抨击封建专制制度、谴责清政府阻碍中国民族资本主义发展的同时，无情地揭露了腐败清王朝投降媚外的嘴脸，提出了在中国建立符合中国民族资产阶级要求的民主共和国的美好愿望。邹容认为解决当时社会问题的唯一途径就是革命，革命的途径首先是要解决“革命之教育”“革命必剖清人种”“革命必先去奴隶之根性”的核心问题。邹容在《革命军》这本仅两万字的小册子中提出了在中国推翻帝制和建立资产阶级民主共和国、实行议会政治体制等 25 条建国纲领。[①] 邹容作为一名知识分子，其思想是超前的，其教育为先的理念是正确的，但其共和设想是乌托邦式的。

19 世纪末和 20 世纪初中国的伟大文学家、思想家、革命家和教育家鲁迅从中国的实际境况出发，提出了在“内外两面，都和世界的时代思潮合流，而又并未梏亡中国的民族性”的主张。这一主张与当今全球化进程中既受益于域外影响又保持民族独立性的主张基本是一致的。鲁迅对他所处的那个时代的“人学”解释为，“中国人向来就没有争到过‘人’的价格，至多不过是奴隶”，中国近代史其实就是一部“想做奴隶而不得”和“暂时做稳了奴隶”的历史。[②] 鲁迅以文学的艺术性来表达自己对国人奴隶

---

① 邹容（1885～1905），留学日本时接触到西方民主思想与文化，形成了在中国推翻帝制、建立共和的革命思想。1903 年他在上海大同书局出版了《革命军》一书，受到封建势力和租界当局的迫害，年仅 20 岁就为革命牺牲。因该书系统地阐述了“中华共和国”纲领和孙中山“建立民国”的设想而被视为中国民主革命的思想家和宣传家。参见曹德本《中国政治思想史》，高等教育出版社，2004，第 403～407 页。

② 《鲁迅全集》（第 1 卷），人民文学出版社，1981，第 212～213 页。

性的批判，其中最具代表性的作品是《阿 Q 正传》和《孔乙己》。鲁迅弃医从文，走上了一条文学救国之路，其文学的政治价值也是通过其作品的文学性体现出来的。对于文学的纯美学价值评价，鲁迅认为："由纯文学上言之，则一切美术之本质，皆在使观听之人，为之兴感怡悦。文章为美术之一，质当亦然，与个人暨邦国之存，无所系属，实利离尽，究理弗存。"① 德国哲学家黑格尔也认为，人由自然存在走向社会存在，教化是其转化的重要途径。在鲁迅看来，当时的国人"向来不敢正视人生"，因而在中国的文学界也造就了"瞒和骗的文艺"，其必然结果是国人在蒙昧状态下"更深地陷入瞒和骗的大泽中"。② 鲁迅以其文学"为人生"的"人学"态度以及对当时文学状况的批判，将文学价值与政治教化两者融为一体，将个人与国家的命运联系在一起进行政治美学的探讨，为改变清末民初国人的政治无意识状态做出了重大贡献。③

在改革开放初期，当文学界和评论界处于"唯政治论"和"去政治化"论争的旋涡时，当代著名作家王蒙就曾指出："革命和文学是不可分割的。真、善、美是文学的追求，也是革命的目标。"在文学与政治两者之间的关系上，王蒙明确指出："既然我们的社会充满了政治，我们的生活无处不具有革命的信念和革命的影响，那么，脱离政治只能是脱离了生活，或者是脱离了生活的激流，远离了国家的命运即广大人民群众的命运。"④

西方文学历来就有文学与政治结为一体的传统。古希腊时期的柏拉图（Plato，公元前 427 ~ 前 347 年），从任何方面来说，都是西方文学史上最耀眼的作家，也是哲学史上最有洞察力和影响力的思想家。柏拉图在其政治哲学名著《理想国》（又译《国家篇》《共和国》《法律篇》）中以对话体的文学书写形式，阐发了他对国家正义以及德性的思想，其"元政治"的文学书写为后世文学与政治联姻开了先河。

英国作家托马斯·莫尔（1478 ~ 1535）因其《乌托邦》而垂名青史。

① 《鲁迅全集》（第 3 卷），人民文学出版社，1981，第 73 页。
② 《鲁迅全集》（第 1 卷），第 240 页。
③ 胡铁生、张晓敏：《文学政治价值的生成机制》，第 51 页。
④ 王蒙：《〈冬雨〉后记》，《读书》1980 年第 7 期，第 65 页。

这部既体现了空想社会主义的精髓，又是典型虚构的文学作品，如今已经成为文学和政治学所共同关注的跨学科作品。莫尔作为15世纪英国的政治小说家，为躲避暴政对他的迫害，在这部作品的创作中以隐晦的方式把君主统治的非正义行径导致的贫民痛苦写进这部作品中来，并以“子虚乌有”的“美好社会”来表达对其所处社会的批判和对未来美好社会的向往。[①] 莫尔的《乌托邦》在书写方式上“颇类似我国古代诗人的主文谲谏，可惜仍然不曾取得应有的效果，只是使他的书留传后世，作为文学杰作，尤其是作为社会主义思想史的一部伟大的文献，这也是作者几百年来享有盛名的主要原因”。[②]

早在欧洲文艺复兴时期，大文豪莎士比亚就在其著名诗剧中散发出人文主义的光芒。无论是借鉴历史典故还是改写他人的剧本，莎士比亚都把社会、政治、历史结合在一起，将人看成世间万物中最为可贵的，在把文学从神学崇拜转向人文关怀的过程中，将人的地位提高到无与伦比的程度；在社会批判和对人性弱点批判方面，为文学的发展树立了榜样，莎士比亚也因此被视为现实主义文学的先行者。

英国浪漫主义诗人雪莱（Percy Bysshe Shelley）受18世纪启蒙主义思想和英国早期空想社会主义思潮的影响，无论是其诗作还是其政论散文，都浸透着理想主义的神韵。其《西风颂》结尾部分“如果冬天来了，春天还会远吗”[③] 的著名诗句是诗人对美好未来充满希望的最完美表达。

英国著名文学家和政治家乔治·奥威尔则更加明确地指出，世上并无所谓的“纯粹非政治性的文学”，起码在“意识表面都充斥着恐惧、仇恨和政治忠诚的时代”，就不会“存在所谓的非政治性的文学”。在文学的创作目的方面，奥威尔认为，在最低层面上，文学创作是“记录作家本人的经验而影响其同代人观点的企图”；在“表达自由的意义上”，最“不具政治性”而“通过虚构进行创作的作家”与“单纯的新闻记者”之间“并无多少差别”。作家在极权政治统治下，其立场的改变只有两条路可走：要么就自己的主观感受说谎，要么完全放弃自己的主观感受。作家从事文

① 胡铁生、张晓敏：《文学政治价值的生成机制》，第51页。

② 〔英〕托马斯·莫尔：《乌托邦》，戴镏龄译，商务印书馆，2010，第2页。

③ 〔英〕雪莱：《雪莱诗选》，江枫译，湖南人民出版社，1980，第91页。

学创作除谋生的目的外，还有纯粹的利己主义、审美的热情、历史感和政治目的这四点动机。在政治目的方面，奥威尔认为，“政治”是为了“让世界朝着某个方向发展，想要改变其他人对自己正在为之奋斗的那个社会的看法。每一本书都不可能摆脱政治偏见。有人说，艺术跟政治完全无关，这种看法本身就是一种政治态度”。①

在语言哲学转向之后，美国著名文学史专家埃里奥特教授认为，话语虽然并不能决定性地表达言说的内容，政治言说中所做出的任何结论也不一定就完全属于政治方面的话语，然而，文学作品以激进的政治声明形式出现，就会使“该类文学作品的性质有助于建立一个更加美好、全新的社会”。② 美国《独立宣言》就是这类政论性文学作品的代表作，因而该文本不仅是政治学研究的文本，而且是政治与文学汇集的范本。这种文学与政治学跨界的现象虽不多见，但的确是对文学政治性或政治美学价值探讨的一个重要方面。事实上，社会科学范畴内的政治学类文本与人文科学范畴内的文学类文本之间，原本并不存在本质上的区别。假如人们一定要硬性地把文本在文学与政治学之间做出区分的话，那么就会在社会与心理、历史或社会与个人、公有制与私有制以及政治与文学之间人为地开凿出令人们自身无法逾越的鸿沟。文学类的文本原本就具有意识形态的功能，但其表现形式居于寓言层面上，因而其内含的象征性意义也是呈多元化特征的。

作家在创作的过程中，基于自身经历及其对文学的丰富想象力来反观人类社会结构或历史的集体思维逻辑关系，在寓言叙事形式的外衣下形成的文学文本就构成了作家对历史和现实的集体思考或集体幻想。这样，文学作品与其创作的社会背景或国家内在动力及其经济基础背景之间便形成了中介性的力量。西方马克思主义学派批评家詹姆逊认为，从中介的概念出发，“阐释”的作用可以帮助人们打破各个学科之间的隔障，把表面上看似没有联系的社会生活中的各种现象在文学作品中有机地联系在一起。同时，中介又是一种文化符码的转换。借助“阐释”的文学批评手段，可

---

① 〔英〕乔治·奥威尔：《政治与文学》，第 401 ~ 413 页。

② Emory Elliott, ed., *Columbia Literary History of the United States*, p. 1076.

以将意识形态与政治相互脱节、宗教文化与经济之间形成的矛盾、生活中的现实与文学作品中的真实等方面形成的空场联系在一起，使文学作品的政治美学价值通过文学批评或文化批评的中介得以“阐释”出来，因为“这些阐释的可能性说明了中介实践对于寻求避免各种形式主义平静而禁闭的文学或文化批评何以是尤其重要的，这种批评旨在发明不像机械因果律那样粗暴和纯粹偶然的一些方法，以便把文本向文本外（Hors-Texte，Extratextual）的各种关系敞开”。[①]

文学属于上层建筑，但又不能脱离物质基础或经济基础而独立存在；而上层建筑又会在一定程度上对经济基础形成反作用，这是马克思主义唯物认识论的基本内涵。鉴于此，“并非资产阶级的意识形态重视物质与概念之间的关系，无产阶级意识形态的运行机制也同样与经济基础密切相关”。[②] 这样，原本的文学作品也就被赋予了政治学的内涵，进而实现了文本在人文科学与社会科学之间的学科转换。对于文学与政治学两者之间的跨界现象，英国马克思主义文论家特里·伊格尔顿则提出了另一种观点：开始时，某部作品可能是作为历史学科或哲学学科的产物而面世的，但是后来逐渐被文学学科所承认而被纳入文学范畴内；反之，某部作品起初是以文学学科的身份出版或发表的，可后来又因其具有考古学学科的意义而被收入考古学文献中。某些文本本来就属于文学类，而有些文本则是后来才赢得了文学性。关键的问题不是追究该文本来自哪个学科，而是人们最终怎样看待该文本。在论及文学理论与政治和历史的关系时，伊格尔顿又进一步指出“纯文学理论是一种学术神话”，文学理论是历史和政治关系中所表现出来的思想意识部分。文学文本以叙事的方式来体现意识形态作用——使“人”成为“更好的人”，即通过具体而又实际的政治环境来关心这个整体镜像中抽象出来的人际关系。[③] 诸如柏拉图的《理想国》、托马斯·莫尔的《乌托邦》、杰斐逊（Thomas Jefferson）起草的美国《独立宣言》、托马斯·潘恩（Thomas Paine）的《美国的危机》和《常识》、法国诗人鲍狄埃（Eugène Edine Pottier）的《国际歌》、德国军事理论家卡尔·

① 〔美〕弗里德里克·詹姆逊：《政治无意识》，第32页。

② 胡铁生、张晓敏：《文学政治价值的生成机制》，第46页。

③ 〔英〕特里·伊格尔顿：《当代西方文学理论》，第24页。

冯·克劳塞维茨（Carl Von Clausevitz）的《战争论》和邹容的《革命军》等原本属于纯政治性的文本，因其具有文学性而进入文学领域，成为学术界跨学科研究的文本资源。在比较文学视域下，文学的跨学科研究为文学的政治性批评进一步拓展了研究的空间，“文学研究的这种转向对文学界所谓的纯文学性提出了挑战”。[①] 文学与政治两个不同学科对“人的共同关注”，使原本清晰的学科界限趋于模糊，逐渐形成了文学政治美学的价值生成点，使文学与政治最终融合在一起。

综上所述，文学中的政治、文学与历史、文学与社会之间也就结下了不解之缘。通过上述中外作家和学者的例证，还有谁能说文学不可涉及政治？然而，自改革开放以来，中国的文学界和批评界一改过去的“唯政治论”倾向，却又以“去政治化”的矫枉过正态度取而代之，其原因在于那些作家多年来受“唯政治论”的制约，改革开放后否定了“唯政治论”，结果他们又走向了另一个极端，认为作家就可以随心所欲，而不应再顾及其政治责任、社会责任和历史使命。作为中国文学中百年来第一位获得诺贝尔文学奖的重要作家，莫言对摇摆于“唯政治论”和“去政治化”之间的态度明确表达了自己的观点。莫言认为过去中国文学和苏联文学中存在的最大问题是把文学放在政治利用上，使文学变成政治表达的工具。“文化大革命”结束后于20世纪80年代开始的新文学中，许多年轻作家则走向了反面，以谈政治为耻，以远离政治为荣。莫言指出，这种现象是错误的。有责任感的作家应该关注社会生活和政治问题，而政治、社会和历史问题永远是作家要描写的最主要题材之一。[②] 莫言对文学政治性争鸣中出现的矫枉过正现象做出的分析具有三方面的意义：第一，文学创作不能唯政治论；第二，作家的文学创作不能脱离政治；第三，作家在创作中应关注政治、社会、历史三大题材。

日本诺贝尔文学奖获奖作家大江健三郎也明确表示：“我毫不怀疑通过文学可以参与政治。就这一意义而言，我很清楚自己之所以选择文学的

---

① 胡铁生、夏文静：《论文学的政治性批评》，《学术研究》2013年第9期，第127页。

② 莫言：《千言万语何若莫言》，第310页。

责任。"[①] 大江健三郎于 1994 年获得诺贝尔文学奖，颁奖词明确指出他"通过诗意的想象力，创造出一个把现实与神话紧密凝缩在一起的想象世界，描绘出现代的芸芸众生相，给人们带来了冲击"。[②] 大江健三郎在受奖词中谈及他的恩师——日本著名文学评论家渡边一夫时，认为在大战爆发前夕和大战激烈进行期间国内那种所谓的爱国狂热中，渡边一夫尽管独自苦恼，但仍梦想着要将人文主义者的人际观融入自己未曾舍弃的日本传统审美意识和自然观中，这也是渡边一夫不同于川端康成的"美丽的日本"的另一种观念。

大江健三郎是在第二次世界大战爆发后出生并在"二战"的硝烟中成长起来的，因而饱尝战争给他带来的人生痛苦。大江健三郎在以但丁(Dante)、巴尔扎克（Honoré de Balzac）、T. S. 艾略特和萨特等人为代表的西方文化与文学的影响下，开拓了战后日本小说的新领域。进入文学创作领域后，大江健三郎参加了"安保批判协会"和"青年日本协会"的政治活动，反对日美缔结安保条约，并先后发表了《青年的污名》和《迟到的青年》等作品，这一切均显示出大江健三郎的民主主义倾向和对社会以及人生思索的人文态度与政治态度。大江健三郎还多次访问中国，受到中国政坛和文坛领导人的接见，并与莫言结为忘年交。大江健三郎借鉴英国作家奥威尔"正派的"一词来反思发动过战争并给他国造成巨大灾难但如今已经再次繁荣起来的日本及其国民。大江健三郎在对日本发动的那场战争进行反思时毫不客气地指出："一个不义的政府只能造就一批不义的奴隶，彼此不和，互相谋害，与自己周围的人们的幸福为敌。"[③] "二战"期间日本成为原子弹受害者，大江健三郎则认为："人为雷击，可以归于上帝；人为核弹所杀，只能归于自己。"[④]

大江健三郎的《万延元年的足球队》、《同时代的游戏》和《M/T 与森林的神奇故事》等作品均含有明显的历史意识，而莫言的《红高粱》、

① 《背景资料：诺贝尔文学奖获得者大江健三郎》，网易读书网，2010 年 10 月 20 日，http://book.163.com/09/1020/17/5M38F985009 23RGI.html。

② "The Nobel Prize in Literature," The Official Web Site of the Nobel Prize, http://www.nobelprize.org/nobel_ prizes/literature/.

③ 孙鼎国、李中华主编《人学大辞典》，河北人民出版社，1995，第 121 页。

④ 柳明久主编《二十世纪文学中的荒诞》，湖南教育出版社，1993，第 7 页。

《丰乳肥臀》和《檀香刑》等作品也是历史意识极强的作品。两位作家通过对历史的追踪来迫近现今社会，“对当代人的人性、精神风貌进行反思”。①

马尔克斯的《百年孤独》具有强烈的历史意识和政治意识——对外体现在反殖民主义的斗争方面，对内表现在反对独裁统治和争取民主自由方面；福克纳的《喧哗与骚动》、《押沙龙，押沙龙！》和《八月之光》等作品在看似“向后看”的表象下，同样表现了作家对美国南方社会转型时期的社会和历史的关注。

诺贝尔文学奖的评奖条件是作品能够体现出作家的人文理想，而政治理想也属于人类社会追求的理想范畴。如果说上述诺贝尔文学奖获奖作家的作品中含有对政治、社会和历史问题进行思考因素的话，那么以纯粹的权力政治书写见长的诺贝尔文学奖获奖作家则是秘鲁的略萨，其获奖理由在于他“对权力结构的制图般的描绘和对个人反抗的精致描写”。② 虽然古今中外文学史上既从文又从政的作家并不少见，但像略萨这样终生集政治与文学于一身的作家并不多见。略萨的个人成长经历极为特殊，其文学创作道路极具国际化和本土化的双重背景。略萨虽然出生于秘鲁，但他一岁时就随父母移居玻利维亚，回国后到军校读书，后来到大学攻读文学和法律专业。此后，他又在国内和西班牙攻读硕士和博士学位，获文学硕士学位和文学哲学博士学位，并被美国耶鲁大学和哈佛大学、英国牛津大学和法国巴黎大学授予荣誉博士学位。略萨先后移居法国、西班牙和英国，曾在英国的剑桥大学和伦敦大学、美国的哥伦比亚大学和哈佛大学等高校任教，现为英国伦敦大学国王学院的院士。因此，在略萨创作的30余部小说、剧本和散文等作品中，既有关于秘鲁和其他拉美国家的故事，也有以欧洲和北美为题材背景的作品。略萨的教育历程及其文学创作历程表明，国际化背景和本土化题材是其在文学事业上取得成功的重要因素。早在全球化成为热门话题之前，略萨就已成为将文学全球化与本土化融为一体的成

① 姚继中、周琳琳：《大江健三郎与莫言文学之比较研究——全球地域化语境下的心灵对话》，《四川外国语学院学报》2006年第4期，第18页。

② “The Nobel Prize in Literature,” The Official Web Site of the Nobel Prize, http://www.nobelprize.org/nobel_prizes/literature/.

功典范。这种现象在世界级文学家中也是不多见的。

略萨在其一生中"坚持不懈地追求真理、追求光明而不是在表演，为人诚实而不是在图谋私利"，其"人生走到这一步，完全可以为自己一生不迁就、不折腰、不扭曲、不掩饰的道路而自豪"，其"思想不可避免地影响着别人的理性、意识、意志和行为"，"他的生活总是扎根于'政治上错误'的土壤里"。[①] 略萨既是伟大的文学家，又是终身介入社会活动和政治活动的社会活动家和政治家。早在担任法国国家电视台记者时，略萨就已经是一位对政治现象极为敏感的观察家和新闻记者。在其政治生涯中，略萨曾经在秘鲁组建过"自由运动组织"，积极参与秘鲁的政治活动；在秘鲁国家经济的发展道路上，略萨主张实行开放的自由市场。略萨曾于1990年与日裔政治家藤森一道参加秘鲁总统竞选，但最终败给藤森。[②] 对秘鲁国内政治的高度关注和总统竞选的经历成为略萨以政治视角从事文学创作的主要原因之一。略萨虽然在总统竞选中失利，却在创作中获得了巨大成就，他此后将全部精力投入文学与政治关系的思考中，创作出如《公羊的节日》这样纯权力政治小说。因此评论界认为，略萨如果竞选成功的话，将是文学界的巨大损失，因为文学界就此会失去一位伟大的作家。

包括其早期作品《城市与狗》，略萨的大多数小说均为反独裁统治题材的政治性作品。在略萨的小说《城市与狗》和《酒吧长谈》等作品中，作家对极右的政治倾向进行批判；在《狂人玛伊塔》中他则对极"左"倾向展开斗争。略萨认为作家应以笔作为政治斗争的武器，"小说需要介入政治"，让小说变成尖锐而又强有力的斗争武器。[③] 作为对文学创作源泉探讨性质的小说，《中国套盒》（又名《给青年小说家的信》）并非属于其权力结构叙事的系列作品，该小说突出体现了略萨的文学创作"起源于反抗情绪"的观点，"反抗文学论"成为其后来创作所遵循的核心思想，其后续作品基本上以剖析、批判秘鲁独裁统治以及民众对独裁统治的激烈反抗

① 赵德明：《巴尔加斯·略萨传》，新世界出版社，2005。

② 阿尔韦托·藤森（1938～　），日本和秘鲁双重国籍，日裔秘鲁政治家，曾三次就任秘鲁总统。虽然他在稳定秘鲁政局方面做出过贡献，但因集权倾向和政治贪污丑闻而被迫辞职，后被判入狱。在1989年的总统竞选中，略萨是其竞选对手。

③ 《秘鲁作家获得2010年诺贝尔文学奖》，中国新闻网，2010年10月8日，http://www.edu.cn/ztwz_8651/20101008/t20101008_526899.shtml。

为题材。略萨的小说《绿房子》的创作背景是秘鲁20世纪下半叶的社会生活，该小说意在表现外国冒险家给拉美国家造成悲剧的现实，《绿房子》通过小说中人物胡姆的反抗行为来暗示不合理的社会制度终将被彻底推翻。具有后现代主义色彩的《潘达雷昂上尉与劳军女郎》则以黑色幽默的形式讽刺了象征国家机器的秘鲁军队。在这部小说中，军队为了解决军人因性饥渴而扰民的问题，司令部命令潘达雷昂建立随军妓院，当该丑行败露后，潘达雷昂这个曾为劳军“做出重大贡献”“成绩斐然”的人却被发配，成为军队长官意志的一只替罪羊；潘达雷昂的妻子也愤然离他而去，而从事劳军的妓女则沦为将军和神父的情妇。略萨的另一部政治小说《天堂在另外那个街角》讲述的是主人公特里斯坦和高更祖孙二人试图为建立一个无剥削、无压迫、无教会、无国家机器、人人平等的天堂社会而奋斗的故事。这部小说虽具有明显的乌托邦性质，但略萨通过现实主义文学的叙事策略，着重表现了集权统治下贫富差异巨大、人们利欲熏心的时代特征，表达了作家试图在推翻旧世界的基础上建立一个物质文明与精神文明均高度发达的新型社会的崇高理想。

长篇小说《公羊的节日》是略萨“反抗文学”的代表作。略萨在秘鲁独裁统治时期，并未把秘鲁作为这部小说的背景，而是选择了多米尼加，小说的主角则是多米尼加的前独裁者特鲁希略。在略萨的笔下，独裁元首特鲁希略以道貌岸然的国家象征出现在小说中。在国家权力方面，略萨将特鲁希略描写成善于伪装自己的独裁者，利用广大民众的爱国主义虚幻理想，按照意大利思想家马基雅维里（Machiavelli）在《君主论》中提出的统治术①，采取小恩小惠的形式来维持中产阶级对他的忠诚。与略萨试图建立的民主国家完全相反，在特鲁希略的独裁者统治下，多米尼加成为一个既没有民主自由和法律，也没有正常社会秩序，广大民众生活在贫穷潦倒的专制主义制度下的国家里。在国际关系上，略萨则借助对独裁者的批判揭露了美国所鼓吹的主权、民主和人权的本质，并认为“在整个特鲁希

---

① 意大利15世纪政治思想家马基雅维里在其影响世界历史进程的伟大著作《君主论》中提出了著名的“狐狸与狮子”的统治术，“君主必须像狐狸一样能识别陷阱，又必须像狮子一样能惊骇豺狼”，君主借此才能使人们晕头转向，并最终征服那些盲目守信的民众。参见〔意〕马基雅维里《君主论》，第104~105页。

略时代多米尼加共和国是反对共产主义的桥头堡，是美国在西方最好的盟友”。[①] 在略萨的权力政治思想看来，就正义而言，这个对内实行独裁统治、对外追随帝国主义的所谓国家元首已经没有存在的意义，将这个独裁的主政者杀掉，还政于民就是这个国家公民应有的政治权力。略萨在书中对专制制度批判的同时，又塑造出以米内尔瓦和萨尔瓦多为代表的多米尼加革命者形象。推翻独裁者的斗争以失败而告终的结果表明：暗杀行为并不是社会变革的决定性因素。然而，小说中的革命者形象却又从另一个侧面向人们揭示出另一种现实：政治斗争是你死我活的较量，而理想世界的实现必定要付出鲜血与生命的代价。

略萨小说因政治叙事获奖也是诺贝尔文学奖评奖原则中强调的价值取向——理想的体现。他的小说作品之所以取材于国际化大背景下拉美国家的现状，原因在于这些国家经济上落后、政治上独裁专制、文化上陈腐，人们在思想上保守和愚昧。这就为作家在表现权力政治的文学叙事中提供了广阔的空间。在特鲁希略独裁统治下的国家里，人民没有民主和自由可言，处于极度的生存困境张力之下。要消除这种生存困境的张力，就需要一批向独裁专制制度进行斗争的勇士，略萨创作的全部作品均体现出了这种“反抗精神”。《天堂在另外那个街角》和《公羊的节日》两部作品是反映略萨政治倾向的代表性作品。因而，诺奖的颁奖词中曾明确指出，略萨的小说是对“个人反抗的精致描写”。即使在《胡利娅姨妈与作家》这部主题并非表现权力政治的小说中，略萨虽然是在讲述自己第一次婚姻的故事，但他仍未忘记作为一个有社会责任感和政治责任感的作家所应做出的努力：“像秘鲁这样重商轻文的发展中国家，在商品经济大潮的高压下，资本家拿艺术家当‘艺术商品的制造者’对待是正常的事情。资本家与艺术家之间是雇佣关系，残酷压迫的程度不亚于老板对工人。‘艺术创作自由’是一些艺术家的白日梦，因为任何文艺活动都打着‘金钱的烙印’。”[②] 略萨的政治理想虽然体现出他“对权力结构的制图般的描绘”，但是略萨的小说并非像美国《独立宣言》那样的旨在国家主权诉求的纯政

① 〔秘〕马里奥·巴尔加斯·略萨：《公羊的节日》，赵德明译，上海译文出版社，2009，第17页。

② 赵德明：《巴尔加斯·略萨传》，第153页。

治性文本，而是属于文艺性质的虚构小说。然而，略萨却通过小说的形式揭露了他所面对的黑暗与腐朽的社会，以寓言故事的形式象征性地表现了人吃人的不公正社会现象。采取这种文学创作途径，可以艺术性地表现出作家对不公正的社会进行抗争与批判的态度，这就是略萨所一再倡导的"艺术真实"。在愚昧的时代，民众在政治上的无意识现象被略萨巧妙地与他的文艺美学追求有机地结合起来，使这些气势磅礴的艺术作品在唤起民众政治意识的过程中发挥了文学公共空间内的舆论作用。

略萨获得诺贝尔文学奖的原因同样在于他的作品体现了作家的"理想倾向"。该理想倾向体现为文学和政治之间的紧密关系："政治总是与每个人的生活密切相关，因为权力、族群、国家、治理等政治的核心概念是我们群居生活中的必需品和日常用品……政治学给予我们许多选择的理由和对原因的解释，政治小说则还在这些理性思辨的基础上给予我们许多政治生活不完全意识到的主体感觉、他人感受和自由而又富有逻辑的推进式联想。"① 从文艺思潮来看，略萨的文学创作基本上处于后现代主义阶段。在这个阶段中，文学的思想性被娱乐性所取代，许多当代作家在这个文学大众化、精英文学边缘化的发展潮流中忘记了自身应有的责任，为了迎合大众的消费心理而不再对社会现象做深层次的思考，对政治意识的关注似乎已不再是文学家的责任。这也是当今中外文学不景气的主要原因之一。显然，作家在后现代主义语境下的这种态度是不负责任的态度，因为"人的政治行为受主观存在的主体意识制约。意识是行为的先导，正确的主体意识心理定位，是政治成员从事政治行为的直接内驱力"。② 这也正是文学在政治文化社会化进程中使民众对政治制度认同的舆论作用。略萨的创作顶峰正处于后现代主义文学的发展阶段，文学的先前传统被抛弃，文学创作中的后现代主义特征是作家无法回避的现实。然而，对人类理想的追求，尤其是对政治理想的追求，任何作家都无法回避，而且是有社会责任感的作家在创作中应该去努力追求的。综观诺贝尔文学奖的颁奖词，可以发现，大多数获奖者的创作倾向都与政治相关，只不过是角度、深度和侧重

---

① 潘一禾：《西方文学中的政治》，浙江大学出版社，2006，第3页。

② 杨亮：《政治主体意识：政治制度有效性获得的增量因素》，《河南师范大学学报》（哲学社会科学版）2010年第6期，第56页。

点略有不同而已。作家对政治的关注，除体现为作家本人积极投身政治活动以外，更主要的是在于作家以文学创作的艺术手段再现了其自身所处特定国家形态中的“人”对自由、民主、公平和正义的思考。

毋庸置疑，略萨通过对权力政治的文学书写而获得诺贝尔文学奖毕竟是百年诺贝尔文学奖发展史中的个案。略萨获得的是文学奖，而非政治奖，因为在诺贝尔奖中有专门一项“奖给为促进民族团结友好、取消或裁减常备军队，以及为和平会议的组织和宣传尽到最大努力或做出最大贡献的”的和平奖。[①] 与略萨不同，对于绝大多数作家而言，文学对政治的关注通常体现为作家对元政治的关注。

二　莫言小说的价值增值

诺贝尔文学奖获奖作家的社会责任感和历史责任感激励着中国作家莫言，使其文学创作在中国特色的社会主义阶段突破了来自方方面面的阻力，尤其是来自“唯政治论”和“去政治化”的干扰，使其在小说创作中走出了一条独具特色的发展道路：《红高粱家族》、《檀香刑》、《丰乳肥臀》、《生死疲劳》和《四十一炮》是其具有典型历史感的小说作品；《天堂蒜薹之歌》、《酒国》、《红树林》和《蛙》是典型的社会问题小说；而《天堂蒜薹之歌》、《酒国》、《红树林》、《蛙》以及中篇小说《战友重逢》又都是政治性极强的作品。这样对莫言作品进行分类也并非完全准确，因为在莫言的其他作品中同样包含政治意蕴。这一点正如覃召文和刘晟在《中国文学的政治情结》一书中所指出的那样：“文学与政治的关系是一种历史的存在，它与王朝的更替交叠，国家的兴亡盛衰紧密相关。特别在历史巨变之际，二者的融合激荡常常磁暴般地引发出无比绚丽的人文景观，往往铸造出壮美的文学与悲怆的政治。而在历史温和地量变之时，尽管这期间少有剧烈的碰撞，但它们之间的张力始终存在，作用也没有停止。只看盛世文学（如盛唐）的升平气象，那也是和政治有着莫大的关系的。”[②]

莫言进入文学创作领域的初期，正是中国文学界和学术界思维方式转

---

① “Alfred Nobel's Will,” The Official Web Site of the Nobel Prize，http：//www. nobelprize. org/alfred_ nobel/.

② 覃召文、刘晟：《中国文学的政治情结》，广东人民出版社，2006，序言 1 ~2 页。

型的关键时期。“文学是否应该参与政治”、“作家是否仍需对历史问题和社会问题给予关注”和“检验文学的标准到底是什么等”问题一直在困扰着这位刚刚进入新时期文学创作领域的作家。如果仍延续百余年的现实主义文学传统，对于莫言来说，这显然是轻车熟路的。处女作《春夜雨霏霏》是莫言对无产阶级文学的守护，无论在叙事策略上还是在主题思想上该作品都严格遵循着传统现实主义的创作原则。所不同的是，该短篇小说通过对霏霏细雨的夜晚妻子在家乡思念远在海岛当兵的丈夫的描写，以内心直白的方式，表达了一对情侣的纯真爱情和守岛战士精诚报国的情怀。该小说仍在延续无产阶级文学的表达方式及其内涵，尤其是“文化大革命”期间已在文学创作中形成的表达方式。可以说，这种小说叙事策略和主题思想与当时中国文学的模式是完全相吻合的。此后的《放鸭》和《售棉大路》等作品已经进入寻根文学的发展行列，但其叙事策略并没有发生多大变化。莫言的小说创作随着改革开放的步伐，接触到域外文学，莫言开始尝试以全新的视角来审视他所面对的中国现实。《透明的红萝卜》也因此成为莫言向域外文学借鉴的成名之作。同样是反映社会现象，同样是对社会存在的不公正现象进行批判，但莫言已不再延续传统现实主义的老路，而是在西方现代主义和后现代主义的叙事策略上迈出了更大的步子，而“红高粱”系列作品的出版，则是莫言对历史问题、政治问题的叙事方式发展到成熟阶段的标志。

可以说，莫言小说对政治的关注与略萨是大不相同的，但与福克纳、马尔克斯和大江健三郎的叙事方式和创作视角有很多相似之处。《红高粱》在表现社会变革对人们心理结构的影响方面与福克纳的小说更为接近，在表现社会问题和人们的政治态度方面与马尔克斯的作品更为相像，在表现故乡童年记忆方面则与大江健三郎更为形似。然而，莫言在向域外文学学习与借鉴的过程中一再坚持的是先模仿后创新的原则，所以，《红高粱》这部作品综合了先前大师们的众家之长，开创了文学对社会问题、历史问题和政治问题叙事的全新视角。

为了对战乱时期历史问题进行文学思考，莫言在《红高粱》这部小说中采取了第一人称的叙事方式。这是先前文学传统中往往令人忌讳的一种文学叙事方式。然而，这种第一人称的叙事方式却使作者能够遂心应手地表达自己的内心感受，表达自己对历史问题独特的见解。小说的背景是抗日战争时期，“我”见证了“我爷爷”余占鳌、“我奶奶”戴凤莲还有那支“连聋带哑连瘸带拐不过四十人”的土匪游击队伏击了日军车队，还击毙了“有名的中岗尼高少将”的过程，他们都是“大英雄”，“我奶奶”为游击队送饭被日军打死，“也应该是抗日的先锋，民族的英雄”。莫言的战争小说创作旨在透过现象反思人性，虽然书中也有对战争残酷场面的描写，但这并不是对战争的正义性进行探讨。正像美国后现代主义战争小说家海勒的《第二十二条军规》一样，莫言把小说的战争书写置于特定的战争环境中，表达的主题却有意偏离了战争，而将“战争中的人”作为对人性思考的主题，表现出作家对政治、社会和历史的另类思考。“民族英雄”余占鳌充其量也就是个土匪头子，但莫言在小说中明示：“谁是土匪？谁不是土匪？能打日本就是中国的大英雄。”[①]

莫言对历史问题的探讨还表现在具有狂欢化特征的小说《檀香刑》中的另类书写方面。在这部以清末民间艺人孙丙带头在山东半岛与德国殖民者进行斗争并被处以极刑的故事，从小说的一个侧面再现了近代中国历史上的“戊戌变法”“义和团”等重大事件；从另一个侧面描写了外国殖民者对中国进行强取豪夺的历史史实。在对历史问题进行思考的表层价值下，莫言对“封建王权和权力斗争的残酷性和非人道主义表现得淋漓尽致”，“凸显了专制权力作用于个体之上的历史机制，成功地折射出专制权力赖以存活的黑色土壤和阴暗法则”。[②] 在这部小说的书写模式上，莫言回归了中国章回体小说的故事叙事模式；在民间资源使用上，地方戏曲猫腔的借鉴既增加了故事的趣味性，又增添了故事表层价值下隐含的作者对封建社会的历史批判和人性弱点的批判；在域外影响方面，狂欢化和互文性的介入，又使这部小说更加具有异质文化之间的通约性。

学术界盛行“文史哲不分家”的说法。文学创作是这样，文学批评也是如此。一部文学作品的价值，如前所述，经作家创作和评论界的阐释，可以被揭示出多层面的价值，除文艺美学的价值以外，其史学价值

---

① 莫言：《红高粱家族》，上海文艺出版社，2012，第9～25页。

② 莫言：《檀香刑》，长江文艺出版社，2010，内容简介。

和哲学价值都是不可轻视的价值层面。虽然小说属于以讲故事为主要特征的文体，但其创作必定与故事情节的历史背景及其哲学背景相关，并折射出作家对相关历史价值的判断和哲学思考。通常说来，文学作品是作家虚构出来的虚拟世界，也是作家价值观的总体体现。在广义上讲，文学作品是以文字形式对人类活动的系列历史事件的折射和反思，其中包括独立于意识之外的社会客观存在及其发展过程。因而，文学家对这种客观存在的描述和探索属于精神生产的实践活动；在狭义上讲，这也是文学家精神世界及其文学观念形态的统一体。然而，历史作为反映人类过去史实的载体，起码要具备古籍文献资料、考古发现的遗址和遗物、符合人类普遍意愿这三个基本条件。因而，史学的价值取向是“求真”，将“真实可靠”作为评价史学价值的标准，把所研究客体对象的客观性和真实性作为第一要旨，并以其探讨人类社会在发展历程中的特殊规律作为目的。史学研究的视角或模式运用于文学研究是批评家们一直以来所遵循的一种方式或途径，否则文学研究就会失去整个价值体系中的至关重要的部分价值，因为文学批评的重要意义就是要在作家创作出来的作品所形成的表层意义上揭示出作家通过文学作品对人的普遍关注。随着文学批评的深入和批评潮流的发展，在史学中的历史主义基础上发展起来的新历史主义文学批评进入学术界的视野。历史主义受黑格尔唯心主义和斯宾塞自然进化论影响，认为国别文学史只是对那个国家不断演化而来的“精神”所进行的自然表述，因而历史主义的倾向是独家为尊，致力于发现唯一的政治图景，是一个被整个知识界或甚至是整个社会认同的一幅图景，该图景回避了阐释及冲突，超越了偶然性，因而该研究可以通过稳定的史实为文学阐释提供可靠性的引用资料。将历史主义应用于文学批评，遵循的是这样几条原则：第一，历史史实只能作为文学的背景；第二，社会现实在文学中的表述属于“集体思维”；第三，文学文本所表现的是普遍的、一成不变的人性；第四，文学只能反映某个特定历史时期中最为重要的方面；第五，文学中的普遍人性超越了“世界图景”和文学创作的特定历史时期。英国学者、作家芬尼（Ewan Fernie）持类似态度：“虽然新历史主义将现在作为过去的条件，但却常将这种认识作为体验历史差异性以及距离的障碍物。作为本质主义的反叛者，新历史主义更加强调过去的他者性。”① 显然，当文学经由现代主义发展到后现代主义阶段，作家的文学创作对历史问题的反思已由绝对的确定性演变为不确定性，因而若再以历史主义的批评原则来评价当代诺贝尔文学奖获奖作家的作品，已显得过时，也无法适应文学发展的新思潮，即杰姆逊的观点：文学思潮是社会发展阶段中人们的心理结构。

从20世纪初开始，西方语言学中的“语言转向”对哲学、语言学和文学等领域均产生了强烈的冲击。“语言学家不再把语言仅仅看作一种理性的工具，而是越来越关注语言与存在、语言与社会的辩证关系。”② 在传统语言学中，话语被当作人们之间传递信息靠得住的工具，在语言哲学转向的过程中，话语的可靠性却被解构。福柯的话语权力论认为，话语与权力同行，话语运作是权力无所不在的支配力量。维特根斯坦的话语游戏论更为激进并彻底颠覆了传统语言学的本质论，他认为语言中“在名称与被命名的东西之间是一种什么关系”“这种关系到底是什么”，那就到“语言游戏”里去，“在那里，你就可以看出这一关系在于什么”。③ “把语言和行动（指语言交织在一起的那些行动）所组成的整体叫作‘语言游戏’”。④ 在话语与意义之间的关系上，维特根斯坦认为，话语并不能像语义学和元理论那样逐字逐句地直接表达意义，而只能通过暗示、线索和间接的说明予以解释。维特根斯坦对世界、语言和思想结构的观点包括在三个主要命题中：第一，世界就是所发生的一切；第二，事实即存在；第三，事实的逻辑形象就是思想。⑤ 在传统语言学看来，话语规则是掌握语言的先决条件，但在维特根斯坦的“语言游戏论”看来，规则与标准失去了首要性，“变成了附属于语言游戏的概念化说法”，按照这个新的观念，语言游戏并不是通过将语言规则传授给学习者而使他们掌握和使用语言的，“相反，那些规则只有通过掌握语言游戏才被理解”。⑥ 于是，“语言转

① Ewan Fernie, “Shakespeare and the Prospect of Presentism”, in Peter Holland, ed., *Shakespeare Survey* (58) (Cambridge: Cambridge University Press, 2005), p. 171.

② 辛斌：《批评语言学：理论与应用》，上海外语教育出版社，2005，第8页。

③ 〔美〕贾可·辛提卡：《维特根斯坦》，方旭东译，中华书局，2002，第7页。

④ 〔美〕贾可·辛提卡：《维特根斯坦》，第40页。

⑤ 〔美〕贾可·辛提卡：《维特根斯坦》，第15~16页。

⑥ 〔美〕贾可·辛提卡：《维特根斯坦》，第47页。

向论”、“话语权力论”和“语言游戏论”就从理论到实践完全解构了历史主义文学批评的原则，在解构形式主义和结构主义的过程中建构起新历史主义文学批评理论。新历史主义于20世纪末期在美国学者格雷布拉特（Stephen Greenblatt）的努力下发展起来。新历史主义认为，对历史的事件和人物的确定，其本身就是一种意识形态的选择和反映，如何选择和反映取决于史书编撰者对史料选择中的个人意志和价值取向，因而史书编撰者对史料难以做出更为公正的评价。事实上，历史并非仅仅对重大事件的宏观叙述，同时也应该对“小事件”予以表现；对人物的评价方面，这种观点认为文学不仅应关注那些显赫的大人物，而且也应对那些名不见经传的小人物给予关注。虽然新历史主义自问世以来就一直受到诟病，但如同世间所有新生事物一样，新历史主义具有无限的生命力，为文学的历史批评视角拓宽了视野。莫言本人未曾对这一理论做出过评价，用他自己的话来讲，他不懂多少文学理论。这显然是莫言自谦的说法。西方文学理论和文学作品在改革开放后传入中国，无论是自觉地，还是不自觉地，莫言都会受到新历史主义的影响，这是不言而喻的。例如，无论是《檀香刑》中的民间艺人孙丙，还是《红高粱》中的土匪头子余占鳌，可以说都是中国历史中的“小人物”。这两部小说均为虚构的文学作品，事实上根本就不会有这么两个人，然而，由于顺应了新历史主义的叙事策略原则，莫言已将他们视为中国现代史上“顶天立地”的“英雄好汉”，于是，“能打日本”的土匪头子余占鳌就是“中国的大英雄”；在“高密县东北乡”会“唱猫腔”、敢“扒铁路”、“领着老百姓跟德国鬼子干”、如今被“抓进大牢，就等着开斩”的孙丙可是“全中国都知道”的大人物![①] 在人民公社化时期，“偌大中国土地上唯一的单干户”雇农蓝脸逆潮流而动，竟敢要用自己的行动“试验一下毛泽东说话算数不算数”，[②] 因为他认为土地是毛主席分给他的，他单干，那是毛主席给他的权利。[③] 显然，不论是有意识地，还是无意识地，莫言的这些反映历史问题的小说具有新历史主义的小说叙事特征。莫言小说的叙事策略充分体现了维特根斯坦的“语言游戏论”原

---

① 莫言：《檀香刑》，第9页。

② 莫言：《生死疲劳》，上海文艺出版社，2012，第101页。

③ 莫言：《生死疲劳》，第311页。

则，这也是他对中国现实主义传统小说话语叙事进行解构的体现。莫言以这种叙事策略折射了中国现代史上的重大历史事件，但与传统历史主义叙事的原则相决裂，让这些历史中的“小人物”出场，通过他们在作品中的具体行动否定了历史主义在小说创作中应该遵循的主流话语原则。

历史叙事的民间化是莫言历史题材小说创作的另一大特征。尽管《红高粱》的故事叙事设定在中国抗日战争期间、《檀香刑》设定在清末抗击德国殖民统治的斗争中、《生死疲劳》设定在轰轰烈烈的中国农村人民公社化运动的宏大叙事中，但小说的故事发生地始终离不开“高密东北乡”。这种现象可以被看成莫言通过“小事件”来反映“大气候”的新历史主义创作原则的又一大特色。这些作品中，尤其是在章回小说《檀香刑》中，莫言将这一特色表现得更为突出。莫言在这部小说的每章开端处预先给读者设计一段山东高密的地方小戏猫腔，其形式很像是一篇论文前的引介或者像一出舞台剧演出前的内容介绍，这段猫腔将本章故事的主要内容通过一段唱词表现出来。唱腔悲凉且具有婉转凄切旋律的“猫腔”小戏，生成了《檀香刑》叙事背后的深沉历史基调，将惊心动魄的爱情故事覆盖于骇人听闻的酷刑之上，以社会历史文化为内容，使小说自觉地向民间文化靠拢。[①]

开篇第一章“眉娘浪语”的猫腔唱词：

> 太阳一出红彤彤（好似大火烧天东），胶州湾发来了德国的兵（都是红毛绿眼睛）。庄稼地里修铁路，扒了俺祖先的老坟茔（真真把人气煞也！）。俺亲爹领人去抗德，咕咚咚的大炮放连声（震得耳朵聋）。但只见，仇人相见眼睛红，刀砍斧劈叉子捅。血仗打了一天整，遍地的死人数不清（吓煞奴家也！）。到后来，俺亲爹被抓进南牢，俺公爹给他上了檀香刑（俺的个亲爹呀！）。
>
> ——猫腔《檀香刑·大悲调》[②]

开篇这章的猫腔就把整个故事交代得清清楚楚：德国在山东半岛的殖民历

---

① 张群：《历史的民间化叙述——读莫言的〈檀香刑〉》，《现代语文》（文学研究）2011 年第 4 期，第 55 页。

② 莫言：《檀香刑》，第 3 页。

史背景、胶州人抵抗德国入侵的原因、抗德战场上的刀光血影和孙丙被捕上了檀香刑。全章共分七节，但专门叙述战场上抗德厮杀场景的一节也没有。在其他章节中，莫言以讲故事的方式，也只零星地插入抗击德国入侵的情节。所以，此处作者的初衷并非对抗德战场情景的战争叙事；孙丙领头起事，带人抗德的目的并非保家卫国，而是因为德国人修铁路扒了他家的祖坟，破坏了他家的风水并当众侮辱了他的妻子。莫言采取这种叙事方式，将这部小说的创作达到历史小说对“英雄创造历史”的颠覆作用；最具戏剧性的是，给亲爹上檀香刑的正是眉娘的公爹。表现本章的猫腔唱词从美学的角度来看，孙丙抗德的“壮举”也根本谈不上“崇高”和“伟大”。于是，莫言通过这段唱词把史学中的历史主义予以解构，进而形成了新历史主义的历史问题书写。在民间文化资源方面，这段猫腔唱词采取了山东地方方言来书写，如“发兵”“俺”“老祖茔”“气煞”“吓煞”“亲爹”等；唱词的韵律也安排得极为得当，韵脚彤（tong）、东（dong）、兵（bing）、睛（jing）、茔（ying）、声（sheng）、聋（long）、红（hong）、捅（tong）、整（zheng）、清（qing）、刑（xing）等全部韵脚均压在［ŋ］上；在这短短几行的唱词中还添加了“好似大火烧天东”“都是红毛绿眼睛”“真真把人气煞也!”“震得耳朵聋”“吓煞奴家也!”“俺的个亲爹呀!”6处舞台猫腔的“独白”，而大文豪莎士比亚在著名悲剧《王子复仇记》中的独白也仅有十余处。

小说最后一章“知县绝唱”的猫腔唱词：

> 檀木原产深山中，秋来开花血样红。亭亭玉立十八丈，树中丈夫林中雄。都说那檀口轻启美人曲，凤歌燕语啼娇莺。都说那檀郎亲切美姿容，抛果盈车传美名。都说是檀板清越换新声，梨园弟子唱升平。都说是檀车煌煌戎马行，秦时明月汉时兵。都说是檀香缭绕操琴曲，武侯巧计保空城。都说是檀越本是佛家友，乐善好施积阴功……谁见过檀木橛子把人钉，王朝末日缺德刑。
>
> ——猫腔《檀香刑·雅调》[①]

① 莫言：《檀香刑》，第288页。

这段小说尾声猫腔唱词的韵律，与开篇唱词的韵律设计基本吻合，自不必再议。从故事的整体设计上，莫言在小说的开篇处采取了“大悲调”，以引起读者的极大阅读欲望，结尾则采取了“雅调”。这样的结构安排，如果将其与一部学术专著相比，前面的“大悲调”类似一篇引论，结尾的“雅调”类似结论；如果比作历史教科书，那么前面的“大悲调”犹如引介历史事实，后面的“雅调”就是史学对历史事件的意义分析；如果说这是一出戏，那么前面的“大悲调”就像是开戏前的开场白，后面的“雅调”就像是谢幕曲。尾声部最后采取了谐音的语言技巧，将“德行”说成“德刑”，具有典型话语游戏的特征，再配以对历史典故和佛教的善德观评价，这就揭示了封建王朝的必定垮台的原因，形成了作家的新历史主义小说创作模式。①

《檀香刑》毕竟不是史书，而是一部文学作品，那么，对文艺美学的追求仍是这部作品的起点和终点。狂欢化是这部小说创作的重要艺术表现形式之一。苏联思想家和文论家巴赫金所创立的具有文化美学和诗学命题意义的“狂欢化”理论同样重视民间文化，倡导文学各种体裁、风格和语言的平等，否定文学艺术创作形式的权威性；倡导各种文学因素的全面融合和内容及形式的开放性；颠覆理性化的思维结构，强调语言环境和话语交际；反对以固定的和模式化的方式来看待人及世界。虽然后现代主义兴盛于巴赫金去世后，但巴赫金的狂欢化理论在很大程度上对后现代主义文学具有启示性的意义，由此可见巴赫金在文学理论方面的超前意识。此外，巴赫金的对话理论认为“言谈”是某种观点和价值观的体现以及反对把作品文体看成作家自身经验或社会生活机械反映的复调理论也都对后结构主义理论产生了重大影响，这是巴赫金超前意识的另一种表现。然而，巴赫金的文学理论在中国译介得较晚，在改革开放以后于 20 世纪 80 年代

---

① 历史主义是 20 世纪 50 年代盛行的一种科学哲学思潮，新历史主义是 20 世纪 90 年代初形成的一种社会文化思潮。莫言在《檀香刑》中体现了后一个思潮的创作原则，对历史问题进行新历史主义书写，评论家则以这两个流派的评价标准对文学作品进行历史意义评介，因而时常形成正反两种完全不同的结论。虽然莫言曾明确指出，作家不可不关心历史问题，但莫言从未明示过他是不是在新历史主义的原则下进行历史问题书写的。然而，莫言小说对历史问题的书写的确与新历史主义文学批评的原则有很大的相似之处，所以此处按新历史主义的批评原则对莫言历史小说进行了诠释。

才被译介过来。所以，莫言是否对巴赫金的理论有过研究尚不得而知。然而，《檀香刑》作为一部描写刑场杀人的小说，从头到尾都具有巴赫金狂欢化理论、对话理论和复调理论的表现形式。在整部小说中，狂欢化体现在受刑者孙丙的“说戏”、刑场犹如露天舞台一样的场面、观看极刑者的心态以及施刑者类似艺术家做工艺一样的表现方面。小说中的第十六章“孙丙说戏”是狂欢化表现得最为集中的一章，本章的猫腔部里，孙丙一连说了7个“好”，紧接着把自己即将受刑说成“好戏开场啊”。第九章“杰作”戏说赵甲凌迟刺杀袁世凯的钱雄飞，似乎不是在残害钱雄飞，倒是像杂技演员在绝妙地表演；凌迟妓女的高超技艺也是“一场大戏”，是“刽子手和犯人联袂演出”。为了制造狂欢氛围，就需要在“演出过程中”，受刑者“最好是适度地、节奏分明地哀号，既能刺激看客虚伪的同情心，又能满足看客邪恶的审美心”。看客“面对刀刀脔割着的美人身体，前来观刑的无论是正人君子还是节妇淑女，都被邪恶的趣味激动着”，而行刑那天，“北京城万人空巷，菜市口刑场那儿，被踩死、挤死的看客就有二十多个”。[①] 这种狂欢氛围颇有几分鲁迅在《药》中所描写的刑场上人们观刑的场面，但鲁迅是以历史主义的形式来书写类似场面的，而莫言则是以新历史主义和狂欢化的手法对这个场面进行描写的。

刽子手赵甲行刑四十余年，杀人无数，使中国的行刑“技艺”达到了巅峰，在那个半殖民地半封建的社会里，用小说中德国总督克罗德的话来说，就是“中国什么都落后，但是刑罚是最先进的，中国人在这方面有特别的天才，让人忍受了最大的痛苦才死去，这是中国的艺术，是中国政治的精髓……”[②] 尽管小说中也有类似谭嗣同等六君子和袁世凯等历史人物出现，但莫言以新历史主义和狂欢化、对话和复调等创作手段在《檀香刑》里解构了历史主义。不论莫言本人是否具有这些理论支持他的历史小说创作，其作品的实质印证了这些西方新理论在其类似小说创作中的适用性。但有一点是毋庸置疑的，那就是山东高密的猫腔作为民间资源，使小说的艺术性达到了空前的高度。

---

① 莫言：《檀香刑》，第146页。

② 莫言：《檀香刑》，第69页。

文学具有意识形态功能是已被学术界所普遍承认的事实。意识形态通常被认为是由社会基础所决定的，即马克思主义政治经济学的基本观点：经济基础决定上层建筑，而上层建筑又会反作用于经济基础。既然文学具有意识形态的功能，那么文学与社会之间也就具有了相辅相成的互动关系。社会是人类发展史上人存在的主要形态，这一点仍在于人由原本的自然存在形式转化为社会存在形式。造成这种现象的根本原因在于人的劳动以及由劳动所形成的生产关系。

如同恩格斯在《家庭、私有制和国家的起源》一书中所指出的那样："根据唯物主义观点，历史中的决定性因素，归根结底是直接生活的生产和再生产。但是，生产本身又有两种。一方面是生活资料即食物、衣服、住房以及为此所必需的工具的生产；另一方面是人类自身的生产，即种的繁衍。"[①] 恩格斯这番话阐明了两点：第一，生产决定人类社会的存在与发展；第二，生产包括生活资料的生产和人类自身的繁衍延续。这就引发了人类在物质生活中所形成的人际关系（即劳动关系）和人类自身繁衍所形成的家庭关系。前者可以包括人与自然的关系，而后者涉及社会的最小单位——家庭中的人际关系。由于文学关注的核心是人，这也就使人文科学中的人文关怀与社会科学范畴的社会问题联系在一起。因而，莫言非常明确地指出，文学中的社会和政治问题始终都是一个负有社会责任感和政治责任感的作家必须关注的重大问题，"同时也永远是作家所要描写的最主要的一个题材"。[②]

在西方文学中，作家对政治问题的关注是创作题材中常见的现象，对社会问题而言，亦如此。事实上，在很多场合下，政治、历史和社会三者常常融为一体，成为文学关注的共同内容。例如，古希腊时期政治思想家柏拉图的《理想国》、英国15世纪文学家和政治思想家莫尔的《乌托邦》和中国东晋文人陶渊明的《桃花源记》等作品，就是政治、社会和历史融为一体的代表性作品。然而，在绝大多数文学作品中，作家通常以具体某个社会问题来作为社会的一个剖面来进行描述，进而表达出作家在政治、

---

① 〔德〕恩格斯：《家庭、私有制和国家的起源》，第3页。

② 莫言：《千言万语何若莫言》，第313页。

社会和历史层面上对人的关注。由于作家属于公共知识分子的范畴，因而，作家在公共空间内的作用就不再是作家个人的事，作家的文学创作就形成了在整个社会和政治体制内具有举足轻重的影响力的社会责任、政治责任和历史使命感。

在中国文学史上，作家参与社会活动和政治活动也是一种普遍现象，放眼中国古代文学，在文学尚未成为一个独立的学科之前，作家既是政治家，也是社会活动家。许多作家的人生道路或者是先从政后从文，或者是因为他们在政治上不得志转而潜心从事文学创作。这些文学家的作品在推动社会变革和历史发展中均起到了重要的推动作用。然而，中国在进入社会主义初级发展阶段后，尤其在新中国成立初期，新生政权的稳定对社会的良性发展是极其重要的基础保障。新中国的领导者们试图走出一条与世界上现有社会制度不同的新路但又缺乏社会主义形态建设的必要参照和经验，因而在社会主义建设的道路上也走过了不少弯路。例如“大跃进”运动、人民公社化道路，尤其是“文化大革命”，都是中国共产党执政以来在社会主义建设道路探索中出现的挫折与失败。自新中国成立以来的“唯政治论”也在较长时间内束缚了作家的手脚，作家必须按照既定的方针进行文学创作，谁也不敢越雷池半步，否则就会受到“四人帮”文化专制主义的严厉制裁。改革开放初期，作家仍心有余悸，在创作中放不开手脚进行社会问题和历史问题书写。在真理标准大讨论之后，作家的思想才得到解放。于是，在一段时间内，以反映作家自身体验所带来巨大心理刺激和精神创伤为主要特征的创伤文学（亦称伤痕文学）占据了文学阵地。与西方的创伤文学不同，改革开放后的中国创伤文学几乎成为对“文化大革命”大讨伐的控诉文学，因而这类文学既不能与西方的创伤文学和西方新的文学思潮接轨，又不能真正反映广大读者的诉求。更有甚者，有些作家在反对“唯政治论”的时候又走向了反面，在文学界刮起了一阵来势凶猛的“去政治化”思潮。因为政治问题常与社会问题和历史问题交织在一起，并与之形成连锁效应，作家就不敢或不想在创作中涉及较为敏感的社会问题、历史问题和政治问题。莫言并未在这种风潮中随波逐流，而是在《生死疲劳》、《酒国》和《红树林》等一系列作品中探讨了历史上和现实中的相关问题，表现出一名知识分子应有的社会责任感、政治责任感和历史使命感。在莫言获得了诺贝尔文学奖之后，国内外评论界却有人无视客观事实，采取了与之相反的否定态度，甚至有些别有用心的人在社会问题、历史问题和政治问题方面对莫言进行攻击，认为莫言在其小说作品中“虚构的三年大饥荒、计划生育情节，不及真实的百分之一。文学想象和虚构，与真实社会相比，总是遮蔽了许多可见可存的具象”，因而莫言并无“作家作为社会人的道德担当和作为知识分子的社会担当”；“非虚构文学在专制政治文化上，尚承担着反洗脑、反奴化和反愚昧的功能，而虚构文学只能带来愚化和遗忘。德国汉学家顾彬（Wolfgang Kubin）评价莫言作品‘没有思想’，相当中肯”。[①] 这种批评，或者说是攻击，是没有理由且违背事实的。如上文所述，除少量政论性和纪实性以及报告文学的作品以外，绝大多数文学作品都属于虚构性质的。政论性作品原本是政治学科的，因具有文学属性后来才进入文学范畴，而纪实文学或报告文学作品，则具有新闻体的性质。真正完全具有文学属性的文学作品还是应该被划归虚构的范畴。但不论是哪种类型的文学作品，在文艺美学价值的基本框架下，也都具有政治美学价值、史学价值和社会价值，只不过是其表现形式不同而已。一部文学作品具有除文艺美学价值以外还具有政治、社会和史学价值。这并不取决于文学作品的外在表现形式，而取决于作家本人的创作倾向。在这一点上，美国作家福克纳以“约克纳帕塔法县”为代表的战后美国南方社会、秘鲁作家略萨以“多米尼加”为代表的拉美国家、哥伦比亚作家马尔克斯以“马孔多”为代表的拉美国家以及大江健三郎以童年故乡记忆为代表的战争期间的日本社会，全部都是以虚构的形式表现出作家对社会问题和历史问题的关注，并通过各自的作品表达了作家本人的政治理想。因而，对莫言的负面评价或攻击，与肯定态度相比，反对派的话语就显得十分苍白。显然，这种批评或者攻击，从形式上看是来自对文学价值的评价，但从实质上来看则是一些别有用心的人借此对莫言的诋毁。在这些人看来，莫言是“国家级作协副主席”，于是就“存在体制和党派身份”问题。由于体制和身份决定了这样的作家是“由纳税人供养”的，所以这些作家就必然“带有体制政治色彩”；也正由于“能够尽享以上生

---

① 刘水：《莫言：文学与体制的双生子》。

活便利”，莫言就“全面拥抱专制体制”。在这一点上，瑞典文学院权威人士彼德·英格伦德（Peter Englund）认为莫言“并非一名政治异见分子”，他“更像是一名身在体制内部的体制批判人士”。而攻击者则认为，“莫言批判体制，显然被诺委会夸大和误读”，因为“批判体制也可以是为了让现体制变得更加稳固、持久，而非推翻之，二者有区别”。[①] 攻击者在前半段的话语中似乎还是在讨论公共知识分子的身份问题，而最后一句话却道出了其真实用意，那就是莫言应该站在体制外，以公共知识分子的姿态，不是让中国的社会主义体制更加稳固，而是推翻这个体制。事实上，诺委会权威人士彼德·英格伦德对莫言的评价才是客观而公正的。这一点已在前面做过论述，此处不再赘述。

反对派在攻击莫言对政治、社会和历史问题所给予的关注时，还借机否定了毛泽东《在延安文艺座谈会上的讲话》精神，并以莫言引用了毛泽东话语的事实认定莫言是当下中国“专制制度”的拥护者。攻击者的结论是，在“民主国家或社会”里，“文学与政治分离”，“制度规则和职业操守保障了各自边界和文学的纯粹”，而在中国，“如果将文学与政治分离，就无从准确解读作品及其呈现的社会和个人；如果将作家与其政治身份剥离”，那么应该“压低作家作为‘人类良心’的标准”。[②] 攻击者的目的显而易见，那就是把中国认定为“专制制度的社会”，并希望莫言能够站在反对派的立场上，以所谓“公共知识分子”的身份通过文学的意识形态作用来推翻中国当下的政权，进而在中国实现改变社会主义体制的目的。所以，这样的“文学批评”并非出于学术目的，而是出于政治目的。当然，这种对莫言在社会问题、政治问题和历史问题上的攻击与当下中国作家中的“去政治化”倾向完全是性质不同的两回事。

莫言认为，改革开放以来“文学终于渐渐摆脱了沉重的政治枷锁的束缚，赢得了自己相对独立的地位”，但出于对“沉重的历史的恐惧和反感”，有些青年作家“不屑于近距离地反映现实生活”，尽量“把笔触伸向遥远的过去”，“淡化作品的时代背景”。但是，莫言还是勇于以“纤细的

---

① 刘水：《莫言：文学与体制的双生子》。

② 刘水：《莫言：文学与体制的双生子》。

脖颈”来承担“人民群众代言人”的重任。[①] 当别人仍在“唯政治论”和“去政治化”的两极之间进行争论时，莫言却大胆向域外文学借鉴，从《透明的红萝卜》开始，他已将作家对社会问题的思考置于其全部作品的创作中。关于这个问题的讨论，还得借鉴“实践是检验真理唯一的标准”来考察，从莫言的作品谈起，让事实说话。

中篇小说《透明的红萝卜》是对中国社会主义初级阶段发展中存在的社会问题进行探讨所做出的第一次尝试。时值 1985 年，距莫言初入文学界仅 4 年的时间。这部作品以及后来的短篇小说作品《铁孩》、《野骡子》、《翱翔》、《月光斩》、《梦境与杂种》、《红耳朵》、《趣味与幽默》、《模式与原型》、《火烧花篮阁》以及长篇作品《红高粱家族》、《丰乳肥臀》、《生死疲劳》、《酒国》、《天堂蒜薹之歌》、《蛙》、《十三步》、《檀香刑》和《红树林》等均为典型的社会问题或历史问题小说。早期的如《透明的红萝卜》和《铁孩》等作品亦可被划归“文化大革命”结束后的“伤痕文学”范畴，是作家对新中国成立初期童年记忆的社会问题叙述；《檀香刑》是作家对清末封建社会中政治制度与人之间关系的书写；《红高粱家族》和《丰乳肥臀》是作家对新中国成立前中国战乱，尤其是对中国农村的社会与历史，所进行的反思；《生死疲劳》是作家对人民公社化时期农村经济体制存在的社会问题及历史问题的反思；《蛙》是作家对反映中国生育政策的重大社会问题的反省；《天堂蒜薹之歌》是作家对改革开放中官僚主义的批判；《酒国》和《红树林》则是作家对深化改革开放进程中仍然存在的腐败问题所做的文学反思与批判。总而言之，莫言的全部作品，均涉及社会问题和历史问题，这怎么能说莫言将自己置于社会和体制之外，而仅以魔幻或民间故事的手法玩文字游戏呢？

在反思新中国成立初期走过的弯路方面，莫言从未含糊其辞过。在农村实行人民公社化的发展道路中，尤其是在三年困难时期[②]，莫言正处于童年时期，在饥饿中成长是莫言痛苦的故乡童年记忆。在此基础上，莫言创作的《透明的红萝卜》和《铁孩》等作品，描写了困难时期人们的生存

---

① 莫言：《天堂蒜薹之歌》，第 330 页。

② 1959～1961 年，中国处于极其困难的时期。造成这种现象的原因是多方面的，有来自自然灾害方面的，也有来自社会发展道路设计方面的，同时还有来自国际方面的因素。

境况。莫言在意大利演讲时就直言不讳地回顾了20世纪80年代之前那段日子。"中国是一个充满了'阶级斗争'的国家，无论是在城市还是在乡村，总有一部分人，因为各种荒唐的原因，受到另一部分人的压迫和管制"，因为出身不好，有些人"被剥夺了受教育的权利"，莫言多次听到村干部和打手"拷打那些所谓坏人发出的凄惨声音"。现在莫言弄明白了小时候所害怕的鬼怪"都不如那些丧失了理智和良知的人可怕"，虎狼伤人的事确实有，"但造成成千上万人死于非命的是人，使成千上万人受到虐待的也是人。而让这些残酷行为合法化的是狂热的政治，而对这些残酷行为给予褒奖是病态的社会"。[①] 在《透明的红萝卜》和《铁孩》这类作品中，莫言对童年那个苦难时代的生活做了魔幻式的叙述，在美国和意大利等国外公开演讲的场合，莫言也依照事实，讲述了中国社会中存在的非社会主义性质的行为和"以阶级斗争为纲"的时代给人们带来的痛苦记忆。这难道不正是莫言社会责任感的体现吗？

人民公社化道路因为超出人们思想觉悟的程度而使中国社会主义现代化建设的速度减缓下来，并给人们造成巨大的经济生活困境和精神困境。实践证明，这种农村的经济体制并不适合中国的实际国情。对政策失误造成的这种社会现象，莫言在《生死疲劳》中亦以魔幻的手段，将其暴露无遗，书中全国唯一没有入社的雇农蓝脸最后却被事实证明是"真理在少数人"手里的典范。在这部魔幻化的长篇小说中，莫言"透过动物的眼睛"看到了中国农村中"穷折腾"的现实，再现了中国农村近半个世纪的社会变迁。这部作品的最大特点在于作家勇于站出来，以主人翁的姿态通过魔幻的方式表达作家对农村这段发展史做出符合社会变迁的历史评价，这也正是有良知的知识分子风骨的体现。

随着中国政治经济体制改革的深化，中国又出现了新形势下发展中的新问题，这就是政府官员中的官僚主义作风和腐败风气，这种风气在社会上造成了极为恶劣的影响。正如莫言在《天堂蒜薹之歌》新版后记中所说的那样，在那个"谁还妄图用作家的身份干预政治、幻想着用文学作品疗治社会弊病，大概会成为被嘲笑的对象"的大气候下，面对因官僚主义而

---

① 莫言：《恐惧与希望》，第141页。

引发的震惊全国的蒜薹事件，莫言了解到事件的整个情况后，以作家高度的社会责任感和政治责任感奋笔疾书，“写了这部为农民鸣不平的急就章”。[①] 莫言出身农民家庭，本身又曾是农民，因而对农民在中国社会阶层中的过去与现在的状况非常清楚。所以，现实生活中出现的蒜薹事件也只不过是莫言社会问题小说创作的引子而已。能够在短短的35天时间内就完成了《天堂蒜薹之歌》这部27万字、反映社会中弱势群体的利益诉求以及批判党内存在的官僚主义作风的长篇小说，足以证明莫言作为新时期知识分子的中国作家所具有的高度社会责任感和政治责任感，因而莫言才会以其“纤细的脖颈”承当“人类灵魂的工程师”，以其“瘦弱的肩膀”去“担当‘人民群众代言人’的重担”。作品中最为精彩，也是社会意识和政治意识表现得最为强烈的地方是县人民法院对“天堂蒜薹案”的公开审理。极具讽刺意义的是这个审判庭由县人民法院院长担任审判长、县政协常委和县人大办公室主任组成陪审团；把解放军炮兵学院青年军官、马列主义教研室青年教师安排为被告人的辩护人，这就为作者以“马克思主义中国化”为小说关注的社会问题埋下了伏笔。辩护人首先回顾了党的十一届三中全会后农村形势发生的巨大变化，但话锋一转，“可是，近年来，农村经济改革带给农民的好处，正在逐步被蚕食掉”。在回顾了天堂蒜薹事件始末后，辩护人得出的结论是发生这起“天堂蒜薹案件”并“不是偶然的”。与新中国成立初期相比，如今政府职员人数过多，无形中增加了农民的负担；农村实行分田到户政策，政府官员无所事事，整天公费吃喝，成为“社会主义肌体上的封建寄生虫”。所以，被告人高马高呼“打倒贪官污吏，打倒官僚主义”就是“农民觉醒的进步表现”，而天堂蒜薹案“为我们党敲响了警钟”。[②] 辩护人接下来以社会契约论的基本思想原则分析了该案的实质，论述了人民政权存在的意义。对此，前面已有论述，此处不再重复。

显然，天堂蒜薹事件并非偶然事件，透过这个事件，莫言在小说中反映出当时全国农村中普遍存在的问题，并将其扩展开来，透视了改革开放

---

① 莫言：《天堂蒜薹之歌》，第330页。

② 莫言：《天堂蒜薹之歌》，第294～330页。

后整个中国权力机构中存在的较为普遍的问题。莫言以这部小说表达了“为民请愿”的意愿，同时也为党和人民政府的建设提出了宝贵的建议。因而，这部小说的创作宗旨也正如瑞典文学院秘书长英格伦德所评价的那样，莫言“并非一名政治异见分子”，而是“一名身在体制内部的体制批判人士”，这也正契合了哈贝马斯公共空间理论的核心部分。难道说莫言拿了共产党的工资，当了中国作家协会副主席，就不是公共知识分子了吗？一个作家的社会责任感和历史使命感，并不在于他目前所处的位置，而在于他所创作出来的作品究竟传递了什么样的信息，其创作的目的又是什么。如果仍以英格伦德的评价来看待莫言的社会责任感和历史使命感，人们可以发现，莫言的责任感和使命感体现为他对社会主义体制内部存在的问题的关注。从这一点上看，莫言作为知识分子的作用与哈贝马斯的公共权力结构又并非一回事。在哈贝马斯的政治公共权力结构中，知识分子既不属于国家机关的公共权力主体范畴，也不是市民社会的公共权力客体成员，而是介乎两者之间的政治公共领域内、通过意识形态的舆论作用来影响社会的有识之士。在哈贝马斯的文学公共空间结构中，文学直接作用于资产阶级知识分子狭小的内心世界、文化市场、商品市场、城市空间以及王宫贵族们构成的宫廷。哈贝马斯政治公共空间和文学公共空间理论的前提是资产阶级当政的社会体制，在其他社会形态中，其权力运行机制也基本相同。然而，在莫言所处的中国社会主义初级阶段中，中国是共产党领导的社会主义国家，中国共产党以马列主义、毛泽东思想及中国特色社会主义理论为指导，这就从国家的性质上决定了中国的社会体制。从理论上讲，执政的中国共产党是为广大人民群众服务的公务员，而非统治广大民众的集权制代表，这说明公共权力双方的利益诉求是一致的；广大人民群众既是这个权力结构中的客体，同时又是国家的主人，这与西方多党轮流执政的国家政权性质具有本质上的区别。基于这一点，虽然莫言身为国家副部级干部，拿了工资，但在政治公共空间和文学公共空间内，他既是权力主体的一员，又是权力客体的成员，所以认为莫言是在体制内对体制存在的问题进行批判的观点，既是准确的，同时也体现了莫言的主人翁身份。

文学在后现代主义语境下参与政治，还可以在莫言的长篇城市小说

《红树林》中找到证据。莫言这部反腐小说的故事发生地设定在南海之滨的现代化都市和淳朴的南国渔村，因为这里是中国改革开放最早、改革开放步伐迈得最大的地方。在这个生机盎然的南国自然景观映衬下，莫言的这部小说把中国改革开放进程中出现的腐败现象通过权欲、钱欲、情欲、性欲的连锁关系表现得淋漓尽致。选择这样的故事发生地既具有莫言文艺美学上的考虑，也暗含着他以政治美学为出发点的初衷。与莫言痛苦童年的故乡记忆不同，这部小说中的主人公林岚曾有过妙龄少女时期，也曾充满了童年本真和蓬勃向上的气息。似乎在她的感召下，自然风景和人们也都呈现出一片无限美好的景象："阳光明媚，秋风飒爽，天像海洋，人像花朵，一切都因为你而美好，就像歌功颂德的电影里所表现的那样。"[①] 林岚与马叔在少年时期也曾有过像奥斯特洛夫斯基在《钢铁是怎样炼成的》一书中所描绘的保尔和冬妮娅童年时期类似的纯真爱情。然而，随着林岚社会地位的变化，其人性中的弱点也逐渐显露出来。林岚嫁给地委秦书记的呆傻儿子后，[②] 又被公爹强奸。然而，她从这桩不幸的婚姻中"因祸得福"，成为南国市常务副市长。林岚从此尝到了为官的甜头，她的思想发生了质变，在腐败的道路上越滑越远，以致开始"享受"这种翁媳间有悖伦理的性爱关系。在权力的作用下，林岚开始肆无忌惮地接受贿赂，包庇儿子的犯罪行为，迫害良家女子珍珠，甚至堕落到去宾馆开房招"男妓"，以寻求性刺激的疯狂程度。莫言通过对林岚这个人物形象的塑造，把改革开放进程中出现的腐败现象进行夸大和变形，将拜金主义提高到政治的高度，认为权力可以"使爱情贬值""使痛苦淡化""使感情变质"。用林岚的公爹、地委秦书记的话来表述，那就是："所有的清规戒律，都是针对老百姓的，对我们这些做领导干部的，不应该成为障碍。"[③] 林岚也总结出她的人生真谛："政治，政治就是命运"。[④] 此时，作品主人公的人性尚不如禽兽："这里的白鹭很可能是地球上最洁净的鸟儿，它们捕食于海水，

---

① 莫言：《红树林》，上海文艺出版社，2012，第 10 页。

② 小说中，林岚的父亲是经地委秦书记提拔起来的县委书记，欠了秦书记的一个人情，于是就同意了这门亲事。

③ 莫言：《红树林》，第 317 页。

④ 莫言：《红树林》，第 150 页。

翱翔于清空，栖息于树梢，可谓一尘不染。”[①] 与一尘不染的白鹭相比，处于官位上的林岚却连什么是高尚和卑鄙、什么是幸福和不幸也难以做出判断。莫言这部小说中书写的人间社会悲剧实际上也是社会生存困境与人性弱点共同导致的悲剧。在这种社会悲剧面前，有的人把尊严看得无比高贵，也有的人为了钱而出卖灵魂。这一点不仅表现在官场上的林岚身上，而且也表现在渔家子弟大同的身上。在金钱和爱情面前，大同的选择使他最终失去了妻子珍珠，使其原本美好的爱情变成了悲剧。莫言这部小说的创新点在于：衡量人本质的标准既不同于传统的现实主义，又背离了现代主义和后现代主义。莫言的小说创作虽受域外文学影响，但他并没有像某些作家那样去追风，因而其作品中表现的并不是后现代主义文学的不确定性特征，亦不是传统现实主义的确定性特征，而依然是莫言探讨人本质中坚持的“好人—坏人—自己”三分法。

虽然中国目前已经处于社会主义初级阶段，但在世界上私有制依然存在的前提下，执政党内部个别人出现违背社会公德或执政纲领的现象也纯属正常现象。由于执政党的纲领与广大民众的诉求是一致的，所以通过广大人民群众的监督和公共空间内知识分子的舆论作用，执政党有能力解决自身存在的问题。

目前，中国在政治上已经发展成为完全独立自主的社会主义体制国家；在经济上已经成为世界上的第二经济大国；在文化上莫言获得诺贝尔文学奖而使中国文学在世界文坛上获得了更多的话语权；在医学上，屠呦呦获得诺贝尔医学奖使中国医学跨入世界医学界的前列；在军力上也提升到世界大国的地位。目前，中国正处于可持续发展的关键时刻。中国共产党十八届五中全会公报中提出“到2020年全面建成小康社会”的奋斗目标。[②] 要达到这个宏伟目标，执政党就需要加强国家治理及深化改革，特别是在改革开放中抓好反腐倡廉，克服那些与社会良性发展并不和谐的旧习、恶习。中国共产党历来就有开展批评与自我批评的优良作风，在战争的年代是这样，在和平建设时期也是如此。因而，中国共产党欢迎来自党

---

① 莫言：《红树林》，第202~203页。

② 《中共十八届五中全会公报》（全文），财新网，2015年10月29日，http：//www.caixin.com/2015-10-29/100867990.html。

内党外的批评声音。如同莫言在《天堂蒜薹之歌》、《酒国》和《红树林》等小说中所揭示的那样，改革开放以来，中国由计划经济向市场经济转轨，党内和政府部门内一些蛀虫的腐败现象也随之呈高发和多变特征。这些腐败现象的实质都是部分掌握公共权力的腐败分子以权谋私，或将国家的资财窃为己有，或行贿受贿。对于这种腐败现象，仅仅依靠道德自律手段已无法遏制，必须依靠法律的重拳，无论腐败分子处于什么高位上，只要触犯党纪国法就必须予以制裁。以习近平同志为核心的党中央领导班子高度重视反腐倡廉，发表了一系列相关讲话并出台了一系列相关文件，就是要从根本上解决这种与和谐社会相悖的腐败现象。习近平总书记提出在反腐中要"'老虎''苍蝇'一起打，既坚决查处领导干部违纪违法案件，又切实解决发生在群众身边的不正之风和腐败问题"。目前，反腐倡廉行动已初见成效，不仅党内一批身居高位的腐败分子被惩处，而且连过去常见的公款吃喝享乐以及公款旅游的腐败风气也得到了有效地遏制。反腐倡廉既需要加强对党员干部的思想教育，也需要广大人民群众和文学公共空间内的舆论监督。莫言正是通过这一有效途径来帮助执政党克服执政过程中出现的问题。如今，随着传媒和通信手段的快速发展，网络监督已成为一种新的、有效的监督手段，"建立规范有序的网络政治参与，发挥反腐倡廉网络舆情信息的最大效应，通过网络舆情制度化，可以使民声民意的表达途径更加直接"。[①] 近年来，很多腐败分子在广大人民群众以网络形式参与政治时被曝光，成为被揪出来的"大老虎"。由中央组织部、最高人民检察院、公安部和人民银行等部门联合开展的"天网"行动以及由公安部开展的"猎狐"行动，就是在这种新形势下将反腐斗争继续深入下去的具体体现。仅 2014 年，中国就已追回逃往境外嫌犯 680 名，其中涉案超过千万元的 208 名，超亿元的 74 名。[②] 反腐倡廉是一项艰巨的、长期的任务，但不论完成这项任务有多么大的阻力，为了中国的可持续发展，为了实现中华民族伟大复兴的中国梦，这项工作都必须义无反顾地坚持下去。

---

① 王玉：《地方治理视域下反腐倡廉网络舆情信息制度化研究》，《学术交流》2013 年第 5 期，第 57 页。

② 景玥、李源责编《"天网"、"猎狐"强势来袭：钳制外逃贪官境外活动能力》，人民网，2015 年 4 月 2 日，http://fanfu.people.com.cn/n/2015/0402/c64371－26788016.html。

莫言在其反腐系列小说中提出的各种问题，也正是执政党目前正在致力解决的问题。

一斑窥豹，莫言的小说作品体现了作家本人在文学创作中对社会问题、政治问题和历史问题的关注，也体现出一名社会主义体制下知识分子的社会责任感和历史使命感。从这个意义上讲，莫言既是一名文学家，一名社会批判家，同时也是社会发展的预言家。

第二节　莫言小说对人关注的独特视角

对人的关注，尤其是对人的生存困境和人的本质探讨与书写的独特模式，是莫言小说在自主创新中的另一亮点。文学有助于提高人的个性素养和文化素养，将个人与整个人类的文化环境整合在一起，了解人类的梦想以及不同社会中人们为实现梦想所做的努力，使个人建立起人类的整体感并学会人与人之间该如何相处。[①] 学术界有人认为“文学是人学”是由苏联伟大文学家高尔基（Maxim Goryky）提出来的，也有人认为在高尔基之前早已有人提出了这个论点。不论这个论点究竟是由谁提出来的，“文学是写人的；文学是人写的；文学是人看的。人作为文学的表现对象、创作主体和接受主体，贯穿于文学的全方位和全过程”。因而，就人学研究而言，文学就是要研究“人的客体性和人的主体性、人的自然属性和人的社会属性、人的物质关系和人的思想关系、人的认知关系和人的价值关系、人的群体性和个体性、人的共同性和人的差别性、人性善和人性恶、人的历史活动和人的审美活动”等关系。[②] 这几个关系是文学创作的核心内容，这一点在文学界和学术界已没有争议。然而，一个作家如何以其与众不同的方式在文学中探讨人类自身却并非易事，莫言以其独特的书写模式已经做到了这一点。有关这几个关系在本书前面已有部分论述，就不再重述，本节仅就在域外文学的影响下，莫言在其小说中对人关注的独特视角及其创作模式所走过的创新道路加以探讨。

---

① Edgar V. Roberts & Henry E. Jacobs, *Literature: An Introduction to Reading and Writing* (Englewood Cliffs: Prentice-Hall, 1986), p. 2.

② 陆贵山：《人论与文学》，中国人民大学出版社，2000，第11页。

一　莫言小说的人物形象塑造原则

在中外传统现实主义小说创作中，作家对作品人物的塑造基本上采取善恶分明的书写策略。在中国处于“文化大革命”时，这种“脸谱化”的人物形象塑造方式达到了登峰造极的程度。如果作品被搬上银幕或舞台，仅看脸谱就可以判定出“好人”和“坏人”，中间地带的人物形象是没有的。在西方浪漫主义文学中，人是作家理想的产物；在现实主义文学中，由于强调文学的社会批判和对人性弱点批判的作用，因而典型人物形象塑造就显得尤为重要；在自然主义文学中，小说中的人物受“环境决定论”的影响，作品对人的欲望追求的探讨，使小说人物善与恶的人性评价往往位于“好人”和“坏人”的两极。美国作家海明威则在其小说中致力于塑造“孤高自许、目下无尘”的“硬汉”形象。[①] 受非理性哲学的影响，现代主义文学作品也在讲求人性的善与恶，但是，在表现方法上与现实主义完全不同，作家不再把人物形象放在线性发展的故事中去塑造，而是通过现代主义的故事叙事方法来描写人、塑造人。当文学发展到后现代主义阶段，文学创作的终极目标被消解，代之以人的不确定性，在表现手法上则以语言实验和话语游戏为主要特征。由于莫言的文学创作时期正处于西方文学的后现代主义阶段，所以其作品对人的善恶评价也不乏后现代主义特征。所不同的是，随后现代主义进入莫言视野的还有现代主义，因而，莫言对人的善恶评价综合了现代主义和后现代主义的书写策略，最终以现实主义为结局。

受创作的时代背景影响，尤其受域外文学思潮的影响，莫言对人的关注在很大程度上与新历史主义批评的观点相吻合，而与新批评强调形式主义的某些观点相悖，如新批评反对传记批评和历史考证，主张把康德（Immanuel Kant）的理想主义作为理论基础，主张用纯美学标准来重新评价文学经典等。但是，对于欧美新批评中有些代表人物的某些观点也不能一概持否定态度，例如，美国学者韦勒克（René Wellek）对此认为，“‘新批评’摈弃传统学院派单纯从历史、社会和作家心理的角度来研究文

---

① 关晶：《〈老人与海〉的语言艺术》，《短篇小说》（原创版）2013 年第 3 期，第 69 页。

学的模式，但它从不否认历史的真实性”。[①] 然而，如前所述，史学的价值取向为“真”，但其真实性仍受到历史编撰者的局限性影响，因而，历史主义的“真实性”也是相对的。概而言之，研究莫言小说对人学的探讨仍需从上述提及的几个关系入手，这也是研究莫言小说如何对人予以关注的最为有效的基本路径。

莫言对人的善恶评价采取了与其之前的中外作家截然不同的策略——将好人当成坏人写，将坏人当成好人写，将作家本人当成罪人写。莫言的人物书写策略似乎与人的善恶评价形成了一个悖论，但以莫言的文本为依据进行评价，正说明这种人性探索方式的“合理性”，而且这也符合现实存在中的“人”的实际情况。在现实生活中的人，用莫言的观点来看，并无纯粹的好人或纯粹的坏人，在同一个人身上，通常会同时表现出善与恶的本质，只不过哪一方面是主要的、哪一方面是次要的而已。具有多重人格是莫言笔下人物的显著特点，这也正是莫言在《红高粱》中所总结出来的、看似自相矛盾的多重人格评价：“高密东北乡无疑是地球上最美丽最丑陋、最超脱最世俗、最圣洁最龌龊、最英雄好汉最王八蛋、最能喝酒最能爱的地方。”[②] 其中，最为典型的是余占鳌这个人物形象的塑造。在莫言笔下，余占鳌是个土匪头子却又是抗日大英雄，是个抢人家媳妇、杀人家公爹和丈夫的“王八蛋”，却又是大义灭亲、下令枪毙强奸民女的亲叔叔的正义样板。此外，戴凤莲也是类似的人物：曾和“我爷爷”余占鳌在高粱地里苟合的“我奶奶”在为游击队送饭途中被日寇击中，临死前还在思索“什么叫贞节？什么叫正道？什么是善良？什么是邪恶？……我只有按着我自己的想法去办，我爱幸福，我爱力量，我爱美，我的身体是我的，我为自己作主，不怕罚，我不怕进你的十八层地狱。我该做的都做了，该干的都干了，我什么都不怕”。[③]《檀香刑》里因抵抗德国人侵而受了酷刑的孙丙，死得豪爽，保持了英雄的气节，但他的出发点仅仅是为保住自家祖坟的风水宝地；《丰乳肥臀》的女主人公上官鲁氏是一位“爱犹如澎湃

---

① 〔美〕约翰·克劳·兰色姆：《新批评》，王腊宝、张哲译，文化艺术出版社，2010，第5页。

② 莫言：《红高粱》，第2页。

③ 莫言：《红高粱》，第67页。

的大海与广阔的大地”的“伟大母亲”，她却与7个（伙）不同男人生了9个孩子；[①]《酒国》里的侦察员作为正义的代表到酒国市调查食婴案却拜倒在酒色之下，最终因醉酒被淹死；《红树林》的女主人公林岚被迫含泪嫁给白痴丈夫，又被身为地委书记的公爹强奸，反而暗自高兴，从最初的单纯善良的良家女子堕落成为官场上的腐败分子，完成了一个由“好人”到“坏人”的人生转变；《翱翔》中的洪喜因换亲得来的媳妇并不顺着他而发誓要在新婚夜好好惩罚新娘燕燕，新娘逃婚更使洪喜恼羞成怒，然而，当警察射杀了燕燕时，洪喜却又哭着大骂警察害死了他的老婆。凡此种种，均有双面人性的特征。与传统现实主义文学对人的关注不同，莫言作品虽然采取了完全不同的表现策略，但作品人物的共同点是善与恶的人性特征可以同时体现在同一个人身上。从这一点上来说，莫言在其小说中对人性的探索完全摒弃了他之前作品人物形象塑造的基本方式。对于这种人物形象塑造的方式，学术界中既有人拍手叫绝，也不乏有人对莫言冷嘲热讽。要回答这个问题，有必要对莫言创作的时代背景加以分析，否则学术界就无法做出合理的解释。

文学对人的关注可以追溯到远古时期。第二章第三节中提及的7世纪到9世纪古英语文学中的《贝奥武甫》、第二章第四节中提及的中国古典文学中的《女娲补天》和《羿射九日》等寓言故事以及欧洲文艺复兴时期莎士比亚的全部作品，均为文学对人关注的早期表现形式。再以19世纪与20世纪之交俄国现实主义伟大作家列夫·托尔斯泰的作品为例，《战争与和平》、《安娜·卡列尼娜》和《复活》等是欧洲早期批判现实主义文学对人予以关注的代表性作品；英美诗人T. S. 艾略特的《荒原》和美国小说家福克纳的《喧哗与骚动》是欧美现代主义文学对人予以关注的代表性作品；美国作家海勒的《第二十二条军规》和哥伦比亚作家马尔克斯的《百年孤独》可以被看成当代文学，即后现代主义语境下，对人关注的表

---

① 上官鲁氏的9个孩子中，大姐上官来弟和二姐上官招弟均是其与姑父于大巴掌所生，三姐上官领弟是其与土匪密探所生，四姐上官想弟是其与江湖郎中所生，五姐上官盼弟是其与杀狗人高大膘子所生，六姐上官念弟是其与智通和尚所生，七姐上官求弟是其被四个败兵强暴所生，八姐上官玉女和“我”上官金童是其与瑞典籍传教士马洛亚所生的双胞胎。

现方式。莫言进入文学创作领域时，可以说适逢良机，中国文学打开了对外交往的大门，用莫言自己的话来说，中国作家看到了国外同行在中国“闹革命”① 的时候都做了些什么。

西方文学，从20世纪初到20世纪80年代，已经走过了现实主义和现代主义文学阶段，后现代主义作为一种文学思潮也趋于尾声。但是，这些文学思潮对于中国作家而言，仍是新鲜的文学景观，因而，现代主义和后现代主义同时作用于中国作家，于是，现实主义、现代主义和后现代主义混杂在一起，形成了改革开放后中国新时期文学的新特点。然而，在这些不同文学思潮的杂合体中，并非所有的思潮都处于同等位置上。相对而言，具有承前启后作用的现代主义思潮所占的比重要比现实主义和后现代主义思潮大得多。如前文所述，现代主义文学思潮是由社会的现代性所决定的，因而，若想厘清现代主义文学思潮对莫言产生的重要影响，首先弄清楚现代主义产生与发展的社会背景和哲学背景就显得尤为必要。

二　哲学思潮对现代主义文学的影响

进入20世纪以后，西方世界经历了两次世界大战，特别是帝国主义之间为了争夺势力范围而发动的第一次世界大战结束后，资产阶级一直宣扬的“正义”“博爱”、人们之间相互信任的价值观开始发生动摇。特别是在正义与非正义之间展开较量的第二次世界大战中，德国法西斯为灭绝犹太种族而设立的集中营、战争后期原子弹的实际使用等都给人们的内心世界造成了挥之不去的阴影。于是，战争使西方知识分子产生了幻灭感。与西方资本主义世界不同的是，以苏联为代表的社会主义阵营开始显示出强大的生命力。然而，在冷战思维的影响下，美苏却又分别成为资本主义和社会主义两大阵营的代表，苏联式的社会主义受到以欧美为主的西方资本主义阵营的猛烈攻击，昔日的反法西斯联盟已不复存在。于是，西方知识分子深深地陷入了信仰危机之中。以尼采为代表的“上帝已死论”和以瓦雷里（Paul Valery）为代表的“万物崩离，中心失依论”都是西方那个时代作家的精神写照。对于他们的作品，评论界常将他们所处的社会及其精神

① 莫言此处提到的“闹革命”即指中国的“文化大革命”。

世界比作 T. S. 艾略特式的“荒原”，这一代人也就成了海明威笔下“迷惘的一代”。

由于社会变化在人们的内心世界逐渐形成了信仰危机，因而文学思潮研究还需要了解现代主义产生与发展的哲学思想背景。这一点就如同美国哲学家考夫曼（Walter Arnold Kaufmann）论述哲学家的作用时所指出的那样：“哲学家必须站在他那个时代的对立面，永远不要顺从；充当一名无所畏惧的批评家和诊断家是他的使命——如苏格拉底那样。”①

西方 19 世纪哲学的总体发展趋势是反理性主义，其突出体现为哲学上的实证主义和唯意志论。德国现代反理性主义哲学的创始人、不可知论哲学家康德的基本观点：世界可以分为现象部分和本体部分，本体部分是不以人的意志为转移的，因而也是不可知的；人所能够认识的只是现象，而不是本质。于是，人们对现象和本质的关系认识就构成了现代反理性主义哲学的先期思想内核。其表现在美学观上，就是康德的“美即形式”和“美感即快感”。显然，康德这一哲学思想和美学思想为现代主义文学思潮中的唯美主义、形式主义和象征主义等流派提供了理论基础或为其补充了新的内容。在欧美文学中，意识流作家詹姆斯·乔伊斯和福克纳、意象派诗人庞德（Ezra Pound）和 T. S. 艾略特等著名作家成为 20 世纪初期西方现代主义文学的代表，他们的《尤利西斯》、《喧哗与骚动》、《在地铁站内》和《荒原》等小说和诗歌均是这一哲学思潮影响下的产物，也正是在这种思潮影响下创作出来的现代主义文学代表性作品。

法国的实证主义哲学代表人物是孔德，他和奥地利物理学家马赫（Ernst Mach）和德国哲学家阿芬那留斯（Rechard Heinrich Avenarius）共同把经验批判主义演变为实证主义。实证主义主张取消现象以外的存在与本质，只承认科学和人类认为所能触及的主观经验世界；主观和客观以及物质与精神之间，经验是两端的唯一区别，进而否定了客观事物的内部规律性以及经验的客观性。实证主义强调，科学揭示的仅是“外部世界的秩序”，仅局限于对事实的叙述，而不能说明事实的本质，因而科学只问是

---

① 〔美〕瓦尔特·考夫曼：《尼采对苏格拉底的态度》，胡铁生译，载汪民安、陈永国编《尼采的幽灵——西方后现代语境中的尼采》，社会科学文献出版社，2001，第 367 ~ 391 页。

什么，而不问为什么。阿芬那留斯和马赫的实证主义进一步否定了经验的客观内容，马赫把客观事物统称为“要素复合”或“感觉复合”；阿芬那留斯则提出了“原则同格”说，进而把感觉经验转变为纯粹主观性的东西。他们对上述概念进行解释时，均明确指出：世界依“自我”存在而存在，而“自我”则是客观世界存在的基础。实证主义对现代主义文学的影响主要表现：文艺观建立在否认世界的真实性、主张艺术脱离其客观对象的基础之上，把自我、精神、内心感觉、体验提高到唯一“存在”和“真实”的地位。象征主义强调感官的效能，未来主义却坚持“现代感觉”和“心境的迸发性”，表现主义则倡导“内心指挥感觉”等。这一哲学流派最核心的部分强调主观感觉而否定客观存在，因而马赫和阿芬那留斯的哲学思想与法国实证主义哲学是一脉相承的。①

法国文学批评家查理·圣伯夫（Charles Augustin Sainte-Beuve）将实证主义理论应用于文学批评的实践中。圣伯夫认为，文学批评的主要任务在于发掘和研究有关文学家和文学史的确实且又可实证的事实。对作家而言，实证的内容事实包括其国家、民族、生活的时代、家庭出身、所受的教育、幼年的环境、成功与否等。至于这些事实之间是否有某种客观规律，则不是文学批评所要探求的内容。圣伯夫把文学批评比作植物标本的采集，坚持采取自然科学的研究方法，主张广泛搜集相关事实，然后再对其加以阐明。在这些因素中，作家本人的因素显得尤为重要。学术界常把圣伯夫的文学批评价值解释为以间接的方式来揭示那些实际隐藏着的诗意或创作的意图。

在孔德的实证主义影响下，法国 19 世纪杰出的文学批评家泰纳（Hippolyte Adolphe Taine）根据自然界的变化规律来解释文艺现象、研究文学艺术的发展史。泰纳认为，精神科学和文艺研究与自然科学在研究方法上是基本类似的。法国自然主义小说家和文学理论家左拉则认为小说要如实地接受事实、描写事实，接受把一切归于自然法则的实证主义思想，人和其他生物一样，都须服从于同样的决定论；法国另一位自然主义作家

---

① 赵乐甡、车成安、王林主编《西方现代派文学与艺术》，时代文艺出版社，1986，第 9 ~ 10 页。

巴尔扎克也持类似的观点，认为“社会类似自然”，强调作品对细节描写的精确性；同为法国自然主义作家的福楼拜（Gustave Flaubert）则主张“取消私人性格主义”。西方盛行于19世纪末期的唯美主义流派提出的“为艺术而艺术”论（art for art’s sake）就是在实证主义强调经验的理论基础上形成的。

存在主义是在唯意志论的基础上发展起来的。德国哲学家叔本华是唯意志论的创始人，唯意志论的重要代表者还有德国的尼采和法国的柏格森（Henri Bergson）。叔本华强调“生命意志”，认为“世界是我的表象”，“表象是我的意志的客体化”；意志则是盲目的冲动和生存的欲求；“生命意志”在现实世界中是永远无法满足的，因而人生才充满了痛苦。唯有在否定了生命意志的前提下，人才能从中得到解脱。现象世界的存在是“我”的意志的体现。唯意志论为存在主义哲学在20世纪的发展提供了理论依据。

尼采的哲学是权力意志论或超人哲学，其核心是将哲学的任务看成在反对传统概念和扫除旧有价值观念的基础上创建新的价值、观念和文化。在思想内涵上，尼采的超人哲学又受到叔本华的唯意志论和音乐家瓦格纳（Wilhelm Richard Wagner）超人思想的影响，并在此基础上进一步提出了“权力意志”论。尼采指出，人生的基本动机是权力意志，是上升、创造、战斗、扩张的意志，这种意志可以使人达到“超人”的境地，因而尼采的哲学思想又被称为“超人哲学”。尼采提出了对待人应采取的两种道德观：一种是同情、博爱、仁慈和怜悯，属于奴隶道德的范畴；另一种是创造、战胜、扩张和征服，属于超人道德的范畴。在文学创作上，尼采倡导作家创作具有反抗精神且又不屈不挠的、反映英雄性格的悲剧，因为人生的悲剧就是要表现出人不畏强暴和敢于牺牲的精神，这才是真正具有正向价值的悲剧。尼采又从希腊艺术分析入手，论述艺术源自超现实梦境艺术世界的日神精神和醉境下本能冲动的酒神精神。尼采主张，作家应将醉境之力与梦境之美结合在一起，美应具有力，力则通过美来表现，进而创作出两种境界兼而有之的艺术作品。

柏格森把叔本华和尼采的意志论哲学进一步发展为“生命冲动”说，构成了柏格森“直觉主义”的哲学体系。该体系认为，世界的存在是“生命的冲动”或“创造进化”的过程，也是意识的“绵延”和无法分割的过程。这种“绵延”与“自我”在柏格森看来是等同的，这不仅是人的一种基本存在形式，而且也赋予它以理性所不能认识的性质，因而只能靠下意识的直觉来获得。直觉主义在柏格森的艺术观内表现为一种反功利的虚无主义，“生活要求我们只接受外部功利方面的印象”，但是，“无论是绘画或雕刻，更无论是诗和音乐，艺术的总目的都在于清除功利主义这一象征符号……清除把我们同‘实在’隔开来的一切东西，从而使我们可以直接面对实在的本身”。柏格森对艺术的直觉主义和“绵延说”，即“生命冲动说”的最高境界是“无”的美学思想，对以福克纳和乔伊斯等人为代表的现代主义“意识流”小说作家形成了很大影响。①

现代主义文学的思想基础还来自心理哲学的发展。弗洛伊德是奥地利精神分析学派的创始人、20世纪反理性思潮的主要哲学家之一。弗洛伊德心理哲学的核心是人格层次理论，具体区分为本我、自我和超我三个层次。第一个层次是“本我”，是人的本能欲望层次，处于无意识结构中，受非理性本能驱使，常表现为自我实现，但其前提常常是对他人的侵犯。第二个层次是“自我”，是对“本我”的控制区域，使“本我”不能随心所欲，因而“自我”处于意识结构之中，对“本我”具有抑制作用。“自我”具有调节“本我”和外部世界的冲突、压抑和限制“本我”的非理性冲动的作用，遵循的是“现实”原则。第三个层次是“超我”，位于意识结构的最高层面，“至善”是其最高原则，用于监督处于中间位置的“自我”和限制最低层次的“本我”。弗洛伊德心理哲学认为，大多数人通过长期的社会实践，已经获得了对本能欲望和现实之间矛盾的自我调节能力。然而，这并非说明人的本能欲望已不复存在，而只能表明人的本能欲望受到压抑而转入潜在状态后仍在继续活动，这种现象被称之为“潜意识”。所有人都在不同程度上存在着某种生理缺陷或精神处于相对失衡状态，因而人的自我意识很难达到尽善尽美，这种失衡现象一旦达到无法控制的程度就会形成心理变态。受到压抑的“本

① 赵乐甡、车成安、王林主编《西方现代派文学与艺术》，第11页。

能”会另寻出路，以托梦的形式使自己得到一种“伪装的”满足；或使本能欲望达到“高尚化”，以科学发明或艺术创作等途径使其升华。弗洛伊德的心理哲学理论对20世纪上半叶现代主义文学的发展产生了重大的冲击和影响。由于弗洛伊德心理哲学强调心理动机，尤其强调性动机对人的影响，因而在20世纪上半叶，西方文学中盛行的“性解放”就是弗洛伊德理论所产生重大影响的文学表现形式之一。弗洛伊德心理哲学理论对文化和艺术所形成的重要意义，可以从两个主要方面得以印证。第一个方面，意识被进一步划分为有意识、无意识和潜意识三个层次，明确了潜意识的存在及其在个体发展中的重要地位。透过潜意识这个层面，现代文学家和艺术家看到了人们在通常情况下无法看到的东西。当这个过去被封闭的个体的秘密，即人的意识层次体系中最为隐蔽的部分，被展示出来之后，文学中关于人的概念就形成了许多新的阐释。自欧洲文艺复兴运动和启蒙运动以来，“人”一直处于被歌颂的地位。到19世纪末和20世纪初，当弗洛伊德把潜意识的大门打开之后，文学中关于人的形象塑造开始发生改变。人的非理性的一面开始被暴露出来，人性高尚的神话也随之被打碎。于是，现代社会中的病态和畸形人物形象在现代主义作家的笔下被描绘出来。欧美现代派诗人T. S. 艾略特的代表作《荒原》就是西方现代社会异化状态的再现，也是弗洛伊德潜意识理论支持下的典型作品之一。第二个方面，在意识的三个层次之间的隔障被打破以后，形成了意识可以在人的头脑中自由流动的论点，也就自然而然地形成了自由联想在文艺创作中可以发挥积极作用的观点。爱尔兰作家詹姆斯·乔伊斯的《尤利西斯》和美国作家福克纳的《喧哗与骚动》均为弗洛伊德这一理论影响下创作出来的现代主义意识流代表性作品。

此间，哲学作为思想基础，在促进文学对人的关注方面，影响最大的哲学思潮当属存在主义（又称生存主义）。法国哲学家、文学家和批评家萨特指出：“存在主义是一种人道主义。”[①] 在美国哲学家W. 考夫曼看来，存在主义并非一种哲学，而只是一个标签，标志着反抗传统哲学的逆流。[②]

---

① 〔法〕让－保罗·萨特：《存在主义是一种人道主义》，汤永宽译，上海译文出版社，2008，第1页。

② 〔美〕W. 考夫曼编著《存在主义》，陈鼓应等译，商务印书馆，1987，第1页。

当存在主义经由克尔凯戈尔（Soren Aabye Kierkegaard）、雅斯贝斯（Karl Jaspers）、马塞尔（Gabriel Marcel）、海德格尔（Martin Heidegger）等几代人的努力，尤其当人类经历了第二次世界大战的浩劫之后，萨特将存在主义发展到最新阶段。在萨特看来，存在主义“是一种使人生成为可能的学说”。在这个学说里，萨特提出了“存在先于本质”的存在主义形而上学观点。萨特认为：“我们每一个人必须亲自做出选择；但是我们这样说也意味着，人在为自己做出选择时，也为所有的人做出选择。”[①] 萨特的存在主义哲学是人的自由的哲学，其文学理论和文学批评也是其自由学说的一个重要组成部分。在“自己造就自己”的观点基础上，萨特又进一步提出了种族、阶级、语言、隶属的集团、历史、遗传、童年时代的个人境况、后天养成的习惯、生活中的大小事件等处境对自我塑造的作用，即自由和人为性。[②] 在对人的关注方面，萨特在回敬对存在主义的非难时指出，存在主义不是“一种无作为论的哲学”，因为存在主义“是用行动说明人的性质的”；存在主义也不是“对人类的悲观主义描绘”，因为存在主义“把人类的命运交在他自己手里”，所以没有任何哪一种学说能“比它更乐观”；存在主义“也不是向人类的行动泼冷水，因为它告诉人们除采取行动外没有任何希望，而唯一容许人有生活的就是靠行动”。当代小说对人的关注还有来自多方面的非难，在回敬这些非难时，萨特以左拉的自然主义文学为参照物，指出：“人们对我们的责难，归根到底，并不是我们的悲观主义，而是我们的严峻的乐观主义。如果有人攻击我们写的小说，说里面描绘的人物就是卑鄙的、懦弱的，有时甚至是肆无忌惮的作恶者，那是因为这些人物都是卑鄙的、懦弱的、邪恶的。”[③] 在论及人的自由以外，萨特也更加关注作家创作的自由与读者阐释的自由。在萨特看来，作家并非对其作品一直持有控制权，作家为了诉诸读者的自由而写作，读者阅读则是对作家自由的承认，亦是对读者自身的肯定。[④] 于是，萨特就将存在

---

① 〔法〕让 - 保罗 · 萨特：《存在主义是一种人道主义》，第 2 ~ 6 页。

② 〔法〕让 - 保罗 · 萨特：《存在与虚无》，陈宣良等译，生活 · 读书 · 新知三联书店，2007，第585 页。

③ 〔法〕让 - 保罗 · 萨特：《存在主义是一种人道主义》，第 15 ~ 16 页。

④ 新浪博客：《萨特存在主义文学的本质》，可可文艺网，2013 年 6 月 19 日，http：//blog. sina. com. cn/s/blog_ 7299f21b0101ccy9. html。

主义与人道主义结合为一体。

现代主义作为一种文学思潮，是在文学发展进程中以反理性为内核的文学运动。现实主义文学继承了浪漫主义文学的民主、人道和抗议现实的思想内容，但在文艺观上则强调面对现实，目的在于通过典型环境中的典型人物塑造揭露现实，因而现实主义又有批判现实主义之说。从政治学意义上讲，17 世纪的古典主义文学在于维护王权，提倡以巩固封建国家秩序为目的的公民责任感，而现实主义则在于揭露资产阶级社会的弊端，公开表明对统治阶级的叛逆立场。波德莱尔（Charles Pierre Beadelaire）的象征主义在 19 世纪文学中已形成了一股对传统文学的冲击力，再加上 19 世纪末和 20 世纪初哲学、心理学中的反理性思潮及其他因素和条件的共同作用，这些因素共同促进了现代主义文学的产生。欧洲非理性哲学的发展对欧美文学的影响是巨大的，也是直观可见的。从诺贝尔文学奖获得者福克纳和马尔克斯小说对现代人的关注来看，存在主义思潮对文学创作同样产生了重要的影响。

20 世纪是整个世界发生巨变的时代，这个时代的变化在文学家的头脑中及其作品中，甚至在文学的所有流派中被折射是必然的。尽管这些现代主义和后现代主义文学的折射基本上是以反理性的面目出现的，但就客观外界的现实性或作家内心世界的真实性而言，两者在一定程度上均为文学对“存在”的能动反映。从另一个侧面观之，文学又是人类特定历史时期内意识形态的重要舆论工具，可以折射出人们对某种政治文化认同与否定的态度和程度。艾布拉姆斯（M. H. Abrams）在论述浪漫主义文学时，将文学作品比作心灵外界反映的“镜”和发光体的“灯”。① 但是，受社会因素和哲学因素的影响，现代主义文学和后现代主义文学对“存在”的折射与传统现实主义“镜与灯”式的折射大不相同。同为对人的关注，莫言在其小说创作中采取了与其前人截然不同的观点与策略，这其中有他早期创作对域外作家（如福克纳）的借鉴，但更多的则是他后期创作中在对人关注方面的自我创新。如果从存在主义哲学影响创作的角度来观察莫言小

---

① M. H. Abrams, *The Mirror and the Lamp: Romantic Theory and the Critical Tradition* (London · Oxford · New York: Oxford University Press), 1953, Preface.

说对域外思想的接受，日本作家大江健三郎对莫言的影响可谓更加直接。

被莫言称为前辈的日本作家大江健三郎亦为诺贝尔文学奖获得者，其文学成就的取得就如同中国的诺贝尔文学奖作家莫言对美国诺贝尔文学奖作家福克纳、哥伦比亚诺贝尔文学奖作家马尔克斯以及西方元小说的接受一样，是在法国萨特存在主义的影响下，在第二次世界大战后日本的语境中将欧洲文学思潮与日本的本土文化相结合的产物。大江健三郎独创性的文体形式和对第二次世界大战后日本人的心理探索以及对日本文学的发展均形成了巨大的影响，他也曾一度被文学界和批评界称之为“东洋的存在主义”。早在20世纪初叶，西方资本主义列强在各自利益的驱使下，其内部矛盾进一步激化，爆发世界大战的危机日益加剧，社会秩序也更加动荡。迫在眉睫的战争使人们内心中充满了不安和恐惧，人们在精神上也经受着极大的压抑。在这样的环境下，人的主体意识受到长期的压抑，自身的力量被轻视，整个日本都处于政治高压的统治状态中。在文学领域内，作家的独立性和创造性也由于军国主义即将发动的战争而消失殆尽，“日本文化的血脉被严重毁坏，也造成了文学的扭曲乃至对文学基本功能的侵蚀，作品衍变成武士道观念的载体和图解，沦为现代造神、颂神运动的工具”。为侵略战争服务成为当时日本文学的总体发展趋势。在日本发动的侵略战争期间，日本文坛几乎处于空白状态，“臭名昭著的‘笔部队’，以文学活动的方式参与、协助侵略战争的所谓文学家”以侵略战争为背景和题材进行所谓的创作，“或是把侵略战争美化成‘圣战’，或是把战争责任强加给包括中国在内的同盟国，或歪曲描写被他们侵略地区的状况”。第二次世界大战后，一批日本青年作家在历史意识的支配下，开始以写实的方式和人文情怀再现法西斯政权的对外侵略和彼时日本国内生活的状态，展现了士兵的命运以及百姓幸福的毁灭，并以战争与和平为主题表达了作家对战争前后日本国民的人文关怀。在这个历史转折时期，日本战后派的文学家在思想内涵和精神命脉方面开始转向人道主义，呼唤人性的复归。①由于日本战后文学注入了人道主义的因素，因而当法国存在主义的代表人物萨特访问日本时，曾评价谷崎润一郎的《细雪》“出色地描绘了日本女

① 李德纯：《战后日本文学史论》，译林出版社，2010，第3页。

性的日常生活以及她们的生存状态……塑造的是日本年轻女性的典型形象”。[①] 这也是以萨特为代表的法国存在主义开始在日本当代文学中进行传播的开端。

在所有诺贝尔文学奖获奖作家中，大江健三郎是一位极其特殊的作家，因为他出生并成长于日本发动侵略战争期间，而其文学创作却处于日本侵略战争结束之后。通过文学创作来表现第二次世界大战日本民众的失落感并从中建立起寻觅意识，使其与安部公房和开高健等日本作家为日本文学中存在主义的兴起做出了重大贡献。[②] 因而，第二次世界大战后日本的文化背景和社会背景为大江健三郎在存在主义思潮影响下进行文学创作提供了社会基础和思想基础。大江健三郎与其他诺贝尔文学奖获得者不同的地方就在于他出生并成长于曾经发动了那场侵略战争的国度里。当他步入文学创作领域时，第二次世界大战已经结束。昔日给亚洲和美国造成巨大人道主义伤害的日本军国主义被世界反法西斯联盟打败，日本在近代以来第一次成为战败国。那场战争不仅给亚洲邻国带来了巨大的灾难，而且也给日本民众带来了难以抚平的心理创伤。因此，通过文学创作的方式来表达他对这样一个处于世界民族之林特殊位置上的日本民族的关注，也就显示出大江健三郎文学之路的特殊性。大江健三郎以作家的身份出现的日本文学界，其本身就是一种人生选择，也体现了萨特“我对自己的选择是负有责任的；在自己承担责任的同时，也使整个人类承担责任”的人道主义思想。大江健三郎选择文学之路本身就是一种文学对人学关注的体现，他并没有将自身弃之于这个特定的历史和社会环境之外，因为人虽然始终处在自身之外，但“人靠把自己投出并消失在自身之外而使人存在；另一方面，人是靠追求超越的目的才得以存在”的。[③] 大江健三郎对人的关注体现在“人的处境是荒谬而富有悲剧性的……在许多处境中，不论我们作何种选择，我们都不能逃离罪恶”，[④] 大江健三郎作品中现代意识的荒谬性

---

① 戴铮：《村上春树离诺贝尔文学奖最近》，《东方早报》2008 年 3 月 31 日。

② 在大江健三郎之前，川端康成是第一位获得诺贝尔文学奖的日本作家。川端康成的文学创作始于战争期间，也是一位反战的日本作家，但其社会背景和文化背景与大江健三郎大不相同。

③ 〔法〕让 - 保罗 · 萨特：《存在主义是一种人道主义》，第 19 ~ 24 页。

④ 〔美〕W. 考夫曼编著《存在主义》，第 41 ~ 42 页。

表达了在当时社会境况下日本人的生存意义、价值观以及自我救赎之路。那场战争使日本的身份成为举世公认的“亚洲侵略者”，因而第二次世界大战后日本在政治、社会和文化等方面均在亚洲处于孤立的境地，但日本又要与西方接轨。于是，大江健三郎把日本这种文化的艰难处境和立场概括为“暧昧”，形成了国家和民间同时割裂开来，既强烈又尖锐、“暧昧”的进退维谷境地。大江健三郎作为一位有社会责任感的作家，并不愿意让这种残酷现实继续下去，他试图探索出一种新的思维方式，既能帮助自己战胜内心世界精神危机同时也能鼓舞日本民众在困境中崛起。《奇妙的工作》、《我们的时代》、《死者的奢华》、《外空怪物阿古伊》和《个人的体验》等小说都是这一主题的现代主义代表性作品。

作为大江健三郎的“忘年交”，莫言与其建立起莫逆之交。由于两人私交甚密，大江健三郎从文学创作到身体力行，都为莫言通过文学创作来实现对人的关注树立了榜样。当大江健三郎与莫言共度春节之后，他对莫言说道：“地平线有时能解放一个郁闷的人。”大江健三郎对日本右翼政府解禁集体自卫权持反对态度。他认为，如果集体自卫权解禁，那么日本会“去追随美国打仗”。作为2014年成立的“阻止战争千人委员会”的成员之一，大江健三郎积极参加其活动，敦促日本政府正视钓鱼岛的历史事实，体现出大江健三郎作为勇于担当历史责任的进步作家的凛然正气。

大江健三郎来自日本，但他不仅为战后的日本民众着想，而且也对曾在那场战争中受过巨大伤害的邻邦寄予深切的关注。近朱者赤，大江健三郎的文学之路和实际行动都在潜移默化地影响着莫言。因而，从文学对人学的关注而言，大江健三郎对莫言的影响要远远大于欧美作家。

三　莫言小说对人关注的独特方式

莫言小说人物的“好人—坏人—自己”三者关系既是对传统思维模式的突破，也是文学对人予以关注方式的创新。事实上，“对人性的关注是莫言矢志不渝的艺术追求”，除在小说中为读者奉献了一系列美的艺术形象和传达了莫言对人性的认识以外，莫言“还塑造了一系列‘丑’的艺术形象，同样表达了他对人性的理解，二者是并行不悖的。如果抛开传统美学审美惯性的定势，以理性的眼光来审视莫言的小说，其审美价值是不容低估的”。[①] 这种审丑美学与西方现代派艺术中的“怪诞美”这个概念所表现的另类审美类型差不多。如果说世间的一切事物都有正反两个方面价值的话，那么对于“人性美”的界定也同样具有正反两个方面的价值标准。从正负两个方面的审美价值入手对文学作品人物的本性进行分析，“怪诞美”虽貌似超出了常人的思维规律，但作家在作品中通过负向价值的表达方式展示了作家的正向人性观。莫言正是这样一位伟大的作家。莫言“最美丽最丑陋、最超脱最世俗、最圣洁最龌龊、最英雄好汉最王八蛋、最能喝酒最能爱”的人性悖论也正是他在人性细微观察的基础上所做出的精辟结论，是对中国传统文学中对人性“好即完美无缺，坏即一无是处”的判断方式的否定，也是莫言在小说中对人的关注的突出贡献之一。在一定程度上，莫言的人性论具有西方“一半是天使一半是禽兽”的人性论评价范式。其实，中国文学也不乏“怪诞美”的意象。这种人性的评价符合马克思主义对人性的两分法：社会属性，即人性；自然属性，即兽性。人性的发展趋势是由人的自然属性发展到社会属性的，其社会属性是由人在社会共同体中受伦理道德、社会规约、法律制度等后天习得的行为原则的约束并经教化的过程形成的。即使对同一个人而言，亦会同时存在善与恶俱在的现象。这才是人性在社会中真实的一面。文学最重要的功能之一在于如何能够“使人变成更好的人”。莫言小说中对人性“怪诞美”的书写与当代文学对人性美学的探索呈同步发展的态势，在其小说中莫言将人的外表伪装成分剥掉，使其成为“缺憾美”，让读者看到人处于特定社会背景中的真实一面，借此对人性中卑劣的一面进行批判，使人性“美”的一面得到发扬光大。莫言对人性的这种关注方式，既是对人性中卑劣一面的批判，也是对社会发展进程中曾经出现的“过错”进行反思。因而，莫言小说对人性的挖掘也是其自主创新的一个重要方面。长篇小说《蛙》属于这类对人性思考的典型作品，小说对主人公姑姑的描写也是莫言对人性思考的集中体现。姑姑的出身，用当时的标准来衡量，属于“根正”。[②] 在姑姑

---

① 崔桂武：《生命哲学上的突破——论莫言小说中对人的兽性描写》，《辽宁广播电视大学学报》2004 年第 1 期，第 62 页。

② “文化大革命”期间选用人才的标准为“根正”“心红”“苗壮”，即家庭出身好、政治上可靠和身体健康。

身上体现出的人性双重性不仅在于作家对人性弱点的批判，而且也在于作家对社会问题的反思。社会造就人，也造就了“姑姑”。《生死疲劳》中逆潮流而动的雇农蓝脸认准一个死理：“亲兄弟都要分家，一群杂姓人，硬捏合到一块儿，怎么好得了？没想到，这条死理被我认准了。”从这个角度来分析莫言对人性的探索，就使得这种探索的意义超出了对“个人”关注的范畴，而转向了对社会问题和历史问题的书写，因而意义重大。《蛙》和《生死疲劳》的人物书写方式虽然表面上看似怪诞，但合乎常理，该书写方式使莫言将文学对人的关注置于社会的环境中进行思考，在对历史问题进行反思的同时又具有超前的昭示作用，体现出莫言作为一名作家通过小说来书写个人、民族乃至社会创伤时所应负的知识分子的责任。

在《蛙》的创作上，莫言并未以暴露文学范式将那段历史写成声讨式的小说作品，而是通过典型事件，揭示人的内心世界，在“蛙—娃—娲”的转换中完成了人性的回归；在小说形式上亦另辟蹊径，以“蝌蚪”与日本友人“杉谷义人”之间的通信方式，探讨了新时期小说的创作问题。由于莫言与大江健三郎交往甚密，大江健三郎也的确到莫言家乡与莫言一起度过了一个中国农村式的春节，所以这就很容易使人们将“杉谷义人”误认为大江健三郎。在文学影响方面，不可否认的是，莫言的确看过很多大江健三郎的作品，两人又都是从农村走出来的作家，在乡村与城市的关系、当代精英文学边缘化以及为谁而写作等问题上，两位作家存在很多共同之处。但在创作风格方面，莫言认为川端康成和三岛由纪夫等日本作家对他的影响更为直接。究竟是谁影响了谁并不重要，重要的是这些世界级的文学大师在文学创作中体现了“作家”和“作品”的民族性与世界性之间的关系。大江健三郎作为诺贝尔文学奖获奖的日本作家，其童年故乡的记忆为第二次世界大战后调整日本民众的心态、为整个世界的和平做出了重大贡献。莫言则从中领悟到一位具有历史责任感和社会责任感的作家应具有的宽广胸怀。因而，在小说的创作中，莫言也更加关注中国当下的社会问题和历史问题。敢于直面现实，对这些困扰中国发展的社会问题和历史问题进行文学反思，这也是莫言在新时期中国文学发展道路上在对人的关注方面所开创的一条新路。

文学作品的虚构性在揭示人性本质方面具有更为直观的教诲意义和作

用。如果说鲁迅通过《阿Q正传》和《孔乙己》等作品在一定程度上揭示了清末民初时期人们奴性本质的话，那么莫言则通过《檀香刑》这部小说将半殖民地半封建时期国人丑陋的一面暴露得更为彻底。在一定程度上，《檀香刑》这部小说以“怪诞美”的方式将举国上下丑陋的一面表现得一览无余，从“以丑见美”的角度为国人认识自身的弱点发挥了重要作用。《檀香刑》以极为直观的视角对刽子手赵甲进行了人性书写：

> 常言道，南斗主死北斗司生，人随王法草随风。人心似铁那个官法如炉，石头再硬也怕铁锤崩。（到了家的大实话！）俺本是大清第一刽子手，刑部大堂有威名。（去打听打听吧！）刑部天官年年换，好似一台走马灯。只有俺老赵坐得稳，为国杀人立大功。（砍头好似刀切菜，剥皮好似剥大葱）棉花里边包不住火，雪地里难埋死人形。捅开窗户说亮话，小的们竖起耳朵听分明。
>
> ——猫腔《檀香刑·走马调》①

在这段猫腔《赵甲狂言》中，莫言借助中国传统占星术的说法，以宫廷之转换来表现赵甲这个刽子手将杀人的“高超技艺”作为自豪的本钱；以“为国杀人立大功”的讽刺方式表现了那个封建朝代的“王法”；其“砍头”的技艺就如同“刀切菜”，“剥皮”的本领就如同“剥大葱”。具有这样高超杀人技艺的刽子手赵甲先后用阎王闩处死了太监小虫子、用烧红的铁棍捅进肛门处死了全部库丁、凌迟了刺杀袁世凯的钱雄飞、用“大将军”砍刀杀害了六君子。而如今，这个刽子手还将采取“檀香刑”的极刑方式亲手处死曾叱咤战场抗击德国侵略者的亲家孙丙！在中国的封建专制体制下，赵甲这个对封建王权绝对服从的刽子手，其善良的人性已经荡然无存。② 在赵甲的眼里，“一个优秀的刽子手，站在执行台前，眼睛里就不

---

① 莫言：《檀香刑》，第26页。

② 既然《檀香刑》是一部虚构小说，按新历史主义的观点来说，也就没有必要对其故事情节的真实性再进行追究。首先，赵甲是个虚构的人物；其次，以谭嗣同为首的六君子在京城被朝廷杀害是有据可查的，但是否就是赵甲所为就属于文学性的问题，而非历史真实性考察范围内的事。

应该再有活人”。[①] 赵甲就以这样的“辉煌成就”成为封建社会王权政治的帮凶。一个封建王权的帮凶都是这样毫无人性可言，那么对于封建王权而言，其人性就更无从谈起了。因为在中国长达几千年的封建社会里，国君的话就是法律，在那个“君要臣死，臣不能不死”的社会中，平民百姓就更无人权可言了。对于普通民众而言，在王权至上的封建社会里，他们只能按照统治阶级为他们规定好了的“仁”和“礼”的道德品质和行为规范去行事。

《三字经》开篇指出：“人之初，性本善，性相近，习相远。”中国学者近年来对这条人性论观点提出了很多质疑。在“人之初”，是否“本性就是善”这一点上，中外学术界近来形成了新的观点。中国政治思想界在对中国传统思想进行梳理的基础上提出，“性善，是人类社会的群体生活所以可能的前提，也是人类社会全部政治、经济制度的基础”；中国学术界认为孟子思想体系中“良知良能，一部分人是在没有接触社会实践的情况下所具有的生物本能，一部分是以血亲关系为基础的仁爱关系”。这就必然存在三个方面的片面性：第一，性善论忽视了社会实践对人性发展的决定性作用；第二，人性应该包含两个方面的内容，即人的社会属性和人的自然属性；第三，孟子提出的人性是抽象的人性。[②] 以萨特为代表的西方存在主义哲学也坚持“存在先于本质”的观点。[③] 从中外学者对人性的这些阐述中可以看出，人生来并无善恶之分，只是在“性相近，习相远”的过程中才发生了善与恶的两极分化。在莫言的人性论看来，这种分化也并非泾渭分明的，只不过是两端的比重或多或少而已。于是，好人也有恶的一面，坏人也有善的一面。《红高粱》中的余占鳌就是这类人物的典型。然而，由于人性的形成和转化是在“习相远”的过程中形成的，因而，社会背景对于人性的转化起着至关重要的作用。小说《檀香刑》将中国封建社会中漠视“善”、崇尚“恶”的伦理道德表现得一览无余。小说中的“犯人”被处以极刑时，民众的反应与鲁迅小说《狂人日记》中所描写的那样：翻开历史，看到第一页上“歪歪斜斜地”写着“仁义道德”，最终

① 莫言：《檀香刑》，第 139 页。

② 曹德本主编《中国政治思想史》，第 54 ~ 55 页。

③ 〔法〕萨特：《存在主义是一种人道主义》，第 5 页。

才从字里行间看到了“吃人”两个字。鲁迅这篇作品的成功之处在于通过这些“看客”的心态对中国国民性所进行的批判，借此表现出鲁迅的社会启蒙思想。莫言的《檀香刑》对封建王朝“吃人”性质的批评自不必再议，但对民众对“砍头”、“阎王闩”、“凌迟”和“檀香刑”这些惨无人道的酷刑所表现出的“幸灾乐祸”心理描写入木三分：腰斩大嘴库丁“执行那天，菜市口刑场人山人海，百姓看砍头看腻了，换个样子就觉得新鲜”，库丁在执行台耍酒疯，“看客就喝彩”；[①] 凌迟美丽妓女那天，“北京城万人空巷，菜市口刑场那儿，被踩死、挤死的看客就有二十多个”。行刑过程中，罪犯“最好是适度地、节奏分明地哀号，既能刺激看客的虚伪同情心，又能满足看客邪恶的审美心”。刽子手杀人数千悟出的道理是，“所有的人，都是两面兽，一面是仁义道德、三纲五常”，“一面是男盗女娼、嗜血纵欲”，“面对着被刀刀脔割着的美人身体，前来观刑的无论是正人君子还是节妇淑女，都被邪恶的趣味激动着”。[②] 赵甲砍下“戊戌六君子”之一刘光第的头，举起来“展示给台下的看客”，“台下有喝彩声”，行刑之后“人们议论的内容主要集中在两个方面，一个方面是刽子手赵甲的高超技艺”，另一个方面是“六君子面对死亡时的不同表现”，而此次行刑却“为赵甲带来了巨大声誉，使刽子手这个古老而又卑贱的行业，第一次进入人们的视野，受到了人们的重视”。[③] 给孙丙处以檀香刑那天，“校场的边上，站满了老百姓”，男女老少均有，“有的还保持着本相，有的变化回了人形，有些正在变化之中，处在半人半兽的状态”。[④] 且不论小说中朝廷要处以砍头酷刑的六君子是因为戊戌变法才遭此劫难的，也不论遭受檀香刑极刑的孙丙是因为他领头抗击了德国侵略者而被朝廷送上了行刑台，赵甲这个半殖民地半封建国家政权的拥护者却将自己的行径视为“国家的尊严”，“既然是让咱家执刑，受刑的又是一位惊动了世界的要犯，那就要显摆出排场，这是大清朝的排场，不能让洋鬼子看了咱的笑话”。[⑤] 于

---

① 莫言：《檀香刑》，第 67 页。

② 莫言：《檀香刑》，第 146 页。

③ 莫言：《檀香刑》，第 162 ~ 163 页。

④ 莫言：《檀香刑》，第 279 页。

⑤ 莫言：《檀香刑》，第 218 页。

是，通过外来殖民势力的代表克罗德之口得出了“中国什么都落后，但是刑罚是最先进的”，这是中国人特有的天才，直到让人忍受了巨大痛苦之后再死去，“这是中国的艺术，是中国政治精髓”的结论。虽然这部小说采取了狂欢化的写作方式，但是，通过这些戏谑的方式，莫言把当时国民的政治无意识状态表现得入木三分。

如果说《檀香刑》揭示的是清末民初时期国民迂腐的善恶人性观的话，那么鲁迅“吃人”的故事情节在莫言的反腐小说《酒国》中则通过戏言化的另类方式被体现出来。小说中，业余作家李一斗给“莫言”的《肉孩》与鲁迅的《狂人日记》相比，前者比后者有过之而无不及：酒国市的腐败分子以食婴为快乐，而这里人们精心生养婴孩也正是为了能使婴孩评上优等，以便把婴孩送上腐败分子的餐桌。于是，元宝把自己的儿子小宝当成了一种“特殊商品”送到了检查站，当小宝被定为“特等”时，“元宝激动万分，眼泪差点儿流出眶外”。[①] 莫言虽然一再强调这部小说的意义在于“寻找结构”，但不可否认的是，在其小说结构的表层价值下，隐含着极为深刻的社会批判和对人性弱点批判的深层价值。首先，针对经济体制改革后出现“一切向钱看”的倾向对当代人所形成的腐蚀作用，莫言用“食婴”的寓言故事揭示了当代人的善恶观本质；其次，通过酒国市腐败官员以“食婴儿为乐”的寓言故事揭露了当下存在的腐败之风。从这则寓言故事中可以看到，无论是地方的官员还是普通民众，均被金钱和享乐所吸引，全都没有了一点儿“为人”的起码准则。

莫言的《红树林》亦属反腐小说的范畴，也是作者对当下人性进行文学思考的典型作品之一。如小说的封面文字所言“在欲火如炽的红树林里，烦躁不安的叙述，犹如东奔西突的马驹”，[②] 亦如封底所述，在“现代化都市和淳朴的南国渔村”，这部小说中“有对权欲、钱欲、情欲、性欲等现代都市生活中的阴暗面的淋漓再现”。[③] 在这一点上，莫言这部小说所揭示的人性中的弱点与文艺复兴时期意大利思想家马基雅维里在《君主

① 莫言：《酒国》，第 72 ~ 73 页。

② 莫言：《红树林》，封面。

③ 莫言：《红树林》，封底。

论》中对“趋利避害”的人性揭示别无二致。[1] 从马基雅维里到莫言，其间跨越了整整500年。然而，无论是在西方的资本主义社会，还是在中国的社会主义初级阶段，虽然人类在经济上和科技上已取得了与当年不可同日而语的成就，但人性在本质方面仍处于尚待启蒙的阶段。《红树林》是为数不多的远离“高密东北乡”的作品之一，学术界也曾有人对莫言是否要将“高密东北乡”打造成“红树林市”提出了质疑。继续挖掘故乡的人与事，对于莫言而言，是轻车熟路的。很显然，作为一位有社会责任感的作家，出于对人的关注，将其故事地点改换到远离“高密东北乡”的南方都市，也正是莫言在当下改革开放过程中泥沙俱下的境况下对人本质所做的文学思考，因为中国的经济体制改革虽然始于农村，但在改革进程中出现最大问题的地方是在城市中。因而，对改革开放后城市中的人们，尤其是居于权力位置上的腐败分子进行人性解剖，就愈加显示出作家在文学创作中肩负的政治责任和历史使命。小说中，作家对当代语境下人的权欲、钱欲、情欲、性欲做出人性解读时，首先将“权欲”置于该欲望链的首要一环上。在当前正在进行的反腐倡廉行动中，揪出来的“大老虎”基本上都是在掌握了国家的部分权力后才开始以权谋私的。在权力的作用下，一些腐败分子又在钱欲、情欲和性欲等人性中的薄弱处一直滑落下去。用莫言的话来说，权力是个可怕的魔鬼，权力“可以使爱情贬值”“使痛苦淡化”“使感情变质”，比世上最毒的毒品还要毒。“毒瘾还可能用强迫手段戒除，但官瘾呢？历朝历代因为当官丢了脑袋的人比吸毒死了的人还要多，但想当官的人依然如过江之鲫源源不绝。尤其那些尝到了当官甜头的人，如果突然把他的官给免了，就等于要了他半条命。”[2] 莫言所说的“历朝历代”，也并不排除当今时代。小说女主人公林岚既是当代官场腐败的受害者，也是受益者，是一个复杂的人物形象。这也正是莫言小说对人性刻画的基本特征。林岚原本是个一帆风顺、童年幸福的干部子女，后来随世态变迁，在权欲的驱使下，被迫嫁给了地委书记的弱智儿子，而后又被公爹强奸，生下了儿子大虎。从这一点上讲，林岚是个受害者。从另一点上来看，

---

① 马基雅维里在《君主论》中指出：“一般地可以这样说，人们都是忘恩负义、变化无常的，都是骗子和伪君子，他们总是趋利避害而唯恐不及。”参见《君主论》，第100页。

② 莫言：《红树林》，第303～304页。

在权力的诱惑下和性欲的驱使下，林岚反倒喜欢上与公爹乱伦，人性也开始发生蜕变，先前身上存在的女性优秀美德一扫而光，最终也成为“人性恶”的化身。从对林岚蜕变的书写中可以看出，莫言以这个矛盾的人物为切入口，即如莫言自己所言，这就是一把“医治社会脓疮的手术刀”，用以解剖社会和人性弱点，以文学中的“真实”去揭示社会和人本质的“真实”。

综观莫言的全部小说，可以看出，对人的关注是其文学创作的核心部分。在域外人性论的基础上，莫言结合中国历史和当下社会对人所造成的人性分裂做出了回应，为新时期中国文学的人学思考方式开了先河。

德国作家瓦尔泽（Martin Walser）获得“21 世纪年度最佳外国小说奖”时，他在北京大学以《作为资讯的文学》为题的演讲中指出，他通过陀思妥耶夫斯基了解了俄国，通过福克纳洞察了美国，通过易卜生（Henrik Johan Ibsen）和汉姆生（Knut Hamsun）了解了挪威，通过莎士比亚、斯特恩（Lawrence Sterne）和狄更斯（Charles John Juffam Dickens）了解了英国，通过荷马（Homer）、柏拉图和维吉尔（Publius Vergilius Maro, Vergil）了解了欧洲，“小说的功能大于社会批判”，“乌托邦是小说的命根子”，其目的在于帮助读者理解“所有在小说中行动以及遭受痛苦的人”，“陀思妥耶夫斯基做到了这一点”，“莫言也做到了”，因为“莫言小说中的所有人也都是一部历史，是一部故事集”，“作为资讯的文学”，瓦尔泽不想对其下断言，但他敢说“当今如有人想写中国的事情，那么就最好先读一下莫言”。[①] 瓦尔泽的评价虽是一家之言，但道出了莫言在文学领域对人予以关注方面所做出的重大贡献。

第三节　新时期战争小说书写的创新

战争小说，顾名思义就是有关战争书写的小说。近年来，有关战争小说、军旅小说和军事小说的概念在学术界争议也比较大。战争小说的书写面相对狭窄，军旅小说（又称军旅言情小说）的书写面要比战争小说大得

---

① 〔德〕马丁·瓦尔泽：《小说是为当代现实撰写历史》，搜狐读书网，2009 年 12 月 17 日，http://book.sohu.com/20091217/n269022322.shtml。

多，军事小说作为上义词可涵盖军旅小说和军事小说。有时，三者互为通用，难以做出准确判断。

一　战争小说书写困境与莫言的自主创新

通常来说，战争小说作家往往亲身参加过战争，在其战争经历的基础上进行战争题材的小说书写，如美国作家海明威以其参加过的两次世界大战为背景写成的战争小说《太阳照样升起》、《永别了，武器》和《丧钟为谁而鸣》；战争小说亦可由作家通过对参加过战争的人进行调研，在搜集到相关战争素材的基础上进行书写，如李存葆以对越自卫反击战为背景写成的《高山下的花环》。战争小说基本上以战场上惨烈的生死较量场景描写来表现参战者对战争性质的思考。军旅小说（又称军旅文学）常以军人的军营生活为基础，探讨军人在部队生活中的方方面面，描写的内容与战争场面的关系并不那么紧密。军事小说则是上述战争经历或部队生活书写的总和。上述这种分类方式虽不是那么科学，但基本上可以把这几类相关题材的文学创作类型区分开来。在欧美小说中，战争题材的小说比较多见。以美国为例，自其独立开始，美国的成长就一直伴随着战争：独立战争、美法准战争、美墨战争、南北战争、第一次世界大战、第二次世界大战、朝鲜战争、越南战争、波黑战争和中东战争等。美国经历的这些战争有正义战争，也有非正义战争。这些战争为小说家进行战争小说创作提供了丰富的素材。中国文学中也不乏战争小说书写的优秀作品，且不说古典文学中的《隋唐演义》《三国演义》等战争文学经典作品，就新中国成立到“文化大革命”之前的17年间（1949～1966年）的文学中，亦有一大批优秀的战争小说问世。例如，李英儒的《野火春风斗古城》、刘知侠的《铁道游击队》、李晓明和韩庆安合著的《平原枪声》、冯德英的《苦菜花》、雪克的《战斗的青春》、刘流的《烈火金钢》等以抗日战争为题材的战争小说；杜鹏程的《保卫延安》和吴强的《红日》等以解放战争为题材的战争小说；魏巍以抗美援朝为题材的战场通讯《谁是最可爱的人》等战争文学作品。这些战争文学作品的作者都亲身参加过这些战争或见证过这些战争场面，对战争小说拥有第一手的创作资料，其中只有少数作品是作家深入当年曾参加过这些战争的人当中，在充分了解相关战争背景和获得了第一手资料之后所创作出来的战争题材作品。相比其他类别小说的创作，作家从事战争小说创作的难度相对要大得多。对莫言的相关研究中，焦点之一就在于莫言对战争小说书写的创新，因为莫言并不是一个战争的亲历者。

莫言于 1976 年应征入伍，1997 年退伍。他在部队的 21 年里历任班长、保密员、图书管理员、训练大队教员、干事等职，1982 年被提升为正排级军官，部队授衔时被授予上尉，后被晋升为少校，为副师职军官。1983 年，莫言被调到延庆总参三部五局宣传科任理论干事。1984 年，莫言被解放军艺术学院录取，毕业后被分配到总参政治部文化部工作。这就是莫言的全部军旅生涯。莫言的从军经历与美国作家福克纳差不多——虽然参过军，有过部队生活（即军旅生活）的经历，却并未亲身参加过战争。福克纳在初入创作领域时也曾希望能像海明威那样走上战争小说创作的道路。虽然经过努力，福克纳也写出了与海明威的《太阳照样升起》题材类似的小说《士兵的报酬》，但因没有战争经历而无法在战争小说创作的道路上继续走下去，转而在其文学地理“约克纳帕塔法县”上辛勤耕耘，终获成功。莫言从军期间，除 1979 年的对越自卫反击战以外，中国一直处于和平建设时期，所以，战争经历与莫言无缘。一个没有战争经历的人，怎么才能创作出战争小说呢？这不仅对莫言来说是个难题，而且也是新时期中国作家所普遍感到困惑的问题。然而，莫言在战争小说的创作中不仅解决了这个难题，而且还大获成功。

当莫言还在军校读书的时候，有些老作家对青年作家谈道：“中国共产党有 28 年的斗争历史，我们这些亲身经历过战争的人有很多素材，但我们已经没有精力把它们写出来了，因为我们最好的青春年华在‘文化大革命’中耽搁了，而你们年轻的这一代有精力却没有亲身的体验，你们怎么写作呢。”莫言的回答是：“我们可以通过别的方式来弥补这个缺陷。我没有听过放枪但我听过放鞭炮；我没有见过杀人但我见过杀鸡；我没有亲手跟敌人拼过刺刀但我在电影上见过。因为小说家不是复制历史，那是史学家的任务。小说家写战争——人类进化过程中很愚昧的现象，这种对人的灵魂扭曲或者人性在战争中的变异才是作家关注的重点。从这个意义上讲没有经过战争也可以写战争。”① 有的老作家出于对青年作家战争经历和战争书写能力的怀疑，认为莫言的回答是“口出狂言”。莫言下决心用事实来回应这些老作家对他从事战争小说写作的怀疑。这也正是莫言民间抗日题材作品《红高粱》的创作初衷。

莫言作为没有亲身参加过战争的人也能进行战争小说创作的依据是：小说家不是史学家，战争小说不是对战争的纪实。因而，未参加过战争的小说家在战争小说书写中应该另辟蹊径，这就是对战争中的人进行描写，探讨人在心灵上的扭曲和战争使人性发生的变异。在这一点上，不仅中国战争小说中没有先例，而且在具有战争小说传统的美国文学中也并不多见。如果说在域外小说中尚有类似书写案例的话，那么在后现代主义语境下美国小说家约瑟夫·海勒在《第二十二条军规》（*Catch-22*，1961）的创作中可见一斑。然而，《第二十二条军规》如果说是战争小说的话，也有些牵强，因为这部小说充其量也只能说以战争为背景而已。由于这部小说根本就没有把战争场面描写作为重点，与其说这是一部战争小说，毋宁说这是一部以黑色幽默的方式揭示了美国军队中集权主义对普通军人造成心理伤害的社会批判小说。从这一点上看，《第二十二条军规》与海明威的《太阳照样升起》所要表达的意图类似。但这仅仅是类似而已，因为海明威的战争小说创作在很大程度上揭示的是战争的性质和战争对参战者所造成的身心创伤，而海勒的《第二十二条军规》则是对军队集权统治的批判。新中国的战争小说创作曾于1955年、1959年、1979年和1985年前后出现过四次高潮。这些战争题材的作品均采取现实主义的传统书写形式：典型的战争人物、详细的战争故事情节，配之以线性的叙事策略；在思想主题方面多以歌颂为正义事业而在战场上英勇杀敌、以负面人物衬托正面人物的高尚品质为特点，其中人物的人性非善即恶、泾渭分明。莫言的战争小说创作在这个分期中属于第三个阶段。从进入战争小说创作的初始期，莫言就与美国战争小说家海明威、新中国成立后17年期间的传统战争小说书写模式和创作宗旨分道扬镳，开了和平时期作家没有亲身参加过战

① 〔日〕大江健三郎、莫言：《寻找红高粱的故乡——大江健三郎与莫言的对话》，第237页。

争但写出了优秀战争小说的先例。莫言以抗日战争为题材的战争小说《红高粱》一经问世，就赢得了读者世界和评论界的一致好评。[①]《红高粱》这部中篇小说于1984年完成，1986年发表在《人民文学》第3期上。发表后的第二年（1987），这部作品就获得了第四届全国中篇小说奖；1988年获台湾联合文学奖；与之相关的《红高粱家族》于2000年被《亚洲周刊》评为20世纪中文小说100强之一，被美国《今日世界文学》评为75年来全世界40部杰出作品之一，获第二届冯牧文学奖。冯牧文学奖评委会认为这部小说作者“以近20年持续不断的旺盛的文学写作，在国内外赢得了广泛声誉。虽然，他曾一度在创新道路上过犹不及，但他依然是新时期以来中国最有代表性的作家之一。莫言创作于80年代中期的‘红高粱’家族系列小说，对于新时期军旅文学的发展产生过深刻而积极的影响。该小说以自由不羁的想象，汪洋恣肆的语言，奇异新颖的感觉，创造出一个辉煌瑰丽的莫言小说世界。他用灵性激活历史，重写战争，张扬生命伟力，弘扬民族精神，直接影响了一批同他一样没有战争经历的青年军旅小说家写出了自己‘心中的战争’，使当代战争小说面貌为之一新”。[②]

当《红高粱》改编成电影，经张艺谋执导、由姜文和巩俐主演，被搬上银屏之后，喝彩声如潮，在全世界掀起了狂热的《红高粱》文化旋风。自1988年《红高粱》在柏林举办的第38届国际电影节上获得最佳影片金熊奖以来，该影片先后获得如下奖项：津巴布韦第5届国际电影节最佳影片、最佳导演和故事片真实新颖奖，悉尼第35届国际电影节评论奖，摩洛哥第1届马拉什国际电影节导演大阿特拉斯金奖，第8届中国电影节金鸡奖获最佳故事片奖，第11届《大众电影》百花奖的最佳故事片奖，1989年获得布鲁塞尔第16届国际电影节广播电台听众评委会最佳影片奖，法国第5届蒙彼利埃国际电影节银熊猫奖，第8届香港电影金像奖和十大华语片奖，1990年民主德国电影家协会年度提名奖，古巴年度十部最佳故事片

① 同世间一切事物一样，对莫言的《红高粱》也有肯定与否定两个方面的评价。对于习惯于传统现实主义阅读和阐释方式的中国读者和评论界而言，莫言这种战争人物的描写和战争中的人性探讨是不值得颂扬的。但这种否定性评价不是批评界的主流，其主流仍是肯定性的。

② 《作家莫言获过的文学奖项》，作文网，2012年10月12日，http://zuowen.juren.com/news/201210/335669.html。

奖。一位没有战争经历的作家就这样在战争文学的创作中创造了新的奇迹。

二　战争小说对人性扭曲及变异的探索

莫言能在战争小说书写领域创造出这样的奇迹，并不在于作家对战争或战场史实的描写，而是透过战争小说的书写展示了作家对家乡故土的眷恋、揭示了战争"对人的灵魂扭曲和人性在战争中的变异"。

有关莫言小说对人性的探讨，上一节中已做过相关论述。若对战争中的人性和灵魂进行深度挖掘，对其事先就做出结论的话，那么可以说，莫言的战争小说书写是"中国在长时期的个人自由饱受压抑之后，《红高粱》恰好张扬了个性解放的精神——我要敢说、敢想、敢做"的结果。

莫言的"红高粱"意象就是对家乡的眷恋和文学再现。莫言小时候，家乡经常发洪水，矮棵作物受到水灾就被淹死，因而只能种高秆作物高粱。就如同"高密东北乡"成为莫言想象中的文学王国一样，"红高粱"在《红高粱》中也演变成为一种象征，即通过"红高粱"这一意象，"象征了民族精神"。在域外影响方面，莫言明确表示这部作品没有受到马尔克斯的影响，尽管马尔克斯在《百年孤独》中也写到了战争，但莫言看到这部作品时，《红高粱》已经成形。因而，对这部作品真正形成影响的是来自家乡的人们以及以红高粱地为舞台所发生的那些往事，其成功也正在于"这部作品表达了当时中国人一种共同的心态"。[①] 如果说还有一点域外影响的话，则是来自苏联的电影《第四十一》中体现的"人类灵魂实验室"的观念，[②] 在莫言看来，战争小说的书写无非作家借用战争的环境来表现特定环境下人的情感变化，而不是"文化大革命"前那种小说追求战争场面再现的过程，也不再是将对战争描写的逼真程度作为评价战争小说的标准。

小说的虚构有时也需要"捕风捉影"。莫言自述《红高粱》的故事原型就是发生在家乡邻村的事实：游击队在胶莱河桥头上伏击了日军的一个

---

① 〔日〕大江健三郎、莫言：《寻找红高粱的故乡——大江健三郎与莫言的对话》，第239页。

② 莫言：《我为什么要写〈红高粱家族〉》，第299页。

车队，日军前来报复时，游击队已经逃得没有踪影，于是日军就屠杀了那个村子里的一百多口人并烧毁了全部房屋。

《红高粱》中这支“连聋带哑连瘸带拐不过四十人”的土匪游击队，在“我爷爷”余占鳌的一声令下，“响起了几十响破烂不堪的枪声”，“方家兄弟的大抬杠怒吼一声，喷出一道宽广的火舌”。“鬼子”的汽车冲上桥头，被奶奶事先设置的朝天耙齿把轮胎扎破。当“鬼子”眼见快要退出桥时，爷爷命方七点炮，方七手拿火绒，“哆哆嗦嗦地往火绳上触，却怎么也点不着”，还是爷爷夺过火绒，点着了大抬杠，打中了“鬼子”的汽车。当一个带着“雪白的手套，腚上挂着一柄长刀，黑色皮马靴装到膝盖”的“老鬼子”被一个日本兵从车厢里拖出来时，父亲举起手枪，手抖个不停，那个“老鬼子”干瘪的屁股在父亲枪口前跳来跳去。父亲“咬牙闭眼开了一枪”，打死了“鬼子”“一个大官”。余占鳌的游击队就这样伏击了这支日军车队，而且还击毙了“有名的中岗尼高少将”这个“老鬼子”。[①]

莫言这段对战斗场景的描写最突出特点是突破了以往正面人物必定是“高大全”式的英雄形象，将战争中的人，尤其是面对死亡时人所表现出的那种既有“我爷爷”和“我奶奶”那种不怕死的精神，也有恋生怕死的人物形象，还有方七和父亲既想杀敌但又心存惧怕的人物形象。方七看到其兄方六被“鬼子”射中，害怕得“哆哆嗦嗦”，连火绒都点不着；而父亲面对“鬼子”，也“手抖个不停”，甚至竟然连“稀里糊涂”地打死了一个日军高官都不知道。应该说，作者这种更加真实的战斗场景描写的方式也更加符合现实中的人性，是莫言对战争中的人进行书写的创新点。

在传统的战争文学书写中，最为突出的一点是作家对战争性质的思考。作家参照的依据通常是德国军事理论家克劳塞维茨的《战争论》，其关注的是战争与政治之间的关系。于是，“战争不只是政治行为，而是真正的政治工具，是政治交往的继续，是政治交往通过另一种手段的实现”[②]的论断几乎成为作家进行战争小说创作的出发点和归宿。为政治而发动战争就涉及正义与非正义的评价问题。这一点在美国战争小说家海明威的作

① 莫言：《红高粱家族》，第 71 ~ 73 页。

② 〔德〕克劳塞维茨：《战争论》，张蕾芳译，译林出版社，2010，第 18 页。

品中可以得到充分的印证：《太阳照样升起》和《永别了，武器》这两部作品通常被视为作者对第一次世界大战各方的否定；《丧钟为谁而鸣》则被看成作者对第二次世界大战反法西斯一方正义性的肯定。前者的主人公或是在战争中身心受到伤害而成为“迷惘的一代”或是“单独媾和”而主动退出这场不义的战争；后者的主人公则为了正义的事业而勇往直前，宁肯战死沙场也绝不后退。新中国的战争小说在突出政治标准的框架下，要么是《林海雪原》中杨子荣顶天立地、无所畏惧的英雄形象，要么就是小炉匠栾平贪生怕死的反面人物形象。这种战争人物的两分法在当代战争文学书写中已经有了很大改观。例如，在都梁所著的《亮剑》中，抗日战场上曾联手大闹河源县城的原国民党358团团长楚云飞和八路军原独立团团长李云龙在解放战争中相遇在淮海战役的战场上，楚云飞被解放军的机枪射中，李云龙也被国民党军的迫击炮炸伤。当两个不同政治集团的军官醒来后却又都在互相打听和赞誉对方。用李云龙的话来说：“军人，各为其主嘛，私交是另一码事，如果当时手软了，我就不是李云龙，他也就不是楚云飞了，从战争的角度讲，我干掉他，国民党军就少了一位优秀的将军。国民党军队就垮得快些，反过来，也是此理……战场上的你死我活并不影响交情，古人说得好，惺惺惜惺惺嘛。”① 在战争与政治的思考方面，主人公李云龙则是个既“桀骜不驯，胆识过人，意志坚毅，思维方式灵活多变，多采用逆向思维，处事从不拘泥于形式，是个典型的现实主义者”，但又“纪律性差，善做离经叛道之事”且又“对政治缺乏兴趣”的战争人物。李云龙“冲天一怒为红颜”，发动了平安县一战，调动了上万部队参战，“双方投入总兵力达到30万”，“使晋西北日军损失惨重，各参战部队斩获颇丰，有些小块的抗日根据地竟无意中连成片”。这个“无组织无纪律，特别是为了救自己的老婆而攻击县城”的八路军团长不仅惊动了八路军总部和第二战区长官阎锡山，而且也惊动得蒋委员长在陪都重庆看着地图骂道：“娘希匹，这晋西北是怎么回事？二战区在搞什么名堂？”② 这样的战争叙事方式在先前“阶级阵线必须分明”的战争小说中是绝对不允入

① 都梁：《亮剑》，解放军文艺出版社，2005，第143～144页。

② 都梁：《亮剑》，第83～85页。

书的。

对战争中的人性进行书写的创新是莫言为新时期战争文学开创的先河，也是在经历了多年思想禁锢之后作家思想解放的结果。其创新的程度甚至远远超过了美国后现代主义战争小说家海勒的《第二十二条军规》。莫言对此现象的精辟结论是：父亲[①]“永远没有达到这种哲学思维深度”，“他一辈子都没弄清人与政治、人与社会、人与战争的关系，虽然他在战争的巨轮上飞速旋转着，虽然他的人性的光芒总是力图冲破冰冷的铁甲放射出来。但事实上，他的人性即使能在某一瞬间放射出璀璨的光芒，这光芒也是寒冷的、弯曲的，掺杂着某种深刻的兽性因素”。[②]

上述论述在于印证莫言战争小说对扭曲人性的思考，但这并不等于莫言的战争书写就不关心政治。恰恰相反，莫言的战争小说创作不仅体现出作家对政治的极大关注，而且在国际政治学层面上也做出了新的突破。这一点突出体现在《战友重逢》这篇以对越自卫反击战为背景的战争魔幻小说中。该中篇小说如果说是战争小说，从形式上看似乎离战争小说的要素过远，如果说这是一部典型的魔幻小说却一点儿也不过分。然而，从故事蕴含的意义上来看，将这部作品划归战争小说又完全是合情合理的。

如果说《酒国》是寻找结构的成果，那么《战友重逢》要比《酒国》更具有文学性，因为这部作品综合了魔幻、鬼魂显灵、妖魔、意识流、多角度叙事、时序颠倒等各种文学流派的创作手法，尤其对活人世界与死人世界之间沟通的描写，使这部作品成为莫言魔幻小说世界的珍品。莫言在这部作品的外部结构之下，将中国“诚信”的传统美德、战斗英雄亦存在人性弱点、从战场硝烟中归来的英雄仍在经受世俗的折磨、中越开战与再次和好的国际政治意义等宏大与微观各个层面的价值表现出来。一部中篇小说能够蕴含这么多不同层面上的意义，在战争文学中亦实属罕见。

在《战友重逢》中，故事以“我”——回乡探亲的上尉军官赵金，因洪水过河未果时偶遇离别了 13 年的“同村伙伴、同班战友，在 1979 年 2

---

① 此处出现的“父亲”即《红高粱》中第一人称的故事叙事者“我”的父亲，系余占鳌的儿子。

② 莫言：《红高粱家族》，第 165 页。

月自卫反击战中牺牲了的钱英豪"[①] 这种魔幻方式“开讲”。已故战友钱英豪见到赵金，就马上要还开战前他借赵金的 20 元钱。中国历来有“人不死债不烂”的伦理道德说法。从中国传统伦理道德层面来看，钱英豪已经为国捐躯，那么“人不死债不烂”的伦理信条已不对烈士生效，莫言将其改换成“人死债不死”。这个细节体现了中国军人的“诚信”伦理美德操守。同样的文学案例还体现在张思国拒认“滚雷英雄”称号的情节描写上。在战斗中，当张思国和尖刀班战友排除了五颗压发雷后接近了前沿阵地的一块小高地时，两个战友触雷牺牲，张思国也负伤。在张思国继续带伤开辟前进道路时，后边的人看到他爬到高坡上往下滚去，随后传来地雷的爆炸声。大家都以为是张思国用身体滚雷为胜利开路，战后为他请功，授他“滚雷英雄”称号。可张思国却坚持说：“我没滚雷。那地方没雷，又下着雨，我爬上坡去，受伤的腿不得劲，一滑，滑下坡，压响了两颗雷。我会排雷，干吗要去滚雷？那不是找死吗？材料说我一个人排了五颗雷，不对，我排了一颗，那四颗是大个子刘和郑红旗排的。他俩死了，大个子刘替我挡了弹片我才没死。你们把功给他俩吧，我活着就占了大便宜，不要功……"[②] 在功利主义严重侵蚀人们心灵的今天，张思国的“诚信”精神又是多么宝贵！

地下世界的战友从报纸上看到“中越两国即将恢复关系正常化”的消息时，这些曾经在战场上拼死杀敌而英勇牺牲的烈士们怎么都想不通。莫言借用也已在地下世界的政委的话阐释了“打”与“和”的国际政治学意义：

> 同志们，今天我们全团集合，为的是贯彻上级的指示。最近一个时期，围绕着边境开放，两国人民重修旧好的问题，大家心中都有些郁闷，还有一些不好的议论，什么“我们的血白流了呀”，“我们成了没有价值的牺牲品啦”，等等。同志们，这种思想十分危险，要不得啊。同志们，我们是军人，军人以服从命令为天职，命令我们打到哪

① 莫言：《战友重逢》，载《怀抱鲜花的女人》，上海文艺出版社，2012，第 252 页。

② 莫言：《战友重逢》，第 342 页。

里，我们就要冲到哪里。世界形势是不断变化的，国家之间的关系也是在不断变化的。当初我们与他们刀枪相见，为的就是今天的和平生活，人民之间是没有仇恨的，战争与和平都是政治的需要和表现形势。我们的牺牲是光荣的，过去是光荣的，现在依然是光荣的，将来也是光荣的，任何对我们的光荣牺牲的价值的怀疑，都是错误的，是十分严重的错误！[①]

如果说《天堂蒜薹之歌》里青年军官在法庭上为被告的辩护是对政治学中处理社会矛盾关系的政治哲学精辟解读，那么《战友重逢》中政委的这段讲话就是对不同境况下处理国际关系的国际政治学再思考。不同的是，前者是在现实世界中对活着的人讲的，而后者则是在地下世界对烈士们讲的。通过小说中的这段讲话阐释了国际政治中“朋友”与“敌人”之间的辩证关系，莫言突破了以往战争小说对战争与政治关系的传统解读。所以，莫言在谈及《战友重逢》这部作品时指出，这部作品被译成越南文出版之后，“曾引起长达数月的争论，令我欣慰的是越南的作家同行们对我的理解和支持。文学确实离不开政治，但好的文学大于政治。越南作家之所以读懂了我的书，是因为他们从文学的角度而不是从政治的或国族的立场来读这本书”。[②] 莫言的这种国际政治学观点和人性论观点在《蛙》中也有类似体现。在给日本友人杉谷义人的信中，莫言写道，让他感慨万千的是，他“在信中提到的那位日本侵华战争期间在平度城驻守的日军指挥官杉谷，竟是您的父亲。为此您代表已经过世的父亲向我的姑姑、我的家族以及我故乡人民谢罪，您正视历史的态度、敢于承担的精神，使我们深深地受到了感动”。在莫言看来，日本人民也是战争的受害者，“如果没有战争”，杉谷义人的父亲也“将是一位前途远大的外科医生，战争改变了他的命运，改变了他的性格，使他由一个救人的人变为一个杀人的人”。[③]

文学家在其文学创作中不仅要关注历史问题、社会问题和政治问题，而且还应该像英国小说家莫尔那样，也是一位社会发展和政治进步的预言

① 莫言：《战友重逢》，第 332 页。

② 莫言：《序言》，载《怀抱鲜花的女人》，上海文艺出版社，2012，第 1 ~ 2 页。

③ 莫言：《蛙》，第 77 页。

家。如同《天堂蒜薹之歌》预示了后来执政党的反腐倡廉行动一样，《战友重逢》也是对中国可持续发展中需要建立国际互信，进而形成和平发展的外部环境的预言。对此，习近平同志在“亚洲相互协作与信任措施会议”（简称“亚信”）第四次峰会上的讲话中指出：“形势在发展，时代在进步。要跟上时代前进的步伐，就不能身体已经进入21世纪，而脑袋还停留在冷战思维、零和博弈的旧时代。我们认为，应该积极倡导共同、综合、合作、可持续的亚洲安全观，创新安全理念，搭建地区安全和合作新架构，努力走出一条共建、共享、共赢的亚洲安全之路。”① 之所以要采取“共建、共享、共赢”的亚洲各国共同发展的策略，原因在于中国当前的和平发展受到了来自外部环境的干扰，在国家安全方面受到了挑战。美国实行亚洲再平衡战略，在中国东海和南海外围陈兵；日本右翼政府修改和平宪法和教科书与参拜供奉有军国主义者灵位的靖国神社以及将钓鱼岛划入日本版图等行径不仅给中国而且也给亚洲的和平带来了威胁；部分周边国家对中国领土主权的挑衅；“三股势力”对中国国家安全也构成了新的威胁。这些问题是中国可持续发展进程中亟待解决的外部影响问题。中国政府主张在和平共处五项原则基础上处理好这些关系，这是首要的一点；其次，一旦外来势力真的敢冲撞中国捍卫国家主权的底线，那么中国人民就必须做好以武力保卫国家安全的准备。近来，为了处理好这些国际关系，国家领导人多次出访周边当事国，向他们阐明中国和平发展的愿望并提出和平解决争端的举措。这是解决国际争端的政治外交途径，而莫言《战友重逢》这部文学作品也为增进国际互信发挥了文学的舆情作用。因而，莫言的战争小说不仅关注战争对人性的扭曲，而且在国际政治学的层面上对和平环境的建设也具有预示及促进作用。

战争中的爱情就如同寒冬雪野中绽开的一朵玫瑰，是中外战争小说家在作品中致力于表现的一个主题。莫言也不例外。在谈及“文化大革命”前17年的长篇战争小说中的爱情书写时，莫言认为最值得推崇的是《苦菜花》中德强和杏莉之间的生死恋。战争环境中的传统爱情书写方式常常

---

① 习近平：《积极树立亚洲安全观共创安全合作新局面——在亚洲相互协作与信任措施会议第四次峰会上的讲话》，人民网，2014年5月21日，http://politics.people.com.cn/n/2014/0521/c1024-25048153.html。

以英雄美女终成眷属的喜剧而告终，但在《苦菜花》中，作者把杏莉被害作为结局，让读者“体验了美好事物被毁坏之后的那种悲剧美”。[①] 于是，莫言在《红高粱》中就把“我奶奶”戴凤莲描写成在给游击队送饭的路上被日寇射杀而死的结局；在《战友重逢》中把赵金等战友对牛丽芳的爱也化作虚无；在剧本《我们的荆轲》中，莫言则突出了帝王“要美人不要江山”的悲剧，用范增（剧中人物，项羽的谋士）奉劝项羽的话来说，“女人是祸水”，“商纣的悲剧切记莫忘”。[②]

莫言在《战友重逢》这部战争题材小说中，在从正面表现政治价值的同时，给予更多关注的仍是人的灵魂扭曲和人性变异。在战场上曾经立过三等功的郭金库复员回乡后心情不好，在赵金的劝导下，终于“想通了”：“我是当兵的！我为什么要逃脱？国家兴亡，匹夫有责，我怎么可能逃脱！说实话我真盼着能有个机会为国牺牲了，牺牲得轰轰烈烈，到处树碑立传，关键是我的老娘可以衣食无忧，也不枉养了我这样的一个儿子，现在这样子，算什么？兄弟，窝囊啊，生不如死啊！”[③] 莫言在战争小说人物形象塑造方面，在继续解构先前的“非善即恶”或“非恶即善”两极对立的原则时，建构起战场上的英雄有“国家兴亡，匹夫有责”的担当精神，战场上并不惧怕死亡，然而，这种“伟大的”担当精神的“关键”却是为了让老娘“衣食无忧，也不枉养了我这样的一个儿子”。在“唯政治论”的年代里，这样的正面人物形象的塑造一定要受到批判；在“去政治化”的时期，人物形象塑造的前半部分就一定要删除。莫言在文学界和批评界处于两极分化和矫枉过正的年代里，恰到好处地处理了战争小说的文学性、政治性和人性三者之间的关系。

在战争文学断想中，莫言归纳出该类小说书写的三条基本原则：第一，人还不是完整意义上的人，因为人在异化的社会里，人自身也在异化，人性与兽性在同时发展，一旦遇到适当的机会就会将兽性表现出来；第二，战争并非仅仅由政治和经济的因素所驱动，人性自身的缺陷也是重

---

① 莫言：《漫谈当代文学的成就及其经验教训》，载《写给父亲的信》，春风文艺出版社，2003，第 79 页。

② 莫言：《我们的荆轲》，新世界出版社，2012，第 106 页。

③ 莫言：《战友重逢》，第 314 ~ 315 页。

要因素之一；第三，战争文学的美学和美德亦有不同层次，有正向价值之美，亦有负向价值之美，在一定程度上，战争扭曲了人性，战争文学唤起的审美愉悦感是非人道的、非人性的审美愉悦。[①] 莫言将过去战争文学的功利性也总结为三点：第一，歌颂伟大思想的胜利，为伟大思想进行注解和说明；第二，歌颂正义战争，否定非正义战争，结局往往是正义一方的胜利和非正义一方的失败；第三，歌颂英雄主义和牺牲精神，即歌颂英雄对某场战争有直接意义的牺牲精神。这已成为以往战争文学创作的定式。由于战争使人类灵魂深处的兽性奔突而出，战争是人性和兽性的绞杀，因而战争是人类发展史上的最大歧途。[②] 因而，莫言在对越自卫反击战和抗日战争中的人进行书写时提出了自己的新观点。莫言在新时期的战争文学书写中，借鉴中外战争文学中的利与弊，就是要突出体现以上这几点，并在对传统战争文学解构的基础上，开创自己独特的战争小说书写新路径。

莫言战争小说书写的文学案例也是对“作家与其个人经历对等”的传统书写范式的突破。从鲁宾斯坦论述的作家创作与时代背景之间的紧密关系来看，没有亲历过战争的人，若从事战争文学书写，的确是一件非常困难的事，但又并不是不可为的事。莫言战争小说的成功表明，即使作家本人并没有亲身参加过战争，但仍可以创作出战争题材的小说。曾多次获诺贝尔文学奖提名的以色列作家阿摩丝·奥兹在与莫言单独对话时说道：“我们都曾是军人，但时至今日，我却从没有作品描写过战争，描写过军旅生涯。您却成功地描写了军旅生涯，这一点的确令人羡慕。”[③]

第四节　后现代主义语境下的现实主义

莫言的文学创作初始阶段正处于西方后现代主义文学思潮的盛行时期。受域外文学思潮影响，莫言在改革开放初期就摒弃了中国17年以及再往前推出半个多世纪的传统现实主义创作模式，在创作中揉进了西方的各种新思潮，并在此基础上进行大胆创新，在中国式的“魔幻现实主义”创

---

① 莫言：《战争文学断想》，载《写给父亲的信》，春风文艺出版社，2003，第93页。

② 莫言：《战争文学断想》，第96～98页。

③ 钟志清：《奥兹与莫言对谈（节选）》，《南方周末》2007年9月5日。

作道路上大踏步前进。

一 文学思潮的演进与莫言的处境

文学思潮必须具备下列基本要素：具有相对确定的历史时期，在相对地域形成文学规模，与社会和经济变革相适应的且具有广泛影响的文学思想和创作潮流。以西方文学发展史中出现的各类思潮为线索，西方现当代文学思潮大致可以划分为浪漫主义、现实主义、现代主义和后现代主义四个主要阶段。

杰姆逊在以“后现代主义与文化理论”为题的演讲中指出，西方文学中的不同文学思潮分别反映了资本主义发展阶段中人们的不同心理结构。杰姆逊的这一观点源自他对西方文化的分期。然而，杰姆逊又特别指出，这种对人的性质变革的文学分期方式只是在资本主义发展过程中针对不同阶段所做出来的，这种变革是相对意义上的，也是局部意义上的变革。如果从更大的层面上来看，西方社会由封建社会向资本主义社会转变所带来的文化领域内的革命，其意义要远比资本主义内部的分期深刻得多。①

不同文化阶段所产生的不同文学思潮，形成了界限分明的文学创作指导思想、创作原则和创作的叙事策略，并以此来反映不同文化阶段中人们对客观事物以及在心理上对这些客观事物的认识与认可。在欧洲经历了文艺复兴之后，从封建社会向资本主义社会过渡的阶段中，资本主义处于上升阶段，于是，反映作家内心理想世界的浪漫主义文学思潮应运而生。西方的浪漫主义又有积极和消极流派之分，其中表现作家美好理想的流派占主导地位。在这个阶段中，欧洲文学中出现了以华兹华斯（William Wordsworth）为代表的湖畔派诗人，以拜伦（George Gordon Byron）和雪莱为代表的英国积极浪漫派诗人，以雨果（Victor-Marie Hugo）和大仲马（Alexandre Dumas）等人为代表的法国浪漫主义小说家，以歌德（Johann Wolfgang von Goethe）和席勒（Johann Christoph Friedrich von Shiller）为代表的德国浪漫主义小说家，以普希金（Aleksandr Pushkin）为代表的俄国浪漫主义诗人，以惠特曼（Walter Whitman）、霍桑（Nathaniel

① 〔美〕杰姆逊：《后现代主义与文化理论》，第157～158页。

Hawthorne)、欧文和麦尔维尔（Herman Melville）等人为代表的美国浪漫主义小说家。

随着资产阶级在人类社会发展的舞台上占据了统治地位，资本主义体制的内在矛盾也逐渐显露出来。资本的快速积累使资本主义经济高速发展，逐渐占据统治地位的资产阶级抛弃了困难时期的同盟者无产阶级，进而形成了有产阶级与无产阶级之间的贫富两极分化，新的阶级矛盾也随之形成。当这种阶级矛盾发展到不可缓和的程度时，就彻底冲垮了作家内心世界的浪漫主义情怀。于是，一种代表平民社会心理结构的文学思潮——现实主义在欧美形成。19 世纪下半叶到 20 世纪初期是欧美现实主义文学的鼎盛时期。这一文学思潮最显著的特点是作家对资本主义社会的批判和对人性弱点的批判，因而，现实主义又被称之为“批判现实主义”。在现实主义的基础上，又有一批欧美作家形成了被称为“现实主义极端表现形式的新流派”——自然主义。自然主义对社会和人性弱点批判的锋芒在一定程度上比传统现实主义更加犀利，其作家在创作中倡导环境决定论，认为社会和人可以像机器一样拆开来进行研究，作家的创作不应带有任何偏见，应“不偏不倚”地再现社会现实和人以及人的本质现实。在现实主义文学思潮影响下，在法国作家福楼拜的带领下，西方文学取得了长足的发展，出现了一大批优秀的现实主义作家。例如，在现实主义的发源地法国，司汤达（Stendhal，原名 Marie-Hernri Beyle）、梅里美（Prosper Merimee）、巴尔扎克、莫泊桑（Guy de Maupassant）和左拉等人成为法国现实主义代表作家，尤其是司汤达的作品《红与黑》成为具有现实意义政治小说的代表作；以狄更斯、奥斯汀（Jane Austen）、萨克雷（William M. Thackeray）、夏洛蒂·勃朗特（Charlotte Bronte）、盖斯凯尔夫人（Elizabeth Cleghorn Gaskell）、梅瑞狄斯（George Meredith）、哈代（Thomas Hardy）、高尔斯华绥（John Galsworthy）、乔治·艾略特（George Eliot）和萧伯纳（George Bernard Shaw）等对维多利亚时期社会的精神面貌、资产阶级对穷人的剥削和垄断资产阶级进行描写和批判的英国现实主义作家；以豪威尔斯（William Dean Howells）、詹姆斯（Henry James）、马克·吐温（Mark Twain）、欧·亨利（O'Henry）、杰克·伦敦和德莱塞等人为代表的对垄断资本和资本主义竞争进行批判以及在“美国梦”幻灭境况下对普通平民给予关注的美国现实主义作家；以普希金[①]、果戈里（Nikolai Vasilievich Gogol-Anovskii）、屠格涅夫（Ivan Sergreevich Turgenev）、陀思妥耶夫斯基、车尔尼雪夫斯基（Nikolay Gavrilovich Chernyshevsky）、托尔斯泰、契诃夫（Anton Chekhov）、高尔基、冈察洛夫（Ivan A. Goncharov）和奥斯特洛夫斯基等为代表的俄国现实主义代表作家。

现代主义文学思潮的形成与当时资本主义的快速发展促使哲学思潮的演进是一脉相承的。19世纪末期，随着西方国家资本主义完成了资本积累，西方强势主权国家加速了工业化和城市化的进程，在其经济快速发展的基础上，加快了在国际上对外扩张的步伐。资产阶级改变了西方传统的农业经济旧有模式的同时，也改变了人们的思维模式，传统的价值观、世界观和宗教信仰均受到强烈的冲击与挑战，由此形成了人与人之间的陌生感、疏离感和孤独感，“非人化”的现代主义文学元素开始形成。特别是在欧洲资本主义列强之间为争夺各自利益而爆发的第一次世界大战彻底击碎了人们对旧秩序的信任感，促使欧洲非理性哲学的形成。[②]

在社会、政治、经济、哲学等各方面因素的共同作用下，西方知识分子对原本深信不疑的资本主义价值体系和伦理体系产生怀疑并形成了叛逆心理。在这样的文学境况下，继古典主义、浪漫主义和现实主义文学思潮之后，形成了欧美文学中以象征主义、表现主义、未来主义、意识流、意象主义、存在主义、荒诞派、新小说、垮掉的一代和超现实主义、链接了现实主义和现代主义的自然主义等为表现形式的现代主义文学思潮。社会的现代性使旧有的社会秩序被打破，现代主义作家认为文学创作不可能再像先前的文学思潮那样固守传统的创作模式，而只能以全新的视角和叙事策略来表现这个混乱无序的世界。但与先前文学思潮尚有一点共同之处

① 普希金是俄国浪漫主义的代表作家，也是俄国现实主义文学的奠基人，长诗《茨冈》是普希金由浪漫主义向现实主义过渡的代表性作品。

② 现代主义文学思潮的非理性哲学基础，在前面已经做过论述，主要表现为哲学上的实证主义和唯意志论。在欧洲哲学家的各种新思潮出现后，先前的现实主义传统逐渐从西方主流文学中退出，取而代之的是现代主义文学。

的，那就是作家仍在追求文学的终极意义。在现代主义这个文学思潮的发展进程中，现代主义文学的重心也逐渐由欧洲文学向美国文学转移。如果说欧洲作家中仍有如王尔德（Oscar Wilde）以唯美主义影响了以波德莱尔为代表的法国象征主义、左拉的自然主义[①]、奥地利现代派代表作家卡夫卡的人物变形[②]和爱尔兰现代派代表作家乔伊斯（James Joyce）的意识流等现代主义作家在坚守自己的阵地以外，英美诗人 T. S. 艾略特、美国南方文学的代表作家福克纳[③]和美国剧作家奥尼尔（Eugene O' Neill）[④] 在现代主义文学的发展道路上步子迈得更大，成就也更加卓著。这三位诺贝尔文学奖获奖作家分别在诗歌、小说和戏剧的不同文学类型中为西方现代主义文学所做出的贡献，足以说明美国现代主义文学在世界文学发展进程中的重要贡献。

在经历了第二次世界大战之后，美国文学界经过后现代主义的深入探索与大动荡所导致社会的不确定性特征、对逻各斯中心主义的解构、海森伯格在科学研究中发现的测不准原理、哈桑在文学理论上提出的结构之外的结构论、索绪尔语言符号学中能指与所指关系的不对等、语言哲学转向和维特根斯坦的话语游戏论等，社会学、哲学、语言学、自然科学领域内各种因素综合在一起后，产生了后现代主义文学思潮。美国小说家海勒、霍克斯（John Hawkes）、纳博科夫（Vladimir Vladimirovich Nabokov）、加迪斯（William Gaddis）、冯内古特（Kurt Vonnegut）、托马斯·品钦（Thomas Pynchon）、约翰·巴斯（John Bath）、唐纳德·巴塞尔姆（Donald

---

① 在学术界，有人将自然主义归入现实主义的一种极端表现形式中；也有人将自然主义划归现代主义的范畴，认为自然主义文学是实验文学的一个分支，是现实主义和现代主义的连接点。

② 卡夫卡在《变形记》中塑造的主人公格里高尔不堪生活的重负而变成甲虫，但心里仍保持着人的状态。莫言《生死疲劳》中被镇压的地主西门闹的生死轮回与卡夫卡人变甲虫有很大差异性。莫言的《生死疲劳》中，除智障大头婴儿以外，其他全部轮回都是动物。

③ 诺贝尔文学奖获得者威廉·福克纳被认为是美国南方文学的代表作家，除建立起自己的“约克纳帕塔法县”的文学地理以外，福克纳是在意识流、多角度、时空颠倒等现代主义小说表现手法上将多种实验文学手段融为一体的代表性作家，其现代主义文学成就影响了世界文学的几代人。

④ 诺贝尔文学奖获得者尤金·奥尼尔的剧作《琼斯皇》是表现主义文学中的代表作。

Barthelme)、托尼·莫里森（Toni Morrison）[①] 等均为这一流派的代表作家。此外，法国文学家萨特和加缪（Albert Camus）以及塞缪尔·贝克特（Samuel Beckett）、哥伦比亚小说家马尔克斯等人也均是这一文学思潮中的代表作家。后现代主义文学彻底背离了传统，否定了“终极价值”，崇尚“零度写作”，打破了精英文学与大众文学的界限，使精英文学向大众文学和亚文学转化。

就文学批评而论，浪漫主义文学理论家艾布拉姆斯在其后期文学批评理论中也与时俱进，赞成“多元主义”，认为这一点不仅在文学作品的理解中是有益的，而且在文化史的研究中也是必需的。[②]

二　后现代主义语境下莫言的现实主义“回归”

莫言初入文学创作领域时，西方文学正处于后现代主义的鼎盛时期，但中国文学仍处于现实主义阶段。新中国成立以来的小说在题材上经历了农村题材、历史叙述、当代“通俗小说”、非主流之外小说的题材变化历程。自 1958 年，中国文学界在“反右”的基础上又开始了“革命现实主义”和“革命浪漫主义”相结合的创作路径与方法。1962 年毛泽东提出的“千万不要忘记阶级斗争”成为当时文化激进派借用的口号。当时中国文学的激进思潮力图消除文学创作与政治活动之间的界限，这也为后来文学创作的“唯政治论”埋下了伏笔。当时文学家中的多数人在接下来的“文化大革命”中被边缘化，不仅失去了创作的权利，而且有些人还受到了不同程度的迫害。在这个所谓的“革命文学”的激进阶段，写作已不是作家个人的事情，而是由各种“写作组”成员来共同完成的。“文化大革命”期间多数作品都是对先前“革命文学”作品的改造，江青利用其特殊

---

① 托尼·莫里森于后现代主义兴起时期步入美国文坛，也是美国 20 世纪最后一位诺贝尔文学奖获得者。莫里森深受拉美魔幻现实主义文学的影响，创作出如《所罗门之歌》、《宠儿》和《柏油娃》等一系列具有神秘和魔幻色彩的小说。由于其“作品想象力丰富，显示了美国现实生活中的重要方面”以及对语言本身的深入钻研和“从种族桎梏中解放出来”而于 1993 年获奖。

② M. H. Abrams, “The Deconstructive Angel”, in Robert Con. Davis ed., *Contemporary Literary Criticism: Modernism through Post-Structuralism* (New York & London: Longman Inc., 1986), p. 429.

身份移植的八个样板戏[①]则取代了“中国的戏剧文学”。因而，那个时期的文学创作很难有精品问世，“样板戏”的创作及演出已成为那个时期戏剧文学的“标准化”制作“样板”，作品在政治图解之外，很难有作家个性化发展的空间。如果说在小说界也要树立起一个“样板”的话，那就是前面提及的《欧阳海之歌》。此外就是如《金光大道》、《创业史》和《山乡巨变》一类作品。如果说域外文学在遭遇了后文学时代“大众文学市场化”的影响而在探讨文学是否仍然存在的问题，那么中国文学则主要是由“文学激进派”一手造成的。在“文化大革命”后期才有少数如《飞雪迎春》、《分界线》和《万山红遍》等由作家个人署名的小说出版。此间，早期手抄本《第二次握手》和后期《公开的情书》以及《晚霞消失的时候》等作品一起构成了“文化大革命”时期“地下文学创作”的特殊现象。

“文化大革命”结束后的文学被称“新时期文学”。新中国成立初期受挫的老一代作家在20世纪80年代开始复出，虽然此时已经历了标准大讨论，但文学界所要致力于挖掘的仍是写实、干预生活、题材扩大等他们在20世纪50年代提出的文学观念和艺术方法。似乎此时的文学创作并不需要转型。[②]

“十七年的文学”以及“文化大革命”十年的文学基本上处于禁闭状态，与外界几乎没有任何联系。改革开放后，中国在经过长期禁锢之后终于向西方文学敞开了大门，随现代主义文学思潮一道进入中国作家视野的还有在西方已经处于衰落状态的现代主义思潮。但多年来一直在中国文学中占据统治地位的现实主义思潮并未消退。可以说，莫言开始创作的阶段，正是中国文学面临现代主义和后现代主义思潮同时进入中国，并与中国多年来一直坚持的现实主义文学传统交织在一起的时期。各种文学思潮混杂在一起的同时又伴随着中国改革开放初期各种新鲜事物需要国人重新去认识的境况，再加上思想解放进程中新旧观念的交锋，这种现象使中国新时期的作家感到茫然，不知所措。直到1985年，中国小说创作才开始向

---

① 这八个样板戏剧包括《红灯记》、《沙家浜》、《奇袭白虎团》、《智取威虎山》、《杜鹃山》、《红色娘子军》、《海港》和《白毛女》。

② 洪子诚：《中国当代文学史》，北京大学出版社，1999，第192页。

“寻根文学”和“现代派文学”两个方向发展。莫言在此时则采取了与时俱进的态度，开始大胆接受域外文学思潮，以《透明的红萝卜》为标志，在现代派文学的发展道路迈出了重要的一步。

虽然改革开放之初西方文学正处于后现代主义盛行的阶段，现代主义早已衰退，但是，对于中国作家而言，这一切都是新鲜事物，中国作家要在短时间内补上这一课，并非易事，因为现实主义在中国文学领域中已经根深蒂固，至今仍有很大市场。此外，虽然真理标准大讨论在一定程度上冲破了政治是检验文艺的唯一标准的桎梏，但在无产阶级文艺的传统影响下，不仅作家不敢完全冲破旧有的文学创作模式，而且批评界也难以一下子从传统批评模式的桎梏中解放出来。因此，改革开放初期步入创作领域的莫言若想在自主创新的道路上迈出大的步子，并非一件轻而易举的事，而使新时期的中国文学作品在世界各国传播并形成较大的影响力则更是难上加难的事。

莫言认为，要解决好上述难题，首要的一点是要知难而进。作家在长时期中断与外界的联系而现在可以打开大门迎接域外文学，就应该在模仿的基础上大胆创新。这种创新可能不是成功的，但这种尝试胜过承袭旧有模式的平庸之作。莫言的创作经历表明他完全是按照自己所说的那样去实践的。莫言在自主创新道路上迈出的第一步就是在域外各种文学思潮的共同作用下，从中国古典文学和民间文学中挖掘资源，讲述中国人自己的故事，写出了“中国风格”和“中国气派”。文学文本的传统文体结构常常以亚里士多德倡导的起始、高潮和结尾三段式为主要模式，即线性叙事方式。[①] 莫言小说创作除早期的现实主义小说以外（主要是1981~1985年的短篇小说），最大特点是借鉴但并未完全按照西方文学的流行思潮去“追风”，而是将域外各种思潮中值得借鉴的部分融合在一起，使其作品既采取了现代主义的小说叙事策略，又有后现代主义的特征，但其核心仍是现实主义的。

在向福克纳学习的过程中，莫言的“高密东北乡”已不再是福克纳的“约克纳帕塔法县”，在现代主义文学的叙事策略方面，莫言小说也不再是

① Sheridan Baker, *The Practical Stylist* (New York: Thomas Y. Crowell Company, 1969), p. 9.

福克纳《喧哗与骚动》的翻版；在人物变形或异化方面，莫言的《生死疲劳》也与卡夫卡的《变形记》形成了本质上的区别；在战争小说的创作中，莫言的作品也是对海明威战争小说创作模式的突破；在魔幻手法的运用方面，莫言的《透明的红萝卜》、《生死疲劳》、《战友重逢》、《幽默与趣味》和《梦境与杂种》等作品也远远超越了马尔克斯《百年孤独》的魔幻所能达到的现实主义意境；在语言实验和话语游戏方面，莫言的《红高粱》和《酒国》以及其他绝大多数作品也具有海勒《第二十二条军规》所无法相媲美的黑色幽默效果；在故乡童年记忆的书写中，莫言借助"高密东北乡"对中国农村的变迁进行历史问题和社会问题所做的思考也远远超出了大江健三郎对日本四国岛爱媛县喜多郡大濑村的童年记忆书写；在文学参与政治进而使政治美学在文学作品中生辉方面，莫言的《天堂蒜薹之歌》、《酒国》和《红树林》等作品也比秘鲁作家略萨的《公羊的节日》和《天堂在另外那个街角》等作品更加具有现实批判的精神。可以说，莫言的作品中均有上述提及的这些世界文学名家作品的内涵及意蕴，但又不同于这些名家。如果说莫言的小说世界涵盖了所有这些名家的长处，该评价是再合适不过的，因为莫言得益于这些名家以及域外文学思潮的影响，站在这些世界文学巨人的肩膀上攀登到了世界文学的高峰。也就是说，莫言借助改革开放的有利时机，以域外文学思潮开路，挖掘中国古典文学中的资源，在人们为"文学已死"而焦虑时再创世界文学的辉煌。

莫言面对域外文学现实主义、现代主义和后现代主义三个思潮同时进入中国文学界的状况，并没有随波逐流，也没有老守田园。他既参与了域外文学发展的潮流，又没有完全延续域外文学的思潮，而是在个性化发展的原则下大胆创新，因而才能在当代小说的创作中走出一条新路，最终以其"魔幻现实主义"书写而获奖。中外学术界对莫言的批评中，出现各种杂音也并不奇怪。然而，不论学术界对莫言因"魔幻现实主义"而获奖的理由做出何种解释，不论有人对莫言提出什么样的非难，也不论评论界把莫言划归哪个文学思潮的领域中，莫言小说创作的实质都是现实主义的。当然，莫言的现实主义随着时代变化也在发生演进，其现实主义已不再是传统意义上的现实主义，而是经过各种文学思潮所代表的主要思想倾向和叙事策略的实验之后形成的"后"现实主义的表现形式。有人将这种现实主义重新定义为新现实主义或者后现实主义。不论人们怎样重新定义这个文学思潮演变后的名称，不论莫言小说的叙事策略采取了哪种文学流派的代表性手段，也不论“hallucinatory realism”在汉译中究竟应该被译为“魔幻现实主义”还是“幻觉现实主义”，莫言的文学创作倾向从本质上看都是现实主义的。从莫言所获的各类奖项的颁奖词中有关“自由不羁的想象”“奇异新颖的感觉”（冯牧文学奖），“情节之奇幻”“人物之鬼魅”（儒尔·巴泰庸奖），“神奇化”（鼎钧奖），“奇诡”“汪洋恣肆的想象力”（东京电影节金麒麟奖），“隐秘腹地”（华语文学传媒大奖），“独特的写实手法和丰富的想象力”（福冈亚洲文化大奖），“荒诞的省思”（红楼梦奖），“结构奇特”“异想天开”（纽曼华语文学奖）等具有现代主义和后现代主义思潮特征的评价，将“hallucinatory”理解为“魔幻”也并不过分。事实上，莫言因哪种现实主义而获奖并不重要，因为这些仅是现实主义的修饰语，是莫言小说创作的策略，其小说创作的策略也只是为达到其创作目的而采取的手段而已，其小说作品“张扬生命伟力”“弘扬民族精神”（冯牧文学奖），“民间文化为底蕴”（鼎钧双年文学奖），“对故乡山东省的情感”“反映农村生活的笔调”“富有历史感的叙述”（法兰西“文学与艺术骑士勋章”），“本土生活的坚定决心”“对民间中国的基本关怀”“对大地和故土的深情感念”（华语文学传媒大奖），“描写了中国城市与农村的真实现状”“展示了带领亚洲文学走向未来的精神”（福冈亚洲文化大奖），“紧紧围绕和反映社会主义新农村建设”“对农村生活有着切身的感受”（“福星惠誉杯”优秀作品奖），“别无选择的命运”“折射着我们民族伟大生存斗争中经历的困难和考验”“呈现历史和现实的复杂苍茫”“表达了对生命伦理的思考”（茅盾文学奖）等具有现实主义思潮特征的评价才是其小说创作的精神实质所在，体现了莫言小说的基本意义。① 因而，国内外对莫言“魔幻现实主义”的批评也好，贬低或攻击也罢，莫言获得诺贝尔文学奖之前已经获得的各类奖项的评价，已经明确指出了莫言小说的“魔幻”加“现实主义”的基本特征。

此外，人们还可以从莫言获奖的历程中发现，莫言获奖首先从短篇小

① 这些对莫言的评价均来自莫言所获各类奖项的颁奖词。

说开始，而后逐渐向中篇小说和长篇小说发展；应该充分肯定的是，由莫言的中篇小说《红高粱》改编的同名影片于1988年开始在国际上获得了一系列电影大奖之后，这才使莫言开始“红”了起来。莫言前期在国内外所获得的一系列奖项进一步扩大了莫言在中国文学界和世界文学界的影响，奠定了他在文学领域中创造更大辉煌的基础。2012年，莫言终于到了“大丰收”的季节——诺贝尔文学奖终落莫言之手，中国文学家苦苦追求了一个多世纪的梦想终于得以实现。在这个历程中，文学家如同一名优秀的运动员，首先要在国内的文学大赛、洲际文学大赛和世界范围内的文学“世锦赛”上获得“冠军”，最后才能站上诺贝尔文学奖这个“文学奥运会”的最高领奖台，摘得文学“奥运”的金牌。既然诺奖评选与奥运会的竞争有如此相似之处，那么参评诺贝尔文学奖也就不可避免地形成了作家在国际上的激烈竞争。既然这也是一场竞争，那么，就必然要有竞争的规则。事实上，全球化虽然从表面上看是“互利互惠”，其目的是“共同发展”，但由于竞争规则基本上是由西方强势主权国家以其利益为准则制定出来的，因而，参与全球化发展的国家，除了在为自身利益而与西方强势主权国家进行抗争以外，还必须学会适应全球化发展的新形势，理解全球化发展的基本准则。

莫言获奖的事实表明，借鉴域外文学中的优秀部分仅是其成功的外在影响因素；而挖掘中国文学的资源，坚持作家的个性化发展，立足中国当下语境，讲述中国故事，才是莫言获得诺贝尔文学奖的内在决定性因素。内外因素的结合，再加上其作品的域外译介与传播，才使莫言成为“莫言”。

第四章 莫言小说的域外传播与影响

全球化具有两个重要环节：输入和输出，文学全球化也不例外。莫言小说被世界文学所承认并最终登上了世界文学的最高领奖台，其成功不仅有输入环节中对域外文学的借鉴，同时也有输出环节上在域外传播并形成的影响。从以上研究中可以发现，莫言的小说创作具有重要的文化意义和人学意义，是世界文学中的瑰宝，这是毋庸置疑的事实。然而，让莫言的小说被世界了解和认识，并不是一件易事，因为莫言作为中国作家，其小说均由汉语写成。其作品能与世界读者见面，就必然存在着语言上的巨大障碍。作为一名以汉语为创作语言的中国作家，莫言的作品能在世界文学领域中得到普遍认可，其难度要远远超过西方国家的作家。因而，莫言小说能够攀登上世界文学的高峰，在世界各国、各民族中得到广泛传播并形成影响力，得益于莫言小说在域外的译介与传播这个重要的文学输出环节。

第一节 莫言小说域外译介与传播

在西方社会学的观点看来，大众传媒与社会之间是一种互动的关系。根据“结构功能理论”，大众传播媒介是社会有机体中不可或缺的一部分。信息通过媒介的传播系统来沟通上下左右的联系，进而传播社会共同的信仰、规范和价值观。[①] 莫言获得诺贝尔文学奖，其对人关注的人学意义已

---

① 张树武：《论现代社会发展中大众传媒的责任与作用》，载张树武、胡铁生、于晓辉主编《文化传播与社会发展》，吉林人民出版社，2005，第226～228页。

经超出了中国文学的范畴，进入了世界文学的领域。莫言小说的域外译介对其在异质文化之间的传播发挥了重要作用。这种传播的作用，马克思早在一个半世纪前就已明确指出，只有建立在国际市场的基础上，民族经济才能变成国际性的。文学也是这样，只有通过相互交流，各个民族的文学才能成为世界性的精神产品，即成为世界文学。从作家的层面上来理解，比较文学视域下的“世界文学”包括“在全人类文学史上获取世界声誉的大师性作家之作品”。[①] 显然，莫言小说在世界文学的框架下，属于“大师性作家之作品”。世界性的作品就必定是在世界范围内不同民族所共享的精神财富。如果作家的作品不能在世界范围内被广大读者所接受，那么这位作家再伟大，其成就也不能被认定为是世界性的。然而，除域外华人以其所在国的语言创作的作品外，在中国作家群体内，其文学作品均由汉语写成，因而中国文学作品在世界范围内传播就必然需要译介来牵线搭桥。莫言的小说之所以能够在世界范围内广为传播，也恰恰是译介助力的结果。

一　域外对莫言小说的译介

在语言学层面，翻译通常指语码之间的转换（Code Switching），是译者将作品由一种语言转换成另一种语言的过程。近年来，中国学者创建的译介学（Medio-Translatology）已逐渐发展成为一门新兴的学科。从表层意义来看，该学科具有两方面的意义：第一，传统意义上的语码转换；第二，在语码转换过程中将译作向目的语读者进行推介。从本质上来看，作为一门新兴的学科，“译介学”是从比较文学媒介学的角度和比较文化的角度出发，对翻译（尤其是文学翻译）进行研究的。从学术研究的视角来看，译介学关注的并不是语言层面的问题，亦不是对译出语和目的语之间语码进行简单转换的技巧问题，而是一种文学研究或者文化研究，关注的是作品在本族语和目的语之间转换过程中信息的失落、变形、增添和延伸等，更为注重的是翻译（亦主要是文学翻译）作为一种跨文化交流的实践活动所具有的独特价值和意义。[②] 这一点也是中国翻译理论界对翻译理论的新贡献。

---

① 杨乃乔主编《比较文学概论》，北京大学出版社，2002，第91页。

② 谢天振：《译介学》，上海外语教育出版社，1999，第1页。

莫言的小说属于文学作品，而非自然科学研究成果的专著。因而，莫言的小说在很大层面上具有中国文化符号的意义，将莫言的小说翻译成外文的过程，实质上是将中国文化向外界传递的过程。文学译介形成文化传递意义的原因主要有三点。第一，这是由文学本身的文化特征所决定的。人类受由自然存在向社会存在转化的影响，形成了各种人际关系，而文学恰恰探讨的是个体的人在社会群体中的这些关系。因而，文学文本的翻译就已不再仅是将一种语言简单地转换为另一种语言，而是不同文化信息之间的传递。在语言转向过程中，语言哲学也更加关注话语与权力之间的关系，因而，文学翻译也是一种权力关系。第二，虽然莫言在文学创作实践中借鉴了域外文学中的优秀成果，但莫言向域外文学进行借鉴的同时，在创作中给予更多关注的是中国文化传统，讲述的是中国故事，即在吸收域外文学优秀成果的同时，更加强调自主创新。因而，莫言小说向外界传递的是中国文化的内涵。第三，文学作品翻译的方法呈多样性，传统翻译技巧可以采取顺译、倒译、转译、分译、合译、省译、惯译等不同方法，[①]但译介学则更加关注译出语与目的语之间信息的失落、变形、增添、扩伸等问题，因而译介学在严格意义上又被看成文学研究或文化研究的一门学问。[②]

文化是一个大概念，是包括人在内的天地万物的融会渗透现象，属于某一社会形态中经人们长期共同努力所形成的产物，也是一种历史现象，即人类社会历史发展中形成的积淀，包括物质和精神两个层面。就精神层面而言，文化是能够被一个民族或国家所传承的历史、地理、风土人情、传统习俗、生活方式、行为规范、思维方式、文学艺术和价值观念等，也是人类之间可进行交流的、普遍认可的、能够世代相传和相互影响的意识形态。在系统论的角度上来看，文学是精神层面的文化表现。对于一个民族或国家的文学而言，作家创作出来的作品应该具备上述提及的文化所包含的方方面面的内容。中国有学者认为，由于文化是人类生存与发展过程的积淀物，具有相对的稳定性，因而文学文本在域外的接受就无法离开不

① 胡铁生、李允成主编《英语被动语态的汉译技巧》，成都科技大学出版社，1995，第1～88页。

② 谢天振：《译介学》，第1页。

同文化背景的影响。异质文化背景下的读者受价值观、思维方式、知识结构、审美趣味等方面差异性的影响，在接受域外文本之前就已在内心世界中形成了与自身文化相应的潜在立场、观点和审美倾向。读者已有的整体文化结构对其选择文学文本、接受新的思想和新的作家具有重要的影响作用。因而，文学文本离开其原创地，走向域外也就是该文本“历险”的开始，其思想意识和审美意识在域外的接受和阐释，完全取决于该文本在目的语国家的文化元素。①

借助民族或国家的文学窗口，世界各个民族或国家之间可以通过文学的输入和输出增进相互了解与沟通。以美国文学为例，在20世纪的百年期间，共有10位作家获得了诺贝尔文学奖，除思想性以外，英语作为创作语言，使其作品在域外传播更加快捷，因为目前在世界上使用英语的人口比其他任何一种语言都要多，普及的地域也更广。② 因而，世界各个民族和国家对美利坚民族价值观的了解程度要远远超过对其他国家或民族的价值观的了解程度。鉴于此，汉语文学文本的译介环节在世界范围内进行文化传播的作用就是不可小觑的。

翻译是一种艺术，也是一门科学。首先从认识论的发展规律角度来研究翻译自身，而后经过翻译实践的检验，就会形成体系化的翻译理论。翻译理论的发展也是一个不断深化的过程。语言文字带有其民族的特殊性，因而，不同国家、不同流派的翻译理论都必然要深深植根于本国或本民族的历史结构和特定的文化土壤之中。③

莫言小说的域外译介与传播研究也不例外。莫言小说域外的译介是中国与域外其他民族或国家之间进行的文化交流。显然，不论莫言的小说写得多么好，如果不能传播出去，其作品就无法被域外异质文化所接受。从这个意义上讲，莫言小说翻译在中国文学与世界各国文学之间的交流中具有桥梁和纽带的重要作用。

---

① 王萍：《中国文化元素与欧美文学的接受——以列夫·托尔斯泰为例》，《东北师大学报》（哲学社会科学版）2015年第4期，第111页。

② 美国20世纪的10位诺贝尔文学奖获得者中，仅有犹太裔作家艾萨克·巴什维斯·辛格的小说没有用英语创作，而是采用了犹太人通用的意第绪语。

③ 胡铁生、孙萍主编《新博士生英语翻译教程》，吉林大学出版社，2002，第2页。

莫言的很多作品已经被翻译成英文、法文、德文、瑞典文、意大利文、荷兰文、西班牙文、波兰文、希伯来文、挪威文、丹麦文、俄文、罗马尼亚文、日文、韩文、越南文等语言，因而，莫言作品译介为世界各国了解中国文化搭建起异质文化之间沟通的桥梁。

目前，英语在中国已成为外语学习者的首选语言且学习者众多。然而，莫言小说的英语译介却是由域外翻译家完成的。这种现象表明，域外汉学家和翻译家对汉语和中国文化的掌握程度已经达到了相当高的水平。由于民族语言是了解一个国家或民族文化的中介和窗口，所以语码转换对于一个国家或民族的文化与外界的交流发挥着极为重要的中介作用。

在莫言作品的外文翻译方面，英文翻译的重要性是首屈一指的，因为英语是世界上普及最广的语言，因而英译本的莫言作品在世界上形成的影响力也最大。《新杂志》主编严峰认为，莫言获奖有两方面的因素，一方面是其实力使然，另一方面是其作品的国际化接受程度；诺贝尔文学奖评奖一百余年来，多数获奖作家都是用西方语言进行写作的，因而，翻译成为非英语国家的作家通往诺贝尔文学奖的一道厚墙。① 这一点亦如德国汉学家顾彬所言："中国有许多更好的作家，他们不那么著名，是因为他们的作品没有被翻译成英文，也没有葛浩文这样一位杰出的美国翻译家。"② 以本族语进行创作的亚洲作家，如果没有"完备、流畅、恰当的翻译"，那么就"很难获得主要靠阅读英文、法文、德文等西方语言版本的诺贝尔文学奖评委的青睐"。这一现象也正像日本作家村上春树作品的中文译者林少华所指出的那样："翻译可以成全一个作家也可以毁掉一个作家。"③ 这些评论并非否定莫言小说创新的功绩，而在于印证翻译在莫言作品走向世界过程中的作用。当然，即使已被广泛翻译的作品，其作者并不一定就能够获得诺贝尔文学奖，因为作品创作的内在素质在作家取得成功方面是

① Admin：《翻译家葛浩文英译莫言作品比原著写得更好?》，爱英语吧，2011 年 11 月 6 日，http：//www. 2abc8. com/new/34161/index. html。

② 〔德〕顾彬：《中国小说缺少集中描写中国人心理》，乐然译，凤凰财经网，2012 年 10 月 26 日，http：//finance. ifeng. com/news/people/20121026/7211933. shtml。

③ Admin：《翻译家葛浩文英译莫言作品比原著写得更好?》，爱英语吧，2011 年 11 月 6 日，http：//www. 2abc8. com/new/34161/index. html。

更为重要的决定性因素。然而，毋庸置疑的是，优秀的翻译一定会使这些作家的作品在域外能够传播得更快更广，并使其形成更高的接受程度和认可程度。

美国汉学家、翻译家葛浩文[①]在世界范围内推介和传播莫言的作品对莫言获奖是功不可没的。葛浩文先后翻译了莫言的《红高粱》（*Red Sorghum*，1993）、《天堂蒜薹之歌》（*The Garlic Ballads*，1995）、《丰乳肥臀》（*Big Breasts and Wide Hips*，1996）、《酒国》（*The Republic of Wine*，2001）、《师傅越来越幽默》（*Shifu*，*You'll Do Anything for a Laugh*，2001）、《生死疲劳》（*Life and Death Are Wearing Me Out*，2006）、《变》（*Change*，2010）、《四十一炮》（*Pow!*，2012）、《檀香刑》（*Sandalwood Death*，2012）和《蛙》（*Frog*，2012）等作品。[②]

葛浩文精通英语和汉语两种语言。当有人问他，既然他本人也具有很强的写作能力，为什么不自己从事创作而偏偏要从事翻译这一行时，葛浩文答道："我喜欢拿中文读，用英文写。"在他看来，这是一种对语言之间存在的不确定性的"挑战"，翻译家"既要创造又要忠实"，在两者之间免不了要采取"折中"的态度，即意大利谚语中所说的"翻译即背叛"。[③]可见，翻译并非语码之间的简单转换，译介学对传统翻译理论的解构也适用于葛浩文。

当瑞典学院秘书长彼得·英格伦[④]问及如何评价莫言时，葛浩文就《天堂蒜薹之歌》评价道："莫言写的是农民，求生存、求自尊的普通民众

① 葛浩文（Howard Goldblatt，1939－ ），美国著名汉学家和汉英语言翻译家，20世纪60年代服役期间在台湾开始学习汉语，后在印第安纳大学获得中国文学博士学位。在其翻译生涯中，葛浩文先后翻译过萧红、白先勇、陈若曦、李昂、杨绛、古华、冯骥才、贾平凹、刘恒、李锐、苏童、王朔、老鬼、刘震云、阿来、虹影、朱天文、朱天心、姜戎、张浩、春树、刘心武、闻一多、老舍、王蒙、刘宾雁等二十多位中国作家的作品五十余部。其中功绩最大的是翻译莫言的作品。目前，葛浩文是英文世界中翻译中国文学作品地位最高的翻译家。

② 葛浩文翻译莫言作品的时间和译著出版的时间不同，有些资料中提及的时间是完成翻译的时间，有些则是译文出版的时间。

③ 《葛浩文译本被赞比原著好》，新华网，2012年11月3日，http：//news. xinhuanet. com/book/2012－11/03/c_ 123909090. htm。

④ 瑞典学院秘书长Peter Englund的姓氏在中文里有多种译法，较常见的有"英格伦德"和"英格伦"。考虑到引文的出处，本书不做统一处理。

心中有很强的道德准则。有时候，普通民众能够生存下来、获得自尊，但大多数情况下，那些农民屈服于现实。”莫言获奖后，西方有些评论家指责莫言作为中国官方组织的作协副主席，是共产党员的身份，因而不支持持有不同政见的其他中国作家时，葛浩文毫不客气地反驳这种观点是“粗俗鄙陋”“刚愎自用”的。[①] 葛浩文认为，莫言理解他的所作所为，同时莫言也了解，在中国被认为是理所当然的事物在其他国家未必会被接受，因而莫言完全放手让葛浩文翻译他的作品。[②] 美籍华人评论家冯进认为，翻译的力量已在莫言获得的诺贝尔文学奖中体现出来了，“莫言的作品在不通中文的外国人看来”，可能就像他看福克纳和马尔克斯的作品一样，充满了“异国情调”，但“乡土”能够成为“国际”，不仅仅是因为莫言的作品“超越了地区、种族、族群的局限”，而且还在于“翻译翻云覆雨”，使译文超越了语言的局限而“扣人心弦，发人深省”。[③] 在顾彬看来，葛浩文翻译莫言作品时，采取的是非常巧妙的方式：他首先准确把握莫言作品中的弱点，然后以整体的形式进行翻译，而非逐字逐句去译。这样的英语译文在语言运用中产生了比原来中文更好的艺术效果，葛浩文也在翻译领域中获得了令人瞩目的成就。因而，不仅是莫言的作品，很多其他中国作家的作品也都是经葛浩文首先译成英文之后，再被其他翻译家由英文转译成德文的。[④] 从中可以看出，葛浩文选取莫言的作品进行翻译，首先是他对作家莫言的肯定，是翻译之前对莫言作品中所反映出来的中国文化采取认同的态度。从这一点上看，翻译家并非仅仅从事语言之间语码转换的工作，其性质也是一种不同文化之间进行交流的文学再创作。例如，在针对厄普代克（John Updike）否定莫言的《丰乳肥臀》和苏童的《我的帝王生涯》时，葛浩文认为厄普代克“失去了一次开阔

① 大卫的李译《葛浩文，那个翻译莫言的犹太人》，译言网，2012 年 12 月 12 日，http：//select. yeeyan. org/view/ 217103/337942。

② 《作家和翻译谁成就谁？葛浩文译本被赞胜原著》，人民网，2012 年 11 月 2 日，http：//culture. people. com. cn/n/2012/1102/ c172318 – 19477547 – 3. html。

③ Lynnwong513：《葛浩文：翻译莫言作品的犹太籍翻译家》，语言网，2013 年 1 月 19 日，http：//article. yeeyan. org/view/365050/344701 。

④ Admin：《翻译家葛浩文英译莫言作品比原著写得更好?》，爱英语吧，2011 年 11 月 6 日，http：//www. 2abc8. com/new/34161/index. html。

自己眼界的机会，无法进入一个陌生的文学领域”。葛浩文的观点是，对所谓“好的”文学持有狭隘的定义，就会关上了“太多艺术欣赏的大门”，翻译家的作用就在于“给全世界的人送上文学瑰宝”，进而使生活在不同层面上的人都能丰富起来并达到这个目标，即“给读者呈现对文学性的不同看法”。[①] 翻译家不仅要对其所要从事翻译的文本作者有所了解，而且要对原文作者所在国度的文学状况和在国际上被接受的大致程度有较为清晰的认识。对中国文学而言，葛浩文认为，“中国小说在西方并不特别受欢迎”，造成这种现象的原因“可能是与不少中国小说人物缺少深度有关”，结论是“中国当代小说有着太大的同一性”。但与此同时，葛浩文也看到“一些青年作家已经开始在形式和内容上有所创新，这是可喜的变化”。[②] 显然，在这些中国青年作家中，莫言就是其中的一员。葛浩文看到了中国文学在新时期发展的大好形势和莫言的文学潜力，这也是促使葛浩文全力进行莫言小说翻译的主要原因之一。

在中国近代的翻译标准中，唐玄奘翻译佛经时讲求的“既须求真，又须喻俗”的“忠实、通顺”标准，清末翻译家严复坚持的“信、达、雅”标准，鲁迅提出的“力求易解”和“保持原作丰姿”的标准，钱钟书的“化境说”等都是比较有代表性的翻译原则。在西方翻译界，托尔曼（Herbert Cushing Tolman）提出了“忠实”、“通顺”和“再现原作风格”的三原则，泰特勒（Alexander Fraser Tytler）则提出了“完全复制原作”、“保持原作风格和笔调”以及“译文与原作同样流畅”的三原则。[③] 在传统翻译学的领域中，“忠实原文”是其准则。然而，在语言转向之后，话语的不确定性对翻译的确定性原则提出了新的挑战。美国翻译家葛浩文在翻译莫言具有异质文化特征的小说作品时，在很多场合下采取的是“删减文化负载信息来降低目标文本在目标语言文化中的受阻性，使用‘伪忠实’译法凸显中国文化和语言特征”的方式，从而传达

① 〔美〕葛浩文：《我行我素：葛浩文与浩文葛》，史国强译，《中国比较文学》2014年第1期，第38页。

② 〔美〕葛浩文：《我行我素：葛浩文与浩文葛》，第37页。

③ 胡铁生、孙萍主编《博士生英语翻译教程》，第5页。

了“源文本的异国风情”。[①] 莫言获奖后，国内外学者就葛浩文翻译的功过是非进行大讨论，肯定者占主流地位，但否定者的呼声亦很高，其交锋的焦点是“忠实性”问题。[②] 事实上，葛浩文在翻译莫言小说的过程中也并非“一意孤行”。据莫言披露，葛浩文为了准确翻译莫言的作品，曾写信上百次，通话无数。有时，为了一个字或他所不熟悉的内容而反复与莫言磋商。鉴于此，无论学术界对葛浩文就莫言作品的英译有什么样的负面评价，莫言小说能够走向世界，增强中国文学在世界文学中的影响力，葛浩文的功劳都是不能抹杀的。虽然莫言小说已被译成多种文字，但其英语译本在域外的影响力远远大于任何其他一种语言的译本，况且有些其他语言的译本也是在葛浩文的英译本基础上再次转译的。再者，从中介的角度来看，葛浩文坚持认为，“译者是人类精神的信使”，翻译是不同文化之间的融合，是“创作性的价值生成”，因而在翻译过程中出错也是必然的。[③] 虽然学术界对葛浩文的莫言作品英译聚焦于“忠实”与否方面，但葛浩文本人认为翻译的质量是尤为重要的。在葛浩文所做的统计中，翻译质量褒大于贬。读者对大多数译作感到满意，葛浩文就觉得没有白费力气；如果翻译质量得到好评、销售也获得成功，那就是葛浩文的快事。如果评论界认为莫言的作品好，那就是作者和译者的共同功绩；反之，就是译者的过错，今后当继续努力，把作品译好。这就是葛浩文对莫言作品翻译的自我评价。[④] 葛浩文除翻译了莫言的大部分作品以外，还发表了许多评论文章，在英语世界推介莫言。葛浩文认为莫言受马尔克斯的影响，其创作风格是“中国农村式的魔幻现实主义”。[⑤] 美国华人学者冯进对葛浩文的功绩评价道，美国目前大学中教授中国现当代文学，采用的教材就是由葛浩文翻译的。

---

① 邵璐：《莫言英译者葛浩文翻译中的“忠实”与“伪忠实”》，《中国翻译》2013 年第 3 期，第 62 页。

② 就莫言获奖与葛浩文翻译的功过大讨论，可参见刘云虹和许钧在《外国语》2014 年第 5 期上发表的《文学翻译模式与中国文学对外译介——关于葛浩文的翻译》一文。

③ 杨馥戎责编《莫言作品译者葛浩文：我只译我喜欢的小说》，华夏经纬网，2013 年 12 月 10 日，http：//www. huaxia. com/zhwh/whrw/rd/2013/12/3654867. html。

④ 〔美〕葛浩文：《我行我素：葛浩文与浩文葛》，第 39 页。

⑤ 梁小岛：《莫言作品在国外》，香港文汇报网站，2012 年 10 月 15 日，http：//paper. wenweipo. com。

美国学生认为莫言小说中的人物“疯狂”“神奇”，情节魔幻炫目，与鲁迅的沉郁、巴金的直白、郁达夫的感伤、丁玲早期作品的“小资”相比，莫言的《红高粱》更能调动他们的想象，激发他们的热情并与莫言作品产生共鸣，这一切皆因葛浩文的翻译更加贴近美国人的审美情趣而引人入胜。①

法语是除英语之外在世界上影响力较大的语言之一，因而莫言小说的法译对莫言作品走向世界也发挥着重要的中介作用。此外，法国具有汉学研究传统，是西方译介中国文学最早的国家之一。有数据显示，截至2012年年底，莫言已有18部作品被译成法语并在法国出版，另有《枯河》和《养猫专业户》被短篇小说集选入或被杂志刊发。法国成为翻译和出版莫言作品最多的西方国家，法国因此也成为阅读莫言作品人数最多的西方国家。汉学家、翻译家杜特莱（Noël Dutrait）和尚德兰（Chantal Chen-Andro）夫妇多年从事中文作品的法译工作。尚德兰曾于2004年与莫言、余华、李锐等一起获得了“法兰西共和国艺术与文学骑士勋章”。② 莫言于2012年获奖后，法国新闻媒体纷纷予以报道和追踪，文化法兰西电台还专门组织了“莫言作品大家谈”的专题节目。法国记者在发言中指出，诺贝尔文学奖应该奖给持不同政见者还是勤奋出色的作家？是否因为给中国人颁奖就特别审查他的政治身份和立场？小说家从来都想要远离政治，但最终要被政治所绑架。莫言不是纪实作家，他却用文人的智慧，巧妙地再现了现实，体现了充分的批判精神。③

《世界报》发表文章指出，“把中国当代小说推向世界舞台的这一代作家，从贾平凹到余华，从苏童到阎连科，莫言无疑是最有代表性的”，“毫无疑问，现实与虚构的融合使莫言陶醉其中，他处于中西传统、寓言式文学与现实主义文学的交叉点上。莫言无疑是当代最伟大的小说家之一”。④

---

① 《作家和翻译谁成就谁？葛浩文译本被赞胜原著》，人民网，2012年11月2日，http://culture.people.com.cn/n/2012/1102/c172318-19477547-3.html。

② 朱好微：《尚兰德：一个用相机写诗的人》，杭州网，2005年5月6日，http://www.hangzhou.com.cn/20050101/ca738358.htm。

③ 参见袁莉《从莫言作品在法国的译介——谈中国文学的西方式生存》，第301页。

④ 周新凯、高方：《莫言作品在法国的译介与解读——基于法国主流媒体对莫言的评价》，《小说评论》2013年第2期，第11页。

在法国对莫言小说的主流评论也来自翻译界的主要翻译家。由于他们在翻译的过程中对莫言的小说事先掌握了基本脉络和基本思想，因而其评论是相对客观公允的。翻译家杜特莱认为，“莫言是极好的人”，不厌其烦地解释译者提出的问题，给译者以“最大的信任和宽容”。法文版译文中亦有对莫言小说的“再创作”和“不拘小节”之处，使法国读者读起来觉得亲切，也易于接受。[①] 杜特莱在评论莫言作品时指出，莫言小说内容丰富，反映了社会关系、腐败和传统的印记等主题，表现出人类社会关系的复杂性。莫言的《酒国》和《丰乳肥臀》可以与托尔斯泰、巴尔扎克和马尔克斯的作品相媲美；《檀香刑》有民间戏曲的印记；《蛙》有萨特风格。[②] 莫言小说在法国能够被广大读者普遍接受的程度说明，“一个作家，要开拓自己的传播空间，在另一个国家延续自己的生命，只有依靠翻译这一途径，借助翻译，让自己的作品为他国的读者阅读、理解与接受。一个作家在异域能否真正产生影响，特别是产生持久的影响，最重要的是要建立起自己的形象”。[③] 经 20 多年的译介，莫言小说在法国与广大读者见面，广为读者所接受，并在西方受到如此赞誉，译介从中发挥的重要作用是不言而喻的。

德国接受美学创始人尧斯（Hans R. Juass）指出，艺术作品的历史性存在于“再现或表现的功能中”和“产生的影响中”；从创作与传播的角度来看，“在生产美学和再现美学的封闭圈子中来把握事实”，就会剥夺“文学的一个维面，而这个维面与文学的审美特性和社会功能之间又存在着必然和内在的联系，这就是作品产生影响的维面以及其接受的维面”，因为“文学面对的首先就是读者”。[④] 莫言小说在法国的译介同样包括文本翻译和翻译家对作家进行介绍两个方面。因翻译莫言作品而闻名于法语世界的杜特莱教授认为，“莫言与众不同之处在于其强大的写作能力以及多

① 参见袁莉《从莫言作品在法国的译介——谈中国文学的西方式生存》，第 300 页。

② 参见周新凯、高方《莫言作品在法国的译介与解读——基于法国主流媒体对莫言的评价》，第 11 ~ 12 页。

③ 许钧、宋学智：《20 世纪法国文学在中国的译介与接受》，湖北教育出版社，2007，第 184 页。

④ 宋学智：《翻译文学经典的影响与接受：傅译〈约翰·克利斯朵夫〉研究》，上海译文出版社，2006，第 173 页。

元的创作风格”。[①] 甘迪尔（Sylvie Gentil）在评论《檀香刑》时则指出，莫言在小说中“融合了性与酷刑的场景，战争的残酷”，“用一种拉伯雷式的粗犷方式进行处理”，“也从描述中找到快感，如一场屠杀的盛宴”。杜特莱充分肯定莫言小说在域外影响与自主创新相结合方面的贡献，认为莫言“是个进食狂：他如饥似渴地接受西方的叙事传统”，又结合了中国的“传奇故事、大众戏剧和流行地方戏曲”，由于莫言在小说中对这一点描写得入木三分，因而，就如同在《丰乳肥臀》中所看到的场景那样，莫言作品“唤起了读者的所有痛苦”。[②]

莫言小说在德国的译介与影响更加具有特色。德国汉学家顾彬认为，德文版翻译参照了英文版，赞其“整体式翻译”，做了一次“影子的影子”，在读者世界里反映良好。[③] 事实上，莫言在世界文学中产生影响的起点在德国。早在 1988 年，电影导演张艺谋根据莫言的同名小说改编的影片《红高粱》首次在德国获得金熊奖，使世界文学界认识到莫言这位中国作家的潜在能力，也逐渐引起德国翻译界对莫言的关注。德国翻译界对拟翻译作品的选择历来以作品在国际上的获奖情况为依据。莫言的《红高粱》在柏林获得国际电影节大奖，《酒国》在法国获得儒尔·巴泰庸外国文学奖和在意大利获得诺尼诺国际文学奖使莫言在德国提高了知名度。然而，德国对莫言小说的翻译周期仍是相对较长的。其中，以清末山东半岛反抗德国殖民侵略为背景的《檀香刑》和反映中国改革开放期间出现社会问题的《天堂蒜薹之歌》均在其出版八九年之后才与德国读者见面。《生死疲劳》的翻译周期较短，因为先期已有《红高粱》的影响，再加上《生死疲劳》这部小说在日本获得了福冈亚洲文化大奖，所以莫言作品在德国翻译界引起的关注也相对较早。虽然作品在国际上获奖的情况并非评价该作者文学价值的唯一根据，但对中国文学不甚了解的德国翻译界而言，这又不能不说是重要依据之一。因而，莫言能够被德国翻译界选中并被德国读者

---

① 杜特莱先后翻译了莫言的《酒国》、《丰乳肥臀》、《四十一炮》及中篇小说《师傅越来越幽默》等作品而闻名于法语读者世界。

② 周新凯、高方：《莫言作品在法国的译介与解读 Aristotle——基于法国主流媒体对莫言的评价》，第 14 页。

③ 参见袁莉《从莫言作品在法国的译介——谈中国文学的西方式生存》，第 302 页。

所接受，其作品的思想内涵和艺术品质还是后来才被发掘出来的。从莫言作品在德国的译介情况来看，表现“社会问题”和“历史问题”的长篇小说是德国翻译界的首选。德国翻译家对莫言作品的选译标准仅是其中一个次要方面的问题，而在翻译莫言小说过程中对异质文化了解不够才是更为重要的问题。因而，文化上的差异就成为莫言作品在德译过程中的最大障碍。好在德国翻译家是从葛浩文的英译本转译为德译本的，这也就大大地降低了这方面的难度。

在莫言小说的西方译介中，虽然葛浩文做了大量开拓性工作，但由于诺贝尔文学奖是在瑞典皇家学院评选的，因而就不能不提及瑞典语兼职翻译家陈安娜（Anna Gustafsson Chen）的功绩。陈安娜对莫言作品的瑞典语翻译可使评委近水楼台先得月，在了解莫言作品方面成为一条捷径。陈安娜的中国情结源远流长。她早在大学读书期间就开始研究汉学，先师从著名瑞典汉学家、斯德哥尔摩大学东方语言学院中文系汉学教授、诺贝尔文学奖终身评委马悦然（Goran Malmqvist）学习中文和中国历史课程，而后成为著名汉学家罗斯（Lars Ragvald）首批招收的汉学博士生。与在瑞典从事翻译工作的华人万之（原名陈迈平）结婚后，改姓陈。可以说，陈安娜不仅与中国结下了不解之缘，而且也为在世界范围内宣传中国文学立下了汗马功劳。陈安娜翻译了莫言、余华、苏童、韩少功等中国作家的20余部作品，其中包括莫言的《红高粱》、《天堂蒜薹之歌》、《生死疲劳》和《蛙》等名作，是瑞典为数不多的几位汉语翻译家之一。陈安娜的翻译功绩不仅得到瑞典读者的肯定，而且还曾获得瑞典学院颁发的翻译奖。陈安娜又是一位谦虚的翻译家，她从未把莫言获奖的功劳揽在自己身上，而是首先肯定了美国翻译家葛浩文的功绩。她认为，如果没有葛浩文在第一时间向西方世界译介了莫言作品的话，那么莫言的影响就很难在西方读者世界中形成。陈安娜指出，诺贝尔文学奖的评委对某位作家进行研究时，要收集各种译本。他们不仅要看她所翻译的瑞典语作品，而且还要看德文版、英文版和法文版等译本。所以，不能认为没有她的翻译莫言就不能获奖。[①]

---

① 彭剑责编《莫言获诺贝尔奖的重要推手——记瑞典翻译家陈安娜》，光明网，2013年9月6日，http：//world. gmw. cn/2013－09/06/content_ 8818 318. htm。

陈安娜翻译莫言的这些作品，其艰难程度可想而知，因为这几部作品既是莫言的代表性作品，同时又是中国文化含金量较高的作品。虽然陈安娜的汉语功底雄厚，但翻译这样的文学作品，还是遇到了相当多的困难。其中主要原因在于莫言的小说具有独特的书写方式，作品极具生活气息且充满乡土味，语言运用上也极为幽默。仅以莫言作品中骂人的话为例，陈安娜就曾极为苦恼。但陈安娜没有放弃，而是知难而进，认真对待，绝不放过任何难译的章节和文字，在忠实原作方面做出了重大贡献。在此之前，葛浩文的英文译本早已有之，但莫言尚未进入诺奖评委的视野。当陈安娜用瑞典语翻译的《红高粱》、《天堂蒜薹之歌》和《生死疲劳》摆到了诺奖评委的案头时，评委才将2012年的获奖者锁定了莫言。

中俄两国一直以来是政治伙伴关系，即使在中苏关系破裂后，中国的文学大门也曾对苏联开放，当时主要是选取一些用于“批判”目的的苏联文学文本进行译介。在全球化发展的新形势下，尤其在苏联解体后，中俄关系进一步转暖，在文化与文学的交流中又出现了高峰。在20世纪与21世纪之交，中国文学家的作品在俄罗斯的译介也都是在中俄文化交流框架下进行的。苏联时期，曾有几位苏联作家获得诺贝尔文学奖，但因意识形态的原因，有的作家未能前去领奖。在苏联时期和其解体后的新时期，莫言在俄罗斯读者世界中并未产生重大影响。然而，莫言获得诺贝尔文学奖之后，俄罗斯文学界的反应却异常强烈。随着世界性的“莫言热”兴起，俄罗斯的圣彼得堡市安芙兰出版社在莫言获奖的同一天出版了俄文版译著《酒国》，于该年年底又出版了另一部译著《丰乳肥臀》，就此翻开了莫言在俄罗斯译介的新篇章。在莫言获奖之前，俄罗斯仅有如《姑妈的宝刀》、中篇小说《红高粱家族》和长篇小说《酒国》等少数作品被节译成俄语，其短篇小说也是在一些集子中再次发表的，长篇小说几乎没有全译本。这种现象与莫言童年时期对苏联文学的关注形成了强烈的反差。莫言获奖后这才改变了莫言小说在俄罗斯译介的窘境。俄罗斯著名记者阿尔乔姆·日丹诺夫（Artem Zhdanov）、莫言作品译者与汉学家伊戈尔·叶戈罗夫（Igor Egorov）等人分别撰文，形成了介绍中国当代文学的热潮。他们认为，自2007年以来，俄罗斯对中国现代作家和作品关注的人数增加了两倍多。[①] 日丹诺夫在《莫言在俄掀起中国热》一文中调侃道："石油管道已经铺设完成，现在该是打开中国大门的时候了。"[②] 一个特别的现象是，诺贝尔文学奖评委会最先认定的莫言代表性作品是《天堂蒜薹之歌》，而俄罗斯最先认定的代表性作品却是《酒国》。

二 莫言小说在域外的传播

莫言获奖后，莫言小说在西方传播的速度加快，同时也引发了学术界对莫言小说的评价。首先，俄罗斯评论界出现了对莫言身份的评价问题，其代表性文章是俄罗斯《独立报》2012 年 10 月 25 日的整版文章。但不久就有评论文章为莫言正名，其代表性文章是由伯格列拉娅（E. Погорепая）和谢苗诺娃（E. Semenova）署名发表的。这两位评论家从词源学和社会学的角度，以《酒国》为例，指出莫言的这部作品具有法国作家拉伯雷式的狂欢与恣意，文风辛辣讽刺，对官员丑恶嘴脸和宴会聚餐有详尽的描写，嘲讽了官场的歪风邪气和贪污腐败，继承了由鲁迅开创的人道主义创作风气。因而，对俄国读者而言，莫言"既非持不同政见者，亦非反对派，而是来自异域的一道遥远的风景，来自中国的一个陌生的谜语"。[③] 莫言在俄罗斯的这种境遇显然与译介滞后有直接关系。据有关数据统计，从 1992 年到 2012 年莫言获奖这 20 年，俄罗斯出版的新中国散文刊物总共收录了 87 位作家的 182 部作品，发行总量也仅有 11.4 万份。在后期，经莫言作品在俄罗斯译介的学术大讨论之后，[④] 俄罗斯的读者和学术界终于肯定了莫言小说的正面意义：体裁上，莫言的作品集各种流派于一身，具有实验与创新的意义；身份上，莫言既是主流中的边缘同时又是边缘中的主流，既是官方中的民间作家又是民间中的官方作家，既是草根中的精英又是精英中的草根，无论如何，对现实的关注以及

---

① 〔俄〕阿尔乔姆·日丹诺夫：《莫言获奖在俄罗斯掀起中国当代文学热》，载《阅读俄罗斯》（副刊），2013 年，第 9 页，转引自郭景红《中国当代文学何以在俄罗斯走红》，《国际汉学》2014 年第 2 期，第 194 页。

② 参见黄晓珊《莫言作品在俄罗斯的译介与研究》，第 124 页。

③ 参见王树福《遥远的与陌生的：俄罗斯人眼中的莫言》，新华网，2013 年 1 月 10 日，http：//news. xinhuanet. com/xhfk/2013 -01/10/c_ 124210742_ 2. htm。

④ 其中还应包括莫言在俄罗斯的"自我推销"。

对人性的探讨与哲思是其艺术镜像所要表达的内涵。[①]

西班牙语是西班牙的官方语言，它在世界上的19个西班牙语国家中的文化传播方面具有风向标的作用。与在德国的境况差不多，受文化和语言文字差异的影响，早期莫言的《红高粱》、《丰乳肥臀》、《天堂蒜薹之歌》、《生死疲劳》、《酒国》和《师傅越来越幽默》等作品均由葛浩文的英文版被转译为西班牙文的。由于西班牙语译者较多，每人各译一部作品，因而译者对原作风格的理解会形成缺陷。此外，西班牙语译著又是由转译而来的，所以其失真现象也较为严重。在这些译者中，李一帆虽毕业于北京语言大学西班牙语系，但无翻译经验而只能从事校稿工作，他充其量是位合作翻译；直接从事由汉语翻译成西班牙语的译者安妮海伦·苏亚雷斯（Anne-Helen Suareaz）是位著名汉学家和翻译家；布拉斯·皮涅罗也曾在北京师范大学研究过东方语言文化和中国文学；格拉纳达大学胡安·何塞·希鲁埃拉也为莫言小说的西班牙语翻译做出了重要贡献。

在向西班牙语世界推介莫言小说的进程中，西班牙的凯拉斯出版社先行了一步。早在莫言获奖之前，这家规模较小的出版社就事先买下了莫言7部小说的版权。这家出版社首先选定的3部莫言小说是《十三步》、《檀香刑》和《四十一炮》。在翻译途径上西班牙语译者没有再走德国翻译界通过英语转译为德语的老路，而是直接将小说由汉语翻译成西班牙语，以使莫言小说能在西班牙语世界中保持本色。上述译著与此前凯拉斯出版社已出版的《天堂蒜薹之歌》和《丰乳肥臀》两部译著，在西班牙语世界里为莫言小说的传播起到了先行者的作用。

从现代史上看，中东欧曾与中国有过非常友好的国际关系，然而，从莫言作品在中东欧的译介来看，其译介与传播远远不及西欧、美国和日本。中东欧国家在现代意义上指除俄罗斯的欧洲部分以外，包括乌克兰、白俄罗斯、摩尔多瓦、拉脱维亚、立陶宛、捷克、爱沙尼亚、斯洛伐克、波兰、匈牙利、保加利亚、罗马尼亚等欧洲部分国家。德国、希腊和奥地利虽在地域上处于中东欧，但因这三个国家已经加入欧盟，所以未计算在

---

① 王树福：《遥远的与陌生的：俄罗斯人眼中的莫言》，新华网，2013年1月10日，http：//news. xinhuanet. com/xhfk/2013－01/10/c_ 124210742_ 2. htm。

内。近年来，中国在政治、经济和文化领域取得了巨大成就，中东欧国家与中国的交往也日益频繁起来。特别是在最近几年中，中国领导人与罗马尼亚、保加利亚、阿尔巴尼亚、克罗地亚、捷克、立陶宛等中东欧国家领导人之间的高层互访，以及中国与阿尔巴尼亚、波斯尼亚和黑塞哥维亚、保加利亚、克罗地亚、捷克、爱沙尼亚、匈牙利、拉脱维亚、塞尔维亚、立陶宛、马其顿、黑山、波兰、罗马尼亚、斯洛伐克、斯洛文尼亚全部中东欧国家建立起来的“16+1”国家合作机制，[①] 进一步加速了中国与中东欧国家的交往与合作。然而，莫言小说在中东欧国家的译介并未像政治和经贸领域的发展那样迅速，与其他国家相比，其译介甚至有滞后的现象。全球化是在各个领域内同步进行的，虽然中国在政治和经济领域内参与全球化发展的速度是有目共睹的，但在以中国文学为代表的文化全球化在中东欧国家的影响相对迟缓，作品译介与传播远不及其他领域。这种现象与中国一直倡导的全球化发展应坚持认同差异与通过沟通来达到共同发展的目标具有很大的距离。莫言小说代表了当代世界文学发展的水平，其人文精神亦应是整个世界各个民族所共有的精神财富。因而，莫言小说仅在英语世界、法语世界、德语世界、瑞典语世界、日语世界以及中国周边国家进行传播是远远不够的，因为从传播学的角度上来看，莫言小说“在传播的深且广的层次上，更需要关注小语种国家的接收程度”。尽管莫言小说的中国本土和英语世界读者在人数总量上占绝大多数，“但传播不是量化，而是需要顾及人与人、民族与民族、地域与地域之间的有意义的信息接收与反馈”。[②] 根据肖进统计的数字，在2007年到2014年的7年间，莫言的作品仅在阿尔巴尼亚、保加利亚、波兰、捷克、罗马尼亚、克罗地亚、塞尔维亚、斯洛文尼亚、斯洛伐克和匈牙利10个国家以各自的文字做了译介。译介的莫言作品基本上是《酒国》、《丰乳肥臀》、《生死疲劳》、《蛙》和《红高粱》等代表性小说，而《红高粱》和《丰乳肥臀》这两部权威性作品却并没有引起更多的关注。从其统计的译介年份来看，莫言获奖

---

① “16+1”是为深化传统友谊、加强互利合作，于2012年由中国与中东欧16个国家共同创建的合作平台，是振兴中东欧国家经济萧条的新引擎，也是为促进中国与中东欧国家之间的关系、全面均衡发展而采取的新举措。

② 肖进：《莫言在中东欧的译介、传播与接受》，《华文文学》2015年第1期，第37页。

前，其作品对这些中东欧国家的读者来说显得非常“陌生”。如果说莫言的短篇小说曾在中东欧国家有过译介的话，也不过是在对中国当代小说的译介中夹带有莫言的作品而已，而其前言更显得对中国新时期文学有陌生感。[①] 以斯洛文尼亚译者 Katja Kolšek 翻译的《百花齐放：中国当代短篇小说》（*Sodobna kitajska kratka proza*：*Naj cveti sto crtov*）为例。在这部中国当代短篇小说集的导言中，译者竟不了解中国新时期文学发展的概貌，并将这个时期的中国文学定位于早已过时了的“伤痕文学”，还在津津有味地咀嚼中国文学的“百花齐放”和“百家争鸣”。他们对莫言的关注仅集中在对《变》的翻译上，因为莫言这部作品具有自传性质，译者借此来向斯洛文尼亚的读者介绍这位获得了诺贝尔文学奖的中国作家。《生死疲劳》和《蛙》这样的重点作品也是随着莫言获奖才进入斯洛文尼亚译者视野的。斯洛文尼亚这个文学案例足以说明莫言小说在中东欧国家的传播滞后现象及其滞后的原因。

莫言在中东欧译介呈滞后状态的另一个原因是出版商的运作机制问题。与欧美和日本不同，中东欧国家的译者出版译著在很大程度上要受到出版社的制约。这些国家的出版社出版域外作品的流程通常是先由出版社制订出版计划，然后再由出版社向域外邀译某些作家的作品。因而，这些国家的译者并没有翻译作品的选择权。此外，在译者世界里，中东欧国家的译者与欧美和日本（甚至包括越南）的汉语翻译家也不尽相同，这些国家没有固定的资深翻译家，其译者对莫言作品的风格亦不甚了解，因而在向中东欧国家读者译介莫言的作品时，也就免不了因文化差异而造成翻译中的错误。但可喜的是，这些译者是将莫言作品直接由汉语翻译成自己国家语言的，这就在一定程度上规避了转译所带来的信息减值或对原意曲解的弊端。

尽管莫言作品在中东欧国家的译介不如其他国家那样迅速，但其译介在国际文化交流中仍具有重要意义。这一点主要体现在莫言获得诺贝尔文学奖的先决条件上。由于这一奖项被认为是世界文学的最高奖，获奖作家

---

① 调查资料的主要来源是肖进在中东欧国家对汉学家和翻译家的走访、互联网调查和当地媒体的报道。

也就被列为世界级的文学大师，因而莫言获此大奖就不能不引起中东欧国家的注意。此外，更为重要的一点，即中国文化软实力在中东欧国家形成的影响。中国古代“丝绸之路”和儒家思想的域外传播，为中国文化走出去开了先河。当下，中国提出的“一带一路”战略构想①也是文化牵线、经济唱戏的国际合作机制。虽然这两条线路与中东欧国家在地域上没有直接联系，但这些国家看到了发展民族经济的良机，因为中国在提出这一机制时，就明确指出这一设想是开放性的，除“一带一路”上的国家外，中国还欢迎相关国家“搭便车”。新近由中国发起并建立的亚洲基础设施投资银行（以下简称亚投行）原本是一个亚洲区域政府之间进行多边开发的银行机构，由于其目的在于夯实经济增长动力引擎的基础设施建设，意义在于提高亚洲资本的利用效率以及提高对区域发展的贡献水平，因而其影响力已远远超出了亚洲区域，西欧、非洲和南美洲的许多国家也相继加入，甚至欧盟成员国波兰和奥地利也成为亚投行的成员国，这就进一步扩大了亚投行在世界范围内的影响力。中国在全球化进程中坚持“共建、共享、共赢”的开放与合作道路，使中东欧国家看到了中国崛起的重要意义和为他们国家的发展所创造的机遇，因而他们也愿意在以文学为代表的文化全球化道路上有所建树。中东欧国家的翻译界开始关注汉学研究的接续性，希望在莫言的作品中发现中国文化的精髓。莫言获奖后，中东欧国家大都在第一时间里做了报道。他们报道的关注点主要集中在三个方面：莫言获奖的重大意义、莫言魔幻现实主义的创作风格、莫言章回体小说对中国文学传统的继承与发展。

莫言小说之所以能在中东欧国家传播，除这些国家在莫言获奖后译介了莫言的主要作品以外，还在于孔子学院向这些国家主动推介莫言所形成的影响。中国在保加利亚、斯洛文尼亚、克罗地亚和塞尔维亚的孔子学院借莫言获奖的契机，开展各种讲座、座谈会和研讨会等活动，请各国的汉

① “一带一路”是“丝绸之路经济带”和“21世纪海上丝绸之路”的简称。中国古代张骞首开丝绸之路，架起了中国与欧洲的文化与经济发展的桥梁；而“海上丝绸之路”又被称为“陶瓷之路”和“海上香料之路”，是较早于陆上“丝绸之路”的海上对外进行经济与文化交流的通道。“一带一路”借助中国与相关国家之间形成的多边机制，成为相关国家共同发展的平台，其渠道已非昔日的骆驼队和古代船只，而代之以陆上高铁和高速公路以及海上的现代化船舶，提高了中国与相关国家经济和文化往来的快捷度。

学家、翻译家到场，进行专题演讲，并举办各种语言的莫言作品朗诵会。有些孔子学院还邀请出版社共同举办此类活动。这些活动引起了新闻媒体的关注，形成了莫言作品在中东欧宣传的连锁反应，促进了莫言作品在这些国家的译介与传播，使莫言小说在中东欧国家的影响进一步扩大。

莫言小说在中东欧国家的译介与传播首先揭示出文化与政治及经济之间关系的重大意义，即体现出马克思主义所坚持的“经济是基础，经济基础决定上层建筑”的基本原理。虽然并没有哪位中东欧汉学家或翻译家在讲话中明确提到过这一点，但是中国经济的快速发展和中国对外开放政策以及合作共赢的方针，使这些中东欧国家认识到了解中国的重要性。其次，莫言在中东欧的境遇也说明，一个民族的文化要走向世界，在其传播途径中，除域外汉学界和翻译界所发挥的推动作用以外，中国作家还要克服“唯我独尊”的心态，主动走出去，这不失为一种有效的传播途径。孔子学院对莫言的主动推介就是很好的例证。如果莫言能够到中东欧国家去多走走，像在美国、欧洲和日本等国家那样，进行主题演讲和对话座谈，那么，莫言小说在中东欧的影响一定会更大。再次，“入乡随俗”也不失为莫言小说在中东欧译介的另一条途径。这些国家里，作者与读者之间还有一个重要环节——作家的经纪人或代理人。这种现象在中东欧国家中尤显重要。由此可见，莫言小说在中东欧国家的译介与传播，虽无经验可谈，但在很大层面上找到了如何将弱势转化为优势的途径和办法。中国文学走出国门，就需要将各种因素综合在一起，根据不同国家或民族的具体情况，调整自己的策略，进而让中国文学的优秀成果成为包括中小国家在内的世界各个民族和国家所共享的精神财富。[①]

莫言作品的西方语言译介在把莫言推向世界文学顶峰时发挥了决定性作用。但是，莫言小说在周边国家的译介也是不容忽视的一个方面。在莫言之前，亚洲仅有印度的泰戈尔（1913）、日本的川端康成（1968）和大江健三郎（1994）、以色列的阿格农（1996）、土耳其的帕慕克（2006）六位作家获

---

① 由于目前学术界在中东欧国家就莫言译介与传播的信息相对较少，本书中的这部分资料主要参考了肖进发表在《华文文学》期刊上的《莫言在中东欧的译介、传播与接受》一文。

此殊荣。[①] 因而，莫言的文学成就得到亚洲读者的首肯也是非常重要的。

日本对莫言小说的译介开展得较为广泛且又深入。无疑，空间距离是莫言小说在日本传播的一个因素，而文化上的前承与文字的相近是另一个因素。但这只是表面原因，最重要的因素仍在于莫言小说的思想性和文学作品的艺术性。莫言小说在日本的译介基本上归功于日本的两家期刊：《中国现代文学》和现已停刊的《季刊中国现代小说》。其中，莫言的《枯河》（『枯れた河』，井口幌译）、《石磨》（『石臼』，立松昇一译）、《拇指拷》（『指枷』，立松昇一译）、《扫帚星》（『疫病神』，立松昇一译）都是在《季刊中国现代小说》上发表的；《月光斩》和《普通话》也是由立松昇一翻译并在《中国现代文学》上发表的。对莫言的长篇小说进行日译的主要贡献者是立松昇一、藤井省三、井口晁、长堀祐造、吉田富夫、菱沼彬晁等一批资深汉语翻译家。相比之下，藤井省三和吉田富夫的贡献要更大一些。藤井省三除亲自翻译了一些莫言的作品外，还主持选编了一批莫言的作品集，同时还注重莫言在日本的相关推介。吉田富夫在日本是翻译莫言作品最多的翻译家。《丰乳肥臀》、《檀香刑》、《四十一炮》、《生死疲劳》、《蛙》和《天堂蒜薹之歌》这些莫言的主要长篇小说在日本的译介都是出自吉田富夫之手。除此之外，吉田富夫还翻译了莫言的一批短篇小说。

莫言的成名作《透明的红萝卜》在出版后第二年就被译介到日本。此外，《酒国》的日译本也是在欧美译本之前问世的。但从总体上看，莫言的作品在日本的译介相对较晚，得到的反响也较为迟缓。莫言小说在日本的大量译介也基本上是在莫言的《红高粱》被搬上银幕获得一系列大奖之后才完成的。[②] 在此之前，莫言的作品在日本并没有太大的反响。如前所述，中日两国之间的文化与文学交往的繁荣期在中国的盛唐时期。然而，在日本明治维新之后，由于日本步入脱亚入欧的发展道路，日本就不再从中国文化和文学中进行输入，而是反过来向中国文学进行输出，其主要表现为日本的新感觉派对中国上海新感觉派的影响。在日本当代文学的发展

---

① 对于以色列和土耳其获奖作家的洲际划分上，学术界尚存在很大争议。

② 这里所说的获奖，主要指莫言的《红高粱》于 1988 年在柏林国际节上获得的金奖和 2012 年在瑞典获得的诺贝尔文学奖。

中，日本作家对欧美文学思潮的反应较为敏感，例如，诺贝尔文学奖获得者大江健三郎将视野转向欧洲，在法国存在主义的影响下形成了日本文学的存在主义创作倾向。19 世纪末 20 世纪初，梁启超、康有为、王国维、孙中山、鲁迅、郭沫若等许多中国的文人志士都曾东渡日本，并通过日文将西方的马克思主义经典以及欧洲政治思想家的著作翻译成中文。莫言获奖之后，特别是获得了诺贝尔文学奖之后，才真正引起日本翻译界的重视，莫言作品在日本的译介也才成为风气。此外，译介的滞后不仅影响到日本读者对莫言的了解，而且莫言作品的早期日文译者也对莫言多有负面的评价。

正如葛浩文对莫言小说的英译影响了德国翻译同行一样，欧美翻译界对莫言小说的译介和莫言获得诺贝尔文学奖也影响了日本，使莫言小说在日本的译介近年来开展得较为迅速。日本翻译家在向日本读者推介莫言的作品时，往往附有译介性的文章，以使对现代中国历史不甚清楚的日本读者增进对当今中国的了解。吉田富夫认为，“缺乏自审意识的文学只能是通俗文学”，他以近代中国文学界的知名作家为例，点评了他们的“自审意识”。在谈到莫言时，吉田富夫指出，通过“弱者视点”来建立“自审意识”正是莫言小说的亮点。[①]

莫言小说在日本的译介与欧美国家不同。由于中国与日本是近邻，再加上文学家共同的知识分子情怀，因而作家之间的交流也是莫言小说在日本传播的一个重要因素。日本诺贝尔文学获得者川端康成和大江健三郎与莫言之间的文学交流较多，莫言与大江健三郎交往尤为密切。[②]大江健三郎不仅在很多公开场合下向公众推介中国作家莫言，而且还多次亲自到中国来，与莫言结成莫逆之交。日本当今也有一批冲击诺贝尔文学奖的强有力竞争对手，但大江健三郎一直看好并大力支持莫言。大江健三郎也是一位预言家：当大江健三郎到中国私访莫言时就曾预言 10 年后莫言一定能获此大奖。这也的确让大江健三郎言中了——莫言真的于 2012 年获得了诺贝尔文学奖。

---

① 朱芳：《莫言在日本的译介》，《中国比较文学》2014 年第 4 期，第 128 页。

② 莫言与川端康成之间的交往只能说是“以文会友”，因为莫言并未见过川端康成本人。但在莫言与大江健三郎之间交往甚密。

除日本翻译界对莫言作品的译介和中日作家之间的密切交往以外，莫言在日本的自我“推销”也是他在日本引起反响的因素之一。莫言曾多次东渡日本，在多所大学发表演讲；也曾在中国多次与日本作家共同举办文学专题研讨会。这与中国文人惯有的那种故步自封、清高自傲形成了强烈的反差。事实证明，中国文学要走出去，除了域外翻译家的译介以外，“自我推销”也不失为一种行之有效的途径。在与日本作家之间的交往中，旅日华人作家毛丹青在莫言与日本翻译界建立联系的过程中起到了穿针引线的作用。莫言与日本翻译家吉田富夫建立起的良好关系也正是毛丹青的功劳。

与同时期的中国作家相比，莫言作品在越南的译介是比较早的，这种现象的原因是多方面的。首先，莫言获奖所产生的轰动效应推动了莫言小说在越南的传播。电影《红高粱》获奖之后，莫言马上为越南读者所知晓；获得诺贝尔文学奖之后，莫言也在越南读者中掀起了一场“莫言热潮”。莫言这两次获奖引起了越南翻译界的高度重视，《红高粱》《天堂蒜薹之歌》《檀香刑》《四十一炮》《酒国》《红树林》《生死疲劳》《战友重逢》等20多部作品以及大量短篇小说和杂文相继被译成越南文并在越南出版发行。其次，中越两国的文化传统和政治体制具有很大的相似性，儒家思想在这两个国家的文化中均占据重要位置，两国又都是社会主义国家，在当今时代的社会发展中存在很多共性的地方。再次，莫言作品在越南的译介也是全球化时代国家之间进行文化交流的结果。

除上面提及的几个方面因素以外，莫言小说在越南的译介还得益于越南翻译家与中国的文化渊源。陈庭宪（Dình Hiến Trần）是越南的资深汉语翻译家，他出生于越南，其父是精通汉语的汉学专家。受家庭环境影响，陈庭宪曾在越南外语大学主讲汉语课程，后到北京大学攻读博士学位，研究中国古代文学，博士毕业后在越南驻中国大使馆负责文化交流工作。在中国期间，陈庭宪抓住一切机会研究中国文化和文学，为其日后从事中国文学翻译打下了坚实的基础。对莫言小说在越南的译介，汉学家陈庭宪的动机主要有三点：第一，莫言作品的中国特色；第二，创作中不断变换的题材和叙事视角；第三，通过莫言的文学地理可以了解作家对中国文人的人学关注。鉴于这三点原因，虽然陈庭宪在翻译莫言的作品时也常处于困境之中，但从未退却，最终成为莫言小说在越南译介的功臣。

另一位越南翻译家陈忠喜（Trần Trung Hỷ）的经历在很多方面与陈庭宪有相似之处。陈忠喜也曾在中国学习过多年并获得文学博士学位，熟悉汉语和中国文化的历史典故，形成了强烈的中国情结，这种情结为陈忠喜在越南译介莫言小说打下了良好的基础。

由于越南翻译家具有较高的汉语水平和对中国文化的较好了解，再加上莫言小说的人学精神对他们的影响，越南翻译家对莫言小说的翻译具有极大的热情，因而翻译的速度也极快，几乎是莫言的新作在中国出版不久，越南文的译作就会与广大越南读者见面并被广为接受。以长篇小说《丰乳肥臀》为例，该书不仅翻译速度快，而且一经译出，就在越南创下了图书销售的最高纪录。①

韩国作为中国的近邻，莫言作品在韩国的译介亦为数不少：《透明的红萝卜》由 Kyŏng-dŏk Yi 于 1993 年翻译成韩语，翻译家和小说家朴明爱翻译的《檀香刑》于 2003 年在韩国中央 M&B 出版社出版，《酒国》同年在韩国书世界出版社出版，2004 年在韩国间屋出版社出版了韩译本《丰乳肥臀》，2007 年韩国的文学与知识社出版了韩译本《红高粱家族》，2008 年该出版社又出版了《四十一炮》韩译本，2007 年由 Hong-bin Im 翻译并在间屋出版社出版了《天堂蒜薹之歌》，2007 年由沈揆昊教授翻译的《莫言中短篇作品精选集》和《蛙》在韩国民音社出版。莫言作品在韩国的翻译起步较晚，但发展速度很快，翻译的门类也比较齐全且被韩国多次再版。韩国对莫言小说的译介得益于相对稳定的翻译队伍，这一点与欧洲大不相同，但与日本极为相似。这种现象也很正常，因为韩国与中国在传统文化上也具有极大的相似性与传承性，韩语中亦有很多汉字，因而韩国读者接受中国的文学作品并没有太大的文化障碍。

除了上面提及的域外译介及传播因素以外，莫言小说在世界各国产生重大影响的因素是多方面的。其海外传播“在从‘由下向内’到‘由上向外’再到全方位改革开放的场域中，经海外汉学家和翻译家的共同努力，通过他们在域外的译介与研究，国家主流意识形态的强势推广，影视剧改

① 有关莫言小说在越南的译介，参见〔越〕范文明《莫言作品在越南的翻译与研究》，《山西大学学报》（哲学社会科学版），2013 年第 1 期，第 78 ~ 81 页。

编和市场经济助力等‘合力’的共同作用，最终使莫言的小说在海外得以广泛传播；从其传播的轨迹和国别来看，各国又各有千秋；并且在内外多种制约性因素的影响下，形成了意识形态接受、思想接受、哲学接受、美学接受和文本接受的趋势，进而极大地丰富了莫言小说创作的意义”。[①]

第二节　莫言小说在域外的接受与研究

莫言小说通过域外译介途径走向世界，并在世界读者范围内产生了强烈反响，在学术界也形成了莫言小说研究的热潮，进而增进了世界读者对新时期中国文学的了解，也为域外认识既“古老”又“陌生”的中国文化打开了一扇窗口。

一　域外对莫言小说的普遍接受

莫言的第一部短篇小说集《爆炸》（*Explosions and Other Stories*）经威克利（Janice Wickeri）和赫威特（Duncan Hewitt）译成英语后于 1992 年在美国出版。美国学术界具有重要影响力的文学评论期刊《今日世界文学》（*World Literature Today*）马上做出反应，发表文章指出：“犹如福克纳，莫言带领读者进入了一个想象力鲜活丰富、圆满自足的世界。”由葛浩文翻译的《红高粱》英译本于 1993 年在欧美同时出版，该书亦被《今日世界文学》评为“1993 年全球最佳小说”；《纽约时报》认为莫言“这部小说把高密东北乡安放在世界文学的版图上”；该小说于 2000 年入选《亚洲周刊》“20 世纪中文小说 100 强”，在评选中名列第 18 位；2001 年又再次被《今日世界文学》评为“75 年（1927～2001 年）40 部世界顶尖文学名著”，这是唯一入选的中文小说。短篇小说集《师傅越来越幽默》于 2003 年在美国出版后，《时代周刊》将莫言评论为“诺贝尔文学奖的遗珠”。《檀香刑》于 2005 年因一票之差落选茅盾文学奖却于同年获得了意大利诺尼诺国际文学大奖，因而这也使中国文学界产生了对茅盾文学奖评

---

① 杨四平：《莫言小说的海外传播与接受》，原载《澳门理工学报》，2013 年第 1 期（季刊），新浪博客，2013 年 4 月 4 月，http：//blog. sina. com. cn/s/blog_ 5bbd7dc301016xy9. html。

奖水平的质疑。《国际先驱导报》在相关报道中评论道，“在中国全面启动国家公关的今天，西方对中国政治和经济发展的偏见、传统文化过度传播、现代中国形象输出不足这三重困境反映在文学领域，表现为西方重视中国文学中的政治效益，而忽视文学本身的学术价值；古典文学的深远影响导致西方受众对中国形象定位还停留于落后、封建时代；而较为尴尬的是，现代中国文学由于语言障碍、文化差异、政治偏见等因素，在海外的传播力极弱”。①

德国文学家马丁·瓦尔泽评论莫言的小说“有一种紧迫感和厚重感，无法用寥寥数语来描述”，其“所有代表性的小说都讲述了人类在情感受到世俗规则压迫时陷入的冲突”，“莫言用一种足以让人头晕目眩的方式叙述了人们如何饮食，如何忍饥，如何受渴，如何交谈，如何被爱，如何杀害”；莫言作为一名优秀的小说家，“热爱他笔下的人物，全身心地投入到他的人物里”，其中“包括那些在小说里将要或者必须犯下罪行的人物”，因而，“任何人要是想谈论中国，都应该先去读莫言的书”，他认为莫言“可以和福克纳平起平坐”。诺贝尔文学奖评委会主席佩尔·韦斯特伯格（Per Wästberg）则评价道，在其担任文学院院士的16年里，没有人能像莫言的作品那样打动他，莫言作品充满想象力的描写令其“印象深刻”，“目前仍在世的作家中，莫言不仅是中国最伟大的作家，而且是世界上最伟大的作家”。②

得益于莫言作品在域外的译介，莫言作品能够在世界范围内广泛传播。在域外读者对莫言作品广为阅读的同时，域外学术界也形成了一股强劲的莫言小说研究热潮。

不可否认，葛浩文对莫言的译介，使广大美国读者和西方读者对莫言有了初步的了解。然而，莫言在美国的广为传播，还在于莫言获得诺贝尔文学奖这一事实在美国所形成的冲击力。美国是诺贝尔文学奖的获奖大国，在20世纪中共有10位美国作家获得这个奖项，因而美国读者，尤其美国文学界和学术界对诺贝尔文学奖的情愫与关注表明，诺贝尔文学奖既是美国文学的荣耀，同时又是其判断文学价值的一个重要依据。中国和美

① 吕梦盼：《莫言文学在美媒介镜像解构——基于美国权威报纸对莫言报道的研究》，《学术百家》2013年第6期，第40页。

② 《名扬海外的中国当代作家莫言——北京师范大学》，中国高校之窗，2017年8月7日，http：//www.gx211.com/news/201487/n716420 7226.html。

国是两个政治体制和社会体制完全不同的国家，因而文化软实力的重要组成部分——文学，在树立这两个国家的形象方面具有重要作用。作为民族文化的主要传播形式之一，文学不仅是一个国家或民族在特定历史时期的美学体现，而且也必然会体现出一个国家或民族的集体潜意识，反映着这个国家特定历史时期的政治、经济、时代精神和民族特征，成为一种社会的“镜像”。尽管诺贝尔文学奖的评奖因其政治倾向而受诟病，但该奖在世界文学中的权威地位并未受到撼动。因而，莫言获奖的事实，在美国新闻媒体中引发强烈反响也是理所当然的。如上所述，《国际先驱导报》的文章针对此现象指出，自从中国启动国家公关以来，西方一直对中国的政治及经济发展持有偏见，加之中国传统文化传播过度，而现代中国形象的输出则不足，这就构成了影响中国形象在西方传播的多重困境。西方对中国文学的批评主要表现在重视中国文学中的政治性而忽视其本身的学术价值，中国古典文学在西方的传播使其仍停留在落后和封建时代的价值观层面上，而那种中国传统价值观与西方资本主义社会的价值观又相去甚远；就现当代文学而言，中国文学受语言障碍和文化差异以及政治偏见等因素的影响，在西方的影响力也就表现得极其乏力。[①] 由于这些原因，当莫言获奖时，美国主流媒体对莫言获奖的初期总体评价可以用“褒少贬多”来概括。

从总体上来看，莫言获奖第二天美国媒体报道的标题显示，少数标题持客观陈述事实的中立立场，大多数则明显带有偏见立场。如《芝加哥论坛报》以《诺奖的评选是对文学世界的颠覆》为题，对莫言获奖表示质疑[②]；《明星纪事报》以《大胆小说作家并未敢冲撞政党》[③] 为题，意在强化政治的作用。只有少数报刊，如《旧金山纪事报》以《中国小说红遍全球》[④] 为题，对莫言持褒奖态度。[⑤] 由此可见，美国主流媒体在政治、经济、军事、商贸等领域持双重标准来看待中国，在文化领域内又何尝不是

① 吕梦盼：《莫言文学在美媒介镜像解构——基于美国权威报纸对莫言获奖报道的研究》，第 40 页。

② 原题为“Nobel Choice, a Jolt to Literary World”。

③ 原题为“Author of Daring Fiction Hasn't Run Afoul of Party”。

④ 原题为“Chinese Fiction Heating Up Globally”。

⑤ 吕梦盼：《莫言文学在美媒介镜像解构——基于美国权威报纸对莫言获奖报道的研究》，第 41 页。

如此！但无论美国新闻媒体的态度如何，中国文学都要感谢葛浩文，是他把莫言这位中国当代作家介绍给广大美国读者，使美国读者对中国作家形成了一个初步印象；在葛浩文英文译作的影响下，莫言小说又传到了欧洲和世界各地，进而形成了莫言小说的国际影响。

虽然国际上对莫言获奖的原因以及在对作家创作思想的评价上有这样那样一些否定性的声音，但从总体上看，肯定的呼声还是远远超过了否定的声音。通过译介这个主渠道，莫言走向世界文学的高峰，其作品也赢得了世界读者的广泛接受。

中国当代文学在域外的影响，主要处于改革开放之后。以前面提到的统计数据为例，从 1992 年到 2012 年，俄罗斯仅出版了 24 种中国文学刊物，收录了 87 位中国作家的 182 部作品。其中，冯骥才的 24 篇，王蒙的 21 篇，莫言的仅 3 篇。中国当代文学如今能够在俄罗斯走红的原因是多方面的。除中国经济的腾飞使俄罗斯对中国给予关注、中俄两国政府间的文化交流、俄国及俄语国家的中文翻译队伍扩大等因素以外，莫言获得诺贝尔文学奖仍是重要影响因素之一。俄罗斯安芙兰出版社预测到莫言会获得这次大奖，于是赶在莫言获奖的同一天出版了《酒国》，当年 12 月又出版了《丰乳肥臀》。俄罗斯著名记者阿尔乔姆·日丹诺夫随即在《阅读俄罗斯》上撰文《莫言获诺奖在俄罗斯掀起中国当代文学热》，对中国当代文学的研究做了专门介绍。[①]

美籍华人汉学家、哈佛大学教授王德威认为，莫言小说书写了三个方面的内容：其一，历史想象空间；其二，时间、记忆、叙述之间的关系，重新定义了政治和性的问题；其三，完成了从主体到身体、从官方历史到野史、从天堂到茅房的转换。莫言笔下的人物并非那种纯粹“正确的”、“光荣的”和“红色的”人，而是有着俗人情感的普通人，因而其创作是对教条的挑战。[②]

莫言小说能够在域外广泛传播，其原因是多方面的。除域外译介领域所做出的贡献以外，作品改编成电影并获得国际大奖也是其中的主要原因

---

① 郭景红：《中国当代文学何以在俄罗斯持续走红》，第 194 页。

② 孙坤荣等：《历届诺贝尔文学奖获奖作家小说选》（上），贵州人民出版社，1994，转引自曹文刚《莫言作品的海外译介与接受》，《语文学刊》2015 年第 4 期，第 54 页。

之一，因为在传媒界，影视是作品传播速度最快、受众面最广的一种方式。根据莫言同名小说《红高粱》改编的电影所获的一系列国际大奖，为世界观众了解莫言打开了一扇窗子。中国新时期文学在域外以相同传播方式引起强烈反响的作品除莫言的小说以外，根据苏童的小说《妻妾成群》改编的电影《大红灯笼高高挂》和根据余华同名小说《活着》改编的另一部电影，均由张艺谋执导，也都在国际电影节上获得了大奖。文学杂志《收获》总编辑程永新在接受采访时指出，中国作家获奖“有机遇问题”，中国像沈从文等优秀作家“与诺贝尔文学奖失之交臂，翻译问题是一个很重要的因素”，“因为西方的读者包括诺贝尔文学奖的评委，只能通过法文、英文等相互对照着看，而很多其他语种是从英文转译过去的”。由于这些作家的作品首先是在银屏上展现在世界观众面前的，因而浙江师范大学中国现当代文学海外传播研究所主任刘江凯调侃道，应该“给张艺谋颁发‘中国当代文学海外传播最佳贡献奖’”。但他同时又指出，“电影只会对文学起到临时聚光的效应，要得到持续的关注和肯定，还得看作品本身的文学价值”，莫言小说创作的巨大成功，与 20 世纪 80 年代“改革开放后的中国息息相关”。虽然中国作家“进入西方主流文化视野的还是凤毛麟角”，但这也充分说明“中国确实到了一个文学辉煌的时代，而这个辉煌是由一批作家造就的”。[①]

除被海外读者普遍接受以外，莫言小说在海外引起反响的重要标志之一是由海外汉学家、中国文学研究学者、从事中国文学研究的博士生和硕士生组成的莫言海外研究团队对莫言小说创作的学术评价和深度研究。海外这些研究团队对莫言的研究从宏观上看，主要集中于“莫言作品的主题、人物形象、艺术特色、历史空间和民间立场”，这些方面“与国内研究呈现出大致相同的切入视角”，但由于文化背景上的差异，海外学者“对于莫言作品的认识与国内学者还是有些不同”；除此之外，在分析莫言小说的创作主题以及对其人物形象和语言特色进行评论时，海外学者“经常从思想意识形态、政治立场等角度出发”，把莫言小说作品与政治的想

① 柴爱新、白春阳：《中国当代文学海外传播：翻译与推广非常重要》，中国新闻网，2012 年 20 月 22 日，http：//www.chinanews.com/cul/2012/10－22/4266560.shtml。

象联系在一起，因而其研究呈现出较多的“政治批评的视角”。[①]

不可否认，莫言借改革开放之机，在吸收和借鉴方面下足了功夫，因而，域外文学思潮和重要流派在创作观念上给莫言以启迪，为其艺术探索和走上创新道路提供了来自域外的参照物，使莫言“自己的家乡山东高密东北乡的欢乐与痛苦与整个人类的欢乐与痛苦保持一致”，进而使其“成为中国的缩影”，其“本土性、民族性的写作使他的小说容易在海外读者中产生共鸣”。[②]

莫言获奖，一时间在国际上引起强烈反响。在德国，翻译家卡琳·贝茨因将莫言的小说《檀香刑》翻译成德语并出版而走红，该译作也成了热销书。除《红高粱家族》以外，《蛙》也于次年春季在德国出版。德国《焦点》杂志网络版评价莫言为“中国当代最成功作家之一”，其“笔下描绘了普通人的命运”，还调侃道，“莫言”可译为“沉默”或“无语”，对于“一个作家来说有些不同寻常，但中国老话讲‘沉默是金’，这样的人讲述历史感觉都会更‘深入’”。德国著名书评家舍克对莫言获奖所引发的莫言现象评价道：“文学的苍穹又出现了一颗新星……这是一个将陪伴我们的作家。”德国著名作家瓦尔泽也评价莫言道，对他来说，诺奖“没有更合适的人选了，他的优秀毋庸置疑”，莫言“是我们所在时代最重要的作家之一，堪比（美国著名作家）福克纳”，“莫言的创作极其丰富多彩，内容特别好”，莫言“将中国的抗日战争等历史如此确切地呈现，令人印象深刻”。日本各大媒体和民众虽然对日本著名作家村上春树未能获奖而感到惋惜，但网民认为“莫言获奖实至名归，并纷纷发帖对此表示祝贺”，认为莫言获得诺贝尔文学奖，是“亚洲的骄傲”，莫言是“世界性的作家”，各大平面媒体和电视台也都在第一时间里报道了莫言获奖的消息。[③]

法新社褒奖莫言“以现实主义风格刻画了中国包括日本侵华、‘文化大革命’等重大历史变迁，表现了对生养他的中国东部乡土的眷恋”，并援引诺奖颁奖词中的评语指出，“莫言的创作融合了民间传说、历史和当

---

① 宁明：《莫言海外研究述评》，《东岳论丛》2012 年第 6 期，第 51 页。

② 曹文刚：《莫言作品的海外译介与接受》，《语文学刊》2015 年第 4 期，第 54 页。

③ 饶博等：《莫言获奖的海外回声》，新华网，2012 年 10 月 13 日，http：// news. xinhuanet. com/ mrdx/2012 - 10/13/c_ 131903844. htm。

代的魔幻现实主义风格，又可在中国传统文学和口头文学中找到出发点”。在法国排名第二的具有较高知名度、权威性和参考价值的《世界报》也言简意赅地指出：“莫言作品中，文艺复兴时期法国作家拉伯雷的粗犷无处不在。”《费加罗报》和《快报》等其他法国报刊也随即跟进，对莫言做了相应报道和评价。①

二 莫言小说在域外的学术研究

海外学术界除对莫言小说的总体评价外，其更多的研究成果是在莫言小说的学术评价中。著名汉学家、维也纳大学汉学系主任魏格林(Sussanne Weigelin-Wchwiddrzik)教授于2010年3月15日在《上海文学》发表的以《沟通和对话——德国作家马丁·瓦尔泽与莫言在慕尼黑的一次会面》为题的汉语文章中，转述了瓦尔泽就《酒国》对莫言小说“真实性诗意”的评价：“看了莫言的这两部小说（指《酒国》和《红高粱家族》）之后我的感觉告诉我，在小说中描写的那些东西不是书本上的东西而是还在现实中继续存在的东西。因为莫言写的那些故事是永久的，可能过了一千多年之后不存在了。但现在我们想象不了它们什么时候才会不存在。这些故事的来源是在现实当中还继续存在的传统，并且这个传统非常丰富，使得我们不能不感觉到刚刚所看到的现在还存在，并且将来也会存在。”就读者而言，《酒国》可以使读者“更加了解中国比看任何一种符合我们国家正统的有关中国的报道了解得多得多”。在论及《酒国》创作技艺的文艺美学特点时，瓦尔泽就该小说结尾部分中“莫言”来到酒国市的描写指出，其作品表现出来的从文笔到标点符号的省略方式以及故事的机密性，都有乔伊斯的印记，这说明莫言对这些技巧是非常清楚的，这部小说因而“是一部文学性很高的作品”。作品中所描写的有关农村造酒的情节亦非常符合真实，“但这并不是主要的，最主要的是它文艺技巧方面的高雅。这主要表现在它的结构上”。瓦尔泽对莫言《酒国》这部作品结构方面的评价是“一再强调它跟世界文学的类似性”，目的是希望让“听众知道莫言的小说是世界文学的一个组成部分”，莫言这部小说由于“把文

① 饶博等：《莫言获奖的海外回声》。

学作品的世界性与它的个性紧密地联系在一起”，因而“才能引起国外读者的注意”。①

在莫言对域外影响与自主创新的关系上，魏格林教授用事实驳斥了顾彬对莫言的否定态度。魏格林指出，“谁看过莫言的小说，谁应会知道这个判断是不正确的，因为莫言的小说充满了中国的独特情节与象征并离不开中国的历史、文化背景”。莫言读过马尔克斯，同时又了解中国，这样的作品“不仅仅对本国的读者有吸引力”，而且“也可以超越民族国家的边界而引起全世界读者的注意”。这就表明，马尔克斯的小说的确曾对莫言产生过“相当大的影响”，但这并不意味着“莫言的小说是拉丁美洲魔幻现实主义的复制品”。在魏格林这位德国著名作家看来，“20世纪的文学虽然在一定程度上跟民族主义紧密地联系在一起，但它同时也是一种没有边界的文学”，因而其本身就是“一种国际化、全球化的艺术品”，因而没有看过其他语言和国家文学作品的作家，没吸收过其他国家文学作品的文学事实上是并不存在的。与之相反，并“不是所有的文学作品都能够被全世界所有的读者所接受”。②

除西方世界以外，在莫言小说在周边国家的影响与传播方面，学术界还应注意到“福冈亚洲文化奖”和“韩国万海奖”对莫言小说走向世界的先导性意义。“福冈亚洲文化奖”虽然仅仅是由日本福冈市设立的奖项，但该奖的宗旨在于保护和发展亚洲文化，目的是促进亚洲人民之间的相互学习与交流；该奖又细划为大奖、艺术文化奖和学术研究奖三类，其中大奖是分量最重的。该奖的评奖条件为：获奖者必须在文化艺术领域内面向世界展现亚洲的文化价值，在保存和创造亚洲独特和多样文化中做出重大贡献，以国际性、普遍性、群众性、独创性向世界揭示亚洲文化的意义。“万海奖”是为纪念万海③的思想和精神而设立的韩国最有影响力的大奖，

---

① 〔德〕魏格林：《沟通和对话——德国作家马丁·瓦尔泽与莫言在慕尼黑的一次会面》，《上海文学》2010年第3期，第79~80页。

② 〔德〕魏格林：《沟通和对话——德国作家马丁·瓦尔泽与莫言在慕尼黑的一次会面》，第81页。

③ 万海，法号韩龙云，是日本对朝鲜半岛进行殖民统治时期的高僧、著名诗人和思想家，著有著名诗集《你的沉默》，为使朝鲜半岛从日本帝国主义殖民统治下解放出来、争取民族独立和自由而贡献了自己的一生。

旨在传播高尚思想和促进人类发展，尤其关注亚洲文学和社会价值在世界范围内的传播。文学奖获奖者在文学方面必须有突出成就。例如，2012 年获得该奖的科威特女诗人苏阿德（Suad Al-sabah）、2004 年获奖的朝鲜文豪洪锡中（Seok-Joong Hong）、1989 年获奖的韩国小说家黄皙暎等获奖者均来自不同意识形态的国家，但他们在文学作品中均表现出对人学的普遍关注。① 莫言能够获得这两个奖项，也正说明莫言的作品在这两个国家学术界的影响和接受程度也是极高的。② 韩国著名小说家和翻译家朴明爱从社会精神和道德层面考察莫言作品的价值，评价莫言是一位“尊重小说本灵的作家”，当世界文学处于后现代主义时期，作家“已经远离了小说创作的传统，将语言、电影、美术、音乐、科学，甚至一般常识和规则都带进小说领域，追求‘轻松中的严肃’”时，莫言却“正直地履行着小说家的本职，通过小说中的人物表现出深刻、正义、具有良心的世界观”，因而“具有纠正当今扭曲的价值观的力量”。③ 朴明爱于 2000 年在北京与莫言初次见面，2005 年又在由韩国大山文化财团举办的世界著名作家国际研讨会上与莫言见面，此后她作为莫言小说韩语的主译者，向韩国广大读者译介了莫言，因而朴明爱在韩国也是最具权威性的莫言研究专家。朴明爱认为，故乡山东“高密东北乡”是莫言作品的主要舞台，莫言用“犀利的笔触描写惨烈的旱灾和残酷的洪灾，外来势力的侵略，卖子求生的饥饿历史，如利刃般刺入了读者的心灵”，其小说具有中国文学中最具代表性的讽刺与诙谐特征，“也是延绵了数千年的中国讽刺文学中的一环”，“将诙谐和滑稽美学发挥到了极致，在苦难的现代史中奋力挣扎”，“以求找到拯救自我的对策”，其小说中的“讽刺存在于吃人、杀人、发狂等让人难以想象的恐怖行为中，可这在虚构的小说时空中却是无比的真实”，读者通过“卖子后不悲不怒的群像（《酒国》），当着大臣的面将人肉割成九百九十九块的刽子手（《檀香刑》），患有恋乳癖最终精神错乱的金童（《丰乳

① 苏阿德是科威特籍阿拉伯世界著名作家；洪锡中为朝鲜著名作家；黄皙暎是韩国作家，曾因应“朝鲜文学艺术总同盟”邀请访问朝鲜被捕入狱。

② 杜庆龙：《诺奖前莫言作品在日韩的译介及影响》，《华文文学》2015 年第 3 期，第 31 ~ 32 页。

③ 〔韩〕朴明爱：《扎根异土的异邦人——莫言作品在韩国》，《作家》2013 年第 3 期，第 9 页。

肥臀》)，通过动物属性被夸大的人物形象（《生死疲劳》)，可以感受到莫言那（种）基于现实的无限的、疯狂的想象力”。针对评论界有人对莫言小说中除了描写“极度饥饿”的中国现代史以外并没有其他建树的非议，朴明爱指出，“有的评论家说人类不是在物质生活中，而是在精神生活中追求幸福，可莫言作品中的主人公都在物质世界中追求幸福”，在莫言的笔下，“‘饥饿的历史’并没有排除精神世界，也没有忘却人追求幸福的本性，而是通过血腥的屠宰场意象吹响了恢复人性的号角，屠宰场暗示着人类无法通过物质的满足而达到幸福”。[①] 这段对莫言作品的文学性评价表明朴明爱是一位具有雄厚文学批评修养的专家，其评价不仅代表了韩国学者对莫言的基本态度，而且在一定程度上体现了国际评论界对莫言影响的接受程度。

值得注意的一个现象是，在获得诺贝尔文学奖之前，莫言的小说在韩国并不是畅销书，莫言在韩国读者中的影响也并不大。造成这种状况的原因是多方面的。在文化上，韩国读者只对文学大师予以关注。如清末民初时期梁启超、夏曾佑和谭嗣同联合兴起的“诗界革命论”传入韩国后，韩国各主要媒体均对其进行广为宣传，使韩国学者申采浩据此提出了“东国诗界革命论”。鲁迅的文学思想也对韩国影响深远，在反对日本殖民统治的斗争中，韩国小说家梁白华把鲁迅的文学引进到韩国后，韩国独立运动活动家、诗人柳基石对鲁迅极其崇拜，因鲁迅的真名叫周树人，他也把自己的名字改成了柳树人；韩国老一代文艺界的诗人金光均专门创作了一首题为《鲁迅》的诗歌；韩国社会运动元老李泳禧则称鲁迅为其“永远的老师”，其本人也因思想与鲁迅相似而被称为“韩国的鲁迅”。与之相反，韩国评论界有人认为由于中国当代文学在一定程度上仍处于保守状态中，因而韩国读者提及中国文学，就必定是指如《山海经》、《西游记》、《三国演义》和《红楼梦》一类的古典文学作品。在政治上，冷战思维直到20世纪90年代才开始在韩国解冻，直到1992年中韩建交才为中韩文化之间的交流敞开了大门，韩国读者急切想要了解中国文学的现状。然而，在中国实行改革开放的初期，中国文学中却多为对“文化大革命”进行控诉的

① 〔韩〕朴明爱：《扎根异土的异邦人——莫言作品在韩国》，第9页。

“伤痕文学”作品，缺乏积极向上的精神，这些新时期的作品在韩国读者中也并不受欢迎。即使在莫言获得诺贝尔文学奖之后，仍有韩国的读者认为，莫言获奖与中国经济的腾飞具有直接关系。要消除对莫言的这种误解，就需要一批学者和翻译家在韩国对莫言作品进行译介和宣传。朴明爱就是一位这样的莫言作品翻译专家。在向韩国广大读者译介莫言作品的同时，朴明爱还在中韩两国的权威期刊上发表莫言研究的文章，为提高莫言小说在韩国及至世界范围内的影响力和接受度做出了贡献。

莫言获得诺贝尔文学奖的消息传到日本引起的反响也是极其强烈的。在获得诺贝尔文学奖之前，莫言已在日本荣获过一次亚洲文化大奖，这为莫言走向诺贝尔文学奖奠定了国际影响的基础。日本颁发给莫言这个奖项的颁奖词指出，莫言是“当代中国文学的代表作家之一”，“以独特的写实手法与丰富的想象力，描写了中国城市与农村的真实情况”，其“作品译成多种语言”，因而莫言“引导亚洲走向未来”，莫言“不仅是中国当代文学的旗手，而且是亚洲和世界文学的旗手”。[①] 如前所述，日本的诺贝尔文学奖获奖作家大江健三郎是莫言的忘年交朋友，也是较早发现莫言文学才华的日本作家之一。大江健三郎在很多公开场合都在大力推介莫言。当时，被誉为日本20世纪80年代文学旗手的著名作家村上春树受欧美文学思潮的影响，因其创作的功绩被誉为第一个纯正的“二战”后的日本代表作家之一，其获得诺贝尔文学奖的呼声也很高，是莫言的一个强劲对手。即便如此，大江健三郎仍更加看好莫言，体现了世界级文学大师的慧眼。

在日本专家和学者看来，莫言在世界范围内的影响是巨大的。日本汉学家、东京大学文学系谷川毅教授指出，莫言几乎可以被认定为“在日本代表着中国当代文学形象的最主要人物之一”，他在日本的影响力达到了“无论是研究者还是普通百姓，莫言都是他们最熟悉的中国作家之一”的程度。[②] 对莫言小说的宏观评价方面，国际日本文化研究中心的井波律子教授指出，莫言小说“最精彩的就是将埋在中国近代史底层的黑暗部分，

① 李桂玲：《莫言文学年谱》（下），《东吴学术》2014年第3期，第130页。

② 莫言，〔日〕藤井省三：《压抑下的魔幻现实特集：中国当代文学的旗手连续访谈》，《昂》，1996年第5期，转引自杜庆龙《诺奖前莫言作品在日韩的译介及影响》，《华文文学》2015年第3期，第33页。

用鲜艳浓烈的噩梦般的手法奇妙地显影出来”。井波教授以《生死疲劳》为例指出，就文学的巧妙方式而言，莫言借鉴《西游记》投胎和鬼怪的中国古典小说，揭示了梦境与现实之间的关系，上演了一出怪诞而又发人深省的人间悲喜剧，展现了中国半个世纪以来的变迁。正由于莫言将其小说创作扎根于中国优秀古典文学传统中，因而其小说最终也就成为充满情趣的无与伦比的杰作。[①] 日本读者和网民也纷纷留言，对莫言做出了公允的评价，称其为“亚洲的骄傲”，“莫言是世界性的作家”。[②]

莫言小说在日本的传播与接受，同样得益于日本的著名汉学家和翻译家。如前所述，日本对莫言的翻译与欧洲大不相同。欧洲有些国家对莫言作品的翻译是从美国翻译家葛浩文的英语译本转译过去的，属于翻译中的翻译；有些国家的汉语翻译群体又极不稳定而且经验相对不足。但在日本，情况截然不同。日本有一批如藤井省三、吉田富夫、井口晃等稳定的汉语翻译专家而且其文学修养极高，他们能够从浩瀚的中国当代小说中发现更有价值的作品。莫言作品在日本被译介的同时，著名翻译家藤井省三对莫言做出高度评价，认为莫言是有代表性的中国当代作家，在超越中国文学传统方面具有创新精神，并首次提出了莫言作品的“中国农村的魔幻现实主义”文学定性，而这一点恰恰是莫言获得诺贝尔文学奖时颁奖词中提到的。莫言作品的另一位主要日语翻译家吉田富夫的评价更为中肯，他认为莫言的小说刻画了中国农民的灵魂，因而莫言不是站在农民的立场上说话，而是作家本人以农民的身份在说话，是在为农民写作，[③] 而更重要的是，莫言作品追求的是人内心世界的东西。[④]

莫言小说在日本传播的速度非常快。正如前面所提及的那样，这两个一衣带水的国家，虽然在政治上一度成为宿敌，但在文化往来上从未间断过。先前是中国向日本输出，后来是日本向中国输出。如今，莫言是第六

---

① 参见宁明《莫言海外研究述评》，第 50 页。

② 饶博等：《综述莫言获奖的海外回声》。

③ 莫言本人在很多场合一再声称自己就是个农民。莫言认为自己就是个农民作家，其《天堂蒜薹之歌》就是表现新时期农民诉求的代表作。但莫言同时又认为，关注下层民众和钻进象牙塔里进行创作都是可以理解的。参见莫言《小说与当代生活》和《文学个性化刍议》。

④ 舒晋瑜：《十问吉田富夫》，《中华读书报》2006 年 8 月 30 日。

位获得诺贝尔文学奖的亚洲作家。如果说获得这个重要奖项使莫言在世界范围内产生了轰动效应的话，那么莫言早在获奖之前就已在日本形成了重大影响。早在1988年，《枯河》就被译成了日文；《红高粱》和《红高粱家族》这两部作品分别于1989年和1990年在日本出版了日译本；1990年，文选《来自中国农村的报告·莫言短篇集》和《中国幻想小说杰作集》也在日本出版了日译本；1992年，莫言短篇作品集《怀抱鲜花的女人》和《中国幽默文学杰作选》（内含《苍蝇·门牙》）在日本出版；长篇小说《酒国》、《丰乳肥臀》、《檀香刑》、《四十一炮》、《生死疲劳》和《蛙》等重要长篇小说也相继在日本与广大读者见面。莫言的《蛙》由吉田富夫翻译并在日本中央公论新社于2011年5月出版时，大江健三郎在译著封面上的推荐词为“亚洲距诺贝尔文学奖最近的作家”。[①] 这些作品均在莫言获得诺贝尔文学奖之前就被译介到日本。显然，莫言于1989年在第38届柏林国际电影节上获得的大奖使日本观众和文学界意识到莫言潜在的文学才华，同时也更加引起翻译界对莫言译介的重视，因而其大量作品被译介到日本，使更多的日本读者从其作品中了解了莫言，为莫言小说在日本传播和学术研究打下了文本基础。其接受程度也正如日本汉学家谷川毅所指出的那样，无论是学术研究者还是普通读者，莫言才是他们最熟悉的中国作家之一。中国也有一些学者持类似观点，认为莫言作品在日本被广为接受，除其作品的本身素质的主观因素外，还在于电影改编的助力、翻译家的功劳、访问交流和媒体及出版界的助力、亚洲文化的共性等外在因素。

莫言小说在越南不仅被译介得既多且又迅速，而且学术研究也更为深入。越南翻译家陈庭宪先生虽已到晚年却又介入莫言小说的翻译工作，原因在于莫言小说的中国特色、从不重复的题材和叙述视角、小小的“东北高密村”折射出中国社会里那么多的生命悲剧和人生苦难，这样的作家与绝大多数作家相比，是很少见的。文学观念的转变是莫言小说在越南受到热捧的另一个主要原因。对此，越南学者胡士协（Hồ Sỹ Hiệp）指出，中

---

① 卢茂君：《莫言作品在日本》，中国作家网，2012年11月14日，http：//www.chinawriter.com.cn。

国新时期文学“正在努力摆脱日益走向狭隘的文学观念”，“从社会主题到文化主题、再到自我主题的变化越来越强烈。这一点在贾平凹的《秦腔》、莫言的《檀香刑》、王蒙的《尴尬风流》等小说里很明显地体现出来”。[①]在文学思潮的定位方面，越南学者潘文阁（Phan Văn Các）指出，“20世纪80年代中期，马原、莫言、残雪等作家的作品是中国先锋小说问世的标志”，“他们的创作带有浓厚的后现代主义色彩”。[②]

著名越南文学批评家阮克批（Nguy ễn Khắc Phê）以《丰乳肥臀》和《檀香刑》为例，对莫言的小说给予了很高的评价。在阮克批看来，作为中国人民解放军总参谋部的一级作家，“莫言在越南红起来了，其知名度甚至超过了越南读者所熟悉的贾平凹、张贤亮、王蒙和高行健等知名作家”。阮克批看重这两部作品的离奇而又精彩的故事情节，这也是其作品的魅力所在。莫言小说中的“魔法”就是能在大家都熟悉的背景中创作出“引人入胜、让人赞叹的离奇故事来，这也是作家的一种‘陌生化’或‘现实魔幻化’手法”。此外，莫言小说成功之处还在于其“夸张手法”，这两部小说在现实生活中可能是没有的，“完全是作家虚构出来的”，却是“从作者的真实感情出发，从故事的实际情况和人物出发的”[③]，阮克批的评价极其中肯且又切合实际。阮克批这种评价是远在莫言获奖前十多年就已提出来的，后来莫言获得诺贝尔文学奖的颁奖词恰恰也是这样评价的。因而，阮克批的评价对于莫言获得诺贝尔文学奖亦具有预示性意义，也显示出越南学者在莫言作品研究中的洞察力。

越南著名学者黎辉萧（Lê Huy Tiêu）认为，中国文学“受西方和日本20年代现代主义新感觉派的影响”，“强调感官的感受，把主观感觉注入客体以便创造出新奇的现实”，其小说没有传统小说那种“完整故事”，而只

---

① 〔越〕胡士协：《中国文学2000年》，（越南）《文学杂志》2001年第2期，转引自〔越〕范文明《莫言作品在越南的翻译与研究》，《山西大学学报》（哲学社会科学版）2013年第1期，第79页。

② 〔越〕潘文阁：《20世纪末中国小说》，（越南）《文艺报》，2002年第49期，转引自〔越〕范文明《莫言作品在越南的翻译与研究》，《山西大学学报》（哲学社会科学版）2013年第1期，第79页。

③ 〔越〕阮克批：《〈丰乳肥臀〉和〈檀香刑〉的艺术世界》，中国文学网，2016年1月28日，http：//www. literature. org. cn/Article. aspx？ id = 33785。

有故事的“框架”，在那个“框架”里注满了感觉，“那就是莫言小说的灵魂”。[①] 在域外影响方面，黎辉萧认为莫言的小说还受到奥地利精神分析学家弗洛伊德和英国社会人类学家弗雷泽（James George Frazer）的影响，其《枯河》《民间音乐》等初期作品基本上都是在描写人的生存本能、人生体验，通过童年记忆来呈现旧时农村的景物。自《透明的红萝卜》和《红高粱》之后，莫言的小说常描写到饥饿、贫穷、性欲、仇恨、宗教、生死、迷信和战争等人类生存的悲剧。

越南社会科学院中国研究院研究员、著名中文－越南文翻译家陶文琉（Đǎo Vǎn Lu'u）除翻译了大量的中国优秀作家的作品外，还更加重视中国文学的文艺美学评价。黎辉萧认为，莫言小说《丰乳肥臀》之所以能够在越南广受欢迎，其主要原因在于“中越两国在文化、文学方面具有很多相通之处”，再加上“地缘政治的原因”，在历史的长河中，中越两国之间的密切交往，“两国人民因而在文化传统与生活习俗方面都十分相近或相似”，莫言“用凝重的笔触去描写高密东北乡上官家族从清末民初一直到20世纪90年代这一段将近百年的漫长历史时”，下决心“要为天下的母亲唱一曲壮烈激昂的赞歌”。于是，一部50余万字的“《丰乳肥臀》中所展现的种种人世间的悲欢离合，所书写的家族与种族的荣辱兴衰，所记录的一个世纪以来的时代风云变幻和苦难记忆，所赞美的人类在患难中表现出来的不屈不挠的生命意志与坚韧毅力，深深打动了越南读者，这种感动跨越了地域、族群的阻隔，也在他们心底激起了一种苍凉悲壮的审美感受”。小说通篇体现了“孩子的生日就是母亲的难日”这一主题。莫言塑造的母亲形象与其他作家大不相同。在莫言笔下，母亲上官鲁氏“温柔慈爱，是和平、正义、人伦与勇气的象征，然而与传统文学中的母亲形象相比”，却又“是一个‘反伦理’的叛逆女性”，她“乱伦、通奸、野合、杀公婆、被强暴，甚至与外国牧师生了上官金童与上官玉女这一对‘杂种’”，“这样的母亲无疑是惊世骇俗的，甚至会被认为是肮脏丑恶与大逆不道的”。因而，该书出版后，“无论是在中国还是在越南都曾受到误解甚至刻意的曲解，引起广泛的争论，其中更不乏

① 〔越〕范文明：《莫言作品在越南的翻译与研究》，《山西师范大学学报》（哲学社会科学版）2013年第1期，第80页。

指责、诟病甚至批判”。然而，“如果我们能够从更加宏阔的文化视野来观照上官鲁氏这一形象，我们将明了作家莫言真正的创作意图与良苦用心”。陶文琉还以《丰乳肥臀》为例，从“生与死”、“性与爱”和“新与旧”三个层面论证了“莫言小说对越南文学的影响”，分析了陈清河、阮玉姿、杜黄耀等越南作家在其创作中对莫言小说的借鉴。越南语译本《丰乳肥臀》于2001年在越南出版后，越南作家开始模仿莫言的写作风格和创作主题。“留意当下文坛的创作倾向，我们也有理由相信，《丰乳肥臀》中对母亲的大胆言说事实上已经开了先河，最起码在越南当代青年作家中，我已经看到了这样的一些作品，如陈清河的《我妈》（*Trần Thanh Hà - Dì tôi*）、阮玉姿的《无尽的田野》（*Nguyền Ngoc Tu'- Cánh đồng bât tận*）、黎云的《爱与活》（*Lê Vân - Yêu và sông*）以及杜黄耀的《梦魔》（*Đỗ Hoàng Diêu -Bóng đẹ*）等小说，作家对母亲形象的文学书写不再是一味地颂扬其纯洁与崇高，而是首先将母亲当成一个普通人来描述，关注母亲在特定时代环境中人生的坎坷与内心的挣扎，展现出来的是一位立体化、多向度、活生生的母亲，读来更温暖、更可信，因而更具人性的广度、深度与普世的价值。”描写女性苦难的遭遇，以非传统的方式去描写母亲，“既有伟大的一面，也有平凡的一面”已体现在一些越南作家的作品中。阮玉姿在《无尽的田野》中讲述的是一个因为贫穷，更是为了活下去，不得不和一个商人上床的母亲。陶文琉认为，《无尽的田野》和《我妈》里的女性形象描写有很大的相同之处；阮玉姿的《无尽的田野》和杜黄耀的《梦魔》里关于性爱的描写是受到莫言的“性启蒙”。中国作家莫言和越南作家阮玉姿小说中的性爱“绝不是作品的主导内容”，而是“实现作家创作意图的最有力的工具之一”，不是为了“满足读者的猎奇心理以哗众取宠”，“而是将性爱这一最普遍却也最私隐、最能折射美好人性却也最能体现人类所具有的生物属性的现象作为自己的叙事策略”，“以此反叛并颠覆传统文化的诗学隐喻，通过人物的经历发出‘野性的呼唤’，建构起一部历史和传统的文化寓言”。陶文琉还指出，中越两国均于20世纪80年代开始走上改革开放之路，但受“左”的思潮影响，人们在短时期内仍无法摆脱旧俗的束缚，性爱仍是作家不敢踏入的“雷区”。但是，“从社会历史的维度来看《丰乳肥臀》与《无尽的田野》的出版与风行，我们将不得不承认，随着经济不断发展的进程，随着改革开放的日渐深入，中国与越南人民已经能够睁开眼睛看世界，已经敢于接触世界文明与开放时代的文化并做出自己的价值判断与取舍”。从越南文学接受外来影响的角度来看，莫言的《丰乳肥臀》更富有先锋精神，于是，“我们的小说从题材、思想、风格方面都有了革新，我们才有可能缩小与世界文学的差距，更加淋漓尽致地表现丰富驳杂的人生与人性”。在陶文琉看来，历史的宏大精神与当代新的价值理念在“相当短的时间内一起涌入个人的内在世界时”，个体的命运“蕴含着一部分历史文化的问题”，以“《丰乳肥臀》为代表的中国文学作品进入了越南并产生了积极的影响”，“这是世界文学交流的可喜现象”。[①]

综观莫言在域外的影响，显然，莫言小说对越南的影响是最大的。地缘政治、文化传统、社会制度以及改革开放的进程等因素均是莫言小说对越南文学产生影响的基础。莫言小说（特别是《丰乳肥臀》）中所揭示的文学的普遍性意义是更为重要的。莫言本人对越南文学界的评价是，令他欣慰的是，越南作家对他的理解和支持。文学的确离不开政治，但优秀的文学则大于政治。越南作家之所以能够读懂《丰乳肥臀》这本书，是因为越南作家从文学的角度而不是从政治的或国家与民族的立场来读的。

在域外接受莫言小说的过程中，赞誉是主流，但也不可否认，从学术上对莫言持否定的批评也同样存在。相比之下，否定的批评虽然比肯定的批评要弱得多，但是持不同政见者将其文学评论演变成政治攻击不可熟视无睹。虽然第一章第三节已对莫言“魔幻现实主义”的获奖原因方面的负面批评或者攻击做了回应，但仍有必要对学术研究中出现的否定现象做出必要的回应，因为这也是莫言小说域外接受范畴的一部分。

法国《世界报》在赞扬“莫言的语言感情丰富”的同时，又认为莫言是一位“将真实与虚幻以及与趣味性等特点糅和在一起的作家”，其“作品构造复杂，人物难以捉摸”，叙事方式也显得“暧昧含糊”，莫言的用心在于不必担心“审查”。[②] 其实，这位作者并不清楚改革开放后中

---

① 〔越〕陶文琉：《以〈丰乳肥臀〉为例论莫言对越南文学的影响》，中国文学网，2014 年 4 月 16 日，http：//www. literature. org. cn/Article. aspx？ id = 33785。

② Nils C. Ahl, “Mo Yan：Le Nobel pour ‘celui qui ne parle pas’,” *Le Monde*, 15. 10. 2012，转引自周新凯、高方《莫言作品在法国的译介与解读——基于法国媒体对莫言的评价》，第 12 页。

国新闻和出版自由究竟发展到了什么程度。如果说这种现象发生在“文化大革命”期间，在“四人帮”控制着文化宣传舆论大权的年代，这是不难理解的。然而，在改革开放之后，作家的出版自由和民众的言论自由已经完全放开。不仅如此，在当前反腐倡廉的行动中，言论自由还有助于监督党政机关内掌握权力的主体，一批腐败分子正是通过网络媒体的披露而被拉下马的。非常明显的是，这些评论家的出发点与西方那些力图希望莫言站在执政党对立面进行写作的别有用心的人还是有区别的。此外，对莫言作品中“揭露”的一面，法国评论界同样存在正反两方面的评价。“揭露”在莫言小说中是事实，因为当时的社会境况的确就是那样。如果一个作家不能在作品中讲真话，那么这位作家的社会责任和历史使命也就无从谈起。莫言小说对社会问题的“揭露”，在很大程度上也恰恰发挥了文学在公共空间内的舆论监督作用。事实上，这与中国执政党的执政纲领并没有矛盾。中国共产党的十一届三中全会《关于建国以来党的若干历史问题的决议》就是在反思历史的基础上，总结经验教训，修正错误，以便把党的执政纲领真正落到实处。莫言的《天堂蒜薹之歌》正是帮助执政党修正自身错误的一部代表性作品。

美国媒体“将文化新闻政治化，囿于政治偏见”而对莫言认可的同时，也“出现了一些负面词汇”，从而导致新闻报道失实。对于莫言的评价，“他们关注的大多为莫言与中国政治的关系”，将莫言评价为“不是一个专制政府的批评者”（not a critic of the authoritarian government），甚至在莫言的名字“莫言”（don’t speak）上也大做文章，借此“联系中国体制，曲解莫言取名用意是中国言论、出版、自由受官方严格管制”，认为是“莫言警示自己‘不要说话’”。[①] 这一点与法国《世界报》的否定性观点基本一致。

德国著名文学家瓦尔泽一直对莫言持肯定态度，在作品究竟应该以世界文学因素还是以本土文学因素来考证方面却与莫言存在分歧。瓦尔泽看重前者，而莫言看重后者。德国汉学家顾彬则认为，20 世纪的中国文学远

---

① 吕梦盼：《莫言文学在美媒介镜像解构——基于美国权威报纸对莫言获奖报道的研究》，第 41 ~ 42 页。

不及以前的好，原因是中国作家一直在模仿国外文学。在这一点上，顾彬对莫言抱有很大成见，认为莫言小说全都是拉美魔幻现实主义的翻版，因而没有什么价值。对此，魏格林以莫言作品为据，对瓦尔泽和顾彬的观点进行剖析，否定了德国学者的这些否定性的评价。[①]

再以莫言小说《丰乳肥臀》的接受程度最高、辐射面最广的越南文学界为例，该作品在学术研究上亦存在对莫言小说持否定态度的观点。例如，黎辉萧虽然对莫言小说中的第一人称叙事模式和人畜之间的角色转换方式也极为赞赏，“天马行空”的想象，“使空间与时间、历史与现在、物理与心理更加模糊化”；但是，他认为莫言小说“是一种复合结构的、循环的、非线性的、混沌的、无始无终的”的结构。[②] 此外，莫言小说描写的虽然是“在压迫势力下生命的反抗”，“但最终又证明这种反抗是没有作用的”，据此，黎辉萧认为莫言小说带有一种悲观色彩。[③] 事实上，就文学对人的观照而言，悲剧和悲观是性质完全不同的两回事。悲观是一种颓废的人生观，与之相对应的乐观是作品里的人物在生存困境中应持的积极向上精神；悲剧则指主体在苦难和毁灭面前所表现出来的求生欲望、旺盛生命力最后的迸发或超常的抗争意识和坚毅的行动意志。这两者是不可混为一谈的。这就涉及困境或死亡面前的“再生”议题，如同美国学者瓦尔特·霍夫曼（Walter Kaufmann）所指出的那样，尼采遇到了奥菲士教和基督教中神的死与复活的问题；但在尼采看来，虽然遭受了磨难和死亡，但狄奥尼索斯的再生似乎是对“无法摧毁的、强大而欢乐的”生命的再次肯定。[④] 此外，黎辉萧还认为莫言小说中的叙事语言既有变化，又有成语和俗语，还有清高和粗俗；在情节描写上还存在过于夸张、过多地描写了丑恶和暴力的一面。胡士协则认为，除《红高粱》和《檀香刑》这两部作品以外，莫言的大部分作品并没有获得中国当代文学的重大奖项，作品也不是特别出色，“尤其是在某些方面莫言的作品还不是很符合大多数越南读

---

① 〔德〕魏格林：《沟通和对话——德国作家马丁·瓦尔泽与莫言的在慕尼黑的一次面谈》，第81页。

② 〔越〕黎辉萧：《莫言小说的艺术世界》，第80页。

③ 〔越〕范文明：《莫言作品在越南的翻译与研究》，《山西大学学报》（哲学社会科学版）2013年第1期，第80页。

④ 〔美〕瓦尔特·霍夫曼：《尼采对苏格拉底的态度》，胡铁生译，第389页。

者的审美口味”。[①] 当然，这些观点基本上是国外学术界对莫言小说在学术研究范畴内所持的不同观点。

总体来看，域外在莫言小说的译介和传播的基础上形成的文学批评，以对其肯定的正面观点为主，以否定的负面观点为次。其中，有些评论是在充分肯定的前提下，对莫言小说艺术性的某些方面提出了质疑或修正，这种批评的态度显然仍处于学术研究的范畴内。这些质疑和批评多指向莫言的获奖原因——魔幻现实主义。从第一章的第三节中可以看出，这些否定性批评仍未超出学术研究的范畴。然而，也不可否认，有些人的言辞过激，认为莫言是“东施效颦”的“魔幻现实主义”。更有甚者，一些别有用心的人借机对莫言小说的否定指向莫言小说的政治倾向，这在很大程度上是借文学批评之名，行政治攻击之实。显然，这些人的观点（包括西方一些主流媒体的观点）或者由于他们不了解当今中国出版及言论自由的现实，或者因为有些人对中国的政治体制抱有敌视态度，而将其宿恨撒向莫言，以此来抹黑中国当下的政治体制。

诺贝尔文学奖是在欧洲国家瑞典评选的，因而，莫言作品在欧美的译介、传播和接受对于莫言获奖是举足轻重的影响因素之一。中国文化，尤其是社会主义体制下中国的政治文化与欧美资本主义体制下的政治文化相差甚远，因而，西方对莫言小说出现褒贬不一的评价亦属正常现象。前面已做过不少论述，此处就不再重述。

在莫言小说域外传播与接受过程中，显然，周边国家走在了西方国家的前面。其中，越南学术界对莫言的研究水平已经与国内研究水平基本持平，甚至有些学者的研究深度和广度已经超过了国内的研究水平。其原因主要是越南的政治体制、文化传统、改革开放的进程与中国基本相同。日本和韩国虽然与中国的政治体制不同，但是由于相似的文化渊源，莫言小说在这两个国家的译介、传播、接受和评论也都取得了可喜的成果。

在俄罗斯及中东欧国家，受翻译队伍建设中先天不足的因素影响，莫言小说的译介相对滞后，因而他们对莫言研究的成果也相对薄弱。但随着莫言获得诺贝尔文学奖而形成的“莫言热”，已为莫言小说的后续研究奠

① 〔越〕范文明：《莫言作品在越南的翻译与研究》，第80页。

定了基础。

莫言小说走出国门，正如我国青年学者谭五昌所指出的那样，“没有非常优秀的翻译家把作家的作品翻译成外文，这可能影响到作品在国外的传播性和影响力”，“莫言作品翻译成外文”，其“作品的丰富性、文学艺术上的魅力很完整地呈现了出来，于是打动了评委们，也打动了西方文学同行，所以有幸在中国文学历程中成为诺贝尔文学奖的第一人”。[①] 虽然莫言小说在域外的译介发挥了重要的传播作用，但这也仅是莫言获奖的外在因素，而其小说深刻的文化内涵才是对莫言获奖起到决定性作用的内在因素。这也是域外学术界对莫言小说获得成功进行评价的主体部分。

第三节　莫言获奖与文学的文化软实力

莫言获得诺贝尔文学奖为中国文学在世界文学层面上获得了更大的话语权，同时也为中国在文化强国进程中发挥了更大的软实力作用。不仅是其肯定性评价，而且从莫言获奖后来自域外对莫言与体制等方面的攻击，均印证了文学话语权和文化软实力的重要意义。文学话语权是文学在文艺美学价值基础上的政治美学价值增值。对解构主义而言，这一研究视角属于文学与其相关的外部联系范畴。

一　文学的文化软实力

中国共产党第十八次全国代表大会的政治报告中“将文化软实力建设提高到执政党首要任务之一的高度，显示出文化在强国进程中的重要性”。在文化体系的框架中，文学通过文学公共空间形成的意识形态作用，在“政治文化社会化的进程中具有重要的文化软实力作用”。文学的文化软实力“通过文学虚构性与象征性，将现实生活中的人写进虚拟的文学世界里，再通过文学作品来反观人类历史和展望未来，进而对和谐社会的建设形成一种巨大的推动作用”。就文学作用于和谐社会的构建而言，不

① 参见李叶《文学评论家：莫言得诺奖翻译功不可没》，人民网，2012 年 10 月 11 日，http：//society. people. com. cn/n/2012/1011/c1008 – 19235129. html。

同于国家机器的硬权力，“以文化为代表的软实力因其文艺美学的特征而乐于为全体社会成员所接受，因而这种实力又被称之为‘社会的大气层’或‘社会的黏合剂’”。这就在一定程度上凸显出文学以其意识形态功能通过学科跨界的阐释方式得以增强，“这是因为文学除了文艺美学的价值以外，还具有其必然的政治性功能，因而，在文学全球化的浪潮中，文化强国不仅要接受域外的先进思想，而且也要使我国的文学事业走出国门”。[①]

中国文学在古代文学发展史上曾有过辉煌的历史，尤其盛唐时期中国文学的对外传播是中国文学史上最为辉煌的一页。然而，近代中国是中国发展史上的一部屈辱史，尤其在清末，中国沦为一个半殖民地半封建国家，中国现代文学在世界文学中失去了先前的影响力。在中国共产党的领导下，中国经历了新民主主义革命，开创了社会主义发展的新纪元。然而，社会主义毕竟是人类社会发展史上的新鲜事物，因而从新中国成立初期直到“文化大革命”结束，中国在社会主义发展道路上也曾走过了一大段弯路，如前面提及的农村合作化道路、反右扩大化、“大跃进”运动、以阶级斗争为纲的“文化大革命”等。“文化大革命”结束后，中国共产党第十一届三中全会作为党史中的一个重大转折点，开始了伟大的四个现代化建设的新征程。就此，改革开放拉开了序幕。在“文化大革命”结束后的30多年中，中国发生了翻天覆地的变化。如今，中国在政治、经济、文化方面以及在文学、医学、科技、国防、体育等领域均取得了举世公认的伟大成就。在新形势下，中国共产党第十八次代表大会提出了经济持续健康发展、人民民主不断扩大、文化软实力显著增强、人民生活水平全面提高、资源节约型和环境友好型社会建设取得重大进展的小康社会建设的五大具体目标。[②] 文化软实力被列为党在新时期的奋斗目标之一，这足以说明文化建设在坚定不移沿着中国特色社会主义道路前进，全面建成小康社会进程中的重大意义。

---

① 胡铁生、周光辉：《论文学在文化强国进程中的软实力作用》，《学习与探索》2013年第3期，第121页。

② 胡锦涛：《坚定不移沿着中国特色社会主义道路前进　为全面建成小康社会而奋斗——在中国共产党第十八次全国代表大会上的报告》，第17～18页。

文化作为社会现象，既包括物质的，也包括精神的，是某一民族或国家的社会历史积淀物。虽然文化凝结于物质之中，但又游离于物质之外。国家或民族的历史、地理、传统习俗、生活方式、风土人情、文学艺术、行为规范、价值观念和思维方式等均为文化所包容在国家或民族文化之内的，因而文化可被视为人类群体之间进行交流的且普遍认可的一种可以传承的意识形态。显然，文学在这个大系统中是文化的载体之一，是意识形态领域内的一个重要组成部分。

对国家或民族而言，经济文明和政治文明的发展均需要社会秩序的稳定作为保证。然而，受利益关系或人性弱点的支配，社会又时常处于动荡之中，进而影响社会的良性发展。因而，当社会矛盾无法自行得到解决时，就需要通过文化的软实力方式来予以解决。中国当下的社会主义初级阶段内，社会的主要任务是发展社会生产力，把推动经济社会发展作为深入贯彻落实科学发展观的第一要义。[①] 在这种新形势下，正确处理人民内部矛盾，最大限度地调动全国广大人民群众的社会生产积极性，要在2020年实现小康建设的伟大历史任务，[②] 就需要公共权力主体对来自外部的敌我矛盾和国内的人民内部矛盾采取不同的手段予以解决，在和谐社会的建构中，使人民群众获得最大的政治、经济和文化发展的实惠。

由于文学属于文化范畴内，因而文学的文化软实力（亦称软权力）也会作用于国际舞台上的世界文学领域。中国是一个具有悠久历史和文化传统的国度，四大发明曾造福于整个人类世界，中国古代文学曾有无数经典作品为世界文学所倾慕。然而，中国现代社会的文化发展阶段，却未能跟上世界发展的潮流而呈落后状态。以诺贝尔文学奖为例，这个已被世界文学所普遍认可的最高奖项已有一百多年的历史，现已成为评价民族文学发展水平的试金石，但在莫言之前中国文学一直榜上无名。从诺贝尔文学奖的评奖原则来看，诺贝尔生前在遗嘱中就已申明，“获奖者不受国籍、民族、意识形态和宗教的影响。这一评奖原则本身就体现了公平和公正的政

① 胡锦涛：《坚定不移沿着中国特色社会主义道路前进　为全面建成小康社会而奋斗——在中国共产党第十八次全国代表大会上的报告》，第8~9页。

② 习近平：《共同创造亚洲和世界的美好未来——在博鳌亚洲论坛上的主旨演讲》，新华网，2013年4月7日，http://news.xinhuanet.com/politics/2013-04/07/c_115296408.htm。

治民主原则”，“诺贝尔文学奖评奖原则的公平性和公正性也是我国文学界获奖的有利条件”，其“核心点是中国文学的成果必须符合诺贝尔文学奖的‘理想性’，其中自然包括政治理想的意蕴”。进入21世纪以来，诺贝尔文学奖的评奖更加趋向于作品的全球性意义，即文学对人的普世性关注，而“不再主张斗争哲学，也不再遵从西方中心的立场，而是提倡和平中立和互相忍让的价值取向”，“不再主张各种文化之间的对立和较量，而是主张相互影响和借鉴”。中国也一再坚持与世界各国一道，走一条和平发展和“共赢”的道路，“在民族之林中，让世界各个民族来分享中国文学的成果，这也是中国文学对世界文学的贡献”。[①] 莫言能够在诺贝尔文学奖评奖中力挫群雄，取得成功，表明中国新时期文学在当代发展中的巨大潜能，其作品能够被世界读者所接受与共享，在世界文学发展的潮流中发挥引领方向的作用，均是值得庆贺的。

从世界文学当代发展的趋向来看，埃里奥特概括第二次世界大战后文学的社会背景和政治背景中的所有要素时指出，最恰当的中心议题就是“权力”。[②] “话语”原本属于语言学范畴，但随着语言哲学的转向，当话语突破传统语言学的学科范畴，进入到权力层面以后，话语就在很大程度上被赋予了政治权力的意义；文学在全球化发展的进程中，文学话语权就具有了国际政治学的意义。“随着全球化的深化，当文学发展到后现代主义阶段，出现了代表第三世界和发展中国家的文学话语权与代表帝国主义企图继续独霸世界的西方中心话语权抗衡的新局面。”而文学话语权的这种转向“为发展中国家战胜帝国主义的‘软实力’赢得了民族权力，这是其进步的一面；但是，过分强调民族话语权，极易滋生狭隘民族主义，这又是其危险的一面。在全球化进程中，为使文学达到‘相互依存，共同发展’之目的，坚持多元文化的共存、共通与共融，在多元文化碰撞与整合的基础上发展民族文学，进而为世界文学的发展做出贡献才是我们可取的途径”。[③]

---

① 胡铁生、周光辉：《论美国诺贝尔文学奖的政治意蕴》，《学术研究》2011年第1期，第134～135页。

② Emory Elliott, ed. , *Columbia Literary History of the United States.* p. 1028.

③ 胡铁生：《论文学话语权在全球化进程中的新转向》，《学习与探索》2008年第1期，第184页。

文学作品所蕴含的思想是通过文学话语得以显现的。在传统语言学看来，话语是人类相互交流中完全靠得住的手段之一。然而，在新历史主义和解构主义形成之后，尤其在索绪尔语言符号学“能指”（signifier）与“所指”（signifiée）之间的非对等性、语言哲学转向、文体学上“结构之外的结构”理论以及自然科学“测不准原理”等相关理论的影响下，传统现实主义文学的叙事策略发生了巨变。在解构主义学派看来，传统语言哲学认为语言表达的“真实”或“真理”其实不过是人们的一种幻觉，作品中的世界不过是“文本”的堆积而已。因而，解构主义学派更加强调文学作品既无主人又无主体的特征，文学文本事实上是对社会主导性思想或观念的一种抗拒行为；在新历史主义批评的角度看来，文学话语或文学文本的背后隐藏着一种表面上看不见的权力，因而得出任何“话语”都是“权力话语”的结论；福柯通过“推理的实践”来对“话语”进行界定时，又把自由言说的人进一步界定为使用该话语并受其限制的人，进而否定了传统的人类中心论。这些不同学术观点之间的共同之处在于打破了传统的文学研究范式，使文学批评和研究能够更好地服务于社会的变革，服务于新形势下意识形态领域内的革命。当今，“文学的话语权已不再是欧洲中心主义，也不再是美国文化霸权主义的一统天下，而是在整个世界大势力范围内欧美话语权与第三世界和发展中国家之间话语权的争夺”。①

二　诺贝尔文学奖的文学话语权意义

从诺贝尔文学奖获奖作家的地区分布、作家创作使用的语言以及获奖理由等方面进行考察，可见其评奖历史的走向。诺贝尔文学奖评奖一览表可见表4-1。

表4-1　诺贝尔文学奖评奖一览

年份	获奖作家	国籍	获奖理由
1901	苏利·普吕多姆 S. Prudhomme	法国	诗作具有高尚的理想、完美艺术的代表，并且罕有地结合了心灵与智慧
1902	蒙森 T. Mommsen	德国	当今最伟大的纂史巨匠，这一点在其巨著《罗马史》中表露无遗

① 胡铁生：《论文学话语权在全球化进程中的新转向》，第184页。

续表

年份	获奖作家	国籍	获奖理由
1903	比昂松 B. Bjørnson	挪威	以诗人鲜活的灵感和难得的赤子之心，把作品写得雍容、华丽而又缤纷
1904	米斯特拉尔 F. Mistral	法国	诗作新颖的独创性和真正的感召力，忠实地反映其人民的质朴精神
	埃切加赖 José Echegaray	西班牙	其剧作独特的新颖风格，复兴了西班牙戏剧的伟大传统
1905	显克维支 H. Sienkiewicz	波兰	作为历史小说家的显著功绩和对史诗般艺术的杰出贡献
1906	卡尔杜齐 Giosuè Carducci	意大利	渊博的学识和批判性的研究，杰出诗作所特有的创造力、清新的风格和抒情的魅力
1907	吉卜林 Rudyard Kipling	英国	作品以观察入微、想象独特、气魄雄劲、叙述卓越见长
1908	欧肯 Rudolf Eucken	德国	对真理的热切追求、对思想的贯通能力、广阔的视野以及在无数作品中辩解并阐释一种理想主义的人生哲学时所流露的热忱与力量
1909	拉格洛夫（女） Selma Lagerlöf	瑞典	作品中特有的崇高理想主义、丰富的想象力，平易而优美的风格
1910	海塞 Paul Heyse	德国	其漫长且多产的创作生涯中显示出充满理想主义精神之艺术臻境
1911	梅特林克 M. Maeterlinck	比利时	作品想象丰富，充满诗意的奇想。童话形式显示出深邃的启示并奇妙地打动读者的心弦，激发读者的想象
1912	豪普特曼 G. Hauptmann	德国	在戏剧艺术领域中丰硕、多样而又出色的成就
1913	泰戈尔 R. Tagore	印度	敏锐、清新与优美的诗歌出于高超的技巧，且用英文表达出来，使其诗意的思想成为西方文学的一部分
1915	罗曼·罗兰 Romain Rolland	法国	高尚理想和描绘各种不同类型人物时所具有的同情和对真理的热爱
1916	海顿斯坦 V. Heidenstam	瑞典	在瑞典文学新时代所占据的重要代表地位

续表

年份	获奖作家	国籍	获奖理由
1917	吉勒鲁普 Karl Gjellerup	丹麦	丰富多彩的诗歌——蕴含了高超的理想
	彭托皮丹 H. Pontoppidan	丹麦	对当前丹麦生活的忠实描绘
1919	施皮特勒 Carl Spitteler	瑞士	特别推崇他在史诗《奥林帕斯之春》的优异表现
1920	汉姆生 Knut Hamsun	挪威	表彰其划时代的巨著《土地的成长》
1921	法郎士 Anatole France	法国	高贵的文体、怜悯的人道同情，以及一个真正法国人的气质
1922	贝纳文特 Jacinto Benavente	西班牙	继承西班牙卓越传统所运用的得体风格
1923	叶芝 W. B. Yeats	爱尔兰	他那永远充满着灵感的诗，透过高度的艺术形式展现了整个民族的精神
1924	莱蒙特 W. Reymont	波兰	伟大的民族史诗式作品《农民们》的出色艺术成就
1925	萧伯纳 Bernard Shaw	英国	表现了理想主义与博爱，深思的讽刺，常充满富有诗意的新奇之美
1926	黛莱达（女） Grazia Deledda	意大利	理想主义所激发的作品，浑柔、透彻地描写了其岛屿上的生活；在洞察人类一般问题上表现的深度与怜悯
1927	伯格森 Henri Bergson	法国	丰富而充满生命力的思想以及所表现的卓越技巧
1928	温塞特（女） Sigrid Undset	挪威	对中世纪北欧生活的强有力的描绘
1929	托马斯·曼 Thomas Mann	德国	其小说《布登勃洛克一家》日益被公认为当代文学中经典作品之一
1930	刘易斯 Sinclair Lewis	美国	描述刚健有力、栩栩如生和以机智幽默创造新型性格的才能
1931	卡尔费尔德 E. A. Karlfeldt	瑞典	诗作具有无可置疑的艺术价值

续表

年份	获奖作家	国籍	获奖理由
1932	高尔斯华绥 John Galsworthy	英国	出色的小说艺术——该艺术在《福尔赛世家》中具有高超的表现
1933	蒲宁 Ivan Bunin	俄国	以严谨的艺术技巧继承了俄国散文写作中的古典传统
1934	皮兰德娄 Luigi Pirandello	意大利	果敢而灵巧地复兴了戏剧艺术和舞台艺术
1936	奥尼尔 Eugene O'Neill	美国	富有生命力、诚挚、感情强烈、烙有原始悲剧概念印记的戏剧作品
1937	马丁·杜·加尔 R. M. d. Gard	法国	《蒂博一家》描绘的人的冲突及当代生活中各方面的艺术力量和真实性
1938	赛珍珠（女） Pearl Buck	美国	对中国农村生活所做的丰富而生动的史诗般描述及其传记性著作
1939	西兰帕 F. E. Sillanpää	芬兰	对本国农民的深刻了解和刻画农村生活、农民及大自然的关系时所运用的精湛技巧
1944	延森 J. V. Jensen	丹麦	凭借丰富有力的诗意想象，将胸襟广博的求知心和大胆、清闲的创造性风格结合起来
1945	米斯特拉尔（女） Gabriela Mistral	智利	富有强烈感情的抒情诗歌使她的名字成为整个拉美理想的象征
1946	黑塞 Hermann Hesse	德国	其富于灵感的作品具有高度创意和深刻的洞察力，也为崇高的人道主义理想和高尚的风格提供了一个范例
1947	纪德 André Gide	法国	内容广博和艺术意味深长的作品以对真理大无畏的热爱和敏锐的心理洞察力而表现了人类的问题和处境
1948	艾略特 T. S. Eliot	英国	革新现代诗、功绩卓著的先驱
1949	福克纳 William Faulkner	美国	对当代美国小说做出了强有力的、艺术上无与伦比的贡献
1950	罗素 Bertrand Russell	英国	捍卫了人道主义理想和思想自由的多样而意义重大的作品

续表

年份	获奖作家	国籍	获奖理由
1951	拉格奎斯特 Pär Lagerkvist	瑞典	作品为人类面临的永恒疑难寻求解答所表现出的艺术活力和真知灼见
1952	莫里亚克 François Mauriac	法国	小说深入刻画了人类生活戏剧性时所展示的精神洞察力和艺术激情
1953	丘吉尔 Winston Churchill	英国	精通历史和传记的叙述，同时也由于他捍卫人的崇高价值的光辉演说
1954	海明威 E. Hemingway	美国	精通叙事艺术，突出地表现在其近作《老人与海》中，同时也因其在当代文体风格中所产生的影响
1955	拉克斯内斯 Halldór Laxness	冰岛	作品中流露的生动、史诗般的力量使冰岛原已十分优秀的叙述文学技巧更加瑰丽多姿
1956	希梅内斯 J. R. Jiménez	西班牙	他的西班牙抒情诗为崇高的心灵与纯净的艺术树立了典范
1957	加缪 Albert Camus	法国	其文学创作以明澈的认真态度阐明了我们同时代人的意识问题
1958	帕斯捷尔纳克 Boris Pasternak	苏联	在现代抒情诗和俄罗斯伟大叙事诗传统方面所取得的重大成就
1959	夸西莫多 S. Quasimodo	意大利	其抒情诗以古典的火焰表现了我们时代的生活悲剧体验
1960	佩斯 Saint-John Perse	法国	振翼凌空的气势和丰富多彩的想象，将当代升华在幻想之中
1961	安德里奇 Ivo Andric	南斯拉夫	史诗般的气魄，从他祖国的历史中提取题材，描绘这个国家和个人的命运
1962	斯坦贝克 John Steinbeck	美国	富于现实主义想象力，把蕴含同情的幽默和对社会敏感观察结合在一起
1963	塞菲里斯 Giorgos Seferis	希腊	其卓越的抒情诗是对古希腊文化深刻感受的产物
1964	萨特 Jean-Paul Sartre	法国	思想丰富、充满自由气息和探索真理精神的作品对我们时代产生了深远的影响

续表

年份	获奖作家	国籍	获奖理由
1965	肖洛霍夫 M. Sholokhov	苏联	顿河农村的史诗式作品，作家以真正的品格和艺术感染力反映了俄罗斯人民特定历史阶段的生活面貌
1966	萨克斯（女） Nelly Sachs	瑞典	杰出的抒情诗篇与戏剧作品以感人的力量阐述了以色列的命运
	阿格农 Samuel Agnon	以色列	从犹太民族的生活中汲取主题，深刻而具特色的叙事艺术
1967	阿斯图里亚斯 M. A. Asturias	危地马拉	出色的文学成就深深植根于拉丁美洲印第安人的民族气质和传统之中
1968	川端康成 Kawabata	日本	高超的叙事性作品以非凡的敏锐表现了日本人的精神特质
1969	贝凯特 Samuel Beckett	法国	具有新奇形式的小说和戏剧作品，使现代人从贫困境地中得到振奋
1970	索尔仁尼琴 A. Solzhenitsyn	苏联	在追求俄罗斯文学不可或缺的传统时所具有的道义力量
1971	聂鲁达 Pablo Neruda	智利	其诗歌具有自然力般的作用，复苏了一个大陆的命运和梦想
1972	伯尔 Heinrich Böll	德国	其作品将他那个时代的广阔前景和对人物性格描写的敏感技巧结合起来，对德国文学的复兴做出了贡献
1973	怀特 Patrick White	澳大利亚	史诗般和擅长人物心理的叙事艺术把一个新的大陆介绍进文学领域
1974	约翰逊 Eyvind Johnson	瑞典	高瞻远瞩和为自由服务的叙事艺术
	马丁逊 H. Martinson	瑞典	作品能透过一滴水来反映整个世界
1975	蒙塔莱 Eugenio Montale	意大利	诗歌具有伟大的艺术感，在不合幻想的人生观之下，诠释了人类的价值
1976	贝娄 Saul Bellow	美国	作品表现出对人类的理解以及对当代文化的精湛分析

续表

年份	获奖作家	国籍	获奖理由
1977	阿莱桑德雷 V. Aleixandre	西班牙	创造性的诗作继承了西班牙抒情诗的传统并汲取了现代派的风格，描述了人在宇宙和当今社会中的状况
1978	辛格 I. B. Singer	美国	洋溢激情的叙事艺术从波兰犹太人的文化传统中汲取滋养且重视人类的普遍处境
1979	埃利蒂斯 Odysseus Elytis	希腊	诗作以希腊传统为背景，用感觉的力量和理智的敏锐，描写现代人为自由和创新而奋斗
1980	米沃什 Czeslaw Miłosz	波兰	以不妥协的锐利笔锋，淋漓尽致地描绘出人们所处于的严酷困境
1981	卡奈蒂 Elias Canetti	英国	作品具有宽广的视野，丰富的思想和艺术力量
1982	马尔克斯 García Márquez	哥伦比亚	小说富有想象力，将幻想与现实结合，塑造出一个丰富多彩的想象世界，反映了拉美的生活和斗争
1983	戈尔丁 Sir W. Golding	英国	小说具有明晰的现实主义叙述艺术和虚构故事的多样性与普遍性，阐述了当今世界人类的状况
1984	塞弗尔特 Jaroslav Seifert	捷克斯洛伐克	其诗富于独创性、新颖、栩栩如生，表现了人的不屈不挠精神、多方面才能和渴求解放的形象
1985	西蒙 Claude Simon	法国	在对人类生存状况的描写中，善于把诗人和画家的丰富想象与对时间作用的深刻认识融为一体
1986	索因卡 Wole Soyinka	尼日利亚	以广阔的文化视野创作了富有诗意的关于人生的戏剧
1987	布罗茨基 Joseph Brodsky	美国	超越时空的限制，无论在文学上还是敏感问题方面，都充分显示出他广阔的思想及浓郁的诗意
1988	马哈福兹 Naguib Mahfouz	埃及	刻画入微的作品，以洞察一切的现实主义号召人们树立雄心，形成了全人类所欣赏的阿拉伯语言艺术
1989	塞拉 Camilo José Cela	西班牙	其笔下富于浓郁情感且简练的描写，揭示出人类的弱点且具有令人难以企及的想象力
1990	帕斯 Octavio Paz	墨西哥	作品充满激情，视野开阔，是人道主义和富于情感、聪明才智的结晶

续表

年份	获奖作家	国籍	获奖理由
1991	戈迪默（女） Nadine Gordimer	南非	其辉煌、史诗般的作品，借用诺贝尔的话来说：对人类大有裨益
1992	沃尔科特 Derek Walcott	圣卢西亚	深具历史眼光，其作品大量散发光和热，是多元文化作用下的产物
1993	莫里森（女） Toni Morrison	美国	作品想象力丰富，富有诗意，显示了美国现实生活的重要方面，同时把语言从种族桎梏中解放出来
1994	大江健三郎 Kenzaburo Oe	日本	诗意的想象力创造出把现实与神话紧密凝缩在一起的想象世界，描绘出现代芸芸众生相，给人们带来冲击
1995	希尼 S. Justin Heaney	爱尔兰	作品具有抒情美和伦理深度，使日常的奇迹和活生生的往昔得到升华
1996	希姆博尔斯卡（女） W. Szymborska	波兰	其诗歌以精确的讽喻，揭示出人类现实中若干方面的历史背景和生态规律
1997	达里奥·福 Dario Fo	意大利	在嘲弄权贵和维护被压迫者尊严方面堪与中世纪的《弄臣》相媲美
1998	萨拉马戈 José Saqramago	葡萄牙	想象、同情和反讽所支撑的寓言，持续不断地触动我们，使我们得以再一次体悟难以捉摸的现实
1999	格拉斯 Günter Grass	德国	作品充满离奇，对二战前后德国那段风云变幻的历史和光怪陆离的众生相做了惊世骇俗的讽刺
2000	高行健 Gao Xingjian	法国	作品的普遍价值、洞察力和语言为中文小说和戏剧艺术开辟了新的道路
2001	奈保尔 Sir V. S. Naipaul	英国	作品将极具洞察力的叙述与不为世俗左右的探索融为一体，是驱策我们从扭曲的历史中探寻真实的动力
2002	凯尔泰斯 Imre Kertész	匈牙利	探讨了人在受到社会严重压迫时代里继续作为个体生活和思考的可能性
2003	库切 J. M. Coetzee	南非	精准地刻画了众多假面具下人性的本质

续表

年份	获奖作家	国籍	获奖理由
2004	耶利内克（女） Elfriede Jelinek	奥地利	超凡的语言及小说的音乐动感，显示出社会的荒谬及其使人屈服的力量
2005	品特 Harold Pinter	英国	作品揭示出隐藏在日常闲谈下的危机并强行打开了受压抑的封闭房间
2006	帕慕克 F. O. Pamuk	土耳其	在追求其故乡忧郁的灵魂时发现了文明之间的冲突和交错的新象征
2007	莱辛（女） Doris Lessing	英国	女性经验的诗人，其怀疑主义精神、热情和想象力，对一个分裂的文化做了详尽的考察
2008	克莱齐奥 Jean-Marie G. L. Clézio	法国	标志文学新开端的作家，书写诗歌历险、感官迷醉的作者，是在主导文明之外和之下人性的探索者
2009	穆勒（女） Herta Muller	德国	兼具诗歌的凝练和散文的率直，描写了一无所有、无所寄托者的境况
2010	略萨 M. Vargas Llosa	秘鲁	对权力结构制图般的描绘和对个人反抗的精致描写
2011	特兰斯特勒默 T. Transtroemer	瑞典	通过凝练、透彻的意象，为我们提供了通向现实的新途径
2012	莫言 Mo Yan	中国	将魔幻现实主义与民间故事、历史与当代社会联系在一起
2013	门罗（女） Alice Munro	加拿大	当代短篇小说大师
2014	莫迪亚诺 Patrick Mondiano	法国	用记忆的艺术展现了德国占领时期难把握的人类命运和人的生活世界
2015	阿列克谢耶 维奇（女） S. Alexievich	白俄 罗斯	复调式书写，是对我们时代苦难和勇气的纪念

资料来源：该信息主要源自 Nobel Prize Organization 官方网站和 Vikipedia 英文网站的 List of Noble Laureates in Literature，并参照了兰守亭编著的《诺贝尔文学奖百年概观》、贾文丰著《诺贝尔文学奖百年百影》和刘硕良主编的《诺贝尔文学奖作家论》等相关文献。作者在此基础上整理而成。

由表4-1可知，在115年的诺贝尔文学奖评奖历史中，除1914年和1918年因第一次世界大战、1935年因评奖委员会意见分歧、1940~1943年因第二次世界大战的原因停止颁奖以外，共颁奖108次，共有112名作家获奖。如果抛开意识形态的因素，仅以国家在地理位置上所属的洲来计算的话，欧洲共有82名作家获奖，北美洲有14名作家[①]，亚洲有6名作家，[②] 非洲有4名作家，南美洲（拉丁美洲）有4名作家，[③] 大洋洲1名作家；获奖作家最多的前3个国家依次是法国（16名）、英国（11名）、美国（10名）；从获奖作家的性别上看，男性作家98名，女性作家14名；从获奖时间分段上来看，前60年（1901~1960年）获奖者基本上是欧洲和北美洲国家的作家，后55年（1961~2015年）亚洲、非洲、拉丁美洲以及澳洲作家才陆续跨入了诺贝尔文学奖的大门。从这个统计数字中可以看出，诺贝尔文学奖获得者以欧美作家居多。作为该奖的发起国，瑞典仅有8名获奖者。因而，在国别层面上，该奖的评选是面向世界所有国家的，在世界文学范围内，该奖就自然而然地具有了权威性。所以有学者认为，“获得诺贝尔文学奖，也就是获得了某种巨大的话语权”。[④] 上面的数字统计也完全证明了这一点。获奖人数最多的前3个国家（法、英、美）均为欧美资本主义强国。法国是具有优秀文学传统的国家，这是毋庸置疑的。然而，需要特别引起人们注意的一个现象是，英国是一个老牌帝国主义国家，同时也是一个具有悠久文学传统的国家，而美国在获奖者的总数上虽不及法国，但从其获奖的时间段上来看，其获奖的高峰期处于第一次世界大战之后。与欧洲国家相比较，虽然美国作家获奖起步较晚，但来势凶猛，

---

① T. S. 艾略特出生于美国，获奖时已加入英国国籍。英国和美国都把艾略特看成自己的作家，称为英美诗人，有的美国文学史版本中把艾略特认定为美国作家。按其获奖时的所在国划分，艾略特被认定为英国作家。

② 以色列作家阿格农1966年获得诺贝尔文学奖。从地理位置上看，以色列属于亚洲国家（西亚），但该国在政治和文化上通常被认为更加倾向于欧洲。这里权且将阿格农计算为亚洲获奖作家；华人作家高行健虽然出生在中国且大部分时间都生活在中国，但2000年获奖时已加入法国国籍，因而按法国作家计算。

③ 2010年诺贝尔文学奖获得者略萨具有秘鲁和西班牙双重国籍，有人将其认定为西班牙作家，根据略萨出生地为秘鲁，故将其计算为秘鲁作家。

④ 高兴：《黑色，阴影，模糊的界限》，载刘硕良主编《诺贝尔文学奖作家论》（下），漓江出版社，2013，第330页。

发展迅速，后来者居上。如果再把“英美诗人”T. S. 艾略特（出生于美国，但评奖时已加入英国国籍）和波兰裔作家米沃什（评奖时已加入美国国籍，但一直被视波兰作家）计算在美国作家之列的话，那么美国获奖总人数则位居第二，英国居第三位，美国获奖作家人数就排到了英国的前面。

人们可以清楚地从表4－1中看出，在排除政治和经济的因素以及殖民文学和后殖民文学因素的情况下，欧美作家在过去100多年的诺贝尔奖评奖史上占据了文学奖的主要阵地。因而，欧美国家在世界文学领域中就占有了绝对的话语权。在欧美国家中，以英文进行创作的作家又占绝大多数。从中不难看出，在文化软实力竞争日趋激烈的国际形势下，英语在不同民族文化传播过程中所具有的语言霸权地位。[①] 然而，虽然英语在当今世界语言谱系中的位置越来越高，但西方学者在20世纪末期对英语的前景感到担忧。[②] 在自认为是全球政治、经济、文化引领者的美国，目前也有学者指出，目前的全球化“与西方殖民主义高潮时期出现的环境并无二致。……过去称为‘殖民主义’的东西被委婉地叫作的‘发展’”，其“‘结构调整’政策的推进都是以第三世界的发展和在关注贫困者的名义下进行的”。[③] 且不论语言学研究的总体发展趋势如何，就美国英语而言，作家也由20世纪20年代的集体话语向50年代的个体话语转向，出现了以塞林格（J. D. Salinger）小说中人物霍尔顿·考尔菲德为代表的个体话语。[④] 诺奖中值得人们关注的另一个现象是自20世纪70年代开始，尤其是80年代全球化浪潮兴起以来，欧美以外发展中国家的获奖作家开始多了起来。这个现象也从另一个侧面看出全球化语境下诺贝尔文学获奖作家在世界各国分布的新趋向。

---

① 亚洲第一位诺贝尔文学奖作家泰戈尔的文学作品也是以英语为创作语言的。参见孙强《汉语国际传播提升文化软实力的策略与途径》，《南京社会科学》2012年第12期，第100页。

② William E. Cain, *The Crisis in Criticism: Thoery, Literature, and Reform in English Studies* (Baltimore & London: The Johns Hopkins University Press, 1987), p. 247.

③ 詹姆斯·戴维斯·亨特、耶茨·乔舒亚：《全球化的先锋队（美国全球化者的世界）》，载塞缪尔·亨廷顿等主编《全球化的文化动力：当今世界的文化多样性》，康敬贻、林振熙、柯雄译，新华出版社，2004，第281～313页。

④ Bruce A. Ronda, *The Discourse of American Literature: Culture and Expression from Colonization to Present* (Shanghai Foreign Language Education Press, 1991), p. 272.

诺贝尔生前在遗嘱中明确指出，候选人不分国籍、种族和宗教信仰。就诺贝尔文学奖评奖标准本身而言，该奖的评选是相对公平与公正的。在评奖过程中，评委会也基本上是按照这个标准进行评选的。例如，在总共108次评奖中，发起国瑞典仅有8名作家获得该奖，显示出该奖评奖的相对公平性。也有学者将诺贝尔文学奖的百余年评奖史按照文学流派进行划分：1900～1909年被划归保守的理想主义阶段；1910～1919年为神秘的象征派戏剧阶段；1920～1929年为人道主义张扬阶段；1930～1939年为通俗作家的鸿运阶段；1940～1949年为现代主义文学阶段；1950～1959年为诺贝尔文学奖的“冰山原则”阶段；1960～1969年为存在主义文学与荒诞派戏剧阶段；1970～1979年为缪斯（Muses）的狂欢阶段；1980～1989年为魔幻现实主义成熟阶段；1990～1999年为黑人文学的新发展阶段；2000～2005年为后殖民文学兴起阶段。[①] 在保守的理想主义阶段，虽然评委严格按照诺贝尔生前的遗嘱，评选具有“理想主义”的作家，但当时的大多数评委都是一些思想上比较保守的专家，在他们的价值观里，上帝、国王和家庭占据主导地位，因而对这一阶段的评奖也就不必再做过多的责备。[②]

从1981年开始，获奖者在第三世界和发展中国家开始多了起来。显然，这也是文学全球化发展的必然结果。文学全球化发展虽然是指民族文学之间的相互借鉴，各个民族在参与全球化发展时既希望从域外文学中借鉴更多优秀的成果，同时又不丢失本民族文学的民族性，但在实质上，文学全球化发展就如同马克思和恩格斯在《共产党宣言》中所指出的那样，民族文学必定要走向世界文学，使各民族文学的成果作为精神财富而惠及整个人类。在当下，文学的全球化发展，不论学术界有多少种解释，随着时空和地域的压缩、疆界的开放，文学在“和而不同”的原则下走向趋同（即人们所说的大同世界的大同文学，或具有普世意义的文学）却是不争的事实。然而，在人类社会尚未实现大同的今天，在世界文学里为本民族文学获得更多的话语权仍是各个民族文学的主要诉求之一。诺贝尔文学奖的国际性和相对公平性也就为世界各民族的文学在世界文学领域内提供了

---

① 兰守亭：《诺贝尔文学奖百年概观》，学林出版社，2006，全书。

② 兰守亭：《诺贝尔文学奖百年概观》，第4页。

一个争夺民族文学话语权的平台。经历了第二次世界大战，美国在政治、经济和文化领域取得了长足的发展，也使其文化进一步活跃起来。作为民族文化的表现形式之一，民族文学也日臻成熟，因而，美国获奖作家人数剧增也就为美利坚民族获得了更大的文学话语权。如果说第一次世界大战前以大英帝国为代表的老牌殖民主义，其文学在世界范围内表现为殖民文学性质的话；那么第二次世界大战之后美国作为世界上的霸权国家，其文学向发展中国家的输出则具有更多后殖民主义性质，因为美国除在政治、经济、科技和军事等领域内成为霸权国家以外，还试图在文化领域内向落后国家输出其文化价值观。第二次世界大战后美国文学在世界文学中已经处于领军地位，这已是不争的事实。从美国文学发展史来看，美国文学能够在世界文学中取得如此辉煌的成就，是与美国文学界在全球化（确切地讲是国际化）发展中紧紧抓住输入与输出这两个环节分不开的。受民族构成因素的影响，美利坚民族善于从域外文学中汲取于己有益的成果。从美国的10位诺贝尔文学奖获奖者的文学创作经历来看，这些作家都在某种程度上与全球化（或国际化）具有密切联系。

在输入环节上，美国文学向“各民族的文学”开放，呈“多元文化的发展”趋势。[①] 在获得诺贝尔文学奖的美国作家中，与国际化背景有直接关系的作家包括赛珍珠、艾略特（暂且认定为英美诗人）、海明威、贝娄、辛格（Isaac Bashevis Singer）、布罗茨基和莫里森。赛珍珠出生在美国但成长于中国，熟悉中国，具有深厚的中国农民情结，因而其小说满腔热情地描写了旧中国农民的深重灾难，颂扬了中国农民纯朴淳厚、勤劳吃苦、勇毅坚强、坚韧不拔的优良品质。英美诗人艾略特和俄裔美国诗人布罗茨基本身都是具有多重国际背景的作家。艾略特出生于美国，先后在美国、法国和英国接受过教育，最后加入英国国籍。如同庞德一样，艾略特的诗人生涯遵循着一种典型的先流放国外，而后回归美国的人生经历，这使其能够站在世界的高度来看待普世的人性以及现代人所处的现实世界，其《荒原》才能“以其丰富的思想内涵和高超的诗歌艺术技巧成功地反映了第一次世界大战后西方世界普遍存在的信仰迷失、道德沦丧以及由此造成的悲

① 胡贝克：《〈典型的美国佬〉多元文化探析》，《芒种》2012年第12期，第78页。

观失望情绪和精神世界的贫瘠，象征性地表现了第一次世界大战后那千疮百孔的世界”。[①] 布罗茨基是一位“四海无家、四海为家的诗人”，他出生于苏联的一个犹太人家庭，后移居美国并加入了美国国籍。作为一个背景极其复杂的作家，家园对于布罗茨基而言具有特殊的精神意义，为寻找自己的精神家园，布罗茨基被迫离开自己的实际家园，所以他是无家的诗人。但是，布罗茨基可以在任何地方、语言、历史、空间和时间的坐标中用自己的审美目光去搜索美的踪迹，这就构成了布罗茨基精神家园的踪迹，所以他又是到处有家的作家。贝娄和辛格均为美籍犹太裔代表作家，他们的出身背景、所处的时代和个人经历为其文学创作奠定了必要的多元文化基础。贝娄的父亲曾在俄国居住过，贝娄本人则出生于讲英法双语的加拿大魁北克省，后随全家迁至美国。辛格出生于沙俄统治下的波兰，1935 年才迁居美国。同为犹太作家，两人的不同经历导致他们在创作的主导思想上呈现出巨大的差异性：贝娄虽为犹太人，但已不再仅仅关心犹太人的狭小世界，而是将其目光转向整个美国社会，小说《雨王汉德逊》和《赫索格》将贝娄的关注点聚焦于这个混乱的现代世界上人所共处的生存困境中；相比之下，辛格的犹太民族意识比贝娄更强，他坚持用意第绪语从事文学创作，将关注点置于犹太人的辛酸历史和当代犹太人的生活处境之中，尤其是在《莫斯卡特一家》这部小说中，纳粹对犹太人大屠杀和犹太人的生活及其命运变化成为辛格小说创作的主题。辛格在犹太人遭到纳粹大屠杀的书写基础上对犹太教所信奉的“契约论”表示质疑。就社会与时代而言，政治运动、社会变迁、宗教改革以及文化思潮等多方面的因素深深地影响了辛格的思维逻辑和文学创作。莫里森是非裔女性作家，因而其作品的主题从形式上看处于表现和探索黑人女性的历史、命运和精神世界的范畴，但凸显了其作品中性别、种族、文化等一系列与政治和社会相关的热点问题。莫里森的小说《所罗门之歌》从多角度描写了黑人戴德的家族史，提出了在被称为“自由平等”的美国社会中，“为什么当今黑人青年一代仍在西方文明的奴役之下”这样一个尖锐的社会问题。在基于事

---

① 徐刚、胡铁生：《美国华裔文学“荒原叙事”的当代发展——以〈第五和平书〉和〈拯救溺水鱼〉为例》，《社会科学研究》2015 年第 1 期，第 178 页。

实写成的具有魔幻性质的小说《宠儿》中，黑奴塞丝为不使自己的孩子再度沦为奴隶而亲手将其杀死，以母亲之手杀死亲生女儿的情节无疑是人世间的最大悲剧，莫里森就是要借用个人的悲剧来重现过去奴隶制下黑人惨痛的集体记忆。评论界认为莫里森的小说与其先前黑人作家站在黑人的立场上控诉白人世界的视角完全不同，莫里森是为整个人类而创作的。因而，在种族平等、民主和自由的诉求等方面，莫里森的文学创作为非裔美国文学开了先河。与上述作家不同，海明威是一名纯粹的美国白人作家，但其海外经历使他成为一名“世界公民”。海明威曾亲身参加过两次世界大战，对战争性质的认识使海明威的伦理道德意识凸显出来。从第一次世界大战厮杀的战场上“凯旋”后，海明威反思这场战争时认为，帝国主义国家之间为了各自利益而战，那么对于战场上的死者与生者而言，失败者与胜利者究竟谁又是赢家呢？迷惘之中的海明威被侨居法国的著名美国作家斯坦因（Gertrude Stein）冠以“迷惘一代”的代言人称号。海明威迷惘的原因就在于这是一场帝国主义国家之间为了争夺利益而发动的战争，因而这是一场没有任何意义的战争。海明威通过《太阳照样升起》和《永别了，武器》这两部小说告诉人们，“迷惘一代”的悲剧根源就是这场帝国主义国家之间的战争。在《丧钟为谁而鸣》这部小说中，海明威弘扬正义、为正义事业献身的战争书写是其所要表达的政治意识，因为这场战争是坚持正义的一方与法西斯非正义一方的生死较量。作家海明威战后回到了美国，但他把其小说中的主人公乔丹永远留在了西班牙的大地上，将其正义之思与美学之求的崇高精神完美地融为一体。

刘易斯（Sinclair Lewis）、奥尼尔、福克纳和斯坦贝克（John Steinbeck）四位美国获奖作家虽然没有上述作家那样的国际化背景，但其文学创作从另一个侧面同样体现了全球化的因素。他们都在不同程度上有各自的海外经历，也均认真研读过欧洲著名作家的作品，并从中汲取国外文学名家的创作经验。刘易斯活跃于19世纪末和20世纪之交，曾数次游历欧洲和南美，并在浩瀚的书海世界中寻觅世界和各民族文化的宝藏。刘易斯虽然没有侨居国外的国际化背景，但世界文学的资源哺育了这个美国首位诺贝尔文学奖获得者。奥尼尔在商船上游历过南美和南非，其水手经历使他有机会接触到国外的下层社会生活，再加上他对欧洲易卜生、尼采、叔本华、王尔德和希腊悲剧的研究，尤其是对瑞典剧作家斯特林堡（August Strindberg）戏剧作品的研究，在现代主义鼎盛的时代，他在现代主义戏剧创作的各种实验之后，又再次回归了现实主义戏剧创作，并成为第三代英语戏剧的代表作家。其代表剧作之一“《长日入夜行》从精神、社会和人本体三个层面体现了悲剧的形成机制，表达了剧作家对人的关注，也为和谐家庭与和谐社会的建构做出了尝试”。① 福克纳在游历了意大利、法国、瑞士、英国以及日本以后，特别是在欧洲心理哲学和欧洲文学传统的影响下开阔了视野，最终构建起以约克纳法塔法世系小说为美国南方缩影的创作道路，其意识流小说《喧哗与骚动》奠定了他在现代主义文学中的代表作家地位。斯坦贝克在第二次世界大战期间曾以战地记者的身份到欧洲战场采访过，战后又去过属于社会主义阵营的苏联。尽管斯坦贝克在反法西斯题材的小说创作中并不成功，但他鲜明的为无产阶级而写作的立场在美国这10位诺奖作家中是独具特色的，因而斯坦贝克在美国这个典型的资本主义国家里被冠以“左翼文学家”的称号。② 显然，这些美国作家在全球化的输入环节中都在一定程度上受益于全球化或国际化。

除美国作家以外，绝大多数诺贝尔文学奖获得者也具有各种各样的国际化背景。国际化背景使这些作家站得更高，看得更远，这样的文学视野使他们能够站在世界文学的高度来书写整个人类自身。

全球化进程中的输入环节固然重要，然而，如前面所论及的那样，作家若希望让世界读者普遍接受其作品并在世界文学层面获得更大的话语权，那么作家创作的成果就必须在全球化进程中进入输出的环节中去，使其作品走出国门，在域外广泛传播。在输出的环节中，语言之间的障碍是影响作品传播的主要因素之一。从前面诺贝尔文学奖的获奖者列表中可以看出，获奖者在创作中使用最广的语言属于印欧语系（Indo-European Family），在该语系中使用最广的语族依次为日耳曼语族（Germanic Group）、拉丁语族（Latin Group）和斯拉夫语族（Slav Group），其主要语言依次为英语、法语、西班牙语、德语、瑞典语、俄语。优秀作家的作品

① 胡贝克：《人生价值观的追求与失落——以奥尼尔的悲剧〈长日入夜行〉为例》，《戏剧文学》2013年第6期，第72页。

② 胡铁生、周光辉：《全球化语境下美国诺贝尔文学奖的政治意蕴》，第130~131页。

因语言障碍而无法被世界文学所接受是显而易见的事实。中国近百年来就曾有一批优秀文学家因此而与诺贝尔文学奖无缘。在莫言之前，华人中的获奖者只有已加入法国国籍的高行健一人。高行健本人精通法语，除去其他因素不谈，就其文学作品的翻译而言，截至2010年，其作品已被译成36种文字，这就足以说明语言使其作品在世界范围内传播、接受以及获奖之间的重要关系。

作品写得好固然是获奖的第一要素，而作品能够被世界读者所接受则是另一个举足轻重的要素。这一点也就从另一个侧面印证了语言转向中语言权力的重要性。英语、法语、西班牙语、德语、瑞典语、俄语虽然分别属于印欧语系中的日耳曼、拉丁和斯拉夫语族，但其同属欧洲语系，因有近亲关系①，所以翻译起来也相对容易。也正是由于这个原因，诺贝尔文学奖的获得者多为欧美作家。亚洲和非洲国家的语言与欧美相比，差异极为悬殊，再加上文化差异的原因，因而其作品译介的难度很大。这也是莫言作品在欧洲有些国家的译介需要借助葛浩文英语版本进行转译的原因之一。莫言作品，无论是小说原作还是改编的影视作品，均需通过译介这个环节进入输出渠道，才能与世界读者和观众见面，并在译介基础上被域外读者和观众所接受。因而，莫言本人也非常感激葛浩文和其他翻译过其作品的各国翻译家。对诺贝尔文学奖评奖程序而言，这也是极为重要的一环，因为评委通常要将英文、法文和瑞典文的译本同时摆放在一起，比较不同的译文，通过作品从各个角度去了解诺奖候选人。②

三　文化软实力在新形势下的重大意义

尽管学术界目前对哈贝马斯的空间理论多有微词，然而文学话语权的生成机制仍摆脱不了哈贝马斯在其文学公共空间理论中所论及的各种关系。由诺贝尔文学奖所生成的文学话语权只不过将民族文学的空间扩展到

① 波兰籍犹太人柴门霍夫于1888年创造的世界语（Esperanto）虽然在词汇上多采用自然语言中的国际化部分，但其基本词汇的词根是建立在日耳曼语族和罗曼语族基础之上的，因而对于学过英文、法文和拉丁文的人来说，世界语就显得非常容易掌握。这也充分说明这几种语言的近亲关系。

② 〔瑞典〕埃斯普马克：《莫言有超过马尔克斯和福克纳的地方》。

了国际空间而已。尽管哈贝马斯的文学公共空间理论是针对资产阶级执政的社会体制，但对于当今发展中国家而言，获得文学领域内的话语权仍是非常重要的，因为一个民族国家的强盛不仅需要在政治和经济领域内能够走在其他国家的前面，而且也需要在文化领域内处于世界民族之林的前列。

与大英帝国强盛时期的殖民文学不同，在当下全球化语境中文化的输出表现为“欧美殖民主义的硬实力已逐渐被文化霸权中的软实力所取代，这是帝国主义妄图继续争夺世界霸权所出现的新特点”。[①] 造成这种变化的根本原因仍是经济基础。美国著名当代国际政治理论家亨廷顿（Samuel P. Huntington）在《文明的冲突与世界秩序的重建》一书中明确提出了著名的“文明冲突论”，即自冷战后世界各种不同文化和宗教之间的差异而非传统意义上的意识形态分歧终将导致世界上几大文明之间的竞争和冲突。虽然亨廷顿的观点存在值得商榷的地方，在美国主流意识形态中亦受到口诛笔伐，但后来中东地区与西方世界之间的激烈冲突验证了亨廷顿“文明冲突论”的预见性与合理性。中国比较文学专家乐黛云教授也指出：“亨廷顿的预见虽然是有争议的，但他对文化冲突的这一命题无疑提出了21世纪最为重要的问题之一。”[②] 美国另一位著名政治学家约瑟夫·奈（Joseph Nye，Jr.）作为国际关系理论中的新自由主义学派代表人物，率先在学术界提出了“软实力”（或“软权力”）这个概念。约瑟夫·奈的这一概念从根本上改变了人们对国际关系的传统看法，人们开始从对领土的关注，从武力、军备、经济、地域以及军事打击等传统的“硬实力”手段向以文化、文化感召力、价值观、道德标准和影响力等看似无形的“软实力”手段转化。在《美国定能领导世界吗》一书中，约瑟夫·奈指出，一个国家的综合国力包括两大部分，即由经济、科技和军事实力构成的“硬实力”，同时还包括以文化和意识形态吸引力所体现出来的文化“软实力”。约瑟夫·奈同时还指出，中国的软实力与欧美相比相差甚远，但无视中国现已取得的重要进步也是一件愚蠢的事。正如约瑟夫·奈的“软实

---

① 胡铁生：《论文学话语权在全球化进程中的新转向》，第184页。

② Yue Daiyun, *Comparative Literature and China——Overseas Lectures by Yue Daiyun* (Beijing: Peking University Press, 2004), p. 15.

力论”中所阐明的那样，在当今全球化的时代中，文化和意识形态产生的吸引力与以经济和军事力量为基础而构成的控制权虽然同样重要，但是，无论是“软实力”还是“硬实力”，经济实力都是其最基本的决定性因素。

在全球化进程中，“文化共享是无可非议的。然而，文化全球化在事实上是文化强国向弱国的输出，尤其是向第三世界国家的输出。这种输出是以政治和经济为基础的”。[①] 然而，美国经历了两次世界大战，在政治、经济和军事等领域内取得了世界霸主的地位之后，美国开始向世界各国，尤其向第三世界国家倾销其文化价值观，力图在意识形态领域内也形成霸主地位。对此现象亨廷顿进一步指出，冷战后，世界冲突的基本根源已不再是意识形态，而是文化之间的差异，未来能够左右全球发展走向的是“文明的冲突”。因而，美国文学的全球化输出环节，不再是单纯意义上文学作品在域外的译介与传播问题，而是在国际政治学层面上奉行现实主义的体现，[②] 是美国霸权主义向世界各国进行另类“殖民”的过程。

莫言在瑞典文学院的新闻发布会上谈及获奖意义时指出：“我的获奖是文学的胜利，而不是政治的胜利，因为这是诺贝尔文学奖，而不是政治奖。获奖是我个人的事情，诺贝尔文学奖从来就是颁给一个作家的，而不是颁给一个国家的。”[③] 莫言的这番话具有多层含义。文学作为文艺学的下属学科，其关注的核心点是人学，是作家通过创作，映照出作家对人关注的情怀。以美国戏剧文学为例，关注人与自我、人与人、人与家庭、人与阶级、人与民族、人与社会、民族与民族、国家与国家、人与自然等几个层面，仍是当代剧作家戏剧创作的核心点，阿瑟·密勒（Arthur Miller）的《维希事件》和阿尔比（Edward Franklin Albee）的《谁害怕弗吉尼亚·沃尔夫》等作品，均从不同的侧面体现了文学对人学的关注，使文学个案成

① 胡铁生：《论美国文学的发展与全球化的互动关系》，《西南民族大学学报》（人文社科版）2005 年第 1 期，第 239 页。

② 此处的现实主义并非文学上的思潮，而是国际政治学术语。相对于理想主义，现实主义更加看重“利益”在国际关系中的杠杆作用。

③ 刘仲华：《莫言：诺贝尔文学奖是颁给我个人而非一个国家》，腾讯网，2012 年 12 月 7 日，http：//news. qq. com /a/20121207/000097. htm。

为整个人类共同关注的问题。[①] 而在美国小说家福克纳的影响下，“莫言在作品中倾注了对‘人’更多的关注”。[②] 美国戏剧文学的案例及美国小说家福克纳对莫言的影响，使莫言创作的反映中国当代社会的小说在全球化语境下向广大域外读者展示了中国人当代生活的方方面面，进一步印证了文学关注人学的文学本质。因而，莫言获得诺贝尔文学奖，是文学的胜利，而不是政治的胜利。但从另一个方面来看，在当今西方强势主权国家为控制世界文化舞台而采取的文化软实力策略中，文学又建构起世界文学范围内的文学话语权。西方一些带着“有色眼镜”的人试图以作家的政治态度来否定莫言文学作品的重大意义，因而莫言小说对人的关注是对来自西方的攻击所做出的最有力的回应，同时也更加彰显出一个民族的文学在世界范围内话语权的重要意义。此外，作家的文学创作又可被“看成一种信仰”，“信仰不仅是政治的，也不仅是个人的，而且也是驱动作家去写作的那种力量”，并“在写作中准确地反映出自己是个什么样的人”。[③] 学术界提出这个观点，并不是否定经济、政治和军事等硬实力的作用，而是说明西方强势主权国家在当今形势下争夺世界话语权的过程中，在传统硬实力的基础上增加了软实力手段，因而这才更加显示出文学话语权在当今世界话语中的重要性。

文学话语权又可被划分为民族文学在世界文学层面的话语权和文学史中的话语权。后者既属于对文学作品话语权的考证，同时又属于“文学史”和“专门史”的研究范畴，因而这也同样具有跨学科研究的意义。由于文学史属于“接受美学”范畴，因而这又是“读者接受史”。在全球化时代，话语权在一个民族文学史的研究中同样具有文学域外传播和接受的输出环节，并通过这个环节使各自文学史中所蕴含的民族文化内涵在世界范畴内形成影响力。文学史的话语权威通过其信史性、经典性、共识性、传承性等特征逐步形成其权威性的地位和

① 胡铁生、韩松：《论全球化语境下美国戏剧文学的发展》，《东北师大学报》（哲学社会科学版）2011 年第 4 期，第 109 页。

② 商亮、夏文静：《虚构与象征的典范：〈纪念爱米丽的一朵玫瑰花〉——兼论福克纳对莫言的影响》，《河南师范大学学报》（哲学社会科学版）2014 年第 3 期，第 175 页。

③ 胡贝克：《美国华裔文学的文化特征及其时代演进》，《东北师大学报》（哲学社会科学版）2016 年第 1 期，第 19 页。

影响。[①] 如前所述，在文学批评中受新历史主义的影响，“独家为尊”、致力于发现唯一的政治图景、使文学史成为整个知识界甚至是整个社会均持认同态度并力图回避不同的阐释及冲突、通过稳定的史实为文学阐释提供可靠性的引用资料的历史主义传统原则被解构。因而，在新历史主义视域下的文学史中，文学与历史不存在“前景”和“背景”的关系，而是相互作用和相互影响的关系；其强调的不是文学史实本身，而是文学与文化之间的关系，认为文学是大文化框架的下属部分；其考察的重点是文学与权力之间的关系；文学既是意识形态作用下的产物，同时又是对意识形态建构的参与。新中国成立以来的文学由“唯政治论”走向“去政治化”的文学发展道路，可以被认定为文学史在中国文学中话语权力的集中体现；而当以莫言为代表的新时期中国文学走出国门，被世界文学所承认，这段中国文学发展的历史又使中国文学在世界文学层面上获得了更大的话语权。事实上，西方的文学史编写也在改革。美国文学史界冲破历史主义的藩篱，在如《哥伦比亚美国文学史》的撰写过程中，将史与论结合在一起，将文学与社会、文学与政治和文学与哲学相互作用的因素综合在一起进行文学史实的考察与分析，并给少数族裔文学以更大的空间，尤其是该书最后一章，专门就文学与政治的关系论及美国文学发展的新趋向。这种文学史编撰的新途径不仅没有削弱这部文学史的地位与价值，反而使其在世界范围内形成了更大的影响力。在美国文学研究领域，这部文学史现已成为中国高校美国文学专业和比较文学专业博士生的必读教材，该文学史主编埃里奥特教授也成为该学术领域内的一颗明星。

在全球化时代，从纯政治学和国际政治学的角度来看，对于帝国主义而言，话语权仍是其继续称霸世界所采用的“软实力”手段；对第三世界国家而言，话语权也是他们在国际上争得话语地位的重要领域。此类现象从美国文化产业的发展可见一斑：在现代科技手段支撑下发展起来的“美国迪士尼动画影片的制作已超出对儿童产生愉悦感及启迪作用的目的”，在谋取商业利益的同时，其动画片演变成为“西方意识形态及其价值观输出的重要文化

① 王春荣、吴玉杰主编《文学史话语权威的确立与发展》，辽宁人民出版社，2007，第6页。

媒介”。因而，批判“西方文化中心主义及话语权”，“掌握自身话语权”，“传播本民族文化”同样是新时期中国文学亟待思考与解决的问题。[①] 随着全球化的逐步深化，文学的传统已经发生了巨变，文学话语权也随着这种变化发生了质变。其中，最重要的一点在于“西方从理论到话语的转化构成了西方与非西方进行全球性交流和重建的场域，并以此达到世界各民族间文学的汇通和互注”，“虽然话语在西方文化的基础上树立起学术界的权威，然而要使话语真正成为具有全球性的普遍意义，就必须将话语置于世界各文化的对话和汇通中进行一种普遍性的重塑，才能使西方和非西方的理论话语得到双重超越而达到一种更高的境界，使话语成为全球性的话语”。[②]

当今在西方高校谈及中国文学时，师生必定指的是中国古典文学，中国文学课所讲授的内容也基本上是中国古典文学及其作品，而现代文学，尤其新时期的中国文学与这一课程基本无缘。这种现象足以说明中国文学要与世界文学接轨，创作出足以影响到域外尤其是西方文学界的作品，是中国文学争取世界文学话语权的重要途径之一。此外，中国文学在世界文坛上的地位不仅落后于西方国家，而且也落后于邻国日本。因而，莫言获得诺贝尔文学奖的事实既是中国文化在新时期的体现，同时也为中国文学在世界文学领域内获得了更大的话语权。不论域外怎样评价，也不论莫言本人怎样解释，这都是不争的事实。

---

① 徐刚、胡铁生：《美国迪斯尼动画影像中的后殖民意识——解析〈风中奇缘〉中的西方话语霸权》，《电影文学》2013 年第 17 期，第 48 页。

② 胡铁生：《论文学话语权在全球化进程中的新转向》，第 187 页。

结 论

莫言“将魔幻现实主义与民间故事、历史与当代社会联系在一起”进行文学创作，成为中国作家中的第一位诺贝尔文学奖获得者。显然，诺贝尔文学的颁奖词在充分肯定莫言小说的文学功绩时，已关注到莫言小说创作中域外影响和自主创新的内外两个因素。综观莫言的全部作品和其文学发展之路，这也恰恰印证了莫言在文学全球化的发展道路上，首先通过输入环节借鉴域外文学的优秀成果，再经过自主创新，而后通过译介的输出环节，又在世界文学领域形成重大影响，得到世界文学界的普遍认可而攀登上世界文学的最高领奖台。

莫言在小说创作中取得如此伟大的成就首先应该归功于中国的改革开放。如果说中国现当代文学史上如鲁迅、胡适和林语堂等有影响力的作家因个人原因或评奖过程中的某些变故而未能获得该文学大奖的话，那么新中国成立到“文化大革命”的17年和接下来的“文化大革命”10年间，中国文学未能获奖在很大程度则是政治气候的原因所致。改革开放以来，特别是在真理标准大讨论之后，中国作家的思想得到解放，这就为新时期中国作家参与全球化发展，按照文学的基本规律走出一条作家个性化发展的道路创造了有利的外部条件。如果社会的大环境和政治的大气候仍像“文化大革命”期间那样，莫言根本不可能成为一名具有个性化的伟大作家，莫言若想获得诺贝尔文学奖也只会是一句空话。

对域外文学思潮和优秀文学成果的引进与借鉴是莫言迈向世界文学领域的第一步，也是莫言参与文学全球化发展的重要一步。在这个输入环节中，莫言在借鉴域外文学成果时，大胆接受域外文学中的各种思潮，但并未采取低头跟进的态度，而是将域外文学思潮，尤其将欧美文学中的现代主义和后现代主义思潮整合在一起，开创了中国式的魔幻现实主义文学发展道路。

现实主义文学思潮发轫于欧洲，兴盛于北美，在社会批判和人本质弱点批判方面做出了重大贡献。然而，西方文学的现实主义思潮已消退，现代主义也已过时，取而代之的是后现代主义，如果作家跟不上时代发展潮流，那么中国新时期文学也就无法与世界文学接轨，莫言也就无法迈进世界文学大师的行列。杰姆逊的资本主义发展阶段与文学思潮的对应论在解读不同时期人们的心理结构方面具有重要的启示意义。人的心理结构随社会的发展也在发生变化，而反映人类自身并预示社会前景的文学作品如果仍然停留在旧有的传统模式中，就无法在新形势下有效地发挥文学在公共空间内应有的教化作用。进入文学创作的初始阶段，在当时的社会和政治气候影响下，莫言同样是以传统现实主义的创作原则和叙事策略来进行小说创作的。随着中国改革开放的深入，莫言很快就从西方作家所取得的成果中找到了小说创作的新途径。美国作家福克纳的现代派叙事策略为莫言的小说创作打开了一扇通向世界文学的大门；福克纳的“约克纳帕塔法县”、马尔克斯的“马孔多”和大江健三郎的“四国大濑村”为莫言建构其文学地理“高密东北乡”树立了样板；马尔克斯和卡夫卡的人物变形为莫言小说的魔幻式书写指出了一条通向成功的大道；西方后现代主义文学的不确定性、创作手法的多元性、语言实验、话语游戏和元小说等特征为莫言的小说叙事策略增添了取得成功的指数；西方文学和中国文学的战争书写传统为莫言摸索新时期战争小说在后现代主义语境下的发展道路奠定了基础；而最为重要的则是域外文学大师对人学的关注为莫言建构小说中人性探索的独特视角与创作方式发挥了榜样和示范作用。

域外影响仅为外在影响因素，在借鉴的基础上进行创新则是莫言小说取得成功的内在决定性因素。域外借鉴仅为外部条件，莫言从中外文学传统中发掘对其有益的资源并进行整合，在作家的个性化发展道路上进行自主创新是其小说创作成功的决定性内在根据。内外因合力，成就了莫言。虽然美国的福克纳、哥伦比亚的马尔克斯和日本的大江健三郎都对莫言的文学地理或文学疆域产生过重大影响，但“高密东北乡”是莫言特有的；莫言的魔幻现实主义叙事策略既有马尔克斯的魔幻书写影子，也有卡夫卡人物“变形”的特征，但独具中国特色；元小说的后现代主义叙事策略既是来自西方文学的，更是莫言自主创新的。在西方文学日新月异的发展形势下，莫言并没有看花了眼，而是在“和而不同”的原则下，选其精华，为己所用，在借鉴的基础上开创了自己特有的创作风格。

莫言的创新点首先表现在文学关注人学的独特书写原则方面。莫言小说与域外小说如果存在共性的话，那就是通过作品表现出文学家对人的普遍关注。这一点也完全体现了诺贝尔生前遗嘱的基本精神，即文学奖应该奖给那些在文学界创作出具有理想倾向最佳作品的人。尽管当代人分别处于资本主义和社会主义等不同形态的社会体制中，在同一体制内又有上层社会和底层社会之分，但人的本质基本上是一样的。文学作品既要描写那些对他人具有控制权的所谓“高贵人”，也更应关注社会底层、处于困境中的普通小人物。莫言充分理解诺贝尔文学奖的评奖原则，他在对人的描写与塑造方面，建构起把“好人当坏人写，把坏人当好人写，把自己当罪人写”的人物塑造原则。莫言在看似有违传统人性书写的外表下，将社会中的人真实地表现出来，这在文学对人性探索方面具有革命性意义。事实上，不论是所谓的“高贵人”还是社会下层的小人物，如果把所谓的“好人”描写得没有任何瑕疵、“坏人”则一无是处，这也并不符合现实生活中的人。所以，在莫言的笔下，《红高粱》中既是土匪头子又是抗日英雄的余占鳌、既敢于和“我爷爷”在高粱地里野合又勇于冲破封建旧礼道的新女性代表“我奶奶”，《丰乳肥臀》中婚外生子却又爱犹如澎湃大海与广阔大地的“伟大母亲”上官鲁氏，《蛙》里既是“送子娘娘”又是落实“国策”的“冷面杀手”的姑姑，《檀香刑》中因抗击德国侵略者而惨遭酷刑但出发点是为保住自家风水的孙丙，《酒国》里既是反腐倡廉的英雄却又是一个深陷酒色泥潭不能自拔的侦察员丁钩儿，《生死疲劳》里在农村人民公社化时期是全国唯一的单干户却又被事实证明是“真理在少数人手里”的蓝脸等均为莫言小说人物形象塑造的成功典范。莫言以其小说中生动的人物形象印证了其人性论探索方式的合理性。

改革开放初期，中国文学界处于“唯政治论”和“去政治化”左右摇摆的窘境下，莫言冲破来自方方面面的阻力，坚持作家对历史问题、社会问题和政治问题给予关注的小说创作道路，对改革开放进程中公共权力内部存在的官僚主义和腐败现象做了无情的揭露和批判。《天堂蒜薹之歌》以社会契约论的基本思想为理论基础，与以天堂县县长为代表的党内官僚主义进行了坚决的斗争，在为民请愿的同时也在帮助执政党克服执政过程中出现的问题；《战友重逢》以对越自卫反击战中牺牲的战友在“地下世界”中的活动，以魔幻的小说书写方式，表达了莫言在国际政治学层面上的思考；远离“高密东北乡”的《红树木》对改革开放以来党内为了官宦地位而走上堕落道路的腐败分子做了深层次的人性思考；《檀香刑》借刑场观众“欣赏杀人绝技”的描写，展示了清末民初国人“政治无意识”状态下的“愚民”心态。

在战争小说书写中，莫言虽未亲历过战争，却以虚构与现实相结合的方式，创作了像《红高粱》这样的战争小说巨著。莫言的战争小说书写未再延续传统战争小说的正义与非正义、战争与政治等传统书写模式，而是把战争中人的灵魂扭曲和人性在战争中的变异作为创作的核心。《檀香刑》里的孙丙带领胶东的一群“乌合之众”，在当地猫腔的伴随下，向入侵者冲去，杀得德国侵略者人仰马翻，最终却在“什么都落后，但刑罚却是最先进的”晚清社会中被刽子手赵甲施以檀香刑致死。莫言为新时期文学的战争小说书写开了先河。

在小说艺术表现形式上，莫言在借鉴的基础上，大胆对从域外引进的叙事策略进行改革与创新。其中，莫言的魔幻现实主义虽然有马尔克斯的影响，但中国古典文学中的飞天故事和妖狐鬼怪的民间传说为莫言的魔幻现实主义增添了中国元素。在中国当代文学叙事的框架下，《生死疲劳》中西门闹的六道轮回再现了中国农村半个多世纪的巨大变迁。在文体方面，一部以寻找结构为主要目的的《酒国》将西方元小说发展到极致，并在文艺美学方面借助“食婴案”的故事，以业余作家李一斗与作品人物“莫言”的书信往来以及对内嵌小说的评论，表达了作家对小说创作的思考。其审美认识也更加独具特色：在语言实验和话语游戏的框架下，作家不是发现美，也不是创造美，而是化丑为美。在不确定性作为后现代主义文学主要特征之一的时代，莫言小说在貌似不确定的外表下，表达了作家确定的深层思想内涵，通过魔幻的书写策略，完成了其批判现实主义文学的回归。

这些文学案例充分表明，在莫言文学创作的发展道路上，莫言小说的巨大成功既有域外影响的外在因素，更在于莫言的自主创新。在内外因的共同作用下，莫言为新时期中国文学在困境中求发展找到了一条可供借鉴的、行之有效的新途径。

然而，莫言小说取得成功的另一个至关重要的因素在于文学全球化发展道路上的输出环节。莫言小说能够走出国门，被世界读者所接受，域外翻译界对莫言小说的译介发挥了重要的助力作用。诚然，作家的作品若被广大读者所接受，首要条件是作品必须写得出色。然而，对于参与全球化发展的作家而言，其作品走向世界并被世界读者所普遍接受的前提是克服语言障碍。从诺贝尔文学奖的评奖史来看，获奖最多的依次是印欧语系的日耳曼语族、拉丁语族和斯拉夫语族国家的作家，最常用的语言是英语、法语、西班牙语、德语、瑞典语和俄语。对于以汉语为创作语言的莫言来说，其小说就需要翻译的中介助力。莫言小说的域外译介，首先要归功于美国著名翻译家葛浩文。通过葛浩文的英语译介，莫言小说开始受到西方文学界的重视，其他语种的翻译也随之在欧洲和世界各地为传播莫言小说做出了贡献。不可否认，受东西方文化差异的影响，莫言小说的域外译介必然困难重重，因而作者和译者之间的理解与合作就显得尤为重要。正由于这样一批热衷于莫言小说译介的域外翻译家与持宽容态度的中国作家莫言之间的密切配合，才使莫言的小说走出了国门。虽然有些欧洲国家对莫言小说的翻译是在葛浩文英文译著的基础上转译过去的，而非由汉语直接翻译的，但在莫言小说的传播阶段，这也是必要的传播手段之一，因而没有必要对此求全责备。

莫言获奖被国内同时期作家称之为“名至实归”，认为这是对中国文学乃至亚洲文学的提升，“中国文学需要这样一个诺贝尔文学奖，这是对中国文学30年大发展的一个肯定”。[①] 事实证明，中国作家若要被世界文学承认，就需要走出去。中国现当代文学阶段有许多著名作家，但是，由于固守乡土，他们很少走出去，这些作家也就很难在世界文学中得

---

① 《阎连科称莫言名至实归　阿来称中国文学区获肯定》，腾讯新闻网，2012年10月11日，http：//news. qq. com/a/20121011/001926. htm。

到认可与关注。[①]

莫言小说的译介主要是由域外一批汉学家和翻译家来完成的。在这些域外专家和学者中，很多人具有中国情结，他们或是在中国学习和研究过汉语、中国文学和中国文化，在中国获得了中国文学研究领域的学位，或是在域外长期从事汉学研究，因而他们与中国文化和中国文学结下了不解之缘，并乐于为中国文学在域外的传播尽其一份努力。伴随莫言小说在世界范围内的广泛传播与接受，目前世界各国不同程度地形成了莫言小说学术研究的热潮，尤其在莫言获得诺贝尔文学奖之后，这种学术研究已经具有了一定的深度和广度。

对莫言小说的肯定是域外对莫言小说评价的主流。综观域外文学批评界对莫言研究的现状，莫言小说研究在周边国家要比在欧美开展得早且更为深入。越南是学术界中对莫言译介和批评开展得较好的国家之一，其主要原因在于中越两国在社会体制、文化传统和改革开放等方面的相似性。调查结果显示，越南学术界对莫言小说的批评不仅具有广度，而且更具深度，其学术水平甚至超过了国内有些学者的研究水平，他们的学术研究为世界文学批评界树立起莫言研究的榜样。

在周边国家中，稍逊于越南，日本学术界也是莫言作品研究开展得较好的邻国之一。在中日两国的文学交流方面，莫言本人也一直走在同时代作家的前面。莫言通过与大江健三郎、川端康成、村上春树等作家以直接交流的方式或以文会友的方式在中日文学界之间搭建起文学交流的桥梁。相比之下，韩国虽然对莫言小说研究起步较晚，但发展速度很快，韩国专家朴明爱在韩国译介和评价莫言方面做出的贡献也是有目共睹的。

从整体上来看，域外学术界普遍认为莫言是一位当代伟大的文学家。其中，诺贝尔文学奖评委的观点是最具权威性的。诺奖评委会主席佩尔·韦斯特伯格认为无人能像莫言的作品那样深深地打动他，莫言的想象力令其“印象深刻”，“莫言不仅是中国最伟大的作家，而且是世界上最伟大的作家”；评委、诺奖前评委会主席谢尔·埃斯普马克也认为莫言有超过马

① 徐爱芳：《传播学视角下贾平凹、莫言小说海外传播对比分析》，《陕西教育》（高教）2015 年第 1 期，第 7 页。

尔克斯和福克纳的地方。

德国著名书评家舍克将“莫言现象”评价为“文学的苍穹又出现了一颗新星”，莫言“是一个将陪伴我们的作家”；德国著名文学家瓦尔泽认为莫言小说“有一种紧迫感和厚重感”，莫言的代表性小说均讲述了人类在情感受到世俗压迫时陷入的冲突，所以，若有人想要谈论中国，那么他就“应该首先去读莫言的书”；维也纳大学魏格林教授评价莫言时指出，莫言小说作品中充满了中国的独特情节与象征，而且未脱离中国的历史背景和文化背景，莫言既读过域外文学名著，又了解中国的国情，因而其作品“不仅仅对本国的读者具有吸引力”，而且“也可以超越民族国家的边界而引起全世界读者的注意”。大江健三郎是较早发现莫言文学才华的日本作家，他认为莫言是极其优秀的，21 世纪的世界文学一定属于莫言。莫言获奖后，日本媒体和广大民众也一致认为莫言获奖是“亚洲的骄傲”，莫言是“世界性的作家”；国际日本文化研究中心井波律子教授指出，莫言小说最精彩的地方体现在以鲜艳浓烈的噩梦般手法将深埋在中国近代史底层的黑暗部分奇妙地显现出来；东京大学谷川毅教授则认为莫言在日本是代表着中国当代文学形象的最主要作家之一，莫言在日本的影响力达到了无论是学术研究者还是普通读者都普遍认可的程度。

莫言小说在越南文学界和学术界形成的影响力不仅体现在学术界对莫言小说的评价方面，而且也影响到作家的创作层面。越南作家陈清河的《我妈》、阮玉姿的《无尽的田野》、黎云的《爱与活》以及杜黄耀的《梦魔》等小说，均受《丰乳肥臀》的影响，这些作家对母亲形象的文学书写也不再延续过去小说创作中仅以颂扬母亲纯洁与崇高的传统书写方式，而是将母亲作为一个普通人来描述，尤其关注在特定时代和特定环境中“母亲”的人生坎坷与内心的痛苦挣扎，进而展现出更为立体化、多向度、活生生的母亲形象，使读者感到更加温暖和倍加可信，也更具人性探讨的价值。显然，莫言小说创作经由借鉴和创新阶段之后，已经进入了文学全球化发展中输出的重要环节，开始影响到域外文学的创作实践。

域外媒体对莫言获奖后的新闻报道和学术评价不仅使莫言小说在世界各国的传播速度更快、范围更广，而且也推动了西方对莫言进行学术研究的发展。法国《世界报》、《费加罗报》和《快报》，美国《旧金山纪事报》，法新社等域外媒体在报道莫言获奖消息的同时，还发表文章，从正面肯定莫言小说的功绩，媒体的传播加速了西方世界对莫言的认识，也加深了西方对中国文化的理解。

莫言作品在国际上获奖为莫言走上诺贝尔文学奖的领奖台铺平了道路。经莫言小说改编的电影在国际上获奖以及其作品在日本、韩国、法国、意大利、美国等域外国家获得的国际性文学奖和文化奖，均为在世界范围内传播莫言小说、扩大莫言小说在世界文学领域的影响力发挥了重要的推动作用。

但是，学术界也应看到，除对莫言文学功绩进行褒奖的主流评价以外，莫言获奖也曾在国内外受到来自不同层面的否定或攻击。在对莫言的负面评价层面上，其焦点首先集中在莫言小说“魔幻现实主义”定论的是与非上。从翻译的角度上，有些学者认为颁奖词中“hallucinatory realism”的译法有误，其正确的译法应为“幻觉现实主义”或其他，而非“魔幻现实主义”；有学者认为这种译法易与哥伦比亚作家马尔克斯的魔幻现实主义相混淆；还有人认为莫言的魔幻现实主义是“东施效颦的”魔幻现实主义；更有甚者，某些别有用心的人认为莫言的魔幻现实主义写作借用《聊斋志异》民间轶闻的外衣，遮蔽了历史与现实之间的紧张关系，即无视中国的真相，因而莫言的文学想象伤害了文学真实，文学虚构替代了历史真相。如果说莫言获奖理由中的措辞翻译有误，这一点是可以接受的，因为从字面意思来理解，“hallucinatory”一词，的确不应被译为“魔幻”。诺奖评委埃斯普马克也不赞成“魔幻现实主义”这个提法，但认为这并不应成为贬低莫言小说价值的借口，其丰富的想象力和对中国传统文学艺术的娴熟运用，已使莫言超越了马尔克斯和福克纳。鉴于此，“hallucinatory”一词译法准确与否的争论已没有多大意义，因为莫言在诺奖之前所获其他奖项的颁奖词已充分肯定了莫言小说中的“魔幻”元素。至于把“魔幻现实主义”的争论引至政治层面，对莫言小说所传递出来的信息进行政治攻击，已超出了学术研究的范畴。美联社将莫言称之为“以写粗俗下流、杂乱无章故事而著名的中国作家”。[①] 还有些西方所谓的“学者”把对莫言的

① 小青：《莫言的作品缺乏思想深度》，凯迪社区网，2012 年 10 月 18 日，http://club.kdnet.net/dispbbs.asp?boardid=1&id=8712395。

评论置于中国当下的政治体制中“说事”或制造事端。提出这种所谓“批评”的人，实际上是持不同政见者，其用意显而易见，无非寄希望于诺贝尔文学奖这个平台，对中国当下的政治体制进行攻击。以文学中的政治性对莫言进行政治攻击，显然，这些人缺乏最起码的政治文化与文学意识形态之间关系的常识或者是有意借莫言获奖的事例来攻击中国当下的政治体制。事实上，社会主义体制下的新中国，公共权力结构既与西方有相同的地方，亦有独特之处，其核心点在于为谁执政和怎样执政的问题。“三个代表”重要思想是对其最有力的解释。如果将莫言小说的内涵研究与中国当前的政治体制结合在一起进行考量所得出的结论与攻击者的观点截然相反，莫言的小说创作恰恰表明莫言是一位对公共权力双方均具有高度社会责任感和政治责任感的新时期中国作家。

西方媒体在莫言获奖后，在欢呼声中也曾夹带一些对莫言进行贬低的杂音。美国有媒体将文化新闻政治化，对莫言获奖的报道中出于政治偏见，也出现了一些负面词汇，从而导致新闻报道失实。有些报道的关注点不在学术上，而是在莫言与中国政治的关系上，将莫言界定为“不是一个专制政府的批评者”，甚至在不了解实际情况的基础上就在“莫言”的名字上大做文章，借此联系到中国的现实体制，认为中国的言论和出版自由受官方严格管制，这是莫言在警示自己“不要说话”。法国《世界报》也有文章持与此相同的观点。这种评价过于荒唐。持有这种观点的西方媒体，且不必说读完莫言的全部作品，只要认真读读莫言的《天堂蒜薹之歌》、《酒国》、《红树木》和《生死疲劳》这几部作品，这一点就会不攻自破。

在越南学术界，即使对《丰乳肥臀》这部受到褒奖程度最高、影响面也最广的作品而言，在某些学者那里也存在对莫言小说持否定态度的倾向。越南学者黎辉萧虽然对莫言小说中的叙事策略极为赞赏，认为莫言使空间与时间、历史与现在、物理与心理之间更加模糊化的手法自有其积极的一面，但同时又认为莫言小说呈现的复合式结构，是一种循环、非线性、混沌且“无始无终”的结构；再者，莫言小说的创作主题虽然是在压迫势力下的生命反抗，但最终又证明这种反抗是没有意义的，因而莫言小说带有一种“悲观色彩”。另一位越南学者胡士协则认为，《红高粱》和

《檀香刑》这两部作品是优秀的，但莫言的大部分作品并未获得中国当代文学的重大奖项，作品也不是特别出色，而且在某些方面还不是很符合大多数越南读者的审美口味。此类负面批评仍处于学术研究的范畴，是众家之言，也是评论者本人的观点。对这类负面批评，学术界没有必要强调“趋同”，因为对域外学术界而言，莫言研究依然是异质文化之间的交流与沟通。

莫言获得诺贝尔文学奖，在文学的文化软实力建设方面为中国做出了重大贡献。文学话语权的讨论是当今全球化语境下文学与政治跨学科研究的重要议题之一。由于诺贝尔文学奖在世界文学层面上是第一大奖，这也就体现出获奖的文学话语权意义。虽然莫言在公开场合下认为该奖项是奖励给作家本人的，但从诺贝尔文学奖在世界文学中的位置和评奖史来看，作家获奖就必然会为获奖国家带来荣誉，进而使其在世界文学中获得更大的话语权。

诺贝尔生前在遗嘱中声明，获奖作家不分国籍和意识形态，但要求作家“创作出具有理想倾向的最佳作品”，这就显示出评奖原则的公平性和该奖项的重大意义。在诺贝尔文学奖 115 年的评奖史中，共有 112 名作家获奖，其中，欧美获奖者占绝大多数；从性别上看，男性作家为获奖作家的主体；从时间分段上看，前半段的获奖者基本上是欧洲和北美洲国家的作家，后半段才转向其他各洲。调查结果表明，诺贝尔文学奖获得者以欧美作家居多。由于该奖的评选是面向世界所有国家的，因而该奖也就在世界文学范围内具有了权威性，作家“获得诺贝尔文学奖，也就是获得了某种巨大的话语权”。调查结果也证明了这一点：获奖人数最多的法、英、美三个国家均为欧美资本主义发达国家。法国具有优秀文学传统，美国却另当别论。继老牌帝国主义国家英国之后，美国是当今世界上唯一的霸权国家，在文化和文学方面，英国是殖民主义文学的代表，美国是文化霸权主义的象征。因而，在西方试图通过文化软实力手段称霸世界的今天，这就愈发显示出诺贝尔文学奖的话语权意义。2015 年诺贝尔文学奖获奖作家阿列克谢耶维奇基于第二次世界大战到普京时代的历史及人们的心理书写，形成了阿列克谢耶维奇的“乌托邦之声”。因而，诺贝尔文学奖“唤醒了人们对于俄罗斯历史上伟大作家的回忆”，也成为文学话语权的例证之一。

中国当下正在为全面实现小康社会的宏伟目标而奋斗。为实现这一伟大目标，中国共产党第十八次全国代表大会在提出的五项具体目标中，将文化强国列入其中，表明中国小康社会建设除政治和经济的强盛以外，还需要文化强国来作为支撑。改革开放以来，中国在各个领域内均取得了令世人瞩目的成就：政治上的独立、经济上的世界大国、科技和医学等领域也处于世界前列。“一带一路”战略构想、亚投行的建立和人民币获得特别提款权等，都是中国经济可持续发展的促进因素，并将在造福国民、惠及世界的伟大宏图中发挥重要的促进作用。然而，在几千年的封建社会之后，特别是在当代的全球化发展中，中国文学也应与时俱进，跟上世界发展的潮流并凸显中国特色，才能在文化强国的进程中发挥应有的作用。随着中国综合国力的提升，西方社会对中国更加关注，同时也带动了域外对中国文化艺术的重视。莫言作品被译成多种语言在世界各国传播，莫言也登上了世界文学的最高领奖台，这就必定会促使当代中国文学艺术随着中国的和平发展迎来更加美好的明天，为人类文明的进步、精神财富的积累与共享做出应有的贡献。

莫言获奖是作家本人在文学创作中个人努力的结果，但也是中国文化在当代发展的结晶。在莫言周围尚有一大批中国新时期文学的优秀作家。可以预言，借鉴全球化语境中莫言小说取得成功的先例，在中国作家的共同努力下，新时期的中国文学一定能够为世界文学做出更大的贡献。

参考文献

专著部分

〔法〕阿勒克西·德·托克维尔：《民主在美国》，秦修明等译，吉林出版集团有限责任公司，2013。

曹德本主编《中国政治思想史》，高等教育出版社，2004。

程光泉主编《全球化理论谱系》，湖南人民出版社，2002。

程光炜等主编《中国现代文学史》，中国人民大学出版社，2000。

〔美〕德莱赛：《嘉莉妹妹》（全译本），裘柱常译，上海译文出版社，1990。

《邓小平文选》（1975－1982），人民出版社，1983。

都梁：《亮剑》，解放军文艺出版社，2005。

〔德〕恩格斯：《家庭、私有制和国家的起源》，人民出版社，1972。

高清海：《人就是"人"》，辽宁人民出版社，2001。

郭英剑：《赛珍珠评论集》，漓江出版社，1999。

洪子诚：《中国当代文学史》，北京大学出版社，1999。

胡全生：《英美后现代主义小说叙述结构研究》，复旦大学出版社，2002。

胡铁生：《美国文学论稿》，吉林大学出版社，2011。

胡铁生、李允成：《英语被动语态的汉译技巧》，成都科技大学出版社，1995。

胡铁生、孙萍：《博士生英语翻译教程》，吉林大学出版社，2002。

〔美〕贾可·辛提卡：《维特根斯坦》，方旭东译，中华书局，2002。

贾文丰：《诺贝尔文学奖百年百影》，珠海出版社，2002。

〔哥伦比亚〕加西亚·马尔克斯等:《番石榴飘香》,林一安译,生活·读书·新知三联书店,1987。

〔美〕杰姆逊:《后现代主义与文化理论》,唐小兵译,北京大学出版社,1997。

〔德〕克劳塞维茨:《战争论》,张蕾芳译,译林出版社,2010。

兰守亭:《诺贝尔文学奖百年概观》,学林出版社,2006。

李德纯:《战后日本文学史论》,译林出版社,2010。

李文俊编《福克纳的神话》,上海译文出版社,2008。

李文俊编《福克纳评论集》,中国社会科学出版社,1980。

梁守德、洪银娴:《国际政治学理论》,北京大学出版社,2000。

刘硕良主编《诺贝尔文学奖作家论》,漓江出版社,2013。

柳明久主编《二十世纪文学中的荒诞》,湖南教育出版社,1993。

陆贵山:《人论与文学》,中国人民大学出版社,2000。

〔法〕卢梭:《论人类不平等的起源和基础》,高煜译,广西师范大学出版社,2002。

〔法〕卢梭:《社会契约论》,何兆武译,商务印书馆,2002。

鲁迅:《鲁迅论创作》,上海文艺出版社,1983。

鲁迅:《鲁迅全集》(第1卷),人民文学出版社,1981。

鲁迅:《鲁迅全集》(第3卷),人民文学出版社,1981。

〔美〕罗德·霍顿、赫伯特·爱德华:《美国文学思想史》,房炜、孟昭庆译,人民文学出版社,1991年。

〔英〕洛克:《政府论》,叶启芳、瞿菊农译,商务印书馆,2003。

〔意〕马基雅维里:《君主论》,张志伟等译,陕西人民出版社,2001。

《马克思恩格斯全集》(第42卷),人民出版社,1979。

《马克思恩格斯选集》(第1卷),人民出版社,1976。

〔秘〕马里奥·巴尔加斯·略萨:《公羊的节日》,赵德明译,上海译文出版社,2009。

〔美〕马斯洛:《马斯洛人本哲学》,成明编译,九州出版社,2003。

莫言:《白狗秋千架》(短篇小说集),上海文艺出版社,2012。

莫言:《丰乳肥臀》,上海文艺出版社,2012。

莫言：《红高粱家族》，上海文艺出版社，2012。

莫言：《红树林》，上海文艺出版社，2012。

莫言：《怀抱鲜花的女人》（中篇小说集），上海文艺出版社，2012。

莫言：《欢乐》（中篇小说集），上海文艺出版社，2012。

莫言：《酒国》，上海文艺出版社，2012。

莫言：《生死疲劳》，上海文艺出版社，2012。

莫言：《食草家族》，上海文艺出版社，2012。

莫言：《师傅越来越幽默》（中篇小说集），上海文艺出版社，2012。

莫言：《十三步》，上海文艺出版社，2012。

莫言：《四十一炮》，上海文艺出版社，2012。

莫言：《檀香刑》，长江文艺出版社，2010。

莫言：《天堂蒜薹之歌》，上海文艺出版社，2012。

莫言：《蛙》，上海文艺出版社，2012。

莫言：《我的高密》，中国青年出版社，2011。

莫言：《我们的荆轲》，新世界出版社，2012。

莫言：《与大师约会》（短篇小说集），上海文艺出版社，2012。

潘一禾：《西方文学中的政治》，浙江大学出版社，2006。

〔英〕乔治·奥威尔：《政治与文学》，李存捧译，译林出版社，2011。

〔法〕让-保罗·萨特：《存在与虚无》，陈宣良等译，生活·读书·新知三联书店，2007。

〔法〕让-保罗·萨特：《存在主义是一种人道主义》，汤永宽译，上海译文出版社，2008。

任生名：《西方现代悲剧论稿》，上海外语教育出版社，1998。

〔美〕萨克文·伯科维奇主编《剑桥美国文学史》（第六卷），张宏杰译，中央编译出版社，2009。

宋学智：《翻译文学经典的影响与接受：傅译〈约翰·克利斯朵夫〉研究》，上海译文出版社，2006。

〔美〕苏姗·朗格：《情感与形式》，刘大基等译，中国社会科学出版社，1986。

孙鼎国、李中华主编《人学大辞典》，河北人民出版社，1995。

孙坤荣等:《历届诺贝尔文学奖获奖作家小说选》(上),贵州人民出版社,1994。

孙正聿:《哲学通论》,辽宁人民出版社,1998。

覃召文、刘晟:《中国文学的政治情结》,广东人民出版社,2006。

〔英〕特里·伊格尔顿:《当代西方文学理论》,王逢振译,中国社会科学出版社,1998。

〔英〕特里·伊格尔顿:《后现代主义的幻象》,华明译,商务印书馆,2002。

〔美〕W. 考夫曼编《存在主义》,陈鼓应等译,商务印书馆,1987。

〔瑞典〕万之:《诺贝尔文学奖传奇》,上海人民出版社,2010。

王春荣、吴玉杰主编《文学史话语权威的确立与发展》,辽宁人民出版社,2007。

王蒙:《王蒙说》,中央编译出版社,1988。

肖明翰:《英语文学传统之形成:中世纪英语文学研究》(上册),社会科学文献出版社,2009。

谢天振:《译介学》,上海外语教育出版社,1999。

辛斌:《批评语言学:理论与应用》,上海外语教育出版社,2005。

许钧、宋学智:《20世纪法国文学在中国的译介与接受》,湖北教育出版社,2007。

〔古希腊〕亚里士多德:《政治学》,吴寿彭译,商务印书馆,1997。

严平编《全球化与文学》,山东教育出版社,2009。

杨乃乔:《比较文学概论》,北京大学出版社,2006。

〔美〕约翰·克劳·兰色姆:《新批评》,王腊定、张哲译,文化艺术出版社,2010。

曾繁仁:《转型期的中国美学》,商务印书馆,2007。

〔美〕詹明信:《晚期资本主义的文化逻辑》,陈清侨等译,生活·读书·新知三联书店,1997。

〔美〕詹姆逊:《政治无意识》,王逢振、陈永国译,中国社会科学出版社,1999。

张隆溪:《比较文学研究入门》,复旦大学出版社,2009。

张树武、胡铁生、李朝主编《理论与实践》，吉林人民出版社，2004。

张树武、胡铁生、于晓辉主编《文化传播与社会发展》，吉林人民出版社，2005。

赵德明：《巴尔加斯·略萨传》，新世界出版社，2005。

赵乐甡、车成安、王林主编《西方现代派文学与艺术》，时代文艺出版社，1986。

〔日〕中村雄二郎：《日本文化的罪与恶》，北京大学出版社，2005。

《中国古代文学作品选》（上），江苏人民出版社，1979。

论文部分

曹文刚：《莫言作品的海外译介与接受》，《语文学刊》2015年第4期。

陈黎明：《魔幻现实主义文学与“寻根”小说》，《文学评论》2006年第2期。

陈众议：《保守的经典经典的保守——再评加西亚·马尔克斯的〈百年孤独〉》，《当代作家评论》2011年第5期。

崔桂武：《生命哲学上的突破——论莫言小说中对人的兽性描写》，《辽宁广播电视大学学报》2004年第1期。

戴铮：《村上春树离诺贝尔文学奖最近》，《东方早报》2008年3月31日。

杜庆龙：《诺奖前莫言作品在日韩的译介及影响》，《华文文学》2015年第3期。

〔越〕范文明：《莫言作品在越南的翻译与研究》，《山西大学学报》（哲学社会科学版）2013年第1期。

〔美〕葛浩文：《我行我素：葛浩文与浩文葛》，史国强译，《中国比较文学》2014年第1期。

关晶：《“此在的世界是共同的世界”——〈最后一块清净地〉中现代性的危机与出路问题刍议》，《名作欣赏》2012年第3期。

关晶：《〈老人与海〉的语言艺术》，《短篇小说》（原创版），2013年第3期。

关晶、宋学清：《文学想象在现实主义文学创作论中的悖反性存在》，

《理论与现代化》2012 年第 4 期。

郭景红：《中国当代文学何以在俄罗斯持续走红》，《国际汉学》2014 年第 2 期。

韩松：《地域文化的深层追寻及多重构建——解读薇拉·凯瑟小说中的内嵌故事》，《作家》2013 年第 14 期。

韩松：《论〈教授的房子〉中的现代地域主义》，《社会科学战线》2013 年第 9 期。

侯海荣、孙海龙：《民族精神彰显与正能量传递——“〈闯关东〉精神”现实意义研究》，《河北工程大学学报》（社会科学版）2013 年第 4 期。

胡贝克：《〈典型的美国佬〉多元文化探析》，《芒种》2012 年第 12 期。

胡贝克：《美国华裔文学的文化特征及其时代演进》，《东北师大学报》（哲学社会科学版）2016 年第 1 期。

胡贝克：《美国华裔文学中的华人职业身份演进》，《甘肃社会科学》2015 年第 5 期。

胡贝克：《人生价值观的追求与失落——以奥尼尔的悲剧〈长日入夜行〉为例》，《戏剧文学》2013 年第 6 期。

〔越〕胡士协：《中国文学 2000 年》，《山西大学学报》（哲学社会科学版）2013 年第 1 期。

胡铁生：《对全球化的悖论及中国发展的再思考》，《东岳论丛》2004 年第 6 期。

胡铁生：《论美国文学的发展与全球化的互动关系》，《西南民族大学学报》（人文社科版）2005 年第 1 期。

胡铁生：《论文学发展与全球化因素的互动关系——中美文学发展史中全球化因素的对比研究》，《学习与探索》2005 年第 2 期。

胡铁生：《论文学话语权在全球化进程中的新转向》，《学习与探索》2008 年第 1 期。

胡铁生：《文学如何应对后现代主义来袭》，《中国社会科学报》2016 年 3 月 15 日，第 1 版。

胡铁生:《政治文化与文学意识形态功能的意蕴交映——以文学意识形态功能在政治社会化进程中的作用为分析视角》,博士学位论文,吉林大学,2012。

胡铁生:《中国可持续发展的内外因素——以国际互信和反腐倡廉为例》,《甘肃社会科学》2015年第5期。

胡铁生、韩松:《论全球化语境下美国戏剧文学的发展》,《东北师大学报》(哲学社会科学版)2011年第4期。

胡铁生、蒋帅:《莫言对域外元小说的借鉴与创新——以〈酒国〉为例》,《当代作家评论》2014年第4期。

胡铁生、綦天柱:《基督教文化在明清的境遇及文化的相互影响》,《学习与探索》2015年第8期。

胡铁生、孙宇:《莫言魔幻现实主义的是非曲直》,《社会科学战线》2015年第8期。

胡铁生、夏文静:《福克纳对莫言的影响与莫言的自主创新》,《求是学刊》2014年第1期。

胡铁生、夏文静:《后现代主义文学的不确定性特征——以〈第二十二条军规〉的黑色幽默为例》,《吉林大学社会科学学报》2015年第2期。

胡铁生、夏文静:《论文学的政治性批评》,《学术研究》2013年第9期。

胡铁生、张凌坤、赵远:《语言转向中的话语意义及其权力》,《外语教学》2016年第3期。

胡铁生、张晓敏:《文学政治价值的生成机制》,《山东大学学报》(哲学社会科学版)2015年第4期。

胡铁生、张小平:《社会存在与人的欲望追求——论德莱塞笔下嘉莉欲望追求的价值取向》,《广东社会科学》2015年第5期。

胡铁生、周光辉:《论美国诺贝尔文学奖的政治意蕴》,《学术研究》2011年第1期。

胡铁生、周光辉:《论文学与政治的意蕴交映——2010年诺贝尔文学奖评奖感思》,《社会科学》2011年第8期。

胡铁生、周光辉:《作家的社会责任与政治使命——莫言小说的文化软实力研究》,《社会科学家》2013 年第 3 期。

黄俊祥:《简论〈百年孤独〉的跨文化风骨》,《国外文学》2002 年第 1 期。

黄晓珊:《莫言作品在俄罗斯的译介与研究》,《教科文汇》2014 年 12 月(中)。

〔哥伦比亚〕加西亚·马尔克斯等:《加西亚·马尔克斯文学谈话录·番石榴飘香》,《外国文学动态》1982 年第 12 期。

金克木:《文学的地域学研究设想》,《读书》1986 年第 4 期。

康林:《莫言与川端康成——以小说〈白狗秋千架〉和〈雪国〉为中心》,《中国比较文学》2011 年第 3 期。

兰立亮:《试论大江健三郎小说〈饲育〉的儿童叙事》,《日本研究》2009 年第 4 期。

雷恩海、陆双祖:《文化共同体视阈下唐初文学理想的建构》,《甘肃社会科学》2015 年第 1 期。

李赋宁:《古英语史诗〈贝奥武夫〉》,《外国文学》1998 年第 6 期。

李桂玲:《莫言文学年谱》,《东吴学术》2014 年第 1~3 期。

李陀:《现代小说的意象》,《文学自由谈》1986 年第 1 期。

吕梦盼:《莫言文学在美媒介镜像解构——基于美国权威报纸对莫言获奖报道的研究》,《学术百家》2013 年第 6 期。

莫言:《两座灼热的高炉》,《世界文学》1986 年第 3 期。

莫言:《我变成了小说的奴隶》,《文学报》2003 年 3 月 23 日。

莫言等:《几位年青军人的文学思考》,《文学评论》1986 年第 2 期。

莫言、〔日〕藤井省三:《压抑下的魔幻现实特集:中国当代文学的旗手连续访谈》,《华文文学》2015 年第 3 期。

宁明:《莫言海外研究述评》,《东岳论丛》2012 年第 6 期。

〔越〕潘文阁:《20 世纪末中国小说》,《山西大学学报》(哲学社会科学版)2013 年第 1 期。

彭彩云:《论〈百年孤独〉的民族寓言》,《理论与创作》2008 年第 6 期。

〔韩〕朴明爱:《扎根异土的异邦人——莫言作品在韩国》,《作家》

2013 年第 3 期。

綦天柱、胡铁生:《文学疆界中的社会变迁与人的心理结构——以诺贝尔文学奖获得者福克纳和莫言的文学疆界为例》,《社会科学家》2015 年第 8 期。

商亮、夏文静:《虚构与象征的典范:〈纪念爱米丽的一朵玫瑰花〉——兼论福克纳对莫言的影响》,《河南师范大学学报》(哲学社会科学版)2014 年第 3 期。

邵璐:《莫言英译者葛浩文翻译中的"忠实"与"伪忠实"》,《中国翻译》2013 年第 3 期。

沈杏培:《童眸里的世界:别有洞天的文学空间——论新时期儿童视角小说的独特价值》,《江苏社会科学》2009 年第 1 期。

舒晋瑜:《十问吉田富夫》,《中华读书报》2006 年 8 月 30 日。

孙强:《汉语国际传播提升文化软实力的策略与途径》,《南京社会科学》2012 年第 12 期。

涂朝莲:《魔幻现实主义与马尔克斯——以〈百年孤独〉为个案研究》,《求索》2005 年第 6 期。

王晶芝、杨忠:《隐喻在政治新闻语篇中运用的可行性探讨》,《东北师大学报》(哲学社会科学版)2012 年第 3 期。

王蒙:《〈冬雨〉后记》,《读书》1980 年第 7 期。

王萍:《中国文化元素与欧美文学的接受——以列夫·托尔斯泰为例》,《东北师大学报》(哲学社会科学版)2015 年第 4 期。

王玉:《地方治理视域下反腐倡廉网络舆情信息制度化研究》,《学术交流》2013 年第 5 期。

〔德〕魏格林:《沟通和对话——德国作家马丁·瓦尔泽与莫言在慕尼黑的一次会面》,《上海文学》2010 年第 3 期。

翁家慧:《大江健三郎北京大学演讲会综述》,《外国文学》2009 年第 1 期。

肖进:《莫言在中东欧的译介、传播与接受》,《华文文学》2015 年第 1 期。

徐爱芳:《传播学视角下贾平凹、莫言小说海外传播对比分析》,《陕西教育》（高教版）2015 年第 1 期。

徐刚、胡铁生：《美国迪士尼动画影像中的后殖民意识：解析〈风中奇缘〉中的西方话语霸权》，《电影文学》2013 年第 17 期。

徐刚、胡铁生：《美国华裔文学“荒原叙事”的当代发展——以〈第五和平书〉和〈拯救溺水鱼〉为例》，《社会科学研究》2015 第 1 期。

杨亮：《政治主体意识：政治制度有效性获得的增量因素》，《河南师范大学学报》（哲学社会科学版）2010 年第 6 期。

姚继中、周琳琳：《大江健三郎与莫言文学之比较研究：全球地域化语境下的心灵对话》，《四川外国语学院学报》2006 年第 4 期。

于进江译《我的文学之路：大江健三郎访谈录》，《小说评论》1995 年第 2 期。

曾利君：《马尔克斯与中国文学》，《福建论坛》（人文社会科学版）2014 年第 6 期。

曾利君：《新时期文学魔幻写作的两大本土化策略》，《文学评论》2010 年第 2 期。

张广达：《王国维的西学和国学》，《中国学术》2003 年第 4 期。

张国华：《大江健三郎与莫言童年故乡印象书写的对比研究》，《东北师大学报》（哲学社会科学版）2014 年第 6 期。

张清华：《叙述的极限：论莫言》，《当代作家评论》2003 年第 2 期。

张群：《历史的民间化叙述：读莫言的〈檀香刑〉》，《现代语文》（文学研究）2011 年第 4 期。

赵丽萍、董国俊：《从颁奖辞看成莫言小说的域外接受》，《甘肃社会科学》2013 年第 4 期。

钟志清：《奥兹与莫言对谈（节选）》，《南方周末》2007 年 9 月 5 日。

周琳玉：《从〈百年孤独〉看魔幻现实主义及其对莫言的影响》，《兰州交通大学学报》（哲学社会科学版）2006 年第 2 期。

周新凯、高方：《莫言作品在法国的译介与解读：基于法国主流媒体对莫言的评价》，《小说评论》2013 年第 2 期。

朱芳：《莫言在日本的译介》，《中国比较文学》2014 年第 4 期。

析出文献部分

〔日〕大江健三郎：《饲育》，沈国威译，载《死者的奢华》，光明日报出版社，1995。

〔日〕大江健三郎、莫言：《文学应该给人光明》，载林建法主编《说莫言》（上），辽宁人民出版社，2013。

〔日〕大江健三郎、莫言：《寻找红高粱的故乡——大江健三郎与莫言的对话》，载莫言《我的高密》，中国青年出版社，2011。

高兴：《黑色，阴影，模糊的界限》，载刘硕良主编《诺贝尔文学奖作家论》（下），漓江出版社，2013。

胡锦涛：《坚定不移沿着中国特色社会主义道路前进为全面建成小康社会而奋斗——在中国共产党第十八次全国代表大会上的报告》，载本书编号组编著《十八大报告辅导读本》，人民出版社，2012。

刘再复：《“现代化”刺激下的欲望疯狂病——〈酒国〉、〈受活〉、〈兄弟〉三部小说的批判指向》，载林建法主编《说莫言》（上），辽宁人民出版社，2013。

〔美〕罗伯特·潘·沃伦：《威廉·福克纳》，俞石文译，载李文俊编《福克纳的神话》，上海译文出版社，2008。

莫言：《翱翔》，载《姑妈的宝刀》，上海文艺出版社，2012。

莫言：《白狗秋千架》，载《姑妈的宝刀》，上海文艺出版社，2012。

莫言：《春夜雨霏霏》，载《姑妈的宝刀》，上海文艺出版社，2012。

莫言：《第二届“华语文学传媒大奖·杰出成就奖”授奖词及获奖演说》，载林建法主编《说莫言》（上），辽宁人民出版社，2013。

莫言：《短篇小说全集前言》，载《与大师约会》，上海文艺出版社，2012。

莫言：《福克纳大叔，你好吗？——在加州大学伯克莱校区的演讲》，载《我的高密》，中国青年出版社，2011。

莫言：《故乡往事》，载《我的高密》，中国青年出版社，2001。

莫言：《捍卫长篇小说的尊严——代序言》，载《酒国》，上海文艺出版社，2012。

莫言：《饥饿和孤独是我创作的财富——在斯坦福大学的演讲》，载

《我的高密》，中国青年出版社，2001。

莫言：《酒后絮语——代后记》，载《酒国》，上海文艺出版社，2012。

莫言：《恐惧与希望》，载《用耳朵阅读》，作家出版社，2012。

莫言：《漫谈当代文学的成就及其经验教训》，载《写给父亲的信》，春风文艺出版社，2003。

莫言：《千言万语何若莫言》，载《莫言作品精选》，长江文艺出版社，2012。

莫言：《三岛由纪夫猜想》，载《莫言作品精选》，长江文艺出版社，2012。

莫言：《神秘的日本与我的文学历程：在日本驹泽大学的即席演讲》，载《我的高密》，中国青年出版社，2001。

莫言：《说说福克纳这个老头儿》，载林建法主编《说莫言》（上），辽宁人民出版社，2013。

莫言：《诉说就是一切》，载林建法主编《说莫言》（上），辽宁人民出版社，2013。

莫言：《铁孩》，载《姑妈的宝刀》，上海文艺出版社，2012。

莫言：《童年读书》，载《我的高密》，中国青年出版社，2011。

莫言：《透明的红萝卜》，载《莫言作品精选》，长江文艺出版社，2012。

莫言：《我漫长的文学梦》，载《我的高密》，中国青年出版社，2011。

莫言：《我为什么要写〈红高粱〉家族》，载《莫言作品精选》，长江文艺出版社，2012。

莫言：《新版后记》，载《天堂蒜薹之歌》，上海文艺出版社，2012。

莫言：《序言》，载《怀抱鲜花的女人》，上海文艺出版社，2012。

莫言：《影响的焦虑》，载林建法主编《说莫言》（上），辽宁人民出版社，2013。

莫言：《幽默与趣味》，载《怀抱鲜花的女人》，上海文艺出版社，2012。

莫言：《在路上寻找故乡》（代序），载《藏宝图》，春风文艺出版社，2003。

莫言：《战友重逢》，载《怀抱鲜花的女人》，上海文艺出版社，2012。

莫言：《战争文学断想》，载《写给父亲的信》，春风文艺出版社，2003。

莫言、〔日〕大江健三郎、张艺谋：《选择的艺术》，载张清华、曹霞编《看莫言——朋友、专家、同行眼中的诺奖得主》，华中科技大学出版社，2013。

莫言、李敬泽：《向中国古典小说致敬》，载林建法主编《说莫言》(上)，辽宁人民出版社，2013。

〔美〕琼·斯坦因：《福克纳访问记》，王义国译，载李文俊主编《福克纳的神话》，上海译文出版社，2008。

〔法〕让-保罗·萨特：《〈喧嚣与骚动〉：福克纳小说中的时间》，俞石文译，《福克纳的神话》，上海译文出版社，2008。

铁凝、〔日〕大江健三郎、莫言：《中日作家鼎谈》，载林建法主编《说莫言》(上)，辽宁人民出版社，2013。

〔英〕托马斯·莫尔：《乌托邦》，戴镏龄译，商务印书馆，2010。

〔美〕瓦尔特·考夫曼：《尼采对苏格拉底的态度》，胡铁生译，载汪民安、陈永国编《尼采的幽灵——西方后现代语境中的尼采》，社会科学文献出版社，2001。

〔美〕威廉·福克纳：《在接受诺贝尔文学奖时的演说》，张子清译，载李文俊编选《福克纳评论集》，中国社会科学出版社，1980。

武锐、鹿鸣昱：《莫言小说〈蛙〉在日本译介的优势》，载会议论文集《日语教学与日本研究——中国日语教学研究会江苏分会》，2013，华东理工大学出版社，2015。

袁莉：《从莫言作品在法国的译介——谈中国文学的西方式生存》，载《中国梦：道路·精神·力量——上海市社会科学界第十一届学术年会文集（2013年度)》，上海人民出版社，2013。

〔美〕詹姆斯·戴维斯·亨特、〔美〕乔舒亚·耶茨：《全球化的先锋队》(美国全球化者的世界)，载〔美〕塞缪尔·亨廷顿、〔美〕彼得·伯杰主编《全球化的文化动力：当今世界的文化多样性》，康敬贻、林振熙、柯雄译，新华出版社，2004。

西文文献

Ahl Nils C. , "Mo Yan: 'Le Nobel pour 'celui qui ne parle pas'," *Le Monde*,15. 10. 2012.

Annette T. Rubinstein, *American Literature Root and Flower* (Beijing: Foreign Language Teaching and Research Press, 1988).

Antony Flew, *An Introduction to Western Philosophy: Ideas and Argument from Plato to Sartre* (New York: The Bobbs-Merrill Company, Inc. , 1971).

Bruce A. Ronda, *The Discourse of American Literature: Culture and Expression from Colonization to Present* (Shanghai: Shanghai Foreign Language Education Press, 1991).

Charles R. Anderson, *American Literary Masters · Volume Two* (New York · Chicago · San Francisco · Toronto: Holt Rinehart and Winston, Inc. , 1965).

Davis Robert Con, ed. , *Contemporary Literary Criticism: Modernism through Post-Structuralism* (New York & London: Longman Inc. , 1986).

Dutrait Noël. ,"Mo Yan est un ogre!" *Le Nouvel Obervateur*, 11. 10. 2012.

Edgar V. Roberts & Henry E. Jacobs, *Literature: An Introduction to Reading and Wring* (Englewood Cliffs: Prentice-Hall, 1986).

Edwin Morgan trans. , *Beowulf: A Verse Translation into Modern English* (Berkeley and Los Angeles: University of California Press, 1952).

Emory Elliott, ed. , *Columbia Literary History of the United States* (New York: Columbia University Press, 1988).

Encyclopedia Britannica, Inc. , ed. , *Britannica Concise Encyclopedia* (Shanghai: Shanghai Foreign Language Education Press, 2008).

Ewan Fernie, "Shakespeare and the Prospect of Presentism, " in Peter Holland, ed. , *Shakespeare Survey* (58), (Cambridge: Cambridge University Press, 2005).

F. de. Saussure, *Course in General Linguistics*, Roy Harris trans. , (Beijing: Foreign Language Teaching and Research Press, 2000).

James Seaton, *Cultural Conservatism, Political Liberalism: From*

Criticism to Cultural Studies (Ann Arbor: The University of Michigan Press, 1996).

John Peck & Martin Coyle, *A Brief History of English Literature* (Beijing: Higher Education Press, 2010).

Joseph Heller, *Catch-22* (New York: Simon & Schuster Paperbacks, a division of Simon & Schuster, Inc. , 1961).

Mary Rohrberger, *Story to Anti-Story* (Boston: Houghton Mifflin Company, 1979).

M. H. Abrams, "The Deconstructive Angel," in Robert Con Davis, ed. , *Contemporary Literary Criticism: Modernism through Post- Structuralism* (New York & London: Longman Inc. , 1986).

M. H. Abrams, *The Mirror and the Lamp: Romantic Theory and the Critical Tradition* (London · Oxford · York: Oxford University Press, 1953).

Nobel Prize Org, "*Alfred Nobel's Will*," The Official Web Site of the Nobel Prize, 2016. 08. 29, http:// www. nobelprize. org/alfred_nobel/.

Richard Gray, *A Brief History of American Literature* (Beijing: Higher Education Press, 2014).

Ronald Wardhaugh, *An Introduction to Sociolinguistics* (Beijing: Foreign Language Teaching and Research Press, 2000).

Sheridan Baker, *The Practical Stylist* (New York: Thomas Y. Crowell Company, 1969).

The Bible Societies, *The Bible* (Authorized Version) (Stonehill Green: Bible Society Publishing, 1985).

The Official Web Site of the Nobel Prize. The Nobel Prize in Literature. http://www. nobelprize. org/nobel_prizes/liter-ature/.

Thomas Jefferson, " The Declaration of Independence," Ronald Gottesman, et al. eds. , *The Norton Anthology of American Literature*, (New York · London: W · W · Norton & Company, 1980).

William A. Heffernan, Mark Johnston & Frank Hodgins, *Literature: Art and Artifact* (San Diego · New York · Chicago · Austin · London Sydney ·

Tokyo · Toronto: Harcourt Brace Jovanovich Publishers, 1987).

William E. Cain, *The Crisis in Criticism: Theory, Literature, and Reform in English Studies* (Baltimore & London: The Johns Hopkins University Press, 1987).

William Gass, "In the Heart of the Heart of the Country," in Mary Rohrberger, ed., *Story to Anti-Story* (Boston: Houghton Mifflin Company, 1979).

Yue Daiyun, *Comparative Literature and China: Overseas Lectures by Yue Daiyun* (Beijing: Peking University Press, 2004).

网络文献

Admin:《翻译家葛浩文英译莫言作品比原著写得更好?》，爱英语吧，2011年11月6日，http://www.2abc8.com/new/34161/index.html。

《背景资料：诺贝尔文学奖获得者大江健三郎》，网易，2009年10月20日，http://book.163.com/09/1020/17/5M38F98500923RGI.html。

柴爱新、白春阳：《中国当代文学海外传播：翻译与推广非常重要》，中国新闻网，2012年2月22日，http://www.chinanews.com/cul/2012/10-22/4266560.shtml.

陈冲：《批评界缺乏对莫言文本的专业分析》，中国文学网，http://www.Literature.net.cn/Article.aspx?id=73430。

陈树义：《中国作协副主席莫言获诺贝尔文学奖引激烈争议》，新浪博客，2012年10月12日，http://blog.sina.com.cn/s/blog_494c04040102e181.html。

大卫的李译《葛浩文，那个翻译莫言的犹太人》，译言网，2012年12月12日，http://select.yeeyan.org/view/217103/337942。

封秋昌：《人性战胜兽性的艰难历程——评莫言的〈红蝗〉》，新浪博客，2011年1月25日，http://blog.sina.com.cn/s/blog_4b2f53220100oudn.html。

〔德〕顾彬：《中国小说缺少集中描写中国人心理》，乐然译，凤凰财经网，2012年10月26日，http://finance.ifeng.com/news/people/20121026/7211933.shtml。

郭英剑：《莫言：魔幻现实主义，还是其他》，中国作家网，2012年

12 月 21 日，http：//www. Chinawriter. com。

〔美〕何清涟：《诺贝尔文学奖在中国的是是非非》，http：//www. hxzq. net/aspshow/showarticle. asp? id = 7780。

江烈农：《从翻译角度浅议：莫言到底是不是“魔幻现实主义”融合了民间故事、历史与当代社会?》，译言网，2012 年 10 月 14 日，http：//article. yeeyan. org/view/245405/324909。

李叶：《文学评论家：莫言得诺奖翻译功不可没》，人民网，2012 年 10 月 11 日，http：//society. people. com. cn/n/2012/1011 /c1008 - 19235129. html。

梁小岛：《莫言作品在国外》，香港文汇报网站，2012 年 10 月 15 日，http：//paper. wenweipo. com。

〔美〕林培瑞：《莫言不是一个顶尖的作家》，好搜网，2012 - 12 - 11，http：// www. xicinet/d180152465. htm。

林少华：《村上春树也好莫言也罢孤独始终如影随形》，中青网，2014 年 5 月 13 日，http：//cul. qq. com/ 20140513/018159. htm。

刘淼：《莫言不是好榜样》，泡网俱乐部，2012 年 11 月 8 日，http：//yydg. Paowang. net/2012 - 11 - 08/7896. html。

刘水：《莫言：文学与体制的双生子》，新浪博客，2012 年 10 月 27 日，http：//blog. sina. com. cn/s/blog_ 475b03900102e7 mm. html。

刘仲华：《莫言：诺贝尔文学奖是颁给我个人而非一个国家》，腾讯网，2012 年 12 月 7 日，http：//news. qq. com/a/20121207/ 000097. htm。

卢茂君：《莫言作品在日本》，中国作家网，2012 年 11 月 14 日，http：//www. chinawriter. com. cn。

Lynnwong513 译《葛浩文：翻译莫言作品的犹太籍翻译家》，译言网，2013 年 1 月 19 日，http：//article. yeeyan. org/view/ 365050/ 344701。

〔哥伦比亚〕马尔克斯：《马尔克斯论海明威：他是对我写作技巧影响最大的人》，原文 1981 年 7 月 26 日发表于《纽约时报》，大家之家网，2015 年 1 月 22 日，http：// www. djxhj. com/Item /23019. aspx。

〔哥伦比亚〕马尔克斯：《马尔克斯名言，马尔克斯百年孤独经典语录》，后励志网，2014 年 4 月 18 日，http：//www. 201980. com/juzi/yulu /2699. html。

〔德〕马丁·瓦尔泽：《小说是为当代现实撰写历史》，搜狐读书网，2009 年 12 月 17 日，http：//book. sohu. com/20091217/ n2690 22322. shtml。

马凡驼：《莫言是“魔幻现实主义”还是“模仿现实主义”?》，中华论坛网，2012 年 12 月 12 日，http：//club. china. com/data/ thread/1011/ 2752/02/ 70/5_ 1. html。

《名扬海外的中国当代作家莫言——北京师范大学》，中国高校之窗，2017 年 8 月 7 日，http：//www. gx211. com/ news/201487/n7164207226. html。

莫言：《2009 年在法兰克福“感知中国”论坛上的演讲》，共识网，2012 年 10 月 15 日，http：//www. 21ccom. net/articles/ sxwh/ ddwx/2012/ 1015/69087. html。

莫言：《讲故事的人》，新浪文化网，2012 年 12 月 8 日，http：//book. sina. com. cn/cul/c/2012 - 12 - 08/ 0110 378185. shtml。

莫言：《我的文学是在河北起步的》，大洋网，2012 年 10 月 12 日，http：//news. dayoo. com/china/57400/201210/12/47400_ 109370233. htm。

《莫言获诺贝尔文学奖的多重意义》，人民网，2012 年 10 月 12 日，http：//culture. people. com. cn/n/2012/1012/c22 219 - 19245508. html。

彭剑责编《莫言获诺贝尔奖的重要推手—记瑞典翻译家陈安娜》，光明网，2013 年 9 月 6 日，http：//world. gmw. cn/2013 -09/ 06/content_ 8818318. htm。

饶博等：《莫言获奖的海外回声》，新华网，2012 年 10 月 13 日，http：//news. xinhuanet. com/mrdx/2012 - 10/13/c_ 131903844. htm.

〔越〕阮克批：《〈丰乳肥臀〉和〈檀香刑〉的艺术世界》，转引自中国文学网，2016 年 1 月 28 日，http：//www. literature. org. cn/Article. aspx? id =33785。

《萨特存在主义文学的本质》，可可文艺网，2013 年 6 月 19 日，http：//blog. sina. com. cn/s/blog_ 7299f21b0101ccy9. html。

上官云编辑《莫言作品译者葛浩文：我只译我喜欢的小说》，中国新闻网，2013 年 12 月 10 日，http：//www. chinanews. com/cul/2013/12 - 10/ 5601163. shtml。

〔越〕陶文琉：《以〈丰乳肥臀〉为例论莫言对越南文学的影响》，中国文学网，2014 年 4 月 16 日，http：//www. literature. org. cn/ Article. aspx?

id = 33785。

王觉眠、王路、涂小玲：《解读莫言与魔幻现实主义的关联》，新浪新闻网，2012 年 12 月 5 日，http：//news. sina. com. cn/o/ 2012 - 12 - 05/ 164125738277. shtml。

王树福：《遥远的与陌生的：俄罗斯人眼中的莫言》，新华网，2013 年 1 月 10 日，http：//news. xinhuanet. com/xhfk/2013 - 01/10/ c_ 124210742_ 2. htm。

Weizhibai 责编《秘鲁作家获得 2010 年诺贝尔文学奖》，中国新闻网，2010 年 10 月 8 日，http：//www. edu. cn/ztwz_ 8651/ 20101008/ t20101008_ 526899. shtml。

习近平：《共同创造亚洲和世界的美好未来——在博鳌亚洲论坛上的主旨演讲》，新华网，2013 年 4 月 7 日，http：//news. xinhuanet. com/politics/2013 - 04/07/c_ 115296408. htm。

习近平：《积极树立亚洲安全观共创安全合作新局面——在亚洲相互协作与信任措施会议第四次峰会上的讲话》，人民网，2014 年 5 月 21 日，http：//politics. people. com. cn/n/2014/0521/c10 24 - 25048153. html。

小青：《莫言的作品缺乏思想深度》，凯迪社区网，2012 年 10 月 18 日，http：//club. kdnet. net/dispbbs. asp？ boardid = 1&id = 8712395。

徐娉婷：《阿列克西耶维奇获 2015 年诺贝尔文学奖》，腾讯文化网，2015 年 10 月 18 日，http：//cul. qq. com/a/20151008/058 020. htm。

杨四平：《莫言小说的海外传播与接受》，原载《澳门理工学报》，2013 年，第 1 期（季刊），新浪博客，2013 年 4 月 4 日，http：//blog. sina. com. cn/s/blog_ 5bbd7dc301016xy9. html。

杨义：《中国文学与人文地理》，人民网，2010 年 3 月 18 日，http：//thoery. people. com. cn/GB/11168291. html。

易测预测：《关于莫言的魔幻现实主义》，新浪博客，http：//blog. sina. com. cn/s/blog4e002c 450 1014e 2v. html。

轶名：《作家莫言获过的文学奖项》，作文网，2012 年 10 月 12 日，http：//zuowen. juren. com/news/201210/335669. html。

〔美〕张旭东：《莫言更能代表中国文学的生产力》，中国社会科学网，http：//www. sccn. cn/ddzg_ ldjs/ddzg_ wh/20131030_ 799526. shtml。

中国共产党第十八届第五次全体会议通过:《中共十八届五中全会公报》(全文),财新网,2015年10月29日,http://www.caixin.com/2015-10-29/100867990.html。

中新:《葛浩文译本被赞比原著好》,新华网,2012年11月3日,http://news.xinhuanet.com/book/2012-11/03/c_123909090.htm。

朱妤微:《尚兰德:一个用相机写诗的人》,杭州网,2005年5月6日,http://www.hangzhou.com.cn/20050101/ca738358.htm。

《作家和翻译谁成就谁?葛浩文译本被赞胜原著》,人民网,2012年11月2日,http://culture.people.com.cn/n/2012/1102/c172318-19477547-3.html。

附录一
莫言作品概览

（以发表或出版年份为序）

1981 年

《春夜雨霏霏》（短篇小说），《莲池》第 5 期。

1982 年

《丑兵》（短篇小说），《莲池》第 2 期。

《雪花，雪花》（短篇小说），《花山》第 3 期。

《为了孩子》（短篇小说），《莲池》第 5 期。

1983 年

《售棉大路》（短篇小说），《莲池》第 3 期。

《民间音乐》（短篇小说），《莲池》第 5 期。

《我和羊》（散文），《花山》第 5 期。

《售棉大路》（短篇小说），《小说月报》第 7 期转载。

1984 年

《金翅鲤鱼》（短篇小说），《无名文学》第 1 期。

《放鸭》，（短篇小说），《无名文学》第 1 期。

《白鸥前导在春船》（短篇小说），《小说创作》第 2 期。

《岛上的风》（中篇小说），《长城》第 2 期。

《白鸥前导在春船》，《小说创作》第 3、4 期合刊。

《雨中的河》（中篇小说），《长城》第 5 期。

《黑沙滩》（短篇小说），《解放军文艺》第 7 期。

1985 年

《金发婴儿》（中篇小说），《钟山》第 1 期。

《透明的红萝卜》（中篇小说），《中国作家》第 2 期。

《流水》（短篇小说），《风流》第 2 期。

《白狗秋千架》（短篇小说），《中国作家》第 4 期。

《石磨》（短篇小说），《小说界》第 5 期。

《球状闪电》（中篇小说），《收获》第 5 期。

《天马行空》（散文），《解放军文艺》第 6 期。

《老枪》（短篇小说），《昆仑》第 6 期。

《桥洞里长出红萝卜》（散文），《文艺报》7 月 6 日。

《马蹄》（散文），《解放军文艺》第 7 期。

《枯河》（短篇小说），《北京文学》第 8 期。

《秋水》（短篇小说），《奔流》第 8 期。

《五个饽饽》（短篇小说），《当代小说》第 9 期。

《大风》（短篇小说），《小说创作》第 9 期。

《三匹马》（短篇小说），《奔流》第 9 期。

《爆炸》（中篇小说），《人民文学》第 12 期。

《也许是因为当过“财神爷”》（散文），收入《三十五个文学梦》，解放军出版社。

1986 年

《大肉蛋》（散文），《文学自由谈》第 1 期。

《美丽的自杀》（报告文学），《解放军文艺》第 1 期。

《透明的红萝卜》（小说集），《中国作家》第 2 期。

《筑路》（中篇小说），《中国作家》第 2 期。

《草鞋窨子》（短篇小说），《青年文学》第 2 期。

《几位青年军人的文学思考》（散文，莫言等），《文学评论》第 2 期。

《黔驴之鸣》（散文），《青年文学》第 2 期。

《红高粱》（中篇小说），《人民文学》第 3 期。

《断手》（短篇小说），《北京文学》第 3 期。

《两座灼热的高炉》（散文），《世界文学》第 3 期。

《十年一觉高粱梦》（散文），《中篇小说选刊》第 3 期。

《狗道》（中篇小说），《十月》第 4 期。

《奇死》（中篇小说），《昆仑》第 6 期。

《〈奇死〉后的信笔涂鸦》（散文），《昆仑》第 6 期。

《苍蝇·门牙》（短篇小说），《解放军文艺》第 6 期。

《与罗强烈的通信》（书信），《中国青年报》7 月 8 日。

《高粱酒》（中篇小说），《解放军文艺》第 7 期。

《高粱殡》（中篇小说），《北京文学》第 8 期。

《唯有真情才动人》（散文），《文艺报》8 月。

《我想到痛苦、爱情与艺术》（散文），《八一电影》第 8 期。

《红高粱》，与张艺谋等人合作改编成电影文学剧本。

《透明的红萝卜》（小说集），作家出版社。

1987 年

《凌乱战争印象》（短篇小说），《虎门》第 1 期。

《与莫言一席谈》（莫言、陈薇、温金海），《文艺报》1 月 10、17 日。

《欢乐》（中篇小说），《人民文学》第 1 ~ 2 期合刊。

《高密之光》（报告文学），人民日报 2 月 1 日。

《弃婴》（中篇小说），《中外文学》（台湾）第 2 期。

《高密之光》（报告文学），《人民日报》1987 年 2 月 3 日。

《高密之星》（报告文学），《人民日报》1987 年 2 月 13 日。

《红蝗》（中篇小说），《收获》第 3 期。

《罪过》（短篇小说），《上海文学》第 3 期。

《大音稀声》（报告文学），《昆仑》第 4 期。

《英雄浪漫曲》（影视剧本，与人合作），《中外电影》第 5 期。

《战争文学随想》（散文），《电影文学》第 10 期。

《猫事荟萃》（短篇小说），《上海文学》第 11 期。

《革命历史题材六人谈：上帝是你自己的》（散文），《文学报》11 月 12 日。

《飞艇》（短篇小说），《北京文学》第 12 期。

《红高粱》（影视文学剧本，与人合作），西安电影制片厂出品。

《红高粱家族》（长篇小说），解放军文艺出版社。

《透明的红萝卜》（小说集），台湾新地出版社。

《莫言》，香港明报月刊·明报出版有限责任公司。

1988 年

《玫瑰玫瑰香气扑鼻》（中篇小说），《钟山》第 1 期。

《天堂蒜薹之歌》（长篇小说），《十月》第 1 期。

《玫瑰玫瑰香气扑鼻》（附：也算创作谈）（散文），《钟山》第 1 期。

《狗·鸟·马》（散文），《中国作家》第 1 期。

《食草家族》（长篇小说），《天津文学》第 2 期。

《养猫专业户》（短篇小说），《天津文学》第 2 期。

《影片〈红高粱〉观后杂感》（散文），《当代电影》第 2 期。

《影片〈红高粱〉观后杂感》（散文），《电影、电视艺术研究》第 4 期。

《也叫“红高粱”备忘录》（散文），《电影、电视艺术研究》第 5 期。

《〈玫瑰玫瑰香气扑鼻〉后记》（散文），《电影、电视艺术研究》第 5 期。

《革命浪漫主义》（短篇小说），《西北军事文学》第 5 期。

《高密之梦》（报告文学），《人民日报》1988 年 9 月 3 日。

《复仇记》（中篇小说），《青年文学》第 11 期。

《马驹横穿沼泽》（短篇小说），《青年文学》第 11 期。

《我痛恨所有的神灵》（散文），《福建文学》第 11 期。

《十三步》（长篇小说），《文学四季》秋之卷。

《生蹼的祖先》（中篇小说），《长河》创刊号。

《师傅越来越幽默》（中篇小说），解放军文艺出版社。

《爆炸》（昆仑文学丛书），昆仑出版社。

《红高粱》（改编成电影），当年获柏林国际电影节金熊奖。

《十三步》（长篇小说），作家出版社。

《天堂蒜薹之歌》（长篇小说），作家出版社。

《爆炸》（小说集），解放军文艺出版社。

《红高粱家族》（长篇小说），台湾台北洪范书店。

《枯河》（短篇小说）（『枯れた河』，井口幌译，（日本）《季刊中国现代小说》第5期。

《红高粱家族》（长篇小说），井口幌译，《现代中国文学选集》第六分册，（日本）德间书店。

La Rivière tarie，《枯河》（短篇小说），Gao Changhui 和 Danielle Turc-Crisa 译，载 *La Remontée vers le jour. Nouvelles de Chine*（1978 - 1998），（法国）Alinéa 出版社。

1989 年

《落日》（短篇小说），《西北军事文学》第1期。

《〈伏牛〉读后与一个“惊天动地的响屁”》（散文），《小说家》第2期。

《我的“农民意识”观》（散文），《文学评论家》第2期。

《打靶歌》（散文），《解放军文艺》第2期。

《大水》（影视作品，与人合作），《中国电影》第3期。

《你的行为使我恐惧》（中篇小说），《人民文学》第3期。

《遥远的亲人》（短篇小说），《时代文学》第4期。

《爱情故事》（短篇小说），《作家》第6期。

《供销社的朋友们》（散文），《农民日报》1989年8月22、29日。

《奇遇》（短篇小说），《北方文学》第10期。

《酒与文化及其他》（散文），《人民日报》海外版，1989年，日期不详。

《军歌》（报告文学），《群众文艺》，期号不详。

《怪人张世家》（报告文学），《青年思想家》，期号不详。

《欢乐十三章》（中篇小说集），作家出版社。

《十三步》（长篇小说），作家出版社。

《透明的红萝卜》（小说集），台湾台北林白出版社。

《天堂蒜薹之歌》（长篇小说），台湾台北洪范书店。

『秋の水』《秋水》（短篇小说），藤井省三译，（日本）《发现》（ユリイカ），第21卷第13号。

『赤い高粱』《红高粱家族》(长篇小说), 井口晃译, (日本) 东京: 德间书店。

Vitlöksballadema,《天堂蒜薹之歌》(长篇小说), Anna Custafsson Chen 译, (瑞典) Stockholm: Bokförlaget Tranan 出版社。

1990 年

《父亲在民夫连里》(中篇小说),《花城》第 1 期。

《跑跑跑, 看电影》(散文)《电影时报》1990 年, 日期不详。

《我痛恨所有的神灵》(散文), 载张志忠著《莫言论》。

《程祥凯论》(报告文学),《解放军文艺丛书》。

《十三步》(长篇小说), 台湾台北洪范书店。

《秋水》(短篇小说), 藤井省三译, 收入竹田晃编《中国幻想小说杰作集》, (日本) 白水出版社。

《红高粱家族》(长篇小说), 井口幌译,《现代中国文学选集 12》第十二分册, (日本) 德间书店。

『中国の村から莫言短編集』《来自中国农村的报告·莫言短篇集》, 载シリーズ『発見と冒険の中国文学』第二卷, 藤井省三、长堀祐造编译, (日本) JICC 出版局。

『中国幻想小説傑作集』(日本)《中国幻想小说杰作集》(文选), 竹田幌编选, 其中包括藤井省三翻译的《秋水》。

Le Clan du Sorgho,《红高粱家族》(长篇小说), Pasgale Guinot 译, (法国) Arles: Actes Sud 出版社。

La Melopee de lail Paradisiaque,《天堂蒜薹之歌》(长篇小说), Chantal Chen-Andro 译, (法国) Paris: Messidor 出版社。

1991 年

《清醒的说梦者——关于余华及其小说的杂感》(散文),《当代作家评论》第 2 期。

《清醒的说梦者关于余华及其小说的杂感》(散文),《中文自学指导》第 2 期。

《地道》(短篇小说),《青年思想家》第 3 期。

《谁是复仇者?〈铸剑〉解读》(散文),《中国现代文学研究丛刊》第

3期。

《辫子》（短篇小说），《青年思想家》第4期。

《幽默与趣味》（短篇小说），《小说家》第4期。

《读史笔记》（散文），《长城》第4期。

《人与兽》（短篇小说），《山野文学》第4期。

《白棉花》（中篇小说），《花城》第5期。

《怀抱鲜花的女人》（中篇小说），《人民文学》第7-8期连载。

《我与农村》（散文）《农民日报》1991年8月29日、30日、31日。

《一夜风流》（报告文学），《解放军报》1991年11月19日。

《夜渔》（短篇小说），夏季，期刊及期号不详。

《粮食》（短篇小说），《文友》期号不详。

《哥哥们的青春往事》（电视剧剧本，与人合作），河南电影制片厂摄制。

《白棉花》（中短篇小说集），华艺出版社。

《圆梦——〈食草家族〉跋》（散文），《食草家族》，花山文艺出版社。

《飞鸟》《夜渔》《神嫖》《翱翔》《地震》《铁孩》《灵药》《鱼市》《良医》分别发表于马来西亚的《南洋商报》、《星洲日报》、《中国时报》和《联合文学》。

Explosions and other stories.（《〈爆炸〉及其他短篇小说》），Janice Wickeri（ed.）.（香港）Hong Kong：Research Centre for Translations，Chinese University of Hong Kong.

1992年

《白棉花》（中篇小说），《中篇小说选刊》第1期转载。

《还是闲言碎语》（散文），《中篇小说选刊》第1期。

《声音带给我的》（散文），《音乐爱好者》第2期。

《红耳朵》（中篇小说），《小说林》第5期。

《姑妈的宝刀》（短篇小说），《时代文学》第5期。

《屠夫的女儿》（短篇小说），《时代文学》第5期。

《说说福克纳这老头》（散文），《当代作家评论》第5期。

《模式与原型》（中篇小说），《小说林》第6期。

《战友重逢》（中篇小说），《长城》第6期。

《梦境与杂种》（中篇小说），《钟山》第6期。

《幽默与趣味》（中篇小说），《小说家》，期号不详。

《酒国》（长篇小说），台湾台北洪范书店。

『花束を抱く女』《怀抱鲜花的女人》（莫言短篇集），内含新译作品《透明的红萝卜》、《苍蝇·门牙》和《怀抱鲜花的女人》，滕井省三译，（日本）JICC出版局。

『中国ユーモア文学傑作選』《中国幽默文学杰作选》，藤井省三选编，内含莫言的《透明的红萝卜》、《苍蝇·门牙》、《怀抱鲜花的女人》（『蝿·前歯』），（日本）白水出版社。

Sorgo rogo，《红高粱》，西班牙语版，译者不详，（西班牙）Barcelona El Alph Barcelona：Muchnic出版社。

1993年

《我的故乡与我的小说》（散文），《当代作家评论》第2期。

《二姑随后就到》（短篇小说），《人民文学》第7期。

《好谈鬼怪神魔》（散文），《作家》第8期。

《酒国》（长篇小说），湖南文艺出版社。

《怀抱鲜花的女人》（中篇小说集），社会科学出版社。

《金发婴儿》（小说集），长江文艺出版社。

《食草家族》（长篇小说），华艺出版社。

《十三步》（长篇小说），作家出版社。

《愤怒的蒜薹》（长篇小说《天堂蒜薹之歌》修订本），北京师范大学出版社。

《神聊》（小说集），北京师范大学出版社。

《红高粱：中国新时期文学精品大系·中篇小说》，中国文学出版社。

《怀抱鲜花的女人》（中篇小说集），台湾台北洪范书店。

『花束を抱く女』《怀抱鲜花的女人》（中篇小说集），藤井省三译，（日本）JICC出版局。

『中国幽默文学杰作选』收录藤井省三翻译的《苍蝇·门牙》，（日本）JICC 社出版。

Explosions and other Stories,《爆炸及其他短篇小说》, Janice Wickeri & Duncan Hewitt (trans.),（香港）Hang Kong：Renditions Press 出版社。

Das rote Kormfeld：*Roman*,《红高粱家族》（长篇小说）, Peter Weber-Schäfer 译,（德国）Reinbeck bei Hamburg：Rowlhlt 出版社。

Le Radis de Cristal Pascale,《透明的红萝卜》（中篇小说）, Pascale Wei- Guinot 译,（法国）Paris：Philippe Picquier 出版社。

Le Chantier,《会唱歌的墙》（中篇小说）, Chantal Chen-Andro 译,（法国）Scanedition 出版社。

Le Clan du sorgho,《红高粱家族》（长篇小说）, Pascale Wei-Guinot et Sylvie Gentil 译,（法国）Arles：Actes Sud 出版社。

Red sorghum：*a novel of China*,《红高粱家族》（长篇小说全译本）, Howard Goldblatt 译,（美国）New York ：Viking Penguin 出版社。

1994 年

《抗战铁事》（散文）,《西南军事文学》第 1 期。

《我与电视剧》（散文）,《艺术家》第 3 期。

《我的故乡和童年》（散文）,《星光》第 11 期。

《太阳有耳》（电影），长春电影制片厂摄制。

《梦断情楼》（电视剧本，与人合作），亚洲电视制作中心摄制。

《猫事荟萃》（小说集），新世界出版社。

《再爆炸：莫言文集·卷 2》，作家出版社。

《梦境与杂种》（小说集），台湾台北洪范书店。

Le radis de cristal,《透明的红萝卜》（中篇小说）, Pascale Wei – Guinot 和 Xiaoping Wei 译,（法国）Arles：P. Picquie 出版社。

Le chantier,《会唱歌的墙》（散文集），译者不详,（法国）Paris Seuil Scand ditions 出版社。

Het rode korenveld,《红高粱家族》（长篇小说）, Nijmeijer 译,（荷兰）Amsterdam：Bakker 出版社。

Sorgo rosso,《红高粱家族》（长篇小说）, Rosa Lombardi 译,（意大利）Roma：Theoria 出版社。

La Faute,《罪过》(短篇小说), Chantal Chen-Andro 译，载 *Anthologie de nouvelles chimoises comtemporaines*,(法国) Gallimard 出版社。

《红高粱》(中篇小说), 希伯来语出版, Yoav Halevi 译, 出版社不详。

Red Sorghum,《红高粱》(中篇小说), Howard Goldblatt 译, (美国) New York: Penguin Boos 出版社。

Red Sorghum,《红高粱》(中篇小说, 再版), Howard Goldblatt 译,(美国) New York: Viking 出版社。

1995 年

《我的故乡和童年》(散文),《新华文摘》第 1 期转载。

《漫长的文学梦》(散文),《解放军文艺》第 2 期。

《丰乳肥臀》(长篇小说),《大家》第 5 ~6 期连载。

《〈丰乳肥臀〉解》(散文),《光明日报》1995 年 11 月 22 日。

《红高粱》(长篇小说), 作家出版社。

《莫言文集》(五卷本), 作家出版社。

《丰乳肥臀》(长篇小说), 作家出版社。

『世界文学のフロンティア4 ノスタルジア』)(日本)《世界前沿文学 4 · 乡愁》内含莫言的《神嫖》(『女郎遊び』)。

Rødl kom,《红高粱家族》(长篇小说), 译者不详, (挪威) Bodil Engen Oslo: Aschehoug 出版社。

Les treize pas,《十三步》(长篇小说), Sylvie Gentil 译, (法国) Paris: Le Seuil 出版社。

De knoflookliederen,《天堂蒜薹之歌》(长篇小说), Peter Abelsen 译,(荷兰) Amsterdam: Bakker 出版社。

Dasrote Kornfeld,《红高粱家族》(长篇小说), Peter Weber-Scher 译,(德国) By Rowohlt 出版社。

Red Sorghum,《红高粱》(中篇小说, 再版), Howard Goldblatt 译,(美国) New York: Penguin Books 出版社。

The Garlic Ballards,《天堂蒜薹之歌》(长篇小说), Howard Goldblatt 译,(美国) New York: Viking 出版社。

1996 年

《筑路》(短篇小说),《中国作家》第 2 期。

《望星空》(散文),《江南》第 2 期。

《三岛由纪夫猜想》(散文),《小说界》第 3 期。

《高密奇人》(散文),《青年思想家》第 5 期。

《丰乳肥臀》(长篇小说),《大家》第 5 ~6 期连载。

《丰乳肥臀》(长篇小说),作家出版社。

《太阳有耳》(影视文学剧本),获柏林电影节银熊奖。

《丰乳肥臀》(长篇小说),台湾台北洪范书店。

《红高粱家族》(长篇小说),台湾台北洪范书店。

『酒国——特捜検事丁鈎児の冒険』《酒国》(长篇小说),藤井省三译,(日本)岩波书店。

The Garlic Ballards,《天堂蒜薹之歌》(长篇小说),Howard Goldblatt 译,(美国)New York:Penguin Books 出版社。

The Garlic Ballards,《天堂蒜薹之歌》(长篇小说,再版),Howard Goldblatt 译,(美国)New York:Viking 出版社。

1997 年

《我与译文》(散文),载《作家谈译文》,上海译文出版社。

《酒国——特别检察官丁钩儿的冒险》(长篇小说),藤井省三译,(日本)岩波书店。

《透明的红萝卜》(中篇小说),(德译本)*Trockner Fluβ und andere Geschi-chten* 译,出版社不详。

『石臼』《石磨》(短篇小说),立松昇一译,(日本)《季刊中国现代小说》第 38 期。

Die Knoblauchrevolte: *Roman*,《天堂蒜薹之歌》(长篇小说),Andres Donath 译,(德国)Reinbek bei Hanmburg:Rowohlt 出版社。

Det röda fältet,《红高粱》(中篇小说),Anna Gustafsson Chen 译,(德国)Stockholm:Tranan 出版社。

1998 年

《洗热水澡》(散文),《天涯》第 1 期。

《拇指铐》（短篇小说），《钟山》第 1 期。

《俄罗斯散记》（散文），《莽原》第 3 期。

《众家评说当下书坛》（散文），《书法艺术》第 4 期。

《长安大道上的骑驴美人》（短篇小说），《钟山》第 5 期。

《蝗虫奇谈》（短篇小说选载），《小说选刊》第 5 期。

《蝗虫奇谈》（短篇小说），《山花》第 5 期。

《牛》（短篇小说），《东海》第 6 期。

《三十年前的一场长跑比赛》（中篇小说），《收获》第 6 期。

《白杨林里的战斗》（短篇小说），《北京文学》第 7 期。

《牛》（小说转载），《小说月报》第 9 期。

《一匹倒挂在杏树上的狼》（短篇小说），《北京文学》第 10 期。

《寂寞为文女儿心》（散文），《文艺报》1998 年 10 月 31 日。

《会唱歌的墙》（散文集），人民日报出版社。

《会唱歌的墙》（散文集），中国书籍出版社。

《红树林》（18 集电视连续剧），检察日报摄影部摄制。

《红耳朵》（小说集），台湾台北麦田出版社。

《传奇莫言》（短篇小说集），台湾台北联合文学出版社。

『赤い高粱』《红高粱》（中篇小说），井口晃译，（日本）东京：德间书店。

『現代中国短編集』（日本）《现代中国短篇集》（短篇集），藤井省三选编，内含莫言的《良医》（『良医者』）、《辫子》（『お下げ髪』），藤井省三译，（日本）平凡社。

Die Knoblauchrevolte: *Roman*，《天堂蒜薹之歌》（长篇小说，再版），Andres Donath 译，（德国）Reinbek bei Hanmburg：Rowohlt 出版社。

Det röda fältet，《红高粱家族》（长篇小说再版），Anna Gustafsson Chen 译，（瑞典）Stockholm：Tranna 出版社。

1999 年

《我们的七叔》（短篇小说），《花城》第 1 期。

《祖母的门牙》（短篇小说），《作家》第 1 期。

《师傅越来越幽默》（中篇小说），《收获》第 2 期。

《野骡子》（中篇小说），《收获》第 4 期。

《藏宝图》（中篇小说），《钟山》第 4 期。

《儿子的敌人》（短篇小说），《天涯》第 5 期。

《沈园》（短篇小说），《长城》第 5 期。

《从照相说起》（散文），《小说界》第 5 期。

《独特的腔调》（散文·短篇小说四人谈），《读书》第 7 期。

《红高粱家族》（长篇小说，再版），人民文学出版社。

《红树林》（长篇小说），海天出版社。

《红高粱家族》（长篇小说，再版），南海出版公司。

《长安大道上的骑驴美人》（小说集），海天出版社。

《师傅越来越幽默》（小说集），解放军文艺出版社。

《师傅越来越幽默》（小说集，再版），山东文艺出版社。

《欢乐十三章》（长篇小说），作家出版社。

《会唱歌的墙》（散文集），人民日报出版社。

《锁孔里的房间》（自叙），新世界出版社。

《金发婴儿》（小说集），长江文艺出版社。

《被剥夺了的中学时代》（散文），收入莫言：《我的中学时代》，福建教育出版社。

《我的大学》（散文），收入莫言：《我的大学》，福建教育出版社。

《红耳朵》（中篇小说），台湾台北麦田出版社。

《传奇莫言》，台湾联合文学出版社。

《大陆作家大系·莫言卷》，香港明报出版公司。

『豊乳肥臀』（上、下册）《丰乳肥臀》（长篇小说），吉田富夫译，（日本）平凡社。

2000 年

《司令的女人》（中篇小说），《收获》第 1 期。

《胡扯蛋》（散文），《钟山》第 1 期。

《小女子大写意》（散文），《美文》第 2 期。

《我的大学》（散文），《作家》第 2 期。

《说老从》（散文），《时代文学》第 3 期。

《天花乱坠》（短篇小说），《小说界》第3期。

《枣木凳子摩托车》（短篇小说），《钟山》第4期。

《福克纳大叔，你好吗?》（散文），《小说界》第5期。

《我在美国出版的三本书》（散文），《小说界》第5期。

《读鲁迅杂感》（散文），《长城》第6期。

《嗅味族》（短篇小说），《山花》第10期。

《冰雪美人》（短篇小说），《上海文学》第11期。

《酒国》（长篇小说，再版），南海出版公司。

《莫言精短小说系列》包括《老枪·宝刀》《苍蝇·门牙》《初恋·神嫖》，上海文艺出版社。

《莫言散文》，浙江文艺出版社。

《透明的红萝卜》（短篇小说集），时代文艺出版公司。

《莫言小说精选系列》（三卷本），上海文艺出版社。

《酒国》（长篇小说），南海出版社。

《红高粱家族》（长篇小说），南海出版公司。

《红高粱家族》（长篇小说），解放军文艺出版社。

《1999中国最佳中短篇小说选》，辽宁人民出版社。

《幸福时光》，（由《师傅越来越幽默》改编的电影）。

《姑妈的宝刀》，收入《老枪·宝刀》，春风文艺出版社。

《猫头鹰的叫声》，载《莫言散文·序》，浙江文艺出版社。

《霸王别姬》（话剧，与人合作），空政话剧团，2000年底在北京演出。

《会唱歌的墙》（散文集），台湾台北麦田出版社。

《酒国》（长篇小说），台湾台北洪范书店。

《食草家族》（长篇小说），台湾台北麦田出版社。

《红高粱》（中篇小说），黎辉萧译，（越南）妇女出版社。

Тетушкин，《姑妈的宝刀》（短篇小说），Пер. Д. Маяцкoг 译，载 *Совретеннкитайская проза*，*Багровое облако* / Антоло- гия составлена Союзом kисателетй 译，（俄罗斯）ACT出版社。

Le Radis de cristal Pascale，《透明的红萝卜》（中篇小说），Pascale Wei-Guinot 译，（法国）Arles：Philippe Picquier 出版社。

Le Pays de l'alcool,《酒国》(长篇小说), Noël et Liliance Dutrait 译,(法国) Paris: Le Sesuil 出版社。

The Republic of Wine,《酒国》(长篇小说), Howard Goldblatt 译,(美国) New York: Arcade Pub 出版社。

The Republic of Wine,《酒国》(长篇小说), Howard Goldblatt 译,(英国) London: Hamish Hamilton 出版社。

2001 年

《倒立》(短篇小说),《山花》第 1 期。

《马语》(短篇小说),《时代文学》第 1 期。

《笑得潇洒》(散文),《语言教学与研究》第 2 期。

《火车与猫腔的声音——〈檀香刑〉后记》(散文),《检察日报》2001 年 3 月。

《写作就是回故乡:兼谈张翔小说〈交错的彼岸〉》(散文),《文学报》2001 年 5 月 24 日。

《关于"垓下"的想象突围》(散文,李陀、莫言、陶庆梅),《读书》第 6 期。

《我与税》(散文),《中国税务》第 10 期。

《火车与猫腔的声音——〈檀香刑〉后记》(散文),编入长篇小说《檀香刑》后记,作家出版社。

《檀香刑》(长篇小说),作家出版社。

《战友重逢》(中篇小说),解放军文艺出版社。

《战友重逢》(中篇小说),民族出版社。

《生蹼的祖先》(长篇小说),文化艺术出版社。

《冰雪美人》(小说集),文化艺术出版社。

《走向诺贝尔·莫言卷》,文化艺术出版社。

《野骡子》(中篇小说),南海出版公司。

《笼中叙事》(由《十三步》改名再版的小说集),文化艺术出版社。

《战友重逢》(中篇小说集),解放军文艺出版社。

《天堂蒜薹之歌》(长篇小说),北岳文艺出版社。

《幸福时光好幽默》(中篇小说集),九州出版社。

《司令的女人》（小说集），云南人民出版社。

《生蹼的祖先》（新作加戏剧合集），文化艺术出版社。

《火车与猫腔的声音——〈檀香刑〉后记》（散文），作家出版社。

《走向诺贝尔——莫言卷》（作品集）《笼中叙事》、《欢乐》、《冰雪美人》、《生蹼的祖先们》（作品集），文化艺术出版社。

《幸福时光好幽默——莫言电影小说精选》（作品集），北京九洲出版社。

《檀香刑》（长篇小说），台湾台北麦田出版社。

《白棉花》（中篇小说集），台湾台北麦田出版社。

《红高粱家族》（长篇小说），被藤井省三编辑的《世界文学》第 109 期收录，（日本）朝日新闻社。

『牛』、『築路』（《牛》、《筑路》，短篇小说）菱沼彬晁译，（日本）东京：岩波书店。

『指枷』《拇指拷》（短篇小说），立松昇一译，（日本）。

《丰乳肥臀》（长篇小说），陈庭宪译，（越南）胡志明市出版社。

Le Pays de l'alcool，《酒国》，Noël Dutrait & Lilian Dutrait 译，（法国）Paris：Seuil 出版社。

Vitlöksbal-laderna，《天堂蒜薹之歌》（长篇小说），Anna Gustafsson Chen 译，（瑞典）Stockholm：Trana 出版社。

The Republic of Wine：*A Novel*，《酒国》（长篇小说），Howard Goldblatt 译，（美国）New York：Arcade Publishing 出版社。

The Republic of Wine，《酒国》（长篇小说，再版），Howard Goldblatt 译，（英国）London：Hamish Hamilton 出版社。

Shifu, *You'll Do Anything for a Laugh*，《师傅越来越幽默》（中篇小说），Howard Goldblatt 译，（英国）London：Methuen 出版社。

2002 年

《战争文学随想》（散文），《解放军文艺》第 1 期。

《超越故乡》（散文），《名作欣赏》第 1 期。

《从〈红高粱〉到〈檀香刑〉》（与王尧对谈），《当代作家评论》第 1 期。

《文学创作的民间资源——在苏州大学“小说家论坛”上的讲演》，《当代作家评论》第 1 期。

《作家和他的文学创作》（散文），《文史哲》第 2 期。

《何谓城乡写作》（散文），《北京文学》第 2 期。

《一碗羊肉烩面与 5 万元红包》（散文），《北京文学》第 2 期。

《吃相凶恶》（散文），《检察日报》2002 年 2 月 1 日。

《文学应该给人光明》（大江健三郎与莫言对谈），《南方周末》2002 年 2 月 28 日。

《童年读书》（散文），《检察日报》2002 年 2 月 25 日。

《翻译家功德无量》（散文），《世界文学》第 3 期。

《胶济铁路传说》（短篇小说），《莽原》第 3 期。

《文学应该给人光明》（大江健三郎与莫言对谈），《当代作家评论》第 3 期转摘。

《翻译家功德无量》（散文），《世界文学》第 3 期。

《用耳朵阅读》（外一篇：在悉尼大学的演讲），《天涯》，2002 年 4 月 15 日。

《小说的气味》（外一篇：在法国巴黎国家图书馆的演讲），《天涯》，2002 年 4 月 15 日。

《茂腔与戏迷》（散文），《检察日报》2002 年 4 月 22 日。

《自古英才出少年》（散文），《检察日报》2002 年 4 月 29 日。

《翻译家功德无量》（散文，转载），《当代作家评论》第 5 期。

《类妖精书——〈摇曳的教堂〉序》（散文）《当代作家评论》第 5 期。

《自述》（散文），《小说评论》第 6 期。

《发现故乡与表现自我——莫言访谈录》（周罡、莫言）（散文），《小说评论》第 6 期。

《绝路》（根据同名电视连续剧改编）（魏燕群、莫言），《国家安全通讯》第 7 ~ 8 期连载。

《西部的突破——从〈美丽的大脚〉说起》（散文），《电影》第 11 期。

《马语》（散文），《语言教学与研究》第16期。

《莫言中篇小说集》（上、下），作家出版社。

《红高粱家族》（长篇小说，再版），山东文艺出版社。

《酒国》（长篇小说，再版），山东文艺出版社。

《拇指铐》（短篇小说集），山东文艺出版社。

《清醒的说梦者》（散文集），山东文艺出版社。

《罪过》（短篇小说集），山东文艺出版社。

《师傅越来越幽默》（中篇小说集，再版），山东文艺出版社。

《红高粱家庭》（长篇小说，再版），山东文艺出版社。

《透明的红萝卜》（中篇小说集，再版），山东文艺出版社。

《什么气味最美好》（散文集），海南出版公司。

《英雄美人骏马》（影视剧本集），花山文艺出版社。

《红树林》（影视剧本集），花山文艺出版社。

《司令的女人》（中篇小说集），云南人民出版社。

《透明的红萝卜》（中篇小说集，再版），青海人民出版社。

《良心作证》（长篇小说，与阎连科合著），春风文艺出版社。

《布老虎中篇小说2002》，春风文艺出版社。

《扫帚星》（中篇小说），《布老虎中篇小说》春之卷，春风文艺出版社。

《暖》（由《白狗秋千架》改编成电影）。

《天堂蒜薹之歌》（长篇小说），台湾台北洪范书店。

《红高粱的孩子》（散文），台湾台北时报出版社。

《冰雪美人》（短篇小说集），台湾台北麦田出版社。

《红耳朵》（长篇小说），台湾台北麦田出版社。

『至福の時——莫言中短編集』）《师傅越来越幽默——莫言自选中短篇集》（作品集），吉田富夫译，（日本）平凡社。

『白い犬とブランコ——莫言自選短編集』《白狗秋千架——莫言自选短篇集》（作品集），吉田富夫译，日本放送出版社。

『至福のとき——莫言中短篇編集』《最幸福的时刻——莫言中短篇集》，吉田富夫译，（日本）平凡社。

『白檀の刑』（上、下）《檀香刑》（长篇小说），吉田富夫译，（日本）中央公新社。

《大风》、《枯河》、《秋水》、《老枪》、《白狗秋千架》、《苍蝇》、《门牙》、《凌乱战争印象》、《奇遇》、《爱情故事》、《夜渔》、《神嫖》、《姑妈的宝刀》、《屠户的女儿》、《初恋》（早期短篇小说），吉田富夫译，（日本）出版社不详。

Báu vât cdadòi，《丰乳肥臀》（长篇小说），陈庭宪译（Dình Hi ến Tr ần），（越南）妇女出版社 TP. Hô Chí Minh：Nhà suàtb Hà Nôi Vân àn Văn nghê 出版社。

Die Schnapsstadt，《酒国》（长篇小说），Peter Weber-Schofer 译，（德国）Reinbek bei Hamburg：Rowohl 出版社。

Alles voor een glimlach，《师傅越来越幽默》（中篇小说），译者不详，（荷兰）Amsterdam：Bakker 出版社。

Shifu, You'll Do Anything for a Laugh，《师傅越来越幽默》（中篇小说），Howard Goldblatt 译，（英国）London：Methuen 出版社。

2003 年

《冰雪美人》（短篇小说），《名作欣赏》第 1 期。

《倒立》（短篇小说），《名作欣赏》第 1 期。

《国外演讲与名牌内裤》（散文），《文学自由谈》第 2 期。

《作家和他的文学创作》（散文），《文史哲》第 2 期。

《在全国盗版工作者大会上的讲话》（散文），《文学自由谈》第 5 期。

《一个可逆转的文本——〈丰乳肥臀〉的文化解读》（赵奎英，莫言）（散文），《名作欣赏》第 5 期。

《诉说就是一切》（散文），《当代作家评论》第 5 期。

《木匠与狗》（短篇小说），《收获》第 5 期。

《火烧花篮阁》，《小说选刊》第 6 期。

《新小说像狗一样追着我——关于〈四十一炮〉的对话》（散文），《文艺报·书缘》2003 年 7 月 25 日。

《漫话“潇洒”》（散文），《中国公务员》第 8 期。

《我正做着我愿意做的事》（散文），《中华读书报》2003 年 8 月

13日。

《在感情的乌托邦里自寻苦吃》（散文），《中国图书商报》2003年11月7日。

《一碗羊肉烩面与5万元红包》（散文），《出版参考》第23期。

《拇指铐》（中短篇小说集，再版），江苏文艺出版社。

《四十一炮》（长篇小说），春风文艺出版社。

《小说的气味》（散文集），春风文艺出版社。

《丰乳肥臀》（增补修订版），工人出版社。

《写给父亲的信》（莫言作品精选·散文），春风文艺出版社。

《十三步》（长篇小说），春风文艺出版社。

《藏宝图》（中短篇小说选），春风文艺出版社。

《莫言中短篇小说精选》，青海人民出版社。

《莫言王尧对话录》（访谈录），苏州大学出版社。

《“胡说”与“胡乱写作”》（散文），载林建法、徐连源编《中国作家面面观——寻找文学的魂灵》，春风文艺出版社。

《北京秋天下午的我》（散文随笔），台湾台北一方出版社。

《四十一炮》（长篇小说），台湾台北洪范书店。

『続赤い高粱』（岩波现代文库），井口晃译，（日本）岩波书店。

《檀香刑》（长篇小说），朴明爱译，（韩国）中央M&B出版社。

《酒国》（长篇小说），朴明爱译，（韩国）书世界出版社。

《酒国》（长篇小说），陈庭宪译，（越南）作协出版社。

Rùng xanh ládo，《红树林》（长篇小说），陈庭宪译（Dình Hiến Trân），（越南）Hà Nôi：Nhà hu ân ban Văn Hoc出版社；

《天堂蒜薹之歌》（长篇小说），陈庭宪译，（越南）文学出版社。

Shifu, You'll Do Anything for a Laugh，《师傅越来越幽默》，Howard Goldblatt译，（美国）New York：Arcade Publishing出版社。

Shifu, You'll Do Anything for a Laugh，《师傅越来越幽默》（中篇小说），Howard Goldblatt译，（英国）London：Methuen出版社。

Red Sorghum，《红高粱家族》（长篇小说），Howard Goldblatt译，（英国）London：Arrow Books出版社。

2004 年

《小说是越来越难写了》(散文),《南方文坛》第 1 期。

《对历史恶人的另类描述》(散文),《全国新书目》第 1 期。

《小说九段》(短篇小说),《上海文学》第 1 期。

《养兔手册》(短篇小说),《江南》第 1 期。

《我们的荆轲》(话剧),《钟山》第 2 期。

《小说创作与影视表现》(散文),《文史哲》第 2 期。

《普通话》(短篇小说),《郑州晚报》2004 年 2 月 16 ~ 17 日连载。

《麻风女的情人》(短篇小说),《收获》第 3 期。

《挂像》(短篇小说),《收获》第 3 期。

《大嘴》(短篇小说),《收获》第 3 期。

《二十一世纪的对话:大江健三郎 VS 莫言》(大江健三郎、莫言、庄焰)(散文),《世界文学》第 3 期。

《个性化的写作和作品的个性化》(散文),《当代作家评论》第 4 期。

《第二届“华语文学传媒大奖·杰出成就奖”授奖词及获奖演说》(发言),《当代作家评论》第 4 期。

《普通话》(短篇小说),《小说选刊》第 4 期。

《文学个性化刍议》(散文),《文艺研究》第 4 期。

《文学个性化刍议》(散文),《当代作家评论》第 5 期。

《与大师约会》(短篇小说),《大家》第 5 期。

《当历史迎面扑来》(散文),《当代作家评论》第 6 期。

《勇气》(散文),《青年博览》第 6 期。

《东方涂钦的梦想》(散文),《中华读书报》2004 年 7 月 14 日。

《月光斩》(短篇小说),《人民文学》第 10 期。

《红高粱》(影视版),中国青年出版社。

《莫言中篇小说选》,上海社会科学院出版社。

《民间音乐》(中短篇小说集),春风文艺出版社。

《莫言文集》(12 册),当代世界出版社。

《莫言精品》(中篇小说集),民族文学出版社。

《莫言中篇集》,上海社会科学出版社。

《白狗秋千架》（短篇小说全集），当代世界出版社。

《红蝗》（长篇小说），民族出版社。

《筑路》（中篇小说），民族出版社。

《战友重逢》（中篇小说集），民族出版社。

《白棉花》（中篇小说集），民族出版社。

《欢乐》（中篇小说集），民族出版社。

《牛》（中篇小说集），民族出版社。

《小说在写我》（演讲集），台湾台北麦田出版社。

《丰乳肥臀》（长篇小说），荷兰语版，译者及出版社不详。

《丰乳肥臀》（长篇小说），朴明爱译，（韩国）间屋出版社。

Tan syang sing，《檀香刑》（长篇小说），韩语版，Myong-ae Pak 译，（韩国）Soul：Chunyang 出版社。

《四十一炮》（长篇小说），陈庭宪译，（越南）文学出版社。

《酒国》（长篇小说），陈庭宪译，（越南）Hà nôi：Nhà xuà t bản văn hoc 出版社。

《檀香刑》（长篇小说），越南语版，陈庭宪译，（越南）Hà nôi：NXB Phunu 出版社。

《莫言短篇小说集》，黎剖译，（越南）文学出版社。

《什么气味最美好》（杂文集），阮氏泰译，（越南）劳动出版社。

《莫言自白书》（杂文集），阮氏泰译，（越南）文学出版社。

Le Maître a de plus d'humour，《师傅越来越幽默》（中篇小说），Noël Dutrait 译．（法国）Paris：Seuil 出版社。

Beaux Seins，Belles Fesses：Les Enfants de la Famille Shang – Guan：Roman，《丰乳肥臀》（长篇小说），Noël et Liliane Dutrait 译，（法国）Paris：Seuil 出版社。

Les treize pas，《十三步》（长篇小说，再版），SylvieGentil 译，（法国）Paris：Seuil 出版社。

Explosion，《爆炸》，Camille Loivier 译，（法国）Paris：Caractères 出版社。

La carte au tresor，《藏宝图》（中篇小说），Antoine Ferragne 译，（法

国）Paris：Philippe Picquier 出版社。

Enfant de Fur，《铁孩》（短篇小说），Chantal Chen-Andro 译，（法国）Paris：Seuil 出版社。

De wijnrepubliek，《酒国》（长篇小说），Koch 译，（荷兰）Amsterdam：Pockethuis 出版社。

Big Breasts and Wide Hips，《丰乳肥臀》（长篇小说），Howard Goldblatt 译，（美国）New York：Arcade 出版社。

2005 年

《小说九段》（短篇小说），《上海文学》第 1 期。

《气魄宏大立意高远——有关〈五福〉的通信》（散文），《小说评论》第 2 期。

《莫言北海道实录》（散文），《小说界》第 2 期。

《大嘴》（短篇小说），《上海文学》第 3 期。

《关于〈五福〉的一封信》（散文），《美文》（上半月）第 7 期。

《我一看见农作物就兴奋》，《齐鲁晚报》2005 年 12 月。

《酒国》（长篇小说），春风文艺出版社。

《复仇记》（中篇小说），华艺出版社。

《莫言作品精选》，长江文艺出版社。

《莫言短篇小说全集》（包括《白狗秋千架》和《与大师约会》两卷），上海文艺出版社。

《红树林》（长篇小说），现代出版社。

《会唱歌的墙》（散文集），作家出版社。

《火烧花篮阁》（短篇小说集），上海文艺出版社。

《天堂蒜薹之歌》，南海出版社。

《酒国》（长篇小说，再版），春风文艺出版社。

《会唱歌的墙》（散文集），作家出版社。

《莫言北海道走笔》（与人合作·随笔），上海文艺出版社。

《2004 年〈收获〉短篇小说精选》，湖南文艺出版社。

《北海道走笔》（散文集），上海文艺出版社。

《生死疲劳》（长篇小说），作家出版社。

《月光斩》(中短篇小说集)，十月文艺出版社。

《生死疲劳》(长篇小说)，台湾台北麦田出版社。

《苍蝇·门牙》(短篇小说集)，台湾台北麦田出版社。

《初恋·神嫖》(短篇小说集)，台湾台北麦田出版社。

《老枪·宝刀》(短篇小说集)，台湾台北麦田出版社。

《美人·倒立》(短篇小说集)，台湾台北麦田出版社。

《大陆作家大系·莫言卷》，香港明报出版社公司。

《莫言短篇小说集》(3 卷)，台湾台北麦田出版社。

《生死疲劳》(长篇小说)，台湾台北麦田出版社。

『疫病神』《扫帚星》，立松昇一译，(日本)《季刊中国现代小说》第 70 期。

『四十一炮』(上、下)《四十一炮》(长篇小说)，(日本)，吉田富夫译。

《会唱歌的墙》(散文集)，武算译，(越南) 文学出版社。

《生蹼的祖先》(长篇小说)，青惠、裴越杨译，(越南) 文学出版社。

Die Schnapsstadlt，《酒国》(长篇小说)，Peter Weber- Schäfer 译，(德国) Zürich：Unionsverlag 出版社。

La mélopée de l'ail paradisiaque，《天堂蒜薹之歌》(长篇小说)，Chantal Chen-Andro 译，(法国) 巴黎：Le Souil 出版社。

Beaux Seins, *Belles Fesses*：*Les Enfants de la Famille Shang-Guan*：*Roman*，《丰乳肥臀》(长篇小说，再版)，Liliane Dutrait 译，(法国) Paris：Seuil 出版社。

La carte au trèsor，《藏宝图》，Antoine Ferragne 译，(法国)：Arles：P. Picpuier 出版社。

Enfant de fer，《铁孩》，Chatal Chen-Andro 译，(法国) Paris：Seuil 出版社。

2006 年

《捍卫长篇小说的尊严》(散文)，《当代作家评论》第 1 期。

《小说的趣味与翻译问题》(散文)，《青年文学》第 1 期。

《再谈长篇小说》(散文)，《长篇小说选刊》第 S1 期。

《向中国古典小说致敬》（与李敬泽对谈），《当代作家评论》第2期。

《市场经济条件下的中国文学和电影》（莫言、郑洞天、王东兴、张杨、于冬、汪天云、吴思远）（散文），《电影艺术》第3期。

《吉田富夫教授》（散文），《南方文坛》第5期。

《关于〈红高粱〉的写作情况》（创作谈），《南方文坛》第5期。

《画坛革命者》（散文），《南方文坛》第5期。

《小说与当代生活——上海大学文学周圆桌会议纪要》（王鸿生、王安忆、莫言等）（散文），《当代作家评论》第6期。

《文学·民族·世界》（小园晃司、莫言、李比英雄）（散文）《博览群书》第7期。

《〈透明的红萝卜〉创作前后》（创作谈），《上海文学》第8期。

《“小说与当代生活”五人谈》（莫言、王安忆、曹征路、张炜、严歌苓）（散文），《上海文学》第8期。

《作家的魅力在于张扬小说的艺术性》（散文），《探索与争鸣》第8期。

《生死疲劳》（长篇小说），《长篇小说选刊》，2006年12月30日。

《生死疲劳》（长篇小说），作家出版社。

《莫言精选集》，北京燕山出版社。

《月光斩》（中短篇小说集），十月文艺出版社。

《北海道走笔》（散文集），上海文艺出版社。

《生死疲劳》（长篇小说），台湾台北麦田出版社。

《四十一炮》（下），吉田富夫译，（日本）东京：中央公论新社。

《透明的红萝卜》（中篇小说），黎辉肖译，（越南）劳动出版社。

《红高粱家族》（长篇小说），黎辉肖译，（越南）劳动出版社。

Kraina wódki，《酒国》（长篇小说），Katarzyna Kulpa 译，（波兰）Warszawa：Wydawnictwo W. A. B. 出版社。

Sorgul roşu，《红高粱家族》（长篇小说），译者不详，（罗马尼亚）Bucureşti：Editura Cartega 出版社。

Le Supplice du Santal，《檀香刑》（长篇小说），Chantal Chen-Andro 译，（法国）Paris：Seuil 出版社。

Krainawódki,《酒国》（长篇小说），Katarzyna Kulpa 译，（波兰）Warszawa：Wydawnictwo W. A. B 出版社。

Le maître a de plus en plus d'humour,《师傅越来越幽默》（中篇小说），Noël et Liliane Dutrait 译，（法国）Paris：Le Seuil 出版社。

The Garlic Ballads：A Novel,《天堂蒜薹之歌》（长篇小说），Howard Goldblatt 译，（美国）New York：Arcade Publishing 出版社。

The Garlic Ballads,《天堂蒜薹之歌》（长篇小说），Howard Goldblatt 译，（英国）London：Methuen Publishing Ltd. 出版社。

2007 年

《画坛革命者关于周韶华先生的随笔》（散文），《美术之友》第 1 期。

《柏林戏剧》（散文），《西部・华语文学》第 2 期。

《先锋・民间・底层》（莫言、杨庆祥）（散文），《南方文坛》第 2 期。

《与釜屋修先生伊豆半岛之行杂记》（散文），《西部》第 2 期。

《将进酒前必读书——莫言的序言》（序言），《渤海大学学报》（哲学社会科学版）第 3 期。

《漫长的文学梦》（散文），《档案天地》第 3 期。

《格非〈山河入梦〉研讨会》（王中忱、莫言、陈晓明，散文），《渤海大学学报》（社会科学版）第 4 期。

《大江健三郎先生给我们的启示——在大江文学研讨会上的发言》（散文），《西部》，2007 年 9 月 1 日。

《红高粱家族》（长篇小说），人民文学出版社。

《红高粱家族：中国当代名家长篇小说代表作》，人民文学出版社。

《说吧，莫言》（散文），海天出版社。

《檀香刑》（长篇小说），台湾台北麦田出版社。

《说吧！莫言》（散文），台湾台北麦田出版社。

《红高粱家族》（中篇小说），朴明爱译，（韩国）文学与知识社出版。

《食草家族》（长篇小说），韩语版，译者不详，（韩国）Sŏul-si：Raendŏm Hausŭ 出版社。

《天堂蒜薹之歌》（长篇小说），Hong-bin Im 译，（韩国）间屋出版社。

《生死疲劳》（长篇小说），金再旭译，（韩国）出版社不详。

《蛙》（长篇小说），沈揆昊译，（韩国）民音出版社。

《莫言中短篇作品精选集》，沈揆昊译，（韩国）民音出版社。

《十三步》（长篇小说），陈忠喜译，（越南）胡志明市文艺出版社。

Báu vât cǔa dòi，《丰乳肥臀》（长篇小说，再版），陈庭宪译（Dình Hiến Trần），（越南）TP. Hồ Chí Minh：Nhà suàtb Hà Nôi Vân àn Vǎn nghê，妇女出版社。

《四十一炮》（长篇小说），陈忠喜译，（越南）胡志明市文艺出版社。

《生死疲劳》（长篇小说），陈忠喜译，（越南）妇女出版社。

La joie，《欢乐》（中篇小说），Marie Laureillard 译，（法国）Paris：Philippe Pictuier 出版社。

Le Chantier，《筑路》（中篇小说），Chatal Chen-Andro 译，（法国）Paris：Seuil 出版社。

Dasrote Kornfeld，《红高粱家族》（中篇小说，再版），Peter Weber-Scher 译，（德国）Unionsverlag 出版社。

Obfit piersi，*pełne biodra*，《丰乳肥臀》（长篇小说），KatarzynaKulpa 译，（波兰）Warszawa：Wydawnictwo W. A. B 出版社。

Drog，《灵药》（短篇小说），Katja Kolšek 译，（斯洛文尼亚）Litera，Zbirka Babilon，Maribor 出版社。

Grandes pechos，*amplias caderas*，《丰乳肥臀》（长篇小说），Mariano Peyrou 译，（西班牙）Marid：Kailas 出版社。

Red Sorghum，《红高粱》（中篇小说），Howard Goldblatt 译，（美国）New York：Penhuin Books 出版社。

The Republic of Wine，《酒国》（长篇小说），Howard Goldblatt 译，（英国）London：Hamish Hamilton 出版社。

Red Sorghum，《红高粱》（中篇小说），Howard Goldblatt 译，（美国）New York：Viking 出版社。

2008 年

《千言万语何若莫言》（散文），《山东图书馆季刊》第 1 期。

《回忆“黄金时代”》（散文），《解放军艺术学院学报》第 3 期。

《卖白菜》（散文），《档案天地》第3期。

《草木虫鱼》（散文），《理智与智慧》第4期。

《我的大学梦》（散文），《小作家选刊》第6期。

《阅读与人生》（散文），《中国德育》第10期。

《蓝色城堡》（散文），《作家》第13期。

《我与奥运开幕式》（散文），《作家》第13期。

《好大一场雪——〈雪〉赏析》（散文），《作家》第13期。

《红高粱家族》（长篇小说），上海文艺出版社。

《酒国》（长篇小说），上海文艺出版社。

《檀香刑》（长篇小说），上海文艺出版社。

《生死疲劳》（长篇小说），上海文艺出版社。

《四十一炮》（长篇小说），上海文艺出版社。

《莫言精选集》（世纪文学60家系列），北京燕山出版社。

《透明的红萝卜：莫言中篇小说精选》，台湾台北麦田出版社。

『転生夢現』《生死疲劳》（长篇小说），吉田富夫译，（日本）东京：中央公论新社。

《四十一炮》（长篇小说），朴明爱译，（韩国）文学与知识社出版。

《天堂蒜薹之歌》（长篇小说，再版），Hong-bin Im 译，（韩国）间屋出版社。

《牛》（短篇小说），陈忠喜译，（越南）文学出版社。

《战友重逢》（中篇小说），陈忠喜译，（越南）文学出版社。

《欢乐》（短篇小说），陈忠喜译，（越南）文学出版社。

《红蝗》（长篇小说），陈忠喜译，（越南）文学出版社。

《白棉花》（短篇小说），陈忠喜译，（越南）文学出版社。

《筑路》（短篇小说），陈忠喜译，（越南）文学出版社。

《说梦的清醒者》（杂文集），陈忠喜译，（越南）文学出版社。

Quarante et un Coups de Canon，《四十一炮》，Noël et Liliane Dutrait 译，（法国）Paris：Seuil 出版社。

La Mélopée de lail Paradisiaque，《天堂蒜薹之歌》（长篇小说），Chantal Chen-Andro 译，（法国）Paris：Editons Messidor 出版社。

Sorgul Rosu，《红高粱》（中篇小说），Dinu Luca 译，（罗马尼亚）Humanitas Fiction 出版社。

L'zudová hudba，《民间音乐》（短篇小说），Anna Doležalova 译，（斯洛伐克）A. Marencia 出版社。

Sorgul rosu，《红高粱家族》（长篇小说），Dinu Luca 译，（罗马尼亚）Bucureşti：Humanitas Fiction 出版社。

Life and Death Are Wearing Me Out：*A Novel*，《生死疲劳》（长篇小说），Howard Goldblatt 译，（美国）New York：Arcade Publishing 出版社。

2009 年

《影响的焦虑》（散文），《当代作家评论》第 1 期。

《故乡过年》（散文），《档案天地》第 1 期。

《我们这个时代的写作与批评——当代中国文学高峰论坛》（散文，与陈晓明、高帆等），《渤海大学学报》（哲学社会科学版）第 2 期。

《中日作家鼎谈》（散文，铁凝、大江健三郎、莫言），《当代作家评论》第 5 期。

《吃事》（散文），《跨世纪》（时文博览）第 5 期。

《由一部小说谈起》（散文），《美文》（上半月）第 9 期。

《变》（散文），《人民文学》第 10 期。

《迷人的〈旧宫殿〉》（散文），《名作欣赏》第 11 期。

《冷门里，有戏剧》（散文），《全国新书目》第 11 期。

《著名作家莫言谈新作〈蛙〉的创作感受》（创作谈），《检察日报》2009 年 12 月 12 日。

《莫言自选集》，海南出版社。

《莫言作品精选》，长江文艺出版社。

《蛙》（长篇小说），上海文艺出版社。

《天堂蒜薹之歌》（全新修订版），上海文艺出版社。

《十三步》（长篇小说），上海文艺出版社。

《红树林》（长篇小说），上海文艺出版社。

《食草家族》（长篇小说），上海文艺出版社。

《与大师约会：莫言短篇小说全集》，上海文艺出版社。

《白狗秋千架：莫言短篇小说全集》，上海文艺出版社。

《怀念声名狼藉的日子》（中篇小说集），中国文联出版社。

《司令的女人》（中篇小说集），台湾台北明报月刊。

《月光斩》（短篇小说），立松昇一译，（日本）《中国现代文学》第3期。

《战友重逢》（中篇小说），越南语版，陈中喜译，越南出版社不详。

《生蹼的祖先们》（长篇小说），Thanh Huê 和 Viêt Du'o'ng Bùi 译，（越南）Hà Nôi：Nhà xuô t bån vǎn hot 出版社。

Der Überdruss，《生死疲劳》（长篇小说），Martina Haqsse 译，（德国）Horlemann 出版社。

Die Sandelhozaatrafe，《檀香刑》（长篇小说），Karin Betz 译，（德国）Insel Verlag 出版社。

Sorgo rogo，《红高粱》，译者不详，（西班牙）Barcelona El Alph Barcelona：Muchnic 出版社再版。

Le sei reincarnazioni di Ximen Nao，《生死疲劳》（长篇小说），译者不详，（意大利）Einaudi 出版社。

Die Knoblauchrevolte：*Roman*，《天堂蒜薹之歌》（长篇小说，再版），Andres Donath 译，（德国）Reinbek bei Hanmburg：Rowohl 出版社。

La Dure loi du karma，《生死疲劳》（长篇小说），Chantal Chen-Andro 译，（法国）Paris：Seuil 出版社。

Le Supplice du Santal Chantal，《檀香刑》（长篇小说，再版），Chantal Chen-Andro 译，（法国）Paris：Points impr 出版社。

2010 年

《蛙》，《长篇小说选刊》S1 期选载。

《他人有罪我亦有罪》（创作谈），《长篇小说选刊》S1 期。

《优秀的文学没有国界——在法兰克福“感知中国”论坛上的演讲》（演讲），《上海文学》第 2 期。

《似水流年：陶与水墨》（散文），《上海工艺美术》第 2 期。

《文化的比较与交流》（散文），《天涯》第 2 期。

《对话：在人文关怀与历史推理之间》（对话录，童庆炳、赵勇、张清华、梁振华),《南方文坛》第 3 期。

《莫言、魏格林、吴福冈三人谈》(散文),《上海文学》第 3 期。

《我是唯一一个报信的人》(散文),《意林》第 3 期。

《如何避免文化的趋同化》(散文,与邱春林、金明和对话),《人民日报》2010 年 5 月 19 日。

《作为世界文学之一环的亚洲文学》(散文),《艺术评论》第 6 期。

《学书漫谈》(散文),《美术观察》第 6 期。

《谁都有自己的高密东北乡——关于长篇小说〈蛙〉的对话》(傅小平、莫言)(散文),《黄河文学》第 7 期。

《我眼中的阿城》(散文),《全国新书目》第 7 期。

《我的梦想》(散文),《档案天地》第 8 期。

《打人者说》(影视论坛),《中国作家》第 10 期。

《一个令人无法言说的时代——2010 年 4 月 17 日在解放军艺术学院的讲座》(演讲),《西部》第 14 期。

《丰乳肥臀》(长篇小说),北京十月文艺出版社。

《莫言:演讲新编》(演讲录),文化艺术出版社。

《莫言散文新编》,文化艺术出版社。

《莫言对话新录》,文化艺术出版社。

《檀香刑》(长篇小说),长江文艺出版社。

《师傅越来越幽默》(中篇小说集),上海文艺出版社。

《怀抱鲜花的女人》(中篇小说集),上海文艺出版社。

《变》(散文集),海豚出版社。

《莫言散文新编》,文化艺术出版社。

《蛙》(长篇小说),台湾台北麦田出版社。

《透明的红萝卜》(中篇小说),台湾台北麦田出版社。

『白檀の刑』《檀香刑》(长篇小说),吉田富夫訳.(日本)東京:中央公論新社。

『犬について三篇』《狗文三篇》(短篇小说),立松昇一译,2010 年东亚文学论坛日本委员会编撰《伊琳娜的礼帽·中国现代文学选集》,(日本)(『イリーナの帽子·中国現代文学選集』)。

《蛙》（长篇小说），陈忠喜译，（越南）文学出版社。

Schmbarea，《变》（自传），Dinu Luca 译，（罗马尼亚）De：Seagull 出版社。

Der Überdruss：*Roman*，《生死疲劳》，Martina Hasse 译，（德国）Bad Honnef：Horlemann 出版社。

Die Sandelholzatrafe：*Roman*，《檀香刑》（长篇小说），Karin Betz 译，（德国）Frankfurt am Main；Leipzig：Insel 出版社。

Change，《变》（自传），Howard Goldblatt 译，（英国、美国）London，New York & Calcutta：Seagull Books 出版社。

2011 年

《打人，隐含什么意思?》（散文），《档案天地》第 1 期。

《陪考一日》（散文），《课外阅读》第 1 期。

《重访灵石古道》（散文），《养护与管理》3 月号（总第 13 期）。

《悠着点，慢着点——在第二届“东亚文学论坛”上的发言》（散文），《中国青年》第 4 期。

《澡堂（外一篇·红床）》（短篇小说），《小说界》第 6 期。

《我的文学经验：历史与语言》（散文），《名作欣赏》第 10 期。

《东渡西航——日本奈良纪念平城迁都一千三百周年庆典上的演讲》（演讲），《人民日报》（海外版）2011 年 11 月 23 日。

《艺高人胆大霜重色愈浓——漫谈何水法的人与画》（散文），《中国艺术报》2011 年 11 月 23 日。

《莫言：“我屈辱的事情都与食物有关”》（莫言、邱晓雨）（散文），《全国新书目》第 12 期。

《故乡看戏杂感》（散文），《戏剧文学》第 12 期。

《凶恶的吃相》（散文），《档案天地》第 12 期。

《微博》（散文），《政府法制》第 30 期。

《澡堂》（短篇小说），收入林建法主编《二〇一一年最佳短篇小说》，辽宁人民出版社。

《莫言精选集》，北京燕山出版社。

《檀香刑》（长篇小说），作家出版社。

《红高粱》（中篇小说），花城出版社。

《我的高密》（散文集），中国青年出版社。

《学习蒲松龄》（散文选），中国青年出版社。

《挑战你极限的229智益推理迷题》（推理小说），广西人民出版社。

《澡堂》（短篇小说），吉田富夫译，《新潮》（日本）日中韩共同企划的亚洲文学“丧失篇”专刊。

《红床》（短篇小说），吉田富夫译，《新潮》（日本）日中韩共同企划的亚洲文学“丧失篇”专刊。

『蛙鳴』《蛙》（长篇小说），吉田富夫译，（日本）东京：中央公论新社。

『牛・築路』《牛・筑路》（中短篇小说合集），菱沼彬晁译，（日本）岩波書店。

Grenouilles，《蛙》（长篇小说），Chantal Chen-Andro 译，（法国）Paris：Le Seuil 出版社。

La Belle à dos d'âne dans l'avenue de Chang'an，《长安大道上的骑驴美人》（短篇小说），Marie Laureillard 译，（法国）Paris：Philippe Picquier 出版社。

Shifu, You'll Do Anything for a Laugh，《师傅越来越幽默》（中篇小说），Howard Goldblatt 译，（美国）New York：Arcade Publishing 出版社。

2012 年

《影像时代文学写作的未来之路》（胡凌虹、大卫・米切尔、阿刀田高、吴念真、莫言、苏童）（散文），《上海采风》第1期。

《文学与世界》（随笔），《东吴学术》第1期。

《讲故事的人》（瑞典学院受奖时的发言），《当代作家评论》第1期。

《人有雅趣可为挚友》（散文），《艺术评论》第2期。

《文学与艺术》（散文），《解放军艺术学院学报》第2期。

《文学与时代——2012年12月7日在解放军艺术学院的演讲》（散文），《解放军艺术学院学报》第2期。

《会唱歌的墙》（散文），《党建》第4期。

《2012年诺贝尔文学奖获得者莫言作品〈学习蒲松龄〉》（散文），《蒲松龄研究》第4期。

《蛙》（散文），《西域图书馆论坛》第 4 期。

《表现生命——序〈汉风画集〉》（散文），《关公世界》第 5 期。

《文学的责任》（散文），《现代人才》第 5 期。

《把“高密东北乡”安放在世界版图上——莫言先生文学访谈录》（莫言、刘琛），《东岳论丛》第 10 期。

《茅盾文学奖得主四人谈：我们的阅读》（刘莉娜、莫言、王安忆、刘震云、毕飞宇）（散文），《上海采风》第 10 期。

《希望稻草人成为人》（散文），《法制资讯》第 10 期。

《在“庆祝莫言获诺贝尔文学奖座谈会上的发言”》（演讲），《艺术评论》第 11 期。

《〈透明的红萝卜〉创作前后》（杂谈），《上海文学》第 11 期。

《透明的红萝卜》（中篇小说），《中国作家》（获奖特辑）第 11 期。

《文学与我们的时代》（评论），《中国作家》（获奖特辑）第 11 期。

《我与〈中国作家〉的交往》，《中国作家》（获奖特辑）第 11 期。

《饥饿与孤独是我创作的源泉》（散文），《创作与评论》第 11 期。

《饥饿与孤独是我创作的源泉》（散文），《法制资讯》第 11 期。

《书如灯光》（散文），《秘书工作》第 11 期。

《一毛钱》（散文），《党建》第 11 期。

《白狗秋千架》（短篇小说），《中国作家》2012 年 11 月 8 日。

《岛上的风》（短篇小说），《长城》第 11 期。

《雨中的河》（短篇小说），《长城》第 11 期。

《战友重逢》（中篇小说），《长城》第 11 期。

《写人是文学最根本的任务》（散文），《全国优秀作文选》（初中）第 12 期。

《第一次照相》（散文），《中国摄影家》第 12 期。

《童年读写二三事》（散文），《小学生》（新读写）第 12 期。

《莫言作品选读》（作品）（莫言、葛浩文、董楠），《新东方英语》第 12 期。

《我是一个讲故事的人》（散文），《法制资讯》第 12 期。

《莫言：我的财富是饥饿和孤独》（散文），《恋爱婚姻家庭》（养生）

第12期。

《文学与我们的时代》（散文），《中国作家》第21期。

《在法兰克福“感知中国”论坛上的演讲》（演讲），《传承》第21期。

《我与〈中国作家〉》（散文），《中国作家》第21期。

《莫言之言》（散文），《检察风云》第21期。

《北京秋天下午的我》（散文），《中国校园文学》第21期。

《母亲》（散文），《新湘评论》第24期。

《奇遇》（小小说），《初中生世界》第32期。

《讲故事的人》（演讲），收入林建法主编《讲故事的人》，辽宁人民出版社。

《我痛恨所有的神灵》（散文），收入张志忠著《莫言论》（增订版），北京联合出版公司。

《红高粱家族》（长篇小说），上海文艺出版社。

《天堂蒜薹之歌》（长篇小说），上海文艺出版社。

《十三步》（长篇小说），上海文艺出版社。

《食草家族》（长篇小说），上海文艺出版社。

《丰乳肥臀》（长篇小说），上海文艺出版社。

《酒国》（长篇小说），上海文艺出版社。

《红树林》（长篇小说），上海文艺出版社。

《檀香刑》（长篇小说），上海文艺出版社。

《四十一炮》（长篇小说），上海文艺出版社。

《生死疲劳》（长篇小说），上海文艺出版社。

《蛙》（长篇小说），上海文艺出版社。

《欢乐》（中篇小说集），上海文艺出版社。

《怀抱鲜花的女人》（中篇小说集），上海文艺出版社。

《师傅越来越幽默》（中篇小说集），上海文艺出版社。

《白狗秋千架》（短篇小说集），上海文艺出版社。

《与大师约会》（短篇小说集），上海文艺出版社。

《檀香刑》（长篇小说），作家出版社。

《生死疲劳》(长篇小说),作家出版社。
《蛙》(长篇小说),作家出版社。
《丰乳肥臀》(长篇小说),作家出版社。
《红高粱家族》(长篇小说),作家出版社。
《酒国》(长篇小说),作家出版社。
《食草家族》(长篇小说),作家出版社。
《天堂蒜薹之歌》(长篇小说),作家出版社。
《四十一炮》(长篇小说),作家出版社。
《红树林》(长篇小说),作家出版社。
《十三步》(长篇小说),作家出版社。
《怀抱鲜花的女人》(中篇小说集),作家出版社。
《欢乐》(中篇小说集)(长篇小说),作家出版社。
《师傅越来越幽默》(中篇小说集)(长篇小说),作家出版社。
《与大师约会》(中篇小说集),作家出版社。
《白狗秋千架》(短篇小说集)(长篇小说),作家出版社。
《会唱歌的墙》(散文集),作家出版社。
《碎语文学》(散文集),作家出版社。
《用耳朵阅读》(散文集),作家出版社。
《我们的荆轲》(剧本集),作家出版社。
《蛙》(长篇小说),云南人民出版社。
《酒国》(长篇小说),云南人民出版社。
《生死疲劳》(长篇小说),云南人民出版社。
《四十一炮》(长篇小说),云南人民出版社。
《食草家族》(长篇小说),云南人民出版社。
《红高粱家族》(长篇小说),云南人民出版社。
《十三步》(长篇小说),云南人民出版社。
《檀香刑》(长篇小说),云南人民出版社。
《天堂蒜薹之歌》(长篇小说),云南人民出版社。
《丰乳肥臀》(长篇小说),云南人民出版社。
《红树林》(长篇小说),云南人民出版社。

《欢乐》（中篇小说集），云南人民出版社。

《怀抱鲜花的女人》（中篇小说集），云南人民出版社。

《师傅越来越幽默》（中篇小说集），云南人民出版社。

《白狗秋千架》（短篇小说集），云南人民出版社。

《与大师约会》（短篇小说集），云南人民出版社。

《会唱歌的墙》（散文集·修订版），云南人民出版社。

《碎语文学》（散文集），云南人民出版社。

《用耳朵阅读》（散文集），云南人民出版社。

《我们的荆轲》（剧本集），云南人民出版社。

《聆听宇宙的歌唱》（散文选），中国文史出版社。

《姑妈的宝刀：中国短经典》，上海文艺出版社。

《我的高密》（散文选），中国青年出版社。

《莫言作品精选》，长江文艺出版社。

《檀香刑》（长篇小说），长江文艺出版社。

《红树林》（长篇小说），长江文艺出版社。

《莫言自选集》，四川文艺出版社。

《莫言文集》，作家出版社。

《说吧，莫言》（对话录），二十一世纪出版社。

《学习蒲松龄》（散文集），中国青年出版社。

《我们的荆轲》（剧本），新世界出版社。

《聆听宇宙的歌唱》（散文集），中国文史出版社。

《传奇莫言：莫言短篇小说选》，台湾联合文学出版社股份有限公司。

《共和国文库》（共80册），作家出版社。

《百年百部微型小说经典：身后的人》（莫言等著），四川文艺出版社。

《我的高密》（故乡童年回忆），中国青年出版社。

《写书记》，金城出版社。

《我们时代的写作》，牛津大学出版社。

《牛》（岩波现代文库），菱沼彬晁译，（日本）岩波书店。

《筑路》（岩波现代文库），菱沼彬晁译，（日本）岩波书店。

《普通话》（短篇小说），立松昇一译，《中国现代文学》第4期。

《透明的红萝卜》（中篇小说）Kyǒng-dǒkYi 译，（韩国）出版社不详。

Ximen Nao och has sju liv，《生死疲劳》（长篇小说），Anna Gustafsson Chen 译，（瑞典）Stockholm：Tranan 出版社。

Больщя груь широkar зад，《丰乳肥臀》（长篇小说），Пер. И. А. Егорова 译，（俄罗斯）СПб：Амфора 出版社。

Страна вина，《酒国》（长篇小说），Пер. И. А. Егорова 译，（俄罗斯）СПб.：Амфора 出版社。

Le radis de cristal，《透明的红萝卜》（中篇小说，再版），Pascale Wei-Guinot et Xiaoping Wei 译，（法国）Arles：P. Picquier 出版社。

Obositdeviatâ, oboist demoarte，《生死疲劳》（长篇小说），Dinu Luca 译，（罗马尼亚）Humantas Fiction 出版社。

Le veau; suivi de Le coureur de pond，《牛》（短篇小说），François Sastourné 译，（法国）Paris：Le Seuil 出版社。

The Republic of Wine: A Novel，《酒国》（长篇小说），Howard Goldblatt 译，（美国）New York：Arcade Publishing 出版社。

Shifu, You'll Do Anything for a Laugh，《师傅越来越幽默》（中篇小说），Howard Goldblatt 译，（美国）New York：Arcade Publishing 出版社。

Sandalwood Death: A Novel，《檀香刑》（长篇小说），Howard Goldblatt 译，（美国）Norman：University of Oklahoma Press 出版社。

Pow!《爆炸》，Howard Goldblatt 译，（美国）New York：Seagull Books 出版社。

Life and Death Are Wearing Me Out，《生死疲劳》（长篇小说），Howard Goldblatt 译，（美国）New York：Arcade Publishing 出版社。

Big Breasts and Wide Hips: A Novel，《丰乳肥臀》（长篇小说），Howard Goldblatt 译，（美国）New York：Arcade Publishing 出版社。

The Garlic Ballads: A Novel，《天堂蒜薹之歌》（长篇小说），Howard Goldblatt 译，（美国）Arcade Publishing 出版社。

Frog: A Novel，《蛙》（长篇小说），Howard Goldblatt 译，（美国）New York：Penguin Books 出版社。

2013 年

《文学的造反》（与木叶对谈），《上海文化》第 1 期。

《莫言小小说二篇》（短篇小说），《文苑》第 1 期。

《讲故事的人》（演讲词），《牡丹》第 1 期。

《莫言说世》（散文），《时代青年》（悦读）第 1 期。

《莫言：中国文学已经达到世界文学高度》（莫言、力夫）（散文），《上海文学》第 1 期。

《讲故事的人——在诺贝尔文学奖颁奖典礼上的演讲》（演讲），《当代作家评论》第 1 期。

《我知道真正的勇敢和悲悯》（散文），《中国青年》第 1 期。

Nobelf rel sning: *Historieber ttare.*（莫言，陈安娜）（散文），《当代作家评论》第 1 期。

《卖白菜》（散文），《文学教育》（上）第 1 期。

《讲故事的人》（散文），《农业技术与装备》第 1 期。

《故乡过年》（散文），《现代班组》第 1 期。

《超越故乡》（散文），《名作欣赏》第 1 期。

《会唱歌的墙》（散文），《名作欣赏》第 1 期。

《感受洪潮》（散文），《名作欣赏》第 1 期。

《白狗秋千架》（短篇小说），《名作欣赏》第 1 期。

《冰雪美人》（短篇小说），《名作欣赏》第 1 期。

《蝗虫奇谈》（短篇小说），《名作欣赏》第 1 期。

《讲故事的人》（诺奖演说），《名作欣赏》第 1 期。

《太阳照样升起》（散文），《法制资讯》第 1 期。

《我的文学经验》（散文），《蒲松龄研究》第 1 期。

《文学的造反》（莫言、木叶）（散文），《上海文化》第 1 期。

《讲故事的人》（散文），《中国中小企业》第 1 期。

《打人者说》（散文），《诗书画》第 1 期。

《我和我的故事》（莫言、吴昊）（散文），《东方养生》第 1 期。

《〈母亲〉阅读》（散文），《中学生阅读》（初中版）第 1 期。

《丰乳肥臀》（长篇小说）（莫言、葛浩文），《疯狂英语》（阅读版），第 1 期。

《丑兵》(短篇小说),《故事世界》第 2 期。

《卖白菜》(散文),《中华活页文选》(高一年级) 第 2 期。

《讲故事的人》(散文),《当代农机》第 2 期。

《我的文学经验》(续)(散文),《蒲松龄研究》第 2 期。

《厨房里的看客》(散文),《思维与智慧》第 2 期。

《卖白菜》(散文),《文史月刊》第 3 期。

《〈丰乳肥臀〉与精神断奶》(散文),《意林》第 3 期。

《演讲集锦》(散文),《冶金企业文化》第 4 期。

《卖白菜》(莫言、恒兰)(散文),《少年文艺》(下半月) 第 4 期。

《马语》(散文),《中华活页文选》(高一、高二年级) 第 5 期。

《丑兵》(短篇小说),《微型小说选刊》第 5 期。

《我的老师》(散文),《江西教育》第 Z5 期。

《贺信》(散文),《小说界》第 6 期。

《〈丰乳肥臀〉与精神断奶》(散文),《学习博览》第 6 期。

《用耳朵阅读》(散文),《秘书工作》第 7 期。

《狼》(短篇小说),《现代畜牧兽医》第 8 期。

《人要有"放下"的智慧》(散文),《思维与智慧》第 8 期。

《他是楚人》(散文),《创作与评论》第 9 期。

《传统与创新——在第十三届亚洲艺术节和第二届亚洲文化论坛的演讲》(散文),《文艺研究》第 12 期。

《我知道真正的勇敢和悲悯》(散文),《领导文萃》第 12 期。

《科学巨匠与文学大师的对话——在北京大学的演讲》(散文),《中国青年》第 13 期。

《我的母亲和我》(散文),《中学生》第 25 期。

《孔子学院:怎样讲好中国故事》(散文),《商周刊》第 26 期。

《我的梦想》(散文),《初中生世界》第 32 期。

《卖白菜》(散文),《语文教学与研究》第 33 期。

《最痛苦的事是目睹母亲被人扇耳光》(散文),《小学教学研究》第 36 期。

《说莫言》（内含莫言散文、演讲、笔谈等文章17篇），林建法主编，辽宁人民出版社。

《莫言作品精选》，长江文艺出版社。

《莫言自选集》，华夏出版社。

《盛典：诺奖之行》（随笔），长江文艺出版社。

《红蝗》（长篇小说），二十一世纪出版社。

《檀香刑》（长篇小说），长江文艺出版社。

《我们的荆轲》（剧本），台湾台北麦田出版社。

《会唱歌的墙》（散文集），台湾台北麦田出版社。

《蓝色城堡》（短经典作品集），人民文学出版社。

《微型小说也疯狂》（微型小说集），长江文艺出版社。

《文学大家谈》（散文集），译林出版社。

《盛典：诺奖之行》（随笔），长江文艺出版社。

《老枪·宝刀》（短篇小说集），台湾台北麦田出版社。

《初恋·神嫖》（短篇小说集），台湾台北洪范书店。

《变》（自传），长堀祐造译，日本明石书店。

『透明な人参』《透明的红萝卜》（短篇集），（日本）藤井省三编译，内含短篇小说《讲故事的人》《透明的红萝卜》《怀抱鲜花的女人》《良医》《辫子》《铁孩》《金发婴儿》。

『天堂狂想歌』《天堂蒜薹之歌》（长篇小说）（日本）。

Bretkosa，《蛙》（长篇小说），IljasSpahiu 译，（阿尔巴尼亚）Onufri 出版社。

Promjara，《变》（自传），Karolina Švencbir Bouzaza 译，（克罗地亚）Zaprešić：Fraktura 出版社。

Republika Pijanaca，《酒国》（长篇小说），Zvonimir Baretic 译，（克罗地亚）Portalibris；Beograd，Sr. 出版社。

Zabe，《蛙》（长篇小说），Ana Jovanovic 译，（塞尔维亚）Laguna；Beograd，Sr. 出版社。

Krevamlíko，《丰乳肥臀》（长篇小说），DenisMolĉanovn 译，（捷克）Mladáfronta 出版社。

Szeszföld,《酒国》（长篇小说），Kartonalt 译，（匈牙利）Noran Libro Kft 出版社。

Au pays des conteurs,《我的故乡》（散文），Chantal Chen-Andro 译，载 *Discours du Prix Nobel de Litterature* 2012，（法国）Paris：Le Seuil 出版社。

Le Grand Chambard,《变》（自传），Chantal Chen-Andro 译，（法国）Paris：Le Seuil 出版社。

L'Enfant de fer,《铁孩》（短篇小说），Chantal Chen-Andro 译，载 *Collction Points*，（法国）Paris ：Le Seuil 出版社。

Sandalwood Death,《檀香刑》（长篇小说），Howard Goldblatt 译，（美国）Norman：University Press of Oklahoma 出版社。

2014 年

《我看语文教育》（散文），《求知导刊》第 1 期。

《哪些人是有罪的？——在东亚文学论坛上的演讲》（演讲），《杂文月刊》（文摘版）第 1 期。

《我记忆中的母亲》（散文），《中学生》第 1 期。

《五个饽饽》（短篇小说），《文苑》（经典美文）第 1 期。

《莫言》（散文），《鸭绿江》（上半月刊）第 1 期。

《杂谈读书》（散文），《中学生阅读》（高中版）（上半月）第 1 期。

《用耳朵阅读》（散文），《教师博览》第 1 期。

《我想象中的孔夫子》（散文），《孔子学院》第 1 期。

《也许是因为当过财神爷》（散文），《家长》第 Z1 期。

《仿佛与君同行》（散文），《时代人物》第 2 期。

《回忆母亲》（散文），《中华活页文选》（高一年级）第 2 期。

《张其凤书法艺术作品 · 序》（散文），《艺术百家》第 2 期。

《既好看，又自然——读李胜洪书法杂感》（散文），《中国美术馆》第 2 期。

《哪些人是有罪的？》（散文），《杂文选刊》（下半月刊）第 2 期。

《吃事》（散文），《人生与伴侣》（月末版）第 2 期。

《莫言书画欣赏》（散文），《齐鲁周刊》第 Z2 期。

《怎样塑造中国梦》（散文），《艺术评论》第 3 期。

《抬馒头的父亲》（散文），《阅读与作文》（初中版）第 3 期。

《己之所欲也不要强加于人——2013 年 12 月在第八届孔子学院大会闭幕式上的讲话》（散文），《中国青年》第 3 期。

《我的老师》（散文），《中国校园学习》第 3 期。

《草木虫鱼》（散文），《青苹果》第 3 期。

《大风》（散文），《当代学生》第 Z3 期。

《饥饿和孤独是我创作的财富》（散文），《中国校园学习》第 4 期。

《观我》（莫言，张瑞田）（散文），《西部》第 4 期。

《你若懂我，该有多好》（散文），《中国边防警察》第 4 期。

《莫言讲了两个故事》（散文），《青年博览》第 4 期。

《凶恶的吃相》（散文），《阅读与作文》（初中版）第 4 期。

《文学的救赎》（散文），《记者观察》第 4 期。

《为什么我们眼里会有不一样的中国》（散文），《文苑》（经典美文）第 4 期。

《母亲》（散文），《高中生之友》第 Z4 期。

《小说的气味》（节选）（散文），《高中生之友》第 Z4 期。

《我的大爷爷》（散文），《阅读与作文》（初中版）第 5 期。

《少年时的爱恋》（散文），《意林》（原创版）第 5 期。

《生命里，总有一朵祥云为你缭绕》（散文），《廉政瞭望》第 6 期。

《我为白菜狂的日子》（散文），《作文新天地》（初中版）第 6 期。

《〈红高粱〉与二人转》（散文），《语文教学与研究》第 6 期。

《老母亲》（散文），《广东第二课堂》（下半月中学生阅读）第 6 期。

《我们的童年——序季红真长篇小说〈童年〉》，《当代作家评论》第 6 期。

《生命里，总会有一朵祥云为你缭绕》（散文），《黄金时代》（学生族）第 7 期。

《陪女儿高考》（散文），《现代青年》（细节版）第 7 期。

《既好看又自然——读李胜洪书法杂感》（散文），《东方艺术》第 8 期。

《“人”字的结构》（散文），《文苑》（经典美文）第 8 期。

《虚伪的语文教育》（散文），《芳草》（经典阅读）第 8 期。

《生命里总会有一朵祥云为你缭绕》(散文),《农民文摘》第 8 期。

《童年的读书梦》(散文),《小学教学研究》第 9 期。

《卖白菜》(散文),《中学生》第 9 期。

《金鲤》(短篇小说),《中华活页文选》(九年级)第 9 期。

《研究问题的角度》(散文),《杂文月刊》(文摘版)第 9 期。

《为何我们眼里的中国不一样》(散文),《芳草》(经典阅读)第 9 期。

《〈柳叶儿〉拓展阅读:凶恶的吃相》(散文),《初中生世界》第 9 期。

《诺贝尔文学奖获奖演讲词》(演讲),《作文》第 10 期。

《喧嚣与真实》(散文),《喜剧世界》(下半月)第 11 期。

《我看社会生活的"喧嚣与真实"》(散文),《唯实》(现代管理)第 11 期。

《总会有一朵祥云为你缭绕》(散文),《四川党的建设》(城市版)第 11 期。

《草木虫鱼》(散文),《视野》第 11 期。

《悠着点,慢着点》(散文),《中国校园文学》第 11 期。

《把你喜欢的人忘掉》(散文),《思维与智慧》2014 年 11 月 25 日。

《生命里,总会有一朵祥云为你缭绕》(散文),《现代青年》(细节版)第 12 期。

《喧嚣与真实》(散文),《新一代》第 12 期。

《勇气》(散文),《领导文萃》第 12 期。

《我为什么要写〈红高粱〉》(散文),《考试》(高中文科)第 12 期。

《莫言题词》,《齐鲁周刊》第 12 期。

《捍卫长篇小说的尊严》(节选)(散文),《高中生之友》第 12 期。

《在这里阅读齐鲁甲午二月》(散文),《齐鲁周刊》第 15 期。

《在辽阔的生命里,总会有一朵祥云为你缭绕》(散文),《课外阅读》第 17 期。

《生命里,总会有一朵祥云为你缭绕》(散文),《共产党员》(河北)第 18 期。

《中国人物质生活与幸福感未成正比》（散文），《共产党员》（河北）第20期。

《莫言作品欣赏》（散文），《齐鲁周刊》第21期。

《上官团长的马》（散文），《语言教学与研究》第21期。

《生命里，总会有一朵祥云为你缭绕》（散文），《青年博览》第23期。

《讲故事的人——在瑞典学院的讲演》（散文），《初中生世界》第23期。

《陪女儿高考》（散文），《语文教学与研究》第27期。

《讲故事的人（续）——在瑞典学院的演讲》（散文），《初中生世界》第31期。

《抬馒头的父亲》（散文），《小学教学研究》第33期。

《回忆母亲》（散文），《阅读》第34期。

《莫言作品精华本》，长江文艺出版社。

《中外微型小说精华本》，长江文艺出版社。

《球状闪电》（短篇小说集），台湾台北麦田出版社。

《蛙》（长篇小说），台湾台北麦田出版社。

《檀香刑》（长篇小说），台湾台北麦田出版社。

《食草家族》（长篇小说），台湾台北麦田出版社。

《透明的红萝卜》（中篇小说集），台湾台北麦田出版社。

《生死疲劳》（长篇小说），台湾台北麦田出版社。

《我与加西亚·马尔克斯》（散文，莫言等著），华文出版社。

『豊乳肥臀』（上、下册）《丰乳肥臀》（长篇小说，再版），吉田富夫译，（日本）平凡社。

Перетны，《变》（中篇小说），娜塔莉亚·弗拉索娃译，（俄罗斯）Эксмо 出版社。

Умора живот и смърт，《生死疲劳》（长篇小说），Hinov Petko 译，（保加利亚）Летера 出版社。

2015 年

《人字的结构》（散文），《意林》（原创版）第1期。

《莫言·作品欣赏》（散文），《陶瓷科学与艺术》第 1 期。

《生命里，总有一朵祥云为你缭绕》（散文），《党政论坛》（干部文摘）第 1 期。

《狼一样的反叛》（散文），《文苑》（经典美文）第 1 期。

《我们的恐惧与希望》（散文），《杂文月刊》第 1 期。

《生命里，总会有一朵祥云会为你缭绕》（散文），《杂文月刊》第 1 期。

《吃事》（散文），《杂文选刊》第 1 期。

《我为什么要写〈红高粱〉》（散文），《养生大世界》第 1 期。

《当代中国的喧嚣与真实》（散文），《人生与伴侣》（月末版）第 1 期。

《生命里，总有一朵祥云为你缭绕》（散文），《作文》第 Z1 期。

《童年读书》（散文），《初中生必读》第 Z1 期。

《中国最会讲故事的人》（散文），《新少年》第 Z1 期。

《童年读书》（散文），《家教世界》第 Z1 期。

《吃在少年时》（散文），《文苑》第 2 期。

《母亲》（散文），《平安校园》第 2 期。

《人一上网就变得厚颜无耻》（散文），《晚报文萃》第 3 期。

《少年时的爱恋》（散文），《人生与伴侣》（月末版）第 3 期。

《喧嚣与真实》（散文），《语文教学与研究》第 3 期。

《讲话》（散文），《杂文选刊》第 3 期。

《过去的新年》（散文），《小学生必读》（高年级版）第 3 期。

《恐惧与希望》（散文），《杂文月刊》（文摘版）第 3 期。

《关于文学与文学翻译——莫言访谈录》（莫言、许钧）（散文），《外语教学与研究》第 4 期。

《生命里，总有一朵云为你缭绕》（散文），《人民文摘》第 4 期。

《童年读书》（散文），《读与写》（初中版）第 4 期。

《悠着点，慢着点》（散文），《语文教学与研究》第 4 期。

《关于“真实”的四个故事》（散文），《课外阅读》（Teenagers）第 4 期。

《对青年人而言，最好的老师就是阅读》（散文），《语文世界》（中学生之窗）第 4 期。

《什么支撑着我》（散文），《现代妇女》第 4 期。

《厨房里的看客》（散文），《意林文汇》第 4 期。

《狼一样的反叛》（散文），《晚报文萃》第 4 期。

《吃的耻辱》（散文），《金秋》第 5 期。

《母亲影响我一生的八件事》（散文），《少年文摘》第 5 期。

《母亲》（散文），《花样盛年》第 5 期。

《虚伪的文学》（散文），《杂文月刊》（文摘版）第 5 期。

《喧嚣与真实》（散文），《文苑》（经典美文）第 5 期。

《吃在少年时》（散文），《杂文选刊》第 6 期。

《你若懂我，该有多好》（散文），《杂文选刊》第 6 期。

《我欠贾平凹一顿饭》（散文），《视野》第 6 期。

《狼一样的反叛》（散文），《初中生学习》（中）第 6 期。

《陪考一日》（散文），《高中生学习》（学法指导）第 6 期。

《我眼里的贾平凹》（散文），《北方人》（悦读）第 6 期。

《狼一样的反叛》（散文），《小品文选刊》第 6 期。

《幻想与现实》（散文），《文艺报》2015 年 6 月 3 日。

《当历史扑面而来》（散文），《民主》第 7 期。

《陈州杂吟》（散文），《时代青年》（视点）第 7 期。

《我为白菜狂的日子》（散文），《视野》第 7 期。

《卖白菜》（莫言、Tantan）（散文），《文学少年》（中学）第 7 期。

《母亲教我的那些事》（散文），《晚情》第 7 期。

《吃在少年时》（散文），《意林》第 7 期。

《幻想与现实》（散文），《报刊荟萃》第 7 期。

《看别人的世界，品自己的人生》（散文），《思维与智慧》第 8 期。

《凶恶的吃相》（散文），《杂文选刊》第 8 期。

《脆蛇》（散文），《意林》第 8 期。

《寻找灵感》（散文），《小品文选刊》第 8 期。

《“人”字的结构》（散文），《人生与伴侣》（月末版）第 8 期。

《你活得真实吗》(散文),《情感读本》第 9 期。

《不问春暖花开》(散文),《幸福家庭》第 9 期。

《看别人的世界，品自己的人生》(散文),《晚报文萃》第 10 期。

《生命里，总有一朵祥云为你缭绕》(散文),《晚情》第 10 期。

《1967 年冬天发生的一件事》(散文),《湖北档案》第 11 期。

《写给爸爸的信》(散文),《新一代》第 11 期。

《感受洪潮》(散文),《博览群书》第 11 期。

《莫言说的两种人》(散文),《建筑工人》第 11 期。

《国外演讲与名牌内裤》(散文),《杂文选刊》第 11 期。

《面向太阳，不问春暖花开》(散文),《山西老年》第 11 期。

《创新，让交流历史弥新》,《人民日报》2015 年 11 月 11 日。

《当你的才华还撑不起你的野心的时候》(散文),《课外阅读》第 11 期。

《生命里，总有一朵祥云为你缭绕》(散文),《决策探索》(上半月)第 12 期。

《我是从〈莲池〉里扑腾出来的》(散文),《文苑》第 12 期。

《写给爸爸的信》(散文),《文学少年》(中学)第 12 期。

《人老了，书还年轻》(散文),《新作文》(高中版)第 12 期。

《会唱歌的墙》(节选),《同学少年》第 12 期。

《卖白菜》(散文),《当代人》第 12 期。

《莫言寄语〈泉州文学〉》(散文),《泉州文学》第 12 期。

《寻找灵感》(散文),《北方人》(悦读)第 12 期。

《总有一朵祥云为你缭绕》(散文),《快乐阅读》第 13 期。

《我们的恐惧与希望》(散文),《雪莲》第 16 期。

《写给爸爸的信》(散文),《意林》第 16 期。

《自尊就是吃饱了撑的》(散文),《意林文汇》第 16 期。

《看别人的世界，品自己的人生》(散文),《快乐阅读》第 17 期。

《我看张其凤书法》(散文),《明日风尚》第 18 期。

《童年读书》(节选)(散文),《初中生世界》第 18 期。

《莫言题词》(题词),《齐鲁周刊》第 19 期。

《莫言题字欣赏》（散文），《齐鲁周刊》第 20 期。

《面向太阳不问春暖花开》（散文），《人才资源开发》第 21 期。

《狼一样的反叛》（散文），《语文教学与研究》第 21 期。

《吃的耻辱》（散文），《译林文汇》第 22 期。

《莫言题词》（题词），《齐鲁周刊》第 22 期。

《看喧嚣中的中国》（散文），《青春期健康》第 23 期。

《陪女儿高考》（散文），《中学生百科》第 23 期。

《讲故事的人——在瑞典学院的演讲》（散文），《初中生世界》第 26 期。

《我的老师》（散文），《小学教学研究》第 27 期。

《我为白菜狂的日子》（散文），《情感读本》第 27 期。

《马语》（散文），《中学生》第 27 期。

《好的家庭教育浓缩为六句话》（散文），《基础教育论坛》第 29 期。

《我的老师》（散文），《快乐阅读》第 35 期。

《莫言墨语》（随笔），中华书局。

《酒国》（长篇小说），（俄罗斯）圣彼得堡：安夫兰出版社。

Большя груъ шupokar зад，《丰乳肥臀》（长篇小说），Пер. И. А. Егорова 译，（俄罗斯）СПб：Амфора 出版社。

Depasser le pays natal，《超越故乡》（散文），Chantal Chen-Andro 译，载 Collection*Essais Littéraires*，（法国）Paris：Le Seuil 出版社。

2016 年

《我眼里的贾平凹》（散文），《东吴学术》第 1 期。

《部长·教授·批评家》（散文），《创作评谭》第 1 期。

《童年的读书梦》（散文），《中学生阅读》（高中版）（上半月）第 1 期。

《点亮自己的心灯》（散文），《中学生》第 1 期。

《总会有一朵祥云为你缭绕》（散文），《人生六十七》第 1 期。

《自尊其实就是吃饱了撑的》（散文），《农民参谋》第 1 期。

《过去的年》（节选）（散文），《作文新天地》（高中版）第 Z1 期。

《洗热水澡》（散文），《读天下》第 Z1 期。

《漫长的文学路》（散文），《作文世界》第 Z1 期。

《面向太阳》（散文），《高中生学习》（试题研究）第 Z1 期。

《〈蛙〉获奖感言》（散文），《芳草》（经典阅读）第 Z1 期。

《过去的年》（散文），《阅读》2016 年 1 月 11 日。

《莫言与军艺学员对话录》（莫言、高博）（散文），《解放军艺术学院学报》第 2 期。

《语言的魅力与限度——关于汉语新文学的成就、发展与传播的对话》（莫言、杨义、朱寿桐）（散文），《文艺研究》第 2 期。

《孩子的优秀，浸透着父母的汗水》（散文），《家庭科技》第 2 期。

《恐惧与希望》（散文），《文苑》（经典美文）第 2 期。

《读鲁迅杂感》（散文），《青春期健康》第 2 期。

《过去的年》（散文），《决策探索》（上半月）第 2 期。

《面向太阳，不问春暖花开》（散文），《晚情》第 2 期。

《吃的耻辱》（散文），《读天下》第 Z2 期。

《我的梦想》（散文），《全国优秀作文选》（初中）第 Z2 期。

There will Aways Be an Auspicious Cloud Shrouded in Our Lives.（《生命里，总会有一朵祥云为你缭绕》），Zhang Yi-yang（trans.）《重庆与世界》（学术版）第 3 期。

《童年读书》（散文），《少年儿童研究》第 3 期。

《面向太阳，不问春暖花开》（散文），《人生与伴侣》（月末版）第 3 期。

《面向大海，不问春暖花开》（散文），《现代妇女》第 3 期。

《过去的年》（散文），《阅读》第 Z3 期。

《不哭的权利》（散文），《豆瓣》3 月 16 日。

《人类的好日子》（散文），《凤凰读书》3 月 16 日。

《过去的年》（散文），《阅读》第 Z3 期。

《改“六三三”学制为十年一贯制》（散文），《中国艺术报》3 月 6 日，第 2 版。

《2012 年诺贝尔文学奖获得者》（散文），《剑南文学》第 4 期。

《最好的老师就是阅读》（散文），《全国优秀作文选》（初中）第

4 期。

《文学是最好的教育》（论文，莫言等），《浙江大学学报》（人文社会科学版）第 4 期。

《对话中国文学与文化》（莫言、白岩松）（散文），《中国艺术时空》第 4 期。

《陪女儿高考》（散文），《青春期健康》第 4 期。

《朋友》（散文），《作文与考试》第 5 期。

《人类的好日子》（散文），《杂文月刊》（文摘版）第 5 期。

《陪女儿高考》（散文），《课堂内外》（高考金刊）第 5 期。

《人类的好日子》（散文），《杂文月刊》（下）第 5 期。

《不哭的权利》（散文），《杂文月刊》（下）第 5 期。

《人一上网就变得无耻》（散文），《杂文月刊》第 5 期。

《朋友》（散文），《作文与考试》第 5 期。

《不问春暖花开》（散文），《小学教学研究》第 6 期。

《童年读书》（散文），《新作文》（初中版）第 6 期。

《粮食》（节选），《文学少年》（中学）第 7 期。

《比鬼怪更可怕的是丧尽天良的人》（散文），《杂文月刊》（文摘版）第 7 期。

《为何我们的观点不一样》（散文），《高中生》第 7 期。

《感受洪潮》（散文），《企业家观察》第 7 期。

《悠着点，慢着点——“贫富与欲望”漫谈》（散文），《养生大世界》第 7 期。

《父亲的严厉》（散文），《杂文选刊》第 8 期。

《孩子的优秀，浸透着父母的汗水》（散文），《现代妇女》第 9 期。

《下一部小说写什么？挺头疼》（散文），《文汇报》2016 年 9 月 23 日。

《人的命运和情感是永远在变的常数》（散文），《新华日报》2016 年 9 月 28 日。

《马蜂蛰脸也要看完书》（散文），《课外阅读》第 13 期。

《总有一朵祥云为你缭绕》（散文），《初中生》第 16 期。

《当众人都哭时应该允许有的人不哭》（散文），《初中生世界》第17期。

《恐惧与希望》（散文），《共产党员》（河北）第17期。

《最好的老师是阅读》（散文），《视野》第18期。[①]

① 莫言早期发表作品的个别杂志已经停刊，因而有些作品发表的期数很难确定；而其作品后期在国内外再版或转载的又很多，再加上各种语言的缘故，所以有些作品的相关信息很难精确查找，因而只能提供一份莫言作品概览，供读者参考。遗漏或信息不够准确的地方，本书作者向莫言本人及广大读者致以歉意。

附录二
莫言获奖概览

（以获奖时间的先后为序）

1984 年

《黑沙滩》（短篇小说），《解放军文艺》年度小说奖（《解放军文艺》杂志社）。

1985 年

《马蹄》（散文），《解放军文艺》年度优秀散文奖（《解放军文艺》杂志社）。

《枯河》（短篇小说），《北京文学》年度奖（《北京文学》杂志社）。

1988 年

《红高粱家族》（长篇小说）：联合文学奖（《联合报》社，台湾）。

《红高粱》（中篇小说）：第 4 届（1985 - 1988）全国优秀中篇小说奖（中国作家协会）。

《红高粱》（电影）：第 38 届柏林国际电影节最佳影片金熊大奖（西德）。

《红高粱》（电影）：第 5 届津巴布韦国际电影节最佳影片、最佳导演、故事片真实新颖奖（津巴布韦）。

《红高粱》（电影）：第 35 届悉尼国际电影节电影评论奖（澳大利亚）。

《红高粱》（电影）：摩洛哥第 1 届马拉什国际电影节导演大阿特拉斯金奖（摩洛哥）。

《红高粱》（电影）：第 8 届中国电影节金鸡奖最佳故事片奖（中国电影家协会、中国文联）。

《红高粱》（电影）：第 11 届《大众电影》百花奖最佳故事片奖（中国电影家协会、中国文联）。

1989 年

《白狗秋千架》（短篇小说）：台湾联合报小说奖（《联合报》社，台湾）。

《红高粱》（电影）：第 16 届布鲁塞尔国际电影节广播电台听众评委会最佳影片奖（比利时）。

《红高粱》（电影）：法国第 5 届蒙彼利埃国际电影节银熊猫奖（法国）。

《红高粱》（电影）：第 8 届香港电影金像奖，十大华语片（香港）。

1990 年

《红高粱》（电影）：民主德国电影家协会年度提名（东德）。

《红高粱》（电影）：古巴年度发行电影评奖 10 部最佳故事片奖（古巴）。

1996 年

《太阳有耳》（电影）：第 46 届柏林电影节银熊奖（德国）。

《丰乳肥臀》（长篇小说）：首届“大家·红河文学奖”（《大家》杂志社、红河卷烟厂）。

1998 年

纽斯塔特国际文学奖提名（俄克拉荷马大学、《今日世界文学》杂志社，美国）。

1999 年

《牛》（短篇小说）：《东海》杂志奖（《东海》杂志社）。

2000 年

《红高粱家族》（长篇小说）：亚洲周刊 20 世纪中文小说 100 强（《亚洲周刊》，香港）。

2001 年

《红高粱系列》（中篇小说系列）：《今日世界文学》75 年来全世界 40 部杰出作品（《今日世界文学》杂志社，美国）。

《红高粱系列》（中篇小说系列）：第二届冯牧文学奖·军旅文学创作奖（中华文学基金会冯牧文学专项基金理事会）。

获奖理由：以近20年持续不断的旺盛的文学写作，在国内外赢得了广泛声誉。虽然，他曾一度在创新道路上过犹不及，但他依然是新时期以来中国最有代表性的作家之一。他创作于80年代中期的“红高粱”家族系列小说，对于新时期军旅文学的发展产生过深刻而积极的影响。《红高粱》以自由不羁的想象，汪洋恣肆的语言，奇异新颖的感觉，创造出了一个辉煌瑰丽的莫言小说世界。他用灵性激活历史，重写战争，张扬生命伟力，弘扬民族精神，直接影响了一批同他一样没有战争经历的青年军旅小说家写出了自己“心中的战争”，使当代战争小说面貌为之一新。

《檀香刑》（长篇小说）：联合报读书人年度文学类最佳书奖（《联合报》社，台湾）。

《酒国》（长篇小说）法文版：儒尔·巴泰庸外国文学奖（法国）。

获奖理由：由杰出小说家莫言原创、优秀汉学家杜特莱翻译成法文的《酒国》，是一个空前绝后的实验体文本。其思想之大胆，情节之奇幻，人物之鬼魅，结构之新颖，都超出了法国乃至世界读者的阅读经验。这样的作品不可能被广泛阅读，但会为刺激小说的生命力而持久地发挥效应。

2003 年

《暖》（根据《白狗秋千架》改编的电影）：第16届东京电影节金麒麟奖（日本）。

《檀香刑》（长篇小说）：第1届21世纪鼎钧双年文学奖（国内11位著名学者和编辑共同发起）。

获奖理由：从《透明的红萝卜》开始，莫言的创作一直保持了旺盛的生命力。究其根本，应该归诸莫言的感觉方式有着深厚的地域和民间渊源。《檀香刑》是这样一个标志：民间渊源首次被放到文源论的高度来认识，也被有意识地作为对近二三十年中国小说创作从西方话语的大格局寻求超越和突破的手段加以运用；同时，作者关于民间渊源的视界进一步开拓，开始从抽象精神层面而转化到具体的语言形式层面，从个别意象的植入发展到整体文本的借鉴。义和团现象本身就是民间文化所孕育所造就，是山东古老民间文化的一次狂欢。借这个题材来激活一种以民间文化为底蕴的小说叙述，使本事与形式之间的天衣无缝，形成了一种妙不可言的“回声”。民间戏曲、说唱，既被移植到小说的语言风格中，也构成和参与了小说人物的精神世界。这种“形式”与“内容”的浑然一体，使得《檀香刑》比以往任何高扬“民间性”的小说实践，走得更远，也更内在化。神奇化、暴力倾向，仍旧是莫言给人的突出印象。作者把他的这一奇特兴趣，用于表现或映衬一种桀骜不驯，一种野性，一种英雄主义气概。重要的不在于人们是否接受他的观点，而在于他的这种心理倾向已经铸成了鲜明的小说个性。这部小说尚须探讨的问题包括两个方面，一、其艺术表现中的某些粗疏之处多少伤及小说的整体肌理；二、其对人性品质的表现及所持价值观，在不同读者中间，可能不是没有异议的。

《木匠与狗》（短篇小说）：2003 年中国小说排行榜 10 部短篇小说之一（中国小说学会）。

2004 年

法兰西“文学与艺术骑士勋章”（法国）。

获奖理由：由您写作的长、短篇小说在法国广大读者中已经享有名望。您以有声有色的语言，对故乡山东省的情感、反映农村生活的笔调、富有历史感的叙述，将中国的生活片段描绘成了同情、暴力和幽默感融成一体的生动场面。您喜欢做叙述试验，但是，我想最能引起读者兴趣的还是您对所有人物，无论是和您一样农民出身的还是所描写的干部，都能够以深入浅出的手法来处理。

第二届“华语文学传媒大奖·年度杰出成就奖”（《南方都市报》社）。

获奖理由：莫言的写作一直是当代中国的重要象征之一。他通透的感觉、奇异的想象力、旺盛的创造精神，以及他对叙事艺术探索的持久热情，使他的小说成了当代文学变革旅途中的醒目界碑。他从故乡的原始经验出发，抵达的是中国人精神世界的隐秘腹地。他笔下的欢乐和痛苦，说出的是他对民间中国的基本关怀，对大地和故土的深情感念。他的文字性格既天真又沧桑；他书写的事物既素朴又绚丽；他身上有压抑不住的狂欢精神，也有进入本土生活的坚定决心。这些品质都见证了他的复杂和广阔。从几年前的重要作品《檀香刑》到 2003 年度出版的《第四十一炮》和《丰乳肥臀》，莫言依旧在寻求变化，依旧在创作独立而辉煌的生存景象，他的努力，极大地丰富了当代文学的整体面貌。

《月光斩》（短篇小说）：第5届茅台杯人民文学奖（人民文学出版社）。

获奖理由：在《月光斩》中，莫言显示了汪洋恣肆的想象力，在短篇小说的有限规模中，它以奇诡、暴烈的风格熔铸了层层叠叠的界面。

2005年

第30届意大利诺尼诺国际文学奖（意大利）。

获奖理由：莫言的作品植根于古老深厚的文明，具有无限丰富而又科学严密的想象空间，其写作思维新颖独特，以激烈澎湃的、柔情似水的语言，展现了中国这一广阔的文化熔炉在近现代史上经历的悲剧、战争，反映了一个时代充满爱、痛和团结的生活。

《四十一炮》（长篇小说）：第2届华语文学传媒大奖·年度杰出成就奖（《南方都市报》社）。

《丰乳肥臀》（长篇小说）桐山环太平洋文学奖提名（太平洋之声）。

本奖评奖宗旨：致力于“促进和推动环太平洋地区及南亚人民和国家之间的了解”。

2006年

《生死疲劳》（长篇小说）：福冈亚洲文化大奖（日本）。

获奖理由：莫言先生是当代中国文学的代表作家之一，他以独特的写实手法和丰富的想象力，描写了中国城市与农村的真实现状，作品被译成多种语言。在西欧文学压倒性的影响下和历史传统的重压下，展示了带领亚洲文学走向未来的精神，他不仅是当代中国文学的旗手，而且是亚洲和世界文学的旗手。他的作品引导亚洲文学走向未来。

《生死疲劳》（长篇小说）：第3届《当代》长篇小说2006年度入围奖（专家奖）（《当代》杂志社）。

《月光斩》：首届“蒲松龄短篇小说奖”（《文艺报》、山东省作家协会、淄博市人民政府）。

获奖理由：这是一篇具有中国气派的小说。虽是志异，但志不在神鬼而在人，指向的依然是人世间的人心向背、世事伦常，以及千百年来规范着民族的文化传统和道德准则。风格独特，且传统文化的神韵长足，是一篇有趣好读且耐回味的短篇小说。

2007 年

《生死疲劳》(长篇小说):"福星惠誉杯"优秀作品奖(《十月》杂志社)。

获奖理由:中国作家协会副主席高洪波在讲话中指出,这个奖紧紧围绕和反映社会主义新农村建设,获奖作家对农村生活都有着切身的感受。如果他们没有扎扎实实的农村生活经历,是不可能写出真实反映社会主义新农村建设的、感人的好作品的。希望能通过这些作品,让更多的读者了解现实发展中的新农村,使更多的读者能通过这些优秀作品对社会主义新农村建设充满信心。

《丰乳肥臀》(长篇小说)英仕曼亚洲文学奖提名(香港国际文学节和英仕曼集团,香港)。

宗旨:奖励"未经出版的英语亚洲小说"。

2008 年

《生死疲劳》(长篇小说):第二届红楼梦奖首奖(香港)。

获奖理由:决审委员会主席、小说家王德威指出,《生死疲劳》是一部充满奇趣的现代中国版《变形记》。全书笔力酣畅,想象丰富,既不乏传统民间说唱文学的世故,也多有对历史暴力与荒诞的省思,是足以代表当代华文小说的又一傲人成就。

《生死疲劳》(长篇小说):纽曼华语文学奖(美国俄克拉荷马大学中美关系研究所)。

相关链接:纽曼奖由美国俄克拉荷马大学中美关系研究所设立,每两年颁发一次,旨在表彰对华语写作做出杰出贡献的文学作品及其作者。纽曼奖以文学价值为唯一的衡量标准,不论是资深或是新晋作家,任何在世的坚持用华语写作的作者都有被推荐的资格。

《四十一炮》(长篇小说):入围第 7 届茅盾文学奖(中国作家协会)。

《生死疲劳》(长篇小说):第 2 届世界华文长篇小说奖·红楼梦奖(香港浸会大学)。

获奖理由:结构奇特,异想天开,此书能在大陆出版并受欢迎,诚使人"大开眼界",足以证明当政者宏然之雅量与纳言的心胸。

2009 年

《蛙》(长篇小说):中国图书实力榜好书奖(中国作家富豪榜创始人吴怀尧)。

2010 年

《蛙》(长篇小说):第二届春申作家奖(《文汇报》社、上海闵行区人民政府、《作家》杂志社)。

获奖理由:旨在褒奖文学的原创精神。

2011 年

《蛙》(长篇小说):第八届茅盾文学奖(中国作家协会)。

获奖理由:莫言的《蛙》以乡村医生别无选择的命运,折射着我们民族伟大生存斗争中经历的困难和考验。小说以多端视角呈现历史和现实的复杂苍茫,表达了对生命伦理的思考。叙述和戏剧多文本的结构方式建构宽阔的对话空间,从容自由、机智幽默,体现作者强大的叙事能力和执着的创新精神。

韩国万海文学奖(韩国)。

获奖理由:其文学作品对亚洲文学和社会价值传播做出突出贡献。

2012 年

诺贝尔文学奖(瑞典)。

获奖理由:莫言"将魔幻现实主义与民间故事、历史与当代社会融合在一起"。

The 2012 Nobel Prize in Literature was awarded to Mo Yan "who with hallucinatory realism merges folk tales, history and the contemporary".

2013 年

2012~2013 年度影响世界华人大奖(凤凰卫视及中外多家媒体共同主办)。

获奖理由:2012 年获得诺贝尔文学奖,这让他的名字在世界引发热潮。[①]

---

① 莫言获奖盘点来自多家网络的文献资料,其中以温璐和许心怡编辑的《2012 诺贝尔文学奖得主:莫言曾获奖项盘点》为主体,并参见人民网,2012 年 10 月 11 日,http://culture.people.com.cn/n/2012/1011/c87423-1923 4654.html。

后　记

本书是在吉林省社会科学基金项“莫言研究：域外影响与自主创新”和吉林大学哲学社会科学学术文库项目资助基础上完成的。

本书在准备过程中，项目组全体成员做了大量调研和论证工作。本人撰写了书稿的主体部分，东北师范大学外国语学院博士生胡贝克承担了莫言全部作品和莫言获奖资料的整理工作并撰写了第三章“莫言小说的域外传播与影响”。专著初稿完成后，项目组全体成员和部分青年学者共同对书稿进行了认真的校读和修改工作。因而，该书是集体合作的结晶。

参与全球化发展是莫言取得成功的重要因素，因而本书将莫言小说创作的域外影响、自主创新和域外译介与接受作为主线，以避免程式化研究而缺乏深度的弊端。

本书撰写的突出特点是资料的权威性和各类观点的客观性，尤其国内外学术界对莫言的评价、域外对莫言小说的接受以及莫言自己的观点，均以中外学者、传媒和莫言本人在各种场合的发言以及对话和发表的文章为依据。在对莫言功过的评价中，本书既明确肯定域外对莫言的褒奖，同时又不回避对莫言的负面评价或有意攻击，以供学术界参考。

事实上，莫言获得诺贝尔文学奖，加快了莫言小说在域外的传播，同时也形成了国际性的莫言研究热潮。近年来莫言研究的成果剧增，因而该书严格按照本选题的初衷，根据项目组成员均为英语专业出身的特点，除突出体现莫言小说的创新以外，将研究重点置于莫言文学创作的输入与输出这两个方面。在域外译介环节上则采取宏观研究的方式，对莫言小说域外译介中所采取的具体技术手段并不做过多的探讨。

为方便读者，本书附有莫言作品及获奖概览。莫言作品再版和转载次数较多，加之国外资料又受语言限制，虽然本书作者在整理资料时下了很大功夫，但仍有疏漏，因而该资料仅供读者参考。

本人及课题组成员先期已在《当代作家评论》、《求是学刊》、《社会科学战线》、《学习与探索》、《社会科学家》、《学术研究》、《社会科学》、《甘肃社会科学》、《吉林大学社会科学学报》、《山东大学学报》、《外语教学》和《中国社会科学报》等报纸和期刊上发表了一些相关研究的论文，进而为本书的撰写奠定了学术基础。

笔者在本书撰写过程中得到吉林省哲社规划办张淋翔研究员和吉林大学社科处的悉心指导；吉林大学公共外语教育学院院长、博士生导师战菊教授以及主管科研工作的副院长傅羽泓教授和主管行政工作的副院长周晓宇副研究员在相关学术活动方面给予了大力支持，并从时间上给予保障；研究生英语第一教研室朴玉教授和陈秀娟教授分担了本人的教研室主任工作；本人的博士生和硕士生以及公共外语教育学院部分青年教师和研究生对书稿的后期校对工作也都倾注了大量心血；社会科学文献出版社对本书的出版给予了全力支持，尤其本书编辑高雁博士在文稿处理方面的严谨态度，保证了本书的质量。在此，一并向上述领导、同仁及同学们致以最诚挚的谢意！

莫言获得诺贝尔文学奖，圆了中国文学的诺奖梦。在精英文学边缘化、大众文学市场化的当代文学境遇下，莫言的成功既为世界文学的发展找到了出路，也为中国小康社会建设中的文化强国之路做出了贡献。愿中国新时期文学在莫言小说创新精神鼓舞下，在文学全球化进程中再创辉煌！

胡铁生

2016 年 10 月于吉林大学前卫校区

图书在版编目(CIP)数据

全球化语境中的莫言研究 / 胡铁生著. -- 北京 : 社会科学文献出版社，2017.3
(吉林大学哲学社会科学学术文库)
ISBN 978-7-5201-0351-0

Ⅰ.①全… Ⅱ.①胡… Ⅲ.①莫言-文学研究 Ⅳ.①I206.7

中国版本图书馆 CIP 数据核字(2017)第 031828 号

·吉林大学哲学社会科学学术文库·
全球化语境中的莫言研究

著 者 / 胡铁生

出 版 人 / 谢寿光
项目统筹 / 恽 薇 高 雁
责任编辑 / 高 雁 于晶晶

出 版 / 社会科学文献出版社 (010) 59367226
地址：北京市北三环中路甲 29 号院华龙大厦 邮编：100029
网址：www. ssap. com. cn
发 行 / 市场营销中心 (010) 59367081 59367018
印 装 / 北京季蜂印刷有限公司

规 格 / 开 本：787mm × 1092mm 1/16
印 张：26.25 字 数：418 千字
版 次 / 2017 年 3 月第 1 版 2017 年 3 月第 1 次印刷
书 号 / ISBN 978-7-5201-0351-0
定 价 / 98.00 元

本书如有印装质量问题，请与读者服务中心 (010-59367028) 联系